作者谢吉恒（左二）与国家一级作家、著名红学专家、中作协会员、唐山市作协主席王家惠（中），
中作协会员、原丰润县政协副主席张金池（左一），中国诗歌学会理事、丰润区作协
副主席张恩浩（右二），唐山市棋子烧饼非遗文化传承人谷小光（右一）合影

文化交流
华章映晖

阮观荣

北京

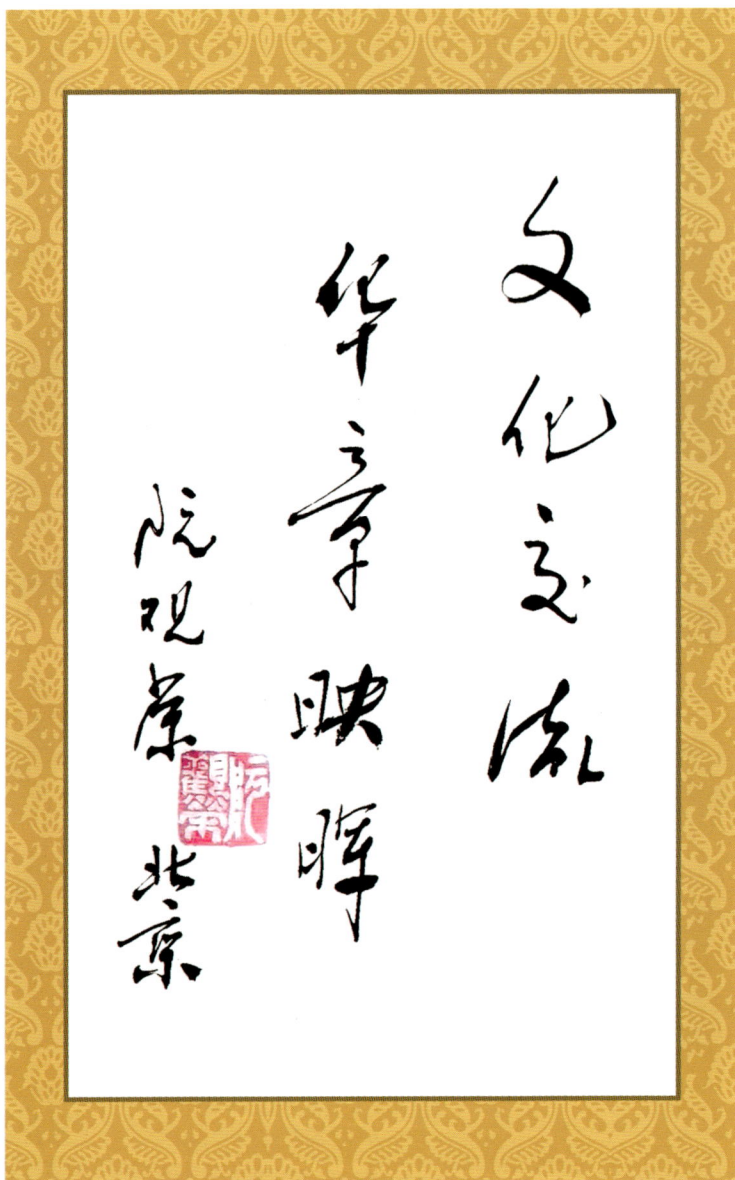

中华全国新闻工作者协会国内部原主任、高级记者阮观荣为《作家文化交流散记》题词

探究弘扬冶金文明，赓续
传承冶金文化基因，为中
国冶金工业铸魂。

为《作家文化交流散记》
出版题词 王大勇

二〇二三年三月六日

河北省冶金行业协会原副会长兼秘书长王大勇为《作家文化交流散记》出版题词
"探究弘扬冶金文明，赓续传承冶金文化基因，为中国冶金工业铸魂"。
书法家侯宪台书写

中国冶金报社社长兼党委书记陈玉千（右一）、
河北省冶金行业协会原副会长兼
秘书长王大勇（中）

中国著名作家周明（右二）、红孩（左一）

参加"中华大地之光"征文颁奖活动的文友

中国冶金作协主席张欣民（左）

中国散文学会副秘书长安军（右二）

河北省冶金行业协会执行会长兼秘书长迟桂友

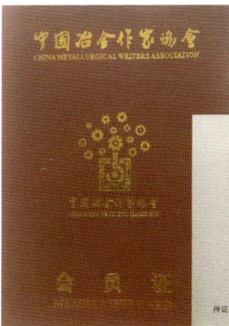

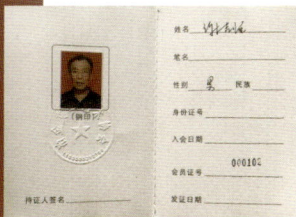

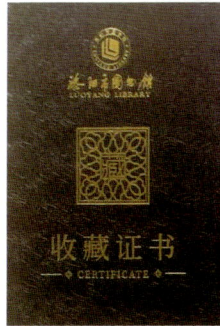

出版部分文学作品

中国华冶安徽分公司荣获中外矿山工程"鲁班奖"

安徽草楼铁矿全景

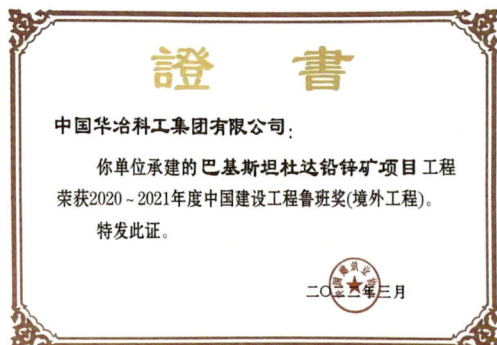

马维清（右二）陪同巴西铁矿专家
到草楼铁矿参观考察

安徽草楼铁矿巷道光面爆破

杜达项目工业厂区全景

證　書

中国华冶科工集团有限公司：

　　你单位承建的**巴基斯坦杜达铅锌矿项目**工程
荣获2020～2021年度中国建设工程鲁班奖（境外工程）。
特发此证。

二〇二二年三月

安徽分公司荣获中外矿山工程"鲁班奖"

作者听离休干部林久家讲述他
抗美援朝的战斗故事

唐山抗震英雄李升堂（左二）文化交流中，
讲述"空中救人"奇迹

恭喜文友阮观荣胸佩"光荣
在党五十年"纪念章

恭喜文友杨荣胸佩"光荣
在党五十年"纪念章

恭喜文友段永祥胸佩"光荣
在党五十年"纪念章

恭喜文友谭淑云胸佩
"光荣在党五十年"
纪念章

读友杜雪松捧读冶金工
业出版社新出版的《永
远跟党走》一书

一家三代人忆家谱

文友赵一臣参加文化交流活动荟萃

赵一臣（左）在钓鱼台国宾馆与尼泊尔能源部长
巴沙曼·普恩探讨津西型钢用于水电项目合作

津西牌热轧钢板桩赢得印度客商青睐，
慕名而来采购

赵一臣（右一）在首届中国钢铁工业标准
化论坛上领取企业标准"领跑者"证书

津西牌热轧 H 型钢亮相捷克布尔诺国际工业展，
捷克工业部长（右二）专程出席

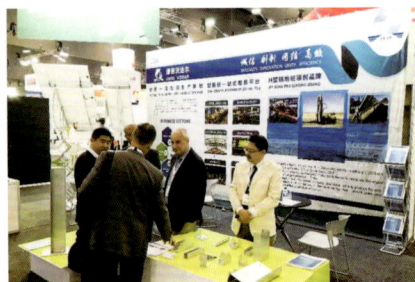

2018 年津西牌光伏支架应邀出席墨尔本
光伏展，在澳大利亚市场占有率达 70%

赵一臣在北京王府井书店选购谢吉恒老师新作
《丝路采风随笔》一书

津西 JST 体系装配式钢结构住宅样板间
展示（东湖湾四期 5 号、6 号楼）

黄帝故里文化交流采风

参观绍兴鲁迅故里

王崇主任（左）赠送列入国家级
非遗文化名录《庄河剪纸》

凤凰山下听传说故事

孙小平（右）在洛阳龙马负图寺

作者向入书非遗文化传承人赠书合影

孟津民兵运输连文化交流

全国国防动员工作先进单位洛阳孟津民兵运输连连长田延通（右）向为民兵建设贡献力量的谢吉恒老师颁发"荣誉民兵"证书

与民兵运输连连长田延通进行文化交流

民兵运输连连长田延通（中）介绍文化交流经验

民兵运输连荣获"全国国防动员工作先进单位""河南省先进基层党组织"等殊荣

民兵运输连被中共洛阳市委直属机关委员会命名为"洛阳市委直属机关主题党日活动基地"

民兵运输连完成入选《作家文化交流散记》校印任务

民兵运输连向内蒙古包头文友赠书

民兵运输连连长田延通（左）向江苏钢铁业友人孙小平赠洛阳工艺品

走进老电影《青松岭》原景地

亲人相聚传颂文化交流故事

草原钢城包头传承文化交流

退休老教师张同礼（中）及家人手捧
《作家文化交流散记》校样稿

"七一"前夕作家到温州中建二局项目部
开展文化交流

走访新渔村一家留影

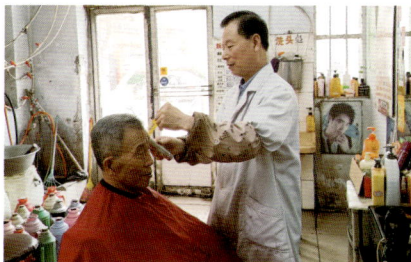

文化交流路上理个发

我家娃果果（左一）学唱京剧

文友王继祥参加文化交流荟萃

王继祥《人生"麻辣烫"》专著发布会

王继祥（左一）与文友张世才、谢吉恒、
程亚洲、李培禄、王金保（自左至右）
到青松岭采风

作家王继祥与王守明主编
进行文化交流

迁西县图书馆文化交流留影

王继祥荣获世界汉语作协等举办的
"全国文学艺术精英新春贺岁
大奖赛"冠军

赏游"独一无二"的水下长城

作家文化交流散记

谢吉恒 著

北　京
冶金工业出版社
2023

内 容 提 要

本书是一部文化交流作品集,围绕文化是"根"和"魂",坚定文化自信、增强文化自觉的主轴,立足钢铁业辐射多领域,讲好钢铁人的故事,多渠道开展文化交流。作者近十年来踊跃参加"改革开放四十周年""中华人民共和国成立七十周年""中国共产党成立一百周年""党的二十大胜利召开"等全国性征文活动,甄选出散文、报告文学、诗歌等获奖作品,参与文化交流,集纳成书,全书分为四篇,包括"奋进新征程,赏读风光篇""讴歌新时代,抒写故事篇""百年再出发,赏析切磋篇""豪情酬壮志,续写新章篇"。

本书内容丰富,笔触细腻,文字优美,从不同角度和侧面拓展文化交流内涵,书写新时代的绚丽画卷,集思想性、文学性、故事性、知识性、可读性于一体,可供冶金行业宣传部门工作人员和文学爱好者阅读。

图书在版编目(CIP)数据

作家文化交流散记/谢吉恒著 . —北京:冶金工业出版社,2023.8
ISBN 978-7-5024-9591-6

Ⅰ.①作…   Ⅱ.①谢…   Ⅲ.①散文集—中国—当代   Ⅳ.①I267

中国国家版本馆 CIP 数据核字(2023)第 144616 号

作家文化交流散记

出版发行 冶金工业出版社		**电　话** (010)64027926
地　址 北京市东城区嵩祝院北巷 39 号		**邮　编** 100009
网　址 www.mip1953.com		**电子信箱** service@mip1953.com

责任编辑 李培禄　美术编辑 彭子赫　版式设计 郑小利
责任校对 葛新霞 责任印制 禹　蕊
北京捷迅佳彩印刷有限公司印刷
2023 年 8 月第 1 版,2023 年 8 月第 1 次印刷
710mm×1000mm　1/16;33.25 印张;6 彩页;536 千字;517 页
定价 139.00 元

投稿电话　(010)64027932　投稿信箱　tougao@cnmip.com.cn
营销中心电话　(010)64044283
冶金工业出版社天猫旗舰店　yjgycbs.tmall.com
(本书如有印装质量问题,本社营销中心负责退换)

序　言

"一花独放不是春，百花齐放春满园"。习近平总书记讲话中多次引用中国这句古代经典谚语，为实现"两个一百年奋斗目标"，旨在强调世界多元文明各具特色，各国孕育的多样性文明都是人类文明的重要组成部分，应当互相尊重，加强交流。

中华民族有着 5000 多年的文明史，博大精深的中华文化，为实现中华民族伟大复兴，提供了强大精神支柱。党的十八大提出"两个一百年"奋斗目标，集中体现了广大人民的意愿。即 2021 年中国共产党建立 100 周年时，我国已经实现全面建设小康社会的目标；第二个一百年，到新中国成立 100 年时建成富强、民主、文明、和谐、美丽的社会主义现代化强国。

文化因交流而多彩，因借鉴而丰富。我加入中国冶金作协、世界汉语作协及中国散文学会、中国报告文学学会等，职业荣誉的获得，意味着对写作成绩的肯定，承担着责任和义务。我定格中国冶金作家，矢志立足钢铁企业，辐射多个行业和地区，践行文学力量，深入文化交流。

2021 年 4 月，文友闻知为迎接党的二十大胜利召开，我申报出版《作家文化交流散记》获批喜讯。在真挚祝贺声中问询我"参加文化交流有何秘笈？""文化交流来自底气"，我爽快地概括回答。有了底气，就有士气和动力，"底气"我从两个方面梳理解读。

其一，底气靠历练。屈指可数，我的写作之路已走过五十余载，十分珍惜自己选择喜爱的职业。选定目标，辛勤培育，持之以恒，信心满怀把文化交流工作践行到位。有贵人相助，高人指导。感谢世界汉语作协领导的厚爱和提携，高度评价、肯定我在文学创作中的杰出成就和对世界汉语作协的突出贡献，聘任我为世界汉语作协中外文化交流研究院终身荣誉院士。受责任和担当的激励，用荣誉体现自身价值，用笔墨助力文化交流。回顾我为文化交流倾力付出，栉风沐雨，砥砺前行，留下值得珍藏的一串印记。

印记之一，参加世界汉语作协等举办各种文学杯大奖赛。如鲁迅文学杯大奖赛，散文作品《白云山赏太行菊传奇》入选文化界著名协会、企业中国燕京文化集团等策划的《世界文化名人大辞典》。又如参加茅盾文学杯华语文化大奖赛，散文作品《来自黑山"诚信铸品牌"报告》入选《汉语诗歌普及读本》。还有采写的《高擎党旗唱响民兵连歌》散文作品入选《纪念辛亥革命胜利 110 周年：东方文韵·时代新篇》，并被我国著名高等学府——北京大学图书馆永久收藏。

印记之二，我采写《田延通：最美老交通人》与文友冶金行业标准化制定专家赵一臣先生撰写作品《瓶颈破解的探讨》同框入选《中华人物志》。

印记之三，踏入文化交流之路，甘做人梯和铺路石。培养、推荐 20 余位文友加入中国散文学会和 5 名文友入盟世界汉语作协。引领文友加盟文化交流行列，大显身手，展示才华。如学生夏凤英、张忠浩、吴杰、冀玉花、易雅娇、徐晓慧等撰写的《胸佩"光荣在党五十年"纪念章——谢吉恒老师勤勉耕耘的足迹》佳作入选《共和国杰出文化人才大典》。

印记之四，2021 年采写的散文作品《仙境白云山拾贝》，参加庆祝中华人民共和国成立 72 周年全国文化艺术精英人物作品展，组委会评定该作品在文化艺术领域具有深厚造诣，影响力广泛，受到点赞喝彩。官网"意不尽网""中华人物百科网"等十余家联网发布，向祖国和党献礼……一篇篇作品凝聚汗水智慧的结晶，一部部大典中留下闪光的痕迹。

印记之五，为讴歌伟大祖国，迎接 2022 年中华传统春节，我国八大资深传媒、三大著名文化协会倾力相助成立组委会，在全国文学界发起"全国文学艺术精英新春贺岁"大奖赛。浭阳书画艺术研究会是唐山市传承非遗文化的"标杆单位之一，传承非遗文化点面结合，独具特色，成绩斐然。我幸运地被该研究会聘为"义务顾问"，与该会"策划师"刘国峰先生配合默契，与文友国海涛、王静梅联手书写多篇参赛作品。包括谷小光棋子烧饼、江德庆熏鸡、浭泉酒业、言清门武术传承、广正号"小蓼花"、丰润画扇、葆光斋装裱、匡国财葫芦雕刻、杨晓丹传承叶雕、苗晨刺绣等项成功参赛，收获颇丰。津西钢铁王继祥、新金钢铁王献力、著名山水画家张世才参展作品风格新颖，才艺高超，喜捧大奖。为海内外中华儿女欢度传统新春佳节，增进中外文化交流，奉献一份丰盛的精美文化大餐。

印记之六，2022 年，我的原创散文作品《博鳌美景花絮》喜获入选《诺贝尔国际文学推介作品选编》。2023 年我入选《中央电视台新闻人物代表作汇编》作品展……

其二，底气靠交流。自党的十八大以来，我和文友们连续十个春秋肩并肩，手拉手，持续不间断地饱蘸激情，深入基层开展"奋斗百年路，启航新征程"为主题的多种文化交流采风活动。

"旅游长见识，行走即读书"，与中国作协、中国冶金作协、河北作协的作家及书画家、摄影家等朋友奔往黑龙江、辽宁、内蒙古、宁夏、青海、河南、河北、江苏、浙江、山东、山西、湖南、贵州、台湾、广西、北京、天津、上海等近20个省市、自治区常态化参加文化交流采风活动，一路采风一路写作，不断提升文化交流的质量和自觉性。

十年间我收录了所见所闻、所历所闻、所思所感，精心创作散文、报告文学、诗歌等百余篇文学作品。全方位多渠道、多层次、多角度与作家、企业家、文友、读友等广泛交流，结集成《作家文化交流散记》53.6万字。全书贯穿"文化是魂、源、根，文化要自信和自觉"这条主线，书写新时代，讴歌新时代。

《作家文化交流散记》全书内容编为四篇：第一篇"奋进新征程，赏读风光篇"。向往生活，心存阳光，必有诗和远方。彰显"锦绣江山遍地画，幸福生活满园诗。"此篇作品构思奇妙，布局严谨，语言优美，可读性强，选编吸纳参加全国征文大赛获奖作品。第二篇"讴歌新时代，抒写故事篇"。通过《中国冶金报》副刊、《中华大地之光》《中国时代风采》《当代作家》等期刊搭建的征文平台，为实现文化交流的目标，常年深入一线，扎根基层，挖掘亮点，真情表达，礼赞英才人物。对惊天动地的事迹倾情书写，用文学的力量传播"钢铁人"的故事，弘扬可贵精神。此篇中的故事情节动人，注重细节，突出主人公个性，以形象吸睛，将钢铁元素+文学元素融为一体。为突出文化交流参与的广度和深度，作品还收录了洛阳、黑山、白云山、品牌、抗疫采风等方面的生动故事，内容丰富多彩。第三篇"百年再出发，赏析切磋篇"。相约文友竭尽全力参与，力求深入透析作品，如琢如磨。本篇作品有读后感悟、学习名家名人的心得体会、随笔、杂感及书画选编介绍等。第四篇

"豪情酬壮志，续写新章篇"。诚邀作家、书画家、文友和读友贴近行业特点，满怀激情，为迎接党的二十大胜利召开，谱写励志创新展宏图的诗文，参与文化交流。

"人贵有志，学贵有恒"。我誓愿将企业、作协授予我的"荣誉员工""荣誉民兵""义务顾问""荣誉院士"等美誉，激励成文化交流力量，为祖国、为人民立德立言。今年5月初，我携带《作家文化交流散记》校样稿，奔赴浙江、江苏、内蒙古、辽宁、河北、天津等国家级图书馆，进行文化交流，得到认可和点赞，听取多方面建议进行修改。欣喜应约《作家文化交流散记》出版后，将入驻十余家国家一级图书馆收藏展示，政府保管，流传于世。我诚挚感谢各界人士的期待和支持，继续践行在文化交流的大路上不断前进！愿《作家文化交流散记》在"做人、做事、做学问"等人生课题给读者朋友们带来更多有益启迪。

谢吉恒

2023年6月22日于北京

（作者系中国冶金作协会员、世界汉语作协会员、世界汉语作协中外文化交流研究院荣誉院士）

目　　录

第二篇　讴歌新时代，抒写故事篇

第三篇 百年再出发，赏析切磋篇

第四篇　豪情酬壮志，续写新章篇

谢吉恒·我的冶金作家人生

生活不缺少美,而是缺少发现美的眼睛。作家发现美、体会美、感悟美。

——作者题记

山溪的理想是大海,雏鹰的理想是蓝天,树木的理想是大地,事物都有理想。回忆孩童时代老师命题作文"你的理想是什么?"每个人心灵里都藏着美好理想,有的想成为明星、有的想成为工程师、有的想成为医生、有的想成为教授……我的理想是当一名作家。

有理想就有希望,当作家的梦想,始于幼小心灵生根发芽,苗壮成长,经历40多个春秋的"梦想、追梦、圆梦"3部曲——开花结果。我实现了作家的梦想,入围中国冶金作家、世界汉语作家……成为知名实力派冶金作家。作家需要获得人们的认可,首先在于作品,不在于谁的推崇,更不在于自我推销,自我标榜;作品是作家立身之本,而作者的人品也是立足的根本。我出版《难以磨灭的记忆》《走进红松的故乡》《丝路采风随笔》《新时代风采》等文学作品15部500余万字,为国内多家图书馆收藏。作品参加全国文化精英大奖赛,分别喜获"鲁迅文学杯""茅盾文学杯""当代作家杯"的奖项。2022年我被聘为"世界汉语作协中外文化交流研究院终身荣誉院士",授予"汉语文化国际传播大使"称号。文友们为之喝彩礼赞,祝贺我"老来得志!""老来红!"愉悦之情难以言表,感谢中国冶金作协和世界汉语作协的厚爱和提携,感谢亲友的关心和支持。荣誉的背后是责任与担当,荣誉是鼓励和动力,更是一份坚守和责任。

为喜迎党的二十大胜利召开,文友相约围绕"文化是魂、根、源""文化要自信、自觉"的主题,搭建展示平台,发表交流文学作品,以文化自信促进文化交流。文友们八仙过海，各显神通，参与文化交流精彩盛宴，竞相用多彩的文笔，飞扬多姿，展现文学力量。作品才是作家真正的名片，决意将原创新作"我的作家人生"捧上与文友分享共乐。

孩童时代羡慕作家，缘由作家有渊博的知识、丰富的想象力、高超的写作技巧及精彩文笔受人尊重。怎样看待作家这个行业？有人说过："一代代作家既是丰碑，又是高墙，丰碑可供人敬仰与追随，高墙又使人畏惧和退缩。"我的作家人生是勇往直前，披荆斩棘。

我的头衔是"记者与作家"双重身份，两者共同点都是讲钢铁人的故事。步入记者和作家行列时间有先后，以 2000 年为界，之前侧重于新闻写作，之后偏重文学创作。作家作协组织分为中国作协和省、市、县等作协；作家分类为诗人、散文家、报告文学家、小说家、剧作家、文学评论家、杂文家等。对号入座，我归类为散文、报告文学及杂文家，较擅长散文、报告文学、杂文写作。

要想真正成为一位冶金行业的作家，需要哪些基本素质？回顾我走过的难忘时光，梳理在写作和出版中的收获，步入作家行列感悟最深的是"勤奋刻苦坚持不懈、选择比努力更重要、成功需要找对平台"三个方面。

感悟之一，勤奋刻苦　坚持不懈

圆梦作家之路，明知充满艰辛苦涩，但我专心致志，矢志不渝。以"书山有路勤为径，学海无涯苦作舟"为座右铭，越是困难越向前，持之以恒。坚定信念不动摇，走准"读、思、听、学、写、改"六字妙棋，满盘皆活。六字妙棋即，读，博览群书，积累美词佳句；思，欣赏名家佳作，开动脑筋，善于分析；听，留心观察身边的人和事，留心倾听收集别人个性语言，积累素材；学，学习名家的写作技巧；练，常练习写作勤动笔，提高写作水平；改，文章写成后反复修改。

"天外天楼外楼，能人中有能人"，进入新时代，我更注重写作从微小细节入手，严格苛求、谋略大方向，创新作品。深刻领悟"天道酬勤、地道酬德、人道酬诚"，聚焦勤、德、诚三字的精髓，人品、文品、作品匹配，修炼自己，心怀大方向，争做中外文化交流的优秀使者。如何提升作家必备的"文笔、生活、想象力"的热议话题，坦诚分享个人见解，与文友共勉商榷。

其一，文笔，这是作家的生命，看家本领。每位作家都有自己风格的文笔，文笔就是作家的饭碗。作家练就好文笔，来自多读、多写、多思考，是使用综合表现手法形成的。

其二，生活，它是写作的源泉。作家能用眼睛发现生活美、体会美、感悟美，需靠诸多因素，诸如生活积累、阅历、思想和感情等都是源于生活。阅历是人生和社会的基本常识，作品就是写人的社会属性、人性。越是对人性挖掘得深，作品就越有感染力。

其三，想象力，它是作家的翅膀。文学是最有想象力的行业，想象力丰富的作品更有生命力。作品如何立意、组织语言、选材、塑造人物描写及人物环境……这一切都离不开想象力。我写作常有这样的感受，灵感来了不可收拾……像大石缝里的泉水，涓涓细流写不完，其实这灵感便是想象力。

感悟之二，选择比努力更重要

我是从冶建行业走出来的作家，接地气正能量，透视自己奋斗印迹，深悟选择比努力更重要。人生贵在选择，每天都在选择，无非大小而已。我追梦作家，有过5次选择，机会降临时，认真思考，勿失良机，坚定前行。

第一次选择，恩师启蒙。20世纪60年代初，我就读于包头师范学院，文学兴趣浓，遇名师指点，喜出望外。语文课老师韩雪屏，国内著名语文教育学家，享受国务院颁发的特殊贡献津贴。她是当时毕业于北京师范大学中文系的高才生，扎根北疆，辛勤耕耘，从教40年，著作等身。我心目中的韩老师，面聆听教诲，三年烙印深，文学功底厚，不负盛名传。观摩过她语文课的教学者赞不绝口：授课技艺高，口才更超群，剖析力度强，生动又形象。我爱好文学，是班里语文课代表，受恩师熏陶，面授指点多，受益匪浅。名师带高徒，写作实力提升，全校征文赛，我名居前列。写出精彩作品，激发写作欲望，奠定作家梦，起步根基坚。

第二次选择，当兵服役。1964 年底应征当兵入伍，因我喜欢写作，入伍后深受首长重视，任部队报道员，写文章可为我最喜欢的工作，如鱼得水。部队设专人传、帮、带，面向部队生活，系统学习、践行新闻及文学写作训练。当兵服役 5 年，赛过大学堂。宝贵时光，学中干，干中学，学写结合，难得机遇，苦练写作硬功。部队服役期间，我和战友采写文学作品，为《人民日报》《内蒙古日报》《解放军报》等刊用 10 多篇，被《内蒙古日报》吸收为骨干通讯员，评为军区优秀通讯员，奠定文学写作起脚石。

第三次选择，体验生活。20 世纪 70 年代初我复员退伍到包头，本应分配到媒体单位工作，可我逆向而动，主动放弃条件优厚的报社、电台接收单位。为丰富阅历，体验生活，争取到二冶上班，到包钢工地当电焊工。深入施工现场，扎根基层，了解工人，宣传工地生活，服务工人群众，用眼发现生活之美，讴歌包钢建设的辉煌成就，奠定丰富写作的源泉。

第四次选择，抗震救灾。1976 年唐山发生大地震，跟随二十二冶从草原钢城包头奔赴唐山抗震救灾现场。饱蘸激情，把握时机，奋笔疾书，积极投身到为唐钢复产、新唐山建设之中。因我写作成绩突出，备受《唐山劳动日报》的青睐，被聘任为特约记者，联手合作采写抗震救灾故事及多种体裁文学作品，讴歌英雄的唐山人民，弘扬抗震精神。拓展了写作领域，从冶建、钢厂扩至矿山、地质、设计、港口、油田、交通等行业。奠定追梦作家，取得丰硕成果。

第五次选择，燕赵采风。20 世纪八九十年代，我接连被聘为《中国冶金报》专职记者，任命为《中国冶金报》河北记者站站长，肩挑重担，不负众望，为全国第一钢铁大省——河北钢铁业蓬勃高质量发展摇旗呐喊。河北南有武安，北有迁安，我和文友围着燕山、太行山两山转，踏遍燕赵大地的大小钢厂、矿山，为钢铁人立传，写钢铁人的故事。出版专著《燕赵儿女走进人民大会堂》《丝路采风随笔》《新时代风采》等 5 部约 180 万字的文学作品，2019 年中国记协授发资深记者荣誉证书和证章……步入古稀之年，酷爱文学，追求文化交流兴趣永不言老。世界汉语作家协会高度评价我在世界汉语文学创作的杰出成就和贡献，2022 年聘任我为世界汉语作协中外文化交流研究院终身荣誉院士，广泛开展文化交流……奠定作家立足文艺高原，向文艺高峰攀登！

五次选择，道出选择的真谛：人生不可能没有选择，也不可能缺少选择；人生没有最好的选择，只有最适合自己的选择；努力是成功的必需品，努力需要有针对性；选择目标正确了，才会有更好的努力。

人生三大幸事"遇良师、得益友、握良机"，我很幸运皆有之。我的作家人生，大方向选定后，选择的每道小关口，都顺应这个大方向，有贵人相助。遇良师，春风化雨；得益友，如鱼得水；握良机，节节高升。

我的五次作家人生选择，足以揭示跟什么样的人在一起，你就会有什么样的人生！你是谁不重要，重要是你跟谁在一起，跟对人非常重要。

感悟之三，成功需要找对平台

平台多么重要啊！你看，老鹰的平台在苍穹，才有鹰击翔空。骏马的平台在草原，才能驰骋飞奔几千里。海豚的平台在大海，才有遨游海洋的欢愉。老鹰、骏马、海豚没有平台又怎能大显身手呢？绝对不可能。

你再看，一个人选择的平台不同，其效果截然不同。有个经典选择小故事，令人耳目一新。人骑上自行车，两脚用力使劲蹬，1 小时才能跑 10 公里左右。人开上汽车，一脚轻踩油门，1 小时就跑 100 公里。坐上动车，1 小时能跑 300 公里。人乘上飞机，居然能 1 小时飞 1000 公里。人还是那个人，平台不一样，差别真是天壤之别，足见找对平台的重要性。

我的文学作品展示平台选在哪里？审视作家定位，为冶金行业服务，纵观发表自己擅长乐于展示的文学作品，主要展示平台选在《中国冶金报》副刊、期刊杂志、图书出版的 3 个平台上。

一是报纸副刊。《中国冶金报》是全国冶金行业唯一最具权威影响力的报纸，由敬爱的周恩来总理题写报名，1956 年创刊，今年迎来创刊 67 周年。

我已是服务于《中国冶金报》37 年资深的一线记者、辛勤深耕《中国冶金报》副刊忠诚的园丁之一。10 多年来，在副刊主编郑洁带领下，力荐河北多家钢企参加协办副刊征文栏目。为办好《冶金文苑》建言献策，努力培养冶金文学新人，累计撰写被刊用散文、报告文学作品近 50 篇 10 万余字。2010 年被中国散文学会、中国报告文学学会、中国报纸副刊研究会评为"中国最具影响力新闻文化工作者"。

二是期刊杂志。展示我的文学作品选择在《中华大地之光》《中国时代风采》《中国改革》《当代作家》等期刊。

"谱写大地华章，讴歌时代英才"是中华大地之光征文组委会的宗旨。这项活动从 1995 年启动，得到了党和国家领导人的支持，已成功举办 33 届，取得"华章耀目，群星璀璨"的可喜成果。国家领导人接见受表彰的新闻人物和奉献者及获奖作者合影留念。央视、《人民日报》等多家主流媒体进行报道。

阮观荣先生耄耋之年，德高望重，中国新闻文化界名人、老前辈，德艺双馨。阮观荣原是中华全国新闻工作者协会国内部兼学术部主任、中华大地之光征文组委会创始人之一，我跟随阮老参加过 20 多届征文活动。

物以类聚人以群分，耳濡目染，与阮老结为良师益友，赴钢企工地，深入生活，发现典型，现场采风。20 余载，奔大江南北，赴长城内外，撰写报告文学、散文、通讯、调查报告等类文章百余篇。"中华大地之光征文"属国家级征文大赛，2000 年我采写的报告文学获中国作家协会、中国报业协会奖，历届获奖作品汇编成《中华大地之光获奖作品选》或《中华大地》期刊发表，全国发行，影响深广。我被《中华大地之光》《中国时代风采》等期刊聘为特约编委，为弘扬钢铁业高质量发展，10 余次走进人民大会堂、钓鱼台国宾馆参加国家领导人出席的颁奖仪式并合影留念。

三是图书出版。我为什么要出书？"人类社会，能千古流传的，唯有文化，而权力财富，终如浮云。"我赞同世界汉语作家协会主席尹长磊的见解，作家著书参与文化交流是人生难得开心乐事！

我为什么能出书？"离开中国冶金报社这个平台，我将一事无成"，我深有感触。30 多年我能深耕河北冶金行业这块沃土，感恩报社历届领导班子栽培重用，感恩伙伴倾心相助。1994 年我出版第一本专著《汗水智慧铸丰碑》，时任报社社长樊源兴亲笔题写书名、总编辑艾桂林作序。

2021年6月上旬，我第一次在津西钢铁公司见到《中国冶金报》社长陈玉千，他刚从冶金工业出版社社长岗位调到中国冶金报社不久。我手捧新出版沉甸甸的《新时代风采》一书，他很眼熟，指着封面问道"作者就是你啊?""嗯"我回答。他点赞我是有功之臣，吩咐身边编辑，把书带回报社阅览室让大家阅看。10月，我撰写的散文作品《白云山赏太行菊传奇》获"鲁迅文学杯全国文化精英大赛冠军"，受到陈玉千社长的关注和支持，此作品在《中国冶金报》冶金文苑刊发，并在中宣部"学习强国"学习平台发布。你是谁不重要，重要的是支持你的人重要。又如1994年时任冶金工业出版社编辑的谭学余首次编辑我的书稿，到他升任为社长，直到2019年他病逝，20多年不忘关注和指导我的书稿出版。

2012年后，《中国冶金报》原总编辑任静波调任冶金工业出版社任总编辑，得到她多方面关心帮助和培养，包括有关传授出版知识、写作技巧和提高书稿质量及写作前言等知识。她的言传身教，助力我成为《中国冶金报》资深记者和冶金行业高产作家。曾记得她亲自到唐山、邯郸等钢企参加我的新书发布会，送去出版社的鼓励和祝贺。在她的推荐下新结识了多位责任编辑，出版了一本又一本新书。知恩感恩报恩，我跨入作家行列，时刻牢记冶金工业出版社领导和朋友的付出和关心……

我定格为冶金行业的作家，应该是义无反顾写好钢铁人的故事，为钢铁人服务，牢记担当和使命，驱使自己坚持常态化努力，产生滴水穿石的力量，多出受钢铁人青睐的文学作品类图书，至今已结集出版10余部作品。

冶金工业出版社是国家一级出版社，亲历20年的合作，感同身受，选对这个质量和服务一流的平台、跟对人，很重要!

（谢吉恒）

第 一 篇

奋进新征程，赏读风光篇

老君山之约

登老君山，感受人间仙境，领悟老子思想精髓。

——作者题记

传承红色基因，讴歌建党百年。2021 年 4 月，作家采风"党建教育故事"洛阳行，首站到访洛阳市孟津区民兵运输连，寻访他们始终牢记初心使命，聚焦主业主责，积极支持国防建设，出色完成赴藏区反恐维稳、抗洪抢险、跨区部队过境保障和参与打赢疫情防控阻击战等急难险重任务的足迹。他们 2008 年被河南省委、省政府、省军区授予"应急维稳模范民兵连"，2016 年被河南省政府表彰为"平安汽车站建设示范单位"，2019 年被人力资源和社会保障部、军委政治工作部、军委国防动员部联合表彰为"全国国防动员工作先进单位"，2021 年被河南省委授予"河南省仙剑基层党组织"，2020 年民兵运输连连长、党支部书记田延通被交通运输部评为"2020 年感动交通年度人物"等多项荣誉。

荣获鲁迅文学杯金奖

回顾孟津民兵运输连筚路蓝缕、激情燃烧的历程，作家激情创作多篇文学作品，讴歌民兵连发扬光荣传统，在相关媒体发布宣传他们的光辉业绩。作家撰写孟津民兵运输连的部分优秀作品，入编由冶金工业出版社 2021 年 12 月出版的《永远跟党走——喜庆建党百年华诞》一书，可喜可贺。散文《高擎党旗唱响民兵连歌》一文，参加"鲁迅文学杯"全国文化精英大赛获金奖，这是文化界少有的由正规著名的、领航级协会组织的文化大赛，盛况空前，引起巨大轰动。此文入选世界作家协会等编著的《东方新韵时代新篇——纪念辛亥革命胜利 110 周年》一书，并由北京大学图书馆收藏。10 月中旬作家来到孟津民兵运输连完成书稿校编和图片拍摄工作后，与民兵连长田延通相约同登老君山，感受人间仙境，领悟老子思想精髓。老君山之约，拟定 2022 年续写孟津民兵运输连模范故事新篇。

策划观览攻略　选择核心景区

我喜爱旅游，游过国内众多名山，出版多本山水题材散文集。几次来洛阳采风，梦绕魂牵，心头萌生去老君山的念头，10 月 21 日终于实现了观览老君山之约的夙愿。清晨六点，采风组打卡启身。汽车从孟津出发，高速路上行驶两个多小时 150 多公里，走进有着"洛阳后花园"和"北国江南"美誉旳栾川县。栾川旅游资源丰富，留下极深印象的是大自然之美，给人一种视觉的盛宴。栾川县现有国家 4A 级以上景区 10 家（含两个 5A 级景区），位列全国县级首位，被评为中国旅游强县，入选"2018 最美县城榜单""全国乡村旅游示范村""全国特色景观旅游名镇名村""世界十大乡村度假胜地""国际乡村休闲旅游目的地"。栾川旅游业开发有力度，足以见证"中国旅游看两川，省级看四川，县级看栾川"，名至实归。

老君山——文化名山。中国很多地方有老君山，大都跟老子相关，此次观览的目的地是比较著名的洛阳老君山。它位于洛阳市栾川县城南 3 公里处，是秦岭余脉八百里伏牛山脉主峰，海拔 2200 米，中国著名道教圣地、国家5A级景区、世界地质公园、国家级自然保护区。

老君山原名景室山（喻意天下美景集于一室）。老子姓李，名耳，与孔子同时代，春秋时代楚国人，曾任楚国守藏室之使，春秋末年的伟大思想家、哲学家、文学家和史学家，道教始祖。

老子公元前571年，出生于楚国苦县（今河南鹿邑县）。传说老子托胎玄妙玉女体内，怀孕81年，是从母亲右肋生出来的。他母亲在一棵梨树下生的他，老子刚落地就指着梨说"这是我的姓"，老子就姓李了。老子在娘胎里时间太长了，以至于这个初生婴儿长着长长的胡子，人们就称他为老子。相传老子归隐修炼，活到一

作者于伏牛山主峰

百六十岁得道成仙，遗留下的著作仅有《道德经》，《纽约时报》将老子列其为世界十大古代作家之首。

2000多年前因老子归隐修炼于此山，唐太宗李世民赐名老君山，沿袭至今。

老君山景区面积庞大达37.5平方公里，主要分布居中的主景区是西部的追梦谷和东部寨沟景区。我们选择用一天时间游览居中景区。大致路线为：山脚下的老君像、淋醋殿、中天门、林荫步道、卧云松、菩萨殿、老君庙、金顶、玉皇顶，然后原路返回。根据自身条件，全程选用"步行+索道"的方式游览老君山。

老君山以山水奇特、景观奇绝、生态宜人、气象万千四大特点著称，颇具仙风道骨，更能体现道法自然的深意。

观老子文化苑　感悟道行天下

老子文化苑是传承和弘扬老子思想的圣地，整体采用汉代建筑风格。老

子文化苑总面积 10 万余平方米，主题思想是"大道行天下，和谐兴中华"，以"道行天下，德润古今，天人合一，尊道重德"为理念，沿中轴线，从阙门向上依次有 12 项建筑，充分展示了老子哲学思想的博大精深、震古烁今，被公认为是全人类的瑰宝。老子文化苑景点火，更是网红打卡地。

十里画屏留影

来自全国各地的游客在导游引导下，络绎不绝参观老子文化苑中的老君照壁、老子生平故事浮雕墙、老子圣像、道德经墙等建筑。最引人注目的是巨型露天老子铜像，它是老子文化苑的标志性建筑，老子圣像呈站立之势，通高 59 米、像身 38 米、重达 360 吨，由 288 块特制锡青铜焊接而成。圣像被世界基尼斯总部输录为"大世界之最——世界最高的老子铜像"。老子铜像的手势最吸引人，至今是个谜。据说，老子竖起一根手指，表示他一心一意、专门修道的决心。还有人说，道教天下第一，开天辟地之意。在老子铜像的下面是太极和合广场，首创的 16.8 米高的花岗岩石阙门，直径为 51 米黑白太极图，也是国内独一无二的广场。

道德经墙由两岸三地的 81 名著名书法名家联手同书，集真、草、隶、篆、行五种书体于一身，共同书写老子的《道德经》为国内首创。游人、墨客游览于此，驻足品赏，受益匪浅。

游览十里画屏　惊叹峰林仙境

人间有仙境，醉美老君山。攀登老君山，从山门入口通往山顶，除了坐缆车，就是徒步。为节省体力，我们经过两程索道坐缆车，惊险刺激，高空俯瞰，脚下群山万壑的秀美风光，沁人心脾。下了缆车徒步观览景点，观看老子骑青牛雕像。它是来自雕刻之乡的河北省曲阳用青石雕成的，青牛像高3.8米、长4.5米、重18吨。相传当年老子骑青牛过函谷著《道德经》后，最终与青牛相伴隐于老君山中，修身炼丹，羽化成仙。青牛是有灵性的，这里流传一句话："摸摸青牛头，一辈子不发愁，摸摸青牛颈，一辈子不生病，从头摸到尾，一辈子无后悔""正转三圈升官，倒转三圈发财"，当你听到这些语言后，就不由得你去摸摸转转了。

老君山自然风景奇观——十里画屏。这是必须打卡要去的景点，非常具有代表性，不仅是老君山核心景观区，也是观看地质运动奇观的必经路。十里画屏又称石林，属花岗岩峰林地貌景观，如刀劈斧削，犬牙交错，披红挂绿，雄伟壮观，多姿多彩。

据地质专家介绍，老君山花岗岩与其他地方不同，岩体由"斑状黑云母二长花岗岩组成"，距今1.4亿~0.8亿年间秦岭造山带提升造山过程中形成相对年轻岩体，被国内地质专家命名为"老君山岩体"，在造山运动中造就了群峰竞秀、拔地通天的独特景观。

十里画屏位于老君山山顶以南两公里多，1000余亩范围内3000多座拔地通天山峰组成。景区为游客全程修建悬空水平栈道，栈道是石板铺路，看不到脚下，让游客坦然地穿梭般漫步在步道上，近距离接触景观。栈道随着山体蜿蜒曲折修建，越走越高。为安全起见，我手挂竹棍，用

打卡十里画屏

它探路、着力。栈道前方，石林座座，峰峰竞秀，相映成趣，特别优美。此时行在美景中，赏在美景中。有时我就驻足细看，景美如画，画在景中。峰林之间一步一景，步移景换，远眺成林，近观成峰，景景如画，被人们形象

地称为"扩大的盆景，缩小的仙境"。游人感慨地说："看了十里画屏是震撼，不看是遗憾！"

十里画屏奇峰异谷，郁郁葱葱覆盖满山的植被，或湍急或平缓的溪流，挺拔秀丽的罕见地貌奇观，世界范围内发现规模最大的花岗岩峰林奇观，举世无双让人沉醉。

走在山峦中，不断前行。放眼望高处栈道上，满满全是游人，人在画中游，这是人生的乐趣，美的享受。十里画屏奇峰怪石中颇具代表性的有最小、最具形观的"老子讲经石"；"一线天"，同一块石壁在地质剪切应力作用下，形成窄窄的石壁过道，长约 25 米，最窄处不足 0.5 米，最宽处不足 2 米，只能容纳一人通过，仰望上空，悬石欲坠，天如一线，颇有"缝中观天天成线"的意境；穿过石缝就是十里画屏植物之王——千年枫树，树干硕大，树龄已有千年，生长树林中，常年吸收灵气，成为老君山最大的一棵枫树，享有枫王的美誉，春夏绿荫如盖，秋霜红叶似火，是十里画屏具有代表性的红叶景观树之一；还有最著名的老子悟道石……

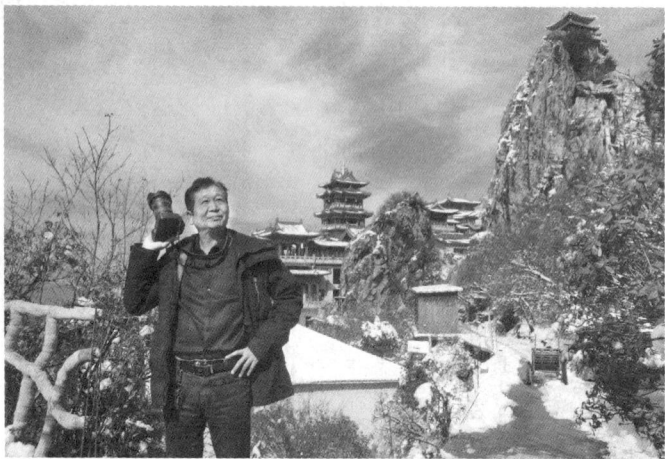

田延通在构思拍摄

沿着蜿蜒崎岖栈道前行，老连长田延通肩背专业拍摄设备与摄影师前后呼应，抓拍瞬间美景，定格在镜头里。我们用一个多小时，走完了 1000 多个台阶，感受大自然造山的惊心动魄，见证了鬼斧神工的奇石景观，亲近了原生态天然大氧吧……经过十里画屏后，最期待就是登顶。

登金顶道观群　领悟深厚道韵

我们登山至中天门，在两侧看到一副奇联，上联用草书书写："老君山山君老山老君不老"，下联用魏碑书写："玄门道道门玄道玄门亦玄"，不仅写出老君山的悠久历史，也写出这座山的道家文化氛围。这副对联很奇特，奇在上下联悬挂地方、上下联由两个人在不同时间撰写、上下联由两个不同书法家书写、上下联用两种不同字体书写、对联是由数名诗人、辞赋家、策划家等众多艺术家共同完成的对联精品，被誉为"天下第一奇联"，文化经典。

进入南天门，一座金牛卧在右边，仿佛在等待主人修炼完毕，下山回家。而金顶上的道德府，则供着老子的雕像，门前的香炉里青烟袅袅，香火旺盛。

2000多年前，圣人老子归隐老君山。这里成为历代朝圣者亲近先贤、感受中国传统文化之源的圣地，孕育着千年的道教风韵。

老君庙始建于北魏，铁椽铁瓦，以"铁顶"著称，在中原众多庙宇中屈指可数，素有"南有武当金顶，北有老君铁顶"之说。初一、十五朝拜老君庙的香客成群结队，四月初八的庙会上更是人山人海。

老君山最聚人气的地方是依山势而建的道观群，给人一种问道入仙境之感。

当地政府斥巨资，修葺古迹，开发景区。全部采用明清皇家宫殿式建筑风格，用地1.1公顷，建筑面积1万平方米，总投资1.47亿元。现已建成主要包括老君庙、道德府、五母金殿、亮宝台、玉皇顶、钟鼓楼、南天门、朝阳洞、大道院、神道天桥、回廊等10项工程及配套设施，特别是金殿、亮宝台和玉皇顶三座金顶打造，成为老君山道观群的亮点。金殿与亮宝台、玉皇顶遥相呼应，巧妙构成二龙戏珠的壮观景象，更因巧夺天工的建筑风格和得天独厚的地理位置，构成一幅"天人合一"的完美画卷。

老君山 10 月 19 日降了 2021 年首场小雪，我们登上山顶气温零下 2 度。雪后老君山颜值爆表，披上银装，毓秀挺拔，在阳光照耀下，愈发美丽妖娆。云海、雪山同步上线，远眺蓝天、白云、金殿、云海映入眼帘美轮美奂，美似仙境，仿若仙宫。

离开金顶建筑群，又过了一小段栈道，进入伏牛山主峰马鬃岭，海拔 2217 米。马鬃岭整座山峰犹如一匹昂首向东奔腾的骏马，因山岭上遍开太白杜鹃，远看状似马鬃而得名。老连长田延通驻足峰顶，放眼四顾，接过我手中的竹棍挥动着说"东瞻龙门伊阙，西望三秦故地，南观武当金顶，北眺熊耳逶迤"，四方美景尽收眼底。这里是 800 里伏牛山最佳观景台，被称为"鬃岭之眺"。历代文人骚客对老君山多所推崇，明代著名诗人谢榛曾慨叹老君山之美："兼泰山之雄伟，华山之险峻，庐山之朦胧，黄山奇峰七十二，君山奇景知多少!?"

由于时间因素，老君山的一些胜景和奇观没有观赏到。1775 年清代乾隆登上嵩山时说，"好景一时观不尽，天生有缘再来游"，我期盼以后有机会再来领略老君山青山绿水的灵韵。

（作者：谢吉恒，此文入选"文化盛世群英汇聚杯 2021 年度文化艺术精英人物作品展"）

白云山赏太行菊传奇

　　作家以孺子牛、拓荒牛、老黄牛的"三牛精神"自勉，深入采风、勤奋耕耘，奉献创作系列"白云山故事"，艺术地封存于文字之中。

——作者题记

　　金秋送爽，阳光明媚。"打卡"武安，9 月 10~13 日，中国作协、中国冶金作协、河北作协郑洁、谢吉恒、王金保、张恩浩、任宝亭等作家，应河北新金集团下属单位——白云山旅游开发有限公司邀请，到巍巍太行山深处、革命老区武安采风"仙境白云山拾贝"。

　　白云山非常美丽的名字，在中国叫这个名字的地方也很多。我采写的这个白云山地处太行山东麓，在武安市活水乡陈家坪村北部，民间通常称为白菜垴。古时山上长满柏树，也称柏台垴。白云山一峰独秀，海拔 1308.9 米，时有白云缭绕，故得名"白云山"。

　　白云山奇花纷呈，最奇特的是地标奇花——太行菊，浓烈神韵受人青睐，当地老百姓称作"仙菊"。9 月 12 日，我们在武安市活水乡陈家坪村党支部书记温魁芳引导下，攀登白云山。仰望悬崖峭壁上，盛开着一簇簇小白花，随风摇曳。暗红色的岩石与洁白花朵相互映衬，阵阵花香扑鼻，沁人肺腑，令人陶醉。白云山风景旅游区经理王献力介绍道："这就是传说中著名的太行菊。"当地民间流传着"太行菊"的神话故事：王母娘娘拽着织女飞向天空，路过白云山，周边十里八村，发生饥荒，久旱无雨，颗粒不收，民不聊生。百姓聚集在白云山求雨台上，对天祈祷求雨。织女见此景，十分同情，拔下头上簪，撒向悬崖峭壁，"簪"化作太行菊。太行菊生根发芽，安家落户，保佑一方，风调雨顺，五谷丰登，百姓安居乐业。太行菊又称野菊花，是一种草本植物，长于悬岩缝隙上。传说不如眼见，迷人景观，观后拍手叫"绝"。太行菊启迪心灵,点燃思维火花,探索其生长趣闻,大开眼界,全方位传奇!

神奇的太行菊,奇在中国独有。太行菊欣赏价值高,菊花是花卉中的四君子(梅花、兰花、竹、菊花)之一,这四种植物各具特色品格。梅花怒放于寒冷冬季,象征坚忍不拔的美好品格。兰花的花色淡雅且喜欢在幽静处生长,象征谦谦君子品格。竹子整年不会凋谢,有着不屈不挠、坚毅的品格。菊花多用来形容与世无争的品格。太行菊是菊花家族中最为耐寒的品种。我们沿路拾级而上,一边饱赏,一边拾趣。太行菊生存环境极为恶劣,长在峭壁上、岩石缝间,独立一株,花儿成片,株高半尺左右,花开绽放为白色,一朵花有十多片洁白花瓣,花蕊金黄,默默为白云山增姿添彩传神韵。

神奇的太行菊,奇在生命顽强。只需一粒种子,一条石缝,一滴露水,一缕阳光,一丝微风……就有生存的机缘。太行菊令人敬佩,不怕寒暑,不畏涝旱,适应力极强,生机盎然,铸就白云山的精魂和体魄。

神奇的太行菊,奇在胸怀宽广。以清风为友,与日月为伴,无拘无束地生存,沐浴朝露秋霜,绿莹莹,白生生,争相绽放,点缀白云山的挺拔和苍翠。

神奇的太行菊,奇在它为极品。李时珍在《本草纲目》中记载,它有"利五脉、调四肢、治头风热、脑肿痛、养目血、主肝气不足"之功效。现代科学研究和临床实践证明,它对人体有诸多益处,其中清肝明目、清热润喉尤为重要，花朵可入药、泡茶。太行菊与太行花、独根草并称为三大绝壁奇花。

神奇的太行菊，奇在保护意识。太行菊位列我国特有物种，物以稀为贵，仅生长于豫、晋、冀三省交界的狭窄太行山地带，目前尚未有人工引种栽培。太行菊被列为国家第二批珍稀濒危保护植物。

9月的白云山，太行菊争奇斗艳，给人们带来更加愉悦的审美感受。白云山是一块待开发的风景旅游区，提醒人们增强环保意识，珍惜、爱护、保护太行菊！期盼国家有关部门加大科研力度，让太行菊安然繁衍生息，进入千家万户。太行菊成为白云山一张靓丽名片！

采风白云山，顿生灵感，感悟吟诗一首《太行菊》："作家齐聚白云山，采风仙境好风光。悬崖绝壁野生菊，观赏点赞花更香。"太行野菊美，传奇神通大，你觉得它可爱吗?

奋斗百年路，启航新征程！采风归来，为纪念国庆72华诞，我国两大重要新闻官网（意不尽网、中华人物百科网）诚邀实力派文友参加这次文化活动，很荣幸我的散文原创新作"仙境白云山拾贝"被推荐为向祖国和党献礼！评为优秀作品，并在相关的大官网媒体发布。

《白云山赏太行菊传奇》一文
入选《世界文化名人大辞典》

（作者：谢吉恒）

博鳌美景花絮

南海之滨赏椰风海韵，八方来客绘发展。7月26日我与河北津西钢铁集团市场部张云馨相约，参加由《中国商报》《环球时报》主办的第三届博鳌企业论坛会，乘坐首都机场至海口的 HU7182 航班，12:10 起飞，下午 3:45 到达海口美兰机场。

作者与文友张云馨（右）在签到

南 海 云 景

下午三点飞在南海上空，蓝天白云，碧空如洗。我和张云馨坐在靠窗的位置，难得有幸饱览南海云景。透过机舱窗口，身临其境观赏大朵白云连成一片片的云海，心旷神怡。张云馨将手机开启飞行模式，随时捕捉云海形态。云海变化多端，千姿百态，有的像海上的轻舟，有的像洁白的羽毛……轻轻飘浮在空中。白云图案不时地变换着，有的像金鱼、白鲸、蟹爪、骏马……一会儿有的像羊群、峰峦、河流……坐在窗前放眼望去，云起云落，云卷云舒，绚丽多彩造就了美丽的云景。我俩置身于云海之中，与白云近距离接触，惊叹不已。蓝天与白云交相辉映，构成一幅美妙的图画。窗外，白云像千万串棉花糖堆积在一起，白茫茫的一大堆，还有的像一座座堆满白雪的山峰。南海天空中的云景，有时像飞腾的巨龙，有时如威武的雄狮，有时又似奔腾的骏马。种种景象十分壮观，冲撞视觉，大饱眼福。回到河北，记忆难忘，张云馨将在飞机上拍摄的南海美丽云景小视频，发到朋友圈，别有情趣，网友赞不绝口。

博 鳌 奇 景

博鳌以前并不出名，自从亚洲论坛在此安家后，逐渐成为"网红"地，声名远播。博鳌位于琼海市东部，距琼海市嘉积镇 17 公里、海口市 105 公里、三亚市 180 公里，原来最早作为一个"浦"的名称，博鳌即鱼类丰硕之浦。博鳌现为琼海市的一个镇，面积 86.75 平方公里，人口共 3 万人。

博鳌镇虽不大，却有奇特景色：一是现在博鳌成为国际会议重要举办地、海南十大文化名镇之一、旅游名城，每年接待海内外游客 500 余万人次。二是博鳌风光跟三亚差不多，一片片婆娑椰林、一株株笔直槟榔树，绿得那么纯粹，让人赏心悦目。沙滩海岛、椰汁海鲜……应有皆有。不同的是这里游人没有三亚、海口那么拥挤、物价那么贵。三是博鳌景点很多，博鳌亚洲论坛永久会址为国家 4A 级景区，此景游人必看。这里没有太过厚重的历史和文化，有的是大自然赋予的风景，其实都是一些美丽的海滩，秀丽乡村风光。四是有独特奇景，博鳌是世界河流入海口自然景观保存最完美的地方。

　　博鳌的玉带滩当属最奇特的景点，今有机会亲身感悟，实属难得。玉带滩是一处沙滩半岛，全长 8.5 公里，河海交汇独特景观在这里上演。玉带滩地形地貌酷似澳大利亚的黄金海岸和墨西哥的坎昆，在亚洲地区可谓仅此独有。

　　我们一行三人站在玉带滩外侧，面向大海，烟波浩渺，一望无际，远处渔船星星点点，近处海鸥起起落落，正是一幅绝妙的南海风情画。玉带滩内侧有万泉河，沙美内海湖光山色，内外相映，构成一道奇异景观。此时，停立在玉带滩的我们，面向一河一海、一咸一淡、一动一静恍然身临仙境。

论 坛 收 获

　　潮起南之海，引航新发展。由《中国商报》和《环球时报》联合主办的"2019（第三届）博鳌企业论坛"，7 月 27 日在博鳌亚洲论坛国际会议中心隆重举行。本次会议以"破局·升级·智胜"为主题。来自各领域、各行业嘉宾汇聚博鳌，关注商业前沿，探讨时代趋势，助力产业融合，凝聚发展共识。《中国商报》社长徐舰、《环球时报》社市场中心主任刘远达等领导嘉宾出席此次论坛并参与论坛启动。

此次论坛，《中国商报》社长徐舰代表主办单位致辞，呼吁企业家们在新的历史时期，在新的发展机遇和挑战下，肩负起发展的责任，不忘初心，锐意进取，去创造中国经济高质量发展的新篇章。论坛进行主题演讲环节，寄语企业家们要做实、做新、做优，使得我们企业做久，让我们国家发展得更好，让我们的经济更快走向健康的发展道路。在博鳌领袖圆桌会议环节，各企业家从所处的行业出发，一同探讨企业如何才能从激烈的行业竞争中脱颖而出，制胜未来。

2019（第三届）博鳌企业论坛同期举行颁奖典礼。隆重揭晓"中国创新品牌500强""中国十大领军品牌""中国（行业）十大领军品牌"等企业奖项。河北津西钢铁集团荣获"中国（行业）消费者信赖品牌"、河北新金钢铁荣获"中国钢铁行业环保领跑企业"品牌、洛阳鑫润置业有限公司荣获"中国诚信经营企业"品牌。同时，张春晖、袁占朋、徐维国分别获得"中国（行业）创新人物""中国钢铁行业环保卫士""中国商业创新人物"荣誉称号。

（作者：谢吉恒，此文入编《诺贝尔国际文学奖推荐作品选编》一书）

平遥古城随笔

平遥古城是中国汉民族城市在明清时期的杰出范例。平遥古城保存了其所有特征，而且在中国历史的发展中为人们展示了一幅非同寻常的文化、社会、经济及宗教发展的完整画卷。

——作者题记

"我在平遥，你在哪？"热门广告流行语，牵出中外游客热捧国家级著名5A级景区平遥古城的缘由：古稀珍贵、完整画卷、文化厚重。平遥古城作为我国保存度最为完好的四大古城（即四川阆中、云南丽江、山西平遥、安徽徽州）之一而著称于世，是中国仅有的以整座古城申报世界文化遗产获得成功的两座古城之一，它还具有中国最大的钱庄博物馆和著名的同兴公镖局等亮点，吸引无数游人竞折腰、点赞，平遥古城是非常值得一去的好地方！

2019年9月3~5日，为迎接新中国七十周年华诞，"我和我的祖国"采风组来到平遥古城采风。

平遥古城位于山西省中部，归晋中市管辖，平遥县面积1260平方公里，人口51.6万人。"世界文化遗产、文化名城、100多年前的全国金融中心"成为采风平遥古城的关键词。采风组有幸零距离亲身感悟古城的风采，欣然命笔写下手记。

历史悠久名人辈出

平遥古城始建于西周宣王时期（公元前827~782年），西周大将尹吉甫驻扎时为抵御外族而建，至今已有2700多年历史。明洪武二年（1370年）开始，持续十几年进行重筑扩建，并对城墙全面包砖，距今已有600多年历史。清朝时又进行过多次修建。20世纪80年代，政府也陆续出资千万元进行维修。整个古城面积2.25平方公里，住着4万~5万居民。平遥古城以南大街为中轴线，市楼为中心点，分布四大街八小街72条蚰蜒巷；保存着400多处明清民居院落，3797间古民居。古寺庙、古街道、古民居、古店铺、古市楼、古城墙汇集一成，构成了一个宏伟壮观的古文物建筑群。

平遥古城墙是被列入世界文化遗产名录最重要的景点。采风组从北城门登上城墙，放眼瞭望，一目了然。据了解，城墙身高10~12米，顶宽36米，底宽8~12米，城墙周长6163米，共有城门六道，南北各一道，东西各两道。整座城墙由墙身、马面、挡马墙、垛口、城门以及瓮城组成。城墙顶部附属物包括敌楼、角楼、城楼、魁星楼、点将台，环城共有垛口3000个，敌楼72个，据说象征孔子周游列国讲学时的三千弟子和七十二圣人。城顶均为青砖铺地，能并行两辆马车。

古城内大都为北方民居严谨的四合院建筑，坐北朝南，正屋是平遥古城西北地区的窑洞形式，多为三孔或五孔，砖砌而成，外加木廊瓦檐，以抵挡风沙和阳光。有钱人家都加盖二层，用作会客或书房。大门基本都是拱券式，高而窄的门廊式或垂花门式。我们漫步街头，还会看到各种古色古香的院门、院铺、秸雕细刻的古建筑装饰，甚至还能看到门前的接马石桩、下马石等，一派古城风貌。

平遥不仅历史悠久，而且名人辈出。有资料介绍，有敢于不顾"满门抄斩"的恐吓、秉笔直书的著名晋代史学家孙盛，以"映雪读书"流传千古的孙康等古代名人，当代已故中科院历史研究所所长侯外庐、已故语言研究所副所长侯秸一、已歇中国文学研究会会长王瑶、著名画家李苟、著名歌唱家郭兰英等都出生在这片土地上。平遥古城不愧为历史文化名城。

平遥古城又称"龟城"

平遥古城主要有城墙、县衙、市楼、二郎庙、城隍庙、文庙、同兴公镖局、百川通、古兵器博物馆、珍奇报纸陈列馆、天吉祥博物馆、蔚盛长、古民居博物馆、中国票号博物馆、协同庆钱庄博物馆等 21 个景点遍布古城内。此次采风时间短促，重点选择游人必去的 5 个景点：平遥县衙、古城墙、文庙、同兴公镖局、中国票号博物馆。游人到古城游览各景点，其中 21 个景点收费，可买通票也可单买。古城内有四五十辆电瓶游览车可带游人到达各个景点。

9 月 4 日卜午，采风组一行乘坐一辆运号为 320 号的电瓶游览车，年近半百的司机杨起栋和导游裴云梅专为我们提供热情温馨服务，穿街走巷介绍街景概况，有问必答，每到一个景点还协助拍照。

平遥县衙是国内保存非常完整的明县衙之一，规模庞大，最早的建筑距今已有 600 多年历史，是平遥最出名的景点，颇受游客青睐。我从县衙里面人行通道登上听雨楼，在导游的指点下，俯瞰古城，它形似龟状，城门六处，门外两眼水井似龟眼，北门为龟尾，是全城最低处，东西一共四座瓮城，双双相对，上西门、下西门、上东门都是向南开，只有下东门是向东开的，据说人们是为了不让乌龟爬行才把它的左腿拉直拴在距城二十里的麓台上，因此平遥古城又称为"龟城"。

采风组拍照县衙门后，来到平遥古街标志性建筑，位于古城中心的市楼，它重建于康熙二十七年（1688 年），高 18.5 米三重檐木构架楼阁，歇山屋顶，黄绿琉璃瓦相间，下面中间南北向为通道。

我们特意安排乘车穿梭于古城这些静静的小巷里，深深感悟到每一处都绝不是人工再造的，全是明清古民居。每一砖一瓦都是风景，一家一户都是盆景。虽然生活在这里的许多人早已远去，可是他们留下的家园仍在无言地诉说曾经的过往，展示着它曾经的荣耀与辉煌。在古城内看到许多细长的巷子，这就是平遥人俗称的蚰蜒巷子。

文化是根、文化是源、文化是魂。平遥文庙建筑历史悠久。文庙是中国官方祭祀孔子的场所。

平遥文庙坐落于城隍庙街 67 号，坐北朝南，占地面积 8649.6 平方米，建筑面积 3472.3 平方米。许多游人认为游平遥古城，文庙应是首选。在他们看来，如果把平遥古城比作一个完整而丰富的生命体，文庙就是她的灵魂；如果把平遥文庙看作一个有血有肉的生命体，大成殿就是她的心脏。明伦堂是向人们灌输儒教伦理道德的讲堂。平遥文庙始建于唐贞观初年，是我国现存各级文庙中历史最悠久的文庙，是中国保存最完整的文庙建筑群。文庙为五进院落，主体建筑棂星门、大成门、大成殿、明伦堂、敬一亭、尊经阁排列中轴线上。主体建筑大成殿是全国现存文庙中罕见的宋金时期建筑。

镖局与票号博物馆

同兴公镖局位于古城南大街 105 号，坐西向东，占地面积 986 平方米，镖局创始人为平遥南良庄人王正清（生于 1801 年），曾师从贾殿魁，贾曾教过道光帝习武。王正清学的是少林散手 108 势等多套武功，成为名扬全国的武术大师。同兴公镖局创建于清咸丰五年（1855 年）。当时平遥商业、票号非常兴隆，业务辐射全国，大量贵重货物和银两需要长途运输，王正清受众商家邀请，成立这家镖局，为众商家业务往来保镖护航。

同兴公镖局自成立之日起，被列为全国著名镖局之列。后来，王正清的儿子王树茂也加入进来，直至民国二年（1913 年）歇业。更使这家镖局名声大噪的是，1900 年八国联军打进北京，慈禧太后侠裹光绪帝外逃西安，有 93 万两黄金需要运输无镖局敢接。只有同兴公镖局接下此差事并经过半个月运输，分毫不差保驾运到了西安。由此得到慈禧太后钦赐"春旨议叙"匾额。同兴公展馆为明代建筑，全面系统介绍了清代咸丰至民国初年同兴公镖局创办、发展及歇业的过程。来这里可以了解许多武林镖局方面的知识。

参观游览中国票号博物馆最重要的是，一方面了解晋商票号历史文化；另一方面如果你是做企业的，如果真正了解了日升昌，一定会有所启发的。中国票号博物馆位于平遥日升昌旧址，古城西大街 38 号，建筑面积 1600 平方米，坐南朝北三进院落，有大小建筑 21 座。日升昌票号前身是"西裕成"颜料庄，经营多年，资力雄厚。道光三年（1823 年），在雷履录提议下，经财东同意，正式成立中国第一家票号日升昌，意思是如日东升，生意昌盛。

雷履录任总经理。日升昌票号是全国银行的鼻祖，创建汇票制度，做到了汇通天下。日升昌票号是中国第一家专营存款、放款、汇兑业务的私人金融机构，解决了商业贸易往来中大宗银两运输的困难，并很快在全国 40 多个大中城市设立了分号。馆内有 14 个展室，分别展出票证资料类、木器家具类、实物器件类、古玩字画类 490 多件藏品。

繁华商城文化名城

在平遥走在繁华的南大街或西大街上，让人不由得惜步缓行。南大街是平遥古城的中轴线，也是平遥古城商业街的精华所在。南大街长约 740 米，聚集上百家古香古色的商家店铺。那些琳琅满目的山货、小吃、土特产及民间工艺品中，最能吸引人们眼球的莫过于冠以"平遥"二字的品牌奇货，诸如平遥的牛肉、长山药、黄酒、陈醋、推光漆器、剪纸、布老虎、布鞋、鞋垫等，别有一番风味，不一而足。有一首《夸土产》的山西民歌里"平遥的牛肉，太谷的饼……"风靡大江南北。这首由著名歌唱家郭兰英唱响的歌曲，让平遥牛肉成了家喻户晓的驰名特产与礼物。平遥牛肉连同平遥碗托儿、长山药，很早享有"平遥三宝"的美誉，在清代时平遥牛肉就誉满三晋。我在古城宝聚源平遥牛肉直销处许老三超市与服务人员攀谈起，如今冠以"冠云"品牌的牛肉、牛肉干是全国知名品牌。平遥牛肉不仅畅销国内，而且行销朝鲜、蒙古、新加坡、印度尼西亚、泰国、菲律宾等国家，深受国内外食客喜爱。平遥牛肉加工、制作的工艺方法相当精细独特。平遥牛肉在加工过程中，不用酱油，不上色，全凭生牛屠宰、生肉切割、腌渍、锅煮时运用食法，把握原料与火候。平遥这样加工出来的牛肉色泽红润、肉丝纹络清晰、醇香可口、肥而不腻、瘦而不柴，含有多种营养，老少皆宜，适应南来北往的食客需求，还有扶胃健脾的功效。

（作者：谢吉恒，原载于 2019 年北国网）

青海湖美不胜收

人生就是一场漫长的旅行，在乎的是沿途的风景，在乎的是看风景的心情，带着自己的心与灵魂去旅行。

——作者题记

青海是古丝绸之路南线的重要通道，被誉为丝绸之路"青海道"，是唐代丝绸之路最繁荣的干道之一。"天含青海道，城头月千里"，这是唐代著名诗人李贺的诗句，生动再现了古丝绸之路的青海道。西宁是青藏高原东方的门户，是古"丝路"南路和唐蕃古道的必经之地，自古就是西北交通要道和军事要地，素有"西海锁钥""海藏咽喉"之称，是世界高海拔高原城市之一。

习近平总书记 2016 年 8 月下旬在青海视察时强调，青海最大的价值在生态，最大的责任在生态，最大的潜力也在生态，必须把生态文明建设放在突出位置来抓，尊重自然、顺应自然、保护自然，筑牢国家生态安全屏障，实现经济效益、社会效益、生态效益相统一。9 月下旬，《中国冶金报》记者同北京媒体组成的采风团一起来到西宁采风，随着"一带一路"建设的深入，一睹青海生态游和工业游的大美风光。

西宁市——甘河工业园区

甘河工业园区是由青海省委省政府批准设立的省重点建设园区之一，位于西宁市煌中区，距西宁市区 35 公里，规划面积 10 平方公里。据园中管理人员提供的资料，工业园秉持绿色发展理念，依托青海独特丰富的电力和矿产资源，重点发展铝、铜、铅、锌、硅、稀有金属及电石、烧碱、化肥等下游产品的深加工，将园区建成我国重要的有色金属材料和加工基地。现已有几十家企业入驻园区。

自开园以来，实现两项全国第一：一是海纳水泥厂运料的皮带长达21.7公里，运转速度4米/秒，水泥生产粉尘排放量30毫克/立方米，低于国家的50毫克/立方米，每天为公司节约成本8万元。二是拥有全国最领先的余热发电技术。在硅铁行业内，青海物通集团10万吨硅系材料配套建设，利用10万吨余热发电，不向外排一滴水，每年增加1800万元的经济效益，成为铁合金行业第一家清洁生产项目，并在联合国注册成功。

青海的生态地位很重要，为担负起保护三江源、保护"中华水塔"的重大责任，青海省依托新能源、新材料资源、高原动植物资源、旅游资源等优势，通过综合利用、循环利用，发展绿色经济。甘河工业园对入园的企业严把环保关，对环保不达标的企业，坚决杜绝入园。

承建青海铜业10万吨阴极铜工程的一位中冶集团工程技术人员向《中国冶金报》记者介绍说，青海铜业10万吨阴极铜工程项目，是省委省政府确定的重点工程项目，总投资24亿元，项目用地808亩，建筑面积142970平方米，项目于2015年9月落户于园区并全面启动建设，土建工程全面竣工。据中国西部矿业业主透露，此项目采用中国自主研发的氧气底吹炉熔炼+底吹吹炼工艺，解决了传统冶炼工艺低空污染的世界性难题，能够更大程度综合回收利用资源，实现低碳冶炼与清洁生产，属于目前铜冶炼行业的最高水平。此项目于2017年7月建成投产，以先进的技术、良好的效益和卓越的环保水平，成为国家产业技术升级的典范，在填补青海地区铜冶炼空白、提升我国西部经济发展水平的同时，有效推进我国有色工业向绿色、节能、环保方向发展。

《中国冶金报》记者走进甘河工业园，见到青海西矿杭潇钢结构公司，投资8亿元、年产20万吨的新型绿色建筑工业化基地落户该园区，承建钢结构厂房制造安装的二十二冶集团青海分公司7月中旬开工，钢结构厂房建筑面积36120平方米、建筑高度12.15米，抢跑在西北地区新型绿色建筑业制造项目的前沿，正式开启了青海新型绿色建筑产业之门。

金银滩——中国的原子城

9月21日，采风团一行从西宁出发驱车行驶100公里，来到青海湖北岸，中国最优美的著名第五大草原——金银滩草原，海拔3150米，面积方圆1100平方公里。我从车窗向外望去，浩瀚的草原美得使人震颤，绿草如茵，鲜花盛开，百鸟飞翔，浮云般的羊群，棕黑相间的牦牛，徜徉在青草和野花丛中，绝美的自然风光令人称奇。远处的山峦连绵起伏，莲花般的蒙古包散落在白云深处。

我们站在金银滩草原景区标志地举目四望，觉得蓝天白云触手可及。草原的天，蓝得醉人；草原的云，白得可心；草原的山，美得如画；草原的空气也甜得怡心。

金银滩大草原位于青海省海晏县境内，西部同宝山与青海湖相邻，北、东部高山峻岭环绕，南部与海晏县三角城接壤（是西汉遗址，建于西汉王莽秉政时期）。金银滩分为金滩、银滩，一条小河穿流其间，北岸草滩盛开一种叫露梅的金黄色芳香小花，故称金滩；南岸草滩上是洁白如银的露梅的天下，谓之银滩。人们以金银遍地形容这片美丽富饶的土地，故得名金银滩。

这里就是风靡海内外的"西部歌王"王洛宾的名曲《在那遥远的地方》的采风地和诞生地。1939年秋，王洛宾受马步芳委派，协助电影艺术家郑君里在青海湖畔拍摄纪录片《民族万岁》，王洛宾在这里认识的藏族姑娘卓玛给他留下了深刻的印象，他就在金银滩这个地方创作了这首歌。

《中国冶金报》记者今年提前约定，这次来到美丽草原深处，要参观一座神秘的原子城——中国第一个核武器研制基地。它是中国第一颗原子弹诞生的地方，也是中国第一颗氢弹研制成功的地方，现已成为国家级4A级景区、青海省重要红色旅游区。

据了解，1958年国家决定研究核武器选择青海湖北岸的金银滩草原为厂址的理由为：这里四面环山，中间平地，宜于建厂；这里人口稀少，地域宽阔，便于疏散；边远闭塞，利于保密。在这里创建了我国第一个核武器研制、试验和生产基地。1964 年 10 月 16 日下午 3 时，在罗布泊沙漠深处成功爆炸了中国第一颗原子弹，两年零八个月后的 1967 年 6 月 17 日清晨，中国第一颗氢弹在大漠深处成功炸响。两声巨响至今仍让中国人扬眉吐气。1995 年中国政府向全世界宣布：中国第一个核武器研制基地全面退役。

我走进核武器研制基地展览馆，讲解员介绍说，2001 年原子城被国务院命名为"全国重点文物保护单位"，2005 年又被命名为"国家级爱国主义教育示范基地"。

中国第一个核武器研制基地——原子城的主要看点有核武器研制基地展览馆和爆轰试验场。

展览馆展出的大量珍贵照片资料，记录了多年前我国国防科技精英汇聚金银滩草原，在复杂的国际局势和恶劣的高原环境中，研制出我国第一颗原子弹和第一颗氢弹的历史场景。简陋的科研设备、笨拙的生产工具，让你不敢相信尖端武器居然是在这种条件下创造出来的。

废旧的厂房、规整的工事掩体及多达 50 多万平方米的建筑面积，让人想象出当年这里的建筑规模之大和创业之艰辛，这种自力更生、奋发图强的精神激励了我，它为国防建设创造了奇迹，作出了巨大贡献，为中华民族争气，大扬国威！

二郎剑——鱼雷发射基地

青海湖是国家 5A 级景区，它的美是多层次、多方位的，只有走近它、端详它，才能真正体会到它美的内涵。

青海湖被称为中国最美丽的湖泊，一路上，已做了 10 年导游的藏族导游刘顺菊介绍说青海湖居中国最美丽五大湖泊之首（青海湖、喀纳斯湖、纳木错湖、长白山天池、西湖），它的优美表现在六个方面：

一美在至高的地理位置、辽阔的湖面和湛蓝的湖水。青海湖，藏语叫

"措温波"，意思是"青色的湖"；蒙古语叫"库诺尔"，即"蓝色的海洋"。青海湖主色调是蓝色，湖面海拔3260米，东西长106公里、南北宽65公里，面积4583平方公里，水深30多米。它是我国第一大内陆湖，也是我国最大的咸水湖。

二美在有多处迷人的景观。游览景点多，形成青海省的一大旅游区——环青海湖旅游区（包括日月山、倒淌河、151景区、二郎剑、海心山、鸟岛、金银滩草原、原子城等）。

三美在奇特成因及传奇神话。青海湖是构造断陷湖，是距今4000万年前，印度洋板块和欧亚板块经过长期碰撞和挤压，青藏高原隆起的结果。研究结果表明，青海湖原是外泄湖，周围百川之水，尽汇湖中，湖水从现在的倒淌河等处向东流入黄河，后来由于地壳断裂形成的造山运动，青海湖的日月山渐渐隆起，使湖水的出口被山脉所阻隔，青海湖便成为只进不出的高原大湖。民间有众多的美丽传说，增添了青海湖的神秘与美丽。

四美在拥有生物的多样性。青海湖是鱼的乐园、多种鸟类的天堂、世界濒危动物中华对角羚的家园，它们与青海湖共存，是青海湖真正的主人。青海湖的特色鱼种为湟鱼，因实施多年的封湖蓄鱼，目前鱼类资源较为丰富，使得数以十万计的鸟类在青海湖得以繁衍生息，故有了我国八大鸟类保护区之首的青海湖鸟岛。岛上有斑头雁、渔鸥、棕头鸥、鸬鹚，还有国家一级保护动物黑颈鹤以及数以千计的大天鹅等。

五美在传说中的神湖。生活在青海湖周边的牧民至今仍保留着一个神圣的习俗——祭海。据传，清雍正二年，青海蒙古族丹津反清叛乱，清大将军年羹尧带领队伍平乱，未曾想追逐叛军到青海湖时，队伍的饮用水发生困难，正在发愁之际，那边来了一队骑兵。巧的是，有几个马蹄子正好踏上地上的泉眼，顿时淡水喷涌而出！年大将军欢呼："这是青海的神灵在保佑我们啊！"将士们士气大振，一鼓作气，歼灭了叛军。雍正帝闻讯后，大为高兴，诏封青海湖为"灵显宣武青海湖"，御赐神位，传驿站速转青海，安放到海神庙内，并诏于每年秋八月（农历七月十五日）定期祭海，不得有误，从此开始大规模祭海活动。

六美在不同季节有迥然不同的景色。夏季是青海湖最美丽的季节，蓝色的湖水、绿色的草原、数不尽的牛羊、金黄色的油菜花以及那五彩缤纷的野花，景色让人叹为观止。冬季，每年 12 月左右，当寒流到来时，青海湖开始结冰，冰厚半尺以上，冰期六个月。

我聚精会神地聆听导游很专业的介绍，完全沉醉于圣洁蔚蓝的青海湖中……

从金银滩草原行驶 90 公里到达青海湖南岸中央的二郎剑景区（又名 151 基地景区），谓之青海湖王牌景区，151 基地以其蜿蜒深入湖中的特殊地理位置，以草原、沙漠、动物为主的生态自然资源，以民间文化活动为内容，成为青海旅游业一颗耀眼的明珠。

我漫步于 151 景区，被眼前美丽的风光所折服，空气清新，景色迷人，感觉很爽。也被水中一座红色的建筑物所吸引，那就是青海湖中国鱼雷发射实验基地的旧址。青海湖隐藏着一段鲜为人知的光荣历史。20 世纪五六十年代，青海湖是国务院批准建立的"鱼雷发射试验基地"，后来随着青海湖水位下降和鱼雷的更新换代，已不能满足鱼雷潜水深度的要求，在出色完成历史使命后光荣退役，已经对外揭秘，往日神秘的军事禁区如今已成为美丽的旅游景点。

据基地文字介绍，基地成立于 1965 年，因基地位于青藏公路 151 公里处，故被称为 151 基地。谁会想到中国内地高原的青海湖，竟然是中国海军当年用来试验鱼雷的地方，相信在一段相当长的时间里，这里的军事秘密不为外人所知。20 世纪 80 年代以前，中国的鱼雷都是在这里完成试验生产、武装海军舰队的。现在这里只留下一栋红色三层小楼屹立在湖面上。现在保留了一部分原有的生产车间、试验区和鱼雷、电台等实物供游人参观，向世人展现其真实的面容，它为建设我国强大海军立下了不朽的功勋，怎能不令人神往点赞呢？

青海湖的美是原生态的美，是绿色发展中的美！

（作者：谢吉恒，原载于 2016 年 10 月《中国冶金报》副刊）

台湾宝岛环游记

如果说人生是一场漫长的旅行，那么旅行就是浓缩的人生。生活因为有了旅行而变得丰富多彩，因为有了旅行才更加令人满足和快乐。

——作者题记

一次环岛游，一生宝岛情。环游中国宝岛台湾是我梦寐以求的旅行目的之一。10 月中旬，参加了由高雄进出的 8 日环游台湾之旅。我最在意的是通过此次环岛游，留下对祖国宝岛台湾真实完整的印象，实现多年的夙愿。

我们这个河北观光团一行 27 人，10 月 12 日搭乘天津飞往高雄的国际航班，历时 3 个小时抵达高雄国际机场。在带团导游王聪、地接台湾导游蔡雄崇的带领下开启了环岛游。蔡雄崇是位中年敬业的导游，性格开朗、话语幽默，知识面广，很受游人喜欢。当天下午，他和司机接团，操着标准的台湾普通话自我介绍说："我姓蔡，名叫蔡雄崇，就称我大雄，为大家开始 8 天的旅程服务……"

每天随着大雄"大家早上好！"的洪亮问候，他习惯地拿出这张台湾旅行地图，指着红笔标明的景点，说明当天的行程。他也会讲禁烟、不乱扔垃圾，等等。又是这张旅行地图，帮助我们对台湾有了更多了解。台湾东临太平洋，北临东海，西隔台湾海峡与福建相望。台湾东西长 142 公里，南北长 395 公里，主要分为台北、台中、台南、台东 4 个区域，总面积 36000 平方公里，居住着 2300 万人口。

王聪和大雄两位导游协作默契，每次游览景点结束，汽车启动前清点人员是否到齐。当结束一天的行程时，为我们辛苦开了一天车的司机师傅，弓着身子，低着头，把一个个行李箱从车厢里提出来，有秩序地摆在路边的地上。这些看似小事细节却让我们感受到台湾同胞的亲热好客。

本次出行环岛一圈，从高雄出发向北经台南、南投、台中、台北、台东、花莲、屏东、垦丁、再到高雄。

台湾是旅游胜地，美丽迷人，名胜古迹比比皆是。从清代开始就有"八景十二胜"之说，随着旅游业蓬勃发展，台湾民众和专家投票选出新的十二名胜。我们盘点八天台湾旅行，选择顶尖必游景区，旅行中所见逸闻轶事，留下诸多难忘的印象。

印象之一：景区魅力

1. 漫步阿里山

前往闻名于世的阿里山旅游风景区，我们站在海拔 2000 多米的山上，向顶峰 2663 米处眺望，朦胧的云海像白色的棉花糖。云海、日出、林涛、晚霞与阿里山小火车被誉为"阿里山五奇"，故有"不到阿里山，不知台湾的美丽"之说。我们徒步经过阿里山小火车站，翻越海拔 2140 米处，游览观赏非常珍贵的红桧木原始林，只见树木青翠，溪水蔚蓝，确实让我们领略了"高山青，涧水蓝"的魅力！

阿里山森林游极为有趣，在森林深处，盘根错节的参天大树，千姿百态，随处可见。我们走到一棵粗壮、高大直插云霄的大树前停下，这里围聚了不少游客。这棵树呈现红褐色的树皮，条片状纵裂开来，昂首挺立，树旁竖立的标牌写着"阿里山神木"。它的树围 12.3 米、树高 45 米、树龄 2300年，这棵森林中的巨无霸是一种名贵珍稀树种——红桧。

令人游兴大增惊奇的是：导游大雄手指着在同一红桧树的根上长出三代树木，被称为"三代木"。难得见到的是在地上的古老树根是树龄 1500 年的第一代，它枯死后经过 250 年，一颗种子偶尔飘落其上，借枯树为养分，又生长出第二代。二代根老壳空，经过 300 年又长出第三代，至今枯而复荣的红桧长得枝叶繁盛。如此珍稀景观，这里还有两株、三株、四株长在一起的红桧，被称为"两姊娌""三兄弟""四姊妹"，形成特有的景观。

红桧生长于台湾中央山脉海拔 1050~2400 米处高山森林中，是世界级自然遗产，属国家二级保护植物，材质优良，被台湾人称为"阿里山神木"。

在这里最值得记忆的是红桧流传"千年神木群"传奇故事。台湾在日本占领时期，阿里山的红桧遭到"大劫难"。阿里山红桧曾被大量砍伐，被运送到日本建造皇室宫廷建筑及神社庙宇等。这些幸存的千年神木，都是因树干空心或是不够挺直被留下。至今阿里山上还留下许多大大小小红桧树根，仿佛在向今天的人们诉说着那段悲惨历史。在这"千年神木群"中，建有一特别石塔，名为"树灵塔"。此塔来历令人悲伤，大雄介绍，此塔建于 1935 年，那时日本人为大肆掠夺阿里山的红桧，不惜重金开山建造铁路，将山上生长数千年的巨大红桧树肆意砍伐运回日本。此时，阿里山间森林时常发生怪异事情，让日本人毛骨悚然！原本行走正常的小火车突然翻车并滚落到山谷间；原本艳阳高照时，突然暴雨倾盆，山体滑坡掩埋监工的日本兵；晚上原本好好的大树，突然倒下压在日本士兵的帐篷上；许多伐木工人染上怪病而死……此事多了，日本人认为，是这些被砍伐的红桧树灵在作祟，心生不安。于是，赶紧建了这座"树灵塔"以祭祀这些被砍伐的红桧之灵。如今，树灵塔仍屹立在阿里山，是在向人们呐喊当年日本人将阿里山的红桧巨木砍伐殆尽的罪行。

我们一小时的森林漫步，置身于这片森林中，尽情享受茂密森林所带来的清新芬芳空气，让人神清气爽，流连忘返。阿里山的乌龙茶叶走俏海内外，这种茶种植在高海拔地区，常年饱受特殊环境云雾熏陶，吸大地之灵气，乌龙茶列为我们购物首选之物。

2. 泛舟日月潭

日月潭是台湾最著名风景区之一，最大天然淡水湖泊，堪称宝岛明珠。日月潭坐落于嘉义县森林公园，海拔 2000 米以上，群山环抱，景致迷人。日月潭由玉山和阿里山的断裂盆地积水而成。环潭周长 35 公里，平均水深 30 米，水域面积 900 多公顷，比杭州西湖大三分之一左右。潭中的拉鲁岛，把整个潭隔成为两半湖，抗战胜利后，为庆祝台湾光复此岛名改为"光华岛"。岛的东北面湖水形圆如日，称日潭；西南面湖水弧如月，称月潭，统称日月潭。

我们已进入景区，顿时有秀色可餐的感觉，湖面辽阔，潭水澄澈、水波涟涟、雾薄如纱、林木葱茏。日月潭景区团客众多，道路狭窄易堵车。一般游客从西岸坐游船东岸下，上山游览后坐船返回。我们到东岸后，这里有名的外婆茶蛋是必须品尝的。外婆茶蛋名气大，是用灵芝香菇煮的鸡蛋，口味蛮好。山上是供奉玄奘法师的玄光寺，观景台上可一览日月潭美景。回到船上，船家介绍的将夫人专供日月潭香烟，别的地方买不到，此地独有，先付钱预定，由台湾烟草管理部门派员送来。

3. 观故宫博物院

台北故宫博物院（世界公认四大博物馆之一）位于台北市士林区外双溪，中国著名的历史与文化艺术史博物馆，内藏全世界最多的无价中华艺术宝藏，其中藏品的年代几乎涵盖整部五千年的中华历史。建筑设计系中国传统的宫殿建筑，共四层，淡蓝色琉璃瓦屋顶，覆盖着米黄色墙壁，洁白的白石栏杆环绕在青石基台之上，风格庄重典雅，极富民族特色。典藏历代文物艺术精粹。据了解，藏品包括清代北京故宫、沈阳故宫和原热河行宫等处文物精品，共约 70 万件国宝。分为古画、碑帖、铜器、玉器、陶瓷、文房用具、雕漆、珐琅器、雕刻、刺绣及图书文献等 14 类。博物院经常展出的书画维持在 5000 件左右。此处是国内外游客必访之地。文物展出以定期或不定期举办各种特展，每三个月馆内展品更换一次。我有幸目睹了珍藏于台北故宫内的稀世珍宝，尤其是三件独有的国粹"毛公鼎"、栩栩如生的"翡翠玉白菜"、形象逼真的"肉型石"镇馆三宝，真可谓大饱眼福。

4. 登台北 101 大楼

台北 101 大楼，台北新地标。101 大楼置身于台北地价最贵的商业区信义商圈，其周边有数十家百货公司、时尚餐厅、精品名店街区。据资料介绍，楼高 509.2 米，地上楼层共有 101 层，为台湾第一高楼，曾于 2004 年12 月 31 日至 2010 年 1 月 4 日拥有世界第一高楼的纪录，目前为世界第 9 高楼。其电梯速度是世界最快的，从 5 楼直达 89 层的室内景观台只需 37 秒，电梯攀升的速度为每分钟 1010 米，其长度也是世界第一。由 89 楼下行至 5

楼仅需 46 秒，至 1 楼仅需 48 秒。

我们游览进入 101 大楼后，先乘一般电梯至 5 楼，然后乘坐高速电梯开往 89 楼的室内观景台，可以绕行一周，透过透明的玻璃窗俯瞰整个台北市的风光，可随意拍取每一张好照片。走出 101 大楼，随后大家参观土特商品店和精品店。

5. 野柳奇特景观

著名的野柳地质公园景观，是由海浪侵蚀岩石风化及海陆相对运动、地壳运动等地质作用影响而形成的罕见的地形地貌。这种被海浪雕塑成似人像物的各种奇特形状的海岸，海滩上奇岩怪石密布，种类繁多，各尽其妙。该海岸被《中国国家地理》"选美中国"活动评选为"中国最美的八大海岸"第二名，最为人们称道和熟悉的是突起于斜缓石坡上高达 2 米的"女王头"。

野柳地质公园的自然奇特景观，世界罕见"闻名全球"，使其成为旅游者到台湾必看的景点。野柳地质公园景区地处台湾东北角，东边是太平洋，北边是东海，是一处突出海面的岬角。奇石名称多象形而立，如海蚀洞沟、蜂窝石、烛状石、覃状石、溶蚀盘等。在覃状岩中而闻名国际的"海蚀奇观"女王头雍容尊贵的形态，早已成为"野柳风景区"的象征，因为它们太珍贵，在女王头前拍照的游客很多，需排队还得快点拍照。

6. 太鲁阁峡谷奇景

驱车沿途欣赏花东海岸线美景，游览北回归线纪念碑，远眺"长虹桥""石梯坪"之后，驱车前往花莲参观秀丽的太鲁阁公园。据相关资料介绍，如果说台湾是美丽宝岛，太鲁阁峡谷则是美上加美的奇景。太鲁阁公园位于台湾东部花莲、台中、南投三县交会之处，是名副其实的国际级观光胜地，崇山峻岭、断崖深谷、凌空飞瀑、清澈溪流，处处蔚为壮观。园内有台湾第一条东西横贯公路通过，称为中横公路，全长 180 公里。20 公里长的太鲁阁峡谷是世界最大规模的大理石峡谷。景色之雄奇，可谓鬼斧神工，参天地造化之最，被列为"台湾八景"之一。其主要建筑有长春祠、燕子口等。

导游大雄告诉我们，长春祠是为纪念因修路而殉难的国民党退伍老兵所建，20 世纪 60 年代，蒋经国带领他们来到这片大山里，老兵用凿子一点点地凿，用了 3 年 9 个月凿通这条公路，但却有 200 余名老兵为修建穿山隧道而牺牲在这片大山上，长春祠供奉着这批牺牲老兵的灵位。太鲁阁公园不仅是一个美丽的游览景点，而且这里还有台湾老兵的心血。

7. 垦丁必看的景点

我们沿着高屏公路欣赏台湾海峡美丽风光，前往电影《海角七号》拍摄基地，南台湾度假基地"垦丁"。垦丁公园位于恒春半岛南侧，三面环海，是岛内唯一涵盖陆地与海域的森林公园。垦丁名称来源于清朝光绪年间，那时这里还是没被开垦的蛮荒之地。当时清政府从广东招募大批壮丁到这里开垦土地，数万壮丁为开垦这块土地付出无数生命，为纪念这些壮丁，当地人就称这个地方为垦丁。游览垦丁公园，我们选择主要饱览"鹅銮鼻""猫鼻头""白沙湾"等景点。

鹅銮鼻是南海与太平洋往来的必经航道，位于台湾岛的最南端，地处中央山脉的台地，尖端延伸海外呈半岛状，三面临海，一面靠山，是太平洋、巴士海峡和台湾海峡的分界处。著名的东亚之光的鹅銮鼻灯塔高 18 米，昂然挺立，颇有名气，为"台湾八景"之一。站在灯塔下，尽情领略天海一角和珊瑚礁林的秀丽景色。因鹅銮鼻灯塔外形像一个鼻子，故此取名为鹅銮鼻。

猫鼻头，这里有来自太平洋的风，有碧蓝纯净的海滨风光，只有台湾最南端两个岬角有。猫鼻头因岩石的形状似一只蹲伏的小猫而取名。公园里巨大的珊瑚礁岩非常有名，从这里可以欣赏到各种奇岩怪石景观。左边观景台面积大，地势高，观景的效果更好。

白沙湾是一片长达百米的沙滩，由海洋生物的壳体和细白的沙粒组成，因沙白水清而闻名，很多人到此感受阳光、沙滩、海浪。

导游大雄在大巴车上介绍说，垦丁这个地方有一种独有的海味小台湾阿娇小吃，大家不可不尝。这个小吃叫什么？"那个鱼"。"那个鱼"是什么鱼？大雄诠释道：那个鱼学名叫"小鳍镰齿鱼"，这种鱼最大可长到 70 厘米，一斤多重。这种鱼特别好吃，但捕捞不易，现在市场见到的一般多是半尺多长。此鱼前半部分无鳞，仅尾部或侧线上有少许鱼鳞，鱼鳞极为薄且易脱落，一般人都以为它是无鳞鱼类，俗称"水晶鱼"。因为"鳍镰齿鱼"名字太拗口，人们习惯用手指说"那个鱼"，到后来这种鱼就称为"那个鱼"

了。这个团很多人排队买了份油炸椒盐"那个鱼"。"美味好香很好吃!"大家边尝边赞道，不留下遗憾离开垦丁。

8. 高雄驳二艺术特区

参观台湾南部城市高雄驳二艺术特区是我们这次环台湾游的一项重要内容。我从相关资料获悉，高雄港是集商港、旅港、军港功能于一体的大港，目前进出口量在全球排名第 11 位，有 102 个码头。20 世纪六七十年代，高雄港建有专门堆放出口香蕉的专用仓库，因位于高雄港的第二号接驳码头，故称驳二，后来香蕉出口渐趋没落，远洋渔业开始繁盛，驳二作为水位较浅的内港，没办法停靠大吨位货轮而衰落。2002 年整建为艺术特区，驳二艺术特区就落户这里，如今已成为实验与艺术的关系展示模块，也很完美地融合了文化创新精神和自然风光。细节、创意让废弃的仓库活了起来，现代文化创意和码头文化巧妙融合，迸发出特有的激情，这就是高雄驳二艺术特区。其中有奇异的雕塑、引人注目的小火车、独特的颠倒房子、各种钢铁艺术品等，让游人玩个痛快开心。在导游大雄、王聪带领下，我们在此艺术氛围浓厚的地方到著名的"诚品书局"徜徉一番，受益匪浅。

印象之二：周到服务

八天环岛游，我们不仅实现了赏心悦目的一游，还亲身感受到在食、宿、购物方面得到的满意服务。每日正餐一般为八菜一汤，菜肴能够做到色香味俱全，并能品尝到市县的地方特色菜肴。旅游中间安排两顿火锅、一顿牛肉面，风味独特，很受欢迎。每天自助早餐，品种多样，口味也非常好。住宿是住四星、五星宾馆，非常舒服。导游大雄除了向游客介绍台湾历史文化、风土人情，还满足游客购物之需是不可缺少的项目。一方面，他保证介绍购物给游客带来价格的实惠和品质保障，介绍正宗的产品。另一方面，针对这个团购买力不高，总是说，来到台湾，尽量多少买点自己需要的东西。

有时全团从一个购物店出来，看到团友们也没有买什么，他及时调整心态，又继续为团友热诚服务。

印象之三：环境干净

　　到台湾旅行，亲眼所见城市环境很干净，马路上极少见到垃圾桶，也很少见到清洁工。台湾有很多夜市，摊贩和游客都严格做到垃圾不落地，保护地面干干净净。究其原因，成功的经验就是，台湾靠教育和严厉处罚，杜绝了公共场所吸烟和乱扔垃圾的行为。

　　这次宝岛台湾环游，了解了台湾的历史和现状，看到勤劳智慧的台湾同胞热情好客。看看台湾街道、农田、夜市、茶园，还有挺拔的红桧树……我们期望两岸同胞携手并进，进一步加强两岸文化、经济交流与合作，更期望两岸能早日统一，共同实现中华民族伟大复兴！

（作者：谢吉恒，原载于 2019 年 10 月政商参考网）

呼伦贝尔草原纪行

　　去了呼伦贝尔大草原才知道，什么叫"一马平川"，什么叫"天高地厚"，什么叫"天堂是绿色的"。

——作者题记

　　七月中旬，我与北京、天津、河北几家媒体、作家好友相约组成采风组，开始了期盼已久的呼伦贝尔大草原之旅。正逢草原旅行最佳黄金季节，进入草原使我感悟到正如歌词中所描绘的那样："天边有一片辽阔大草原，草原茫茫天地间，洁白的蒙古包散落在河边……"的诱人景象。呼伦贝尔大草原是中国人为之骄傲的地方。她以辽阔、宽广、美丽，令人向往。

　　呼伦贝尔大草原位于内蒙古的东北部，大兴安岭以西，东高西低，海拔在 650~700 米之间，面积 10 万平方公里，谓之世界著名的四大草原之一，天然牧场。呼伦贝尔草原风光旖旎、水草丰美，分布 300 余条纵横交错的河流。500 多个星罗棋布的湖泊，组成一幅绚丽画卷，素有"北国碧玉""绿色净土"之称。

　　采风组一行从海拉尔出发，乘坐旅游大巴沿途行进巴尔虎、额尔古纳、根河、大兴安岭地区。蔚蓝的天空，碧绿的草原，洁白的蒙古包，成群的牛羊，映入眼帘。放眼望去，漫山遍野的油菜花，竞相开放，从路边到田边，从田边到山边，从山边到天边，一望无际。绵延的金黄色花海和青翠的草地，交相辉映，花天相连，起伏交错，胜似人间仙境。这样的美景，随手一拍，都是一幅唯美的画卷。呼伦贝尔大草原有看不够的风景，收不回的目光。

　　一路上，蒙古族导游巴音热心为大家介绍"呼伦湖、金帐汗、巴尔虎、敖鲁古雅、额尔古纳湿地、套娃广场、186 彩带河、黑山头马场"等热门景点，返程归来，谈起感受时，同车大部分游客兴奋地说："到呼伦贝尔大草原不到金帐汗、巴尔虎、敖鲁古雅等景点是等于没来。"同行的文友也建议我着重撰写这方面的内容。综合考虑，呼伦贝尔我还会再来，作出决定，此次草原行就写这三方面内容。

拥抱草原腹地——金帐汗

呼伦贝尔草原奇特之美，令人叹为观止，蕴古今之秀，是一曲穿越时空的交响乐。采风组一行在这里尽情去察知自然与世界，感悟地球的绿色脉搏，感慨大自然的神奇。我们领悟到去呼伦贝尔大草原旅游真谛，一定要记住风景全在路上，没有哪一个景点会比路上的景色更美。

金帐汗蒙古部落坐落于呼伦贝尔草原腹地，莫尔格勒河畔，距呼伦贝尔市海拉区约 40 公里。这里天空蔚蓝，旷野辽阔，闻名于世。这里是呼伦贝尔大草原经典的景点，也是以部落为景观的草原旅游最美丽的景点，游人必去之地。这里是闻名中外的天然牧场，历史上许多北方游牧民族都曾在此游牧，成长壮大，繁衍生息。12 世纪末到 13 世纪初，一代天骄成吉思汗曾在这里秣马厉兵，与各个部落战斗争雄，最终占领了呼伦贝尔草原。

金帐汗旅游景点建立于 1994 年，现占地面积 100 万平方米。景区建筑是种部落式的主体，服务区由砖木蒙古包组成，具有蒙古族特色，质朴典雅，风格独特。金帐汗景区布局是依照当年成吉思汗的行帐及部落缩影建成的，再现了当年蒙古部落的风貌，素有草原"好莱坞"之誉。莫尔格勒河的直线长度只有 290 公里，但其曲折河流的总长度达到 1000 公里，这条河在老舍先生笔下描写为九曲十八弯，竭尽所能蜿蜒曲折，静静地流到呼伦贝尔大草原上，被誉为"天下第一曲水"。

每逢夏季，在陈巴虎旗中漫步"奥特"的蒙古族和鄂温克族牧民来此地方放牧，自然形成了以游牧部落为主体的美丽图画：蓝天白云、弯弯河水、茵茵绿草、群群牛羊、点点毡房、袅袅炊烟，使这个地方成为世界罕见的游牧圣地、少有的绿色净土和生灵乐园。

采风组抵达景点，陶醉于茫茫无际的天然牧场，清新宁静，置身于美丽的大草原，令人心胸豁然开朗。有蒙古族姑娘献上草原独特的蒙古族迎宾仪式——下马酒，之后跟随导游巴音参加草原上最传统的祭祀活动——祭敖包。我们在此遥想北方游牧民族的历史，体验成吉思汗的雄伟壮举，感受草原上每一寸土地都带有游牧民族的血性与勇敢。我们在这里每一个地方都可以让心灵从繁华的都市解放出来，也可以让烦躁的心情一下子变得安静，融入大自然，尽情地欢唱、跳舞、拍摄……拥抱大草原。

体验草原文化——巴尔虎

巴尔虎蒙古部落民俗旅游度假景区（以下简称巴尔虎度假区），位于满洲里东 36 公里，是呼伦贝尔唯一一家以展现原生态巴尔虎民族、民风、民俗为特点的民族风情景点，全方位、多角度向游客展示蒙古民族博大精深的文化。巴尔虎度假区是国家 4A 级草原景区，占地面积 4000 亩，已建成中心、民族竞技表演、民族娱乐活动、民族歌舞表演、牧民生活体验区等。巴尔虎度假区是"中国第一家"走进人民大会堂并获得表彰的草原景区，又是呼伦贝尔首家可以大型演绎呼伦贝尔北极村采风及民俗园的草原景区。这里夏秋两季，绿草如茵、牛羊肥壮、气候凉爽、幽静怡人。

导游巴音告诉我们，需要去呼伦贝尔草原打卡的地方很多，有很多精髓的地方需仔细体验观赏，但有些景点，远远看看风景就可以了。为此他为我们选择参观体验 4 个项目：

其一，参观富有民族特色民俗欢乐园。其中包括民族文化展示、特色表演和文化餐饮体验、欢乐牧场、民族竞技体验、草原活动拓展区等 5 区 36 项体验活动。通过参观体验精彩的巴尔虎民间艺术、丰富的民俗活动、生动的民俗生活、民俗介绍和展示、神秘的萨满文化、丰富多彩的蒙古餐饮文化和香浓悠远的甘甜奶酒……给每位游客带来难忘的草原之旅。

其二，大型马上竞技表演——马之舞。"来呼伦贝尔绝不能错过马之舞表演!"导游巴音介绍，这里的男子非常擅长骑马射箭，还会在马身上跳舞，表演各种高难动作，可以与马共舞。节目表演开始了，值得一提的是马队阵容强大，演员队伍庞大，节目精彩! 草原为根、马者为魂、人马合一、马为舞者! 欣赏最壮观的马上竞技表演"马之舞"系蒙古马术表演为主，包含套马、赛马以及博客等多种项目。历时一个小时精彩表演，专业蒙古马术团队携百骑马匹出演：马镫藏人、马上拾物、马上倒立、马上平衡、人马共舞等十几项内容，非常值得人们去体验和观赏。

其三，大型篝火晚会。"巴尔虎之夜"大型篝火晚会场地，可容纳数百人。夜幕降临，近百名专业演员为游客演出，精彩呈现草原之夜。阿爸唱起悠长的祝词，萨满法师点燃圣火，在篝火的映衬下，跳起祈福舞步，虔诚的人们相聚在圣火旁，与亲人、爱人、朋友一起跳起安代舞，接受圣火的洗礼和祝福。夜宿蒙古包，侧耳倾听阵阵牧歌，抬头试数点点繁星，投入大自然的怀抱，都市的喧嚣已在九霄云外。

其四，宫廷第一宴——诈马宴。它是古代蒙古民族最隆重的宫廷宴会，是蒙古族特有的庆典盛宴，巴尔虎蒙古部落把这一宫廷盛宴完整呈现，让前来体验感受的游人可以身临其境感受这一蒙古文化的魅力。在这里，穿上华丽的王爷、王妃服装，置身于诈马宴当中，群宴百官，品尝蒙古美食、欣赏歌舞、参与竞技，感受古老的蒙古族宫廷礼仪文化，体验蒙古族宫廷文化的尊贵享受。

探寻驯鹿故乡——敖鲁古雅

到敖鲁古雅使鹿部落景区旅行，有机会零距离接触驯鹿、亲近驯鹿，探访这个神秘的部落，触摸历史直面自然，列为采风组重要采风目的。"敖鲁古雅"为鄂温克语，意为杨树林茂盛的地方，在全国素有"驯鹿之乡和最后的狩猎部落"之美誉。

敖鲁古雅鄂温克狩猎乡，以狩猎和放养驯鹿为主。它位于根河市西郊 4 公里处，核心景区三面环山，独特的建筑风格，独一无二的使鹿部落给驯鹿喂食生活体验尽在其中，政府在定居点 270 公里范围内的大兴安岭密林中，保留几处较原始的猎民点，保留原始自然放牧生活方式，弘扬独特的民俗文化。

我们采风组一行穿过呼伦贝尔大草原，来到敖鲁古雅，此行就是要看到真实的驯鹿。敖鲁古雅建有鹿苑，林中饲养几十只驯鹿，游人在这里可以和驯鹿零距离接触。没来鹿苑前，我们查找并阅读驯鹿相关资料，做足功课准备，使我们从三个方面对驯鹿有了深入的了解和认知。

一是驯鹿誉为"林海之舟"。驯鹿形态十分古怪，俗称"四不像"。它的角似鹿、头似马、蹄似牛、身似驴。驯鹿雄雌均有角，一般身长 2 米左右，身高 1 米多，体重 10~150 公斤。毛呈灰褐色或白色、黑色、杂色等，尾巴较短。驯鹿原本是野生动物，生于贝加尔湖、勒拿河上游地区。后来被游猎的鄂温克族猎人捕获饲养，喂食苔藓、蘑菇及木本植物的嫩芽，逐渐驯化成为他们生产、生活的工具，不可缺少的珍贵经济动物，被誉为"林海之舟"美称。

二是驯鹿主要特征生性温顺。鄂温克猎民在大山中与驯鹿为伴，易饲养放牧，驯鹿体壮，能负重 35 公斤，日行 20 公里。平时主人的猎获物，迁徙的炊具、篷布、粮食等一切生活用品都用驯鹿运输。

三是驯鹿定为吉祥物。长期以来鄂温克人同驯鹿建立了很深感情，对待驯鹿如同对待自己的孩子一样，非常疼爱驯鹿，给每只驯鹿都取个好听的名字，戴上木铃或铜铃，便于寻找。不让孕鹿和幼鹿驮重东西，出汗时不让鹿饮水，以免流产和生病。主人轻易不宰杀驯鹿，驯鹿的寿命一般能有 20 年。驯鹿从蹄到角全身是宝。它的毛皮可穿，既可制革又能做裘，柔软耐磨；肉可食，奶品等营养丰富。茸角、鹿鞭、鹿筋、鹿心血、鹿尾都是名贵药材。鄂温克人男女老少都将驯鹿视为吉祥、幸福、进取的象征，定为鄂温克族的吉祥物。驯鹿属国家二级保护动物，在我国仅剩下不足千只。

采风组一行来到鹿苑，看到苑内林中，鄂温克服务人员用干枯的桦树枝燃起烟来，帮助驱赶蚊虫。20 多只大小、高低、颜色不同驯鹿在烟的下风头，或躺或卧，也有的晃晃脑袋。见我们拿着几篮苔藓喂食它们，并不怯场，忽地一下子都奔过来了，有头上顶着两撮绒毛没长出鹿角的小鹿，有几只硕大枝丫般的头角没有据去的头鹿，鹿角足有 1 米多，个个憨态可掬，很亲人。它不踢人不咬人，讨人喜爱。

采风组王广新捧着苔藓篮子喂头鹿，见它吃完了篮子里苔藓还要吃，用鼻子拱倒篮子，追着我们装满苔藓的篮子到处走。我用手中的苔藓喂驯鹿，它用舌头在我的手心舔着，感觉蛮好。我们抓住喂食驯鹿的时机，拍下驯鹿多种造型镜头。 阵阵欢笑声，犹如驯鹿的铃声，荡漾在林间。这是美好的一天，我们看到心仪已久的原生态驯鹿，在茫茫林海中也看到了内心最美的净土。

根河是呼伦贝尔辖下的一个县级市，根河水清澈透明，又是一个十分特殊的地方，气温全国最低，年平均气温零下 5.3 摄氏度，极端低温零下 58 摄氏度，年封冻期 210 天以上，被称为"中国冷极"。这种严寒气候很适合驯鹿的生存。敖鲁古雅鄂温克狩猎乡，是中国唯一的使鹿部落乡，也被称为"中国最后的狩猎部落"。

随着大兴安岭的开发和现代文明的渗透，年轻一代的驯鹿鄂温克人更多选择了山下的现代生活方式，逐步遗忘本民族语言和传统文化。最后一代纯正血统的驯鹿鄂温克人正在不断减少，世世代代赖以生存的驯鹿也在不断减少，这一民族传统文化面临严峻考验，成为濒危文化！

（作者：谢吉恒，原载于 2019 年 10 月政商参考网）

阳朔山水甲桂林

"世外桃源"，多么醉美的字眼，令人艳羡。首先映入我脑海的是上学时，从课本上读过1600多年前，晋代大诗人、文学家陶渊明笔下《桃花源记》"晋太元中，武陵人捕鱼为业。缘溪行，忘路之远近。"这篇流芳千古的杰作，至今我仍清晰记得借鉴武陵渔人行踪这一线索，展开一个栩栩如生的故事，表达陶渊明先生追求美好生活的理想。

钢铁人心中有世外桃源

许多人对陶渊明笔下的《桃花源记》中描绘的人间仙境心生向往。《桃花源记》激起无数人们对理想世界的追求：一个与世隔绝、没有纷争、人人安居乐业的地方，因此成语"世外桃源"世代相传，成了一个鲜明的中华文化的符号。人们从各个方面探寻查证桃花源的真实存在，众说纷纭，直至今日，无法有一个公认的答案。

世外桃源其实就是一个人生活理想向往的世外之地，类似柏拉图笔下的乌托邦。陶渊明的《桃花源记》是虚构的。当今随着商业步伐加快发展，真正的与世隔绝的"世外桃源"，可以这样说，很难找到。

世外桃源，久闻其名，不见其身，相信传说不如相信自己。在阳朔有个比传说更美的地方，名字就是世外桃源。近两年，夏秋季节分期分批有来自京津冀钢企、冶建等单位退休员工跟团游，选择"友松国际"提供的"全心造福老龄社会，建设老年服务平台"，为老年人做到"老有所养、老有所依、老有所乐、老有所为"，实施"吃、住、行、医、学，玩、乐、尊"等特色服务，越来越多的退休老人到桂林阳朔安养中心秀丽田园山庄颐养天年。桂林阳朔安养中心位于矮山镇，距世外桃源仅十多公里。机会终于有了……去年6月中旬，笔者与画家张世才、摄影师朱新随同采风组来桂林阳朔安养中心采风，采写钢铁业退休员工来此安养生活的乐趣。陶渊明先生的"采菊东篱下，悠悠见南山"的逍遥境界、"阡陌交通，鸡犬相闻"的诗意生活也是我内心的向往。桂林山水甲天下，阳朔山水堪称甲桂林。在桂林山水王国中，离都市最近的地方就有这么一个"世外桃源"，风景堪比仙境，十分值得游览与欣赏。世外桃源是国家首批4A级景区，被联合国世界旅游组织推荐为旅游目的地，全国农业旅游示范点、国家绿色环保基地。我有机会漫步在"良田美池桑竹之属"，按照陶渊明笔下《桃花源记》中描述的情景，他却没到过，我却能来的地方。与这些退休钢铁员工一道寻找属于自己心中的"世外桃源"，感受特有的魅力。

钢铁人游景区世外桃源

世外桃源位于阳朔县白沙镇，距桂林44公里，沿桂阳公路北上，距阳朔县城15公里，只有十几分钟车程。这个景区是根据陶渊明所著《桃花源记》中描绘的意境做蓝本，结合当地的田园、山水风光所建的民俗风景园区。虽是一处人造景区，秀美风景如画及营造的民俗风情异常吸引人，具有独特魅力。

一是开放的景区有魅力。景区没有围墙和隔桩。田园山水、路桥村舍，天衣无缝地自然融合，尽纳天地之美。主要景点有荷花池、燕子湖、燕子洞、侗乡风情和原始部落等。世外桃源展示一幅古桥、流水、田园、老村与水上民族村融为一体的绝妙画图。

二是游览方式有魅力。身临其境，欣赏到山水如画的美。主要是分为水上游览和徒步观赏两部分，全程1~2小时。6月中旬，采风组与10多位钢铁退休老人一起深度游世外桃源。

前半程，水上游览。我们一行从一号码头乘轻舟，约30分钟游完十里山水画卷风景。环绕湖光山色、经田园村舍、过绿树丛林、又穿山而出。沿途可经原始形态的迎宾、祭祀、狩猎，又可以欣赏到具有民族特色的狂歌劲舞、边寨风情。乘坐轻舟游览燕子湖无疑是一种难得的享受，燕子湖因形状像一只展翅欲飞的燕子而得名。每艘轻舟载25位游人，在绿丝绸般的湖面上裁波剪浪、悠然滑行。放眼望去，天旷云近、岸阔波平，村庄和田野相映成趣。山为魂，水为魄，这梦幻般的湖水，托着轻舟缓缓前行，来到一个小山村，因坐落于燕湖旁，故名为燕子山村。据轻舟上导游介绍，它始建于1737年，距今已有280多年历史，居住40多户人家。每家每户房檐底下都留有一条长方形巢口，通风透气，方便燕子出入，搭窝建巢繁育后代。村民视燕子为吉祥鸟，哪户人家飞入燕子越多，哪家就越吉祥如意。据了解，生活在燕子山村的人，虽家境不富足，依然是粗茶淡饭，布衣茅舍，单就其拥有的一方水土、一片蓝天而言，他们是最富足的，生活中能体会劳作上的艰辛却也有劳动的娱乐。

"林尽水源，便得一山，山有小口，仿佛若有光，便舍船，从口入"，轻舟行至燕子岩，水道变得狭窄，前方神秘幽暗，山重水复疑无路，岩洞全长120米，里面无任何灯光与人工修饰，纯属天然，进去领略大自然之美。

穿越时光隧道，寻觅梦中的桃花源。似《桃花源记》中的"初极狭，才通人。复行数十米，豁然开朗"。轻舟通过燕子洞口，桃花岛突现眼前，真有世外桃源之感觉，小岛四面环水，桃花盛开，桃花瓣瓣，远离喧嚣世间嘈杂，所见的桃花林真像陶渊明笔下所描绘那般"中无杂树，芳草鲜美，落英缤纷"，这里的桃花一年四季都占据枝头，不凋不谢。

"世外桃源依靠自然景观吸引人，融入人文景观留住人"，同舟上几位钢铁退休老人感慨道。轻舟行至极具鲜明的人文风情的水乡侗寨，引起大家的兴趣共鸣，看到这里无溪不架桥、无路不筑亭、无村不建寨、无寨不起楼的抢眼风景，充分感受少数民族风情，连声赞叹太有亮点！摄影师朱新不停地举起相机拍照。我们饱览水上胜景，触景生情，无不感触大自然的清新博大怀抱，使人尘虑尽涤、俗念顿消。世外桃源所构建的诗境，不仅洋溢着自然山野之趣，而且恰到好处地融进中国传统儒雅文化和桂北民俗风情的精华。

从那时起，我心底就萌生写一篇"世外桃源"的散文。

后半程，徒步观赏。我们从二号码头登岸，徒步观赏民寨。这是桂北各少数民族建筑的一个缩影，鼓楼、风雨桥、对歌台、花楼、长廊、图腾，充分展示了各族人民文化的光彩特征。2003 年为纪念古代著名文人所建的陶渊明山庄，融合了苏州园林和桂北名居的建筑风格。从隐逸文化起笔，再造中国传统文化艺术的精华片段，受到中外游客青睐。观赏中游客参与互动，亲身体验古代农耕、造纸、印刷、织布、制陶、书画雕刻等多种传统文化精品的无穷魅力。

三是文化内涵丰厚有魅力。据旅游业专家介绍，世外桃源在美景魅力度、原始保存度、游客渴望度、宁静隐蔽度等诸多方面，在全国旅游系统征询答卷中都技高一筹。"这是一个被遗忘的故乡，这是一个放松身心快乐人生的乐土"。导游介绍，世外桃源处处是景，一年四季都有风情。春来时烟波浩渺，夏来时荷花满湖，秋来时田野金黄，冬来时桃花依旧。仁者乐山，智者乐水。对于大多数本性爱自然的游人来说，也许一方山水田园已足以慰藉心灵。来这里安养的钢铁业退休员工深有感触地认为，游世外桃源，能游出情趣，游出健康；到世外桃源玩，能玩出文化，玩出艺术。来这里采风多家媒体高度评价，世外桃源的自然造化及其隐含的文化内涵就像一壶陈年老酒，越品越香，回味绵长……

钢铁人爱画中世外桃源

今年五月上旬，国画家张世才历尽两个月精心创作，绘画出 8 尺×4 尺大幅山水画《世外桃源》。张世才近三年情系津冀钢铁业，以"青山绿水就是金山银山"绿色发展理念为主题，深入基层、深入生活，接地气，正能量，乐于奉献为钢铁企业送书画服务上门。他先后深入燕山、太行山、六盘山等地采风写生，为河北敬业、津西、德龙、新金、宁夏等钢铁企业创作 20 余幅山水国画作品，深受钢铁员工的喜爱。

去年 6 月，他又随同钢铁业采风组，由笔者陪伴亲身体验感受秀美桂林阳朔山水风光，为迎接党的十九大召开、2018 年 5 月 10 日"中国品牌日"创作新画作。桂林阳朔是许多画家膜拜神往的写生圣地。张世才在采风的日子里，人在路上，画在心上。他在阳朔连续采风写生 7 天，迷恋阳朔兴坪美景，越看越爱看。阳朔十里画廊，皆皆是景、处处入画，美景画不尽。采风写生对于他来说从不放过，为节省时间多画画，一路食宿在农家，晴天现场席地写生，雨天在屋挥毫泼墨搞创作，骑自行车往返 20 余公里到"世外桃源"景区深度采风，又是骑车到闻名于世的西街参观我国著名画家徐悲鸿纪念馆，与当地画家同行进行交流……还忙里偷闲为在阳朔安养的钢厂退休员工绘画山水小品。

过硬的采风写生基本功，铸就创作坚实基础。沉思酝酿，巧妙构思。5 月上旬张世才一幅洋溢浓厚新时代气息的《世外桃源》山水画作品出彩问世。他以惊人的毅力与悟性，展示出多年对艺术倾心追求与扎实的艺术功底，受到书画界及收藏者的欢迎与好评，赢得多名著名老画家点赞，极高评价他这幅作品清新俊逸、秀美多姿。此幅作品有三个看点：一是使人有耳目一新、心灵净化、一尘不染之感，洋溢灵性与活力，巧妙画意烘托出青山绿水的明洁意境。二是对艺术理想的真诚，执着追求创新。放宽视野与想象，精准抓住拔地而起的奇峰、一平如镜的湖面、远近迷离的群山、青翠欲滴的桃红绿竹、远处泛起渔舟及隐约村舍，使画作流溢出诗的情致。三是构图擅长空间想象，简繁对比，详略得当。注重实景描绘，其余适当放松，疏而不空，将情感融入山水画中，表露热爱祖国山川之情。他的这幅作品在 2018 年"中国品牌日"中国钢铁品牌榜发布日期间，刊发于《中国冶金报》副刊，是他近两年刊于《中国冶金报》副刊第八幅山水画作品，并已为中国 500 强企业津西钢铁收藏。张世才系河北兴隆人，现为张世才书画艺术馆馆长。他多年痴情于中国山水画创作，钟情家乡燕山的雄强峻拔，深厚苍茫，坚持体验自然、感悟自然，将全部心灵投入大自然的怀抱，获得创作灵感。他以燕山为创作基地，尊传统、师造化、求己意，用笔或重彩或水墨，创作出大量为人称赞的作品；画为心迹，表现出笔墨随心、刚柔相济、温润华滋、清新秀丽、自然天成的风格。他的作品多次在国家级、省市级书画展中获奖。他的山水画作品两次在人民大会堂展示。

（作者：谢吉恒，原载于 2018 年 5 月凤凰网）

烟花三月来一趟扬州·随笔

　　扬州，一座古老的城市，从春秋时的"邗国"算起，至今已有2500多年建城史；扬州，一座英雄的城市，千百年来英雄辈出，尤其是明末民族英雄史可法更是名垂青史；扬州，一座如诗如画的城市，更有着"中国运河第一城"之称，古往今来，许多文人墨客都沉浸在"淮左名都，竹西佳处"的美誉中。"故人西辞黄鹤楼，烟花三月下扬州。孤帆远影碧空尽，唯见长江天际流"这是唐代诗人李白在《黄鹤楼送孟浩然之广陵》中的名句，诗中的"广陵"，正是现在的扬州。有人说扬州是被古诗捧红的城市。诗中说到的"烟花"是指什么？许多人认为靠谱的说法是指"柳絮如烟、繁花似锦"，柳絮在这里被称作"柳絮如烟"。烟花三月的扬州城春暖花开、清风细雨、草长莺飞、桃红李白、琼花绽放……堪称一年中最美的时候。"烟花三月下扬州"已成为流行在江南的旅游风尚。今年三月中旬，《中国冶金报》记者结束对常州市烧结点火炉公司董事长孙小平"绿色环保智慧"专题采访，与"我和我的祖国"主题征文采风组来到扬州又一次零距离游览这一闻名遐迩的景观。

瘦西湖景美

　　瘦西湖位于扬州市北郊，被国务院列为"具有重要历史文化遗产和扬州园林特色的国家重点名胜区"，成为扬州市首家全国5A级景区。"天下西湖，三十有六"，唯有扬州的瘦西湖，以其清秀婉丽的风姿独异诸湖。清代钱塘诗人汪沆来到距杭州 300 公里处的扬州西湖，饱览了美景后，与家乡杭州西湖媲美咏赞道："垂柳不断接残芜，雁齿虹桥俨画图。也是销金一锅子，故应唤作瘦西湖。"瘦西湖由此得名，相比杭州西湖的邈远，瘦西湖更像楚王所好盈盈一握的纤腰，像敦煌飞天身上飘舞的罗绮，瘦得恰到好处，蜚声中外。

瘦西湖湖面清瘦狭长，面积不足杭州西湖十分之一，水面长约 4 公里，宽不及 100 米，现有游览面积 100 公顷。原是纵横交错的河流，历次经营沟通，运用我国造园艺术的特点，将园林艺术与花情柳意、山姿水色融为一体。错落有致的园林精致，巧妙组合，融南方园林之秀丽，汇北方园林之雄奇，建造了很多风景建筑。瘦西湖自隋唐时期开始建园，至清代康熙、乾隆两代帝王六次"南巡"，地方官吏为迎接皇帝大兴土木，能工巧匠巧妙布局，把园林建设得曲径通幽，流风遗韵至今。瘦西湖以自然风光旖旎多姿著称于世。四时八节，风晨月夕，使瘦西湖幻化出无穷的天然之趣。丰富的历史文化，使瘦西湖如醇厚的佳酿，常看常新，品味其中，回味无穷。

瘦西湖为我国著名的湖上园林，为扬州雍容华贵的象征、龙头景点。亭台楼阁、蜿蜒水道、绿植环绕，景点诸多，也是外地人到扬州必去的地方。人们游玩瘦西湖的方式有两种，一种是步行，另一种是游船。采风组选择两者兼顾，半程路，半程船。去年金秋九月，我游西湖时，游船诸多，有龙舟、手摇船。我选择手摇船，船娘成湖面一道亮丽的风景。船娘居扬州"十二娘"之首（船娘、绣娘、织娘、茶娘、扇娘、灯娘、琴娘、蚕娘、花娘、画娘、蚌娘、美娘），船娘指摇橹撑船人。起源于隋朝隋炀帝下扬州时，在古运河上不用壮丁划船，偏爱美女背纤，船娘得以出现。

瘦西湖船娘都是心灵手巧、勤劳善良的扬州妇女代表。回忆去年船娘划船的形象，记忆犹新：船娘举止优雅，简练素美的打扮，摇橹船头，兼负导游，边行边介绍前方每一个景点，时而唱起软语细长的歌谣，给人妩媚之感。每快到一个景点，放慢速度，船娘用一根竹竿撑船，使劲一撑，竹竿一弯，身体靠上着力，臀部腰部的曲线和竹竿的曲线，配合异常匀称协调，为游人增添了愉悦美感。此次游人多，采风组选乘"龙舟"游，配有音响喇叭介绍景点。荡舟湖上，沿岸美景，应接不暇，心迷神驰。窈窕曲折的湖道，串以长堤春柳、荷蒲熏风、四桥烟雨、徐园、小金山、吹台、水云胜概、五亭桥、白塔晴云、二十四桥景区、石壁流淙、春流花舫、万松叠翠等景点都聚焦在视野里。

其中最出名的有五亭桥、二十四桥景区格外引人注目。龙舟碧波行，人在画中游。远处一座金顶五亭桥横在水中央，湖面留下一道淡白色水光。这座横跨瘦西湖南北两岸，巍然屹立环拱石桥展现眼前，这就是五亭桥。

五亭桥不但是瘦西湖的标志，也是扬州城的象征。五亭桥始建于乾隆二十二年（1757年），桥上建有富有南方特色的五座风亭，风亭均匀分布，像五朵莲花。亭上有宝顶，亭内绘有天花，亭外挂着风铃。五亭桥的桥墩由12块大青石砌成，形成厚重有力的"工"字形基。五亭桥桥身由大小不一、形状不同的15个卷洞组成。空灵的拱顶卷洞配上敦实的桥基，桥基再直线配上桥洞的曲线，取得和谐统一的视觉效果。中国著名桥梁专家茅以升高度评价：中国最古老的桥是赵州桥，最壮美的桥是卢沟桥，最具艺术美的桥就是扬州的五亭桥。

龙舟行驶到二十四桥景区。"二十四桥"出自唐代著名诗人杜牧诗句"青山隐隐水迢迢，秋尽江南草为调。二十四桥明月夜，玉人何处教吹箫"。这首诗已流传了一千多年，可谓妇幼皆知。扬州人心目中的二十四桥由落帆栈道、单孔拱桥、九曲桥及吹箫亭组合而成，中间的玉带状拱桥长24米、宽2.4米，桥上下两侧各有24个台阶，围以24根白玉栏杆、24块栏板。关于二十四桥到底指哪些桥，至今众说纷纭，不如我们丢开那些烦琐考证，来细细品味杜牧诗句中的那"只可意会，不可言传"的朦胧意境。

龙舟湖游约半小时到码头，采风组一行上岸往南折回徒步游，路边随意一个景色，都是一处美景，颇有园林的意境。经过近两小时逐个景点回游，重点拍照，深度游览，加深体会，远离城市喧嚣，瘦西湖是看美景放松心情、感受慢节奏的好地方。

逛东关古街

大凡去过扬州旅行的人，都会选择去东关街走一走。这次采风，为感悟东关街，我和唐小勇从街西走到街东，又从街东走到街西，步行个来回，加深烟花三月下扬州对东关街的感受。东关街缘何像磁铁一样吸引游人，又有何种魅力吸引游人做出必去的选择呢？

一是历史文化有魅力。东关街一条街是免费的国家 4A 级景区，东关街是中国十大历史文化古城之一。东关街是扬州城的缩影，东至古运河边，西至国庆路，全长 12 米，距今已有 1200 多年历史。追溯东关街的历史，传说从隋炀帝开挖京杭大运河开始。隋炀帝久闻扬州出产一种奇异的琼花，琼花是中国特有名花，以叶茂花繁、洁白无瑕名扬天下，现为扬州市花。隋炀帝为达到下扬州观琼花的目的，不惜动用国力，从京城开凿到杭州的大运河。大运河全长 1700 公里，于公元 610 年开凿成功，至今处于长江边的扬州城东关街前身一个码头——利津古渡，便是昔日古运河的上岸码头。从宋代开始，东关街不仅是扬州水路交通要道，而且是扬州的商业、手工业和宗教文化中心。

二是古街原汁原味文化有魅力。东关街是扬州最繁华、最具代表性的一条历史老街。进入街道会感觉到古色古香的味道，沿街两旁房屋，清一色的马头墙、木板门，青砖砌成屋顶覆盖黑色的瓦，房子下面挂着红色灯笼。市井繁华、商家林立、行业齐全、生意兴隆，如陆陈行、油米坊、鲜鱼行、八鲜行、瓜果行、竹木行近百家之多。人来人往，熙熙攘攘，非常热闹。路两边的各色小吃，如芝麻糖、烧饼……琳琅满目，让人眼花缭乱。

古街里面除了有不少"百年老字号"的店铺，如四美酱园、谢馥春香粉店、潘广和五金店、夏广盛豆腐店、陈同兴鞋子店、乾大昌纸店、震泰昌香粉店等外，东关街还是手工业的集中地，前店后坊的连家店遍及全街。汇集扬州传统色彩浓厚的手工艺、特色小吃，行业俱全，生意兴隆。在东关街上还集中了许多古迹文物，主要有逸园、汪氏小苑、个园、广陵书院等，可随时购张门票进去参观。

采风组在东关街采风，远远看见一面陈旧的旗帜上写着苍劲有力的 5 个毛笔大字"扬州三把刀"，我走近一看，原来三把刀是指厨刀、剃刀、修脚刀。这三种职业在有人看来是"不入流"的活儿，非"人上人"所为，但朴实可爱的扬州人将它们流传至今并发扬光大。

东关街一幅大型"扬州八怪"画展会广告，引起采风组钢铁业画家的兴趣，这八怪是哪几个、又怪在哪？"扬州八怪"是清朝乾隆年间扬州地区的一个画派，这八位有名画家是郑板桥、金农、汪士慎、黄慎、高翔、李鱓、李万膺、罗聘，这八个人的名字都被郑板桥的名字盖住，另外七怪不甚了了。他们的画风不同流俗，突破正统画派的旧框框，创造了具有自己独特风格的新画派。因不被正统的旧画派所接受，说他们的画是丑八怪。但由于时间不允许，采风团未能前去参观，但大家表示以后争取机会，再米扬州去参观"扬州八怪"纪念馆。东关街不仅使外地众多游客慕名而来，同时也深深地吸引着扬州本地人。

三是吉街美食文化有魅力。记得有位哲人说过，认识一个地方或一座城市，最好的办法是走近和体验它的美食。到了扬州去哪里体验美食呢？径去东关街"天香阁"品尝百年老字号，正宗淮扬菜。扬州是淮扬菜系的发源地。淮扬菜最大特色，就是南北皆宜，讲究原汁原味。扬州人常说"早上皮包水，晚上水包皮"，扬州人注重早茶，爱泡茶馆。早茶不是纯喝茶，是像广式的早茶一样，吃一顿丰盛早餐。我们先泡上一壶茶，点上几道诸如烫干丝、大蟹黄汤包、狮子头、盐水鹅等地道淮扬菜。吃过早茶去参观采风东关街，体会大不相同，优哉游哉！

（作者：谢吉恒，原载于 2019 年 4 月《大地之光》杂志）

"人工天河"红旗渠

金秋十月，秋高气爽。我们采风组一行四人怀着敬仰之情来到闻名国内外的红旗渠观光。汽车缓慢地在巍巍太行山间行驶，上午 10 时从老远就看见"中国水长城"——红旗渠犹如绿色的飘带高高地悬挂在群山之间。我们边走、边看、边议，无不为红旗渠所陶醉，有幸亲身感受这条"生命渠""幸福渠"，这真是一种难得的享受。

其实，我对红旗渠并不陌生，曾在电影、电视中看过，在报刊中看过，在广播中听过，就是没亲眼见过。

百闻不如一见，今天亲眼看到了红旗渠，实现了多年的凤愿。

汽车在蜿蜒的山路中爬升，来到了这个全国爱国主义教育示范基地，我们怎能不惊讶、震撼。

20 世纪 60 年代，河南林州原林县人民为解决生存问题，奋发图强，自力更生，用自己勤劳的双手在峰峦叠嶂的太行山上逢山凿洞，遇沟架桥，削平了 1250 座山头，凿通了 211 个隧洞，架设了 152 座渡槽。一锤一钎苦干了 10 年，建成了长达 1500 公里的饮水灌溉工程——红旗渠，结束了林州人民十年九旱、水贵如油的历史。

林州旅游局对新闻记者采访给予优惠待遇，检票口看过记者证后，免收门票。我们此行不仅自己受到教育、陶冶情操，而且要亲自写文章、拍照片，大力宣传红旗渠精神。

参观红旗渠给我们留下的最深刻印象就是红色的业绩、绿色的风光。

红色的业绩——惊天动地

到红旗渠参观，最引人注目的是参观红旗渠纪念馆和青年洞。

红旗渠纪念馆最具有吸引力、感染力，是因为它能帮助游客全面系统地了解红旗渠。该馆占地400平方米，分《序厅》《干涸历史》《太行壮歌（上）》《太行壮歌（下）》《人间奇迹和丰碑》《亲切关怀》《影视厅》等7个展厅，布设了210余幅珍贵历史照片，并有实物和模型，记述了红旗渠修建的艰辛历程和在国内外产生的巨大影响。

导游领着我们来到总干渠分水闸，这是参观的人们争相观看和拍照之处。红旗渠总干渠分水闸高楼耸立，雄伟壮观。正面楼顶上有郭沫若手写的"红旗渠"三个强劲有力的朱红大字，在灿烂的阳光下耀眼生辉。闸门内奔泻出两股澈流，靠右的进入红旗渠一干渠，靠左的进入红旗渠二干渠。

红旗渠是引水工程，来红旗渠观光就是要想水、看水。导游介绍原林县县委书记杨贵撰写的"十水碑"时，大家听得极其认真仔细，并有不少人用笔或录音机记录"十水碑"的全部内容：祖祖辈辈缺水盼水，红旗渠引来漳河水。水库蓄住了山谷水，红旗渠灌满了库池水，浇地渠库齐放水，一渠水可顶两渠水。平整土地合理浇水，大家都来节约用水。关键保好渠管好水，林县就不再愁缺水。

红旗渠的青年洞又是一道绝妙佳景。10月1日上午我们冒雨参观青年洞。青年洞这里山峰高耸，上有千仞峭壁，下临滔滔漳河，站在洞口，西望山西省，北看河北省，三省风光尽收眼底。青年洞是红旗渠险要和有代表性的工程，洞长623米，高5米，洞宽6.2米。洞口顶部悬挂着郭沫若题写的"青年洞"三个大字。1990年全国政协主席李先念题写的"山碑"二字，凿刻在青年洞悬崖绝壁上，苍劲有力，引人注目。

修凿青年洞是多么艰辛啊！20 世纪 60 年代初，我国遇到严重自然灾害，青年洞是红旗渠的一个咽喉工程，该工程凿洞民工全由青年组成，故取名为"青年洞"。开凿青年洞时，正值严冬，缺粮少菜，缺钱短物，任务十分繁重，很多人得了浮肿病。大家吃不饱饭，就上山采野菜，下漳河捞河草充饥。青年突击队以"苦不苦，想想长征两万五；累不累，想想革命老前辈；为了后辈享幸福，再苦再累也心甘"的豪言壮语激发火热的革命激情，日掘进度由 0.3 米提高到 1 米、1.4 米到 2.8 米，经过 1 年零 5 个月的艰苦奋战，于 1961 年 7 月 15 日终于凿通了青年洞。

听导游介绍，当年参加修筑红旗渠的群众不少于 30 万人，其中有 189 名英雄儿女献出宝贵的生命，256 名民工在工程建设中重伤致残。人们用几乎原始的工具，开凿出了一条"人工天河"，将修渠挖出的土石垒成宽 2 米、高 3 米的城墙，可以纵贯祖国南北，它的长度可从南国的广州一直到北疆的哈尔滨，被国外友人誉为"中国的水长城""世界第八大奇迹"。

70 年代初，红旗渠顺利竣工，周恩来总理自豪地告诉国际友人，中国有两大奇迹：一个是南京长江大桥，一个是林县红旗渠。工程建成至今已有 119 个国家和地区的首脑及各界友好人士到此观光旅游。

修建红旗渠中孕育形成了"自力更生，艰苦奋斗，团结协作，无私奉献"的红旗渠精神。这种精神被誉为"中国精神""中华民族魂"，是整个国家和中华民族的宝贵精神财富。在观光采访中，导游生动详尽地介绍了红旗渠的建成，彻底改变了林州干旱缺水的历史，全市有效灌溉面积达 54 万亩。红旗渠通水 40 余年来，共引水 85 亿立方米，灌溉 8000 万亩农田，粮食亩产由开灌前的 100 余公斤，提高到 450 公斤左右。红旗渠的建成，还带动和促进了各行各业的大发展。

改革开放使红旗渠品牌效应日益显现。1999 年林州市到国家工商总局注册了"红旗渠"商标，成立了"中国红旗渠集团"。红旗渠系列产品有香烟、啤酒、白酒、水泥、汽车配件、铝型材、食品等 25 类 230 余种。几十年来，林州人靠红旗渠精神勇于开拓创新，林州从一个贫穷落后的穷山区发展成为全国建筑之乡、全国最大的县级汽配基地、国家重点风景名胜区。

绿色的风光——得天独厚

红旗渠位于林州市境内，地处南太行山区，自然条件独特，文化底蕴深厚，造就了融自然景观和人文景观为一体的得天独厚的"一红一绿"旅游资源优势。"一红"就是红旗渠爱国主义红色教育游；"一绿"是被专家学者誉为"人间仙境，百里画廊，步随景移"的林州太行大峡谷绿色生态游。

游红旗渠，红色游使人们的精神更加振奋，受到鼓舞和启发。游了红旗渠，就自然要到林州太行大峡谷去"绿色游"。

说起林州太行大峡谷，"大"字有什么特殊含义，有什么特色及奇观？我们在太行大峡谷一日游，由导游引导，采取了抓住重要景点仔细看，一般景点大概看，看不到的景点听导游简要介绍、带回资料回去自己看的方式对太行大峡谷有了较深刻的了解。

太行大峡谷地处河南西北部，南太行山麓林州石板岩乡，南北长50公里，东西宽1公里，海拔800~1736米，境内断崖高起、群峰峥嵘、阳刚劲露、台壁交错、苍溪水湍、流瀑四挂，峰、峦、台、壁、峡、瀑、嶂、泉，姿态万千，是"北雄风光"的典型代表。

游了林州太行大峡谷，从记忆和拍照的照片中我感悟到它的特色体现在文、山、谷、水、林5个字上。一是文，体现传统的历史文化、民居文化、民俗文化；二是山，这里是千里太行山最雄伟的一段；三是谷，神秘、瑰丽、旖旎迷人，能和美国科罗拉多大峡谷相媲美；四是水，景区内飞瀑四挂，泉水涌动，露水河蜿蜒而过，汇入峡谷明珠——太行平湖；五是林，太行山林海，森林覆盖率达81%，被称为天然氧吧，是休疗养生的好地方。

游人到了太行大峡谷，无不争相游看三九严寒桃花开、三伏酷暑水结冰、千古之谜猪叫石的三大奇观。

10月2日早8点，我们一行4人就开始游看太行之魂王相岩。王相岩，位于石板岩乡3公里，地处"太行大峡谷"西侧。王相岩，又称宝泉岩，商时称王相岩，东汉末年称隐居岩，明代又称老道岩，清代时称避暑岩。这里山势陡峭，峰峦峥嵘，泉流飞瀑，悬崖栈道，森林青翠，风景如画，其自然景色具"雄、奇、险、秀、幽、绝"于一体，故称之为太行之魂，是太行风光最美的地方。王相岩自然景观迷人。上午天气晴朗，我们用了近4个小时在云雾山中游遍了王相岩，兴趣极浓。下山路上，导游介绍了王相岩人文景观的悠久历史。这里曾是3300多年前殷商奴隶出身的王相傅说的故乡。商王武丁少年时曾到林虑山访贤，来到王相岩和奴隶傅说成了好朋友。

武丁为王后，用三年不语之计谋拜傅说为相，后人为了纪念王相傅说，把傅说住过的傅险岩称为王相岩，傅说出生的居落称为王相村。凡傅说打猎、放牧、采集、耕耘到过的地方，后人都以王相命名，以示荣耀，如王相沟、王相井、王相碑、王相树、王相坡、王相峰等。

赶到山下已12点多。一路上菽谷飘香、山果累累。步入全国农村商业战线的一面红旗石板岩供销社——"扁担精神"的发祥地，这里石街、石院、石墙、石挂、石楼与大自然浑然一体，令人寻味。

午间，我们4人在石板岩一家酒店点了4道颇具地方特色的炒菜，喝着"红旗渠"品牌啤酒，计划下午游看太行大峡谷"三大奇观"。

雨淅沥淅沥下个不停，我们游兴不减，在一家旅游用品商店买了4件一次性塑料雨衣，决定冒雨游看三大奇观之桃花谷。汽车在桃花洞车场停下，我们4人披着雨衣在雨中沿着山路，在泥水中步行约3里路，走近桃花瀑布前，啊！346米高亚洲第一大瀑布太为壮观了！瀑布从山上直泻下来，飞溅的水花，北风吹来，分不清雨水还是瀑布。一批批游客在雨中、水雾中拍照留影，一阵阵鞭炮声、瀑布声、欢声笑语融合在一起，赏心悦目……

在下桃花谷时，几位本地游客边走边指着山谷下面长满了大小参差不齐的山桃树对我们说，这就是三九寒天开花的山桃树。说起三九寒天桃花开，这里还有一个神话故事。传说，古时候仙人曾在桃花洞里修行，东魏末年丞相高欢率兵到桃花洞一带，时正数九寒天，白雪皑皑，不能行军。高欢急于西行攻打西魏，心急如焚。他每天派兵出洞察看桃花开放了没有。士兵入洞禀报：大雪封山，不到春暖花开时节。高欢听见大怒，下令推出洞外斩首。日日如此，连斩10余人，后来，高欢派出一名心腹小将，小将出洞察看，仍是风雪茫茫，哪会有桃花开放？他想到自己死后家中老母、妻子无人供养，捶胸顿足，痛哭失声，惊动仙人随生怜悯之心，命桃花仙子让此处山桃立即开花。悲痛欲绝的小将，突然眼前一片粉红，他被惊呆了，转悲为喜，火速入洞禀报。高欢出洞一看，喜从天降，即下令全军离开桃花洞。从此，每当三九严冬这里都出现桃花盛开的奇观。

从桃花洞出来，乘车行驶约 10 分钟来到位于石板岩乡韩家洼村的半山腰——"冰冰背"，这是太行山里又一个闻名中外的奇观。这里海拔 1500米，严冬时水温汽暖，烟雾缭绕，盛夏时水寒结冰，凉气袭人，结冰的面积约 600 平方米。我们 4 人用了将近 40 分钟在雨中登山道爬冰冰背。10 月份冰冰背会是什么样的景观？我们爬上来看时，只见洞口的栅栏门紧锁着，什么也看不到，只好以后另选时机再来看个究竟。

太行大峡谷的第三个奇观是猪叫石。听导游介绍猪叫石是一块大古石，从表面看通体赤红，有五六立方米，裸露于地面，当地人很早以前称它为灵通石、明白石、裸石，后来根据叫声起名为猪叫石。它非常奇特，据说能知人间事，猪叫石发出叫声时人间就会出现事情，小叫小事，大叫大事，无事不叫；长者能叫数十天，短者几日。游人真是难得一听一见。观赏奇石，大饱眼福。我们来到这里没有听到叫声，可能是预兆社会安定，人民安康幸福。

内行看门道，外行看热闹。猪叫石是国宝，千百年来有很多学者考察试想揭开这个"谜"。

太行大峡谷景区是国家重点风景名胜区、国家 4A 级旅游区、河南省十佳风景名胜区，这里正在成为河南省乃至全国旅游的热点，成为全国一流的、适应人们回归自然、休闲度假需求的绿色生态长廊。

（作者：谢吉恒，原载于《中华大地之歌获奖作品选》）

六朝帝京孟津文化底蕴深

　　四月下旬，由京津冀地区媒体、作家、画家、出版、企业家等组成"我和我的祖国"主题征文采风组，在孟津县美协常务副会长兼秘书长陆甲甫的协助下，采访了被誉为"交运战线旗帜，创新创业楷模"的洛阳交运集团二十一分公司，听取总经理田延通介绍"新时代民兵连新作为"的经验，并到龙马负图寺、传统古村卫坡、牡丹画第一村、王铎故居等处采风，特别是听取陆甲甫对历史名县孟津的旅游文化详尽介绍，耳目焕然一新。

孟津县文化底蕴深厚

　　采风组此次来孟津采风，与相关单位广泛交流，看到孟津自古人杰地灵，人文底蕴深厚。归结主要表现四个方面：其一，孟津县是有4000多年文明史的历史名县。文化遗址灿若繁星，旅游村欢迎您景观星罗棋布。华夏文明的摇篮，河洛文化发祥地，更有"河图之源""人文之根"之说，龙马负图、伏羲画卦、八百诸侯会盟等许多历史事件都发生在这里。其二，洛阳被称为13朝古都，其中有6个朝代定都在孟津。北邙陵墓群、汉魏洛阳故城、龙马负图寺、王铎故居、卫坡古民居等40多处古文化遗址被列为国家或省市级重点文物保护单位。古人以"生在苏杭，葬在北邙"为荣，在孟津北邙山上以汉光武帝刘秀陵墓为代表的古迹文物就有50多处。约在四五千年前，人文始祖伏羲就来到这里，带领先民渔猎生息，画八卦，造书契，正人伦，结束了结绳记事的蒙昧时代，开创人类文明先河。其三，历史上许多帝王将相、文人骚客，都曾在此生息创业，创造出博大精深的东方文明。武王兴兵伐纣八百诸侯会盟于此，刘邦在这里绝河亡秦，张衡在此发明"地动仪"，大文学家贾谊、诗人王维、一代名相狄仁杰、书坛泰斗神笔王铎等，不胜枚举的显达名士，有的出生于孟津，有的长期生活奉职在孟津。从古至今从这里走出许多闻名于世的人物，也有不少名人故居完整地保存下来。其四，充分发挥历史文化资源优势，积极培育有吸引力、影响力的文化产业品牌。着力将平乐牡丹画、龙马负图寺、传统古村卫坡、王铎故居、汉光武帝陵、小浪底风景区等打造成耀眼的、知名的文化旅游品牌。

龙马负图寺世人敬仰

千百年来，河图洛书一直披着神秘的外衣，而这个千古之谜的源头就在龙马负图寺。龙马负图寺位于孟津县会盟镇雷河村，占地面积 40 亩，因龙马负图出于孟河之中而得名。始建于晋穆帝永和四年（公元 348 年），是为纪念"人文之祖"伏羲的功绩，在图河故道上建起的第一座祭祀场所，是河洛文化中的"河图"发现地、中华易学文化的发源地，被誉为"风水之源"，距今已有 1600 多年的历史，为河南省重点文物保护单位，国家 3A 级旅游景区。

《易经》载，"河出图，洛出书，圣人则之"。相传六七千年前，有龙马身负"河图"跃出黄河，神龟背负"洛书"浮出洛水，伏羲氏依"河图洛书"演绎出阴阳八卦。据研究，河图即指中原的山川地理图，洛书则是龟甲卜文。

采风组为对龙马有更深入了解，做足准备功课，收看相关龙马负图寺信息。现经修缮的龙马负图寺共有三进院落，一进为山门，二进为伏羲、文王、孔圣三殿，三进为三皇殿。参观游览后给我留下记忆最深的一点就是用实物或模型来介绍河图洛书及易经文化，能使人身临其境最形象地感受中华古文明的智慧和乐趣，感受河图洛书的魅力。4 月 28 日下午，我们一行走进这个被历史浓墨重彩熏陶过的古寺，大门为朱红城楼式外观，左右红墙分别刻有"河图之源""人文始祖"的字样。进入山门两侧的钟楼、鼓楼之前分立"图河古道""龙马负图处"两幅巨碑。正前方映入眼帘的是一座栩栩如生的龙马像，龙马足下是翻滚的浪花，恍若踏浪而行，并附有《龙马记》曰："龙马者，天地之精，其为形也，马身龙鳞，古之龙马。高八尺五寸，类骆有翼，蹈水不没，圣人在位，负图出于孟河之中焉。"传说这是一个背负河图的一种兼具龙和马形态的生物，被人们普遍认为是祥瑞之兽。伏羲殿巍峨高耸，文王周公殿庄严肃穆。龙马负图寺前临林茂草丰的邙山岭，后靠奔腾不息的大黄河，东临八百诸侯会盟地，西望炎黄祖籍平逢山，如诗如画，令人心驰神往。

从伏羲殿出来向里直走就来到三皇殿，该殿采用重檐庑殿顶结构，高台建筑，殿高 21 米、宽 30 米，雕梁画栋、金碧辉煌。殿内伏羲像居中间位置，炎黄二帝塑像分列两侧，这三人皆为中华人类的始祖、华夏文明的缔造者。大殿顶部根据《易经》"观天象于天"语，底为天蓝色，中有伏羲六十四卦方位圆图，卦象黑白相间，中间呈金色北斗七星图。其据《易经》"时乘六龙以御天"语，在顶部两侧各绘三条龙，金色的四条，黑色两条。四角写有"元""享""利""贞"四个吉祥字。游览过后给我留下另一个深刻记忆的是，寺内现存最为珍贵的应属石刻石雕。据专家介绍，"古河图""图河故道""一画开天""渊源"等字迹苍劲，刀法古掘，可谓稀世珍品。"伏羲圣像""伏羲庙全图""三十六宫卦文雕刻"，还有历代易理学士撰写并书的诗文碑碣等 20 余尊。山门外威武雄壮的石狮、龙马雕像，伏羲殿前的大型青石浮雕中的先天八卦，上为云天，下为海水，两边附龙攀凤，玲珑剔透，不失为雕刻珍品。

寺内香火旺盛，寺外车水马龙，吸引众多海内外华人到此寻根朝圣。

传统古村落卫坡特色

卫坡古村位于孟津县朝阳镇，被誉为"中国传统村落""中国美丽乡村"、河南省历史文化名村、河南省重点文化保护单位。始建于清代嘉庆、道光年间，村内古民居是目前豫西地区最大、保存完整的清代建筑群，具有较高的历史文化和开发利用价值。

4月下旬一天大清早，采风组一行刚进入村庄，孟津交运公司司机小许说："今天游人不算多，要是周末一天能有上万人，春节期间，每天来这观光的游客都有四五万人。"卫坡村缘何引起游人兴趣，受到极大青睐呢？有数据显示全村面积2800亩，410户、1760人。我们一行出了停车场，来到卫坡村门口，见到用青砖砌成的挺拔高大阙门，古街两头各有一棵古槐树，当地人分别叫这两棵老槐树为"龙头槐""龙尾槐"，这两棵老槐树已有四五百年的历史，依旧四季常青，枝繁叶茂，见证了卫坡村悠久的历史文化，仿佛诉说着古街昔日的辉煌和岁月的沧桑。

我们一行迈入村门，古朴典雅的建筑群在眼前一亮，一条古街道随着视线向前延伸，古街两边造型典雅、雕梁画栋的各式古店铺鳞次栉比，一个集文化旅游、民俗文化展示、休闲体验、旅游观光于一体的古村落已初具规模。一位年近七旬魏氏村民向我们热情打招呼并自我介绍说，我是村导游员，负责大家参观游览解说，就称我"魏导"。他一口乡音，声音洪亮，介绍卫坡村前世今生、风生水起的经历，给游人讲述卫坡村的传说故事。

传说北宋时，卫坡村是宰相魏仁溥的私人花园所在地，即"魏氏地馆"。他酷爱牡丹，以重金买下一株紫牡丹后，将这株绝世国色移植于此，闻名后世的"魏紫"牡丹便诞生了。又传说，清初祖居黄河以北的一支卫氏族人，为避战乱迁居于此，将"卫"姓改成魏。清乾隆年间，卫氏族人在朝中做官，开始建卫氏老宅，经百年修建，形成较完整的封建宦官家族宅院。在清代卫氏家族先后出过4位诰命夫人、20多位七品以上官员，富甲一方。清末卫氏家族逐渐衰落下来，古街老宅规模较大。目前卫坡村现存清代民居建筑16所宅院，5000多平方米，房屋248间，沿着一条186米古街铺开，东高西低，依地势而建，蜿蜒向上如龙盘卧，古街地面由青石铺就，岁月把每块青石板打磨得光滑发亮，犹如散发着光亮的龙鳞。

魏导带领游客穿街走巷、挨门串户，参观古街路两侧清代古宅院。古街路北边称卫家北院，南边称卫家南院，南北院各自独立，形成整体建筑群。路两旁宅院是一色青砖灰瓦，布局对称，房上有五脊六兽、狮子、海马等装饰。路南是七进院、路北是五进院。形成了集祠堂、靠山窑洞、天井窑院、私塾院等于一体的完整的官宦家族宅院。魏导指出"院内有院、院中套院、院院相通"是卫家宅院最大的特点。

魏导又领游人来到五进院的文官宅第门口看"门当""户对"格外显眼，踏入五进院，各种木雕、砖雕、石雕，随处可见，过天井、走穿堂，就来到月台，月台对着就是客厅，客厅面积超过100平方米，12扇精美雕刻的木门镶嵌在内，再往深处就是堂屋和后院，分别是主家和下人的居所。后院有一条颇为陡长的台阶叫望楼，其功能类似今天的安全通道和瞭望塔。

在和游客交流互动时，魏导强调卫坡村占据着天时地利，充分保护文物、开发旅游双到位，引来投资焕发生机。据老村民介绍，因历经数百年洗礼，到前些年古民居面目虽在，却风采不在，在栉风沐雨中年久失修，风雨飘摇，一派残垣断壁、杂草丛生的破落景象。2011年，洛阳魏紫旅游开发公司与卫坡村达成协议，启动卫坡古村落文化旅游项目，分三期进行，对卫坡村的古建筑进行修复、配套。第一期工程投资5.77亿元，占地475亩，计划将卫坡村建成中原地区集民俗特色、生态观光、休闲度假、人文体验为一体的民俗文化休闲旅游度假区。卫坡村在老村东南新建了整洁的新村，安置从老宅搬出的村民。村里一边是古街，一边是新居。昔日与土地打交道的村民，摇身变成了景区管理人员、做旅游生意的商贩。将古村落保护与文化旅游融合发展，卫坡村焕发出新的生机。

（作者：谢吉恒，原载于政商参考网）

"东方金字塔"——西夏王陵

"贺兰山下古冢稠,高下有知浮水沤。道逢古老向我告,云是普时王与侯。"

——选自明代朱秩灵《古冢谣》

宁夏作为中国旅游最后的"处女地",其古老的黄河文化、雄浑的大漠风光、神秘的西夏王朝、浓郁的回乡风情、迷人的六盘盛景、美丽的塞上江南,这六大特色旅游备受海内外游客青睐。

宁夏之游点多、面广、线长,如歌、如画,给人以独特享受。"西夏文化""塞上风光""回族风情"已成为宁夏旅游业的三大导向,主打项目的"西夏文化"成为人们关注的焦点,最能代表西夏文化的莫过于"西夏王陵"了。

"宁夏旅游何处觅,名胜古迹西夏陵"。西夏王陵是来宁夏的游人必去的地标性景点。历史不会被遗忘,西夏有过辉煌,西夏历史永久载入了史册。

7年前中秋,河北省一些钢企、冶建、钢贸等企业积极投身到银川滨河新区旅游项目建设中。《中国冶金报》记者来到毗邻工地的西夏王陵景区,有幸一睹胜景真容。

讲述发现西夏王陵故事

西夏王陵是全国重点文物保护单位、国家级风景名胜区、国家 4A 级旅游景区、国家首批自然与文化双遗产预备名录，被世人誉为"东方金字塔""神秘的奇迹"。

历史上，西夏曾与宋、辽鼎足而立，号称"宋代三国"。然而，在蒙古灭西夏的战争中，地面建筑被摧毁殆尽，财宝被抢劫一空。一夜间灰飞烟灭，灿烂文明湮没于大火之中，只留下贺兰山脚下几座孤零零的土筑陵台，默默耸立展示西夏王朝曾经的存在。西夏消失了，留给后人的是个"谜团"和叹息。如何破解西夏未解之谜？西夏王陵景区管理处的管理员晓夏应约为记者讲述发现西夏王陵的故事。

1972 年在银川西部贺兰山脚下修建一座小型军用机场时，施工单位开挖地基过程中挖出一些破碎陶片，意外挖出十几件古老陶制品，还有一些形状较为规则的方砖。方砖上竟有一行行奇怪的方形文字及花纹，这些文字不是汉字，没有人能看得懂。施工单位紧急通知宁夏博物馆，赶赴现场的考古专家对现场做了必要的保护，同时进行抢救性挖掘，从墓室中发现了一些武士像、工笔壁画以及精巧的工艺品。考古人员经过详细调查和辨识，认为这是一座古代西夏时期的陵墓，出土的方形文字被视为西夏文字。

这次发掘可以说是一个重大发现，惊喜不已的考古队员决定扩大搜索范围，以求新发现。在茫茫的戈壁大漠上，继续发现了多个大小不一的金字塔形的黄土堆，最大的直径有 36 米、高 23 米，每个黄土堆周围环绕着方形城墙等辅助建筑，他们把每个黄土堆进行编号研究，终于认定这些雄伟的黄土堆正是西夏皇家陵墓。

位于银川市西郊 30 公里、贺兰山东麓 53 公里的陵区内，9 座帝陵（裕陵、嘉陵、泰陵、安陵、献陵、显陵、寿陵、庄陵、康陵）布列有序，253 座陪葬墓星罗棋布。西夏王陵在这里沉睡静卧了千年之久，其规模与河南的巩县宋陵、北京明十三陵相当，是中国现存规模最大、地面遗址最完整的帝王陵园之一，也是我国最大的西夏文化遗址。

自从 1972 年发现西夏王陵，经过 40 多年研究，神秘的西夏王朝轮廓重新开始浮现。

王朝曾经的辉煌与消失

西夏是我国 11 世纪以党项羌族为主建立的封建王朝。唐朝末年，西夏部落首领拓跋思恭曾帮助唐朝镇压黄巢起义，被唐朝赐姓李，封夏国公，任命为定南节度使，西夏逐渐形成为一股割据势力。

公元 1030 年，西夏部落首领李德明的儿子李元昊继承父位，继续统治河西走廊与敦煌地区。李元昊武艺高强，精通汉文，善绘画，熟读宋朝兵书，了解宋朝法律，他野心勃勃，决心按照汉族制度建立国家。而一些反对李元昊称帝建国的党项族贵族暗中勾结，联合造反，企图杀死他。李元昊将其杀死诛族。

公元 1038 年，李元昊自称皇帝，国号大夏，因其地处祖国的西北，故称西夏，西夏语称"大白高国"，定都兴庆府（现今银川市），自封夏景宗。西夏在历史上存在了 189 年（1038～1226 年），经历了 10 代皇帝。其疆域"东尽黄河，西界玉门，南接萧关，北控大漠，地方万余里"。最鼎盛时期面积为 83 万平方公里，包括今宁夏、甘肃大部、内蒙古西部、陕西北部、青海东部、新疆东部及蒙古国南部的广大地区。前期与北宋、辽平分秋色，中后期与南宋、金鼎足而立，在近两个世纪的王朝历史中，模仿宋朝建立官制，仿照汉字创造西夏文字，对西北地区的政治、经济、文化发展起了重要作用，创造了足以让世界震惊的民族文化，被人形容为"三分天下居其一，雄踞西北两百年"。

13 世纪蒙古兴起开始对外扩张，首当其冲是宁夏。1227 年成吉思汗亲率蒙古大军包围夏都兴庆府达半年，遇到西夏拼死抵抗，陷入苦战之局，蒙古军队付出极其惨重的代价。据说成吉思汗在与西夏交战中负箭伤，攻打不得，患重病入六盘山行宫，临终狠狠立下遗嘱："死后秘不发丧，待夏主献城投降，将他与兴庆府内所有兵民全部诛杀。"

风雨西夏，党项悲歌。据宁夏西夏学专家介绍，蒙古铁骑怀着强烈的报复心，经过一番血雨腥风，被围困半年之久的兴庆府粮尽弹绝，城内又发生强烈地震，瘟疫流行，西夏主走投无路，别无选择，只好带领大臣们弃城投降，被蒙古铁骑全部处死。蒙古铁骑对兴庆府进行疯狂屠城。随后，蒙古铁骑对贺兰山的西夏王陵进行烧掠，对开国皇帝李元昊的陵墓进行掘挖，对其尸骨挫骨扬灰以泄愤。党项族四散奔逃，现宁夏本地已无党项羌族的踪影。

自此，曾在中国历史上威震一方的西夏王朝消失在漫长的历史长河中，随着西夏王朝的湮灭，党项民族也随之消亡。伴随着西夏政权的消失，西夏文字、文化和历史，甚至于西夏的名字，蒙古军队也采取消灭的措施，将西夏改称"宁夏"，意思是"夏地安宁"。此外，蒙古军队还将讲党项语、穿党项服装、行其风俗者一律杀灭，西夏文明戛然消亡。元朝作为宋、金、辽、夏的后朝，修了《宋史》《辽史》《金史》，却不肯给西夏修史，竟被历史摒弃于《二十四史》之外，在以史为鉴的中国，所有史书却没有为它立传著述，一页空白。一个王朝彻底消失了，这不仅在中国历史，就是在世界史上也极为罕见。西夏成为一个完全被遗忘的王朝。

历史遗忘了这个民族，而他的后人也逐渐遗忘了历史，西夏众多"谜团"待解。

破解西夏"谜团"何处找？

神秘的西夏王陵是银川西部贺兰山下一颗璀璨的文化明珠，它是人们领略西夏文化、寻古探幽的旅游胜地，它以其诱人的魅力和与中原地区迥然不同的西夏文物古迹而具有无限的吸引力。

西夏王陵景区是最值得一看的历史文化景点，包括坐落在景区东侧的西夏博物馆和西夏王陵遗址，是西夏王朝文化的缩影。河北广平建筑公司经理张殿志、唐山云峰公司经理助理张泓两人源于对西夏历史文化浓厚兴趣，从工地赶来，与我同去参观，还为我介绍景点情况。亲临现场感受这段神秘的历史，让我非常震撼。一些无法亲临现场领略西夏文化的文学圈朋友，约我写篇文章做个分享。

张殿志带队伍来宁夏景区施工一年有余，对西夏王陵了解甚多。他告诉我博物馆是必先值得游人参观的。游人凭身份证免费领取一副自动导览器戴在耳上，自动感应听取讲解，填补对王朝历史了解的空白。西夏博物馆是我国第一座以西夏陵园为背景，较全面系统地反映西夏历史的专题博物馆。博物馆占地面积5300平方米，分上下两层，9个展厅基本陈列有关西夏历史、西夏王陵、西夏学习研究的资料。馆内展出西夏历史文物700余件，西夏学术研究成果 500 余册（份）。展馆荟萃了宁夏历史文化遗存的精品，运用实物、图表、绘画、精印图片、模型、声光等手段，真实形象地向人们展示了西夏王朝的兴衰历史。通过展览揭示西夏历史文化的内涵、西夏艺术的精华，使游人领略到西夏王朝往日的辉煌和灿烂，聆听到西夏历史的最强音。

每个博物馆都有一个镇馆之宝，而这个博物馆的镇馆之宝是西夏鎏金铜牛，铜牛身长 1.2 米，重 188 公斤。"牛角弯出优美的弧度，四腿呈屈跪伏状，当时能制造这么大精美的鎏金铜牛可见繁荣程度"，游客赞叹声不断。

西夏王朝留给后人的是一个又一个难解的"谜团"，游西夏王陵宛如进入一座迷宫，西夏王朝是如何崛起的，又为何突然消失无踪？奇特的西夏文字如何解读？西夏灭亡后党项族的下落……都成为神秘难解的谜，无法查找典籍资料，史籍空白。破解西夏之"谜"何处找？人们只有从出土文物和残缺的经卷中，寻找着这古老王朝的踪迹！

走出博物馆，依山而建、高高耸立的西夏王陵遗址一览无余。眼前雄伟而庞大的夯土陵台建筑遗址，虽已残垣断壁，仍能想象出当年的气势。现已开放有三号李元昊泰陵、一号李继迁裕陵和二号李德明嘉陵的双陵。

蒙古灭西夏，大量西夏文物史籍遭劫毁，西夏王陵所有地面建筑遭毁灭性破坏。然而，外形虽毁，骨架尚存。残留的陵丘以其宏伟的规模、严谨的布局，向人们诉说着西夏王朝显赫一时的壮观景象。

头顶白云，脚踏黄土。参观了泰陵和双陵，泰陵规模最大。站在泰陵台前，顿生悲凉沧桑之感。听到几位游客感叹道："远看大土堆，近看土堆大，短暂人一生，生死自然啊！"

此时我心中的西夏王陵景观，悠然而起。每座帝陵自成体系，坐北朝南呈纵向长方形，建筑面积 10 万平方米以上。地面建筑均由角楼、门阙、碑亭、外郭、内城、献殿、塔状灵台、神墙等单个建筑建成。从整个平面布局来看，西夏王陵参照唐代帝陵的基本特点，仿照宋代帝陵的布局格式，足以说明西夏文化与唐宋文化的渊源关系。

陵园里弥漫着独有历史气息的清风拂面，我顿觉眼前的黄色大土丘是一种独特的标记，以特有的结构和方式印记了西夏王朝曾有过的风貌。

一位古建筑专家指出，如果能把整个西夏王陵按建成时的规模复原，那么它的宏伟规模、艺术风格和价值可能与北京十三陵相媲美。

景区参观结束后，我们坐电瓶车返回景区门口。路上可以远眺连绵起伏的贺兰山（贺兰山长200余公里，海拔3556米，主峰是敖包疙瘩），人造骆驼队景观若隐若现，巨大的陵墓群与自然融为一体。陵区废墟是西夏文化最大的遗址，我在沉思着西夏王陵文化的发展前景……

经过历史的风雨，西夏王陵瑰丽宏伟的建筑虽已成为废址，但保存下来的文物却十分珍贵。

同车旅游的一位外地同行说："景区中各种石雕、建筑材料残片，特别是大量的汉文、西夏文的残碑，尤为研究西夏史学者所瞩目。"另一位学者模样打扮的游人接着说："大型纪录片《西夏陵》开机，明年将在央视科教频道播出。"这部30分钟宣传片旨在作为申报世界文化遗产的材料，让更多人了解西夏王陵是中国乃至世界珍贵的遗产，进而更好地保护它。张殿志与张泓两人在谈论："银川水洞沟、回乡文化园和'中阿之轴'等项工程，留下了我们的脚印，西夏王陵景区保护工程要全力争取……"

如今，西夏王陵已是全国重点文物保护单位，西夏学成为一门新兴学科。西夏王朝灿烂的历史文化将逐步被人们所认识，还有许多"谜"一样的话题等待着后人不断地追寻和探究。

我们走进消失于"丝绸之路"上700多年的西夏，除了废墟还是废墟，最大的一块废墟便是西夏王陵。雄浑的贺兰山，戈壁大漠的美景，诠释了西夏文化，更能使游人感受到西部风光带来的心旷神怡、豁然开朗！

（作者：谢吉恒，原载于2016年《中国冶金报》副刊）

走进"林都"伊春红松的故乡

我喜欢令人陶醉的名胜古迹，也喜欢浩瀚无边的海滩风光，更喜欢坚韧不拔的红松树；世界上有一种美叫常青，红松一年四季生机勃勃，从来都是那么"绿"；红松对人类的贡献很大，有着不可磨灭的功劳；当我走进原始红松林时，这种"绿"构成了一道独特的风景线，这种美是亲切诱人的美。

——作者题记

拥有原生态——多珍贵

你见过天然红松林吗？知道红松林的价值吗？到过伊春的人无论如何极尽赞美描写此话题都不过分。伊春是一个令人魂牵梦萦的绿色家园。伊春之秀美，美在山青；伊春之静美，美在水秀；伊春之大美，美在天然。

9月上旬，《中国冶金报》在哈尔滨召开宣传会议，会后组织到伊春进行参观采风。我有幸参加采风活动，找到满意答案。

据了解，红松树是全球公认的名贵而稀有的经济树种，原始红松林在地球上总共只有1.5亿亩，我国小兴安岭就占去一半以上，国外也只是分布在日本、朝鲜和俄罗斯的部分地区。

打开中国地图，位于"金鸡凤冠"部位的黑龙江省伊春境内的小兴安岭腹地，我国80%的红松生长于此，有世界上最大的原始红松林区。

清代《黑龙江志》中曾有对小兴安岭红松原始林的记载："参天巨木、

郁郁葱葱、枝干相连、遮天蔽日、绵延于三百余里不绝。"伊春地域辽阔，行政区域面积 3.3 万平方公里，森林资源丰富，森林覆盖率高达 83.8%，全国第一，是当今世界最大的森林城市之一，伊春被誉为"祖国林都""红松故乡"，红松被定为伊春的市树。

据专家介绍，红松是珍贵的树种，它的全身都是宝，经济价值高。树干粗壮顺直，是天然的栋梁之材。红松材质具有轻软、结构细腻、纹理密直通达、形色美观不易变形而且耐腐朽力强等特点，是建筑、桥梁、枕木、家具制作的上等木料，被誉为"木材之王"。

伊春为国家建设和全国人民的幸福生活做出了巨大的贡献。修缮天安门和故宫、20 世纪 50 年代兴建北京十大工程、建设毛主席纪念堂、著名文化古迹五台山和承德避暑山庄的大型修缮、支援唐山大地震灾区重建、我国援建的坦赞铁路所用枕木等所需的红松木材，伊春支援尽在其中。解放战争、抗美援朝时期都大量地利用这里的木材。

红松的枝丫、树皮、树根可以用来制造纸浆和纤维板；松针磨成粉末添加到饲料中可以喂养家禽；花粉可入药，有滋润心肺的功能；松籽油既可食用又是上等的工业用油。

红松的生态价值超过经济价值。伊春的原始红松林维护着小兴安岭的生态平衡，也维护着以小兴安岭为生态屏障的中国东北地区的生态安全。红松的蓄水量很大，一棵红松就是一座小水库。在红松林里，下两个小时的大雨，地面上没有水流，都被红松根部储存起来。有红松林的地方，就没有沙尘暴，空气中流淌着甜甜的味道。

红松生长缓慢，树龄漫长，400 年正是它的青壮年时代，一般寿命达六七百年，它的表皮棕红，木材颜色黄白带有微红。这大概就是它名字的由来。

我来到伊春，看到悬挂着两条醒目、有创意的宣传词，最能吸引人们的眼球："伊春是一座可以把空气打包送给朋友的城市；林都迎宾不用酒，捧出绿色就醉人。"我喜欢用这样诗意的语言描述伊春，当我的双脚走进伊春时，这种感觉就更加强烈，更加感受到伊春是一个梦幻美丽的城市，是一个神奇的仙境，让一个平凡的人变得不平凡，为原始红松林的魅力所陶醉。

观赏原生态——多奇景

9月4日，我们一行从伊春出发驱车前往五营国家森林公园（以下简称五营公园），车程近两个小时，使我们有时间尽情饱览沿途的美丽风光。通往五营公园的路上，山深林密，曲径通幽，铺天盖地汹涌而来的都是绿，无处不林，有土皆树，乔木撑天，灌阴匝地，目光所及，汪汪一碧。坐落于五营公园的红松原始林，饱经风霜，已有500余年历史，跨越明、清、中华民国三代，见证了历史沧桑。

五营公园是国家4A级旅游景区、国家级红松天然林自然保护区，面积140平方公里，保留着红松原始林的风貌。伊春拥有亚洲面积最大、保存最完整的红松原始林，为伊春赢得了"红松故乡"的美誉，五营公园就是"红松故乡"中的一颗"绿宝石"和"兴安明珠"。五营公园风光旖旎、独具秀色，有世界上最清澈的河流、最翠绿的森林、最纯净的空气、最优良的生态，旅游资源十分丰富，春、夏、秋、冬各有特色，各有美景。春天冰雪消融，杜鹃花开；夏天郁郁葱葱，鸟语花香；秋天层林尽染，色彩斑斓；冬天雪玉冰清，银装素裹。五营公园是集观光、度假、探险、科普教育等于一体的驰名中外的森林生态游胜地。

关于"五营"名称的由来，据说是东北抗日联军第三军、第六军在汤旺河以东召开联席会议，决定在这一带设立五处后方机关，即简称"五处"密营，五营由此而得名。

我从来没有看见过天然红松，这次来五营公园是第一次看到天然红松，感到非常震撼、十分惊叹。我喜爱红松，不仅是因为它珍奇稀罕，而且因为它的伟岸挺拔、坚韧顽强的秉性令我发自内心的赞美、由衷的敬佩。

难得的机遇，在采风中，我全方位多视角从点、线、面进行观赏，将眼中的美景奇观捕捉到相机镜头里。

五营公园有18个景区，此次采风参观安排不到3个小时，能观赏到的景观不过是五营公园的冰山一角，没有几天工夫恐怕是游历不完全貌的。只好聚焦亮点，猎取奇异景观。

奇景一，参观森林小火车。这是一个纪念性实物景观，走进五营公园，呈现在我眼前的这列蒸汽小火车是五营 1958 年建局后的第一台机车。森林蒸汽小火车是 18 世纪的产物。在 20 世纪 80 年代以前，这一交通工具曾是小兴安岭林区运输木材、生产和生活物资的主要交通工具。1961 年 7 月 24日上午，原国家主席刘少奇一行乘坐此车冒雨到五营原丰林河林场视察。1998 年正值刘少奇百年华诞，五营人民为了表达林区人民对这位伟人的缅怀之情，将他当年乘坐的小火车陈列到五营公园进门处，并郑重地将它命名为"少奇号"。众人欢呼雀跃地与亲切的小火车合影。

奇景二，漫步松乡桥，观赏红松林风貌。脚下这座桥，横跨山谷，曲折250 米，漫步在桥上，观赏山谷的微妙离奇、别具一格的情趣，体会原始红松林的深幽、雄伟，能亲眼目睹并触摸到久负盛名的红松，看到茂密壮美的原始红松林的风貌，让人兴奋不已。红松伟岸高大、四季常青，平均胸径达1 米，最大 1.8 米以上，平均高 30 米以上，最高 36 米，树龄在 500～600年间。

奇景三，为了领略群山起伏的红松林海，登观涛塔，观松听涛。观涛塔坐落在 40 米高的山顶上，是铁制设施，螺旋上升，拾级而上，移步换景，获得不同体验，登 148 个台阶到塔顶，俯瞰林海全景，远山近景，尽收眼底，树梢齐脚，在湛蓝的天空下，层峦叠嶂，像浩瀚的大海，微风拂动，波涛涌浮，雾霭缭绕，云烟笼罩，景色气壮山河，生机勃勃。上了观涛塔后对大森林有了由点到面的感受。下一个观光目标是走线，徒步穿越森林。

奇景四，尽情观赏大森林的温馨与浪漫。五营公园中以珍贵的红松树为主的森林资源和野生动物、植物资源共同形成古老的天然生态环境。走进大森林，踩着松软的落叶，闻着森林的气息、野花的芳香，听着动听的鸟语，呼吸着含有丰富负氧离子的空气，不知不觉地进入忘我境界，此时给人带来无限的灵感。

我非常喜欢在森林里徒步，穿越在森林间，时而陡峭，时而平缓，时而休憩，时而喘吁。其实把自己融进大自然森林风景里，不会感觉累，那种累是一份卸下疲惫之后的轻松。

钻进密林里，粗壮的红松树，鳞甲状的树皮缝隙处透出丝丝红褐，两人伸手都难以相抱，仰起头也望不到树梢；与红松相伴的还有高大的云杉、冷杉，一年四季常青；白桦树洁白似玉，还有水曲柳、黄菠萝、胡桃楸……纷披的枝叶如同遮天的伞盖，蓝天被透视成斑斑网影，阳光被过滤成细碎鳞片。穿行在红松林中，看见小溪从脚下流过，甘甜的山泉从石缝中流出，苔藓如碧似毯，还不时有松鼠探头探脑地从我们眼前跑过。每棵松树都有编号、年轮、认领人的记载。风折木、自然枯竭木横七竖八静卧山中，仿佛一幅幅抽象画镶嵌山中，自然和谐，没有一丝人工雕琢的痕迹。

据一位管理人员介绍，五营公园有 120 多种乔灌木，可谓是祖国难得的绿色宝库。林内栖息着马鹿、黑熊、野猪、獐、狍等 60 余种野生动物；各种鸟类 200 余种、昆虫 400 余种，不愧为一个天然的野生动物大世界。除此之外，红松林中的各种植物十分丰富，林下生长着人参、刺五加、五味子等 300 多种野生药材；蕨菜、猴腿、刺嫩芽等 20 多种野菜；猴头、灵芝、榛蘑、元蘑等 20 多种菌类；山葡萄、越橘、蓝靛等 20 多种山野果。

导游告诉我们，伊春的森林食品因原生态、无污染、高营养的特点备受市场和消费者的青睐。营养丰富的上等保健干果红松籽含有人体需要的多种物质，久食对软化动脉血管有特殊的疗效。被誉为"软黄金"的林蛙油、号称"浆圃之王"的蓝莓及鹿产品、蜂产品等，因其产地的排他性、储量的稀缺性、品质的不可复制性而尤显珍贵。

奇景五，聆听红松树王的"遭遇"。在森林间前行时，一阵吵嚷声传来，沿着栈道转过去，一些游客正争相在一棵倒伏的大松树前留影。原来这棵树是五营公园内的"树王"，树龄 760 年。旁边的牌子记载，2005 年 8 月 29 日 13 时，一股飓风袭来，树径 1.2 米的"树王"应风而倒，那一次园内胸径 0.8 米以上的红松共有 1067 棵折损，酿成一场历史上罕见的风灾。

"木秀于林，风必摧之"，被风刮倒的"遇难"的红松，横七竖八地倒在地上，有的是拦腰斩断，有的是连根拔起。眼前的景象，让我们震惊、痛心！那倒下的红松似乎像我们一样发出疑问，是什么恶魔，仅十几分钟，就使生长了几百年的一片红松林毁于一场风灾呢？看了让人触目惊心，警示后人牢牢记住，是以往的乱砍滥伐，使森林资源遭到严重破坏后产生的"孤岛效应"，如果不加快生态系统的全面恢复，今后悲剧还会重演。

奇景六，松鼠以红松为伴。走进森林里，松鼠不时出现在我们眼前，它是大森林的精灵，那几十米高的大松树，一眨眼就爬到树梢上。松鼠在秋天储存松子，它一边储存，一边播种。松鼠的本事很大，它会挑选松子，它选中的松子都是颗粒饱满的。松鼠用嘴把磕出的松子装在两边腮囊里，为了越冬，它蹦蹦跳跳专找向阳的山坡，每隔十几米吐出几粒松子刨土埋好，食物紧缺时挖出食用。有时候，猎人会在树下挖出一捧捧松子，就是松鼠埋的。有趣的是松鼠常常忘记埋松子的地方，很多松子就是这样存活下来的。松子"雪藏"到第三年春天才破土出苗，经 15~20 年才能长到 1 米的高度。天然红松就是靠着鸟类和松鼠来播种的。

感受原生态——多神奇

沿景区栈道前行，不见人影不闻人声，我心中纳闷，今天游人怎么这样少，可突然间耳边传来鼎沸人声，钻出密林，眼前出现一汪碧水，波平如镜，倒映出蓝天白云、远山近树、亭台楼阁，景区顿生灵性。水畔游人如织，争相拍照留念，这就是五营公园重要景区之一——"天赐湖"。

天赐湖是公园内唯一的湖泊，它集山间的溪水而成，方圆约 5 公顷，平均水深 2 米，最深可达 6 米，山石为底，环树为岸，水清如镜，可鉴云天，其境亦仙亦幻，美不胜收。

关于天赐湖的由来，有很多传说，而流传最广的莫过于一个年轻人的故事。相传远古时候，这里住着三户农家，他们日出而耕，日落而息，过着悠闲自得的农耕生活，他们在这块土地上与野生动物和谐相处。有一年，天气大旱 49 天，滴水未落，庄稼颗粒无收，村里的人和动物都面临着生存威胁。这时，有一位勇敢的年轻人毅然到百十里外的村庄取水，一路艰辛，日复一日，他的诚心终于感动了观音，观音将手中的玉瓶向此处滴一滴圣水，便形成了一个湖泊，在湖的四周又长出了茂密的森林，形成了今天的景色，故名"天赐湖"。

而发生在天赐湖的一个真实故事，使这里的神奇传说又增加了一份神秘感。相传在 20 世纪 50 年代林场建局初期，一位女勘测队员不小心失足落入湖中，队友多方及时搭救，幸免于难。不料因祸得福，这位女队员结婚十几年一直未育，各地求医问药，均无济于事，经过此事后她竟神奇般怀孕了，而且还是龙凤胎！许多给她看过病的老医生十分纳闷，追究原委，断定是这湖水的力量。于是取湖水化验，证实是水中有神奇物质所为，首都科学家闻风而动，用先进设备测知湖水下有一巨大陨石。或许这是种巧合，女儿国的故事真实地发生在现实生活当中。

天赐湖是自然恩赐的美景。湖岸边处处绽放着花朵，五颜六色，溢放着清新，淡淡的香气沁人心脾。据测试，这里的负氧离子浓度是市区的 200 倍，大大超过海边的含量。所以有人说走进五营公园天赐湖边，就是走进了人间仙境，觉得情意缠绵，醉在其中。

游览如此大的五营公园，非得乘车不可，点、线、面三者视角组合成立体空间。

乘电瓶车，一会儿工夫便来到"森林浴场"，森林浴场的面积为 2 万平方米，四周长松环绕着一个开阔的广场，松林间的大路叫作"观松大道"，小的叫作"连战小路"。这里被称作"天然氧吧"，为全国森林浴场面积之最，素有"先天下之游而游，首游当属五营国家森林公园氧吧"之美誉。浴场内集漫步、休息、游乐、健身于一体。

森林浴场因地处森林环绕之中，静风多，空气稳定性高，森林释放的芳香气味和杀菌物质在这里停留的时间长，这里自然而然就成了人们享受森林浴、健康疗养的首选之地。

据医学专家介绍，所有靠呼吸维系生命的生物都离不开氧气，而氧气的质量直接关系到生命的质量。

根据林业学家的估算，五营公园这片森林每年能吸纳二氧化碳多达 200 多亿公斤，释放出的氧气高达 300 多亿公斤。

我们徜徉在原始森林天然大氧吧中，尽情地呼吸干净清爽的空气，亲身感受大自然的脉动与神韵。这森林空气简直清爽极了，狠狠地呼吸一下，把清新的空气吸进肺里，再长长地呼出来，那感觉真像把肺清洗一遍，从上到下的舒坦。呼吸着每立方米含达几万个负氧离子的新鲜空气，远离了城市的喧嚣，完全享受着自然，真有种神仙的感觉！

导游告诉我，在这红松林里走上两个小时，相当于打了 N 克青霉素。如果你有点炎症的话，在此走上一圈，就可以自动消炎。一位医务人员说："是的，常年在城市里呼吸不洁净的空气，人很容易疲惫。到了大森林里痛痛快快地喘气，就会感到阳气上升，浊气下降，血液里的含氧量骤增，周身舒服，心旷神怡。"

五营公园森林浴缘何有此神奇功能呢？我从有关资料得知，这里的空气中，首先是含有由松树散发出来的萜烯类物质，它能杀死人体内呼吸系统的各种细菌，特别是流感病菌。此外还有大量的负氧离子，即一种带负荷的气体原子，这种原子被人们吸进肺泡时，就会促进血液循环，增强心肌营养，改善心肌功能，提高人体的免疫力。据测定，五营公园每立方米空气中，负氧离子含量达 2 万个，如果在溪边水畔，更是可以高达 5 万多个，同城市相比，空气中负氧离子的含量要高出 500 多倍，"天然氧吧"浴林间的清风，浴的是草木香气。

人们在进行森林浴时，一方面可以获得更多的植物营养素；另一方面还能调节大脑皮层、降低血压、调节睡眠、治疗神经官能症、减缓血流速度和心跳频率，可杀死体内白喉、痢疾和结核等病菌。

人们选择了生态旅游，就选择了健康之旅；储备健康已成为时尚。

再现原生态——多风采

五营公园的原始红松林海，莽莽苍苍，它的生命古老，它的年代久远，它天然而纯净，被喻为"祖母绿"。

"走进祖母绿的伊春，走进祖母绿的小兴安岭大森林，就走进了地球上一块大自然意义的祖母绿。"这是著名作家任卫新对伊春的描绘。这里生物群落丰富多样，红松、云杉、冷杉等 140 多种原始树种古老而珍贵，红松是"第三纪"孑遗植物，素有活化石之称，联合国将它确定为珍稀树种。红松原始林景观是目前地球上典型的地带性顶级群落之一，这种稳定群落需要几亿年的更迭演替才能形成。

据林业专家考证，小兴安岭地区属寒温带湿润森林气候类型，是红松生长的最佳环境，因此确定伊春为红松"第三纪"孑遗种的发源地。正因为如此，国内外游客称伊春为"红松故乡"。

红松是伊春的象征和城市名片，伊春因红松而闻名遐迩。"因林而生、因林而兴"，作为中国最大的国有林区和森林工业基地，伊春创造了举世瞩目的辉煌，开发建设 60 年中，其为国家提供了 2.4 亿立方米木材，上缴税收 60 多亿元。曾有人做过估算，从 1948 年红松林开发以来，伊春贡献的木材装上火车，节节排列，可以从中国最北端的漠河排到海南岛的三亚；如果一根一根地连接起来，可以从地球到月球环绕 6 周半。以占全国国有林区 5% 的森林面积却奉献了全国 20% 的木材产量，伊春是非常了不起的。

伊春为国家贡献很大，因森林生长的周期很长，经过 60 年的过量采伐，昔日葱茏蓬勃的林海失去了风采，一座座荒山秃岭伤痕似地裸露着。到了 20 世纪 80 年代，伊春陷入了"资源危机""经济危困"的境地，森林蓄积量减少了 55%，红松天然林由 50 万公顷减少到 5 万公顷，如果再采下去，"红松的故乡"就变成"红松故事"了！保护森林资源迫在眉睫。

2003 年伊春市政府果断提出了"生态立市"战略，提出了"再困难也不向林子伸手、再困难也决不以拼资源换取暂时的利益、再困难也决不以牺牲生态代价换取短期的经济增长"的三个决不原则，又确定了"坚持严格控制采伐限额不动摇、严打涉林犯罪不手软、严格伐区管理不放松、严肃责任追究不留情"的"四严四不"严管林方针，大力实施绿色生命工程。

2004 年国家确定伊春为全国唯一的国有林区林业生产权制度改革试点单位和林业资源型城市转型试点城市。2004 年 9 月 1 日市政府发出一号令，毅然决定在全市境内全面停止采伐天然红松林木，横下心来保护资源，保护这块珍贵的"祖母绿"。在林权制度改革过程中，市政府提出"远封近分"，把远山封起来，以生态建设为主，建设生态无人区；把近山分给职工承包，以经济建设为主，封起来完全归国家所有，让承包职工"家家有其山，户户有其材"的理想逐步实现，伊春走出一条国有林区特色的可持续发展之路。在严管资源、停伐红松、保护生态、促进人与自然和谐发展等方面由于伊春做出的卓越贡献，2005 年，伊春被联合国授予"城市森林生态保护和可持续发展范例——绿色伊春"荣誉称号。

红松只有在一个完整的生态系统中才能繁衍生息，绵绵不绝，为了恢复红松原始森林，必须对小兴安岭的整个生态系统进行保护，而保护红松需要全社会的关注和支持。2007 年 12 月 2 日，我国第一个保护珍稀树种的专业性联合会组织——伊春保护红松联合会在伊春成立。从 2011 年开始，市政府还把每年的 9 月 1 日设立为"保护红松纪念日"，大力宣传红松的理念及意义，着力帮助市民增强保护红松、建设生态文明的意识。

伊春通过几年各方面的共同努力，在森林资源与经济发展方面呈现出协调发展的可喜局面。森林覆盖率逐年提高，红松林增加到 11 万亩，森林蓄积量年净增 500 万立方米以上，40 年后，小兴安岭将再现一个郁郁葱葱的红松林。

林都伊春走上"生态上市"之路，成为一座用绿色抒发情怀、用红松来塑造品格、用生态承载未来，人与自然和谐相处的世界最大的森林城市。美丽的伊春，这块古老神秘的祖母绿，正在孕育着新的生机。在采风中，记者看到林都风景如画，呈现出"城在林中，林在城中，人在画中"的美妙园林景观。林都人心里为之自豪，称这里是美丽的家园；在外地人眼里，这里是令人艳羡的乐园。伊春保护红松、保护生态取得跨越性发展。一位市民接受记者采访时高兴地说："林都像块糖，甜甜的！呼吸含有大量负氧离子的新鲜空气，鼻子感到甜甜的；喝着优质地下水或泉水，嗓子感到甜甜的；吃着无污染的绿色山野菜，舌头感到甜甜的；每天放目远眺青山绿水，抬头仰望蓝空时，眼睛感到甜甜的；人与人相处，那么朴实、真诚，浑身感到甜甜的。"

近几年，国家倡导绿色生态游，伊春着力打造以红松原始林旅游为主题的森林生态游第一品牌，展示其纯粹、原始、多彩的自然风貌的魅力，力争把五营公园建成我国东北最负盛名的森林生态旅游胜地，吸引无数猎奇的人们，享誉全国、驰名世界！

（作者：谢吉恒，原载于《中华大地之星获奖作品选》）

"菜都" 寿光菜博会赏奇景

没去过菜博会，不会感觉它的精彩；看了菜博会，才会惊叹它的神奇。

——作者题记

春暖花开，菜果飘香。"2014 中国寿光国际蔬菜科技博览会"（以下简称菜博会）于 4 月 20 日在农圣故里、享有"中国蔬菜之乡""中国一号菜园子"美誉的山东寿光拉开帷幕，展现靓丽风采。我两次走进菜博会，有深刻的体会，没去过菜博会，不会感觉它的精彩；看了菜博会，才会惊叹它的神奇；没有做不到，只有想不到。

8 年前 5 月下旬，我到寿光妻弟张同岳家做客，正赶上第十三届菜博会的"尾声"，闭幕难闭馆，几个重点展厅延长开放。在张同岳的陪同下，我第一次有幸游览了菜博会，真是大开眼界。

走进菜博会展厅，映入眼帘的是用蔬菜、水果搭建而成的绿色宫殿，用各种蔬菜摆成的雄伟壮观的造型，如同走进童话般的世界，看见琳琅满目的瓜果与高新技术的结合，挂在空中生长的个头硕大的红薯、一株西红柿结上万个果实、一株茄子能结数百个……令人目不暇接、赏心悦目。这如诗如画的景观，神奇科幻的蔬菜，让人回味无穷，给人留下美好的记忆。

菜博会创办于 2000 年，由中华人民共和国农业部、商务部、科学技术部等部委与山东省人民政府联合主办，寿光凭借当地的蔬菜种植优势，举办首届菜博会。以后每年 4 月 20 日~5 月 20 日在山东寿光蔬菜高科技示范园定期举办菜博会，是国内唯一的国际性蔬菜专业展会。

菜博会展馆每年布置不一样，主题升华，蕴新意，新看点，层出不穷。寿光菜博会成为世人瞩目的农业科技盛会，随着近年来蔬菜产业的发展和农业生态观光游的兴起，"菜都"寿光成为人们农业考察、旅游观光必经之地，菜博会成为国家5A级专业展会、4A级景区，四五月正是大棚蔬菜生长的黄金季节，更是参观学习的最佳时节。

又是一年芳草绿，今年花胜去年红。据资料介绍，作为目前国内最大规模的国际性蔬菜业品牌展会，第十五届菜博会以"绿色、科技、未来"为主题，设10个展厅、蔬菜博物馆、采摘园及广场展区。展会总面积45万平方米，室内展览面积15.6万平方米，室内展位2000多个，共展出国内外2000多个优良蔬菜品种，展商来自国内28个省、市、自治区，及荷兰、以色列、法国、瑞士等20多个国家。本届菜博会规模之大、科技含量之高、文化内涵之丰富、经贸氛围之浓及国际化程度等方面都有创新和突破。

在蔬菜之乡"寿光"，蔬菜是文化，种菜是艺术。寿光多年着力推进农业科技创新，目前全市蔬菜生产基地发展到84万亩，年产优质蔬菜40亿公斤，552个品种获得"国家优质农产品"标志，17个产品获"国家地理标志产品"认定，成为"国家第一批现代农业示范区""全国农业标准化示范区建设先进单位""全国农产品质量安全工作先进单位""国家食品安全示范县"和国家级"出口食品农产品质量安全示范区"。

历年菜博会客商毕至，游客爆满，今年盛况空前。4月上旬，我又接到妻弟张同岳盛情相邀，出于想参观开幕期间完整的菜博会和应约为"中华大地之星"采写一篇散记的缘由，期盼再次去寿光看看菜博会。凑巧，五一劳动节后至闭幕前这段时间，自己又忙于参加"中华大地之星采风团"活动，纠结难脱身。左思右想，找到脱身之计，决定将已采风过的稿件往前赶写，挤出时间，见缝插针，预购火车往返票，三天合并一天用，制定周全看菜博会路线图，实现自己第二次看菜博会的夙愿。

5月17日晚上我由唐山出发，坐火车经潍坊去寿光，12多个小时车程，5月18日早7点到菜博会展馆，赶在菜博会闭幕前夕，全天看展览，晚上坐火车返程回唐山，又是一夜车程。5月19日照常不误参加"中华大地之星"采风活动，做到昼夜兼程看菜博会，采风活动两全其美，如愿以偿。

盘点第十五届菜博会的独特卖点、看点多多……

感受蔬菜科技魅力

5月18日早晨八点我步入菜博会展厅，顿时觉得展览展示呈现"新、特、奇、优"等特色。蔬菜园艺厅是蔬菜科技与艺术相结合、技术与生活相统一的蔬菜展示厅。挑战我眼球的全是晶莹剔透、鲜脆欲滴的绿色蔬菜和园林小景，搭配传统、历史、民间故事等小品景观，妙趣横生、生动鲜活、构思巧妙、一步一景、一景一情，一幕幕、一幅幅迷人场景太令人感叹，令人震撼了！

奇新多彩，亮点频现，进了菜博会，就像进了蔬菜大观园、蔬菜"奥运"，天下奇菜一览无余，这是菜博会突出的一大亮点。我在这里能看到见所未见、闻所未闻的奇形怪状的蔬菜。

（1）"抢眼"的巨型南瓜。叶片掌状大如锅盖，大南瓜呈浅红色或橘红色，一株多瓜，单瓜重达200公斤以上。参观者络绎不绝，纷纷驻足景点前留影。悠悠垂吊，形态逼真，长达3米的蛇瓜，超长的龙凤瓜、丝瓜、葫芦等蔬菜，利用基质栽培技术及合理的生理调控培育，使蔬菜生长达到极限，产量提高数倍。

（2）西红柿树。利用营养液栽培技术及合理的生理调控手段培育的西红柿树让人唏嘘不已，一条枝干上分出许多枝丫，形似一把巨大的绿伞，一簇簇红红的西红柿点缀在上面，单株覆盖面积150多平方米，单株累计结果1.5万个，重达3000多公斤。

（3）空中红薯。应用国际领先的红薯根系功能分离技术和侧蔓逆向生根技术，使根系吸收养分和储存养分的两大功能分开，秧苗植入营养液中，瓜在空气基质中生长。空中红薯便于采收，还可多年连续结薯，单株覆盖面积可达200平方米，重达600公斤。

（4）2000多种奇蔬异果联袂登场，产自非洲的红茄、法国的线椒、国内新研发的大橙茄等，组成一座气势磅礴的蔬菜大看台。菜博会还独辟一厅，将南方的枇杷、杨桃，台湾的莲雾，北方的桑葚、油桃及沙漠植物等，近百种果树汇聚于此，展现南果北移的奇景和秋果春收的新奇……

观菜博会，看到的是造型各异、精彩纷呈的蔬菜，而感受到的是艺术的魅力。在展厅随意采撷几个场景，就能充分感受到科技与实践的完美契合。高科技栽培形式多种多样，墙体组合、立柱、管道、槽式、简易喷雾、复合式无土栽培……西红柿树、辣椒树、茄子树、西瓜树等各种菜树高低错落，枝叶繁茂，硕果累累，让人赞叹不已。智能机器人穿梭于西红柿、草莓等果蔬之间，精确摘下每一颗果实；嫁接机器人俯身在苗床之上，取苗、切苗接合一气呵成……围观的游客啧啧称赞，无不为高科技农业的神奇魅力所折服。

领略蔬菜景观之美

观菜博会，看蔬菜文化艺术景观成为受游客青睐的又一大亮点。据菜博会工作人员介绍，纵观菜博会发展的蔬菜文化艺术景观及蔬菜园艺，无不将绿色文化与传统文化、历史文化、民俗文化完美结合，演绎出一幅幅波澜壮阔、绚丽多彩的画卷。第十五届菜博会的文化艺术景观创历届之最，有万马奔腾、龙马精神、群龙戏海、百子戏弥勒等200多个，其中三处景观给我留下的印象最深刻。

景观一："美丽中国"为第十五届菜博会主题蔬菜文化景观。全长84米、宽24米，全部用生姜、芋头、山药、西红柿、五彩椒、金针菊、过路黄等蔬菜及种子装扮而成。五颜六色的种子、蔬菜花卉在园艺师手中变成了气势恢宏、意趣天成的艺术精品，形成群峰巍峨、楼亭典雅、河流纵横的自然人文景观，从江南小镇到西北沙漠，皆囊括其中，汇聚了五岳之首泰山、秀甲天下的桂林山水、云蒸雾润的天下第一泉、黄果树瀑布、云冈石窟、嘉峪关等国内30余个知名景点，浓缩为江山如此多娇，彰显中国生态自然之美。游客纷纷在此留念，直呼"不虚此行"。

景观二：菜博会中"马"元素融入其中。八号展厅最受观众关注和欢迎，徜徉在大厅中，立刻会被拉着蔬菜奔腾的骏马景观所吸引，远看栩栩如生的骏马前蹄奔起，长鬃飞扬，马背上的孩子欢喜不已。近瞅马身是由各种颜色的种子包括玉米、红豆、黑豆等十几种一点点拼接而成的。在展厅北侧，10余匹形态各异的骏马，四蹄腾空扬起，气势雄壮，宛如奔跑在辽阔的草原上。墙上"汇聚正能量，实现中国梦"10个大字熠熠生辉，用各种蔬菜实地种植与穴盘背景墙衬托出"万马奔腾""马到成功""实现中国梦"的气势，让人赞不绝口。

景观三："菜乡三圣"。寿光是"农圣"贾思勰、"文圣"仓颉、"盐圣"夙沙氏的故乡。"菜乡三圣"主要展示寿光的悠久历史和以"三圣"为代表的寿光古代的灿烂文化。史传"文圣"仓颉在此始创象形文字，"盐圣"夙沙氏在此开创煮海为盐的先例，"农圣"贾思勰为世界上第一部农学巨著《齐民要术》的作者。他们的精神遗产依然影响着生活在这片热土上的人们。设计制作"三圣"景点，更便于游客亲身解读菜乡寿光深厚的文化内涵。

寿光蔬菜文化艺术景观开创了中国创意农业新时代，也催热了现代生态农业的观光游。

体验田园采摘乐趣

观菜博会，田园采摘一直是菜博会的亮点。这天我用近6个小时游览了菜博会10个展区，被千姿百态、五彩缤纷的菜果所吸引，感受蔬菜的科技魅力，领略蔬菜景观之美，饱享菜博会"盛宴"，忘记了疲劳，此时已是下午两点，四点前必须离开展厅回潍坊赶火车，觉得时间不够用。此时，我萌生品尝菜果的冲动，看菜博会不到采摘园等于没来，千万别错过难得的机会，打定主意，抓紧时间"逛"采摘园。

采摘园位于八号展厅东侧。走进采摘园，看见2万平方米的空间，硕果满枝，瓜香醉人。一棵棵西红柿红星点点，高挂枝头，翠绿的黄瓜"崭露头角"，园内一派生机盎然的景象。

园内设 4 个种植区，分别种植十几个品种的优良黄瓜和西红柿，每个种植区又设 4 个独立采摘区，轮流开放，保证游客每天都能采摘到新鲜成熟的菜果。

据园内工作人员介绍，园内种植的都是无公害菜果，采用科学种植模式，施用有机肥，配用粘虫板、黑光灯治虫，紫外线杀菌，荷兰雄蜂授粉等先进农业技术。采摘园凸显人性化、封闭式管理，商业运作，以产定销。根据菜果日产量和采摘量，决定门票发售量和开放时间，菜果日采摘量在 1000 公斤以上。采摘时，我们有专门的工作人员引领指导，科学有序采摘，与工作人员互动，还能了解菜果的品种、生产习性、栽培模式和培育过程等农业科普知识。

置身采摘园中可以领略菜乡风情、体验劳动乐趣、品味田园情调、共享收获喜悦。采摘园是集观光、采摘、品尝、购买于一体的"田园超市"。为方便游客，园内还安置了全自动洗菜柜供游客清洗瓜果。

我在采摘园度过一个多小时，采摘红得诱人的"珍珠"西红柿，顶花带刺的黄瓜，过足了采摘乐趣，而且还一饱眼福；到出口处称重，西红柿、黄瓜均超 1 公斤，带走采摘的营养丰富、品质可靠的绿色"收获"。回去的路上，边走边吃，清甜口感极浓，绝对新鲜，这些在市场花钱难以买到的菜果，又让人一饱口福。

采摘归来，体味到对于整日忙碌、习惯城市生活的人们，采摘园是一处放松身心、品味自然、体验现代农业风情的理想场所。

（作者：谢吉恒，原载于 2014 年《时代风采》）

鄂尔多斯瞻仰成吉思汗陵

你到过内蒙古的鄂尔多斯大草原吗？到了夏季，这里湛蓝的天，洁白的云，牧草腾碧浪，羊群卷雪花。星星点点的蒙古包镶嵌在蓝天绿草之间。在这里，你可以零距离接触草原民族纵情奔马，体验草原文化，感受民族风情；在这里，你可以听到有关成吉思汗无数个令人向往的神奇传说。

作为故乡人，浏览举世闻名的成吉思汗陵园景区，通过参观游览，聆听讲解、翻阅史料，对成吉思汗陵园景区有了较多的了解。

成吉思汗蒙语意为"像大海一样伟大的领袖"，西方很多国家称其为"全人类的帝王"。成吉思汗名铁木真，姓孛儿只斤，乞颜氏，庙号太祖，生于1162年，病故于1227年，享年66岁。其孙忽必烈统一中国，定都北京，于1271年改国号为元，追封成吉思汗为元太祖。

成吉思汗是一位叱咤风云的蒙古族政治家、军事家，毛泽东的诗《沁园春·雪》也提到了"一代天骄成吉思汗"，不过成吉思汗绝不是"只识弯弓射大雕"，他创造了世界上版图最大的帝国，发动了人类历史上规模最大的战争，最早建立了运输联络系统，将军事艺术推向冷兵器时代的最高峰，是最早实行政治民主的帝王，千年来世界最富裕的人，世界上受祭祀最多的帝王，他奉行宗教信仰自由的政策，最早提出并实践了"全球化"。

蒙古族人有着"密葬"的习俗。一个人死后，如果他是个贵族，就要把他葬于他生前所指定的地方，不留任何痕迹，深埋地下，由数人骑马，驱赶万马在墓地上驰骋，一直到踏平，然后派人守护至次年春草茂盛时迁离。成吉思汗故后埋于何地至今仍是个谜，但留下一些传说。

据说，公元1227年成吉思汗征讨西夏时，途中病故，当灵车行至鄂尔多斯草原时，车轮突然陷进沼泽地里，很多牛马也拽不出来，随行人想起当年成吉思汗路过此地失手将马鞭掉在地上，曾吟诗一首："梅花鹿儿栖息之所，戴胜鸟儿育雏之乡，衰落王朝振兴之地，白发老翁享乐之邦。"后对左右说："我死后葬于此地。"于是人们将成吉思汗的毡包、身穿的衫子和一只袜子安葬于该地，并进行供奉。

又相传，成吉思汗病逝后，其子孙为便于祭祀，在蒙古高原建了8座白色的毡帐，称"八白室"。无论战乱或迁居，"八白室"均随行，明朝天顺年间，行至鄂尔多斯伊克昭盟，其盟长济农额鳞将"八白室"留在领地供养，并把安放"八白室"的地方命名为伊金霍洛，意为"圣主的陵园"。

现今成吉思汗陵是衣冠冢，日本侵略中国时，国民党政府于1939年把成吉思汗灵柩先后迁至甘肃榆中县兴隆山、青海塔尔寺。据记载，路经延安时，延安各界1000多个单位，万余人举行了盛大的祭奠，中共中央代表谢觉哉、八路军总部代表滕代远、联络部部长王若飞参加了盛典，中共中央、毛泽东、八路军总部、陕甘宁边区政府都敬献了花圈。新中国成立后，于1954年政府又将成吉思汗灵柩迁回故地伊金霍洛旗。1982年，陪同民革中央副主席孙越崎老先生到成陵时，成陵只有3座大殿、2座碑亭，采用铁丝网围栏，面积约1平方公里左右。

在内蒙古自治区成立50周年之际，政府拨款330万元对陵园进行了修缮、增建，这就是我们今天见到的成吉思汗陵。

陵园坐落在内蒙古鄂尔多斯草原中部的伊金霍洛甘德利草原上，占地面积55000多平方米，主体建筑由3座蒙古式的大殿和与之相连的廊房组成，建筑雄伟，具有浓厚的蒙古民族风格。距东胜市70公里，距包头市185公里。它是"全国重点文物保护单位""国家5A级旅游景区""中国旅游胜地四十佳景区"和"全国中小学爱国主义教育基地"。

成吉思汗陵景区以陵宫为核心，由"三区""两道""八景"组成。"三区"即"文物保护区"，以陵宫为核心，占地10平方公里；"生态恢复保护区"在核心区的外层，围绕巴音昌呼格草原周围的梁地为界，占地20平方公里，在这个小区域内真正实现了"天苍苍，野茫茫，风吹草低见牛羊"的景象；外围为"视觉景观控制区"，占地50平方公里。

"两道"，即从"气壮山河"入口门景到成吉思汗陵宫的4公里长的"成吉思汗圣道"和环绕巴音昌呼格草原并连接各景点共16公里的"风景道"。

"八景"即游客活动中心、游客教育中心、祭祀观光浏览区、蒙古民俗区、神泉风景区、休闲度假中心、那达慕马术活动中心和热气球俱乐部。

而我们最关注、最感兴趣，也是最急切看到的还是成吉思汗陵宫，所以我们下车直奔陵宫而去。

首先映入眼帘的是宏伟、壮观的"气壮山河"入口门景，由高 21 米的英武神威的成吉思汗手持苏勒德的跃马柱型雕像、左右分别高 18 米和 16 米的山岩石壁、底部三层 27 级台阶、西边与山峰连接的丘陵式墙壁等组成。门景主题建筑是成吉思汗震撼世界之伟大壮举、气魄的缩影。

由入口往北即成吉思汗陵圣道和风景道，我们走马观花地浏览了道边景色，就看到陵园。

据导游介绍：陵园分为正殿、寝宫、东殿、西殿、东廊、西廊 6 个部分。

只见 3 个蒙古包式的宫殿一字排开，3 个殿之间有走廊连接，宫殿的圆顶上金黄色的琉璃瓦在灿烂阳光的照射下熠熠闪光，圆顶上部有用蓝色琉璃瓦砌成的云头花，这些都是蒙古民族所崇尚的颜色和图案。中间正殿高 26 米，平面呈八角形，重檐蒙古式穹庐顶，上覆黄色琉璃瓦，房檐则为蓝色琉璃瓦。东西两殿为不等边八角形，高 23 米房檐颜色同正殿。整个陵园的造型犹如展翅欲飞的雄鹰，极显蒙古民族独特的艺术风格。

进入正殿，首先看到的是正中摆放着成吉思汗的雕像，高 5 米，身着盔甲战袍，腰佩宝剑，相貌英武。塑像弧形背景是"四大汗国"鼎图，标示着 700 多年前成吉思汗统率大军南进中原、西进中亚和欧洲的显赫战绩。后殿为寝宫，安放着 4 个黄缎罩着的灵包，分别是成吉思汗和其 3 位夫人的灵包。灵包前摆放着大供台，香炉供香缭绕，酥油灯昼夜长明。

正殿的东西廊上有大型壁画，经整修后，壁画颜色艳丽，十分壮观，它主要描绘了成吉思汗出生、遇难、西征、东征、统一蒙古各部的重大事件，还描绘了成吉思汗孙子忽必烈统一中国，定都北京，于 1271 年正式改国号为"元"，并追封成吉思汗为元太祖的盛况。

导游说，成吉思汗陵旅游区最热闹、最隆重的日子是每年农历三月十七，这一天是成吉思汗建立不朽功勋的日子，要举行隆重盛大的祭奠"苏勒定"大会，热闹非凡。

成吉思汗陵内景色秀美，只要去过鄂尔多斯参观旅游的人，都会为成吉思汗陵这个国家 5A 级景区所拥有的 10 个"世界第一"所吸引：成吉思汗旅游区是世界公认的最大的蒙古族文化旅游景区；天骄大营中的"天下第一包"是世界上最大的蒙古包；"气壮山河门"是世界上最具蒙古族特色的"山"字形门景；铁马金帐是世界上唯一完整展示成吉思汗军阵行宫的大型实景雕塑群；亚欧版图是世界上最大的展示蒙古帝国横跨亚欧的疆域图；蒙古历史文化博物馆是世界上唯一收藏、展示、研究蒙古族历史文化的博物馆；长达 206 米的《蒙古历史长卷》油画是世界上最长的油画；蒙古历史博物馆是世界上唯一以蒙古文字为造型的建筑；达尔扈特人是世界上唯一近 800 年来祭祀成吉思汗的守陵人；成吉思汗陵是世界上唯一保留祭祀文化最完整的成吉思汗祭祀场所。

鄂尔多斯市委、市政府在实施建设文化大市战略中，提出把成吉思汗陵旅游区打造成为世界品牌文化旅游胜地的宏伟目标。到那时，陵区环境会更好，档次会更高，整个旅游区将更美丽壮观，到那时，我们再相约。

成吉思汗陵之行是难忘的，收获了很多历史知识。

（作者：谢吉恒、温莹）

感悟额济纳旗胡杨美

在内蒙古自治区的额济纳旗，每当萧瑟的秋风从巴丹吉林沙漠的旷野中吹来，凉意泛起，多种草木都渐渐衰败，唯有胡杨饱含激情，尽染灿烂的金黄。胡杨有着"生而不死一千年，死而不倒一千年，倒而不朽一千年"的美誉，常被看作是坚韧不拔精神的象征。它灿烂、倔强、命运多舛。但正是这种顽强的美丽，让人们为之赞叹惊奇。

额济纳旗的胡杨林是全世界仅存的三大胡杨自然林之一，保护最完整、最原始的林地面积有 39 万亩。这片野生的天然胡杨林主要分布在额济纳旗政府所在地达来呼布镇（简称达镇）周边方圆 50 公里的绿洲中。10 月份是额济纳旗胡杨最美的时节。不过，这段时间极其短暂，只有约 20 天的光景。从 9 月下旬起，胡杨秋色就会成为旅游的热点。国内外的游人纷纷慕名而来，到此寻觅美景。在达镇胡杨林下，到处都是搭起的帐篷和人群。

金色胡杨曾多次进入我的梦境。今年秋季，我随同中国冶金作家、《中国冶金报》记者采风组来到额济纳旗寻觅胡杨的足迹，以了却多年魂牵梦萦的夙愿。

壮美的胡杨林令人赞叹

"大漠孤烟直，长河落日圆。"唐朝大诗人王维脍炙人口的千古绝句，描写的就是额济纳。额济纳位于内蒙古自治区的最西部，西南与甘肃毗邻，北与蒙古国接壤，是内蒙古面积最大、人口最少的旗。额济纳旗境内有边贸口岸、边防哨所，有中国第三大沙漠巴丹吉林沙漠和内蒙古第一大湖泊居延海。这里自古就是交通要道，是古丝绸之路的必经之地。

据资料记载，胡杨又名胡桐，蒙古语称之为"陶来"。早在一亿三千多万年前，胡杨就开始在地球上生存，是世界上最古老的杨树品种，被誉为"活着的化石书"。现在，世界90%以上的胡杨分布在中国，中国的胡杨主要分布在新疆、内蒙古、甘肃、青海和宁夏等5个省区。胡杨具有很高的改造生态环境的利用价值。在茫茫的戈壁荒漠中，胡杨林是额济纳旗绿洲的主体，其十分之一的面积都由成片生长的胡杨林所覆盖。

每年秋天，胡杨魅力尽展。额济纳的胡杨最美。常听人说，不到额济纳，不知大漠绿洲的壮美气派；不亲临胡杨林，就无从领略胡杨林的奇美；不到四道桥，就看不到胡杨林的精华。达镇的胡杨林分布在一道桥至八道桥的河洲地区，以其古老的原始树种、龙盘虬曲的雄姿、变化无常的叶形、奇特多样的繁衍方式闻名遐迩。我站在四道桥上远眺胡杨林，金色的霞光洒在明黄的树叶上，点点碎金，似在昭示着生命的光芒。四道桥的胡杨林是壮观的美。一片金黄的胡杨林如潮如汐、高低错落，好像起伏的波涛延伸向遥远的天边，汇成金色的海洋。眼前的景色犹如一幅浓墨重彩的油画，让我对大自然的鬼斧神工叹为观止。走下桥，漫步在胡杨林中，我零距离地欣赏着胡杨的美。这里的胡杨树干粗大，几个人都难以合抱，树干和树枝颇有钢铁的质感，主干全身布满了不规则的纵裂沟纹，树皮呈灰褐色。每一棵胡杨都是一件精美绝伦的艺术品。它的造型独特、妙趣横生，有的似苍龙狂舞、龙蛇盘绕，有的似孤鹜翻飞、鹰击鹤舞，有的如虎豹跳起、骏马惊立……我站在胡杨树下仰望，蔚蓝的天空、朵朵白云与金黄大漠相配，更显色彩亮丽，并形成了巨大的反差，足以令任何文字都黯然失色。行走在狭窄而陡峭的沙脊上，更觉得沙峰叠嶂，深谷低陷，如危欲坠，仿佛置身于上下不能的绝境，给人以强烈的刺激感。

胡杨有惊人的抗旱能力，有极强的抵御风沙、耐盐碱的能力。生长在沙漠之中，胡杨的根可以扎到20米以下的地层吸取水分。胡杨的根系非常发达，一株胡杨能牢固一亩沙地，阻挡狂风飞沙。胡杨树的细胞有一种特殊的本领，能够不受碱水的伤害。由于细胞液浓度很高，胡杨能不断地从含盐碱的地下水中吸取水分和养料。在胡杨的树干结疤处和树枝节裂口处，常常会出现白色或淡黄色的结晶体。这种被称作胡杨泪的块状树液便是小苏打，当地人用它来发面或蒸馒头。一株大胡杨树一年可产几十斤碱。除了食用外，胡杨泪还可以用来制造肥皂或制革。胡杨流出的是眼泪，收藏的是璀璨。它的叶子可以做饲料，木材耐水耐腐，是造桥的特质材，也可用于造纸和制作家具。

荒凉的怪树林发人深省

在欣赏了达镇繁茂的胡杨林后，我又来到了怪树林。怪树林坐落在戈壁深处的一块荒漠上，有一万余株枯木。这些东倒西歪的枯木或立、或仰、或躺，长期经受着大漠风沙的侵蚀和干旱暴晒，它们已然变了形。怪树林如同枯杨的"墓地"，展现出一种狰狞的面貌和荒凉的气息，在落日的余晖中透露出丝丝的凄凉。其实，这片怪树林曾经也是茂盛的原始森林。因为黑河上游大面积的垦荒破坏了脆弱的生态环境，特别是上游的河流断流、改道后，大片胡杨林因缺水而枯死，绿洲也随之萎缩，形成了这一形态怪异的悲凉景观。这里的风沙很大，是我国北方地区沙尘暴天气的发源地之一。

土地沙漠化是大自然对人类破坏自然生态的惩罚。有统计数据显示，近30年，由于黑河水的下泄量日趋减少，已有36万亩胡杨林成为怪树林。目前，额济纳旗戈壁滩上的胡杨树平均每年会消失1.2万亩。怪树林已成为警世林。腐朽的胡杨枝干向人们敲响了必须尊重自然环境的警钟。

活着的胡杨是赞美的诗、抒情的歌，死的怪树林是控诉的檄文、疾声的呐喊。这种巨大的反差，让游人体会到了环境保护和生命延续的意义。当地政府将这片怪树林圈起来，建起生态纪念公园，折射出额济纳绿洲近年来对生态环境的重视。从2000年起，政府决定实行黑河水统一调度，集中向居延海输水，安排资金治理生态环境。国务院批准建立内蒙古额济纳胡杨林国家级自然保护区，有充足的河水补给和资金、政策支持，胡杨林也从此得到了有效的保护，其面积由最少的39万亩增加到现在的45万亩。如今，经过治理局部已经好转的额济纳绿洲，正吸引越来越多的人前来见证沙漠中的生命奇迹和改善中的生态环境。

（作者：谢吉恒，原载于《中国冶金报》副刊）

张家界天门山之旅

坐落在湖南省张家界市南面的历史名山——天门山，距市区仅8公里，主峰海拔1518.6米，是张家界地区的最高峰，一直有"张家界之魂"和"湘西第一神山"的美誉。1992年它被批准为国家森林公园，同时也是国家地质公园和湖南旅游风景名胜区，名扬国内外，成为游客的首选地，也成为外国人到中国最值得去的50个地方之一。天门山为何有这么大的吸引力呢？

3月上旬，我随"中华大地之光湘西采风团"到天门山观光，亲身领略和感受其神奇，留下难忘的旅游体验。

天门山是神奇的，是张家界地区最早载入史册的名山，早在三国时期（公元263年），天门洞轰然而开，被吴帝孙休视为吉光，天门山由此而得名。山势高绝、陡险峻拔，景色雄奇壮丽，一年四季景象变幻万千，春有竹榉斗翠、夏拥飞瀑叠云、秋至层林尽染、冬来叠嶂团雪，深远有致，季季有奇景。天门山是神奇独特的喀斯特地质外貌，历史悠久的宗教文化、异彩纷呈的人文胜迹、丰富宝贵的自然资源于一体的旅游度假胜地，天门山更加神奇无比。

我们观光神奇的天门山，依次采用乘车、步行、坐索道三种形式，这三种形式可谓是天门山的"新三绝"。3月9日早晨上山，我们一行15人乘车，通过去天门洞的盘山道"通天大道"上天门。这条通天大道全长10.77公里，汽车在99个弯道盘旋，扣合天有九霄之意。通天大道借山势扶摇直上，窗外群峰掠过，险峰陡崖从海拔20米急剧上升到1300米。往通天大道两侧看，见到的是绝壁千仞，180度急弯此消彼长，层层叠起，态势险绝，荡气回肠。俯视山下，这通天大道宛如一条玉带穿行云雾，十分壮观。经此通天大道直达上天梯，留下一个感受是难得的豪放、惬意的享受。

天门山最具震撼力和诱惑力的当属天造地设的天门洞了。天门洞是天山最具有代表性的景点，是世界最高的天然穿山溶洞，南北对穿高 131.5 米、宽 57 米、深 60 米。来到上天梯，上到天门洞还需过 999 级台阶，即为"天门槛"，寓"一步登天"之意。听景不如看景。我们一行登山到天门洞 11 人中年龄超过 60 岁的有 6 人，大家登天祈福的心情高昂，手扶天梯栏杆脚蹬台阶一步一步地往上攀，越往上爬，天梯上的冰雪越多，台阶越光滑，大家到天门洞的念头有增无减，相互鼓励，"不到天门洞非好汉！"提醒"注意脚站稳！"大家清楚这是意志和体力的检验。经过 26 分钟攀登，11 个人全登上天门山。我问年龄最大的阮观荣主任怎么样？他很自信地回答："没问题。"看看大庆来的陈景波、武汉的桂慧樵、邵阳的肖祥海等虽都是 60 岁以上，但精神焕发，心情都很平静。大家高兴地从天门洞北面走到南面，又从南面走回北面，仔细察看天门洞的上下及两侧。站在天门洞往下博览群峰，胸中装下一幅万里画卷，视野无边无垠，空旷浓密的大片景色尽收眼底，众多的峡谷、连绵的群山、宽阔的河谷、盆地和纵横交错的田野都在脚下，令人感觉仿佛自己置身于天宫，悠然自得地俯视人间万象。

登上了天门洞，一件件发生在天门山的传奇闪现在眼前：1999 年 12 月 8 日世界特技飞行大赛在这里登场，来自众多国家的顶级飞行员驾机"穿越天门山洞"的惊世绝技表演在全球引发轰动效应，收看现场直播的群众就有 8 亿多人。2006 年俄罗斯空军在张家界天门山特技飞行表演，在天门山上演重型战斗机苏-27、苏-30 穿越天门洞，在天门山的上空谱写出恢弘而激情的乐章。

天门山素有湘西第一神山的美誉，自明朝以来香火鼎盛，是湘西的佛教中心，"天门洞开、天门翻水、天门转向、野拂藏宝、鬼谷显影、天门瑞兽"等 6 个千百年来的难解之谜，渲染着扑朔迷离、神秘出尘的气氛，增添灵异的奇趣。站在天门洞，对这些传奇之谜的理解，更为有趣。

上天梯难，下天梯更难。天梯坡度大，天梯上结满了冰雪，下天梯格外加小心，慢慢地一步一步地站稳再下，下天梯用了一个小时，安全地走到上天梯广场，轻轻地松了口气。健步登临天门，感悟天门的第二感受是：来张家界登上天门，没有枉来。对登天门的享受十分开心。

来到天门索道广场，坐缆车下山。这条天门山索道是世界上最长、最险的单线循环、高山客运索道，全长 7.5 公里，高差达 1279 米，从山上乘索道而下，带来的第三种感受是远离尘世喧嚣和烦恼，亲近自然的奇妙感受。天门山是神奇的，这里的植物、动物也是珍稀奇有的。天门山顶森林覆盖率达90%，珍奇树种繁多，保持原始的次生林，植物资源丰富，有着很多国家保护的珍贵植物品种，更有珍稀罕见的高山原始珙桐群落。古树参天、藤萝缠绕、青苔遍布、石简石芽举步皆是，处处如天然盆景，宛如仙境，被人誉为绝美的空中花园。天门山同时又是一座天然动物园和药库。动物种类有珍稀动物独角兽、米猴。一般野兽有狐狸、穿山甲、山鹿、野猪、山羊、飞虎等数十种。珍禽有锦鸡、岩燕、红腹角雉、山鹰等30多种。著名药材有天麻、杜仲、黄连、厚朴、黄柏、七叶一枝花、党参、茯苓等。天门山索道宛如一条彩虹，将天上与人间一线牵连，把原始的空中花园的绝世芬芳展现在世人面前，呼吸自然的气息，观赏天门山的原始空中花园。乘索道而下，穿行于森林、群峰、白云、山谷、田园、村庄、铁路、房屋、街道到达市中心花园终点。神奇的天门山，充满了神奇，它有众多的神奇自然景观，也有神奇的人文景观，神奇的景观重在身心体验、感悟方觉得更加神奇……

（作者：谢吉恒，原载于《中华大地之歌获奖作品选》）

茅台三渡赤水情

国酒茅台因产于茅台而得名。红军长征四渡赤水，三渡在茅台，为传承红色文化，三渡酒因此取名。三渡酒与茅台酒是同根同源酱香酒。在限制"三公消费""禁酒令"等一系列政策出台之后，三渡酒谋求转型。

——作者题记

引　子

中国酒文化源远流长，自东汉至今，已绵延 2000 多年。酒，在中国文化发展史上扮演着不可替代的重要角色，上至达官贵人，下至平民百姓，无不以酒为乐，以酒来激发豪情，消遣愁怀，历史上曹操的"何以解愁？唯有杜康"，李白的"呼儿将出换美酒，与尔同销万古愁"，李清照的"常记溪亭日暮，沉醉不知归路"等，足以看到我国酒文化的悠久繁荣。

中国白酒按香型可分为酱香、浓香、清香、米香、兼香型等。众多香型白酒以其独有的风格特征各领风骚，拥有自己的群体和市场份额，各品牌推出自己的酒中奇葩，如酱香型白酒中的茅台酒脱颖而出，驰名中外。

茅台酒是我国酱香型白酒的鼻祖，是世界名酒。茅台酒在 1915 年的巴拿马国际博览会上获得金质奖章，被评为世界第二大名酒，仅次于法国的科涅克白兰地，优于英国的苏格兰威士忌，它们共称为世界三大名酒。

领略"酒都"茅台景观美

茅台酒以独产于贵州省仁怀市茅台镇而得名。茅台镇历来是黔北重镇，古有"川盐走贵州，秦酒聚茅台"的繁华写照，城内白酒业兴盛。茅台酒素以"风来隔壁千家醉，雨过开瓶十里香"之美闻名。

7月上旬，中华大地之星采风团来古镇茅台采风。走进茅台镇，一股清醇的酒香散发在空气中，使人有未尝茅台酒先自醉之感。这种特殊的酒香，沁人心脾，令人陶醉。由于茅台酒郁而不猛、柔和芬芳，故清代诗人郑珍称其"酒冠黔人国"，赞美茅台酒香的诗词如泉似河。

采风团参观考察时用心体会和感悟茅台酒具有的酱香型突出幽雅细腻、酒体醇厚丰满、回味悠长、空杯留香持久的特点，它的优秀品质和独特风格是其他白酒无法比拟的。记者感受到茅台酒文化魅力无穷，太吸引人，深深地领略了茅台酒文化创造的"四大吉尼斯之最"的优美人文景观——巨型酒瓶、摩崖石刻、雕凿石龙和国酒文化城。

赤水河从仁怀市流经茅台镇的河段属中游河段，风光秀美，景色迷人，滩多谷险，植被茂密，风貌原始，浑然天成，自成美景。看！位于盐津河景区的最大实物广告"茅台酒瓶"景观。酒瓶高31.5米、直径102米、体积14693立方米，能容纳500毫升的茅台酒2938660瓶，如此海量，举世无双。

雕刻在赤水河东岸吴公岩古渡绝壁上的"美酒河"三个大字，距奔腾的赤水河近百米，由《人民日报》原社长邵华泽题写，三个大字字形优美，苍劲有力，石刻着朱色。"美酒河"三个大字总面积4800平方米，"美"字高412米、宽335米，"酒"字高312米、宽204米，"河"字高344米、宽327米，真是磅礴雄奇，被评定为世界上最大的摩崖石刻汉字。

雕凿在贵公岩上的四条石龙从南到北依次长196米、266米、230米、183米，分别由47伏、49伏、55伏、42伏石龙龙鳞连缀而成，四条石龙时起时伏，游动如真，乃是古往今来雕刻的最长扇体。

国酒文化城位于茅台酒厂内，占地 3000 多平方米。这里是传统文化建筑风格，古香古色，但又气势恢宏，室内室外充分展示了中国酒文化史。这里是茅台酒文化之精华，是人类酒文化博物馆，给人留下了茅台酒文化源远流长的印象。

采风团看到国内外游人如织，听到处处说酒话，叙酒情不绝于耳等经典记忆，到茅台"朝圣"。

茅台酒文化的"四大吉尼斯之最"声誉传遍国内外。无怪乎不少外国游客把"不到长城非好汉，不到酒都茅台更遗憾"列为到中国旅游的目标，凸显出国酒之乡、茅台酒文化的魅力。

茅台三渡赤水情谊深

千年古镇茅台，千家酒厂一条街。采风团到三渡酒业公司（以下简称三渡酒）采风，三渡酒与国酒茅台同根同源，是茅台镇上千家中小酒厂中的 80 余家规模企业之一，也是国酒茅台原浆酒三家供应商之一。三渡酒地处茅台镇酱香白酒加工核心区，起源于旧式烧酒坊。据三渡酒董事长秦书友介绍，茅台镇有两大文化，即酱香的酒文化和长征文化。"茅台绝世风华"，传承了千年的传统酿酒工艺，加之不可复制的气候环境和得天独厚的健康品质，成就了享誉世界的国酒茅台，成就了品质优良的特色三渡酒品牌。

为传承红军精神，将长征文化与酒文化有机结合，创新企业发展模式，提高企业声誉。三渡酒的前身茅台镇华泰酒厂，早在 20 世纪 80 年代，就植根创建于这块神奇而弥漫酒香的红色热土上。

1935 年，红军长征四渡赤水，三渡在茅台镇，红军用酒疗伤、解乏，渡口距离旧时烧酒坊不足一公里。红军曾四渡赤水：一渡赤水，集结扎西，待机歼敌；二渡赤水，会师遵义，大量歼敌；三渡茅台、四渡赤水，突破天险，摆脱敌人。四渡赤水出奇兵，彻底粉碎了国民党军队企图围歼红军于川黔滇边境的狂妄计划，红军取得战略转移的决定性胜利，三万红军在数十万国民党军队的围追堵截中成功转移，铭刻毛泽东主席得意之笔，这是中外战争史上以少胜多、以弱胜强的经典战例。

1996 年三渡酒建厂，为纪念红军四渡赤水取得伟大胜利，三渡酒的企业名称由此而来。三渡酒已走过近 20 个春秋，现已形成年产量 3000 吨酱香型白酒能力，是仁怀市政府重点支持的酒都十八强酒企之一。

采风团现场参观看到，三渡酒占地面积两万多平方米，厂区建筑布局合理，拥有完善的酿酒设施和质检设备，从原酒生产到储存勾兑再到成品包装，均实现一条龙式的现代化生产流程。记者采访打造红色酒文化掌门人、三渡酒总经理官昌勤，谈他投资酒业，缘何首选董事长秦书友为搭档？"我看准秦书友与茅台同根同宗，生产工艺技术可靠，和茅台酒厂紧密合作，生产原浆酒全部交茅台酒厂"，官昌勤如是说。

官昌勤有了定心丸，大胆投资扩大生产规模，增加产量。他凭借诚信经营，靠产品优良取信用户。2000 年三渡酒原浆酒产量突破 1000 吨，2010 年销售额达 6000 余万元，2012 年酱香酒产量已达到 2500 吨，销售额突破亿元大关。企业获得"中国知名白酒品牌""中国食品骨干企业""贵州省著名商标"等荣誉。

品酒会定位大众消费

7 月 19 日，贵州省仁怀市三渡酒在北京万寿宾馆举行隆重的品酒会，三渡酒董事长秦书友、总经理官昌勤以及北京有关部门领导、白酒行业的品酒师和部分新闻媒体记者出席现场。

此次品酒会是在 2012 年底中央出台"八项规定"、2013 年底中央又颁布《党政机关国内公务接待管理规定》"限制三公消费""禁酒令"的一系列政策出台后，白酒行业进入调整期的大环境下召开的，高档酒现在主要对准个人高端消费和集团公司，政府不再高档采购了。

　　高档白酒退出公务消费后，市场持续低迷，价降量减。官场"酒文化"正进行一场激烈的变革，官员不敢去豪华酒店，现在政府接待一般只用二三百元的酒，而以中低档服务大众的三渡酒正好抓住了逆袭增长机遇。就是因为三渡酒转型比较快，去年突破一亿元的销售大关。

　　品酒开始，品酒师来到摆放三渡酒生产的黔三渡、圣醉、玉琮金樽、瑞友情等系列酒的酒桌前，将一瓶黔三渡拧开瓶盖，将酒徐徐倒入酒壶，一股酱香扑鼻而来，人们不由深深吸了口气。品酒师接着将酒杯送到唇边，轻巧地、缓缓地呷下一小口，在嘴里细细抿品；轻咂嘴巴，慢慢品味中将酒咽下，自然发出咂嗒之声；迅速哈气，让酒气从鼻腔喷香而出。品酒师的品酒动作立即引来大家的模仿，现场接连响起一阵咂嗒之声……"好酒！"众人细细地品味。

　　通过现场品评，与会人员对茅台镇三渡酒生产的系列酱香白酒做出了中肯的评价，对三渡酒给予了"酒体醇厚，回味悠久"的赞美。

　　三渡酒为做大做强市场，正不拘泥任何合作形式，向全国广招合作商，决心秉承弘扬长征人文精神，传承三渡酱香文化的使命，恪守让消费者喝上茅台镇三渡酱香美酒的愿景，力求共进共赢，让三渡酱香酒香飘万里，走遍神州。

（作者：谢吉恒，原载于 2015 年《中国冶金报》副刊）

盘锦奇观红海滩

"井架隆隆震天响，石油工人采油忙，仙鹤翩翩来此地，海滩艳艳红似火。"这是一首描写盘锦标志性风光的诗，其中最吸引人眼球的当属红海滩。每次来盘锦，同事都会力荐我去红海滩一游，并称其为世界独一无二的绝色美景。今年8月下旬，我同文友相约又来到此地，终于能一睹红海滩的风采。

盘锦地处辽河平原，特殊的地理环境造就了120万亩世界最大的芦苇湿地，其中红海滩占地20万亩。我们一行几人选择坐游艇穿过芦苇荡，再奔红海滩。这里的秋天色彩极为丰富，天空蔚蓝无际，翠绿芦苇茂盛，紫红芦花飘曳。绵密的芦苇荡把空气过滤得格外清新，闭上眼睛做几次深呼吸，心肺似也被苇香熏得透亮。苇海深处，不时有水鸟掠过，时起时落，带来阵阵惊喜。游艇司机介绍，这浩瀚无边的芦苇荡四季有景，季季皆美。除了眼下美不胜收的秋景外，其他几个季节也一样美丽。春天，尖尖的芦苇破土而出，齐刷刷地伸向天空，没几天便形成片片绿洲，一群群水鸟漫步其间，是摄影的最佳时节；夏天，芦苇摇曳，碧浪滔天，各种鸟叫声不绝于耳；冬天，芦苇的叶子已经脱落，只剩下金黄色的苇秆和毛茸茸的芦花，成群结队的工人踏上厚厚的积雪，忙着收割芦苇，人们能切实感觉到北方大地的苍茫与辽阔。这片"苇海"可谓动物们的天堂。据统计，这里共发现269种鸟类，10万余只珍禽，其中有濒临灭绝的保护动物黑嘴鸥，国家一级保护动物丹顶鹤、白鹤、金雕等。这些精灵为"苇海"增添了几分灵气和神韵。美妙的四季风光，吸引了八方来客，因为这里远离城市的喧嚣、浮躁，可以放飞心情，让人们真正领略到什么是回归大自然。

不到半小时，我们的游艇便穿过了芦苇荡，前方蓦地出现一大片红灿灿的海滩，就如同一幅巨大的红地毯铺展在海滩上，直到天际。又如红色的飘带，舞动在绿苇蓝海之间，绵延百里，壮观之至，醉人心魄。那色彩像盛开的玫瑰般绚丽，满眼皆是火热的色泽。百闻不如一见，红海滩果然貌如其名，着实令人震惊！

之所以称之为红海滩，是因为漫滩遍野生长着一种纤弱的草。这种草适宜盐碱土质，也是唯一一种可以在盐碱土质上存活的草本植物。由于长期遭盐碱浸泡，久而久之，潮起潮落，不经意间，便给海滩着上红装，成就了这别具一格的"红海滩"。这种草的名字是碱蓬草。红海滩是大自然孕育的一道奇观。海水的涤荡、泥沙的沉积、碱的渗透、盐的浸润造就了碱蓬草的红似朝霞，成就了红海滩。

碱蓬草，土名"盐碱菜""盐蒿"等，又有人称它为"红草"，无需人工播种灌溉，靠籽野生，自然生长，是沿海滩涂特有的喜碱性一年生草本植物。它3月上旬至5月上旬出苗，破土而出时颜色为鲜红，7~8月为花期，9~10月为结果实期，11月初种子完全成熟，深秋植株火红，热烈如火，鲜艳欲滴。

提起红海滩的碱蓬草，还有着许多动人的故事。相传唐朝大将薛仁贵征东路过此地，军粮尽绝，兵士饥寒交迫，后有追兵紧逼，无奈只好用碱蓬草充饥。薛仁贵征东胜利后，凯旋设宴庆功，忆及此菜在征战时期的功劳，便命人采来烹制，后逢宴必备此菜，并将此菜定名为"皇席菜"。

碱蓬草与盘锦人民有着较深渊源。20世纪50~60年代，盘锦遭受严重自然灾害之时，滩边的渔民村妇采摘碱蓬草的籽、叶子和茎掺着玉米面蒸出"菜团子"，几乎拯救了一整代人，因此碱蓬草被当地人视为"救命草"。碱蓬草的营养价值很高。它的嫩叶茎可以鲜食，还可以制干。据医学专家研究，碱蓬草含有大量人体所需的氨基酸、维生素、胡萝卜素、矿物质以及高有机铁、硒等微量元素，可谓浑身是宝。碱蓬草还有着极其重要的生态功能，如改良盐碱土，为鸟类提供良好的生存环境，还在防洪抗旱、调节气候和控制污染等方面立下了汗马功劳。从红海滩码头的栈桥往下看，一簇簇、一串串、一茬茬的碱蓬草迷乱了双眼，棵棵株型美观，确实无愧于"翡翠珊瑚"的雅称。草间的滩泥上，大小毛蟹爬来爬去，留下坑坑洼洼的痕迹和特殊的脚印，甚是有趣。我踩着软软的泥滩，走近一片碱蓬草，发现那株株碱蓬草虽然都是红色的，但是叶片、茎、枝红得很有层次，火红的炽热，大红的深沉，紫色的成熟，粉红的鲜嫩……茎条上长满了紫色的黄豆粒般大小的果实，形状呈椭圆形。掰开后，紫红色的果肉透出一股青草香味，嚼在嘴里，有点苦，又有点咸，像是海鲜的味道。

碱蓬草有着惊人的生命力。它的根扎得并不深，但根须很多，密密麻麻地紧紧抓住海滩的泥土，牢牢扎根于泥滩之中。海潮日日夜夜的踩躏，狂风经年累月的摧残，暴雨肆无忌惮的浇袭，都不能使它低头。涨潮时，潮水蒙头盖顶；潮水退去，它依然挺起腰杆顽强挺立在滩涂上。生生死死，死死生生，一代一代地延续着……

碱蓬草乐于奉献，用自己的茎肉滋养万物，这是它生存的意义所在。它用有力的根系加快土壤的脱盐过程，收留狂风和海潮挟裹而来的沙土；掉落的茎叶"化作春泥"肥了土壤。红海滩是丹顶鹤、黑嘴鸥的第二故乡，碱蓬草拿出自己的嫩芽和种子，为丹顶鹤提供最好的素食；为黑嘴鸡奉献自己的干枝筑巢，繁衍后代；用自己的茎叶喂养着无数的小鱼、小虾、小蟹……它滋育了万物，打造了精彩的生物链。

秋天的红海滩正是因为有了这样的碱蓬草而越发美丽诱人。到美丽的红海滩走一走，欣赏最美、最震撼、没有一丝人工雕琢痕迹的美景，品尝苇海自然生长的肉肥味美的中华绒螯蟹，别有一番情趣！真是乐哉！美哉！

（作者：谢吉恒，原载于《中国冶金报》副刊）

黄海明珠大鹿岛

美是感性与理性的协调一致，正是这种协调一致才是它的魅力所在。

——作者题记

在祖国万里海疆的东端，滔滔黄海的锦鳞波光托出一座面积为 6.6 平方公里的美丽宝岛，因远望其形似一只梅花鹿昂首卧于海中而命名——大鹿岛。它四面环海，北与辽东名山大孤山隔海相望，东与獐岛毗邻，西与庄河、大连海域相连，东西走向，东高西低，地势险要，南缓北陡，主峰海拔189.1 米，海水高潮时深 8~10 米，低潮时深 3~5 米，是中国领海北端最大的一个岛屿。它常年被绿色所覆盖，集丛林之秀、山海之美，为国内少见的"海上仙山"，犹如镶嵌在黄海之滨上的一颗明珠。

大鹿岛属东港市大孤山镇管辖，因其有独特的经济、生态、景观价值，宜人气候，优良浴场而成为国家 4A 级著名自然风景区，山秀林美，峰危岩峻，石裸礁奇，多姿多彩，被誉为"中国北方的夏威夷"。

大鹿岛是一个拥有 923 户、3234 位居民的以渔业为主的海岛渔村，是"全国文明村""全国民主法制示范村""辽宁省爱国主义教育示范基地"，2008 年被评为"全国十佳小康村"。渔家景、渔家游、渔家乐更颇具特色。

鹿岛风光有魅力

大鹿岛山美、林美、海美、水美、风光美，闻名遐迩，吸引国内外游客，也吸引了我这个出生在大鹿岛附近的故乡人。

我孩童金色时光是在大孤山度过的，一件件往事记忆犹新，大孤山脊如架齿，那时候与小伙伴们常约到大孤山山麓挖化石，在地上练写字；农历四月十八日赶庙会，人山人海，在家人的带领下到半山腰的寺庙敬香，在露天剧场看戏；登观海亭看景，蓝天白云，风和日丽，海陆风光，尽收眼底，海上波涛起伏，帆船点点，大鹿岛隐约可见；陆上房宇参差、平畴沃野，历历在目，那时，对大鹿岛的了解是零星的，隐隐约约的……

弹指间 50 年过去了，今年 6 月下旬是我第一次来大鹿岛采访，美丽宝岛风光，激起我怀旧爱乡之情，欣然命笔，故乡人写故乡事，别有情趣。

接待我采访的是温文尔雅的副村长李恩波，听说我是故乡人，在外地做媒体工作，回到家乡采稿，分外亲切高兴。在村办公室王清宇的配合下，采访所见所闻，拉近了与大鹿岛的距离，亲近大鹿岛，欣赏大鹿岛，感悟大鹿岛。大鹿岛缘何能成为吸引国内外游客观光、度假的好去处和置业投资的好宝地呢？通过采访有了了解，深刻感悟到大鹿岛受青睐的原因就是因为它有着诸多的独领风骚的魅力。

自然生态有魅力

人们常说，南有昆明，北有丹东。这两个地方，冬无严寒，夏无酷暑，气候宜人。大鹿岛因受黄海影响，具有海洋性气候特点，雨量充沛，终年湿润，四季分明，冬夏较短，春秋过渡时间长，一年中 4~10 月是到大鹿岛最佳旅游时间。大鹿岛因植被、地貌、海湾、沙滩保持着完整的自然生态而著称于世。岛上森林覆盖率达 87.5%，有银杏、香樟、黑松、大麻黄、红杉等近 1000 种植物，基本形成以木麻黄为主并与其他常绿阔叶、落叶混交的层林构成良好的植被。茂密的林木芳草衬托出奇岩怪石，掩映着陡崖险礁，使得盘蜒的山道忽隐忽现，曲径通幽。良好的生态环境，为鸟类和昆虫提供栖息和繁衍的场所，据统计，岛上有 10 多种数千羽的鸟类，斑鸠、黄鹰、雀鹰等成群出现，有 70 多种昆虫。大鹿岛地貌属大陆下沉的碎片，经过亿万年海浪冲刷和剥岩风化形成海石地貌，奇异的岩石、洞穴和礁、滩，景观各具形态，形成众多的奇构异形的海景观。当我们漫步在岛上，看见路旁的红杉、扁柏迎风而立，杜鹃花、栀子花漫山遍野，白玉兰、美人蕉点缀绿茵丛中，鸟语花香、蝶飞蝉鸣，清香空气扑鼻而来，这里远离陆地，没有污染源，空气中的负氧离子含量十分丰富，享受天然大氧吧，张大嘴深深呼吸这清新的空气，心旷神怡，是放松减压身心的难得时机，真想多待会儿。

大鹿岛青山碧绿、海水湛蓝，具有典型的北国海岛风光特色。岛前环抱着美丽的月亮湾，海岸线长约 3 公里，两侧有两座山峰突起，挡着远方的海浪，坡降只有 1 米，使海浪变得温柔，金色的海沙干净而细腻，为中国北部海角最大的上乘天然浴场，也是浅滩赶海拾贝、傍晚垂钓、大海冲浪、晨观日出、夜半听涛、观光旅游、休闲度假的理想去处。

优美景观有魅力

大鹿岛的魅力不仅是青山绿水、金色的海滩，还有海岛的历史沉淀。大鹿岛是黄海北岸的一个重要军事要地，海路可以通到全国各地和世界各港口，是国家批准的二类贸易口岸。特殊的地理位置使大鹿岛历来为辽东半岛据扼要塞。

震惊中外的甲午黄海大海战，是世界近代史上第一次装甲舰队的对垒，海战爆发就在距此 10 海里洋面上。海战中，民族英雄邓世昌及 700 余名将士和致远号等 4 艘战舰分别牺牲、沉没在鹿岛海面。在日寇占领辽宁时期，日本人有计划地探测了沉入海底的致远舰，并打捞出军舰上的一些物品。打捞时日寇雇了一些中国潜水员，中国潜水员潜到致远舰指挥台内，发现了一具遗骨，后来中国潜水员将此遗骨打捞上来，埋在大鹿岛东山坳里，并推测是邓世昌的遗骨。打那以后大鹿岛人就认为那是邓世昌的墓地。1985 年大鹿岛人把这座墓迁到大鹿岛东山北坡。

大鹿岛见证了"致远舰"的激昂与悲壮。110多年过去了，来到大鹿岛，面对浩浩黄海，依旧可以"看"到那悲壮的一幕！凭吊甲午英灵，邓世昌和全体将士及"致远舰"化为民族精神的象征。2000年大鹿岛在岛上树起了全国政协副主席杨汝岱题词的邓世昌雕像。每天前来邓世昌墓地、邓世昌雕像前凭吊的人群络绎不绝，无不涌动着振兴中华的感慨。大鹿岛已成为闻名中外的爱国主义教育基地和避暑观光旅游胜地。

大鹿岛史海钩沉，积淀厚重。人文景观众多，有明代将军毛文龙碑亭，明末总兵毛文龙于此抗击后金，留碑文以铭记：吾侪赤心报国，忠义指据于此。碑的背面镌有毛文龙等众将士的官职和姓名。这里也有始建于1923年的英式导航灯塔，记载大英帝国凭借《通商行船续约》在我国安东设海关、实施经济掠夺的行径，给后人以自强不息的启迪。这里还有丹麦教堂遗址及海神娘娘庙等重点人文景观。

大鹿岛上的诸多自然景观与远古的美丽传说相融合，达到诗情画意的境界。其中二郎石、滴水壶、老虎洞、骆驼峰、嘎巴枣树等景观，各有一个神奇传说故事。凡来过大鹿岛的游人，无人不晓嘎巴枣树景观。相传，这棵树为毛文龙亲手所植，距今已有360多年。我们来到月亮湾北侧的小山上，走到这棵树前，认真仔细地观看，这树主干粗有两围，侧枝呈弯曲状，如同几条大蟒盘踞树上。树权间冒出一簇簇"气根"像老人胡须随风飘荡，树皮结满了老疤，显示一副"垂垂老矣"之相。更有趣的是，它的根，不是扎在泥土里，而是"抓"在一块磨盘大的礁石上，唯有它的叶子苍苍绿绿。大鹿岛人出于对先人的崇敬，人们把它看作毛文龙的化身。传说毛文龙被害后，灵魂就附在这棵树上，认为它能消灾避难，将其作为镇岛宝树。树上总是系着一条条红布条，可看出鹿岛人对这位将军的爱戴。到了深秋季节，紫红色的果实甘甜如饴，舌香口爽，口嚼之，发出嘎巴嘎巴的声响，鹿岛人便把它叫嘎巴枣树。

海鲜风味有魅力

如果把阳光、大海、沙滩、海鲜作为主要的旅游资源，那么大鹿岛是最佳的选择地。大鹿岛四面海天辽阔，烟波浩渺，盛产对虾、梭子蟹、海螺、杂色蛤、文蛤以及各种鱼类，有上百个品种，且以鲜活著称。品尝海鲜是旅游者的口福，我们6月份到大鹿岛采访是旅游的最佳季节，看到渔民从海上作业归来，满载而归。不管你走进海鲜产品市场，还是餐馆、渔家院，处处可见的是鲜鱼活蹦乱跳、螃蟹爬来爬去、蛤类喷吐着水花……没来大鹿岛前就听说大鹿岛的海鲜是以鲜活著称，来后亲眼看到确实如此。大鹿岛海鲜独具风味，深受游客欢迎，听村民讲大鹿岛最具特色的海产品有鹿岛八珍、鹿岛八鲜。

鹿岛八珍包括梭子蟹、对虾、文蛤、海螺、蛤仔、牡蛎、海蜇、竹蛏。鹿岛八鲜包括褐牙鲜（偏口鱼）、鲐鱼、石鲽、梭鱼、蓝点马鲛、鲈鱼、带鱼、孔鳐（华子鱼）。最具风味美食有蒸煮梭子蟹、家常炖鱼、海鲜烧烤、盐水对虾等。大鹿岛海鲜别具独特风味，其中最重要的一个原因是，注入大鹿岛海域的有鸭绿江和大洋河两股淡水，其中鸭绿江水是世界上可直接饮用的四条江水之一，水质好、无污染。

一天采访结束了，为节省时间、多了解鹿岛的民俗风情，我与司机在岸边的一家餐馆坐下，点了文蛤、海螺、竹蛏、对虾四盘海珍，边品尝边总结今天的收获。今天可是"五福临门"了。一是观宝岛风光，秀美山水，看甲午英烈，大饱眼福；二是呼吸高含量负氧离子的清新空气，大饱了鼻福；三是听了有关鹿岛的概况，景点、风情、传说等方面的介绍，大饱耳福；我们品尝这鲜活的鹿岛四珍，又饱了舌福、口福。餐馆老板听我俩总结挺有趣，插话说，要是晚上再看看这鹿岛的夜景，那可是难得的"一绝"。听他说，鹿岛的夜景美得醉人。远处渔火闪闪，近处涛声阵阵。海滩的游人点起篝火，欢乐起舞；岸上雅客品尝海珍，对酒当歌，欢声此起彼伏，笑语满漾夜空，真是"人生难得几回狂，天涯渔火乐逍遥"。但遗憾的是晚上有约要赶回大孤山，去庄河拜访50年前的老师和学友。我对餐馆老板说，等下次再来这里乐逍遥。今天我们用餐的重点突出，只尝了鹿岛的部分海珍，还没有品尝鹿岛八鲜。孩童时我最喜欢家里炖的鲈鱼，看那鲜嫩的鲈鱼肉，味道鲜美，食欲大振，饱尝美味，难得一乐。我跟司机说，鹿岛海里盛产鲈鱼，下次再来鹿岛，一定品尝风味的炖鲈鱼。望着远处的捕鱼船，不由使我想起范仲淹《江上渔者》诗句："江上往来人，自爱鲈鱼美，君看一叶舟，出没风波里。"

渔村名片有魅力

记者在大鹿岛采访中，看到这样一组鲜活的数字：改革开放前，受贫穷落后的困扰，全村生产总值不到 90 万元，人均收入不到百元，村里连买本信纸都要赊账；改革开放后，大鹿岛插上腾飞的翅膀，走上致富路，至今全村固定资产总投资超亿元，人均收入超万元。自 1987 年至 2007 年 20 年间向国家上缴利税 5000 万元。大鹿岛 2008 年被评为"全国十佳小康村"。这组闪光的数字显示出，大鹿岛已打造成为闻名国内外的海岛渔村名片。

说起大鹿岛村脱贫致富奔小康，村民们有口皆碑，全凭村党委书记、村委会主任王成远以满腔的公仆心，"头雁"风采的带领。他创新思维，实行集体经济为主体的发展模式，以杂蛤养殖业、旅游业为龙头作为支柱产业带动其发展，使集体经济得到又快又好的发展。大鹿岛村组建了"丹东大鹿岛海兴（集团）有限公司"，下设养殖、浅海开发、贸易、客运、冷冻加工、草莓酿酒公司等企业，公司拥有自己的远洋船队，产品出口日本、朝鲜、韩国、西班牙和东南亚等国家及地区，2008 年产值 1.47 亿元，实现利润 1800 万元。随着基础设施的不断扩建，旅游环境越来越好，加快旅游业的发展步伐，年接待海内外游客 20 余万人。

王成远是怎样展现"头雁"风采，带领村民走共同富裕奔小康路呢？据村民介绍，归纳整理主要有 6 个方面。

（1）产品获得直接出口权。大鹿岛杂色蛤无污染，味道鲜美，在国际市场成抢手货。由于他们没有出口权，产品要装卸三次以上才能到达口岸，破损率增加，质量下降。王成远多次跑丹东、沈阳，主动向国家口岸管理部门反映情况，取得理解和支持，终于被国家口岸委批准为二类口岸，获得产品直接出口权。

（2）解决了海上运输问题。产品出口雇用外地运输船，因冷藏设备不完善，船速慢，到日本目的港至少需 60 个小时，影响产品的鲜度。王成远与丹东三城水产公司，日本的藤冈、近藤公司磋商，投资 2000 万元购置 5 艘国际航线冷藏船，组建了自己的远洋船队。由于冷藏设施完备，航时缩短了 20 个小时，保证了产品质量。

（3）战胜了两次"赤潮"灾害。1991 年养殖公司经历了第一次滩涂赤潮，一片片杂色蛤死去，直接经济损失几千万元，在无情的灾害面前，不需要眼泪，需要他带领大家走出困境的硬招。他组织员工翻滩改良滩涂，紧急组织种苗重新投放，组织货源保证出口需要，如期履行合同。这三招果然奏效，大灾之年夺得好效益，这年向村里提供的利润达 125 万元。2000 年秋，"赤潮"又一次降临大鹿岛海域，滩涂贝类几乎灭绝，直接经济损失 1.5 亿元。在灾难面前，全岛乡亲们看着他，他没有惊慌失措。响亮地提出二次创业的号召，组织全岛职工群众上岛清壳、翻滩，克服资金困难，重新投放贝苗，并决定到朝鲜产地开展贝类转口贸易。当时正是傍年靠节，为了抗灾自救，发展经济，舍小家顾大家，他带领职工到朝鲜开展转口贸易，经过大家努力，在重灾之年取得了较好的效益。

（4）多管齐下恢复养殖业。两次"赤潮"灾害，带来严重资金短缺，在巨大压力下，王成远通过努力，以预付款形式取得日商在生产资金上的支持，重点抓好朝鲜产地的贝类转口贸易，和朝鲜客户合资加工贝类产品，共同投资修造船只，从事海上捕捞运回销售；聘请科研人员指导贝类养殖，到大连、营口等地为外商组织货源，保证客户需求；以东港市全国草莓基地资源的优势为依托，在岛外创办了港岛酿酒有限公司。不仅使贝类养殖有一定的恢复，而且在困难之年完成了投资 2000 万元的星级宾馆建设工程。

（5）民心工程凝聚公仆情。王成远心为民想，权为民用。启动一项项民心工程，为民排忧解难。投资 300 万元重新铺设了电缆，保证了村民用电，享受现代化的生活；投资 600 万元修建纵横交错的柏油路，解决岛上行路难；投资 700 万元在岛外打井，通过海底管道引来淡水，日供水能力 400 吨，村民彻底解决了饮用淡水后顾之忧……

（6）把村民困难挂在心上。王成远大部分时间外出联系业务，与外商洽谈，一回岛上就深入企业，布置工作、安排生产、帮助贫困户解决困难。第二村民组姜仁红年迈多病，家庭生活有困难，王成远提议把他儿子安排到村外贸部工作，家庭收入增加了。第三村民组王树才老人的儿子和儿媳妇在海上遇难，王树才望着年幼的小孙子哭干了双眼，王成远拍板，每月王树才从村里领取180元助困金，直到孩子长大成人。村民刘玉斌的二女儿，2004年11月诊断为白血病。2006年春节，一家人愁眉难展。正月十二傍晚，王成远和妻子李枝叶踏进刘家门槛，把1万元现金按在刘玉斌手上："这是我们自己的钱，捐给你，孩子治病要紧。别愁，我再帮你想想办法。"没几天，村干部、企业职工捐助的8万元现金，又送到刘玉斌家……

王成远赢得了群众的信任和爱戴，先后被评为辽宁省优秀共产党员，当选为省人大代表。

大鹿岛人脱贫致富奔小康，挥出大手笔，大展宏图。王成远和他的伙伴们誓言，把企业做强做大，加快循环经济步伐，向浅海深海要效益。建设商贸娱乐服务中心、建立甲午海战纪念馆、修建灯塔山栈桥。开发旅游资源，整合旅游市场，增值新看点，打造新品牌，把大鹿岛建成名副其实的海上乐园，让大鹿岛这张名片叫得更响！

周边美景有魅力

今年10月初，是我第二次来大鹿岛。这次奉命带上《中华大地之歌》组委会的信函，邀请大鹿岛村赴京参加11月下旬召开的《中华大地之歌》征文颁奖会并进行经验介绍。村长王成远、村党委副书记于生春、副村长李恩波、秘书长姜景亚接见了我。

热情好客的大鹿岛人、家乡人，豪爽、坦诚、亲切地交谈。看我带来的近三年出版的《中华大地之歌》征文获奖作品选。听我介绍"谱写大地华章，讴歌时代英才"是中华大地之歌征文评选活动的宗旨，总结各行各业成功经验，推出时代英才，展现现代中国特色社会主义事业蓬勃发展局面，此项活动已成功举办了14届，时空之大、范围之广、效益之佳，深受欢迎，成为全国群众性文化活动的知名品牌。阅看我采写的《魅力领骚大鹿岛》这篇文章初稿并提出修改意见。他们对大地之歌组委会提供的展示平台表示感谢，高兴地接受了邀请。

在为我举行的欢迎酒宴上，于书记、李村长、姜秘书长频频举杯，气氛热烈，情感升华，共同祝愿大鹿岛村发展得更加辉煌、中华大地之歌征文活动奏出的时代歌声更加嘹亮。

由大鹿岛与大孤山、小岛构成的大孤山风景区是辽东著名的风景区。大鹿岛、小岛隔海相望，大鹿岛周边景区更别具魅力。来大鹿岛旅游观光别忘了到大孤山、小岛一游。大孤山距大鹿岛 6 海里，凡来过大孤山的游人，无不为这里的古建筑群叫好。大孤山古建筑群始建于唐代，已有 1000 多年的历史，坐落在大孤山南山腰，占地 5000 多平方米，是合上庙、下庙、戏楼为一体的，由天后宫以及 10 多个宫、殿及戏楼、石佛塔和观海亭组成，其楼、阁、宫、殿、亭、台随山就势成阶梯式院落，布局紧凑、错落有致、造型完美、线条流畅、工艺精湛，集南、北建筑艺术特色，是自然景观与人文景观的结合体，具有重要的艺术研究价值。大孤山古建筑群是辽宁省现存的较完整的"佛、道、儒"三教合一的大型古刹，现存的庙宇为清代中晚期建筑，其中天后宫为唐代最大的妈祖殿堂。

登观海亭远眺，古镇风光尽收眼底，海上波涛起伏，风帆出没，蔚为壮观。游过大孤山风景区的人，都为这里异彩纷呈的"紫液圣泉、半覆神殿、祖孙银杏、无字古碑、梨园孤楼、第一神宫、无双砖雕、三教共和"的八大奇观赞不绝口。小岛距大孤山 15 公里，东西长 3.5 公里，南北宽 1.5 公里，由大小 14 个岛屿和半岛组成，岛礁林立、滩涂辽阔，海产品丰富，是闻名全国的渔场和水产人工养殖区。小岛美丽的风光令人赞叹，高 50 米的巨型银色风车遍布小岛，强劲的海风吹动着直径 39 米长的叶片，不停地旋转，与蓝天碧海相映，静中有动，自成风景。

小岛原是与陆地分离的，1958 年修筑的一道 720 米长的大海堤，成为小岛与陆地连接的纽带，1979 年国家在此建海洋红农场，沿岛筑起大堤 10 余公里，围滩开垦虾池养殖对虾，成为国内著名的对虾养殖基地。这里养殖的对虾个大、皮薄、味道鲜美、营养丰富，被称为"东方大虾"，很受国际市场欢迎，也让来此的游人饱了口福。

小岛著名万亩海滩是游客赶海的乐园，这里盛产白蚬子、黑蚬子、泥螺，为赶一潮水，游客准备了口袋，亲身体验了一下赶海的快乐。

小岛南侧的前阳海滩是一处天然的海水浴场，海域宽阔、海底平缓、海水清澈，是旅游和度假的好去处。

小岛靠山面海，可谓出门即入海，靠岸即归家，这也成为小岛的一大特色。

小岛滩涂上的稻田算是另一大特色。由于海滩含盐量高，水稻植株矮小，米粒比正常水稻小三分之一，但米质、口感特别好，形成别具风味的稻米品种，岛上居民都食用这种稻米，游客、岛外人也慕名前来购买，小岛有着诸多的特色……

我祖母的娘家就住在小岛上，此次我来小岛住了4日，有幸相识相见了祖母哥哥家的后人，难得一聚，难得一收获。我少年时的家，距小岛有10多里路的栗子房镇下川村东果林屯，是大孤山风景区的接合部，村民原来住的是泥巴抹墙的芦苇稻草房，不足30户人家的贫穷山村。改革开放，突出生态推进新农村建设，改善农民生产生活环境，旧貌换新颜。如今家家户户都住上了窗明几净的砖瓦房，安上了有线电视，打了机井，屯里修了水泥路。昔日屯西杂草丛生的"陈年水泡"，今年6月由镇政府投资245.5万元，建起面积1.2平方公里的小型蓄水工程，蓄水量8万立方米，可灌溉水田700亩，成为屯中的"湿地"。屯中山坡上果林成片，果香飘逸。10月9日，我走进屯里，碰见小学同学隋全文，他指着屯西面一片压弯了枝头、硕果累累的梨树园，怀着丰收的喜悦心情告诉我，今年他经营的3亩多桃树、梨树园，就收入了近2万元。屯里饲养业、种植业有条不紊地发展。除此之外，村民有的到海边搞对虾养殖，还有的到外地搞建筑，常年外出打工的有几十人……这里是川上花果山，川下米粮川，山更绿，水更清，景色秀美，多业俱兴，丰衣足食，村民过上了殷实富足的生活。

我故乡的崭新风貌成了大鹿岛外围一道绚丽的风景线。

我路过的一村一景，村村皆美。

大鹿岛周边美景有魅力。湛蓝的天，这里终年空气质量是一级的，来到这里住上几日，远离都市里污染的空气、喧闹的噪声，在阳光、空气、山川、大海氛围里分享，在自然、环保、恬静、幽静的环境中互动，这可是绿色休闲的好去处。愿大鹿岛更有魅力，大鹿岛周边变得更美，我的家乡变得更快！

（作者：谢吉恒，原载于《中华大地之歌获奖作品选》）

情融乌梁素海

50 年前，我曾在内蒙古自治区巴彦淖尔市乌拉特前旗工作生活了一年多。1962 年夏天，我们这些应届毕业生来到乌梁素海岸边的北圪堵农场参加麦收劳动。那年秋天，我被分配到北圪堵中心学区成了一名人民教师。时过多年，我仍然对乌梁素海情有独钟，多次萌生故地重游的冲动，再去看看那熟悉的山水鸟鱼。2012 年，冲动终于变成了现实。

乌梁素海的蒙古语意为杨树湖。在内蒙古，有水的地方都被称为"海"。所以，乌拉特前旗的这个内陆湖就被称为乌梁素海。它地处河套平原的东南端，呈半月形，南北长 35~40 公里，东西宽 5~10 公里，面积为 293 平方公里。乌梁素海是一个年轻的湖泊，它的形成可追溯到 1850 年。这里堪称"鸟的世界、鱼的乐园"，也是天鹅的故乡。乌梁素海以西是河套平原，向东、向北则是优质天然牧场，紧邻的阴山山脉蕴藏着丰富的矿产，所以有"塞外明珠""塞上江南"的美称。

这次故地重游，我来到了乌梁素海渔场所在地。这里的渔业分湖区自然生殖和人工池养殖两部分，主要鱼种有黄河鲤鱼、鲫鱼、鲢鱼、鲶鱼、螃蟹等，年产鱼、蟹 125 万千克。我们乘渔船缓行，身临其境观赏着这"北国水乡"。渔船开始驶入窄长的水道，两边是成片的茂密芦苇丛，不由得让我想起了电影《洪湖赤卫队》。几分钟后，船进入了宽广的湖面。眼前碧波荡漾，碧绿、透明的湖水像一双有感情的眼睛，闪动着明亮的光波。阳光照在波光粼粼的湖面上，湖面好像铺上了一层闪闪发光的碎银，又好像被揉皱了的绣缎。仰望天空，朵朵白云悠然地移动，让人遐想联翩。当我们还沉迷于遐想中时，周边的野鸭和鸟受到了惊扰，纷纷飞了起来。一时间，百鸟嬉戏，此起彼落；百鸟齐鸣，热闹非凡。这么近距离地欣赏野鸭、白鹤、海鸥，感受到动物与人的亲密接触，让我们这些游人都喜出望外……

据资料记载，乌梁素海有一个美丽的传说：很久以前，南方年年天灾不断，而黄河上游的河套地区则五谷丰登、六畜兴旺。相传，这是因为流经河套一带的黄河水中暗潜着一匹金马驹，让河套人能够得到天公的偏爱。于是，有人想将金马驹牵回南方，投入长江之中。可是，他们刚刚来到河套，金马驹就跃出黄河水面，拉着一根长长的缰绳而去，最后卧在乌拉特前旗的戈壁滩上。来人紧追不舍，金马驹又跃身而起，拉着长长的缰绳重新潜入黄河之中。在金马驹缰绳拉过的地方，地裂土移，出现了一条长长的深沟，就是今天的乌拉河和乌加河；在金马驹之前卧着的戈壁滩，出现了一个深深的大坑，就是今天的乌梁素海。金马驹第二次飞奔时，缰绳拉出了乌梁素海通向黄河的水路，使干旱的乌拉特草原两头通黄河，才有了乌梁素海这样的渔村水乡。

在当地人的记忆里，乌梁素海有着众多的功能：它是涵养水源的生态链，没有它改善周边地区的气候、增加大气降水、维护生态平衡，乌拉特草原就会加速荒漠化，形成新的沙尘暴发源地；它是防凌补水的"调解库"，它的调蓄功能可以为黄河内蒙古段开河时期进行分洪减灾，以缓解防凌压力，同时在黄河枯水期将湖中蓄水补给黄河水流，缓解用水紧张；它是保护黄河的"净化器"，可将湖区上游的生活用水、工业废水和高矿化度的农田排水经过生物净化后排入黄河，起到净化水体、改善水质的作用；它是排水、泄洪的"承泄器"，作为河套灌区水利工程的重要部分，乌梁素海接纳农田90%以上的排水和周边大山的山洪水，经缓冲消能后再泄入黄河，使城镇、农田、包兰铁路、京藏高速公路等避免遭受洪水直接侵袭；它是保障民生的"聚宝盆"，年产10万吨芦苇，是内蒙古自治区最大的造纸原料基地、第二大渔场，还是景色秀丽的旅游风景区。

经过40多分钟的乘风破浪，我来到了乌梁素海的南天门景区。由于水量充足，南天门被湖水淹没了一大截。我们拾级而上，站在木桥上环视四周，乌梁素海尽收眼底。湖面的游船、渔船、野鸭，一切都让人觉得心旷神怡。

不过，乌梁素海景致虽美，却也有些许的遗憾。在渔船行驶的过程中，我闻到了刺鼻的异味。原来，受人类生产、生活和气候变化等诸多因素影响，乌梁素海的水体受到严重污染，海水标准由接近三类变成劣五类，鱼类、鸟类资源明显减少，水生植物迅速蔓延，生态功能逐年退化，一个具有生物多样化的重要湿地面临萎缩和消失的威胁。同时，乌梁素海富营养化的危害也越来越严重，大量工业、城镇污水和农田退水被排入乌梁素海，湖水流动性差，湖泊的自净功能减弱，使湖泊水质发生了很大变化，出现了大面积的黄苔。

值得高兴的是，乌梁素海的污染问题已经引起了国家领导人的高度重视，其综合治理工作也被列入"十二五"专项规划中。相信不久的将来，这颗山明水秀的"塞外明珠"会再次焕发出它的夺目光彩。

（作者：谢吉恒、温莹、王来凤，原载于《中国冶金报》副刊）

梦幻茶卡盐湖

美丽的茶卡盐湖，水映天，天接地，人在湖中走，宛如画中游，仿佛到达梦幻的"天空之境"。

——作者题记

9月22日清晨，采风团从黑马河出发，经过一小时的车程，早上8点来到令人心驰神往的古丝路的重要站点，历史上商家游客进疆入藏必经之地——茶卡盐湖景区。一路上，导游刘顺菊为使观赏茶卡盐湖"天空之境"取得圆满效果，给大家做了知识铺垫。她从茶卡盐湖的地理、历史、景色、特色等诸方面作了介绍，我边听边陶醉在车窗外的景色中。

茶卡盐湖位于青海省海西蒙古族藏族自治州乌兰县茶卡镇，109、315国道交会处，茶卡盆地西部，夹在祁连山支脉颜同布山和昆仑山支脉尕秀山之间，被誉为柴达木的东大门。"茶卡"是藏语，意即盐池的意思，也是青盐的海。"达布逊淖尔"是蒙古语，也是盐湖之意。

茶卡盐湖历史有看点

茶卡盐湖是柴达木盆地有名的固液并存的天然卤水湖，氯化钠的浓度高达95%，湖面宽阔，平静如镜，有人称其与南美的玻利维亚乌尤尼盐沼一样梦幻美丽，堪称中国的"天空之境"，使其在旅游者心目中的知名度陡增。

茶卡盐湖是柴达木盆地四大盐湖中面积最小且开发最早的一个，开采历史悠久，已有 3000 多年。最早可推算到秦汉时期，《西宁府新志》上有这样的记载："在县治西，五百余里，青海西南……周围有二百数十里，盐系天成，取之不尽。蒙古用铁勺捞取，贩玉市口贸易，郡民赖之。"清乾隆二十八年（1763 年）已定有盐律，就开采这里的食盐，迄今已有 240 多年的历史。新中国成立前，马步芳政权在这里设有盐场，每年生产近千吨原盐。新中国成立后，初步实现采盐机械化，建有茶卡盐场，已探明储量近 4.4 亿吨，足够全国人民食用 70 年，已开发出加碘盐、洗涤盐、再生盐、粉干盐等 10 多个品种，畅销海内外。

茶卡盐湖是柴达木盆地有名的天然结晶湖，因其盐晶中含有矿物质，盐晶呈青黑色，故称"青盐"，久负盛名。

茶卡盐湖的景色大美

进入茶卡镇，映入眼帘的湖越来越近，风景越来越美，才看清它是镶嵌在雪山草地间的草原湖泊。看那湖光山色旖旎，银波粼粼，天空湛蓝，白云悠悠，远处山峰雄伟壮阔，四周牧草如茵，羊群似珍珠洒落，雪山映入湖中，如诗如画。看湖面上，时而碧波荡漾，时而茫茫苍苍，一片洁白，容秀丽壮美于一体，它就是在青藏高原众多盐湖中独具特色，可与青海湖、塔尔寺、孟达天池齐名，被称作"青海四大景"的茶卡盐湖。

茶卡盐湖湖面海拔 3100 米、东西长 15.8 公里、南北宽 9.2 公里，总面积 105 平方公里，它被国家旅游地理杂志评为"人生必去的 55 个地方"之一。

茶卡盐湖东距西宁 298 公里、西距州府德令哈 200 公里，它自 1980 年开发盐业旅游以来，吸引了众多国内外游客，现已成为工业游兼生态游的国家 4A 级旅游景区。

茶卡盐湖的特色魅力

游客说，茶卡盐湖绽放的独特魅力源于自然、原生态。茶卡盐湖是全方位、多角度的，绽放出特色魅力来吸引游客：云朵和山川等倒映在洁白盐湖中的美景，好似天空之境；自然洁净的盐花和各种造型，还有盐雕等；盐湖景观万千，采盐风光、盐湖日出、星空奇观等，构成一幅幅绚丽盐湖小火车的画卷，展现出它的特色魅力。

旅游专家把茶卡盐湖观光工业游+生态游精辟概括为四看：一看茶卡湖的星空之旅，苍穹之光；二看茶卡湖的沧桑之旅，百年铁轨；三看茶卡湖的浪漫之旅，真爱如盐；四看茶卡湖的自然之旅，天空之境。

许多游客出于对"天空之境"的好奇，慕名而来。我一直听说茶卡盐湖如一面"天空之境"，可以完整地倒映出人的影子，是国内非常有特色的景点，此次采风，我亲眼所见，果然名不虚传。缘何会出现此种景象呢？茶卡盐湖景区一位管理人员介绍说，"由于湖面结晶盐层上高浓度卤水放射，在蓝天、白云和远山的映衬下，天水一体，形成一幅银波粼粼的镜面效果"，被誉为中国的"天空之境"。这位景区管理人员提示我采风时从六个方面入手，参观、体验、感受"天空之境"的绝美风光。

一是拍摄梦幻大片。茶卡盐湖完全承担起"天空之境"的美誉，当你站在湖中时，闪动在眼前亮晶晶的不是冰，而是一望无际的白色盐的世界，顿时会感受到世外桃源的纯净和美丽；顿生饱览盐湖美景，放松心情，多方尽情拍照的念头。到茶卡盐湖拍照最美的镜头就是倒影，最佳拍照时间在上午十时前、下午四时以后。拍照时脚一定要站稳不要动，等待盐湖波纹消失了再拍照，倒影效果会更清晰。如果穿着一身鲜艳的衣服，倒影的效果会更美。风和日丽傍晚时分，拍出来的照片分外好看，分辨不出哪一个是真人，哪一个是倒影，会拍出令自己满意的梦幻大片。

二是零距离接触盐。整个茶卡盐湖像一片白色的海洋，这里的盐非常纯净，没有丝毫污染，人们只要揭开十几厘米厚的盐盖子，就可以轻易从下面捞取天然的结晶盐，盐层厚 1.2～9.6 米，最厚 15 米，并且这里的盐取之不尽，用之不竭。这里的盐坨似雪山耸立，展示出柴达木的特有风光和博大富有。近处有挖盐船在挖盐，湖面上大型采盐船游弋作业，可以观赏到采盐喷水吞珠的壮丽场景。在这儿可欣赏盐湖日出和晚霞的精彩画面；透过清盈的湖水可以观赏到形状各异、正在生长的朵朵盐花；你还可以乘小火车来往深入湖中观光。漫步湖边，这里简直就是一个盐的世界，车上、地上，甚至空气里都有醇香的盐味。行走在这里，总感觉这里美得不那么真实，仿佛真的走在童话中的梦幻世界，让人不想离开。

三是徒步行进盐湖。茶卡盐湖最具吸引力的地方就是那条通往湖心的铁轨，埋在粗粗的盐粒里。空旷的盐湖，笔直的两条铁轨，东倒西歪的电线杆，顺着这条铁轨走到盐湖的中央，这里的游人非常少，可以尽情拍照，享受寂静的美。这里的湖面没有一点波纹，蔚蓝色的天空与湖面交相辉映，朵朵白云在天空飘荡，这个地方是让你放飞心情、忘掉一切烦恼的不二选择。

四是坐小火车赏景。小火车可以把你带到盐湖的最深处，既温馨浪漫，又带给你许多新奇的体验。坐着小火车深入湖心，避开大量人流，沿途可以欣赏湛蓝透彻的天空，洁白无瑕的盐湖，小火车成为游客拍照留念的道具。在这里与时光天空对坐，对明澈、宁静的天空之境产生无限憧憬。这样亦真亦幻的风景与这样一列小火车，使人感觉走进梦的最深处。

五是观赏湖畔盐雕。听说过冰雕、沙雕、泥雕、木雕、石雕等，还是第一次听到盐雕，盐雕是一种新的雕塑艺术，它的魅力在于以纯自然的原盐和卤水为原料，经过创新和独特的艺术手法展现迷人的艺术奇观，盐雕的寿命要比沙雕长。这里有世界最大的盐雕群屹立在空旷的天地中，有"丝绸之路""青盐精神""笑解千愁""成吉思汗""西王母""万马奔腾""茶卡之歌"等盐雕作品，其中最大的盐雕作品"成吉思汗"长 50 米、宽 30 米、高 8 米，耗盐 4800 吨。盐雕作品任凭风吹日晒，让人觉得不可思议，那么的震撼，每一座盐雕都恢弘大气，给人一种很强的视觉冲击力。这些盐雕作品经受岁月的洗礼，有的已经被风化，但并不影响盐雕那种大气磅礴、斑驳沧桑的美。这里每一座盐雕都诉说着一个不同的故事，有的是神话传说，有的是英雄事迹，每一座都演绎着不同的风情。

六是欣赏最美星空。这里拥有全国最美丽的星空，来到这里你一定会相信，原来世界上真有这么美的地方，这么璀璨的星河。夜色中的小火车美得那么不真实，在繁星照耀下仿佛驶向童话中的世界。此次来茶卡盐湖采风近3个小时，时间仓促，没看到绝美的星空，依然觉得不枉此行，期待下次再来。

茶卡盐湖的旅游品牌

茶卡盐湖文化旅游开发公司的一位负责人说，景区以"大美茶卡、壮美景致、天空之境""盐业遗风、千年历史、近代遗风""民族风情、多元文化、人文传说"三大板块为主题进行升级改造，在保持原有自然风光和20世纪五六十年代采盐老工业风貌的同时，将实现环境综合整治、基础设施和服务设施建设。2016年6月1日至9月16日经改造升级的茶卡盐湖景区，接待游客超过155万人次，比去年增长60%，8月8日单日游客量达最高峰，突破4.28万人次。

据了解，茶卡盐湖景区拟定2016年10月10日关闭升级进行二期项目改造。在茶卡盐湖停车场，我巧遇中冶集团负责西宁工程投标的一位朋友，聊天中得知，中国西部矿业集团与中冶有着良好的合作基础，在西宁特钢、铜业、铝业及钢结构等方面不断扩大合作范围并取得积极进展，现又前来探讨盐湖旅游工程合作的可能性。

茶卡盐湖二期项目建设的主要内容包括网络售票、盐湖邮轮营运、旅游商品开发、提升小火车和电瓶车营运效率、观景台建设、盐雕修复、景区文化建设等多方面，保证2017年以崭新的面貌迎接国内外游客，使茶卡盐湖景区"天空之境"成为全国旅游品牌和青海王牌景区，2020年力争打造成国家5A级景区。

茶卡盐湖之美，实在让人惊叹凝目，来到这里犹如走进温馨的梦里，走在盐湖之上，仿佛可以走到天地的尽头。

(作者：谢吉恒，原载于2016年10月长城网)

北极村找 "北"

　　北极村国家 5A 级景区。从 1997 年开辟 "北极村风景旅游区"，历经 17 个春秋开发，2014 年已成为全国最为诱人的旅游景区之一，与天涯海角共列全国旅游景点榜单前 10 名。许多旅游爱好者将此列为人生一定要去一次的地方。北极村旅游景区，缘何具有如此显赫名气和巨大魅力呢？我与许多人一样从小在地理书上认识了漠河这个名字，因其有着特殊的地理位置。近 10 年我曾多次去哈尔滨出差，没遇到合适机会去观赏它美丽风貌，到此一游。今年 7 月下旬，河北钢铁业一些文友商议组团到北极村采风，我愉快应约参加，了却梦寐以求的心愿。

　　机会给有准备的人。采风出发前，我阅读了出生于北极村的著名女作家迟子建的《北极村童话》一书，对北极村有了全貌了解。是缘分，巧遇此次跟团导游邹广成，他祖籍是唐山滦县，祖父是木匠，20 世纪 60 年代定居漠河。小邹出生于漠河，在漠河旅行社做导游 10 余年，对这里一草一木了如指掌。接连几天采风中，他对于我这个来自唐山的老乡十分热情亲切，对北极村旅游景区介绍格外周详，为满足我们深度游提供了极大帮助。

　　采风归来，我细心梳理归结北极村景区魅力的源头所在。一是北极村得益于拥有得天独厚的地缘和资源优势。享誉神州北极、神奇天象、神秘源头，闻名遐迩大森林、大冰雪、大界江，风光独特、空气清新、景色宜人等金字招牌。这些吸引游客来此找北、找冷、找奇、找纯、找美、找净、找自然。二是北极村随着旅游业开发，知名度、美誉度迅速飙升，释放诱人的魅力；人们消费理念转型，寻求和神往远离城市的喧嚣与烦恼，寻觅休闲、消暑、摄生、休假的需求。北极村景区凸现魅力效应，每年博得海内外几十万游客争相前来观光旅游。

魅力之一：风光秀美

高高的兴安岭，一片大森林。大兴安岭海拔 1100～1400 米，主峰黄岗梁海拔 2019 米，总面积为 8.46 万平方公里，它是森林的海洋、河流的故乡、动物的乐园、植物的王国，享有"千里兴安、千里画卷"的美称。它是地球上仅存两片肺叶之一。中国地图像引吭高歌的一只金鸡，北极村就是镶嵌在金鸡冠上的一颗翡翠。

北极村位于大兴安岭北麓七星山、元宝山脚下，依偎在黑龙江身旁，处于东经 122° 和北纬 53° 线上，雄居祖国最北端，它的东、西、南三面环绕连绵的青山，西邻滔滔奔流的黑龙江。中俄界河黑龙江是中国第三条大河，与长江、黄河并称为中国三大水系，它是世界十大河流之一。它是当今世界唯一未被污染的两国之间的大界河。中国境内黑龙江全长 3420 公里，流经面积 90 万平方公里，总境流量 2709 亿立方米。

据导游小邹介绍，北极村原名漠河村，隶属大兴安岭地区漠河市。漠河于 2018 年 6 月撤县设市（县级市），漠河市总面积 18367 平方公里。北极村 1860 年开始有人居住，面积 16 平方公里，村民 243 户，民居大部分为砖瓦结构平房，稍有一些"木刻楞"小木屋，人口 1865 人。临江小镇北极村，依山傍水，民风淳朴，静谧清新，乡土气息浓郁，植被和生态环境保存完好，森林覆盖率达 87%，负氧离子浓度高，有"醉人"天然大氧吧之说。烟波浩渺的黑龙江从此流过，江里盛产哲罗、细鳞、重唇、鳇鱼等珍贵冷水鱼，用江水炖江鱼，其味之鲜，其情之美，无与伦比。还可以用丝网挂鱼，江边垂钓，其乐无穷。

北极村四季风光优美。春季，斑斓鸟雀在绿林中飞翔，鸣啭令人惬意。夏季，绿草丛中奇花异葩，争妍斗艳，金色的野生罂粟花、粉色野玫瑰、火红的百合、白色珍珠梅，流香溢彩。深秋，霜染群山，树叶五彩缤纷、一片殷红、一片淡黄、一片翠绿，座座大山像天公用彩笔绘画一般，号称"五花山"。冬季，到处白雪皑皑，大森林像水晶宫一样，背上猎枪，坐着马爬犁，奔驰狩猎，别有一番情趣。在冰封的江面上凿开坚冰，用丝网从冰眼里拽出一条条鲜鱼，更增添北国的乐趣。

浩瀚的大兴安岭宛如一幅泼墨山水画，绝好的笔墨就取在美丽的北极村。北极村吸引无数来自国内外寻梦人。吸引采风团画家在这里寻找色彩，诗人在这里寻找灵感，摄影家在这里寻找光影……众多游人寻找开心、放飞心情，找回自己心中的"幸福"。

魅力之二：慕名找北

采风团成员来自钢铁业的书画家、作家、摄影家及旅游爱好者，慕名来北极村找"北"。"找着北了吗？"这是我国有名的一句俗语，意为做事明确方向。可见，"北"字在人们心中有极特殊的分量，找着了北就有了目标，就成功了一半。北极村景区流行一句广告宣传语"方向决定成败，找北非去不可"。去何处找呢？答案：到北极村。

北极村景区最大的特点就是突出一个"北"字，这里是祖国最北端的景区，游客到这里无一例外都是来找"北"的。北极村景点是以"最北"和找北有关命名的，完全是北的氛围，可以说这是一个做足"北"字文化，精心打造出来的旅游景区。这里有"最北一家""最北邮局""最北哨所""最北一店""最北气象站""最北医院""沙洲北字碑"等旅游景点。景区聚合各类"最北"，这里四周都是"北"。可以说，在北极村随意到什么地方都是中国最北。进入北极村，看到许多标志性建筑石碑、雕塑等，游客争先恐后在这里拍照留念。最令人注目的——北极洲，这是一处自然景观与人文景观融为一体的大型综合景点。导游小邹告诉大家，1958年北极村发生历史上最大一次洪水，水最深处达190多米，整个村子全被淹没在洪水中，给村民带来极大灾难。洪水过后，多处河流改道，沙洲就此形成。北极洲植物覆盖率达98%，环境幽雅，空气清新，让人心旷神怡。北极洲内建有北极广场、北斗七星桩、玄武广场、北极定位广场、森林浴场等多处景观。采风团选择若干重点景观观赏。

　　村北部、黑龙江南岸的神州北极碑。其碑身与底座均为不规则形状天然花岗岩略加雕琢而成，高2.8米，正面刻有"神州北极"四个大字，此石与号称天涯海角"南天一柱"齐名，并与之遥相呼应。字体苍劲有力，耐人寻味，听当地人讲由漠河市书法家马广甫题写。此碑成为北极村最靓丽的名片，是一个象征性标志，是中华北极的标志性建筑物。游客凡来此均会在石碑前摄影留念，以证北极之约。采风团成员与导游小邹在此合影留念。

　　游客参观村内"最北邮局"，来到营业厅购买纪念品和明信片。采风团成员购买了图书和明信片，写上祝福的话语，让工作人员盖上最北邮局的邮戳，给自己旅途增加一份特殊意义。

　　沙洲岛的北望垭口草坪上置放着很多巨石和现代雕塑。巨石上雕刻都是一个"北"字，字体都是从中国历代著名书法家的真迹中精选的。矗立一座金属艺术钢雕，它是一个小篆体的"北"字，是清代书法家邓石如书写的，设计者将它设计成立体的三角形，绝妙的是无论从哪个方向看，都是一个立体的"北"字。高大的"北"字塑像，标志中国的"北极点"。雕塑"金鸡之冠"，中国版图酷似一只雄鸡，北极村就是鸡冠的位置，故起名"金鸡之冠"，在金鸡模型下面用篆体书写"金鸡之冠"四个大字赫然醒目。广场地图上刻有最北点至全国各省会、直辖市、行政区的距离和纬度。

　　采风团王老师问导游："在北极村能找多少个'北'字呢？"导游说："景区内大大小小，字体各异的"北"字石雕有100多个。"找着，找着……众多游客兴奋地围着一块刻有"我找到北了!"的石碑前留影。

　　游客到北极村找到打造极致的"北"字文化，数不清的书法"北"、雕塑的"北"、极光的"北"、商家的"北"……形成了一种象征，一种坐标。采风团也为找"北"乐而不疲，真正体验收获了最"北"的内涵和底蕴。

魅力之三：追逐"极光"

　　游客到北极村来追逐"北极光"可谓是最重要的目标。北极村有三大自然奇景。一是白夜。我国坐落北半球，夏天昼长夜短，北极村在我国最北端，白昼极长、黑夜极短。夏至这一天，日照时间长达近 20 小时，日落之后晚上 11 点仍然很亮，人们在白夜里能看书写字、下棋打球。午夜所谓夜幕降临，此时晚霞与朝晕在上空交相辉映，景象异常绚丽，夜幕持续不足 2 小时天又放亮。北极村冬天漫长，夜长昼短，冬至前后白天只有 3 小时，当地人称之为"黑昼"，又叫作长夜城。到了中午天上的太阳就像夜晚都市街道暖色球型路灯。二是低气温。地质资料显示，漠河高纬度，地处多年连续冻土区，冻层最厚达 100 米以下，冻土融冻的地方最大融冻上界面为 20 厘米左右。冬季寒冷漫长，9 月份开始逐渐降雪，直到次年 5 月中旬解冻。冬季低温常达零下 40 度，历史极端最低气温达零下 52.3 摄氏度。夏天十分短暂，只有 7 月中旬到月末半个月，夜间平均气温 11 度。三是北极光。北极光虽是一年四季都出现，但在漠河唯有每年的夏至前后 9 天左右时间容易看到。因夏至前后漠河常出现万里晴空的天气，当极光与地面之间没有云层隔离时，人们就可以看到壮观至极的北极光。漠河是中国唯一能观测到北极光的最佳地方。

采风团深游北极村，悟出"旅游长见识，行走即读书"这副对联的真谛。游览中了解了"北极光"成因、颜色、形状及观测等相关科普知识。北极光是星球北极高磁纬地区上空一种绚丽多彩的发光现象，由来自地球磁层或太阳高能带电粒子流使高层大气分子或原子激发而产生。北极附近的阿拉斯加、加拿大及中国北极村是观赏北极光的最佳地点。极光是一种大自然的天文奇观，它没有固定的形态，颜色不尽相同，以绿、白、黄、蓝居多，也会出现艳丽的红紫色，曼妙多姿又神秘难测。形状可分为弧状、带状、幕状、放射状态等种类。

北极村最为吸引人的自然是北极光。北极光多在半夜时出现，一般夏季极昼现象后最适合等候极光。如果有人能在此时看见极光，想是一辈子都会念念不忘的幸运了。

夏至季节为最佳旅游季节，漠河市把夏至这一天定为"夏至节"，每年夏至这天，海内外成千上万游客欢聚在江边，举办篝火晚会，载歌载舞，通宵达旦，欢度难得的白昼，又盼望能观赏到神奇的北极光。

但北极光并非年年出现。据来自漠河市气象站统计数据，从 1957 年建站至 2004 年的 48 年中，只在 16 年中有 39 天测到了"北极光"。据当地老年人介绍，当地一些中老年人见过北极光，年轻人见过的并不多。其实看到北极光是可遇不可求，在北极村能见到北极光的概率是微乎其微的。采风团在夏至时节过后一个月后到来，没看到"白昼"现象，也没遇到北极光。但大家并不遗憾。

7 月下旬进入盛夏高温伏天，京津冀地区连续多日高温达 37 ~ 38 摄氏度，北极村夜间气温 20 摄氏度，睡觉不用开空调。北极村景区一位工作人员戏说"南拜观音北拜佛，避暑就来北极村"。采风团一行饱餐北极村的"凉爽味"。我发给朋友圈的微信写道："酷暑盛夏汗淋淋，爽风氧吧何处寻？一路向北再向北，直到边陲北极村！"一位唐山网友这样回复："真乃神仙般享受！"北极村一位导游点赞道："我非常喜欢你写的这几句话。"我在北极村景区采风，遇到几对来自河南的古稀之年老夫妇，身体硬朗，游过海南、广西、西北等多处知名景点，还列有去周边国家的旅游计划。为什么要这样做呢？他们高兴地用诗句回答道："日落西山人未老，抓紧时间到处跑。可别等到腿脚不行了，让人扶着走不了。"多有深意啊！道出退休老人的快乐心声。大家觉得北极村景区是值得前往的地方，不虚此行。

魅力之四：异国风光

到了北极村，游览黑龙江是最佳选择。黑龙江是中国、俄罗斯的界河，以江中心为界。采风团一行从北极村码头登艇游览黑龙江。江水晶莹，游艇沿江缓缓而下，游艇尾部挂着中国国旗，艇尾抛出长长的浪花。游艇慢慢行驶，让我们细细观赏两岸秀丽景色和异国风情。两岸的青山、绿水，村庄、哨所尽收眼底，水碧山青、蓝天白云、江风吹拂、惬意难得，给我们回归自然的感觉。隔江相望，对岸是俄罗斯阿穆尔州的伊格纳思依诺村。游艇行驶中，异国乡村景观展现在眼前：靠近江边的是围栏，民居依山靠林而建，街道上有人骑车。江边一条船不知是在装货还是在卸货，一些俄罗斯村民在上上下下忙着。导游小邹全程陪伴，他一路不停地介绍情况。据说，两岸人经常打招呼，懂几句俄语的人和懂几句汉语的人还会互相问好。俄罗斯的村庄规模并不大，边境线上村庄相隔几百公里，森林覆盖率很高，常有棕熊、野鹿、狍子、野兔，还有狼等动物出没原始森林。俄罗斯村民居多为土木结构，屋顶用麦秸覆盖，土墙围院，前院种植树木花草，后院架设畜圈，建有库房，挖有地窖。村民有良好卫生习惯，屋内很整洁。

　　游艇在国境线中方一侧行驶，近距离观赏俄罗斯村庄后，游艇掉头回开，速度加快。游览不到半小时驶回北极村码头。上岸后，采风团与游客在江边捡起河卵石。根据自己喜爱选择形状、颜色和大小不同的河卵石，带回家去做"纪念品"。

　　离开江边前，我与游艇司机聊天。一位游艇司机介绍，夏季北极村旅游升温，游艇生意红火。2011年北极村成立游艇协会，27户村民在当地海事部门进行安全培训，每户出资10万元购一批新游艇，现有13艘游艇，统一定价，提高服务质量，效益上升，每户年挣4万余元。许多家庭还办起家庭旅馆。北极村成立了家庭旅馆协会、马爬犁协会……加入协会中的村民成为这些协会的股东。村民依靠当地独特的生态环境和区位特点，在多重身份之间切换，许多村民成为环卫工、园林绿化工、防火队员等，实现增收致富，2017年全村人均收入超过2.6万元。北极村旅游生意蒸蒸日上……

魅力之五：奇中之奇

　　来过北极村观光旅游，无人不晓漠河市有一个非常值得一去的"奇中之奇"景观，全国城市中心唯一的原始森林公园，它就是松苑公园，距北极村70公里。它坐落于漠河市中心16区。1971年当时漠河县城初建时，城中心保留了一片原始森林，供游人观赏和净化城区大气。1983年建成为松苑公园。公园东西长282米、南北宽182米、面积51324平方米，森林覆盖率高达98%，园内林木蓄积量400立方米，主要树种大部分是樟子松，少量为落叶松。这片树林位于谷地缓坡处，和兴安杜鹃长在一起，也称杜鹃-落叶松林。

采风团一行走进松苑公园内，古树参天，高高低低、错落有致、各展风采。一般树龄在百年之上，有棵树王至今已有270多岁，园内被人称颂为挺拔俊秀的"美人松"，高傲潇洒、苍翠雄奇，那偌大的树冠犹如一顶天然大伞，遮阳蔽日，似人造凉亭。整座公园绿树成荫，园内修有林中小径和石桌、木椅，供游人在树下小憩、看书、娱乐、纳凉。采风团为眼前宛如一幅绝美风景画所震撼。画家张老师驻足观赏，瞬间拍下神美的镜头，灵感来了，他决意创作一幅风景画。

"松苑"不仅有诗情画意般美，还是一块"风水宝地"，演绎了风生水起的传奇故事。1987年5月6日，漠河发生一场震惊世界的特大森林火灾。这场大火燃烧了28天，整个县城的房屋树木完全被烧毁。有数据显示，这场大火过火面积1.7万平方公里，波及公园四周的建筑物，烧毁林地101万公顷，参加扑火军民5万人，牺牲了200余人，直接经济损失5亿元。奇迹般的是坐落在城中的松苑公园毫无受损。滚滚浓烟熏黑松枝树干，满园的林木却巍然屹立，依然苍郁。松苑公园奇迹般逃过火劫，实在令人称奇。又因漠河还有清真寺、茅厕、坟地等未烧，人们总结为"四不烧"。

松苑入口处立有"松苑记"民间传曰："松苑不烧，因吉祥之地，火魔不忍也；清真寺不烧，因真主威仪，火魔不敢也；茅厕不烧，因污秽之所，火魔不屑也；坟地不烧，因鬼魔同宗，火魔不犯也。"松苑乃华夏无双，称得奇中之奇。

采风团游览松苑，林在城中，天然生成原生态，感悟"松苑记"铭，重温大自然真情；采风团身临福地，从林间挑拣个头均匀的松篓，带回家中，用作栽培松树盆景及其他工艺品，尽享瑞气。

7月28日，采风团一行结束北极村采风。北极村，美丽的边陲，它给我们留下深刻的印象。如能在冬季再来看"千里冰封，万里雪飘"的景色，将是对自己能力的最大考验，作为梦想期待吧！

（作者：谢吉恒，原载于《中国冶金报》副刊、凤凰网）

夏游盘山散记

今年五月下旬，我有幸跟随"中华大地之星"采风团到天津盘山采风。让人意想不到的是，如今已 77 岁高龄的中华全国新闻工作者协会原国内部主任、高级记者阮观荣和已过古稀之年、我的文学老师——《中国冶金报》河北记者站站长、中国报告文学学会会员、中国散文学会会员、主任记者谢吉恒两位老师来到盘山脚下，准备和大家一起爬海拔 864.4 米的盘山。

（一）

夏日的骄阳，溽暑蒸人。考虑到两位老师年纪大，原计划让他俩儿坐索道缆车上去。我们这些年轻人抬头远望云雾缭绕的盘山，不由得倒吸了一口冷气，其中有几个人有点退缩了，尤其是我那个胖师弟体重有 200 多斤，脑袋摇得跟拨浪鼓似地连着说："我爬不上去，我爬不上去。"

我摸摸额上的汗珠，一边指着胖师弟，一边和两位老师说："我和胖师弟陪您二老坐索道缆车上去吧？"阮主任侧头问旁边的谢老师："老弟！咱俩爬上去有问题吗？"只见谢老师挺起腰板拍着胸脯说："没问题，咱们能爬上去。"阮老师哈哈一笑把手一挥对大家说："我早已做好心理准备了，是不是你们这些年轻人怕啦？"旁边导游一只手捂着嘴咯咯地笑，一只手向二老竖起了大拇指。

大家见二老这阵势，立刻激起勇气，个个摩拳擦掌地说："搞定了，从山门到万松寺这段不坐缆车了，爬上去！"众人似乎忘却了热浪的冲击，穿过售票大厅，踏着艳阳普照的石阶，向着山门走去。

记得我上高中时是第一次登盘山，至今屈指已有 20 多年了。那次登盘山给我的记忆很深刻，它那峰峦秀异、水石清奇、林木繁茂、波澜壮阔的气势美景，令我的胸怀无限宽广，使我内心的情感深处对盘山情有独钟，早想再次登上盘山。

盘山现为国家5A级景区。国家旅游景区分5个等级，5A级是最高级别，最低级别是1A级。要获得5A级，需要在旅游交通、游览、安全性、卫生条件、经营管理、自然资源和空气质量等多个方面满足质量许可。目前，全国只有175家旅游景点被评为国家5A级景区，盘山是其中之一。

盘山坐落于天津市蓟县城西北12公里处，如巨龙盘桓于京东津北，总面积106平方公里，以"京东第一山"驰名中外。曾与泰山、黄山、西湖等并列为中国十五大名胜之一，又以"东五台山"享誉佛界。

据记载，盘山始于汉，兴于唐，极盛于清，至清代已经发展到拥有72座寺庙、百余座玲珑宝塔的规模。在1800多年的发展历程中，历代帝王多有宸游，特别是清康熙、乾隆两位皇帝对盘山尤其青睐。康熙皇帝一生来盘山4次，留有御制诗碑和多处御题匾额。乾隆皇帝一生来盘山32次，留有1702首吟咏盘山的诗作，其中有"早知有盘山，何必下江南"的诗句，现在这诗句已经成为盘山的广告语了，众人皆知。

（二）

盘山自上而下，按地势区域分之为三段。晾甲石一带称下盘，古中盘一带称中盘，云罩寺一带称上盘。上盘之胜以松，中盘之胜以石，下盘之胜以水。从盘山正门自下而上，按景区划分，分为入胜游览区、天成寺游览区、万松寺游览区，导游今天带我们主要游览以上三个景区。

我们随着导游的脚步，来到入胜游览区。

山门后为"三盘暮雨"经典景观，经改造，重新对松、石、水进行了配置，增加了冷水雾化系统，营造了云雾缭绕、人间仙境的效果。

"三盘暮雨"北侧为"入胜"石刻，雕镂涂丹，笔法遒劲有力，为仲华即清北洋总督荣禄所题。"入胜"摩崖以北，路旁崖壁有"四正门径""鸣驹入谷"和国务院原总理朱镕基题"盘山"等诸多摩崖石刻。

我们爬山行进在入胜游览区的林木中，郁郁葱葱，遮阴蔽日，拱起的枝叶，形成了一把把天然的绿伞，行走其间便感觉有了点凉意和快感。回头看延伸至山下的石级小径，宛若临风飘逸的丝带，在山空中曼舞缓行。炽热的阳光，透过郁郁葱葱的叶片，投射在我们的身上；起伏的身影，犹如霓虹灯下的梦幻舞步……放纵心情，徒步登高，其乐融融！

夏日登盘山，拾级攀爬，感受大自然，呼吸新鲜空气，是最为惬意的享受。

过了一个不缓不急的弯道，在一株百年古松树前的一座石桥旁，大家择势而坐，小歇一会儿。导游给大家讲起曾经发生在这里的一个乾隆对句的故事。

有一年，乾隆陪伴着母亲到承德避暑山庄时遇见了一件尴尬的事。

他们发现在离宫的大门外有人贴上了一副这样的对联：避暑山庄真避暑，百姓皆在热河中。

乾隆看到这副对联，心中十分不快，跟大臣们一商量，不如改道到蓟州盘山去避暑吧。于是，皇上、大臣等一行人马，转道去往盘山。

第二天来到盘山，首先到大石桥。乾隆刚要上桥，发现大臣都在桥下不敢上去，就说："众爱卿，这里是盘山，又不是热河，你们害怕什么？大家上桥对句吧！"

大臣们这才敢上桥，但是又怕皇上仍然以承德的对联对句，谁也不敢说话，都低了头站着。

乾隆为了缓解气氛，就率先说出了上句："八方桥，桥八方，站在八方桥上观八方，八方八方八八方。"

乾隆一口气说出了8个"八"。大臣们都低下头想下句，谁也不敢乱说，唯有主编《四库全书》的文华殿大学士纪晓岚抬头微笑。

乾隆就对他说："看来，纪爱卿已经胸有成竹，你说吧！"

纪晓岚听到乾隆的话，一撩袍子跪在了乾隆的面前，"万岁爷，爷万岁，跪在万岁爷前呼万岁，万岁万岁万万岁。"

一口气是8个"万"字。乾隆一听，龙颜大悦。于是要来了笔墨，为大石桥题诗一首。之后，君臣前往天成寺，气氛一下子就缓解下来。

刘墉看见皇上的脸色好了，急忙凑上前来。

"万岁爷今天上山好有一比。"

"比作何来？"乾隆问。

"乾隆爷上盘山，一步更比一步高"，刘墉说。

"那么，我一会儿下山的时候就会一步比一步低了？"

"那就不是这样了。"

"那你怎么说？"

"乾隆爷下盘山，后背（辈）更比前胸（雄）高。"

"好！好！后背高是说将来子孙兴旺、国家更加昌盛了？"乾隆高兴地问。

"就是这个意思！"刘墉见皇上高兴，便也高兴起来。

阮老和谢老师听完这个故事哈哈大笑，直夸导游讲得好，大家听完这个故事更加兴致勃勃，也休息得差不多了，继续登山。

众人一路笑语一路欢，时而穿越幽林而过，时而缘壁而行，在一片嬉闹声中，便来到了矗立于山间的卧云楼。站在楼上，凭栏远眺，左边青山黛绿，层峦起伏；右边层层石阶，阡陌交织，水光倒影，波粼暗动，炫人眼目；碧水、蓝天交互辉映，田畴如画。

导游看大家兴致很高，又讲了一个发生在这"卧云楼"乾隆对句的故事。

那次乾隆游盘山又提起了百姓这个话题，那时的皇上也确实处于封闭的状态，根本就看不见老百姓，更别提听老百姓诉说疾苦了。所以，后来乾隆皇帝就采取了微服私访的做法，一来自己离开紫禁城去散散心，二来可以了解一些百姓的事情。

刘墉见皇上想看百姓是什么样子，就出了一个主意："不如我们把宫廷的戏班子叫到盘山的天成寺来演戏，回头在山下贴上告示，请百姓来看戏。这样，百姓来了，皇上就可以看见百姓是什么样子了！"

乾隆同意了刘墉的意见，立即派人到北京去叫戏班子到盘山演戏。与此同时，也在盘山下各村贴上了告示，请百姓到天成寺看戏。

戏台设在天成寺对面新修建的"八角戏楼"上。本来，乾隆坐在了这"卧云楼"的一楼，但被一个大臣请到了楼上。谁知，乾隆到楼上，就发现了一个纰漏。原来，大臣们只顾忙着让皇上看见老百姓了，没发现新修的戏楼上缺少楹联。清朝的时候有个规矩，在演戏的时候，戏台的两边明柱必须有一副对联，不贴对联是不准看戏的。

刘墉见此情景，眼球一转，来了主意。

他说："万岁爷，戏楼不是忘记了贴对联，是等着万岁爷您赐字呢！"

乾隆说："此言差矣！这些区区小事，难道还用朕亲自动手不成？"

一旁的纪晓岚看看刘墉，心想，这回你是拍马屁没拍好，拍在了马蹄上，还是我来给你解围吧！

就对乾隆说："万岁，微臣做一个对句如何？"

"好！纪晓岚说一个！"乾隆应道。

"按律吕点破炎凉世态，借衣冠描尽古今人情。"

乾隆一听，感到这副对联不错，但是过于深奥，怕老百姓看不懂。

这时，乾隆的大舅哥傅恒上前说："不如我再对一句。"

"看我非我我看我我也非我，装谁像谁谁装谁谁就像谁。"

乾隆一听，感到虽然不深，但有点像绕口令，不太像对联了，就又摇摇头。

这时，已经想好的刘墉终于做了一副对联："三五人可作千军万马，六七步如行四海九州。"

乾隆听了，十分高兴："好！这副对联简明扼要，还说明了问题，是一副好对联！老百姓一定能够看懂，只是不知横批想好了没有？"

刘墉说："当然已经想好了，横批是：'全是假的'。"

乾隆和众大臣们听了刘墉的横批，哈哈大笑起来。

我们听完这个故事，仿佛也回到了乾隆时期，置身到那个乾隆和大臣们对句的场景，也跟着哈哈大笑了起来。

（三）

山高路陡，个个精神抖擞，踏着艳阳洒下的满地光华，拾级缓缓而行。盘山弯曲的石阶道，伸向蜿蜒起伏的山上来回匍匐；时而坡陡路窄，时而峰回路转，时而急陡直下，禁不住有点惊心动魄的感觉，两位老师爬起山来一点不比年轻人差，有一股不服输的劲头。穿过沟壑横切的石梯时，众人更是小心翼翼，屏住呼吸，扶石攀藤，手脚并用，一路上，年轻人替老师拿东西，危险地段搀扶老师。终于到了天成寺附近，沿着石阶绕过弯道上去更是一番新天地，浑然天成，仙峰秀色，神秘诱人……边走边望，不觉已经来到了天成寺。

天成寺游览区南接入胜游览区，北至宿云亭，古人称"法界天成"。主要景点有江山一览阁、三圣殿、大雄宝殿、古佛舍利塔、银杏、香柏、御制碑、善蛇洞、梅仙洞、宿云亭，以及水景飞帛涧、涓涓泉、滚雪瀑布、如池、云楼梨影等，是使游人渐入佳境的游览区。

江山一览阁位于寺首，两层五楹，上悬清乾隆皇帝御题"江山一览"匾。三圣殿供奉西方三圣佛，大雄宝殿供奉释迦牟尼和十八罗汉，古佛舍利塔内藏神龙舍利三万颗。银杏两株，挺拔凌空，香柏傍塔，参天蔽日，皆数百年物。

"游盘山记"御制碑为乾隆皇帝撰文，梁诗正手书。银杏、香柏、御制碑，合称"天成寺三宝"。

卧云楼砖木结构，两层三楹，四周回廊，歇山卷棚青瓦屋顶，苏式金线大点金彩绘，雕梁画栋，飞甍翼然。古戏楼隔涧与卧云楼相对，旧为乾隆皇帝观戏之处。每当雨过初晴，远见烟绕霞映，若隐若现，如在云雾之中；近观涧水潺湲，影映古戏台，池中荷花带雨，红艳欲滴，故有"云楼梨影"之称。

宿云亭为六角单层，清莹剔透，四望群峰连绵，漫无涯际。沿亭西环形险路可见"包森洞""洪涛洞""可怜松""试胆台""一线天"等景观。

停停走走，眼随景动，景由心生。踏着绿荫拂过翠叶，穿行在幽静的丛林和山谷中。据导游介绍，自南宋到明清期间，不少文人墨客纷至沓来，在山上结庐倡学，纵酒豪饮，吟诗颂歌，浸润了盘山的种种奇趣和神韵，滋养着此处独到的人文和风骨。

抬头透过树叶缝隙看到石壁上"东五台山"四个红色大字，走近一看为中国佛教协会主席赵朴初所题。

（四）

从宿云亭来到了万松寺游览区。

万松寺位于山的中盘与上盘之间，庙宇的红墙黄瓦掩映在千百棵苍劲的松树之中，气概非凡。

万松寺是盘山最大的寺院，也是游人必到的寺院。提起万松寺就一定会说到欢喜岭上的万松林，导游向大家绘声绘色地讲解关于万松林来历的故事。

万松寺游览区南起宿云亭，北至舞剑台，主要景点有神牛福地、万松圣境牌坊、塔林、万松寺、"逍遥游"和"名山古寺"摩崖、太平禅师塔、普照禅师塔、凤翘松、龙腾松、雄鹰松、骆驼石等。因其建筑雄伟，自然景观开朗壮阔，是引导游人进入旅游高潮的游览区。

石牌坊为花岗岩建筑，妙致精巧。神牛福地位于欢喜岭上，乃传说中的护寺神牛活动圣地。塔林位于万松寺南，或三五一处，或十数成林，共有历代石塔99座。塔身或方或圆，或六角八角，或金钟倒置；塔座或须弥，或莲花；塔顶相轮或花瓣，或圆形，多姿多彩，错落有致。不二门逶迤相连，骆驼石御制石刻、仙人桥、"京东第一山"碑刻点缀其间。

万松寺位于舞剑台之下，寺内有弥勒殿、钟鼓楼、大雄宝殿、藏经楼、龙王庙，重修李靖庵碑、千佛殿等。弥勒殿供奉弥勒佛祖，殿后两侧分设钟鼓楼。大雄宝殿供奉西方三圣佛，两厢浮雕"二十四诸天像"。藏经阁双层五楹，为藏经之处。龙王庙安神位以求龙神降福免灾。大雄宝殿东为放生池，半月形，泉自岩壁而落，汇入碧潭，为信士放生之处，石制花架藤萝缠绕衬景夺目。千佛殿供奉释迦牟尼佛、倒座千手千眼观音和十八罗汉像，殿前有"重修李靖庵记"碑。

寺后舞剑台，块石而成，峭壁凌空，青削到地，为唐代魏国公李靖舞剑之处。天风阵阵，碧空万里，北望大漠莽苍，东观辽海溟蒙，难禁英雄同辄之想。

（五）

过了万松寺，就是挂月峰游览区。

大家选择乘坐云松客运索道，直奔南天门。

云松客运索道下起万松寺，上至南天门，索道全长 1623 米，高差 291 米，吊舱 80 组，每舱可乘 2 人。

索道人称"云栈"。游人有诗赞曰："百折丹梯上紫霄，月宫深处彩云飘。笙歌一曲霓裳舞，体态翩翩分外娇。"大家两人一伙，小心翼翼地上了云松索道缆车，直奔挂月峰游览区。

从缆车向下环视四周，只见杂树环生，树叶藤蔓，幽草凄迷，野鸟欢鸣。沿着幽曲的小径，左弯右拐，上坡下壑，穿行在枝繁叶茂的丛林绿荫之中，游目骋怀，高壁峭立，俊秀挺拔，摩崖石刻镌题其间，那一瞬间，一种追求自然美的欲望顿时涌上心头。在这里，我远离尘世的喧嚣，独处一隅，寻回心境的安宁，尽情地享受一份静谧之美。和我同坐一舱的谢老师微笑着对我说："文芳，看了如此美景，你可要写一篇游记哦！我看题目就叫《夏游盘山》，写好拿给我看啊！"

20 多分钟的空中索道运行后到了南天门，接近挂月峰了。

登上挂月峰，极目远眺，群峰簪笏，盘节缠虬，气势恢宏。你看，在眼前呈现的，千山万壑之巅，挂月峰、定光佛舍利塔如东海龙王的定海神针，又如玉皇照天灯，巍峨耸立，直插云霄。仰观峰巅，挂月峰与蓝天相互掩映，傲然挺立，云丝散落其间。

俯视深渊，云蒸雾涌，怪石嶙峋，嵯峨险峻；目光转处，幽深迷人，惊涛拍岸，令人咂舌。

那么，这是谁的丹青妙笔，勾勒出一幅如此气势磅礴、五彩斑斓之图？在这里，我便忍不住怦然心动，再一次放任飞扬的思绪，那种无声的召唤，瞬间穿越了时空，移神动性，唤醒体内沉睡的灵魂……啊！我心中的盘山！

（作者：张文芳、川石，原载于《时代风采》）

天河山情缘

2017 年，"十一"国庆节前夕，由艺术家、作家、诗人和媒体记者组成的采风团，来到河北省邢台市天河山采风。天河山生态、人文的独特景观，让人们对这座"爱情山"留下美好、难忘的印象。

"爱情山"的情缘

天河山缘何叫"爱情山"呢？带着这个疑问，我们来到天河山。"大家都熟悉'牛郎织女'的传说故事，但大家可能不太清楚，这个传说故事的原生地在哪儿吧。"邢台旅游局相关负责人风趣地向采风团的团员们介绍说，"远在天边，近在眼前，就是咱们邢台。"邢台是仰韶文化、尧山文化发源地之一，有"燕赵名城"的美誉。同时，邢台山水风光独具特色。距邢台市西部 65 公里的天河山，位于太行山脉中段，因其状如天河，故此得名。天河山主峰天河梁海拔 1780 米。以天河山为中心，方圆 20 平方公里的冀晋交界地区，"牛郎织女"的故事在当地老百姓中世代相传，天河山也就有了"中国爱情山"之称。2006 年 7 月份，中国民间文艺家协会授予邢台市"中国七夕文化之乡""中国七夕文化研究基地"称号；2008 年，天河山被河北省文化厅评为"河北省首批文化产业示范基地"。

情缘就是美

采风团有人问道："如何概括你们到天河山后的第一感受？""美！"大家齐声回答。生态自然美。森林覆盖率高达90%以上的天河山，承袭了太行山脉山清水秀、植被丰茂的靓丽景色，集"雄、奇、险、秀、幽"于一山。这里既有北国风光的雄伟，又有江南水韵的俏丽。说它山奇，这里奇峰秀岭连绵不断。漫山遍野的原始次生林，让天河山从山脚绿到山顶。山中一道瀑布连着一道瀑布、一泓碧潭接着一泓碧潭、一沟浪花叠着一沟浪花，谷深峡幽，岩瀑飞雪，泉鸣如筝，数不清的水韵奇观，让这里四季水流不断。登上天河山顶，一脚踏两省，冀晋美景尽收眼底：东望太行山深处，危峰林立，层峦叠嶂，云山雾海变幻无穷；西望山西平原，沃野无际，林茂草丰，牛羊遍地。这一切，让人明白了为什么"牛郎织女"的传说会在这里产生。

文化底蕴美。据介绍，早在新石器时代，天河山地区就有人类活动。相传，春秋时期，孔子曾游学至此，"夫子岩"由此得名。抗日战争时期，这里是八路军的重要根据地之一。至今，129师医院、冀南银行（中国人民银行前身）等革命遗址保存完好。说到与"牛郎织女"传说相关的大量文化遗存，更是多不胜数。因为有"爱情山"的美名，天河山的"情侣漂流"等野外活动项目吸引了众多户外运动爱好者参与。跳动的轻舟、开心的笑声，在青山绿水间荡漾起一曲曲情爱之歌。在天河山七夕广场，笔者与来自邢台一家民营钢厂的几位游客相遇。笔者问他们游山的感受，他们争着说："天河山的青山绿水与美丽传说是绝配，天上人间情缘亲！"我还碰到来自周边铁矿的一对情侣，问他们："你们是头一回来这里吗？"他们回答说："今年我们已经来了3回了，去年七夕节我们就是在这里举行的婚礼。"

中华传统文化的魅力

"没有文化的景区是没有生命力的。'爱情山'的灵魂就是中华民族传统的爱情文化。"天河山景区董事长崔慧君向采风团团员们介绍说："天河山开发历经 15 年，以中国传统的爱情文化为坐标，挖掘每一个景观的'爱情元素'，保护并重新修造了一批与'牛郎织女'爱情故事相关的一系列标志性景观，如天河梁、九天银河、天河湖、瑶池、牛郎庄、织女庙、鹊桥、月老峰等，使自然景观与人文景观完美融合，彰显中国传统爱情文化的独特魅力。"

看点一：锅穴奇观。

天河山锅穴，状如当地村民家中所用的瓮，又称"石瓮"。在地质学上说的锅穴，是由湍急的溪水经亿万年冲刷在溪底巨岩上形成的圆形坑。此处锅穴自上而下依次呈串珠状排列，相传是七仙女洗浴时牛郎盗衣之所。此处的锅穴每个的直径为 3~5 米、深 3~4 米，穴壁光滑，穴中有小鱼浮游。目前，在天河山地区发现锅穴 20 余处，数量之多，世上罕见，属我国规模较大的"锅穴群"。联合国教科文组织的地质专家到此考察后称此处锅穴奇观，不仅有较高的观赏价值，且在水文地质学和水力学方面有重要的科学研究价值。

看点二：爱文化博物馆。

天河山情爱文化博物馆于 2016 年开馆，占地面积为 460 平方米。展馆以爱情为主线，从考古学、生理学、心理学角度展示爱情文化，促进家庭幸福。

看点三："七夕节"文化展示。

天河山每年举办一届"七夕节"活动。采风团来采风时，正巧天河山景区在举办第十二届河北省情侣节暨第三届"寻找今日织女星"颁奖仪式，七夕文化论坛、演唱会、乞巧大赛以及向织女星（才女、巧女、善女、孝女）颁发奖牌等活动异彩纷呈。据活动组织者介绍，他们希望通过开展这些活动，展示天河山的秀美风光，歌颂纯洁、美丽的爱情，倡导文明、高尚的爱情新观念。

（作者：谢吉恒、沈五群，原载于《中国冶金报》副刊）

赏游世界奇观——水下长城

中国唯一的水下长城——喜峰口，兼具北方雄奇与南方秀丽之美、人文景观与自然景观完整融合之奇，尤为世人瞩目，成为长城景观中一枝独秀的旅游热点。

——作者题记

采风组登上喜峰口长城眺望

中国长城的精华在河北，而精华的精华在蓟州镇。潘家口、喜峰口是蓟镇长城中重要关隘，历史上为兵家必争之地。游赏水下长城之前，为有精湛的感悟，先做足了功课准备，查阅相关资料，对潘家口水库有了详尽了解：为解决饮水困难，引滦河水拦腰截流，1975 年修建华北地区最大水利枢纽工程——潘家口水库。潘家口水库建造一座宏伟拦河大坝，坝顶长 1039 米，坝高 107.5 米，最大坝底宽 90 米。潘家口水库蓄水后，南北长 50 多公里，水面 10 万多亩，水深最深处 80 米，水库总容量 29.3 亿立方米。水库两侧山峰陡峭，怪石如林，十分险峻。

潘家口水库蓄水后，滦河水位高度超过长城高度，建于500多年前喜峰口、潘家口城堡是中国明代长城的两个重要关隘，被潜入水中，形成雄伟万里长城一段约有3公里长，世界独一无二的"水下长城"绝景。

11月14日下午，作家采风组一行到喜峰口水下长城采风。初冬，阵阵凛冽寒风袭来，众人穿上军绿色棉大衣，来到了潘家口水库的一个泊位。早有约定一艘观光船和一位须发花白的老船家在等候。他把我们从泊位上一个个扶着走进船舱坐下。随着"哒哒……"的马达声响起，船尾泛起白色浪花，船缓慢掉转船头，转向宽阔水域。

船迎风加速起航，耳边更有呼啸刺骨之感。大家纷纷竖起大衣领，抵御迎面吹来的寒风。

船加速行进，船尾拖着雪白的浪花，船头激起细微小水珠，不时迎风溅落在我们脸上，顿觉一丝丝寒意。映入眼帘的是两岸群山危岩耸立，水色碧透，湖面掀起满眼涟漪，阳光下白光闪闪、时隐时现。这里地势非常险要，万顷碧色湖水，堪称"北国三峡，燕塞漓江"。坐在船上，穿行其间，更有"船行碧波上，人在画中游"的极致美感，心潮逐浪高，仿佛满面春光。

古时的险关隘口，战场的刀光火影，耳畔呼啸而过的风声，似千军万马在呐喊厮杀。千年以后，雄关竟化为眼前的万顷碧波，沧海桑田不禁令人感慨万千。

十几分钟后，我们到了喜峰口水下长城旧址。老船家缓缓将船靠岸后，我们一一登陆上岸。在山下仰望，喜峰口长城近在眼前。这段长城随着山势，一边下行如龙饮水，向湖水深处延伸，一边逶迤上行直至山巅。毛泽东诗曰：不到长城非好汉。激励我们登山的勇气，一起登临长城。

从山脚下登上长城，中间需经过一个石头村。整个村子顺着山坡高地分布，每间房子都用石头垒成。登长城的小路蜿蜒曲折，穿过村子。当众人正在疑惑之时，三五个老大姐中的两个70多岁的老大姐向我们走来，右手臂上挎着编织笼子，里面放着用食品袋装好的一袋袋山果土特产，主动热情地跟我们搭讪起来，介绍眼前这个小村子并没有人住，是当年姜文拍摄电影《鬼子来了》临时盖的，是电影的一个外景地。两位热情的大姐，是水库邻近的村里人，喜峰口开发旅游业，带动当地经济发展，满足游客"舌尖"文化——品尝山货美味需求，她们常常带些自家产的核桃、红果、安梨、板栗等土特产到这里销售。

我们边聊边走，沿着崎岖的山路上行。经过石头房子，不时走进一家家院子里左看右看。两位老大姐娴熟又热情地走到我们跟前，讲起她们当年为拍电影当群众演员角色的情景，边说边指着房子给我们看，这是大地主谁谁的房子，里面还有地道，这是他大媳妇儿的正房，这是他小媳妇儿的厢房……她们俩知无不言、滔滔不绝向我们介绍，成为我们难得的"导游"。

1个多小时之后，我们登上了喜峰口长城。站在长城之上，迎着呼啸的北风，放眼望去，视野豁然开朗，心胸为之振奋。近处青山相对，湖水充盈其间。远处山势绵延起伏，湖水粼波微起。脚下是迁西，对面是宽城。关口地势，碧水青山，尽收眼底，不禁无限慨叹，此处真有"一夫当关，万夫莫开"之险峻。若不身临其境，恐难有切实之感受，美哉壮观！

见太阳近薄西山，我们也从长城往回走，两位老大姐又伴随我们下山。快行至山脚时，我们同行的小张，见她俩年岁大不容易，怜悯之心油然而起，同我们登攀长城，又伴随我们下山，便将她们的山果土产全包下，老大姐笑得脸上乐开了花。

下了山，我们登上来时的船，便顺原路返回。畅谈感受，话题离不开水下长城景色"三绝"：一绝水下长城奇观为当时中原通往北疆和东北边陲咽喉要道，这一带长城约50公里，共有墩台21座。二绝喜峰口、潘家口城堡淹没水中，从此这段历经500年沧桑的长城便隐身水下。三绝水下长城沉浮已经成为华北地区降雨量的一个晴雨表，历史上曾多次露出水面又隐身水下。

（作者：川石、中国散文学会会员吴杰）

第二篇

讴歌新时代，抒写故事篇

怀念恩师韩雪屏

精神的浩瀚、想象的活跃、心灵的勤奋：就是天才。

——作者题记

作者与文学启蒙恩师韩雪屏合影

珍惜今天，珍惜现在，谁知道明天和意外哪个先来？包头师范学院老同学王家禄发来微信，突闻包头师院教授、国内著名语文教育学家韩雪屏于2021年4月11日仙逝。当时我参加"建党百年党史教育洛阳行"作家采风活动，不能前去吊唁送别，唯以隔空相望，寄托哀思。

韩雪屏，1937年生于北京，一岁多，她患骨髓骨结核留下终身残疾。此后，又连续患了斑疹伤寒等凶险病症。她幼年立志当医生，以救治和自己一样遭受病痛折磨的人。正当她以优异成绩从北京师大附中报考医学院时，党号召高中生报考师范院校。17岁的她，毫不犹豫服从祖国的召唤被保送到北京师范大学中文系深造。1958年她从北京师范大学毕业，主动放弃首都优越的工作条件和手术矫正腿疾的最佳机会，响应"支援边疆建设"的号召，只身来到北疆包头师专（包头师院前身），开始了四十载教育生涯。

她德高望重，兼任中国高等教育学会语文教育专业委员会学术顾问、中国阅读学会副会长。她著作等身，出版了《中国当代阅读理论与阅读教育》《语文教育的心理学原理》《语文课程与教育研究文集》等专著；主编和参编了《语文课程与教学论教材》《阅读学丛书》等学术论著。她德艺双馨，1992 年荣获内蒙古自治区高等学校教书育人"先进个人"荣誉称号，享受国务院颁发的特殊贡献津贴，并荣获曾宪梓教育基金会 1997 年高等师范院校教师一等奖。

痛哉！韩雪屏老师辞世，语文教育界失去一位大将，阅读学界损失一位身先士卒的元帅。韩雪屏老师教书育人，桃李满天下。我是其中成千上万的学子之一，为此我自豪荣耀。韩雪屏老师与世长辞，使我痛失当面聆教的机会，悲痛不已。

我心目中的韩雪屏老师：大家风范、学高术精、学者气度、师者品格，让学生一直敬仰有加。流年似水悄然逝世，回首自己年过古稀，蓦然顿悟：人活一世，不过活几个人而已——你在乎的几个人和在乎你的几个人。对此我深有感怀，我想说："韩老师您是我人生中最在乎的那几个人之一，谢谢您引领我前行，诲人不倦！"

引领之一：恩师启蒙，写作根基坚

人生三大幸事之一，遇良师。1959 年我就读于包头师范，青春荡漾，青年好时光，我爱好文学。语文课老师韩雪屏 1958 年来校任教，北师大中文系毕业的高才生，文学底蕴深厚，授课技艺高、口齿伶俐、课文分析妙语连珠。我是语文课代表，乐当韩老师的助手，自己职责范围，做好语文课课前课后的服务工作、帮助老师收发作业、传达老师布置的任务，积极主动为语文学习出谋划策，提高同学们学习语文的兴趣。

韩老师的语文课教学留给同学们诸多深刻印象：一是授课技艺高超。源于她坚持教书育人的崇高思想，把语文课讲成故事课、文化课、常识课、人生课，赋予知识性、趣味性和人生哲理于一体。分析课文穿透力强烈。鲁迅作品中的孔乙己、祥林嫂等人物细节描写分析得淋漓尽致，引发共鸣，铭刻于心。

二是作文课受欢迎。她强调细节描写的重要性，视细节描写是故事的生命，勉励学生苦练细节描写硬功。作文课堂师生互动，作者参与讲评自己的作文，学生参与议评、老师总结点评，全方位提高学生驾驭细节描写的能力。定义故事中的细节描写是锦上添花，观点才是点睛之笔，标题需用心琢磨。指导学生学会写文章遵循的路线图，先拟定写作提纲、推敲标题，从粗略到精细、安排故事情节、推敲细节描写、反复修改、直到定稿。

三是热爱学生受欢迎。韩老师常和学生课外谈心，交流思想。她用自己的一片真诚，帮助学生拨正生活航向。许多学生把她奉为生活的楷模，人生的典范。我是语文课代表，受韩老师指点多，教我破解爱语文的密码，三分在课堂，七分在课外，多阅读、勤思考、多动笔，坚持写日记和读书笔记。长时间受恩师熏陶、面授指点，名师带徒，写作实力快速提升。学校征文大赛，我名居前列。在与韩老师交流中，萌发毕业后另求人生发展新坐标，梦想当一名新闻记者。"选山攀崖，量力而行！"得到她的理解和赞扬，点燃理想之灯。"视学生为自己生命的延续"，我牢记她的教诲，找到适合自己的赛道，将自己喜爱的"散文、报告文学"写作之路拓宽，迈好起步，锲而不舍夯实根基，蓄势待发，就会弯道超车……

引领之二：恩师讲演，调心灵驿站

风雨兼程五十载，竭智尽忠逾古稀。2012 年 7 月 16 日，62 届同学毕业聚会在包头举行。50 年前，齐聚包头师范结识同窗；50 年后，相聚追忆同学情。聚会筹备组秘书长温莹分别介绍主席台就坐的老师有韩雪屏、姚贵轩、孙兰芳、田沛旺、张大臣、卢正绪、郗小爱、肖增润、高亮、张一之；台下122名同学名单。台上台下起立，爆发出一阵热烈掌声。

恩师重于山，师恩更难忘。没有老师50年前辛勤培育，就没有50年后的今天。老同学抓住聚会难得良机，再做一次学生，聆听老师再讲一堂课。当年语文课老师韩雪屏，与时俱进给大家讲演一堂"回归心灵，发现自我"的人生之课。关键词是注重养生、继续学习、学会反思。

韩老师说："我代表今天与会的全体教师，向本次活动的筹备组和全体同学表示真诚的感谢，由于你们的热心和辛劳，我们才能有今天这个机会和阔别多年的老同事、老朋友见面共话当年；才能和年逾70的老同学共同回忆我们在一起度过的难忘的青春岁月和圣洁的师生情谊。"韩老师从无情的时光把我们师生推进古稀之门……围绕注重锻炼和保健、坚持活到老学到老、学会反思运用理智明辨是非，她强调应该静下心来，调整心灵，发现自我，这是老师对各位高足的殷切希望。

韩老师的精彩讲演，博得阵阵掌声。轰动的场面，热血沸腾，我当场表态许诺，待来年出版散文、报告文学作品集《难以磨灭的记忆》赠送给各位。聚会进行到个人交流环节，我走到韩老师面前，从文件包中取出早已备好的两期《中国冶金报》副刊，手指着刊有我采写的两篇散文敬请老师赐教。接着又从文件包中取出我加入《中国散文学会》《中国报告文学学会》的会员证向老师汇报……韩老师见此满脸笑容，连连点头。

又是一年，同学聚会筹备组经过一番认真准备，于2013年7月23日上午10时，如约在包头举行隆重的赠书仪式。主持人温莹介绍到会师生，刘国基代表同学聚会筹备组致辞，向116位师生赠了书。赠书活动中洋溢着热烈气氛，温莹跟踪活动，挥笔撰写《圆梦——赠书一景》，文采飞扬，全方位对赠书活动做了介绍。韩雪屏老师因行动不便未来参会，下午两点由温莹带路，我们一行驱车赴青山区韩雪屏老师家中拜访。为感谢韩雪屏老师三年间启蒙熏陶和关爱，专程给韩老师赠书（我的散文集专著《难以磨灭的记忆》和我主编的报告文学集《燕赵儿女走进人民大会堂》），我简要介绍了这两部作品集内容，开篇《作者传略——记者生涯定格源于情缘》中，浓墨重彩记载韩老师的辛勤栽培和关爱之恩及谱写新时代"钢铁人的故事"。韩老师接过书，满面春风，连声喝彩"祝贺！"顿时，满屋弥漫欢声笑语，捧书与韩老师合影留念。留下珍藏美好时光，向韩老师道一声真挚的祝福，"谢谢您，老师多加保重！"

引领之三：恩师倡导，点亮一盏灯

韩雪屏老师高屋建瓴提出，写作可以成为一门学问，阅读更应该如此，因为一个人可以一辈子不写作，但不会一辈子不阅读。在一定意义上讲，阅读比写作更重要。韩雪屏专著《中国当代阅读理论与阅读教育》，是国内第一部系统研究当代阅读理论和阅读教学的专著，由于她的突出贡献和影响，她一直担任中国阅读学会副会长。

阅读是世上第一等好事，每年 4 月 23 日为"世界读书日"，2022 年 4 月 23 日是第 27 个"世界读书日"。阅读使人明智忘忧，是一种高尚消遣和享受。多阅读各方面的书多受益。历史使人明智、诗歌使人灵秀、数学使人周密、哲学使人深刻。牢记韩老师的教诲，"活到老，学到老，阅读到老"。

恩师倡导阅读，点亮一盏灯。自 2012 年 62 届毕业聚会 50 周年，一晃 10 年，时光把我们老同学推入 80 之门，我增添了新身份，跨进作家行列。

2022 年 62 届毕业 60 周年悄然而至，喜见老同学，深刻领悟韩老师谆谆教诲"回归心灵，发现自我"人生课的精髓，珍惜当下，活出健康，活出精气神！调整心灵驿站，选择适合自己的阅读方式，跟进适合自身有氧运动。"日落西山人未老，抓紧时间到处跑。可别等到腿脚不行了，让人扶着走不了。""旅游长见识，行走即读书。"人生苦短、余生不长、余生很贵。老同学走在一起是缘分，一起走是福分，珍惜当下，赋予阅读内容，夕阳光照更灿烂！

自党的十八大以来，我和文友们肩并肩，手拉手，10 个春秋持续不断地饱蘸激情，扎根基层开展"奋斗百年路，启航新征程"为主题的多种文化采风活动。我耳边不时响起韩老师的嘱咐"视学生为自己生命的延续"，又言传身教下一代，为中国散文学会推荐培养了 20 余名新会员。我为文友搭建发表作品的期刊平台，与文友倾力合作，采写散文、报告文学作品，将"钢铁元素+文学元素"融为一炉，注重细节描写，谱写钢铁人的故事，编辑出版多部文学作品，深受钢铁业和广大读者的青睐。我踊跃参加作家采风活动，奔赴黑龙江、辽宁、内蒙古、宁夏、青海、河南、河北、江苏、浙江、山东、山西、湖南、贵州、台湾、广西、北京、天津、上海等近20个省、市、自治区开展文化采风，走一程写一程，精心撰写散文、报告文学、诗歌等近百篇文学作品，今年结集成《作家文化交流散记》，喜迎党的二十大胜利召开。全书贯穿"文化是源、根、魂；文化要自信、自觉"这条主线，拟将年内出版发行，书写新时代，讴歌新时代。

缅怀韩雪屏老师，她走完84个春秋的瑰丽人生，山高人为峰！学高为师，身正为范。她的人生目标在不断追求，人生价值在于奉献。她身上许多点点滴滴都清晰映在我们脑海中，一言一行深深震撼和感动着每一个人的心灵。她生命中的学富五车，文化流传，已融入千万学子的心中，世代相传，生生不息！

（作者：谢吉恒）

荣誉院士的风采

越是成熟的稻穗，越懂得弯腰。

——作者题记

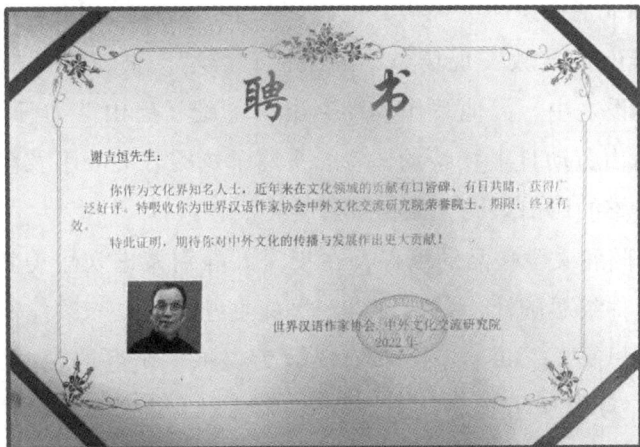

　　2022 年 5 月，年逾七旬的谢吉恒，被世界汉语作家协会聘为"中外文化交流研究院终身荣誉院士"，并授予汉语文化国际传播大使。听到这一消息，作为多年的老朋友、老同事、老文友，我感到喜出望外。我深为老谢的风采所感动，"功夫不负有心人，实至名归！"

风采之一：丰厚阅历　积淀生活

　　谢吉恒，出生在一个贫苦农民之家，他靠着勤奋和诚实，爱上了文学。

中学时，课余时间阅览报刊杂志和中外小说，1959年进入包头师范学习，受北京师范大学毕业、文学底蕴深厚的语文老师韩雪屏启蒙熏陶指点，受益颇深，写作能力提高很快，曾在全校写作征文比赛中初露头角，成为佼佼者之一。

1964年参军，任部队通讯报道员。五年的部队生活，为他写作提供了丰富的生活源泉。先后在《人民日报》《解放军报》《内蒙古日报》以及军区报社发表稿件200多篇，被评为内蒙古军区优秀通讯员。

1970年从部队退伍到了中国二冶，为丰富生活，到包钢工地当电焊工。后来任企业报编辑及新闻干事，他深入生活，用手中的笔为社会主义服务，把新闻报道、文学写作提高到一个新水平。

1976年河北唐山发生大地震，他跟随二十二冶抗震救灾队伍，从草原钢城包头奔赴唐山抗震救灾现场。饱蘸激情，奋笔疾书，积极投身到唐钢复产、新唐山建设之中。因他写作成绩突出，备受《唐山劳动日报》的青睐，被聘任为《唐山劳动日报》特约记者，采写了抗震救灾故事及多种体裁文学作品。讴歌英雄的唐山人民，弘扬抗震精神。

为采写新闻和文学作品的稿件，在夜深人静别人进入甜美梦乡时，他却正在为一篇稿件绞尽脑汁，归纳材料，提炼主题，反复修改。他还在为拟好一个标题而苦思冥想，废寝忘食，有时候为提炼一个好的主题，食不甘味，寝不安歇。"三更灯火五更鸡"，正是他在写作时，这是常有的事。他的写作领域从冶金建设、钢厂，扩至矿山、地质、设计、港口、油田、交通等行业，为他的追梦作家之路奠定了厚实的社会人文基础。

1986年老谢被中国冶金报社聘为专职记者，后来担任《中国冶金报》河北记者站站长。我是1987年担任《中国冶金报》记者的，属于河北记者站的同事，有幸与老谢一起共事，不管在业务上还是生活上都得到了老谢不少的指点和帮助，使我受益良多。比如，一个阶段的报道要点、组织河北省钢铁企业报道战役等。由于工作表现出色，记者站多次被评为先进记者站，老谢个人也多次被评为优秀记者站站长。

老谢在做《中国冶金报》记者期间，接地气，脚板板下练硬功，踏遍燕赵大地的大小钢厂、矿山，为钢铁人立传，写钢铁人的故事，宣传工地生活，服务工人群众，用心发现生活之美，讴歌改革开放辉煌成就。

老谢与编辑部同心协力在《中国冶金报》开辟征文协办栏目，发现、宣传、服务先进民营钢企，深受欢迎。老谢先后被河北新金钢铁有限公司、河北龙凤山铸业有限公司、河北瀛都复合材料有限公司、常州市黑山烧结点火炉制造有限公司等授予"荣誉员工"称号。

新闻职业的长期训练与特殊经历，在同龄或之下年龄的报告文学作家中，似乎使他历练成为《中国冶金报》能抓题材、能迅速出击、作品出手快、不知疲倦的一位"捕鱼快手"和"深度报道能手"，成就了老谢写作个性和风格。所以他每年写的报道都比报社下达的指标几乎翻番。因此，他先后被晋升为记者、主任记者。2019年中国记协为他颁发资深记者荣誉证书和证章。

长期新闻素质的训练和实践，使老谢具有了对社会的关注度、敏感度，一旦进入文学创作，便有胜于一般作家的强项，比如采访的专业、对题材的敏感、行动迅速的职业习惯等。这些独特的经历，为他成为一名作家提供了广阔的人文情怀和丰厚的生活积淀。

风采之二：刻苦勤奋 笔耕不辍

老谢当作家的梦想，始于童年幼小心灵，50年来从未泯灭，反而茁壮成长。在经历了50多个春秋后，由"梦想、追梦、圆梦"三部曲，终于开花结果，他如愿成为知名实力派冶金作家，实现了他盼望多年的作家梦想。

从2000年开始，老谢开始偏重文学创作，在报告文学、散文、杂文的写作上下功夫。

老谢认为，作品是作家立身之本，是作家真正的名片，一名真正的作家就要以丰厚的文学作品来赢得读者。为此，他以刻苦勤奋精神，坚持笔耕不辍。

圆梦作家的路上，充满着艰辛和苦涩。但老谢却能专心致志，矢志不渝，持之以恒。他重新审视作家定位，以冶金行业服务为依托，在报纸副刊、期刊杂志上耕耘。20多年的时间里，他为副刊撰写散文、报告文学作品近50篇10万余字，成为深耕《中国冶金报》副刊忠诚的园丁之一。并先后在《中华大地之光》《中国时代风采》《中国改革》《当代作家》等期刊上撰写了大量报告文学作品。

2000年，他采写的报告文学获中国作家协会、中国报业协会奖。他历届获奖作品汇编入选《中华大地之光获奖作品选》或《中华大地》期刊发表，全国发行，影响深远。老谢被《中华大地之光》《中国时代风采》等期刊聘为特约编委，他10余次走进人民大会堂、钓鱼台国宾馆参会，受到国家领导人接见；2010年被中国散文学会、中国报告文学学会、中国报纸副刊研究会评为"中国最具影响力新闻文化工作者"。

为了圆作家梦，老谢把业余时间都用在了提高文学修养和文学创作上。他时刻不忘阅读欣赏名家佳作，学习名家的写作技巧，从中汲取营养。所到之处，处处留心观察身边的人和事，他将文学的社会属性、人性，融入笔端，深化对人性的挖掘，不断增加作品的感染力。他在如何立意、组织语言、选材、塑造人物、描写人物心理、描写环境上下功夫。这种刻苦学习文学理论、勤奋实践的精神，对于一位步入古稀之年、酷爱文学追求文化交流兴趣的人来说，是非常艰难的。但是老谢是一个例外。他为了实现当作家目标追求，有一种永不放弃永不言老的情怀，有一种顽强奋斗精神，有一种不达目的决不罢休的意志力，有一种为了广泛文化交流做贡献的初心。所以，他竭尽全力向着文学之路的高峰不断登攀着。

近20年，老谢笔耕不辍，取得了骄人的成绩，也得到了社会各界的广泛赞誉。先后出版了《难以磨灭的记忆》《走进红松的故乡》《丝路采风随笔》《新时代风采》等文学作品13部著作，共计500余万字。其中多部作品被国内多家图书馆收藏，作品先后参加全国文化精英大奖赛，分别获得"鲁迅文学杯""茅盾文学杯"奖。

风采之三：文化交流　任重道远

老谢的作家之路，背后浸透着他的追求与担当，更体现着他的一份坚守和责任。尤其对广大文学爱好者是一个难得的学习榜样。谢吉恒说："在新时代，一定要做一个有责任有担当的作家，为把中国文化传播交流到世界，让世界了解中国文化贡献自己的力量。"这是一名作家的责任和担当。

作为一名作家，多年来他始终将责任扛在肩上，他的作品充满着家国情怀，读来令人热血沸腾。这些作品不仅歌颂了新时代，也尽到了一名新闻工作者和作家的职责。

多年来，老谢对为改革开放和中华民族伟大复兴做出贡献的人，怀着崇敬的心，写成一篇篇散文、报告文学，记载了企业家们奋斗的足迹，展现了企业的成长历程，成为激励人民砥砺前行的不竭动力。

老谢退休被报社续聘，退休后的老谢比之前还要繁忙，除了继续为《中国冶金报》提供新闻稿件外，还要参加作家文化采风活动，撰写文学作品，老谢对新闻人物的书写和报告文学创作仍在继续。他倡导发起了"奋斗百年路，启航新征程"为主题的多种文化采风活动。带领年轻作家和文学爱好者，先后到黑龙江、辽宁、内蒙古、宁夏、青海、河南、河北、江苏、浙江、山东、山西、湖南、贵州、台湾、广西、北京、天津、上海等20个省、市、自治区参加作家文化采风活动，为年轻人选择采风角度，精心策划题目，并亲自撰写完成了散文、报告文学、诗歌等近百篇文学力作，结集成《作家文化交流散记》53余万字，预计年底出版发行。书写新时代，讴歌新时代。传播中华文化，为中华文化培根铸魂，为传播中国文化贡献自己的微薄之力。

老谢说："我虽然退休了，我的笔永远不会退休，我的目标，是义无反顾写好钢铁人的故事，为钢铁人服务，牢记担当和使命，驱使自己坚持常态化努力，产生滴水穿石的力量，用实际行动传播中华灿烂文化，让世界了解中国文化，我会一直坚持写下去，用我的所见所闻、所思所想歌颂新时代、赞美新生活。"

这就是谢吉恒，一个有责任、有担当的作家，是他的文学个性化充分表达。

如今，老谢成为世界汉语作家协会会员，被聘为世界汉语作家协会中外文化交流研究院终身荣誉院士，并被授予汉语文化国际传播大使。我向他祝贺的同时，着实为他高兴。因为，一个人实现了自己的理想，做自己愿意做的事情，就会充满无限力量。

（作者：侯宪台，世界汉语作家协会会员）

扬帆远航尽朝晖

——中国冶金矿山建设国家队的逐梦人马维清

一个企业家的创业故事如一盏明灯，指引着我们的方向；一本好书如一缕阳光，照耀我们的心房。

——作者题记

背景简介：欣喜赏读文友侯宪台、李红建、刘凯先生送来撰写的《扬帆远航尽朝晖》报告文学作品。拜读了刚在《当代作家》刊发获奖的佳作，为美文奏响新时代的主旋律，"谱写大地华章，讴歌时代英才"喝彩点赞；为马维清这位励志成功的中国优秀矿山企业家，在人生的目标不断追求，人生的价值在于奉献精神敬慕；为马维清凭借铸就真诚、执着、勇气、耐心的优秀品质，坚守文化自信、文化自觉，"创"字当头，攀登事业的巅峰，达到自己期望的顶峰，谱写中国矿山人创业的生动故事，蜚声海内外所感动；祝贺《扬帆远航尽朝晖》一文入编《作家文化交流散记》书中，推荐参加世界作家协会举办的征文活动，开展中外文化交流。

（谢吉恒）

马维清是中国华冶副总经理、教授级高级工程师，享受国务院特殊津贴专家。多年来，他在多个国家重大矿山工程中担任项目经理，先后获得"河北省劳动模范""全国建筑业企业优秀项目经理""全国鲁班奖项目经理"等多项荣誉。

2017年，他领导的矿山建设团队，积极践行习近平总书记"一带一路"

倡议，在巴基斯坦杜达铅锌矿荣获境外工程"鲁班奖"，成为"一带一路"上的中国矿业先锋，成为国家资源开发走出去在巴基斯坦站奋勇开拓的旗帜。

旗帜领航——创留闪光足迹

马维清，1968年出生，1989年大学毕业，参加工作后，坚定矿业报国的梦想，在矿山建设中，踏踏实实，一步一个脚印，先后在程潮铁矿、新城金矿等多个矿山项目担任技术员。他扎根一线，跟班抱机头、扶钎杆，优化爆破参数，磨炼了他吃苦耐劳、追求卓越的品格，加上他善学习勤思考，练就了极高的专业素养，迅速成长为项目总工程师。

2000年12月至2004年4月，在山西中条山有色金属公司铜矿峪铜矿盲混合井掘砌及安装施工中，马维清临危受命出任中国华冶中条山项目部经理，克服一个又一个技术难关，一举扭转了项目部8年以来入不敷出的艰难局面，并提前完成了施工任务。同时，铜矿峪铜矿盲混合井掘砌及安装工程双双荣获中国有色总公司质检总站颁发的"优质工程奖"，受到了业主的高度赞誉。

2004年5月至2005年5月，马维清担任华冶保国铁矿项目部项目经理。他积极推广伞形钻架、中心回转装岩机、双钩提升等竖井机械化配套快速施工新技术新工艺，在保国铁矿混合井工程施工中创出了月成井112米的全国冶金矿山竖井施工新纪录。

2005年5月，马维清到马钢白象山铁矿项目部担任项目经理。在风景秀丽的青山河畔，他带领职工战涌水、斗塌方，创出了平均月成井102米、最高月成井120.1米的竖井施工新纪录。

2006年6月，马维清担任安徽金安矿业草楼铁矿项目经理。在他的带领下攻克了一道又一道施工难关，顺利实现了三年建成200万吨大型矿山、一年达产的目标。而该项工程组织管理、科技创新管理、数字信息化、标准化管理和合同管理的深度融合被业界称为"草楼模式",受到了业界、政府部门的广泛关注和高度赞誉。

2009 年 1 月 6 日,中国华冶安徽分公司成立,他出任分公司经理,带领员工扩大了安徽矿山市场,为中国华冶赢得了公司转型发展的新开端,做出了开创性贡献。

2010 年 8 月,在草楼铁矿 300 万吨/年扩建工程建设中,他精心组织,科学精细管理,确保了 2013 年 3 月 10 日项目按时竣工投产。2015 年 11 月,中国建筑业协会公布草楼铁矿 300 万吨/年扩建工程荣获"鲁班奖"。马维清获得"鲁班奖项目经理"的荣誉。

2012 年 12 月,马维清任中国华冶副总经理、总工程师,兼任安徽分公司经理。他先后主持了多项国家重点研发计划项目、北京市科技计划项目等省部级科研项目,保障了思山岭铁矿副井等超深竖井工程顺利建成竣工。在他的组织下,公司建立了一支高素质研发队伍,高水平技术成果不断涌现,公司整体科技实力和自主知识产权全面增强。

2017 年,马维清担任巴基斯坦杜达铅锌矿项目党委书记、董事长,他带领团队探索出一条精细化、契约化、属地化的国际矿山管理模式。2017 年巴基斯坦杜达铅锌矿建设任务顺利完成,2018 年初实现新中段回采并实现月度达产,2019 年实现年度达产,2020 年以来在新冠疫情的严重不利影响下连续实现稳产高产,交出了一份优异的答卷。项目获得的两项沉甸甸的荣誉无疑是对马维清及其团队的极高评价:2020 年杜达项目获境外工程"鲁班奖",同年获得巴基斯坦工商界最高荣誉——巴基斯坦总统颁发的"巴基斯坦工商业杰出贡献奖"。

矿山建设——创举"草楼速度"

2007 年 7 月 18 日,安徽金安矿业公司在安徽草楼铁矿隆重召开草楼铁矿投产表彰大会,时任草楼铁矿项目经理的马维清身披红色绶带走向主席台，作为草楼铁矿"十大建设功臣"获得者，受到业主表彰和嘉奖。草楼铁矿的建设创造了三年建成 200 万吨大型地下矿山、一年达产、五年收回全部投资的全国同类矿山建设新纪录，被业界誉为"草楼速度"。

在荣誉的背后，包含着马维清极大的艰辛和努力。

草楼铁矿地质条件复杂程度是矿区之最，其中第四系中夹有 5 层中粗砂含水层，含水层最高厚度达 15.7 米，这极大地增加了竖井施工的难度。施工中，随着作业面的不断延伸，反复出现的含水层成为凿井的拦路虎，工程进展曾一度陷入低谷，工程进度计划开始滞后，一场新的挑战考验着华冶人。时年 38 岁的马维清接到调令，二话没说，于 2006 年 6 月来到草楼铁矿担任项目经理。

面对一个个难题，马维清白天到井下了解情况，晚上就住在办公室，连续几天几夜翻阅资料，和项目部技术人员一起对工程存在的问题进行了全面分析，找出了关键问题所在。

针对这些问题，他调整组织和部署，采取四项有力措施，彻底扭转了项目施工滞后的被动局面，而且月掘进进尺连创新高，草楼项目部连续 10 个月掘进工程量超过 10000 立方米，尤其是 2006 年 10 月份，完成掘进量14000 立方米、支护 600 立方米、中深孔 1000 米、出矿 35000 吨。马维清因此成为金安矿业董事长的座上宾，得到了金安矿业各有关部门大力协作和支持。进入 2007 年 9 月以后，开拓采掘作业始终保持持续增长，采掘产量连续翻番，铁矿石月产量达到 20000 吨，为业主创造了可观的收益。马维清负责的草楼铁矿项目这场硬仗，打出了国家冶金矿山建设国家队的风采！

抢滩安徽——创新开拓市场

2009 年初，中国华冶决策层制定了区域发展实施战略，决定成立安徽分公司，马维清担任安徽分公司经理。这是中国华冶由矿山施工转向矿山生产新的发展战略的新开端。

当时，中国华冶集团领导对安徽分公司的期望是"抢抓机遇、积极开拓皖西北市场，力争在 5 年内拥有 2~3 座包采矿山，包采规模达到 500 万吨以上"。对于这样一个指标，马维清感到责任重大。他对分公司业务进行了统领与谋划，与领导班子成员一起制定了分公司中长期滚动发展创新目标。

于是，马维清带领领导班子团结一心，分工协作，内部形成了两条战线，一条战线抓施工生产，一条战线抓市场开发。为开拓周边市场，打入刘塘坊铁矿和富凯铁矿市场，马维清常常把工作日程排得满满的。他每天既要处理好草楼铁矿生产管理等烦琐的事务，保证正常的生产，又要下井值班。在马维清身上体现了华冶人的工作态度和工作作风，体现了华冶人不畏困难、敢打硬仗的勇气和精神状态。

由于常年施工在外，家里的事情从来很少过问。妻子患有高血压、心脏病，每次发病住院，他都不能陪在身旁，都是靠亲戚邻居帮忙。一次，妻子带着不足 3 岁的孩子买菜回来，上到二楼时高血压、心脏病突发，两眼一黑从楼梯上滚落下来，顿时失去知觉。孩子的哭声惊动了邻居，才把她及时送到医院救治。此时，正处在与草楼铁矿洽谈二期采矿合同，而且正在关键时期。马维清闻讯后，给已经苏醒了的妻子打了个电话，心里充满了愧疚，眼含热泪，声音哽咽着给妻子解释工地的情况，自己无法脱身，不能赶回去陪伴在妻子的身旁，请求妻子的原谅。他的妻子非常理解、支持丈夫的工作，多少次都是这样默默地承受。

2011 年 6 月，70 多岁的老母亲突发脑梗在东北老家住院，病床上的老母亲多么希望儿子能够回来看看她。可是，当时富凯项目部主井涌水，马维清正带领员工夜以继日地抢险。得知母亲住院的消息，这个远在千里之外、刚强的东北汉子掉下了眼泪。

业主被马维清这种负责、真诚、敬业、大局观和人格魅力深深打动。安徽分公司先后中标了中钢刘塘坊铁矿副井、北风井工程和第一期包采工程。业主表示："这些工程交给中国华冶承建，完全出于对华冶在草楼取得的业绩，更主要的是看重马维清是一个能力强、负责任的人，是个敬业干事的人，是把业主的事情当自己的事情去做，是我们值得信赖的人，是业界受尊敬的人。"

经过十几年的转型发展，如今，马维清领导的安徽分公司已经成为中国华冶矿山板块的主要产业支撑。目前，安徽分公司经营管理着宝武集团张庄铁矿、五矿集团李楼铁矿、南钢集团草楼铁矿、富凯矿业付老庄铁矿、金谷集团徐楼铁矿等5个冶金矿山，以及1个海外有色金属矿山项目，年包采规模达675万吨，占据了中国华冶矿山板块的半壁江山。

建现代化——创立绿色矿山

近年来，马维清对信息化矿山、数字矿山、绿色矿山的内涵进行了深入研究，充分认识到："企业要想在激烈的市场竞争中赢得胜利，必须建设信息化矿山和绿色矿山，不断提高自身核心竞争力。尤其是应用ERP先进理念和技术来提高管理水平、降低生产成本等成为企业创造效益的必要手段，这不仅可以打破传统的生产工艺和管理模式，而且极大地提高了矿山企业的生产效率和安全水平，并不断为企业带来直接或者间接效益。"

2010年在马维清的倡导下，启动了创建安全文明施工标准化矿山管理，先后引进应用了井下人员定位系统、矿井机车运输监控系统、视频监控系统、井下无线通信系统、远程风机控制系统、井下避险硐室等六大系统，系统包括了区间联锁、敌对进路闭锁、信号机、计轴器和转辙机联锁等"信、集、闭"的功能，在井下调度室可直接对矿井大巷的矿车运输实现监控调度。该系统的应用，促进了机车运输调度的智能化、网络化，保障了运输安全、提高了运输效率；改善了劳动条件、节省了人力资源，实现了矿山信息化。

2011年10月14日，中国中冶E矿山安全生产信息化建设现场会在中国华冶安徽分公司召开。与会人员观摩了草楼项目部-230铲运机出矿、铲运机维修硐室、-290电机车出矿、大型设备维修硐室、振动放矿机、井下调度室、-350主巷道等主要施工生产现场后，中国中冶副总裁王永光感慨地说："中国华冶安徽分公司矿山管理是过硬的，国内许多大型矿山要走'草楼模式'，在矿山现场管理、工程质量、安全文明施工、信息化建设、标准化建设、绿色矿山方面，不仅是中冶的一面旗帜，也是中国矿业界的一面旗帜。"

精心打造——创举矿业标杆

巴基斯坦杜达铅锌矿项目位于巴基斯坦俾路支省拉斯贝拉地区远离城市的坎拉杰山谷，采选能力为 50 万吨/年，是一座按照中国标准设计和建造的境外矿山项目，也是巴基斯坦第一座高标准建设的地下金属矿山。杜达铅锌矿集高温、高硫、涌水、高地压于一身，英国、澳大利亚、联合国开发计划署矿业专家认为杜达项目是世界级难建难采矿山，使许多家国际矿山企业望而却步。

2017 年 6 月，马维清担任中国华冶杜达矿业公司党委书记、董事长。马维清凭借数十年项目管理经验，他深知照搬国内的矿山管理经验必将造成水土不服，必须根据杜达项目的特点，量身定制一套科学有效的企业管理方法，开创出资源开发走出去的"杜达模式"。透视这个模式的面面观，启迪心灵的共鸣。

面面观之一：大力推进属地化战略。

马维清根据国民教育状况以及综合素质特点，明确了项目属地化发展的四步走战略。通过梯队建设、岗位锻炼、语言和技能培训、师带徒等方法循序渐进式培养适应杜达发展的各类巴方人才，最终实现作业层以巴方员工为主体、中方侧重经营管理的本土化经营模式。通过三年的属地化推进，杜达公司涌现出一大批通语言、技能高、具备一定管理能力的优秀巴方员工。多个生产单位属地化率达到 95% 以上，达到海外矿山属地化率的领先水平。

面面观之二：全面推进安全质量标准化管理，打造精品工程。

从担任杜达项目负责人的那天起，马维清树立了要将杜达矿建设成为"一带一路"标杆企业和"国际一流地下矿山"的崇高目标。在他的带领下，安全质量标准化管理全面推进。项目建立了中巴方协同完善的安全、质量管理体系。斜坡道－斜井工业场地、井巷掘支、铺轨架线、井下水泵房、变电所安装等工程观感质量达到了优良水平。创优工程实体质量目标达到预期，一举荣获"2020 年度中国建设工程鲁班奖（境外工程）"。

面面观之三：契约化、精细化管理夯实矿山核心竞争能力。

马维清深知成本管控是境外资源开发企业能否成功的关键，在他的组织下，杜达矿建立了施工、生产进度、安全质量、成本多维度的责任指标考核机制，逐级签订任务书，推行全员责任制。以各项设计指标为基本参照，结合以往实际情况，每年末评估制定各单位考核指标。各施工生产单位根据管理目标分解至各车间，车间将责任分解至班组，建立了从上到下的责任目标考核体系，达到了"责任层层分解，人人肩上有担子，人人为实现目标贡献"的契约式管理目标。

面面观之四：秉承建设绿色生态矿山的理念。

马维清常常嘱咐杜达各级管理人员，要树立绿色发展理念，要将国内先进的绿色矿山技术引进杜达。杜达矿大力推进矿区绿化。营区里到处是一片鸟语花香，草绿花红，瓜果飘香，杜达已建成为卡拉杰山谷戈壁的一片绿洲。在建设绿色矿山思想的指引下，矿山采用尾砂胶结充填、废石不出坑空区充填的先进设计理念；井下排水用于选矿生产，选矿新水单耗 0.58 立方米/吨，仅为国内现阶段平均 2.38 立方/吨的四分之一，选矿综合能源消耗也低于国内平均水平。国资委境外办在巡检杜达项目后，赞誉"华冶人将杜达建成了新时代的南泥湾"。

在 2019 年底杜达铅锌矿年度达产庆典时，巴基斯坦能源部矿业局长在参观完明亮规整的主平硐和井下巷道、观摩矿区地表建筑后，不由得发出了"这是他见过的最好的地下矿山，值得全巴基斯坦矿业界学习"的赞叹！

巴基斯坦、中国主流媒体对杜达矿建设项目进行了深度报道，赞誉杜达团队创造了巴基斯坦地下矿山建设的奇迹！项目的成功建设与运营为中国在巴基斯坦资源开发树立了示范。

巴基斯坦多个高校、科研机构率领技术团队到杜达项目学习交流，中国华冶杜达团队也受邀到这些机构进行学术交流。合作伙伴巴基斯坦矿业开发有限公司董事长说，杜达项目是印度次大陆的地标性项目，干成了我们多年想干却干不成的事，实现了我们梦想般的夙愿。

中国驻卡拉奇总领馆称赞，杜达项目为卡拉奇片区中资企业的标杆和典范，成功经验值得中资企业学习。巴基斯坦能源部、俾路支省政府领导多次到现场视察工作，称杜达项目为"在巴中资企业的典范"。

国家"一带一路"建设领导小组赞赏，杜达项目为中巴经济走廊的建设贡献了重要力量，担负起冶金矿山建设国家队的光荣使命与担当。

（作者：侯宪台，世界汉语作家协会会员；李红建，文学爱好者；刘凯，中国冶金作家协会会员）

仙境白云山拾贝

　　作家以孺子牛、拓荒牛、老黄牛的"三牛精神"自勉，深入采风、勤奋耕耘，奉献创作系列"白云山故事"，艺术地封存于文字之中。

——作者题记

　　"打卡"武安，9月10~13日，中国作协、中国冶金作协、河北作协郑洁、谢吉恒、王金保、张恩浩、任宝亭等作家，应河北新金集团辖下白云山旅游开发有限公司邀请，到巍巍太行山深处、革命老区武安采风"白云山故事"。

仙境之美不能错过

　　"仁者乐山，智者乐水"，二十多年来，我喜爱武安的优美山水，挚爱文学创作。武安是钢铁重镇，闻名国内外，钢企众多。我任《中国冶金报》河北记者站站长多年，为推进钢企典型引路、绿色转型、高质量发展等需要，武安成为我采写钢企深度报道和文学作品的一方热土，取得武安籍作家安秋生、孔祥峰先生等真诚支持与合作。

　　武安旅游资源丰富，为邯郸市第一旅游大县（市），以秀美山水而著称，为创作文学作品，提供得天独厚条件。我以"三牛精神"自勉，勤奋耕耘，遵循"钢铁元素+文学元素"融为一体原则，出版《难以磨灭的记忆》《走进红松的故乡》散文作品集，收编武安优秀景区"京娘湖""七步沟""朝

高总授荣誉证书

阳沟""长寿村""古武当山""东山公园"等散文作品，多篇获得国家级征文奖项。我探索创新钢铁新闻报道和文学写作之路，得到河北新金集团董事长高万军鼎力支持和认可。鉴于我关心、热爱、宣传、服务新金集团的奉献，2008年被新金集团授予名誉员工称号，在此深切感谢新金集团领导高万军对我的厚爱和鼓励。

白云山，一个非常美丽的名字，在中国叫这个名字的地方有很多。我采写的这个白云山地处太行山东麓，在武安市活水乡陈家坪村北部，民间通常称为白菜垴。古时山上长满柏树，也称柏台垴。白云山一峰独秀，海拔1308.9米，时有白云缭绕，故得名"白云山"。

"山不在高有仙则名，水不在深有龙则灵"，据村民讲，谜语"白云山"，答一属相，谜底是"龙"。传说白云山是有龙的地方，"仙境"活水乡名不虚传。乡内四面群山、逶迤连绵、苍翠葱郁。活水乡山峰超1300米高的就有6座，摩天岭海拔1747米，为太行山在河北境内最高峰。2008年秋，我与中华全国新闻工作者协会国内部兼学术部原主任阮观荣先生及二冶张明军等友人"游走长寿村，探索长寿路"，第一次攀爬登顶"摩天岭"。

发源于活水乡的白云川、门道川、常社川是邯郸北洺河的上游，周边山清水秀，清新幽静，别有一番情趣。白云山东北方向约10公里便是古武当

登顶白云山

山，2004年我与新金集团领导王明杰一同登顶。真武古庙建在海拔1438米的顶处，庙内供奉道教大神真武大帝和太极宗师张三丰。真武大帝是神，张三丰是仙，神仙俱全，真是人间仙境。

如果到了陈家坪村问当地人，仙境活水乡哪里最美？他会毫不犹豫地告诉你："白云山"。有人说，到了活水乡不到白云山，就像到了北京不去爬长城。白云山有仙境之美，怎能错过？

观赏仙境奇花之美

白云山奇花纷呈，最奇特的是地标奇花——太行菊。浓烈神韵受人青睐，当地老百姓称作"仙菊"。9月12日，我们在武安市活水乡陈家坪村党支部书记温魁芳引导下，攀登白云山，仰望悬崖峭壁上，盛开着一簇簇小白花，随风摇曳。暗红色的岩石与洁白花朵相互映衬，阵阵花香扑鼻，沁人肺腑，令人陶醉。白云山风景旅游区经理王献力介绍道："这就是传说中著名的太行菊。"当地民间流传"太行菊"神话故事，王母娘娘拽着织女飞向天空，路过白云山，周边十里八村发生饥荒，久旱无雨，颗粒不收，民不聊生，百姓聚集在求雨台，对天求雨。织女见此景，十分同情，拔下头上簪，撒向悬崖峭壁，"簪"化作太行菊，安家落户，保佑一方，风调雨顺，五谷丰登，百姓安居乐业。太行菊又称野菊花，是一种草本植物，长于悬岩缝隙上。传说不如眼见，迷人景观，观后拍手叫"绝"。太行菊启迪心灵，点燃思维火花，探索其生长趣闻，全方位传奇！

白云山腰

神奇的太行菊，奇在中国独有。太行菊欣赏价值高，菊花是花卉中的四君子（梅花、兰花、竹、菊花）之一，这四种植物各具特色品格。梅花怒放于寒冷冬季，象征坚忍不拔的美好品格。兰花的花色淡雅且喜欢在幽静处生长，象征谦谦君子品格。竹子整年不会凋谢，有着不屈不挠、坚毅的品格。菊花多用来形容与世无争的品格。太行菊是菊花家族中最为耐寒的品种。我们沿路拾级而上，一边饱赏，一边拾趣。太行菊生存环境极为恶劣，长在峭壁上、岩石缝间，独立一株，花儿成片，株高半尺左右，花开绽放为白色，一朵花有十多片洁白花瓣，花蕊金黄，默默为白云山增姿添彩传神韵。

神奇的太行菊，奇在生命顽强。只需一粒种子，一条石缝，一滴露水，一缕阳光，一丝微风……就有生存的机缘。太行菊令人敬佩，不怕寒暑，不畏涝旱，适应力极强，生机盎然，铸就白云山的精魂和体魄。

神奇的太行菊，奇在胸怀宽广。以清风为友，与日月为伴，无拘无束地生存，沐浴朝露秋霜，绿莹莹，白生生，争相绽放，点缀白云山的挺拔和苍翠。

神奇的太行菊，奇在它为极品。李时珍在《本草纲目》中记载它有"利五脉、调四肢、治头风热、脑肿痛、养目血、主肝气不足"等药效。现代科

学研究和临床实践证明，它对人体有诸多
益处，其中清肝明目、清热润喉尤为重
要，花朵可入药、泡茶。太行菊与太行
花、独根草并称为三大绝壁奇花。

　　神奇的太行菊，奇在保护意识。太行
菊位列我国特有物种，物以稀为贵，仅生
长于豫、晋、冀三省交界的狭窄太行山地
带，目前尚未有人工引种栽培。太行菊被
列为国家第二批珍稀濒危保护植物。

　　9月的白云山，太行菊争奇斗艳，给
人们带来更加愉悦审美感受。白云山是一
块待开发的风景旅游区，提醒人们增强环
保意识，珍惜、爱护、保护太行菊！期盼
国家有关部门加大科研力度，让太行菊安

太行菊

然繁衍生息，进入千家万户。太行菊成为白云山一张靓丽名片！

　　采风白云山，顿生灵感，感慨咏一首《太行菊》："作家齐聚白云山，采
风仙境好风光。悬崖绝壁野生菊，观赏点赞花更香。"若问此菊何处有？遥
指太行白云山！太行菊花美，传奇神通大，你觉得它可爱吗？

饱餐仙境风光之美

　　"游山如读史，看山如观画"，我第一次走进白云山，全被仙境白云山独
特的山、水、空气、树木、白云……奇美魅力的故事所吸引。

　　故事之一：贵在原始，美在自然有魅力。奇山秀水白云山，面积5平方
公里。自然环境原生态，重峦叠嶂、山荫苍满、绝壁飞岩、花香鸟语。动植
物资源丰富，野生植物700多种，树木种类繁多，灌木为主，乔木有红叶、
松针、槐树等，灌草丛中长有黄精、半枝莲、苍术、柴胡、丹参、石竹、山

丹等许多中药材，散发的气味可治病健身，植物覆盖率达 95%。白云山空气清新，据有关部门测定，空气中负氧离子含量每立方厘米 7 万多个，是城市一般公共场所的 3000 多倍，是一般住室的 1200 多倍，纯天然大氧吧，是吸氧洗肺养眼的好去处。

故事之二：贵在幽深，原生态静美有魅力。白云山景区林深谷幽，白云幽幽，人置于仙境，总有"人在画中游，云在树上飘"的感觉。白云山的静美和幽深，只要你身临其境，将会使你的神经肌肉系统立刻松弛舒缓下来，沉浸在超然忘我的静谧之中，怡然自得，飘飘欲仙，静是最好的恢复体力休闲方式。白云山由于地质和气候原因，"山高水长"景区形成多处露泉和点泉。泉水中富含有钾、钙、硫等多种矿物质，有的泉池不大，面积不足 1 平方米，深度 0.5 米左右，泉水清澈可见，掬之品尝，口感脱俗，甘洌心脾，常饮此泉使人神清目明。

故事之三：贵在自然与人文融合美有魅力。白云山景区凸显山、水、林自然景观特色，集绿色、古色、红色资源之大成；融生态、宗教和历史文化、红色旅游休闲于一炉，将旅游资源升华。白云山不仅有秀美的自然资源，而且拥有丰富的文化资源，底蕴深厚，其中有历史文化、佛教文化、红色文化。诸如龟石地、夜明珠石、棋盘石、八仙洞、山顶碧霞元君、山顶求雨台、穆桂英点将台等传说。玉皇庙、碧霞元君庙、八仙洞、古石碑等文物古迹可寻。每个景观都有一个优美的传说故事，每个传说都会使人感到神秘。

红日喷薄出白云

据《武安县志》载，白云山有记载历史，至今已有 700 多年。文人墨客游后吟诗抒情，留下不少诗作。诗人知县李椿茂，他是明代万历年间的武安县知县，在职六载，筑城墙、修庙宇、劝农桑、编县志。他喜欢游览山水，县境之内游遍。万历四十年，他游览白云山，咏诗一首《柏台垴》："栢台苍翠渺难攀，只有孤云白日间。瞻望疑从天外落，归来已似洞中还。夜深明月留疏影，秋老严霜挺素颜。知是何年驻骢马，飞鸟长绕夕阳间。"李椿茂满腹文章，诗作流传400多年，脍炙人口。1938年，八路军129师在武安管陶川建立抗日根据地，白云山一带民众踊跃参军，站岗放哨、救护伤员、做军鞋……支援前线的故事不胜枚举。

仙境白云山一年四季皆有景，季季景色不同。春天万物复苏，繁花似锦，野生花卉珍稀独特，五颜六色竞相绽放。夏天郁郁葱葱，气候清爽，云在林间缠，白云缭绕，神秘莫测，美不胜收。秋天漫山遍野，层林尽染，红叶如朝霞般夺目，如诗如画，如梦如幻。冬天银装素裹，冰天雪地，奇特的冰柱，怪异的冰挂，令人目不暇接。

登顶仙境感受之美

白云山秀美，主峰白云缭绕，东、南、西三面为悬崖峭壁，唯主峰北面东头有一堑道，绝壁独径可攀山顶。白云山的山下、山腰、山上风光三重天。采风了山下和山腰的故事，不能浅尝辄止，因为"浅水者见鱼虾，涉深水者得蛟龙"，好景就在脚下，9月12日大家决定登顶，感受峰顶奇美风光，当一次神仙。

清晨六点，白云山脚下，雨后天晴，秋高气爽。眼前的云雾，感觉很轻，看周边的花草树木被云雾罩得恍恍惚惚。看山上的云雾，山川相连，白云山顶更显神秘！我们驱车从山脚下，沿着弯曲的盘山路向山上驶去，伸手向车外捏一把，感觉云雾柔软，一阵阵清风掠过，听过阵阵松涛，闻到丝丝松香。大约一刻钟汽车驶到海拔1180米白云山北面东侧，攀登顶峰的起点。此处到山顶，目测垂直高度不足200米，眼前路段陡峭难行，青石砌台阶，迂回盘行,像梯子登云,沟深谷幽,林木丛生。大家深知,登顶难,登顶累,登顶要有勇气。"不到长城非好汉""无限风光在险峰"鼓舞斗志。我切身体验,登山更需有毅力,一步一个脚印,相互照应,注意安全。温书记引路,带领大家爬山,依次介绍三道山门遗址、碑石上碑文。攀爬至海拔1280米处,崖壁现有明代武安籍书法大家李尔育手书"白云山"摩崖石刻,谓之武安大地难得书法精品,为白云山注入文化精魂。

白云山下

余下50余米路段坡度更陡,考验时刻到了,谁能登过这段路就"成仙"了。温书记向我们介绍修筑这段路的艰难,沿途青石台阶是靠骡马队一块一块把青石驮上来的。天梯这段青石,是施工队伍用肩膀一块块背上来、抬上来的,试想比比我们登山难不难?说罢士气大增,"冲刺!"不停地攀爬……"山高人为峰",山再高没有人高,路再长没有脚长。年逾五旬以上的作家们,汗水淋淋,张大嘴,深呼吸清新空气,做一次高强度有氧活动,约25分钟,登顶成功!大家兴奋打开手机"微信运动"记录这段山路距离2463步!

站在白云山巅,极目远眺,尽收眼底。主峰面积203亩。山顶上有明代碧霞元君庙、玉皇庙遗址和八仙洞、穆桂英练兵场等遗迹。东望县城中的舍利塔历历在目;北望古长城,通往山西、邢台的交通要道;南看扼守武安到涉县、山西的交通要冲;回首俯瞰……

"欲穷千里目,更上一层楼""会当凌绝顶,一览众山小",为战胜困难、战胜自己登顶欢呼！为自己做一次"神仙"高兴！

朝霞绚丽多彩，与刚升起的红日遥相呼应，仿佛是人间最美的景致。白云山的云，有水气洗濯，无尘烟污染，只见轻云薄雾从谷底飘起！山顶东侧是观云海日出最佳地，大家看，火红的太阳从云海中一点点跳起，云有了色彩，山有了生机，林有了光彩，一切都变得多么新鲜生动。

一年之中，金秋是最美季节。植物的多样性与海拔比较高，使不同的植物，在秋风的染色下，形成五彩斑斓，层林尽染。摄影师赵彬，专业地用无人机从空中俯瞰，航拍云海日出，白云山美不胜收，定格无人机中，留在记忆中。

（作者：谢吉恒，摄影：赵彬，此文入选庆祝国庆72周年全国文化艺术精英人物作品展）

田延通：最美老交通人

国庆节前夕，2021年首届鲁迅文学杯全国文化精英大赛揭晓，我采写的散文《高擎党旗唱响民兵连歌》一文获得金奖，这块沉甸甸的文学作品奖牌，彰显民兵连的光环和荣耀。作品的主人公就是民兵连带兵人，有着花都美誉的洛阳交通战线，广泛传颂受人尊崇老交通人的闪光业绩：他攻坚克难，逆境突围，誓要单位脱穷根；不忘初心，矢志不渝，只为企业更向好，百姓享福祉；新冠疫情来袭，虽到了退休年龄，依然高擎党旗奔赴疫情防控第一线……

他就是刚步入花甲之年的老交通人——洛阳交运集团孟津汽车站站长兼党支部书记、孟津县民兵运输连连长田延通。

今年4月，作家采风"党建教育故事"洛阳行，作家都为他的精神所感动。深入调研，收集素材，挖掘亮点，创作华章迎接中国共产党百年华诞。民兵连围绕不忘初心，应对严峻挑战，挺身而出，发挥党支部战斗堡垒作用，勇于践行一个共产党员的责任和担当。作家全方位采写多篇文学作品，并在媒体推广发布，弘扬民兵连精神成为行业学习的楷模、推崇最美的老交通人形象。我与年逾七旬《河南道路运输》杂志总编谢永亮先生交流，他亲切指导，热情宣传孟津民兵连十余载，德高望重。我倾听他提议联手创作大部头作品的意向，并约我写稿。近半年来，我扣住最美老交通人主题，反复琢磨，着手拟定写故事的梗概，突出人物"美"的特点。

其一：美在当先锋善打硬仗

田延通牢记使命，不忘初心。在他的带领下，孟津汽车站硬是从一个负债千万、濒临破产的老大难单位，靓丽蝶变为拥有各类公营车辆120余辆，固定资产6000万元的明星单位。其公交化运营模式不仅在洛阳城乡公交历史上首开先河，规范化的管理和优质的服务，在整个河南省也是享誉业内，先锋引领。先后被省文明委授予"省级文明卫生先进单位"、省交通厅授予"文明汽车站"、河南省政府授予"平安汽车站建设示范单位"等荣誉称号。

孟津县民兵运输连从2003年2月成立伊始，在出色完成赴藏区反恐维稳运输、抗洪抢险、跨区部队过境保障和参与打赢疫情防控阻击战等急难险重任务中发挥了重要作用。在车轮滚滚中锻就了这支召之即来、来之能战、战之能胜的钢铁队伍！

2008年被河南省委、省政府、省军区授予"应急维稳模范民兵连"荣誉称号；2019年被人力资源和社会保障部、军委政治工作部、军委国防动员部联合表彰为"全国国防动员工作先进单位"。

河南省军区副司令员习晓军少将（左）到孟津汽车站民兵连
检查指导工作与田延通（右）交谈

风展战旗如画，峥嵘岁月如歌。作为河南省唯一一家获此殊荣的基层民兵组织，孟津县民兵运输连17年筚路蓝缕，17载激情燃烧。先后在众多重大事件和紧要关头，出动民兵20000余人次、车辆1000余台次。

田延通也因其卓越的工作业绩，敢闯敢拼、善打硬仗的工作作风和躬身奉献的工作精神，被中国道路运输协会授予"全国道路运输场站优秀站长"荣誉称号；荣获河南省交通运输厅、河南省交通工会"五一劳动奖章"；被洛阳市委评为"洛阳市抗击新冠疫情先进个人"。

其二：美在战疫情冲锋在前

2020年春运，面对突如其来的新冠疫情，田延通在生产经营严重受损的情况下，坚持"生命重于泰山，疫情就是命令，防控就是责任"的原则，"停班不停爱"，带领汽车站和民兵连全体成员再次高擎党旗，义无反顾地冲向抗击疫情的新战线。

第一时间果断将汽车站完全封闭，120余台客车、所有线路班次全部停发。除了调配各类客车作为应急运输力量的同时，还专门成立了民兵防控应急分队。在小浪底景区、县城高速出入口设置卡点，承担车站家属院及其他两个居民小区的日常消毒防疫、门禁值守、政策宣传和便民服务任务。危急关头打出了民兵旗帜、亮出了党员底色。

"越是特殊时期，越要发挥民兵运输连的先锋模范作用。越有危难险重任务，越要冲锋在前。"连长田延通说，"虽然我们的班次停了，但是我们的工作和职责不能停，要不对不住我们的良心。"

其三：美在勇担当军民融合

复工复产，孟津汽车站所属线路的每班公交车上，都有民兵忘我工作的身影和热情服务的真情。通过"点对点"服务，运送外出务工人员8.2万人次，运送返乡、返校学生1.5万人次。

民兵来自人民，更要心中有民。田延通始终牢记"全心全意为人民服务"的宗旨，不断擦亮"务军"和"为民"两个品牌。与驻孟部队结成共建单位，逢年过节慰问部队官兵，关心复员转业军人，心系国防建设，牢记民兵职能，永续鱼水深情。为方便群众出行，他专门开通了"民兵专线""民兵先锋号"班车；实施了"一分钱坐公交"惠民出行措施；为没有通车的28个行政村开通了"村村通"公交。积极响应"精准扶贫、交通先行"号召，全力支持偏远山村创业致富，为相留、河清两个山村开通了公交扶贫专线。以真切实际的行动，利民、惠民的举措提升了精准扶贫工作实效。

2020年4月13日，洛阳市委、市政府、军分区联合发出了《关于开展向孟津县民兵运输连学习活动的决定》。

民兵运输连在阻击疫情中的突出表现，引起了众多媒体的关注。学习强国平台、CCTV7、《解放军报》客户端、《中国国防报》《党的生活》杂志、《中原国防》杂志、《大河报》《东方今报》《洛阳日报》、今日头条等纷纷对他们的事迹予以报道，催生了正能量，在社会上产生了很大反响，树立了良好的交通运输人形象。

荣誉催生动力，奋斗永不言止！在田延通的带领下，孟津汽车站必将擎好"民兵运输"这面大旗，在孟津汽车站历久弥新，代代相传，星辉耀眼。

（作者：谢吉恒，此文入编世界作协等编著《中华人物志》一书）

　　个人简历：田延通，男，汉族，大专学历。1960 年 2 月 23 日出生。籍贯偃师市邙岭乡杨庄村，1980 年 10 月在孟津汽车站参加工作，现任洛阳交通运输集团有限公司二十一分公司经理。

　　1967 年至 1979 年在原籍邙岭乡小学、初中、高中读书、毕业。

　　1980 年 10 月至 1991 年 12 月在孟津汽车站（隶属洛阳市汽车运输公司）工作，先后担任修理班班长，车间副主任、安全员、行车组长等职务。

　　1992 年至 1995 年因工作需要借调到孟津县人民法院公路交通执行室工作，担任公路交通执行室副主任。

　　1995 年 11 月至 1997 年 7 月在河南省轻工业职工大学学习毕业。

　　1997 年 8 月至 2006 年先后担任孟津县交通运输有限公司第二汽车站站长，公司经理助理、副经理。随着公司机构的改革、改组和改制，汽车站于 2006 年 5 月由孟津县交通局整体移交洛阳第一汽车运输集团有限责任公司，田延通被任命为二十一分公司副经理。

　　2007 年至 2009 年 1 月担任洛阳第一汽车运输集团有限责任公司二十一分公司副经理、常务副经理。

　　2009 年 2 月至今担任洛阳交通运输集团有限公司二十一分公司经理。

　　2016 年 2 月至今担任洛阳交通运输集团有限公司二十一分公司党支部书记兼经理。

孙小平：诚实守信　无愧人生

　　诚信，就是诚实守信。诚者，待人真诚，实事求是。信者，一言九鼎，一诺千金。

——作者题记

　　古人云："经营之道在于诚，赢利之道在于信。"诚信乃立人之本，经商之魂。当今社会是一个崇尚品牌的时代，诚信品牌是企业最有价值的品牌。2020年上半年，在新冠疫情的压力下，江苏常州黑山烧结点火炉设备制造有限公司（以下简称黑山），严格贯彻"诚信是金，质量为命"的理念，以控质、提产、降耗为前提，大力开展战疫情抓生产。截至2021年6月底，黑山产品合格率100%，产值较去年同比增加50%，新开用户5家，成为多家大钢厂指定的品牌，产品畅销 20 多个省市、自治区，并多年出口印度等国家，在国内市场占有率提升到近三成。今年六月中旬，作家采风组探访黑山倾心铸就诚信品牌，塑造企业良好形象之路的秘籍。

据专家介绍，炼铁前烧结工序约占钢铁生产总能耗的 8%，烧结是节能减排的前沿阵地，黑山自主创新成功利用高炉煤气点火的新技术，研制成功单预热烧结点火保温炉成为我国烧结工序节能降耗的一大"利器"，被中国钢铁工业协会认定为钢铁行业重大装备自主创新和国产化成果，获得国家专利，被评为"钢铁好技术"。黑山经过 10 多年创新发展成长为专业从事设计、研发、制造、安装一条龙烧结点火炉专业的厂家，被江苏省认定为高新技术企业、省民营科技企业和省科技型中小企业，在 2019~2021 年第三、第四和第五个中国品牌日，中国冶金报社发布钢铁企业品牌，黑山连续三年获得"钢铁装备技术品牌供应商"殊荣。全国近 700 座烧结点火炉，每隔 4~5 年需要更换一次，每年市场更新烧结点火炉 100 余座，市场份额少，竞争十分激烈。黑山由点火炉行业中名不见经传小跟班变为靓丽领跑者之一。"黑山牌"点火炉成为享誉国内外市场的佼佼者，用户伸出大拇指赞誉，诚信经营故事蜚声神州大地，留下刻骨铭心的记忆。

记忆一：诚信负责用户

诚信是企业生存之本，企业间和谐运行的基本保障。对于黑山来说，诚信与否，一方面体现在合同履约上，提出"建一座点火炉，树一座丰碑，交一方朋友，留一片赞誉，招来一座点火炉"的经营理念，产生连锁效应，巩固老用户，发展新用户，用户增加到近百户；另一方面，随着进入新时代，市场竞争更为激烈，用户需求更为苛刻，黑山如果仅仅停留在履行合同要求上，企业间的差异化会越来越小。企业能在激烈市场竞争中站稳脚跟，涛头击水领风骚，都是与坚守用户至上、诚信经营理念分不开的。

黑山铸就诚信品牌，创新思维与时俱进，提升"诚信"标准，从过去重点是关注产品，着重工程结果，转变到换位思考，站到用户的位置思考问题，摸透用户的真实需求，想用户所想，急用户所急，帮用户所需，从多方面达到用户的满意和信任，用户称誉选择了"黑山"就是选择放心。

黑山把这种放心理念归结到出于对用户的一种责任，其来源于诚信。真正把用户放在心坎上，真诚主动超前为用户思考一些问题，解决一些难题，用诚信感动用户、亲近用户。黑山已和华菱、本钢、日照、裕华、明芳等大钢厂建立一种长期稳定的战略合作关系。现在企业的竞争，在技术水平、工程质量、安全、工期、成本等诸多元素差异不大的情况下，黑山开拓市场，就是用诚信铸品牌，依靠诚信驾驭经营，成为企业宝贵的无形资产，极大地提升对用户的责任。

记忆二：诚信开发精品

"大海无边天做岸，高山有顶我为峰。"黑山是专业生产烧结点火炉的厂家，向钢铁业、铁合金行业提供各种燃料的烧结点火炉，尤其是拳头精品——单预热烧结点火保温炉引领高炉煤气烧结点火炉应用的新潮流。这一精品问世，凝聚着黑山以诚待人、以信立企的深厚文化底蕴。

工欲善其事，必先利其器。黑山坐落在绿树丛中，占地20000多平方米，15000平方米标准厂房，拥有机器设备上百台套，国内同行属一流。主导产品高炉煤气单预热烧结点火保温炉，广泛应用，做到操作简单、安全可靠、节能显著、使用寿命长，深受用户青睐。2013年被评为"江苏省首台（套）重大装备"和"江苏省高新技术产品"。随着淘汰落后烧结产能快速推进，大型烧结机在国内广泛应用，黑山抓住机遇，科技创新不停步，研发新产品再发力。为适应烧结机面积增大的急需，面对难关和挑战，敢为人先一路前行，经过3年多不懈努力，攻克技术难关，研发成功了大型吊挂式换热器新产品，受到众多钢厂的赞许，不断迎来新订单。河北是黑山用户聚集地之一，尝到大力推广应用研发新产品的甜头，多家钢厂争先让黑山做改造烧结点火炉的"试验田"，实践验证取得良好效益，在四年多时间里，邯郸周边众多钢厂都采用黑山的设备和技术对烧结点火炉进行了改造。

黑山深奉"做人晶莹剔透，做事水滴石穿"的经营理念，时时追求卓越，为用户提供高质量的产品作为永恒的追求，一丝不苟，从细节上一点点做起。作家采访中，参观黑山厂中实验室，室内设备仪器齐全、摆放整齐，试样品种繁多。实验人员向作家介绍，为了确保点火保温炉内衬的质量，严把配方和试样两关：按质量管控流程，耐火材料进厂必须进行化学成分分析，确保指标符合配方要求，做到低铁、低钾、低钠、低钙。在车间制作耐火预制件前，必须按配方做试样，确保产品在中、高温烧后的密度，烧后线变化，抗拆、抗压、热震稳定性等指标在可控范围之内，要达到上述目标，都离不开实验人员精心严谨的工作。

记忆三：诚信优质服务

黑山坚持"用户至上"理念，秉承"用户满意就是我们工作标准"的服务信条，以用户为中心，满足用户个性化需求，全天候为用户提供生产、技术、销售等方面的服务，为用户主动服务、全方位服务、全过程服务，通过产品和服务提升用户的满意度，实现由生产商向服务商的转变。黑山每年踊跃参与投标且中标率连年递升，贴心服务做到三同步：

一是设计与业主协商同步。2019 年 9 月黑山一举中标日照钢铁公司 6 台烧结点火保温炉的改造任务，其中 2 台 360 平方米、4 台 180 平方米，提供了转炉煤气及助燃热空气的能源条件。为满足常态化高比例褐铁矿烧结点火炉的长寿节能要求，黑山技术人员对业主方提供的条件进行多次实地勘察，设计方案反复与业主讨论交流，终于设计出了符合业主方工况条件的点火保温炉。4 台 180 平方米烧结点火炉经过几个月的运行，各项指标均符合技术协议的要求；2 台 360 平方米烧结点火炉能耗创造日照钢铁烧结点火炉高效节能的新纪录。

二是现场调研跟踪服务同步。黑山技术人员常年奔波在烧结点火炉改造一线。深入现场，接地气调查研究，及时为用户排忧解难，诸如，如何正常发挥烧结应有产能、采用混合煤气嘴燃烧高炉煤气、煤气压力小不着火等问题，现场发现问题，第一时间在现场解决问题。生产中若点火炉设备出现毛病，黑山技术人员可在一天内赶赴用户现场，及时排除故障。

三是诚信承诺服务同步。黑山为用户提供高质量产品，为使设备经得住各种考验，不为自身产品质量有问题而反复为用户服务。黑山郑重向用户承诺约法两章：质量一步到位，一年质保、三年不用向用户卖备件。

（作者：谢吉恒，此文编入世界作协等主编的《汉语诗歌普及读本》一书）

津西建企三十六周年礼赞

在绵延起伏的燕山南麓，矗立着一座远近闻名的钢铁之城——津西。她像一颗闪耀的明珠，镶嵌在雄伟的燕山脚下；像一只勇敢的雄鹰，翱翔在广阔的神州大地；像一艘巨大的舰舸，在商海大潮中扬帆争流、乘风破浪……

从 1986 年建企，三十六载峥嵘岁月，津西沐浴着改革开放的春风，在迁西这方热土一步步成长、壮大、崛起，抒写了一部气势恢宏、辉煌壮丽的史诗。岁月的锻打，练就津西的钢筋铁骨；困难的磨砺，铸就了津西钢铁般的意志。曾经的津西羸弱瘦小、举步维艰，如今的津西筋强骨壮、驰名内外；曾经的津西有铁无钢、有钢无材，如今的津西有铁有钢有材，已然成为全国最大、世界一流的型钢生产应用基地；曾经的津西一钢独大，如今的津西已是钢铁、非钢、金融三大板块于一体的大型企业集团和上市公司。津西——是我们的坚强靠山，是迁西经济的中流砥柱，是钢铁行业转型升级的典型代表，在推动区域经济社会高质量发展和不断奋进前行的征程中，留下了一串串闪光的足迹。

津西，在你三十六岁的特殊日子，让我们向你致以深深的敬意！

有时，我像个喜欢听故事的孩子，喜欢听老员工讲述津西，讲述他们当年热血沸腾的辉煌岁月，讲述他们热火朝天、汗流浃背的工作场景，讲述铭刻在他们心中那份难以忘怀的激情。仿佛那段岁月是一种典藏，带着独特的味道。而那段典藏的岁月，早已刻上深深的印记——"津西"。时光穿梭中，蓦然回首，慨叹年华如水逝去。岁月前行更迭，但津西的故事一直在传唱着，即便是一段简短的回忆或诉说，足以令闻者感慨沉迷。

津西始终坚持党的领导。多年来，津西党委以"党建筑基 百年津西"为统揽，通过"筑堡垒，夯实组织之基；扬文化，夯实思想之基；助转型，夯实作风之基"等系列举措，把党建工作与经营管理、企业文化和群团建设高度融合，积极打造"党建强、发展强"的双强企业。自建企之初的筹建处党支部，经过30多年发展，如今津西党委现有党（总）支部17个，党员800余名，津西被授予"全国企业党建工作先进单位"等荣誉称号。

津西始终坚持求变。从轰动大江南北的"两册一制"用工制度改革，到形成南学邯钢、北学津西的钢铁热潮，再到香港主板上市，成为全国第一家海外上市的民营钢企；从股权所有制改革，到2009年组建津西集团，到如今集钢铁、非钢、金融三大板块于一体的大型企业集团；从钢铁一元到多元，从中低端产品到高端品牌，从传统产业到新兴产业的蝶变；从打造全国最大、世界一流的型钢生产应用基地，到以4家高新技术企业为引领、以3家上市公司为依托，走出一条具有津西特色的高质量发展之路；从连续20年位列中国企业500强，到早日挺进世界500强的战略目标的确定……一次次的转折，一次次的蜕变，一次次的跨越发展，都为津西注入全新的动力，都是一首壮丽的诗篇。

津西始终坚持产品创新。建企之后，津西先是历经有铁无钢的岁月，后又历经有钢无材的现实。而今，津西早已形成全流程产业链，不仅有铁有钢有材，其主导H型钢产品更是品类众多，还有能填补国内技术空白的热轧钢板桩产品。如今的津西成为全国最大、世界一流的型钢生产应用基地，产品形成了以H型钢、钢板桩等国际高端产品为引领的134个系列、372种规格。津西型钢产品不仅广泛应用在鸟巢、杭州湾跨海大桥、深中通道、京沪高铁等众多的国内诸多重点项目，还带着我们无限的期许与自豪，远销韩国、日本、欧盟等 33 个国家和地区。当一车车型钢产品走出津西大门，运往全国各地，又在天津港、唐山港等码头装船远运、走向国际时，心中总会涌起无限的激动和豪迈。

津西不断调优产业结构。从最初的"一钢独秀"到如今形成钢铁、非钢、金融三大发展板块为一体的大型企业集团。津西在做精做强钢铁产业，实现高质量发展的同时，以 4 家国家高新技术企业为引领，以 3 家上市公司为依托，持续实施"专长高"战略，致力打造世界最大型钢生产应用基地和具有津西特色企业集团，走上了一条独具津西特色转型升级高质量发展之路。而今，津西依然在阔步向前，在挺进世界 500 强的征程中奋勇前行。

津西不忘桑梓，积极回报社会。津西始终以高度的责任感，积极支持国家和地方公益事业。至今，津西已累计投资教育、抗灾、交通和优抚的公益捐款近 3 亿元。对家乡的教育，集团董事局主席韩敬远更是倾注了无比的关怀和热情。"只要大家努力学习，我坚决支持你们，决不让一个孩子因家庭经济困难而上不了大学"……当年那些温热的话语，至今还依然铿锵有力。韩敬远也因为一系列的善举被中华慈善事业总会授予"中华慈善事业突出贡献奖"，被迁西县委、县政府授予"支持教育发展终身贡献奖"。去年疫情期间，津西在董事局主席韩敬远的带领下，不忘初心，率先行动，三次捐款捐物 2000 多万元，为打赢疫情防控阻击战贡献津西力量。津西被省委省政府授予抗击新冠疫情先进集体和先进党组织称号。

津西形成了独具特色的企业文化。"艰苦奋斗的创业精神、拼搏进取的团队精神、自强不息的创新精神"。多年来，津西始终以"四为"文化为核心和引领，不断引进先进的理念，敢于推倒重来，敢于壮士断腕，在一次次的跨越发展中，经过难以数计的艰难和困苦的洗礼，津西不断"凝聚钢铁意志"，描绘出"打造百年津西"的宏伟愿景，逐渐积淀了独具特色的企业文化。每一次市场大潮的低谷，每一次行业严冬的捆锁，正是凭着凝心聚力的津西文化，才谱写出了一首首辉煌壮丽的诗篇。

……

津西在各级党委、政府的坚强领导下，在社会各界的鼎力支持下，在一代代津西人的不断努力下，在岁月的淘洗和磨砺中，不负嘱托、不辱使命，载着我们无限的希望和梦想，跨越了无数的险阻，克服了难以数计的困难，收获了一路辉煌。《合力宝鼎》铭文：秉承仁之德，汇五湖之才，聚四海之力，铸津西百年盛景。

当红色的朝阳在东山冉冉升起，照耀在无限美丽的栗乡大地，愿你——可爱的津西，继续载着我们的美好祝福和希冀，在踏向世界 500 强的征程中，抒写更为灿烂辉煌的传奇！

（作者：谢吉恒、吴杰，中国散文学会会员）

我的父亲赵成立

父爱如伞，为你遮风挡雨；父爱如雨，为你濯洗心灵；父爱如路，伴你走完人生。

——作者题记

背景简介：赵一臣是从诗情画意燕山"粟乡"走出来服务于津西钢铁的能工巧匠。他在河北民营钢铁界是有故事的名人，参与行业标准制定的专家，被网友称为善讲钢铁人故事的大咖。我与他相知、相交二十余载，从读友、文友到亦师亦友，耳濡目染见证他讲津西人诸如标准制定、创新品牌、市场营销等类的故事，枚不胜举。他更是位撰写专业著作的高手，粗略统计有四五十万字，为企业摘取众多桂冠。赵一臣事业有成，家庭幸福。年初，他给我寄来一套《燕赵名村大黑汀》赵氏宗谱，要为去世的父亲写一篇故事。春节过后，这篇故事在《当代作家》发表。他认为，人生在世，金钱权利是过眼烟云，唯有文化能传世。自己要承上启下讲家规、家训，讲孝道文化，百善孝为先。受他的熏陶，在钢企上班的子女也大讲钢铁人故事，全家弥漫亲情、友情、爱情，点滴都是情的浓厚氛围。祝贺他写作成功并将此文入编《作家文化交流散记》，进行文化交流。

（谢吉恒）

父亲远去——他是在79岁的人生路碑前走的，走进玄妙神幻的时光亘古之中……远去了。1940年农历八月初十，我的父亲赵成立降生在河北省承德市兴隆县半壁山镇河沿子村。常听父亲讲述苦难的家史、动人的故事，风生水起的前世今生，铭刻在心，记忆犹新，激励家人砥砺前行。

故事之一：艰难的家境

在那兵荒马乱的战争年代里，民不聊生，父亲小时候出生之日起至满周岁以前，基本上没有吃过多少奶水，小时候骨瘦如柴。

1942 年，我的爷爷去一家私人开办的工厂里学做皮衣时，不幸被土匪绑走了。在关押期间，爷爷曾三次陪绑到过刑场。非人的折磨，爷爷吓破了胆，成了精神病。从那以后，父亲说爷爷不管见了谁非打即骂，甚至动用凶器。当时我家的炕边下，经常有爷爷放的钩镰铁齿。此举，时刻威胁着奶奶、大爷、父亲娘仨的生命安全。

1944 年大年初一，奶奶带着大爷、父亲娘仨跋涉百里，投奔到了唐山市迁西县三屯营镇父亲的姥姥家，生活上除了靠舅爷们和姨奶周济外，还要靠奶奶给别人做些针线活来维持生活。

1947 年 7 月，全国土地会议在西柏坡召开，《中国土地法大纲（草案）》在会上通过，《中国土地法大纲》明确规定：废除封建性及半封建性剥削的土地制度，实行耕者有其田的土地制度。曾祖父把大爷接回承德河沿子村，奶奶和父亲娘俩就落在了三屯营镇这块土地上。政府不仅分给我们家两间小厢房，又分给我们二亩地，从此生活上算是有了着落。

奶奶是旧社会生人，是个缠足的小脚女人。父亲说春天时奶奶领着父亲去地里打土坷垃，一去就是一天。因家里没有男劳动力，靠舅爷们帮着把地种上后，奶奶又领着年幼的父亲去除草。农活累得奶奶上气不接下气，满手心的血泡。每次干完一天的农活，等到娘俩走到家时，早已日落西山了。劳作一天的奶奶到家后还要操持家务。到了冬天，还要到地里去拾柴度日。

故事之二：难忘的童年

因家里没钱，父亲11岁时还没上学。父亲看到奶奶无奈又忧伤的眼神，自己也暗自伤感，却没有放弃求学的念头。

奶奶是文化家庭出身的人，她深知读书的重要性。一天晚上，带着父亲去找三屯实小教导处主任陈贺然姥爷。奶奶委婉且真诚地向陈姥爷说道："您外孙子今年11岁了，还没上学呢。家里又掏不起学费，打算试读一年。您看帮帮忙吧！"经过陈姥爷奔走，父亲在11岁的时候终于如愿。当时奶奶对父亲说："你上学可以，但咱们家没钱给你买书纸笔墨。要是升不上二年级，我就给你找个放猪的地方。"奶奶一边给父亲定目标，一边激励父亲上进。父亲满口答应："好，我努力！"

俗话说，穷人的孩子早当家。在学习上，父亲很用功，全凭脑子记。每次考试成绩都是优良。升二年级时，父亲是榜上第一名。当时他兴奋地三步并两步一口气跑回家里，向奶奶报喜："娘，我升班了！"奶奶一把搂住父亲欣慰地说："你真是娘的好孩子！"

从此，父亲每次放学回到家里，便主动帮奶奶干些力所能及的活计，星期天要到野地拾柴，帮助奶奶做家务干零活，父亲用闲暇时间抄录了医学知识和药方，屋里墙上贴满了自编的顺口溜"劝人方"，外人看了表示赞赏，有的人还抄下来带回去。

1954年初，父亲小学毕业了。当时面临问题是还继续上不上？大姨奶和舅爷们让父亲上，他们说："只要外甥有出息，我们就帮着供！"

六年的小学里，学校没收过父亲一分钱的学杂费。父亲经常对我说感恩学校对他的培养，感恩所有的老师们对他的关爱。

故事之三：接受的挑选

1956 年高小毕业前夕，国家在三屯营城东建起一所初级中学，父亲又考上了初中。录取通知发到手，上面写着：开学三天不交学杂费取消入学资格。这下可把奶奶急坏了，像是热锅上的蚂蚁，坐立不安。直到开学那天，手里还分文没有，急得父亲直哭。于是，奶奶又找到了大姨奶和舅爷们，他们一起给凑了 7 块钱算是报上名了。

在那段时期，我家里穷是出了名的。父亲上初中时，学校考虑家庭情况：一不收学杂费，二每月还给父亲最高等级的助学金 7 元。

1960 年，我国正处于三年自然灾害的困难时期，再加上当时农村经济政策：按劳取酬，多劳多得，不劳不得。父亲与奶奶商量：放弃上学，准备在家挣工分了。后来吕希尧老师上家找父亲来，给奶奶做工作，父亲才又坚持上学。

1961 年父亲高中毕业时，国家又从学校挑飞行员。父亲报了名。体检后，学校让他们当时备选的三人先回家休息一个月。当父亲走进大西门时，迎面走来徐士文表叔。他笑着跟父亲说："表弟大喜呀，你被部队挑选上飞行员了。"

父亲又惊又喜，当把喜讯告诉奶奶时，奶奶说："是啊，昨天遵化武装部长滕林上咱家来了，他说你被选上飞行员了，滕部长还问我舍得让你当兵去呀？"奶奶当时对滕部长说："只要国家需要，我舍得。"滕部长还称赞说："大娘思想很开通。"

父亲甭提有多高兴了。一天，郝校长把备选三人叫到他办公室里。只见办公桌上放着三本《中国人民解放军空勤人员登记簿》。校长说："接上级指示先待命学习，听候入伍通知。"结果又上了两年数理化，到 1963 年高中毕业时也未来通知。父亲说自己还是有当兵的命，毕业前夕被挑上了空军特种兵，当了六年特种兵，完成了履行保卫祖国的光荣义务。

就这样父亲13年的学业总算是累累巴巴地念下来了。在上学期间，父亲用的作业纸利用率可高了，写第一遍作业用铅笔，两面都写满了，再用钢笔写第二遍，连课任老师都照顾父亲尽量少买作业纸。

故事之四：喜乐的人生

1963年春节后，父亲去亲戚家串门时，认识了一位姑娘，经人介绍三言两语就妥了。当时父亲为了照顾奶奶，在父亲当兵前一个月，父亲和母亲就结婚了。因为我家住的这个地方太狭窄，所以父母的婚礼是在二舅爷家里举行的。到晚上入洞房时，奶奶卷起行李，要搬到别人家住去，我的母亲作为新娘子一把给拦住了，并对婆母说："您就是我的亲妈，我就是您的亲闺女，我绝不会嫌弃您，咱们就在一起住吧。"

天黑了，当时的洞房里，一家人点燃的是一个用玻璃瓶做的不到10公分高的小煤油灯，被子还是父亲上学时用的旧被子，这就是我父母的洞房花烛夜。

不久，父亲就参军走了，父亲走后家里一没吃的、二没烧的，还是公社武装部长从粮站弄来了30斤红高粱，解了燃眉之急。那时，生产队每月定勤，达不到勤就挨扣，勤达到时，母亲还要忙着拾柴禾。就这样，当时母亲拼命地干呀干呀，结果落下一身毛病。有一年冬天，母亲怀孕，婆媳娘俩一人背着一个大篓子，去地里打砟子头。柴禾拾满了，母亲帮着背篓时籓过了头顶，这回可把奶奶吓坏了，怕是小产了。结果万无一失，真是上帝保佑！还有一回，白天打了半天水，浇菜园，到夜里生小孩。等到第二天，别人听见小孩哭，才知道添小孩了。真是苦命人天照顾，没有接生婆，孩子就这样出生了。

当兵时，父亲因军事技术过硬，曾获得过"五好战士""技术能手"称号。

1968年复员后，父亲到三屯实小任革委会角色。后来因工作需要，1970年走进了工厂大门，一直到1994年退休告老还乡。

故事之五：勤俭的家风

父亲说，他刚进工厂时，买一分钱咸菜分两顿吃，中午是三分钱肉熬白菜，那时粗粮占百分之六十五，细粮占百分之三十五。为了填饱肚子，父亲用一两细粮票换一斤半粗粮吃。

有一次，奶奶递给我五岁大的妹妹一分钱，让她买醋去。那时，醋是五分一斤。两岁的小妹也要跟着姐姐去买醋。先走一家商店不卖给，后走一家商店又不卖给，店主说："一分钱的醋没法卖。"就这样她们走遍三屯营四街。走到最后一家商店时，店主开恩了。

大妹说："掌柜的买醋。"

"买多少钱的？""一分钱的。"

"你们家在哪住啊？"

"南关烟市胡同。"

"不近呢，卖给你们吧。"

夏天到了，奶奶领着我和小妹们在外面乘凉时，看到别人家的孩子拿着西瓜吃，奶奶心里很不是滋味，掏掏口袋只有二分钱。那时是五分钱一斤西瓜。于是就领着我们买。卖西瓜的为难了，看着我们三个小孩可爱的样子，也不忍心，就说："卖给你们吧。"一分三瓣，我们总算是尝着西瓜了。

还有一次，父亲和苏继山跟公社干部张庭荣出差去天津。在西岭汽车站等班车时，张庭荣买了三个柿子，递给苏继山我父亲一人一个，父亲这个未舍得吃，急忙跑回家来递给当时只有五岁的我。

更使人受感动的是，1966年夏天，奶奶因阑尾炎住院72天。那时实行粮票制。为了让奶奶每顿饭吃饱吃好，母亲和年仅三岁的妹子才买一两粮票的小米粥，兑上一大碗水，这就是一顿饭。为了照顾生病的奶奶母亲总是给奶奶买个咸鸡蛋就饭吃，怕孩子吃，连小妹看都不让看见。住了一个多月医院，别人还以为奶奶和母亲是母女俩呢，一打听才知是婆媳关系。奶奶出院时，陪床的母亲面黄肌瘦，老了好几岁。同时，母亲为了给奶奶增加营养，忍痛割爱，卖掉了自己多年积攒起来心爱的大辫子，为的是给奶奶买营养品，补补身子骨。后来，根据父亲说，那时候母亲给父亲来信，从未告诉父亲卖辫子的事，父亲当时既为妻子的举动而感动，又替她心疼多年的大辫子没了。父亲一直说，母亲孝敬婆母胜过亲闺女，这样的好儿媳世上难找。

故事之六：感恩的心怀

父亲这辈子就羡慕有文化的人，父亲最大的心愿就是希望自己的孩子要有出息，能上大学。结果，我也算是如父亲所愿，我参加工作后，发奋努力，先是函大毕业，又攻读东亚国际管理学院 EMBA，事业上算是小有成就；小妹考上大学本科，并早早参加了工作，后来又考上了研究生；唯独父亲大女儿因为小时得了气管炎，所以经常耽误学习，只上到初中毕业。对于父亲来说，我们三个子女都各自为生了，并且过得都很好。如果九泉之下父亲有知的话，估计父亲也会感到欣慰的。

因为父亲小时候日子太苦，父亲经常说后来自己赶上好政策，父亲是个特别容易满足的人，经常拿当下我家的日子对比：自从 1989 年土地实行承包制以后，党中央又屡次出台富民政策，家里的日子就像芝麻开花节节高。多的时候一年里喂出三头肥猪，既有肉吃又有钱花。父亲的工资除去日常开支以外还有剩余。同时我也翻建了老家住宅，又在县城购买了住宅楼，后来给自己儿子又预定了小高层住宅楼。冰箱、彩电、电风扇、水暖气、缝纫机、各种表等样样都有。生活上想吃啥就买啥，想穿啥就穿啥，想买啥就买啥。现在的父亲，孙子、孙女、外孙子、外孙女一大群！父亲经常说：现在你妈我们老两口是享福了。

如今，母亲也戴上了金戒指、金镯子，手表更是不用提。母亲感叹地说："过去连做梦都梦不见能带上金首饰。"母亲说得很实在，因为我的父母是从苦水里熬出来的人，受尽了苦和累。如今的幸福，除了是靠他们的双手辛勤劳动，又要靠党的惠民政策。

父亲一直说我衷心感谢伟大的中国共产党、伟大的祖国！同时，我也为我们民族有个平等的和谐社会而庆幸！

虽然随着国富民强父亲对现在生活很满足，但他的大半生始终感到内疚的就是觉得对不起自己的妻子，因为母亲上对老人孝顺、下对儿女关心，是个顶天立地的贤妻良母！

父亲还说过，因车祸曾住过110天医院。始终是母亲一个人陪伴着照顾父亲。母亲的腿浮肿了也瞒着父亲，怕给病床上的父亲增加精神压力。由于母亲的精心照料，父亲半点残疾也没落下。

我们这个家，在父亲当兵到进工厂的30多个年头里，全靠母亲以惊人的毅力，支撑着这个穷掉底的家！

父亲总是说今生今世报答不完母亲恩重如山的情意，若来生来世有缘分的话，我父亲想接着前世继续报答。

2018年5月20日，我的父亲突发头晕摔倒，及时送至医院做开颅手术，后因颅内大面积出血，于23日夜离开人间。

（作者：赵一臣）

张国华：传承"大刀精神"

"大刀向鬼子头上砍去！……"耳旁响起《大刀进行曲》的激昂旋律。2020年迎来抗日战争胜利75周年之际，11月中旬，中国冶金作家河北行采风组由中国冶金作协副主席兼秘书长郑洁带领，奔赴燕山东段长城脚下、河北省迁西县抗战遗址喜峰口大刀园采风，它是由两山相夹的峡谷形成的，山清水秀。我们看到园门口的花岗岩上镌刻有中国美协副主席、西安美院院长杨晓阳题写的园名——喜峰雄关大刀园。

作者与张国华（右）在大刀园区合影

走进大刀园区

喜峰口曾是刀光剑影、旌旗猎猎的古战场。地形突兀呈"凹"型，海拔最高处千余米，两侧群峰如屏矗立，东北部高峰俯瞰众山，地势极其险要。

明长城则蜿蜒其上，随山势交错逶迤。明清时期喜峰口不仅是明代长城中的名关之一，更是京师北方防卫的重要屏障。冶金作家深入喜峰口开展采风活动，紧扣2021年是中国共产党百年华诞，开启全面建设社会主义现代化国家新征程主题。采风写作突出三同步：一是再现抗战历史。弘扬长城抗战铸就"大刀精神"，不忘初心，牢记使命，大刀精神永驻。二是启迪心灵感悟。冶金作家通过深入革命老区、山区一线，把握传承红色基因的脉搏，广泛收集题材，挖掘精神内涵，缅怀和敬仰抗日先烈。三是创作优秀作品。探索新时代，红色旅游飘红，突出融合、创新、特色化的发展之路，寓教于游，扎实开展文学创作，向建党百年生日献礼。

喜峰口，是一方生长传奇、孕育英雄的热土。喜峰雄关大刀园见证历史沧桑，是一处缅怀英烈的精神圣地。它被列为国家级抗战纪念设施遗址目录、全国红色旅游经典景区、省级重点文物保护单位、河北省文化产业示范基地、大学生爱国主义教育基地、省级名胜风景区、国家级3A景区等多项桂冠。园区每年吸引几十万学生和游客，在这里聆听大刀杀敌的故事，感受大刀烈士的精神。"这里长眠国民革命军第二十九军抗战烈士"。

冶金作家采风组邀请津西钢铁文友白小卉、吴杰、杨兴华、张印洲等一同前往采风，大家紧跟导游的脚步，零距离感受大刀园区的风采。最先映入眼帘的是园区内的中心景观建筑——"喜峰口长城抗战纪念碑"，碑体高15米，碑身由大刀型花岗岩和青砖组成，象征长城抗战，后面的副碑呈扇形，是大刀与长城的融合体。纪念碑以长城抗战为主题，充分展示中华儿女同仇敌忾、共同抗战的精神。碑文由全国人大副委员长何鲁丽所题。

采风组依次观瞻冀东抗日纪念馆、主题雕塑、喜峰口长城抗战旧址等，聚焦采写"主人公"张国华传承大刀精神情结成为重头戏。张国华名字耳熟能详，21世纪初我到迁西县铁矿业采访，他那时是一家民营铁矿企业家，常列为媒体采访铁矿转型发展的主角之一。

观刀追怀英雄。大刀园区内有一把巨型战刀成为靓丽景观，格外引人注目，给人印象极为深刻，被誉为"天下第一刀"，这是园区内凸出"钢铁元素+艺术元素"的杰出力作。

正当我们凝心聚神感慨回顾之时，在通往景区山坡路上，巧遇张国华老先生。相见亲切问候，张国华开门见山切入"大刀精神"话题。"29军将士张国华（右一）向作家讲述"大刀精神"

大刀队英勇无畏，用大刀砍杀日军，捍卫民族尊严，抗战铸就大刀精神！"张国华说。

他指着背后"天下第一刀"景观介绍，此刀系依照当年29军大刀队使用之原型，采用废旧钢材扩展制成。刀长29米，重19.33吨，寓意为二十九军抗日英雄1933年血战喜峰口。整个大刀造型古朴、厚重、雄浑，以具象的手法展示抗日壮士英勇过人，奋力杀敌的豪迈气概和铁血精神。

铸就大刀精神

张国华65岁，蓄一脸大胡子，人称"张大胡子"，是一位颇有传奇色彩的创业人物，虽到花甲之年，但仍精神矍铄，步履稳健，一缕长髯拂胸前，给人们留下最深印象的就是创新敢为人先。

在他的讲述中，我们了解到喜峰口这段抗战历史。1931年"九一八"事变后，日本侵略者占领了我国东三省。1933年元旦，日军占领山海关，集结重兵，大举进犯长城沿线重要关隘。华北告急，民族危亡之机，中国国民革命军二十九军军长宋哲元奉命率部火速奔赴喜峰口长城一带防线，阻截日军进攻，揭开了长城抗战的序幕。

3月9日，日军两个旅团的步、骑、炮兵联合部队在飞机大炮的掩护下开始进攻，傍晚占领喜峰口两侧高地，控制了三关口门。当夜国民革命军二十九军三十七师一〇九旅旅长赵登禹，集结兵力与日寇展开激战，反攻取得胜利。10日，国民革命军与日军又在喜峰口老婆山展开血肉横飞的争夺战。11日师长冯治安、旅长赵登禹精选500铁汉大刀敢死队，臂缠白巾，手持大刀，利用迂回、包抄、夜袭的战略战术。大刀队深夜摸进日军营地，手挥大刀，寒光起处，人头滚落，600多个日本鬼子在睡梦中就被砍死，奇袭大获全胜，缴获敌炮18门，枪千余支，成功打击了日军嚣张气焰，这一场长城血战，500名壮士为国捐躯477人，仅生还23人。随后二十九军将士5天中又重创敌军，喜峰口长城抗战累计消灭日军5300人。

二十九军喜峰口阻击日军的胜利，令国人欢欣鼓舞，中国军队在这里挥舞大刀，创造抗日的奇迹！喜峰口一役，大刀队闻名全国，为中华民族所感动和骄傲。喜峰口战役作为抗日战争初期主要战斗之一，打破了日军不可战胜的神话。二十九军喜峰口长城抗战，大刀队大破日军的杀敌精神，被中国人民热情讴歌，国内各大报刊纷纷发表文章。1933年，作曲家麦新受到极大鼓舞和感染，遂写出了《大刀进行曲》，从此唱遍祖国大江南北，塑造的挥舞大刀向鬼子勇猛冲杀的中国军人的英雄形象，集中体现了大刀队和中国人民团结拼搏的奋斗精神。

传承大刀精神

探寻了张国华传承抗战"大刀精神"饱满情结怎能不让人肃然起敬呢？张国华20世纪50年代出生在迁西县燕山长城脚下的宋庄子村，离喜峰口只有几公里，他从小就很崇拜喜峰口的英雄，对二十九军的抗战故事津津乐道，对喜峰口的英雄如数家珍，为家乡能拥有这样一段光辉历史感到非常自豪。他听父亲讲述家史，爷爷在热河被日军枪杀的悲惨遭遇，父亲参加抗战也遭到日军抓捕，每逢回想家仇国恨，奶奶总是泪流满面，张国华幼小心灵充满对侵略者刻骨的仇恨，对抗日英雄的崇拜。上中学，每逢清明节，他和同学们都跟随老师到二十九军曾经战斗过的地方去祭拜。他心底早已萌发应该为这片鲜血染红的土地做些什么。

有梦想就有动力。20世纪80年代，在改革大潮激荡之下，张国华踏上创业之路，依靠诚信经营，他从业铁矿开发，完成原始资本积累，钱包鼓了起来，牢记没有共产党就没有新中国的初心。张国华知恩感恩的念头涌上心头，再次思索我该为喜峰口做些什么？2002年清明节前夕，张国华去矿山途中，意外遇到一批游客向他打听去喜峰口的路。交谈中方知，这是一群二十九军将士的后裔，他们要到喜峰口祭奠在长城抗战牺牲的亲人。张国华热情地带领这批游客来到荒凉山脚下，客人以民间最传统的方式祭奠亲人后，显得非常遗憾，恳切地表示，要有一个专供祭奠的场所该多好！

客人的遗憾，张国华看在眼里急在心上，激发出一种责任感。当时钢铁业行市风生水起，铁矿石价格一路攀升，他没有顺势而为，却要为实现自己的梦想，逆势而动，毅然作出重要决定卖掉铁矿，另辟蹊径，又一次思索为喜峰口该做些什么？这次，他斩钉截铁拍板改行投身旅游业，成立了喜峰口旅游开发有限公司，着手建设喜峰雄关大刀园。

张国华改行，放弃铁矿，投入多年积累的全部资金，耗尽全生心血，引起亲朋好友疑惑不解。树有根水有源，其实张国华这个看似偶然中又是必然的决定，早就胸有成竹，机遇给有准备之人。在他看来转型发展，是矿山企业必然选择，铁矿是资源型经济，资源迟早会枯竭。开发旅游景区建设，不仅能走出一条绿色发展之路，还能创造无法估量的社会效益。

投资兴建以"铭记历史，强我中华"为主题的红色旅游景区——喜峰雄关大刀园，圆了张国华梦绕魂牵多年为喜峰口该干什么的凤愿。可该怎么干呢？"干，就要科学规划，特色鲜明，富有活力；建，就要建质量高品位的，功在当代利在千秋"，张国华信心坚定地说。他聘请西安美院对大刀园区建设进行规划，工程于2005年6月投入建设。先后投入资金1.5亿元，建成喜峰口长城抗战纪念碑、大刀魂主题雕塑、铜墙铁壁雕塑、长城血战浮雕、大刀礼赞雕塑、抗日战争死难者纪念墙、喜峰口长城抗战旧址等景观。

人贵有志，学贵有恒。进入新时代，景区发展蓝图描绘什么？张国华老骥伏枥酬壮志,勤于学习,紧跟时代的节拍,将景区开发目标定位在传承红色基因、弘扬革命传统上。以承载革命精神为内涵,包含观光休闲的旅游形式,启迪红色旅游开发。如今,喜峰口这片曾浴血厮杀的土地,已变得满目苍翠。大刀园区一带山清水秀,爱国主义的红色之旅和生态休闲的绿色之旅蓬勃发展。张国华采用"红+绿""红+古""红+乡"多种发展模式,形成特色化产品和多元化发展。大刀园景区增设红色放映厅、板栗文化展厅、栗林放歌大舞台、京东板栗大观园等景点。设计开发"喜峰口水上旅游""栗林休闲度假"两个生态景区。

大刀精神永放光芒!长城抗战虽已远去,人们却不能挥去尘封的记忆,历史的痕迹;壮士虽已远去,却不能忘怀建立在人们心中的永恒丰碑。

(作者:谢吉恒,图片:吴杰)

采风故事选粹

（一）常州采风

诚信做人有魅力

江南的美景令人向往，观赏江南美景是我心存多年的夙愿，因诸多原因寻机下江南未能兑现。9月中旬，机缘来了，我受邀到常州市参加"冶金作家采风黑山诚信文化暨谢吉恒《新时代风采》签名赠书联谊会"（以下简称联谊会），圆了我下江南的梦。

温暖如家

这次联谊会由中国冶金作家协会主办，常州市黑山烧结点火炉制造有限公司（以下简称黑山）举办，共邀请包括作家、诗人、画家、摄影家、企业家及文学爱好者等27位友人参会，会议的主题为"诚信文化"，参会代表分别来自北京、上海、天津、河北、内蒙古等8个省、市、自治区。

我们一行5人从上海方向来，在10月15日下午2：21到达常州北站，一出站台黑山派来接站的师傅亲切迎上前来，从我们手中接过拉杆箱，随后有序地把大家的旅行箱子摆放到车上。汽车行驶约 3 分钟，司机接到电话，要车立马返回常州北站，这是怎么回事？原来从唐山过来的 3 位参会代表下午 3：21 到达。唐山与上海代表相约在常州北站拍照留念。代表的要求就是我们要做的，接站师傅愉快满足大家的要求，返回了常州北站。为了做好接送站工作，会务组做了周到细致的安排，制作联络接站写有"冶金作家文化采风"三角小红旗，配有代表手机联系号码。黑山距常州北站有 1 小时的车程，大家从四面八方赶来，刚到站车次与接下趟到站车次间隔 1 小时左右，接站工作十分辛苦，持续到半夜 12 点还没结束，最晚到站的参会人员凌晨 2 点半抵达，回到宾馆已是凌晨 3 点多了。接站师傅耐心地亲自带领参会代表到宾馆登记，安排房间，入住休息后才离开，黑山热情贴心的接站服务，让代表们感受到像到了家样的温暖。

参 观 黑 山

　　资深冶金作家、记者、中外文化交流研究院荣誉院士谢吉恒老师是我们认识黑山、走进黑山的引路人。在谢老师新出版的《新时代风采》书中，有关黑山砥砺前行，诚信经营的深度报道，印象深刻，十分钦佩这个优秀的企业，黑山总经理孙小平坚持"做人晶莹剔透，做事水滴石穿"的经营理念让我深受启迪。今天有机会走进黑山，深入车间，参观他们的生产流程，了解他们追梦、圆梦的故事，感受黑山诚信文化内涵，探访诚信发展经验。

　　孙小平慈眉善目，亲切谦和，十分热情地带领我们走入车间。好大的车间呀！15000 平方米的标准厂房，宽敞明亮，里面安装有先进的机械设备，堆放整齐的耐火材料、钢结构件、模具等。工人们忙着下料切割，电焊工正在焊接构件，弧光闪闪，焊花飞溅。孙小平站在半成品、成品面前，为大家介绍产品的性能、特点、用途，研发产品付出的艰辛……孙经理稳重健谈，言谈中流露出坚毅、干练、自信，看得出他是位阅历丰富、创新务实的领导人。

诚 信 经 营

　　黑山原是村办小厂，设备简陋，产品单一，缺乏竞争力，是地道村办企业中的"小跟班"。在改革的浪潮中，孙小平清楚地意识到，企业要生存，发展才是硬道理。经市场调研、找准定位、果断拍板，研发单预热烧结点火保温炉。孙小平用自己所学专业知识带领技术人员攻坚克难，晚上学理论知识，白天做试验，第二天晚上再把试验中遇到的问题拿出来，翻资料、请教专家，再做试验，披星戴月、凝聚心血、苦干三年，终于在 2005 年研制成功了单预热烧结点火保温炉，投入使用，并获成功。孙小平采取专家报告、用户现场观摩、媒体采访、交流研讨会的形式开发市场、跟踪服务，凭着"咬定青山不放松"的韧劲把产品成功推向国内市场。在此基础上不断创新，单预热烧结点火炉由小规格发展到 550 平方米大型单预热点火炉的投入使用，由单一使用高炉煤气燃气点火炉到各种燃料多种矿物点火炉的研发制造。在市场中育先机，用了 3 年的时间研发成功了大型吊挂式换热器新产品，这一产品被多家钢厂看好，订单不断。河北一家钢厂，先让黑山改造了一座烧结点火炉，获益后不到两年时间把烧结点火炉全部进行了改造。

　　生产出的科技含量高的拳头产品得到众多用户的认可，使用黑山产品多年的用户这样评价黑山创新研发的产品："经久耐用、经济环保、节能降耗、安全可靠"，金杯银杯不如客户的口碑。2019 年至今，黑山连续 3 年获得"钢铁装备技术品牌供应商"殊荣。舍得是一种选择，一种责任，一种担当，黑山选择了诚信经营，不打价格战，以质论价，优质优价，开拓了市场，产品稳占全国三分之一市场份额，畅销 20 多个省市、自治区，还出口印度等国家。从跟跑到领跑，从不被认识的新技术到很多钢铁企业找上门来要黑山的装备，黑山制造以诚信赢客户，以诚信赢美誉。

诚 信 服 务

黑山的发展靠的是高质量过硬的产品，靠的是实实在在为客户着想的服务理念。黑山诚信服务的妙招是承诺三到位，即现场跟踪服务到位、贴心无偿服务到位、诚信承诺服务到位。郑重承诺，若设备使用一旦出现问题，他们一天之内到达客户现场，排除故障，质量一步到位，一年质保，三年不用向客户卖备件。

2017 年中标陕西龙钢 400 平方米、265 平方米烧结点火炉的旧炉本体更新及自动化改造，将改造前点火炉所用的预热高炉煤气及预热助燃空气改造成为采用转炉煤气。因煤气在原管道内流速较低，无法测准流量，为保证质量免费更新了部分车间空、煤气管网，还免费制作了两台炉子的操作平台。历经一个月的整改，龙钢烧结环境旧貌变新颜，受到龙钢总经理的好评，龙钢电视台还做了专题报道。黑山不计成本，客户利益至上的做法赢得了客户的口碑，赢得了客户的信任。

2016 年底，黑山公司为湖北钢厂改造一台 265 平方米高焦混烧点火炉，交付使用三个月后，炉内出现严重结瘤影响生产，求派人处理，孙小平十分重视此事，立即派人赶赴现场，经技术人员深查细排清除了故障。原来是钢厂检修人员停炉检修后忘了开一排空气阀造成了严重结瘤，惴惴不安的心平静了下来。这个故障黑山没有责任，但通过这个案例，孙小平在会上反复强调要防微杜渐，举一反三，必须严格执行产品生产标准和安装规范，责任到人，不能有一点疏漏。我们的产品要让客户放心，自己安心。

"生产让客户放心的产品，是我们永远的追求"，这是孙小平常说的一句话。为确保点火保温炉内衬的质量，黑山严把原材料和试样两关，耐火材料进厂必须进行化学成分分析，确保指标符合低铁、低钾、低钠、低钙的配方要求。在车间制作预制件前，必须按配方试样，产品中高温烧后的密度、烧后线变化、抗拆、抗压、热震稳定性等指标需在可控范围之内。要达到上述指标离不开试验人员的一丝不苟，斤斤计较。"黑山点火炉耐材是真的好"这是客户们一致的评价。客户的好评是试验人员用辛苦的付出换来的。

诚 心 待 人

诚信是中华民族的传统美德，早已融入我们民族的血液中。在他看来诚信做人，没有大事小事之分，诚信体现在一点一滴之中，于细微处见真情。孙小平高调做事，诚信做人，处处从细节中看素养。他对员工关心备至，员工收入水平整体达到当地中上等水平，一位员工的儿子患病手术急需用钱，找到孙小平，希望预支一年工资，孙小平明知道这位外地员工有可能不会继续在厂里工作，却同意预支了一年工资，用情感温暖着员工的心，职工们都说"孙小平是个实在的人，是个好老板"。类似这样感动人心的故事不胜枚举。

此次联谊会是一次诚信文化交流盛会，广泛征求代表的意见，选择极具江南小桥流水人家特色值得一看的经典景区乌镇、南北湖旅游线路。在去乌镇的大巴车上，导游小张热情地为大家介绍乌镇的地理位置、景区概况等，叮嘱大家注意安全，跟团用餐。车行驶三个多小时到达乌镇已快中午，导游安排用餐荤素搭配，有地方特色，饭菜可口，我们感到乌镇旅游区的饭菜比想像中要好得多。事后，才得知孙小平考虑北方参会代表多，调整安排用餐特色，大家感慨地说："难怪孙经理的企业办得这么好，从这些点滴的待人小事上看出了他诚心和魅力，真是令人感动。"以诚相待，是做人之本，以诚相见，心心相通。参观常州市红梅公园、常州著名书画家"梦思苑"时，天空下起了毛毛细雨，大部分人没有带雨伞，领队的师傅告诉大家"汽车前部箱子里有雨伞，这是孙经理特意为大家准备好的"，雨中送伞给人，给人急需，送人温暖。大家打着伞，边看边聊，走到桥的中间，蔚为壮观的文笔塔经过雨淋，层次分明，格外美丽。大家驻足纷纷拿起手机合影留念，抬头望去，人在雨中行，雨伞擎手中，红绿黄蓝紫，亮丽好风景。

　　黑山诚信经营、诚心待人的故事讲不完，细微之处见诚信，点点滴滴都是情，诚信赢品牌，诚信有魅力，祝愿黑山诚信品牌打得更响，持续发展，明天会更美好！

　　（作者：夏风英，文学爱好者，其作品"胸佩光荣在党50年纪念章"一文入编世界作家协会等编著《共和国杰出文化人才大典》）

民兵互动心连心

我退休 10 多年，这次荣幸受邀来到常州市参加冶金作家采风黑山诚信文化暨谢吉恒《新时代风采》签名赠书联谊会（以下简称联谊会），为耳濡目染、扣人心弦的洛阳孟津运输民兵连一个个动人的故事所感动，一份份情感引起共鸣。

我来自草原钢城包头。参会的代表们受到了黑山总经理孙小平热情、周到款待。会议由中国冶金作协和冶金工业出版社主办，会场台上就坐的有冶金作家协会副主席兼秘书长《中国冶金报》新闻中心副主任郑洁、黑山总经理孙小平、冶金作家谢吉恒、洛阳孟津运输民兵连长田延通、会议主持人张忠浩。会场气氛令人鼓舞和振奋，充分领略会议承办方黑山的诚信魅力、诚信文化浓烈的色彩，与会者受到了一次诚信文化盛宴的洗礼。会议中播放的洛阳市孟津县运输民兵连的电视片，更是令人震撼！

敬 个 军 礼

看了电视片使我热血沸腾，心情澎湃。穿越时空，仿佛回到 50 年前的我，勾起了我对 7 年尚武民兵生活的回忆，打开了我尘封多年往事的闸门，一发不可收拾。我是 1970 年参加工作的，在欢庆 21 周年国庆节前夕，我成为一名光荣的民兵队员。当时正是全民皆兵的时代，毛主席号召"备战，备荒，为人民""深挖洞，广积粮，不称霸"，全民上下时刻处于备战状态，防范入侵之敌。按照包头市昆区武装部的部署，加强民兵训练。民兵摸爬滚打，步枪、冲锋枪、手榴弹、迫击炮、定点爆破……都是我们的训练科目。真枪实弹，比武竞赛，个个争先创优，大显身手。训练场上一身泥，全身汗，十七八岁的大姑娘不爱红装爱武装，敢和男队员叫号争高低。民兵经常野营拉练，防空袭，防炮弹，什么坑、泥水全不顾……一个个过硬的民兵战士就是这样刻苦训练出来的。

清晰记得一次野营拉练，我们身背背包，手握钢枪，顶风冒雪行走几十里路。塞外的冬季是很寒冷的。凛冽的西北风，天空飘落鹅毛般大雪，冻得直打哆嗦。那时是计划经济年代，每个家庭都不富余。粮票、布票定量供给，没有现在人这么好的御寒衣裤。我穿着妈妈给缝的棉袜子，再套上半腰单翻毛鞋，这已经是很好的装备了。途中爬冰卧雪多次搞防空演练，鞋里、衣袖里灌进了不少雪，那才叫一个冷啊。到了目的地鞋已经无法从脚上脱下，几个队友费了好大的劲才帮我把脚拔了出来，也没有觉得有多苦多累，完成了训练任务就是胜刊，就是我们这代人的人生价值观。特别有意思的是，我怀孕 6 个多月时，武装部组织民兵射击比赛，当年我是优秀射击手，上级点名让我参加。当时我的情况已无法参加比赛，领导提议在腹下挖一个坑，肚子就放下了，不太影响射击成绩。我单位领导坚决反对，没让我参加比赛。

看电视片模范民兵连形象，回忆往日我的民兵生涯，激动的泪水情不自禁流淌。当主持人宣布让我发言时，我走向台前怀着一颗激动敬仰之心，我这个退役的老民兵向台上就坐的现役孟津县民兵运输连长田延通敬了一个军礼！田延通马上站起来回敬我一个军礼。

创 业 故 事

曾是几十年前的民兵和现役民兵连长在黑山会议上不期而遇了。看了电视片，了解孟津民兵连的发展史，为田延通和他的民兵连而感到骄傲，为他的家国情怀所感动。他临危受命使一个负债累累亏损 1000 多万元、濒临破产企业，起死回生，闯出了一条新路子。田延通应对危机，逆境突围，抢抓机遇，勇做创新创业的"领头雁"，历经艰难险阻和自强不息的奋斗，改变经营模式，创新经营理念，不仅还清了千万元的债务，实现了扭亏为盈，而且人均工资翻了两番，一跃跻身于同行先进行列。

辉 煌 历 程

这个民兵连过关斩将依据的信念就是"一个党员就是一面旗帜"，奋勇向前书写民兵连励志奉献、不忘初心牢记使命的精神。孟津县运输民兵连组建以来配合上级部门累计出兵 5800 人次、车辆 1000 台。

（1）2004 年 10 月 27 日田延通带领民兵连前往中牟平息狼城岗事件。

（2）2008 年 3 月 14 日田延通带领 50 名精干民兵驾驶军车，过平原、穿隧道、进盆地、翻雪山，千里驰骋赶赴四川甘孜地区。历经 37 个日日夜夜，与部队同甘共苦，不怕牺牲，并肩作战，出色地完成了平暴任务，被河南省委、省政府、军分区授予"应急维稳模范民兵连"荣誉称号，被武警某部授予"赴巴山蜀水支前助武警战士出征"荣誉称号。

（3）2010 年赴玉树地区抗震救灾，同年参加淮河王家坝抗洪救灾。

（4）2016 年田延通被孟津县双拥工作领导小组评为"爱国拥军十佳模范"称号。

（5）2017 年圆满完成保障建军 90 周年阅兵队伍过境任务。

（6）2018 年黄河小浪底大坝下游出现险情，田延通又带领民兵连及时排除了险情。

爱 心 服 务

今年 10 月 29 日《解放军报》客户端刊载题为"爱心班车连同扶贫车

间"文章，介绍孟津县汽车运输民兵连想贫困村民所想，急贫困村民所急，为在孟津县华阳产业园区服装厂上班刚刚脱贫的 50 多名村民，开通了接送村民上下班的"爱心班车"。据了解，这 50 多个村民分散住在 7 个行政村。为使村民上下班方便，开通了两条专线，每天风雨无阻。早上 7 点从县城出发，把工人从不同居住地接送到扶贫车间上班。晚 17 时又从服装厂将工人送回各自家中。从疫情防控着想，每辆班车配备一名随车民兵，负责为乘客测量体温，查验证件。爱心班车获得了村民的一致好评。其中村民蒋林峰说"村里有了爱心班车，我们再也不用担心上班不方便了"。

孟津县运输民兵连不但为贫困村民献爱心开通爱心班车，而且还扩大服务面，购置了 10 辆新车，为 28 个行政村开通了运输专线。增加服务项目，提供预约班车、电话叫车、赶集班车等服务。

孟津县运输民兵连立足于运输，着眼于服务。把运输工作和扶贫结合起来，把服务与脱贫攻坚结合起来。民兵连优质服务，多年用不胜枚举的故事验证了他们确实是一个名副其实，过得硬、叫得响的为民服务的排头兵！

一项项殊荣的背后有多少个可歌可泣的故事！会议上，田延通将一个从"牡丹之城"洛阳带来的精美的牡丹花瓷摆件赠送给黑山经理孙小平。寓意深远，花开富贵，全场响起了热烈的掌声。争取明年 4 月到孟津县目睹牡丹花之美容，与田延通互动、零距离互动交流，领略他为民兵运输连的传承和发扬尽心尽力的风采。

当晚我去谢老师房间，没想到一进门恰逢田延通与夫人在。我们握手交谈，就像老朋友一样没有距离感，不约而同讲起了我当年民兵生活中的桩桩件件，激动时流泪，高兴时破涕为笑，谈得十分融洽。借这次联谊会的东风和民兵连长田延通相识、相逢，使我更加为自己曾经是一个民兵而感到骄傲和自豪！

（作者：李凤荣，文学爱好者）

走 进 黑 山

千里沃野，

万里江南，

绿油油的广袤大地上，

不知什么时候（从三十年前开始），

竟悄悄地崛起了一座"黑山"。

它体量不是太大，

但却结实、厚重、挺拔，

矗立云天。

它是火成岩？

沉积岩？

还是变质岩？

都不是！

构成它的不是岩石，

而是一种新的、

自然界本来没有的物质。

它不是火成岩！

不是沉积岩！

也不是变质岩！

对，它不是，

但又都是！

它有火成岩的坚硬质地，
它有沉积岩的密实肌理，
它有变质岩的应变能力。

它是谁？
它究竟是谁？
它不是别人，
它就是常州黑山烧结点火炉制造公司，
他就是黑山公司的领航人孙小平！

在这个桂花怒放、
浓香四溢的季节，
在这个细雨霏霏、
沾衣欲湿的日子，
中国冶金作协副主席郑洁女士、
《中国冶金报》资深记者、
我的老师、
我的朋友谢吉恒先生，
带我们走进了它
——黑山公司；
走进了黑山领航人孙小平！
走进他们的厂区，
走进他们的车间
直抵他们的心底，
深入他们的世界。

他们以诚信塑造自己身姿，
以诚信赢得美誉，
以诚信使他们的烧结点火炉，
占据了全国市场的三分之一。
他们的现代技术，
他们的节能环保，

他们的高额效率，
都在全国领先、
名列前茅，
并飞翔了起来，
飞向那异国他乡，
形成一道道耀眼的风光！

黑山，
一种金属粉末，
通过烧结形成的黑色晶体，
积淀、
叠加、
累垒，
形成了一座黑山！
它如磐石，
它如高山！

黑山是他们的名称，
黑山也是他们的精神，
黑山更是他们的灵魂！

听！
这是黑山人前进的脚步，
铮铮有声。
愿他们在新时代，
走出更快、
更远、
更广阔、
更光明的前程！

（作者：任宝亭，中国冶金作协会员、河北省作协会员）

黑 山 故 事

《辞海》（1979年版）词条专注：常州，市名，在江苏省南部、沪宁铁路线上，大运河经此。隋为常州治，元以后为常州路、府治。1949年析武进县城区设常州市……名胜古迹有天宁寺、红梅阁、文笔塔等。这是一个历史悠久、经济勃兴、交通发达、人文璀璨、风光旖旎之地。新时期以来，常州，更焕发出别样的风采。

几次去江南，都与常州失之交臂，成为憾事。孰料今年国庆、中秋双节过后不久，我突然接到邀约，圆了常州梦。如果说常州是一座美丽而又富有内涵的城市，那么，黑山就是构成这美丽的不可或缺的一道风景！黑山故事，同样富有魅力，给人以启迪。

黑山不是山。它是一家专业研发、生产烧结点火炉主导设备及关联产品的企业，全称是常州市黑山烧结点火炉制造有限公司。是的，我们的常州之行，主要就是为了倾听它的传奇故事，探访它成长壮大的奥秘。

这一天，秋雨霏霏，我们虽然衣着单薄，心里却暖暖的，细雨洗濯着的空气也愈加清爽宜人，路旁的花树愈显风姿绰约，脚下的路面洁净鲜亮，都让人无比惬意。这一切，仿佛是热情的常州人、黑山人，有意为我们准备的。

走进黑山，董事长孙小平早已在门口的微雨中迎候。这是一个儒雅而又干练、谦和、热诚的中年人，特别是他那迎上来的笑眯眯的眼睛、伸向客人的热乎乎的手掌，不由得就让人生出喜欢。我第一次见他，这情形，其实更像是拜谒一位挚友，或者一位多年不见的亲人。

到黑山，其实真的就像是探亲。怎么说呢？30年前，我刚参加工作，在县办铁矿作政工和宣传报道。我们是为钢厂配套建设的地方铁矿，从采场开采铁矿石，经过破碎、球磨、磁选等工序，生产出铁精矿粉，销售给烧结、炼铁企业。你看，我们可是钢铁冶金链条上的第一环！这样一来，与黑山不就成了亲戚？！当年，冶金矿山"杀鸡取卵""大干快上"，一些民采铁矿、民办小烧结厂"群雄并起""烽烟滚滚"，至今想来，仍让人痛惜。当从各级媒体报道中了解到黑山致力科技创新、助力节能环保的事迹后，我自然便对它产生了浓厚兴趣。我今倒要实地一探究竟，看看我们这位"老亲戚"是怎么帮助那些烧结企业改换"傻大黑粗"旧面貌、跨越进入新时代的。

简短寒暄，孙小平直接带我们去车间。各处走来，面对那些正在加工的半成品和已经打包待运的产成品，孙小平滔滔不绝、如数家珍。谈到创业之初的艰难，他油然而生喟叹；谈到成功研发新品、占领市场，他语气中饱含着自豪；谈到企业今后发展，他神情里写满自信……

20 世纪 80 年代，黑山还是一个名不见经传的村办小厂，还是一个业内跟跑的"小兄弟"。经过充分市场调研，孙小平带领他的团队，找准突破口，内引外联，打科技翻身仗，2005 年成功研发单预热烧结点火保温炉，从此，"黑山制造"跃居行业领跑者。有了优势产品，还要有先进的企业管理和市场运营，其间，黑山尤其为人称道的品格是诚信服务和责任担当。孙小平讲到一句"不计成本"的话，给我留下深刻印象，也给我深深启迪。做生意，不能只想着自己的利益最大化，不能偷奸取巧，要靠产品质量、技术和服务站稳脚，要多为对方考虑。正是凭这，黑山在全国市场的份额不断激增，还把业务拓展到国外。

2016 年底，黑山为湖北某钢厂改造一台 265 平方米高焦混烧点火炉。竣工运行 3 个月后，突发"炉内严重结瘤"，对方要求派人处理。孙小平闻讯，立刻召集相关人员，详细了解当初改造施工细节，分析症结所在，并且拍了桌子，跟大家讲："此事非同小可，如果确属我方问题，对相关责任人将'严惩不贷'！"黑山迅速派员，各环节检查下来，很快找到并解决了故障。说来像个笑话，原来是该厂停炉正常检修后，有一排空气阀，检修工人由于粗心忘记打开！虽然黑山没有责任，但时过很久，孙小平在公司例会上还一直跟大家讲这个案例。他说："这个事，我们要举一反三，细节决定成败，内部生产要谨小慎微、避免产品瑕疵，对外安装服务更要精益求精、杜绝疏漏，这关乎黑山信誉和形象；因为我们的产品和服务给客户造成损失，更对不住客户的信赖，更让我们内心不安！"

2017年，黑山中标陕西某钢厂2台旧炉更新及自动化改造工程。完成既定项目后，为了进一步优化整体运行质量，合同之外，黑山"赠送"服务，免费为对方更新了部分车间空、煤气管网，免费制作了2台炉子的操作平台。

为配合"淘汰落后烧结产能"，对应大烧结机的应用，黑山勇于担当，研发成功高效大型吊挂式换热器，订单纷至，不仅解决客户急需、实现节能降耗环保，也给自己带来丰厚效益。

同行的《中国冶金报》记者谢吉恒老师向我介绍，黑山在助力美丽乡村建设、社会公益事业等方面，也都积极作为，很有口碑。

……

黑山的故事讲不完。从车间，到办公楼会议室，到餐桌，孙小平虽然很低调，但架不住我们这些人刨根问底，他也只好客观地尽量满足我们的"好奇心"。直到20:30，孙小平不得不跟我们"请假"，他必须连夜赶赴外省的"约会"，司机已经在门口等了一个小时了！

黑山不是山，但它具备了一座山的标高！它像一座山那样，以自己独特的美丽和格局，无私妆点着我们的家园！它像一座山那样，以其坚韧、执着的秉持和情怀，不经意间，就抬高了我们的视界，点燃了我们的热切向往！

（作者：王金保，中国作协会员）

会场内外情谊深

　　十月的常州天蓝水澈，风景秀丽。踏着秋日的欢歌，来自五湖四海的知名作家、企业家及文学友人走进常州黑山烧结点火炉制造有限公司，参加由中国冶金文学艺术协会、冶金工业出版社主办，常州黑山烧结点火炉公司承办的谢吉恒新书签名赠书联谊会，共同赏读黑山诚信文化。

　　联谊会结束十余日，黑山的诚信文化和黑山总经理孙小平"以诚信赢天下，以服务促发展"的经营理念至今深深烙印在走进黑山的每一位友人的心里，镌刻在每一个与黑山合作过的钢铁伙伴的脑海里；也正是这种诚信的力量在谢吉恒老师笔下的《新时代风采》一书中浓墨重彩讴歌了黑山诚信文化，并将新书的发布会选择了在黑山举办，为黑山喝彩点赞。发布会使大家感受到钢铁与文学完美结合的魅力和文学助力钢铁业发展的铮铮力量。在黑山总经理孙小平的悉心安排下，走进嘉兴乌镇、茅盾故居，让大家无不感受到文学之美，如痴如醉……为期4天的联谊会圆满落下帷幕。惊喜的是摄影名师赵庆文老师用镜头全程记录下了每一个珍贵而美好的瞬间，制作成影视片分享给大家。文友们无不点赞，写下观后的感受。我将会场内外感受花絮整理成文，再次回味记忆一个个美好片段细节……难忘黑山之行。

片段之一：优美影视片、风采文集

　　今天很高兴收到赵庆文老师制作的《诚信赢天下》影视片，给我的感觉是他的影视片制作非常专业匠心：从会议筹备、黑山公司观摩到领导、作家、企业家、文学友人交流发言，谢老师对《新时代风采》一书的介绍，易雅娇播读《黑山铸就诚信品牌　塑造良好形象》刊文，郑洁、谢老师、田延通和任宝亭向孙小平赠送书画等文化艺术纪念品。郑洁向谢老师、孙小平总经理颁发荣誉证书，作家、企业家代表分享感言，来自草原钢城包头的4位文友又为我们奉献上精彩的文艺节目，把联谊会推向高潮的每一个细节镜头，都栩栩如生地反映出来。通过这次活动让我感受到了黑山诚信文化的力量，文学艺术的魅力是厚重的、精彩的！有幸结识了仰慕已久的作家、企业家、文学友人是我一生的宝贵财富，也切身体会到自己应该更加努力工作，不断学习！赵庆文老师的全程摄像、编导影视片和王广新厂长奉献编辑印制的彩色《作家采风》文集，主题突出，内容丰富。会后又奉献续编印制了此次会议汇编《作家采风故事》文集。在此向赵庆文老师、王广新厂长表示真诚感谢！

片段之二：留下美好的记忆

谢老师精心策划为大家搭建的交流学习平台，孙小平总经理真诚承接会议、热情周到安排，每位参会者都各尽所能展示自己才艺，散发着光和热。此次会议大家齐聚一堂，互助互动互爱其乐融融。文坛的各位老师展示的才艺让我大开眼界，看到了什么叫出口成章，什么是笔下生花！艺术界的老师们让我看到什么是专业、敬业、责任心和对生活的热爱！为会议服务的老师、师兄弟们的默默无闻奉献，为我树立了学习的榜样！领导的谆谆教诲让我更勇敢自信！

摄影赵老师，把剪辑好的视频分发到了大家的邮箱，视频编导内容全面，张张照片清晰地记录了整个会议的过程，文字的穿插，让诚信主题更加明确，每个特写镜头和故事，都为大家留下了美好的回忆。

片段之三：高度评价联谊会

联谊会结束，郑洁回到北京发来微信，热情高度评价联谊会成功举办：尊敬的谢老、孙总，各位领导、老师和全体家人们，此次会议总结了黑山诚信文化精神和谢老再创冶金文学高峰的成就，是一次思想升华、艺术飞跃的盛会，开创了以优秀文艺讴歌以黑山为代表的优秀企业文化的新局面。特别是此次活动，通过对黑山诚信文化内涵以及孙小平总经理、谢老的近距离了解，深深被他们敬业创新精神所感动，被他们的人格魅力所折服，是一次心灵的洗礼。几天的学习交流，进一步增进了8省区30多位文友亲朋间的交流和友谊。以文会友，以友辅仁。让我们记住这段有意义、有温度的时光。

片段之四：用户的现身说法

黑山是本溪钢铁公司创新合作的老伙伴，"应用黑山设计的新型环保'三烧新型点火器'，比旧点火器每年节约冶炼成本达百余万元以上。"本钢板材业务员赵伟、杭世红来黑山出差，巧遇此次联谊会，她俩高兴地向笔者点赞。本钢是黑山百余家忠诚用户代表之一，点赞评价黑山创新研发烧结点火器，经久耐用、经济环保，安全性非常可靠，点火炉平台上，从来没有发生过泄漏残余煤气的现象。本钢今年点火炉大修改造拆除后，点火炉耐火材料已经过5年的使用，依然完好，实践验证了黑山烧结点火炉设计和材料都是一流的，给了用户"定心丸"，备受欢迎。

（作者：张忠浩，中国散文学会会员）

黑　山　颂

金秋十月常州行，
黑山相聚赞采风，
谢老赠书又签名，
欢迎！

诚信经营是根本，
质量服务企业魂，
经商之道在于诚，
可行！

黑山诚信做得好，
设计研发又生产，
安装服务一条龙，
真好！

创新服务新技术，
黑山品牌点火炉，
全面先进获殊荣，
厉害！

黑山领导孙小平，
开拓市场是先锋，
奋勇向前不歇停，

好样的！

黑山诚信品牌亮，
砥砺奋进新华章，
业界屹立永不倒，
辉煌！

冶金作家谢吉恒，
弘扬时代献爱心，
一片丹心家国情，
可敬！

妙语华章黑山领，
唱响黑山助力行，
再创佳作登高峰，
称颂！

（作者：夏凤英、刘秀萍、李凤荣、张慧君，文学爱好者）

（二）洛阳采风

高擎党旗唱响民兵连歌

核心引领，一名党员一面旗，一个支部一座堡垒。

——作者题记

4月30日，交通运输部召开视频报告会，揭晓"2020年感动交通十大年度人物"评选结果。"感动交通年度人物"推选宣传活动已连续开展8年，涌现出一批又一批感动交通、感动社会的先进楷模，成为弘扬新时代交通精神的生动载体和行业精神文明建设的闪亮品牌，更成为全体交通人共同的精神盛典。河南省洛阳交运集团孟津分公司党支部书记田延通是河南省2020年唯一入选的"感动交通年度人物"。河南省交通行业称赞他是人民交通为人民宗旨的坚定践行者，社会主义核心价值观的有力弘扬者，新时代交通精神的忠实传承者。田延通获此殊荣，应该说是实至名归，这背后有着感人肺腑的故事。

（一）

"滔滔黄河，秀美邙山，我们是人民的民兵运输连"，连续十八载，歌声嘹亮，响彻云霄。这就是黄河岸畔孟津县民兵运输连（以下简称民兵运输连）高擎党旗，唱响连歌，阔步前行。

（1）民兵运输连谱写英雄而光荣的历史。民兵运输连2003年2月诞生，出色完成赴藏区反恐维稳运输；超卓实现历年的抗洪抢险，为汶川、玉树地震灾区运输物资；精彩告竣过境部队保障，参与打赢疫情防控阻击战……在推动国防动员建设和服务经济社会发展中发挥了重要作用。

（2）民兵运输连是一群最美的交通人。群星荟萃，锐意创新运输改革。硬是从一个负债千万元、濒临破产的老大难单位，起死回生，蝶变为拥有各类公营车辆120余辆、固定资产6000万元的明星单位。

（3）民兵运输连是光环闪亮的群体。2008年被河南省委、省政府、省军区授予"应急维稳模范民兵连"荣誉称号；2016年被河南省政府表彰为"平安汽车站建设示范单位"；2019年被人力资源和社会保障部、军委政治工作部、军委国防动员部联合表彰为"全国国防动员工作先进单位"。2020年4月民兵运输连党支部书记田延通，被交通运输部评为"2020年感动交通年度人物"。

（4）民兵运输连风展战旗美如画。作为河南省唯一一家获如此众多荣誉的基层民兵组织，在服务地方经济建设的同时，始终不忘初心，时刻牢记使命……他们先后在众多重大事件和紧要关头，出动民兵20000余人次、车辆1000余台次。在车轮滚滚中锻就了召之即来、来之能战、战之能胜的钢铁队伍。

（5）民兵运输连开展党史学习教育活动。以崭新姿态，阔步前行，喜迎建党百年华诞……

（二）

唯有牡丹真国色，花开时节动京城。4月的洛阳城宛如一幅浑然天成的写意画卷，各式各样的牡丹随处可见。今年4月10日39届中国洛阳牡丹文化节在洛阳拉开帷幕。作家采风"党建教育故事"组洛阳行，首站到访孟津民兵运输连采风。连长、党支部书记田延通周密安排，邀请曾热情宣传民兵运输连先进事迹、辛勤笔耕默默奉献10个春秋的《河南道路运输》杂志总编谢永亮先生，专程从郑州赶来与作家采风组亲切交流。作家采风组有缘巧遇闻喜讯，河南省组织部开展建党百年华诞评选先进党支部活动，孟津民兵运输连被列入推荐申报单位榜单。孟津民兵运输连党支部建设经验宛如盛开的牡丹百花园中一朵争芳吐艳的奇葩，分外赏心悦目。我与田延通深入沟通，综观运输连党支部历年坚持以党建为引领，一名党员一面旗，一个支部一座堡垒，认真总结经验突出特点，将孟津民兵运输连创建先进党支部的经验精髓概括为"三下功夫到位有靓点"。

一是在建强组织上下功夫到位有靓点。

民兵运输连各项成绩的取得，得益于在上级领导的关心指导下，建成了一个坚强有力的党支部。党支部严格按照《中国共产党党章》和《民兵政治工作条例》有关规定要求，遵循"军地兼容、突出指挥、便于保障"的原则，把民兵连和企业两个支部捆在一块建，把两根绳拧成一股劲，既是工作队、战斗队，又是党的政策的宣传队。该支部设立 5 名支委，支部书记由民兵运输连指导员、公司总经理兼党支部书记田延通担任，所属 4 名民兵骨干担任支部委员，将 27 名党员按职责任务划分为 4 个党小组，确保有利于开展活动和组织指挥。采取分散抓、灵活管、动中建的方式落实好组织生活制度，每半年结合集中训练和工作总结召开不少于 1 次支部党员大会，听取党员汇报思想，组织党员民主评议；每季度召开不少于 1 次支委会和党小组会；利用中国民兵微信公众号、中原国防微信公众号、手机微信平台等方式开设"微党课"，常态落实党日活动和党课教育；结合执行任务随时召开"碰头会""战地小组会""党员汇报会"，不断提升党支部的党建水平和凝聚力；制定《孟津民兵运输连党支部议事规则》，规范形势分析和问题会商制度；建立党群联系制度，每名班子成员和干部党员联系 3 名以上普通党员，每名党员联系 3 名以上非党员民兵，坚持每季一走访、每月一谈心，及时掌握思想动态，确保所有队员都在党支部的管控之下。

二是在融合发展上下功夫到位有靓点。

围绕"双赢双促是企业发展和民兵建设的共同目标"这一建连思路，灵活利用民兵连和公司双重管理体系，将公司管理和民兵教育相结合、生产任务和民兵训练相结合，推动民兵连建设高质量发展。坚持把习近平新时代中国特色社会主义思想和习近平强军思想纳入公司学习教育内容，详细制定年、季、月、周学习教育计划，统筹安排党团日活动，做到学习教育一体安排，组织活动一体筹划，日常工作一体推进。持续开展"五学习两担当"活动，"五学习"即：学习军队特别讲政治，忠诚于党、忠心报国；学习军队特别能战斗，本领过硬、作风顽强；学习军队特别讲服从，令行禁止、遵规守纪；学习军队特别讲团结，大局为先、使命为重；学习军队特别讲奉献，不计得失、不怕牺牲。"两担当"即：担当民兵运输连应急机动保障任务，担当公司建设发展重任。民兵连党支部战斗堡垒迸发出的强大活力，焕发出昂扬的号召力、向心力。

三是在作用发挥上下功夫到位有靓点。

围绕"平时服务、急时应急、战时应战"三时一体的建设目标，强化党支部在应急连当先锋、打头阵中的核心战斗堡垒作用，将应急连打造成后备力量的铁拳头。坚持每年在县人武部的指导下修订应急预案，及时组织方案学习，展开训练演练。严格落实每季度组织一次紧急拉动演练，每半年组织一次队列会操，每年组织一次野外生存拓展训练。先后投入130万元用于基础设施建设和装备器材配备，配齐7类36种应急救援器材，提升保障能力。设置60台战备车辆，编战备序号，选配驾驶技术精的人员定车定位，确保遇有情况30分钟内出动。2014年以来，累计出动民兵280人次，车辆80余台次，圆满完成南部、西部和中部战区部队参加"跨越"系列等演习和"庆祝中国人民解放军建军90周年阅兵"部队过境保障16次；每年均出动不少于300人次配合驻地舟桥部队开展渡河抢险、转运人员装备训练，圆满完成了国防动员保障任务。积极开展双拥共建、精准扶贫、乡村振兴、黄河流域保护和社会综合治理，与2家驻军单位签订结对互助意向书，开通6条扶贫专线和3条拥军专线；帮建农户建立香菇、花椒种植，牛羊养殖等特色项目；组织参与黄河植树和湿地保护活动；配合公安局开展"平安孟津"活动，受到地方领导和人民群众的一致好评。

我们深信，孟津民兵运输连党支部高擎党旗，带领交通人不负韶华，弘扬新时代民兵精神，在加快建设交通强国新征程上，谱写更加光辉灿烂的新篇章！

（作者：谢吉恒，此文入编世界作协等编著的《东方文韵时代新篇》，为北京大学图书馆收藏）

猎猎飘扬的民兵之旗

（一）

民兵这个词，在当下不少年轻人中往往会感到生疏，而在有点年纪的人中，似乎也感到这是遥远的记忆。

记得在我的一次讲座上，当提到这个词时，座下有人问民兵是个什么组织，表现出一脸茫然。

是的，在长期的和平发展中，人们聚精会神搞经济，民兵组织及其活动少了很多，于是就有了上述一些现象。

但是，在河南省洛阳市孟津县，我却看到"孟津县民兵运输连"的大幅竖式牌子赫然悬挂，与孟津县交通运输公司的牌子并列在公司大门口。白底黑字，甚是醒目！"孟津县民兵运输连"的红色旗帜，在春风的吹拂下，猎猎作响，迎风飘扬！

这个民兵连成立于2003年，是迎着市场经济的大潮诞生的，至今已有18年历史。

18岁，对于一个人，仅仅是成年的起点。而对于孟津民兵运输连，这18年里，已谱写出了许许多多动人的篇章！

18年攻坚克难，18年砥砺前行。他们在圆满完成各项日常客运任务的同时，于众多重大事件和紧急关头，发挥民兵"召之即来，来之能战，战之能胜"的军人特质和凌厉作风，跨过一个又一个难以想象的坎坷，成功实现了党和军队、政府交给的特殊使命！

为此，孟津民兵运输连先后被国家人力资源和社会保障部、中央军委政治工作部、中央军委国防动员部联合授予"全国国防动员工作先进单位"，被河南省委、省政府、省军区授予"应急维稳模范民兵连"荣誉称号，被河南省政府授予"平安汽车站建设示范单位"荣誉称号……

作为孟津县民兵运输连连长和孟津县交通运输公司经理的田延通同志，也被中国道路交通运输协会授予"全国道路运输站优秀站长"称号，被河南省交通运输厅授予"五一劳动奖章"，最近，又被国家交通运输部评选为"全国2020年感动交通十大年度人物"，他获得社会投票41万多张，遥遥领先，高居榜首。

（二）

走进孟津民兵运输连荣誉室，400多平方米的面积，一张张图片，一件件实物，一个个奖牌、奖状，一面面乘客送的锦旗，让我们看到了这支队伍风雨前行的轨迹，他们十几年来一步步踩出的脚印，对"民兵是一个什么样的组织"的提问，作出了很好的回答和诠释。

首先，它是不脱产的群众性武装组织，孟津民兵运输连就是依托在孟津交通运输公司的一个组织。民兵战士们在平常时期，分布在各个班组，就是一个个普通员工，一样地承担着运送旅客、服务旅客的责任。但他们又不完全相同于普通员工，他们是运输公司的主力，人人心里总有一根弦——我是民兵运输连的民兵，在企业运输、经营和改革中发挥着骨干和带头作用。

民兵的带头人、孟津民兵运输连连长、孟津交运公司经理田延通，当年上任时，面对的是一个负债上千万元、濒临破产的老大难单位。他广泛动员全体职工，充分发挥民兵组织的作用，大胆实施机制和体制改革，使企业起死回生，步入良性发展的轨道，并跃入洛阳市以至河南全省的先进单位行列。

他们开设了客运"民兵专线"、客运"民兵专号"，带头在全公司倡导热心、细心、耐心服务乘客的新风尚。他们对公司运营的行车路线进行动态管理，不断对客运班车线路进行延伸、新增、调整和改造，使运输覆盖面逐渐扩大，实现城乡客运的无缝衔接。去年，孟津县有分布在7个贫困村庄的50多名村民，在华阳产业园服装厂上班，但他们上下班路途较远，很不方便。

得知这一情况，公司立即开通了两条"爱心班车"专线，接送村民上下班，每天从早到晚，都要把所有上班的村民按时送到工厂，又按时送回村中。

他们还扩大"爱心班车"的服务面，又购置10多台新车，为尚未通公交的28个行政村开辟了公交服务，实现了孟津全县村村有公交、出门就上车的喜人局面。

集市赶会，是当地农村买卖交流、走亲访友的重大节日，人员大量集散，流动量很大，为此，他们想村民所想，急村民所急，排列了各个村镇的集市日期，根据需求量按时发出"赶集班车"，极大地方便了赶集串亲的村民们。此外，他们充分利用新的通信手段，开展了预约班车、电话叫车等服务。所有这些，不仅解决了村民的交通不便，也促进了农村迅速实现脱贫致富奔小康的目标。

这就是平常时期的民兵组织，这就是日常工作中的民兵形象。

（三）

当遇到战事，遇到突发灾害，遇到紧急状态，遇到事关大局稳定的事态时，孟津县民兵运输连就成了一支特别能战斗的武装部队。那些平常身着工装的驾驶员，就展现出军人的面貌，个个戎装楚楚，目光炯炯，随时将投入战斗，一派铁马冰河、横刀立马的气概！

仅仅看看这支队伍的装备库，你就能窥见他们在执行紧急任务时的身影，感受到他们冲锋陷阵的激情。

一进装备库大门，一排多层的货柜上，整齐地摆放着一排排行军背包，全连80名民兵，80组背包。每个背包的货柜框上，都清楚地标注着民兵战士的姓名，及所在排、班。每组背包，由大小两个组成，内装被褥、服装、脸盆等生活用品，共达30多斤。可以想见，一旦有紧急集合，他们会在极短的时间内紧张而有秩序地挎包上身，投入战斗。

背包柜对面是作战工具，除枪支按规定另行保存外，其他如盾牌、警棍、铁锹、镐头、钢丝钳子、警戒线盘、应急灯，还有承担救护任务的急救医药箱等，全都码放得整整齐齐，井然有序。此外，还配备有柴油发电机，以备特殊情况下自己发电应急。

在装备库旁是民兵运输连的作战室。墙上，民兵运输连的旗帜格外鲜亮，孟津县、洛阳市和全国的地图都醒目布置着。迷彩布面的折叠桌子，迷彩布面的折叠椅子，整齐排列在作战室中央。这时，座位虽然是空的，但你会感到连长和副连长、排长们就坐在那里，紧张地研究战事。

那年就是从这里出发，50名民兵在连队首长田延通的率领下，驾驶几十辆军车，千里疾行，奔赴雪域高原，运送维稳急需物资。时间是2008年3月17日，平息西藏拉萨"3.14"打砸抢烧事件正在进行。

那天上午，民兵运输连接到孟津人民武装部的命令，时间是10:40，到11:27，第一批民兵已集结完毕；11:36时，第二批民兵集结完毕，至此50名民兵战士已全部到齐；12时，孟津民兵运输连赴藏队伍已准时赶到距离连部25公里外的部队营区。整个集结时间仅仅1小时20分钟，作为一支不脱产的民兵组织，这是多么的令人敬佩啊！不是平时训练有素，哪有此时的雷厉风行！战士们有的顾不上回家一趟，有的甚至连给家属打个电话都没来得及，就毫无怨言地跑步赶到了集结地。

当田延通带领全体出征民兵赶到指定地点，"孟津民兵运输连前来报到!"他的这一洪亮的声音响起，部队首长即刻高声回应："同志们辛苦了!"一句话包含了多少肯定、赞许和鼓励！

刚刚集结的50位精兵强将，迅即驾驶着几十辆军车连夜上路，越山岭，穿隧道，跨河流，上高原，还要翻过5000米高的雪山。

这个时节，中原大地已是春风杨柳、暖气微微的景象，但他们在途中的夜晚，却遇到大风雪来袭，天寒地冻，滴水成冰，还有缺氧、高原反应等叠加于他们身上。这时，他们的车正行进在高山峻岭的半山腰，下边是万丈深渊，天黑黢黢，路滑溜溜，险象环生，令人生畏，车队不得不停止前进。

眼看着手机上的时间一秒一秒地流失，真叫人焦虑不安！不下山，车就不能熄火，一熄火夜间零下几十度严寒，人受不了，更不用说许多民兵战士都衣着单薄；不熄火，连夜发动，车受不了，油受不了。

两难问题摆在面前，田延通，作为一个指挥员，在风雪里踱来踱去，终于横下一条心，决意不顾四面险情，徒步下山探路，得到部队首长同意后，他带领5名民兵，一步步摸索着走下山去，一个小时、两个小时、两个多小时过去了，他们对整个路况有了数，终于返回山腰，作出了立即下山的决定。

又是田延通驾驶第一辆车走在最前方，命令大家保持距离，沿着他的车辙行走。事后他说："我是带队的连长，我不带头谁带头，再说我对路况也有了一些了解，别人在前边我不放心！"就这样，整个车队如一字长龙，开始缓缓下山。

路上有一段积雪尺余，车轮直打空转，有位民兵战士就脱下仅有的棉大衣垫上。有段路有冰打滑，民兵战士们就用镐头刨，有的把虎口都震得出了血。一步步艰难前行，克服一个又一个险阻，他们终于迎来了最后的胜利，所有车辆都安全下了山。

大家悬着的心终于落地，部队首长望着"一个也不能少"的披满冰雪的汽车，紧紧握着民兵战士的手，心中激动不已！

当民兵运输连胜利地按时到达目的地后，根据维稳情况的变化，需要有21名民兵战士撤回返乡。这对一般人来说是求之不得的事，人们常说归心似箭嘛！但在孟津民兵运输连里却发生了戏剧性的一幕，连长田延通让谁回去谁也不回去，一个说，我是党员，我不能回去；一个说，我当过兵，我不能回去；一个说，我驾龄长，有经验，我不能回去！面对其情其景，田延通眼含热泪，他不忍以简单的命令方式来决定，那不啻于给战士们的热情之火浇凉水，最后只好采取投票的方式，确定了下山人员的名单。

这段近乎传奇式故事，着实令人感动！在商品经济、金钱至上的潮流中，这是多么的难能可贵！

"男儿有泪不轻弹，只因未到伤心处"，田延通，这个长得魁梧高大、一身军装的硬汉子，平素很少有泪，但此时他却再也忍不住了，热泪夺眶而出，顺颊流淌。

千里驱驰，援藏维稳，这是怎样的惊心动魄、令人难忘的场景啊！至今他们对那几十个日日夜夜记忆犹新，这也成了此后激励孟津民兵运输连不断奋进的坐标和源源动力。

十几年来这支民兵队伍先后出色地完成了山东"中牟狼城岗事件"维稳运输、淮河王家坝洪涝灾害抢险、黄河小浪底大坝下游白鹤段抢险等多项急、难、险、重任务。据不完全统计，他们共出动民兵5800多人次，车辆

1000多台次，仅党的十八大以来，该连参与完成的各类应急保障任务就达32次，次次都取得圆满的胜利。在推动国防动员建设、保障备战打仗和服务经济社会发展中发挥了重要作用。

（四）

去年，农历庚子，正当全国人民准备欢度春节时，新冠疫情突如其来。作为孟津县交运公司这样一个汽车运输单位，"春运"是客流的最高峰，也是完成企业效益的关键时段。但他们以"疫情就是命令，防控就是责任"的原则为指导，果断将汽车站完全封闭，120余台客车，所有客运线路完全停运，似乎一切都静止了。

当时，上级没有派给孟津民兵运输连特殊任务，但他们自觉肩头上多着一份责任，坐不住啊！这时，连队向民兵发出"停车不停爱"的要求，拨出各类不同类型的车辆待命值守，作为疫情应急运输力量备用，一旦有令，即刻出发。

他们还组成民兵疫情防控应急分队，在几个重要公路出入口，在黄河小浪底风景区，在车站家属院等地段，设置卡点，按疫情防控要求劝阻进出，测量体温，消毒杀菌，宣传政策，服务民众。在这非常时期，民兵的旗帜高高扬起，发挥出独特的作用。

民兵是个什么样的组织，孟津民兵运输连的事迹给了我们答案，他们以行动向我们作出了诠释！

汹涌奔腾的黄河之畔，蓝天白云，红旗招展。仰望着猎猎飘扬的民兵之旗，我郑重地举起右手，将心中涌出的万端感慨，化作一个崇高的敬礼，致以您——光荣的孟津民兵运输连！

（作者：任宝亭，中国冶金作协会员、河北省作协会员）

向老连长致敬

——写给洛阳孟津汽车站民兵连长田延通

不是银屏

不在军营

也没有战争

他只是洛阳孟津汽车站

一个忙碌的身影

只是他更壮、更酷

更像一个

从战火硝烟中凯旋的老兵

他是我见过的

最牛的连长

他率领的民兵连

不仅负责客运

还承担救灾、抢险

巡逻、练兵

维护和平

在城内和乡村的公交车上

他们是老百姓的贴心人

在抗击疫情第一线

他们是守护健康的志愿者

在遥远的西藏雪域高原
他们是紧急驰援的轻骑兵

田延通，20 岁就在这里
学开车，学修理
学管理，学雷锋
像一枚牢牢固定在
快速奔跑的汽车上的
螺丝钉
不忘初心
坚韧，忠诚

他开车
安全、平稳、无事故
他带队
爱岗敬业，精益求精

当企业发展受阻
汽车站濒临破产
当改革遇到瓶颈
不知何去何从
当熟悉的同事心灰意冷
黯然跳槽、买断工龄
当老板满脸堆笑
高薪聘请
他都泰然处之，波澜不惊

那一年
他破釜沉舟
盘活经营

那一年
他不惧风险
临危受命
精兵简政
负重前行

他有他的生意经
科学管理
扭亏为盈
他更有他的爱国情
创建了民兵连
把军魂注入了员工的使命

在改革的前沿
他既是导演
也是主演
每一个独幕剧
都异彩纷呈，掌声雷动
在军事化管理中
他既是连长
也是士兵
冲锋在前
屡立战功

在这里，田延通
请让我，叫你一声兄弟
在这里，老连长
请让我庄严地
向你致敬

(作者：张恩浩，中国诗歌学会理事)

夜宿小浪底

这注定是一个难忘之夜。

这也必将是一次感受美好、"加油""充电"、坚韧初心之行。

感谢高铁！上午从唐山出发，风驰电掣、一路向南，天津、石家庄、安阳……5个小时的车程，仿佛已经缩短为一瞬。于是，我们来到了无限向往的大河的这一边。

洛阳龙门站下车，一行被朋友接到孟津区小浪底镇的这座农家四合院。院落很宽敞，一楼钢混结构，主要是厨房、库房、餐室和建设中的宴会厅；二楼纯木结构，几乎全是待客的卧室。院里点缀有主人收藏的石磨盘、石槽、锈迹斑斑的车轮、古建的石构件、观赏石，露天布置有石桌石凳；四处还栽植了花木，正开着的是牡丹，浓郁的香气引逗我们各处流连赞赏。这是一座让人感到温馨雅趣的静谧的所在。作为小院装修后首批接待的客人，我们有福了。

晚餐在"小浪底厅"。酒，是52度的杜康；菜，最有特点的是"红烧黄河鲤鱼""黄河鲤鱼两吃"——此前我吃过最多的是滦河鲤鱼，那是我家乡的一道美食。黄河鲤，更是伟大造物的恩赐。朋友热情地招呼我们喝酒、吃菜。口音不同，但交谈的热情不减——大家的心灵是相通的，彼此的友情是紧密联系的。朋友、朋友特邀来陪同接待我们的朋友，先后起身敬酒，按本地的风俗，敬酒要连敬三次，饮尽后还要再满一杯。即便不喝酒，即便酒量很有限，此时此地，你也会情不自禁拿出"酒逢知己千杯少""一醉方休"的气魄。

酒，是不醉人的。醉人的，是比酒还醇浓的真情，是今晚恬美的夜色，是那些拨动心弦的故事。

我们此行，其实主要是来采访一个人，他就是洛阳交通运输集团客运有限公司孟津分公司党支部书记、孟津汽车站站长、孟津民兵运输连连长田延通。其实，准确地说，我们要采访的是田延通"这一个"和他身后的"那一群"——先进人物从来都不是作为个体孤立存在的，孟津分公司、汽车站和民兵运输连是英雄的团队、战斗的集体。同行的资深记者、作家谢吉恒老师此前曾来孟津采访，我已经读过他的报道；席间，谢老师进一步给我们介绍田延通和他的特殊团队的事迹，当地的朋友也不断地给我们补充鲜活材料。明天，河南省交通运输厅《河南道路运输》杂志总编辑谢永亮老师也要来采访；稍后，洛阳市和孟津区有关部门也要进行深入调研。

农家子弟田延通 18 岁学开车，结业后到孟津汽车站成了一名驾驶员。从此，他就和道路交通运输事业摽在一起。期间，单位经营不景气，有员工灰心泄气跳了槽；也有人看上了为人老实、业务娴熟的田延通，以优厚待遇"挖"他去管车，他不去。2009 年，田延通当站长以及担任党支部书记后，从负债近千万元的老底上，抓党建、抓改革，强班子、带队伍，把 13 部个体营运车辆收买，实行公车公营、公司化管理，实现"一年不亏损、二年脱贫困、三年有盈余、四年跨先进"。开通偏远山村运营路线，实现一元乘车；在全省率先实现新能源车上线。公司凝聚力增强，党建、精神文明创建成绩斐然；经营效益逐年提高，固定资产达到数千万元，跃升为全省佼佼者，多次受到各级表彰。依托孟津汽车站于 2003 年组建的孟津民兵运输连，先后配合有关部门出动民兵 5800 余人次，车辆 1000 余台次；特别是田延通担任连长后，进一步健全组织，注重学习训练，狠抓能力建设，以确保拉得出、叫得响、打得赢，民兵运输连在抗洪抢险、安保维稳、保障部队、服务地方建设、开展公益活动和新冠疫情防控等方面，作出了积极贡献。2008 年，孟津民兵运输连被河南省委、省政府、省军区授予"应急维稳模范民兵连"荣誉称号；2019 年，孟津民兵运输连被人社部、中央军委政治工作部、中央军委国防动员部评为"全国国防动员工作先进单位"。田延通的事迹也被各级媒体报道，得到广泛好评。2018 年，他荣获河南省交通劳动奖章；最近，他又被推荐参加交通运输部、中华全国总工会联合主办的"2020 年感动交通年度人物"评选，已入选为候选人；还被推荐参加河南省委宣传部指导、河南广播电视台和河南日报报业集团联合主办的"出彩河南人"感动中原年度人物评选。

今年 60 岁的田延通仍不松劲，他说，要说个人好处，当年跳槽或者挑头自己干，早就是大老板了，如今这个岁数了还图什么？咱是党员，肩上有责任；咱是老交通，心里有情怀；咱不能甩掉这个摊子、抛下这支队伍去光想着自己。各级表彰、各种荣誉，不是我个人的，是集体的，是咱们这个团队的，孟津分公司、汽车站、孟津民兵运输连多年来培育的这种精神、铸就的这种传统，要传承下去。

……

饭后，时间已经很晚，旅途劳累，大家回房间休息。我却睡不着，又邀上同室的诗人张恩浩老师一起来到院外。

黢黑的夜，久违的静谧。天幕上没有月亮、没有星星，只有一架飞往洛阳机场的飞机闪着睿智的眸子从头顶缓缓滑过。眼前朦朦胧胧，隐隐有树丛的影子。又一阵浓郁的香气，似曾相识，仔细辨认，原来就是院内外绽放的牡丹。不远处，一辆警车闪着灯驰过，又一辆小轿车驶过，这才推测出附近应该是有一条公路。旷野里，布谷鸟也没有睡意，这么晚还不知疲倦，在"播谷播谷"地叫，感觉无比亲切。张恩浩与我谈诗，毋庸讳言，我也借着酒意褒贬了某些诗人。黑暗中，他拿着手机给我朗诵了好几首他的诗，包括刚刚发表在《诗刊》上的。他的诗深深地打动了我。

由张恩浩的诗，我的思绪又回到田延通的事迹。我跟恩浩约定，采访后，要好好写一写田延通、写一写孟津分公司和民兵运输连。

回到院内，小木屋门都关着，赶了一天远路的人们大概都睡了，只有楼上走廊里的红灯笼亮着。养鱼池里的水被机器鼓动得咕噜咕噜欢快地吟唱。院内两棵树已长得很高，叶片在灯光下油绿油绿的。这是什么树？打更的兄弟说了几遍我也没听清，还是张恩浩反应快说是"皂角树"。夜里天儿凉下来。在打更的兄弟催促下，我俩回屋休息。

倒在松软的床上，才觉出困倦。看下手机，已是23:58。晚餐时栾嫂说，我们距小浪底水库仅四五公里，车程10分钟。难怪，此刻的枕上，徐来的牡丹花香、木屋的松木香里，我隐隐听到了黄河小浪底的涛声——时而铿锵如交响，时而娓娓若情话；不，还有温婉哼唱的摇篮曲——夜宿黄河边、夜宿小浪底，是赤子睡在母亲的臂弯里？！田延通，你，我……我们都是大河的儿女。兼有记者、作家、诗人这样的身份，我们孜孜找寻的、热情赞美的，其实都在这里。

（作者：王金保，中国作协会员）

孟津民兵运输连印象

——记全国感动交通十大人物田延通和他的民兵运输连

初夏，中原大地气温适中，舒坦宜人。我随《中国冶金报》记者站老站长谢吉恒先生组织的作家采风活动，走进了河南洛阳市孟津交运分公司，采访全国感动交通十大人物洛阳市孟津运输公司经理、民兵运输连连长田延通和他的团队。

在一个天朗气清、花香四溢的下午，我们一行先后来到了洛阳火车站，前来接站的是非常干练勤快的小许师傅，他开了一辆加长版的轿车，把我们接到后，说说笑笑不觉来到目的地孟津民兵运输连驻地。

本文的主人公，洛阳市交运总公司孟津交运分公司经理、孟津民兵运输连连长田延通先生早已在门前等候。他虽年近花甲，但看上去要比实际年龄小很多。这位身高一米七八的汉子，笑容可掬，与我们一一握手，微黑的脸庞，写满了纯朴、实在。晚饭前听取了原河南省交通厅领导谢永亮对田延通和他所领导的洛阳市孟津交运分公司民兵运输连事迹的简要介绍。第二天上午我们又到公司展馆学习参观，展馆墙壁上挂满了大小不同的图片、奖牌和证书，渐渐地，田延通和其民兵运输连在我的面前由模糊的轮廓逐渐变得清晰高大起来。

真没想到，一个区（县）民兵运输连，竟然做出这么多成绩，获得这么多荣誉。有县级的，有省级的，更有国家级别的。他们的成绩感人，事迹突出，使我这个参加工作 30 多年，长期从事中小学数学教学研究，退休多年的教育工作者，为之感动，为之震撼，竟然也跃跃欲试，想用笔来记录和讴歌这些新时代可敬可佩的人。

锐意改革，企业起死回生

原来早年的孟津交运分公司不是现在这个样子，当时连年亏损，截至2003年，企业负债上千万元，职工的工资被拖欠，公司濒临倒闭。当时有人劝田延通跳槽，另谋出路，有的甚至愿以高薪聘请。可是田延通铁骨铮铮，他坚定地说："我不走，我要和民兵运输连全体战友同呼吸共患难，我要坚持干下去！"

2009年田延通走马上任，担任了洛阳市孟津交运分公司经理和党支部书记、民兵运输连连长。根据30年工作经验，他知道企业的病根在哪里，对该公司进行了大胆的改革。当时孟津民兵运输连的车都在个体户手里，不仅服务质量谈不上，而且这些个体车哪里有钱就往哪里跑，钱都流向个人手里，缺乏一定的全局观念。

田延通敏锐地意识到要扭转目前的局面，必须实行民兵运输连所属公司化经营模式，才能带领企业走出困境。于是，他大刀阔斧地实行了改革，首先选择配备有实干精神的人进入领导层，组阁新的班子。

紧接着进行业务改革，坚持公司化经营模式。先从孟津到洛阳线路着手，13部车原来都是个体户经营，当时公司没钱，于是他发动职工利用房产抵押贷款，把13部车一部一部买回来，一个月后全部收回。此后各个线路的车辆也陆续收回公司，投入运营，全部公车公用。员工和车辆均属全天候公司化管理，和原来的挂靠式完全脱离。全体职工同舟共济，埋头苦干，奋力拼搏，迈出了艰苦创业第一步，实现了"一年不亏损，二年脱贫困，三年有盈余，四年跨先进"的目标。

短短的4年，田延通不仅使企业起死回生，还清了千万元外债，而且职工的工资翻番，还使孟津交运分公司跨进洛阳市先进行列。

脚踏实地，打造全面过硬团队

在田延通的带领下，孟津交运分公司一派勃勃生机，职工的心劲儿激活了，大家看到了希望。

为了打造更加全面过硬的团队，田延通和党支部一班人紧紧围绕政府的中心工作，通过转变模式，提升服务，脚踏实地抓好每项工作，逐步建立健全各项管理制度。

要求所有驾驶员和客运从业人员持证率100%，并且建立客运信息管理系统、车辆卫星定位与调度系统，客运车辆卫星定位系统安装率100%，严格车辆准入制度。从事客运经营车辆均符合国家相关安全标准，始终保持车况良好。

严格做到安全运营管理规范，各项安全生产责任制度完善落实到位。安全检查人员配置到位。认真落实"三不进站六不出站"的规章制度。在内部管理上，通过强化落实每月4次安全例会，纠正驾驶员违规违法行为，有效地遏制重特大事故的发生。

从此，公司经营面貌连年翻新，截至2020年底，企业固定资产达到6000万元，120台车辆全部公司化运营，公交化运营模式创洛阳市城乡历史先河，其规范化的管理和优质的服务也享誉业内。十几年来，他们先后被省授予"省级文明卫生先进单位"，省交通厅授予"文明汽车站"，河南省政府授予"平安汽车站建设示范单位"等各种荣誉。

追踪他们创业的艰苦路程，一个个感人故事催人泪下。在田延通的带领下，他们立足本职岗位，敢于担当，乐于奉献，在平凡的岗位谱写了许许多多可歌可泣的动人故事。

2004年，田延通带领孟津交运分公司民兵运输连前往中牟平息狼城岗事件。2008年，拉萨发生恐怖暴力事件，民兵运输连接到上级命令后，田延通迅速集合民兵运输连50名民兵，配合保障部队行动。驾驶军车行程2000多公里，历程 37 个日日夜夜，其中有三天三夜顾不上睡个囫囵觉。走雪山，过悬崖，冒着生命危险，最后圆满完成任务。河南省委、省军区授予他们"应急维稳模范民兵连"荣誉称号。2010 年，民兵运输连赴玉树地区抗震救灾。同年参加淮河王家坝抗洪救灾。2017 年，参加保障建军 90 周年阅兵队伍过境。2018 年黄河小浪底大坝下游发生险情，田延通又带领民兵运输连及时排除险情……

为方便群众出行，他们还开通了"民兵专线"班车，并且为没有通车的 28 个行政村开通了"村村通"公交。

积极响应"精准扶贫"号召，全力支持偏远山村创业致富，开通了 13 条偏远山村运营线路和"一元乘车"扶贫专线。

为防治大气污染，在全省率先推出新能源汽车上线运营，为地方经济建设环境保护做出了应有的贡献。

2020 年春运期间，新冠疫情暴发，田延通坚持"生命重于泰山"的指导思想，带领孟津民兵运输连全体成员，义无反顾冲向抗疫一线。在第一时间将汽车站完全关闭，120 辆汽车全部停发。调配有应急和部分全天 24 小时待命的车辆，时刻准备着为全县的疫情防控提供运输保障。同时还专门组织民兵运输连的全体民兵成立了战疫防控突击队，分别在几个小区建立防疫卡点。并且配合当地政府工作，在小浪底、县城部分高速出入口等地设立卡点，进行车辆及人员检查、登记、体温检测及劝返和疏导工作。

2021 年初，孟津民兵运输连紧密配合当地政府防疫行动，接到任务，立即组织 3 台应急车辆，拉载孟津区人民医院 100 余名医务人员赶赴新安帮助抗疫。

2021 年 7 月，河南遭遇特大暴雨，民兵运输连迅速组织力量赶赴受灾最严重的村庄救灾清淤。他们的口号是："接受任务不打折扣，完成任务不讲价钱，困难再多决不退缩，越是危险越是向前。"真正体现了孟津民兵运输连不畏艰难勇前行的无畏精神。

他们的辛勤付出，赢得了社会的认可和褒奖。2016 年，田延通被孟津县双拥工作领导小组评为"爱国拥军十佳模范"称号。2019 年 5 月，孟津民兵运输连被国家人力资源社会保障部、中央军委授予"全国国防动员工作先进单位"光荣称号。2020 年 4 月，洛阳市委、市政府、军分区联合做出

《关于开展向孟津民兵运输连学习活动的决定》，并且为民兵运输连记"集体三等功"一次。2021 年，民兵运输连党支部被河南省委表彰为"先进基层党组织"。不久，田延通又被国家交通运输部评选为"全国感动交通十大年度人物"。

......

数不清记不完的成绩和荣誉，桩桩件件都是田延通和他的民兵运输连在国家建设平凡的岗位上忠于职守、为人典范、高风亮节的记录和见证。

没有最好，只有更好

面对公司墙上满满的荣誉证件，我无限感慨：这一面面锦旗、一块块奖牌来之不易啊！它是田延通和孟津交运分公司民兵运输连战友们用辛勤的汗水和智慧换来的。他们迎着晨光出车，披着星星归来；他们顶着烈日，冒着严寒，废寝忘食，夜以继日；他们实现了转变模式、体制改革，不计得失，无私奉献；在急难险重任务面前不畏艰险，不怕牺牲，勇往直前，才换来了今天的成绩和辉煌。

但是，田延通和民兵运输连的战友们没有骄傲和满足，他们说："这些荣誉只能代表过去，在事业上没有最好，只有更好，我们要继续努力，在新的历史条件下，奋力拼搏，再创辉煌。"

他们是这样说的，更是这样做的。民兵运输连在生产经营中，不仅发挥先锋模范作用，而且把汽车运输和为民服务结合得很好，就连一些小事都不放过。在平时的运营线路上，常有旅客丢东西在汽车上，每次遇到这样的事情，民兵们都会妥善保管并及时送还，使旅客失而复得。常常有旅客送来锦旗，上面书有"拾金不昧，优质服务""感恩交运，客运新风"等感谢佳句。

从一个亏损严重的企业发展到如今固定资产 6000 万元的厚重家业，培育了一支"特别能战斗"的民兵运输队伍，靠的是什么？靠的是田延通这个老共产党员对党的无比忠诚；靠的是对"不忘初心，牢记使命"的坚定信念；靠的是田延通身先士卒和职工不畏艰难、齐心协力的拼搏；靠的是他们的创新经营理念和实干精神；靠的是规范化的管理和优质的服务。

我想：正因为企业有了这些优秀的人才，才能够发展得这么快，这么稳，这么好。这不仅在洛阳市，乃至在全国，也是创造了奇迹。所以我说，他们真的是我们这个时代可敬可佩的人！

愿我们的国家出现无数个"孟津交运民兵运输连"，无数个"政治上靠得住，工作上有本事，作风上过得硬，廉洁上信得过"的带头人。想到那时，我们国家的发展将会更加迅速，更加美好！

（作者：杨增叶，河北省邯郸市丛台区文教局研究室教研员，曾在《少年智力开发报》《全国小学优秀教案集》《数学天地》《小学数学》等报刊发表多篇论文和优秀教案）

（三）白云山采风

创绿色生态品牌

绿色是生命之色，象征希望和活力。今年"6.5"第49个世界环境日到来前夕，新金集团又传佳音，绿色生态园惊艳亮相开园，这是钢铁重镇武安市首家钢铁企业建成的城中"企业绿色生态园林"，为新金集团绿色发展添美景，成为新金乃至武安市一张靓丽名片。

新华社、《工人日报》《中国冶金报》等多家媒体对新金集团以"绿色为底色，高质量发展"进行了报道。新金集团如何建设绿色企业、生态企业实现高质量发展？"绿色生态叫响品牌、精心打造生态园林、生态园林景观优美"，新金集团总经理高扬如是说。6月下旬，《中国冶金报》记者应邀走进新金集团跟踪采访报道。

绿色生态叫响品牌

记者漫步新金钢城，沿着厂区宽广大道，从西区走到东区，路两旁树木葱茏、鸟语花香、移步易景，一步一景致、一角一风景，形成了"厂在林中、林在厂中、路在绿中、人在景中、产城融合、相融共生"的生态格局。新金集团是一家名副其实的产品质量过硬、环境优美、景观怡人的现代化花园式工厂。新金集团连续 12 年荣膺中国制造业 500 强、中国企业 500 强，秉承"绿色制造、绿色服务、绿色融于城市"的理念，致力打造智慧工厂，追求整个生产过程绿色环保，将企业生产由"制造"提升为"智造"，鼎力打造目标为"武安市工业生态游基地"。新金集团 2017 年被工信部评为全国首批绿色工厂，获得国家"首都蓝天行动科技示范工程""环保社会责任企业""中国卓越钢铁企业品牌""中国钢材市场优秀品牌""中国钢铁行业环保领跑企业""绿色发展优秀企业""环保生态工业游示范单位"等荣誉称号。

　　品牌是一种认可，品牌是力量，品牌是资源。新金集团是如何打造叫响绿色品牌呢？新金集团负责环保副总经理袁占朋介绍，他们采取双管齐下的举措：其一，奋力打造绿色生态品牌。新金集团始终坚持可持续发展和对社会高度负责，持续打造提升绿色品牌形象。以"青山绿水就是金山银山"理念为引领，加大强化节能减排、绿色发展的力度。其内涵是追求生产高效化、消耗减量化、排放最小化、资源循环化、环境友好化，不断取得重大进展。一方面，为适应绿色品牌建设常态化的需要，建有绿化队、环卫队，配备吸尘车、洒水车、洗扫车。另一方面，立足关爱职工，造福社会，进行大规模厂区环境治理，近 3 年累计环保投资 22 亿元。厂区绿化面积达 2 万多平方米，绿化率达 45.3%，成为城市重要的"绿肺"和"氧吧"，树立生态和谐、社企共融的花园式企业形象。其二，奋力打造生态品质提升品牌。率先在河北民营钢企建成能源管控中心，形成全方位的可视化、信息化、一体化集中管理系统。高度重视二次能源转化，实现了工业废水零排放，蒸气、煤气全部回收利用，"三废"利用率达到 100%，工业废水、煤气、余热、固体废弃物四大综合循环利用系统的建立，形成"绿色循环经济圈"和完整的二次循环产业链。

精心打造生态园林

　　新金集团确立绿色生态立企战略，多年来持续加大对绿化工作的投入，从对场区植树增绿到园林造景升级，绿化的步伐从未停歇。如今"绿色生态"已经成为新金集团的代名词，更成为新金集团发展的底色。

新金集团积极贯彻习近平总书记生态文明思想和"绿水青山就是金山银山"的环保理念，以建设"绿色新金""生态新金"为总方针，2018 年末，新金集团董事长高万军高屋建瓴带领员工围绕"创一流标杆绿色企业，建绿色智慧新金"的愿景，开展综合治理。经过一年半综合治理，自己动手渣山植绿增绿、造林造景，新金集团在厂区南部形成一座占地面积约 500 亩，规模大起点高的绿色生态园林。生态园林的前世原为厂区内闲置场地，是钢渣、建筑废料、生活垃圾等废弃物料的集中地，导致该区域生态被严重破坏，环境日趋恶化。新金集团实施大手笔推进绿化、修复工程，对该区域进行荒地治理、造林造景建设。

新金集团为打造生态园林，井然有序对渣山的坡面坡度采用消减作业，由原来陡坡分级平整，用水泥路面碎块围堰造田，以保持坡面稳定。整治过程中，原来废渣垃圾深坑处填埋，采用黄土地膜分层碾压，使有害物质封闭隔绝，消除对周边环境危害。整治后，选择适宜的植被，突出绿色生态，清理杂乱荒草，移除病害枣树，采用油松、火炬、红花槐等多品种、多层次的乔木组合种植。通过生态环境改造，实现渣山荒地植被生态系统的稳定，完成由"黑色渣山向绿色景观"的转变，彻底使废山变宝山。

新金集团绿色生态园林由前世的黑色渣山，蜕变打造成今生的魅力横溢的厂中绿色生态园林，呈现出了"人、钢铁、环境和谐共生"的生态格局，集生态观光、园林欣赏、果蔬采摘、研游教育于一体的综合性绿色生态园。

新金绿色生态园主要以五福临门的"五园"为景观设计，即采摘、水生植物、怀旧时光、福禄、薰衣草五个园区。绿色生态园区中种植各类乔木、水系、草本、灌木、藤类植物等多达百十余种；营造了"两湖两潭一溪"的生态美景；增设了红色文化、历史怀古、风格建筑等特色景点，可谓将文化、艺术与自然气息融于一体，成为新金集团一处独具特色的优美绿色生态园林景观。

6 月下旬，记者徜徉在新金绿色生态园，亭台楼阁独具意境、花草林果相映成趣、小桥流水情意缱绻，景色应接不暇、美不胜收。记者在新金集团宣传部门友人的陪同下，边参观边介绍。依次参观第一站采摘园。园内种类齐全，分布有瓜果、蔬菜、五谷杂粮等采摘片区。不同的季节有不同的风景，使人置身其中，仿佛有种到了田园之地而不是在钢企之感。参观第二站水生植物园。园内观鱼湖、荷花湖和野溪点映交错，构成一个5000平方米的循环水系，水源全部来自新金集团内部处理过的工业废水，纯净度已达到可饮用的级别。园中水系瀑布飞流、芦苇掩映、水草柔美，朵朵荷花在碧绿荷叶衬托下，微风吹来，翩翩起舞，迷人醉眼，波光粼粼的湖面上，点缀得更加灿烂夺目。接着参观第三站薰衣草庄园，它位于生态园的南山上，种植了大面积的花田。主题植物柳叶马鞭草、波斯菊、蜀葵、百日草、薰衣草，布局带状与块状分布其间，绿色的韵律将人们赏园兴致引向高潮。第四站是"怀旧时光园"。随着时代的变迁，社会的发展，农村生产、生活条件的改善，人们的生活水平得到了显著提高，人们不愁吃、不缺穿，日子过得红红火火。大凡生于六七十年代的人始终会怀着感恩之心回忆着用石碾子碾五谷杂粮的童年、少年，因为那些美好时光曾承载过他们对过往岁月的无限依恋和感激。参观最后一站，第五站"福禄园"。福禄园是一座清雅、幽静的庭院，建筑为徽派风格。夏秋季节，院内的葫芦藤蔓爬满篱笆，大大小小的葫芦缀满肥美的叶子之间，风景煞是可人。福禄园也因园内的葫芦而得名。

新金集团绿色生态园林环境优美，四季景色各异。春来嫩芽初展，呈现出一派勃勃生机；夏至绿树成荫，鸟语花香；秋到红黄绿色彩丰富，硕果累累；冬临白雪皑皑，银装素裹。这里的一草一木见证着新金集团的绿色生态梦；新金集团是人们"工业游"一个赏心悦目的好去处！

（作者：谢吉恒、刘辉、赵彬）

白云山传奇

在河北武安市活水乡，有个白云大道。沿着这个富有诗意名字的路前行，就到了地处太行山深处的白云山。

白云山，最高峰达 1300 多米，常年云雾缭绕，山岚蒙蒙。山上绿树蓊郁，草木丰茂。山间土地千顷，谷穗低垂。

白云、绿树、青田，如此景象，就渲染在白云山上。这在太行山的地质地貌里，确属奇观。

"北上太行山，艰哉何巍巍。"曹操对太行的感叹，诗眼就是一个艰险。"太行天下脊，黄河出昆仑。"陆游对太行山的描述，核心岂不也是艰险。太行山，属于喀斯特地貌，地处北国，天干地燥，植被低疏，山石裸露，雄奇巍峨，浑厚悲壮！

但是，眼前的这一脉白云山，却呈现出另一种景象，白云、绿树、青田……它为何一山独秀，与众不同？

一、白云山的来历

话说当年，女娲抟土造人，繁衍生息，待世上呈现芸芸众生，她就交由玉皇大帝管理。那么玉皇大帝首先要解决老百姓的生计，于是，他摇着播种的耧，由白龙马拉着，在太行山东部的平原地带播下了五谷之粮。接着，就要进入太行山了，面对崇山峻岭，石厚土薄，他深知种粮不宜，就将耧斗里的五谷换成了煤炭种子和铁矿种子。这可比五谷要沉得多，白龙马奋蹄前行,玉皇大帝甩臂摇耧,在太行山东部播下了铁和煤。于是这里后来有了綦村铁矿、西郝庄铁矿、中关铁矿、矿山村铁矿、西石门铁矿、五家子铁矿、马甲垴铁矿、玉石洼铁矿、团城铁矿……有了东庞煤矿、显德汪煤矿、章村煤矿、康二城煤矿、郭二庄煤矿、陶庄煤矿、和村煤矿、九龙煤矿、通二煤矿、万年煤矿……一大群煤、铁储藏星罗棋布,成了后世众生生存依赖的物质来源。

当玉皇大帝播种到了武安活水、陈家坪一带,人和马都累得够呛,他们停下脚步,想喘口气。白龙马一伸腰肢,"突噜噜……"一个响鼻,吐出一团白气,顿感舒畅。玉皇大帝也受感染,伸伸懒腰,打了一个长长的呵欠,又是一团白气呼出,顿释疲劳。就是这天神和天马的哈气,交织在一起,升腾、氤氲、缭绕、漂移,造化出变幻莫测的白云,终日与山相伴,形成了此山云蒸霞蔚的特殊气象。白云山从此而来,白云山由此得名,这条沟也就叫作白云川了。

你看啊!清晨,白云山被云雾包裹,时隐时现,像少女披挂的薄纱在舞动,像寝宫的幔帐在飘拂。当你登上顶峰白菜垴,只见云在脚下翻滚,如海如涛;极目东望,远方彤云密布,霞光四射。少顷,一轮红日,喷薄而出,脚下的白云也折射出变幻的色彩,让你飘飘欲仙,如痴如醉。

若日至中天,你仰望白云山,山间白云如玉带缠绕,徐徐流动。天空瓦蓝瓦蓝,犹如无风潭水,未磨镜面。几朵白云,从山顶生起,映衬其间,天更蓝,云更白了,恰如那句歌词"蓝蓝的天上白云飘"。忽而,一阵凉风吹过,天上的白云似乎有谁召唤,急急忙忙聚集一起,降临山顶,涌向山间,顿时,大雾弥漫,整个大山又隐没其中,不见踪影。如此变幻莫测,使白云山充满了神秘色彩。

那一年,刘伯承、邓小平指挥 129 师在这里与日军周旋。他们的指挥所就设在陈家坪村后西垴岭的窑洞里,六孔石窑至今保存完好。有一天遇到几倍于我军的日寇,他们从几个方向向我军涌来,众寡悬殊,陷我于危急之中。见此情景,当地百姓自发地向白云山烧香祈祷,不一会儿,团团白云迅速云集,大雾陡起,把大山裹了个严严实实,是时伸手不见五指,难辨东西。敌军不谙地形,立刻乱了阵脚,慌乱撤退。我军则发挥熟悉地形的优势,在老百姓的配合下,转危为安,转败为胜,反而抓住战机消灭了日军掉队的小股部队。这时，大雾如同完成了使命，又很快消退，顿时天朗气清，风轻云淡。

如此神奇，若有神助。是啊！白云山之云，本来就来自于神灵！

二、白云山的千亩良田

话说玉皇大帝和白龙马播种到此，歇了歇脚，喘了口气，感到疲惫顿消。这时，玉皇大帝低头一看，惊呼一声："不好！噎耧了！"什么叫噎耧？就是由耧斗往下输送种子的孔眼堵了，像人的食道，噎住了。他回身一望，播种过了团城、矿山村、玉石洼一带之后，就已经噎耧，没有种上煤和铁。如果再折返回去重种，时辰有定数，决然不可能。那么，白云川里的子民靠什么生活？总得给他们一条生路啊！

正在一筹莫展之际，白龙马用后蹄子砰、砰、砰地踢耧腿儿，玉皇大帝顺势一看，只见耧腿的犁铧上挂满了柴草和泥土，有了！他灵机一动，把三条耧腿犁铧上的东西全都捋了下来，向着白云川挥手一撒，并自言自语地说，就让这一带的众生以此为生吧！于是，这一带虽然没有煤炭、没有铁矿石，但那些泥土，变成了厚厚的土壤，铺成了数千亩良田，那些柴草变成了树木葱茏、绿色翁郁的丰茂植被。当地的芸芸众生，拥有了不同于太行山其他地方的生活渊源！

从地质学上说，这里原是无边大海，地壳经过亿万年的运动和变迁，形成了大量沉积岩和变质岩，基本上都是由砂页岩和石灰石构成。这种喀斯特地貌本是以崇山峻岭、崖壁陡峭、山体裸露、石厚土薄为特点的，所以很难有像样的土地，即使有那么些少量地块，也是人工修筑的巴掌大的小块梯田。但白云山这一带，高高的山顶上，竟有大块大块的良田。白云山里的陈家坪村，解放前百十户人家，三四百口人，却拥有3000多亩平整肥沃的大块土地。这在太行山里，是绝无仅有的。

因此，这里是远近皆知的小康村庄，历代的贫困村名号，都与陈家坪无关。相反，这里出过一代又一代的财主，他们从土地里获得大量粮食，家里的粮囤，又尖又满，都够几年吃的。有一家地主，占有千亩良田，年年丰收，他就将粮食换成钱财，外出做生意去了。一直将生意做到天津口岸，做到东北三省，发了大财。后来，干脆回家将土地分送给了自己的几个长工，使村里的不少穷苦人都富了起来。

抗日战争期间，陈家坪有个姓王的地主，家里储藏有不少粮食。但在敌我面前，他深明大义，捐给八路军大批粮食，解救了当时我军遇到的燃眉之急。但八路军有自己的规定，坚持给王姓地主留下粮食借条，待情况好转时归还。那位地主非常感动，把借条藏在家里的房梁上。后来日本鬼子来到村里，对支援过八路军的百姓进行拷打、杀戮，并放火烧了那位地主和村里的房子。从此借条消失了，但借条的故事却世代流传了下来，教育着一辈又一辈的陈家坪人。

这个故事，也折射出地处深山的陈家坪，具有上天赐给的大片良田，是太行山里少有的富庶之乡。近年来，我国加大了对贫困农村的帮扶力度，使所有农村都实现了脱贫致富。但陈家坪得天独厚的自然条件，使得他们不仅从未被列为扶贫对象，相反还为帮扶贫困农户做出了积极贡献。

三、白云山的丰茂植被和太行菊

当年玉皇大帝随手撒下的泥土变成了良田，那么他撒下的柴草中有一些是柴枝木棒，这些则大都变成了树木。这些树木种类繁多，乔木灌木交错其间，形成了蓊郁的原始森林，也给许多野生动物提供了乐园。

众多树木中，还有不少罕见的树种。目前已知的有青檀、皂角树、金钱槭、漆树、楸树、榕树、崖柏、降龙木等。这些都是比较珍贵的稀有树种，青檀等品种还被列入《中国稀有濒危植物名录》，楸树是被植物学家称为珍奇古老的活化石物种，它是经过史前地质地貌结构变迁得以保存下来的为数不多的树木，而且还有多种药用价值。

　　名为降龙木的树，也叫六棱木，具有极强的韧性，折而不断，像牛筋一样。它有六条棱，横截面呈规则的雪花形，也像六片花瓣，常用来做手杖或棍棒武器。降龙木，顾名思义，它具有祛邪解毒、镇妖除怪、降服恶龙的作用。传说宋代杨六郎率军攻打天门阵时，辽军把大量毒气释放往宋军阵中，使杨六郎的部队失去抵抗能力，伤亡惨重。穆桂英得到情报后，从穆柯寨带来降龙木，发给士兵，驱散毒气，从而大破天门阵，取得战斗的全面胜利。穆桂英当年在白云山的点将台，一直留存至今，现在已成为人们凭吊的一处古迹。在古代，神奇的降龙木还被制成筷子，作为贡品进献皇上，以测试饭菜是否有毒。如此金贵的树木，在白云山却大有所在，你若登山，途中不时可以看到。

　　上有树木下有百草。玉皇大帝撒下的柴草里的柴枝木棒变成了林木，而柴草里的茅草碎蔓，则变成了茂盛的草本群落。它们与树木相辅相成，共生共长，烘托起了白云山一带的原始森林。这众多的草木中，还提供了丰富的中草药资源。对癌症颇有疗效的半枝莲，非常喜欢这里的海拔高度和凉爽气候，山上山下常常可以见到它们的身影。还有柴胡、连翘、苍术、丹参、黄精、石竹、山丹等，都在这里找到了自己的乐土，虽然稀疏零散，但却漫山遍野都有生长。

　　最引人关注的是被称为太行绝壁奇花的太行菊，它是中国国家特有的珍贵物种。它生长在海拔 500 米至 1500 多米的峭壁或裸露的石灰岩上，花瓣呈舌状线性，始时是淡紫色，完全开放时则调制成纯白色，花期长达三至四个多月，每朵花能持续开放 20 多天。它生长的环境极其恶劣，往往在石头缝里觅生存。整块石壁上，只要有一丝轼裂，哪怕头发丝一样粗细，它也要顽强地扎下根去。再借一点云雾，就会生长起来，绽放出花朵。在露重霜寒的秋风里，在百花凋零的冷月下，它们一簇簇地悬在那刀劈斧砍般的万丈绝崖上，像天女的芊芊玉手一个又一个地挂上去似的。当微风吹来，它们以垂直竖立的峭壁为背景，随风摇曳，婀娜多姿，楚楚动人，尽情地展示自己的淡雅和清丽。再加之它们从来不与其他花草为伍、喜欢独生独处的个性，它的娇容总是那么醒目和耀眼，并毫不吝啬地散发着阵阵菊香，向白云山贡献出一道诱人的独特风情。正是：

太行菊虽小，

凌寒独自开。

装点白云山，

绝壁香气来。

事物总是有它的两面性。太行菊由于生长环境险恶，物种稀奇，还有它的药用价值，所以备受人们青睐；但却因此已呈濒危状态。我国发布的第一批《国家重点保护野生植物名录》就将其列入其中，并列入《世界自然保护联盟濒危物种红色名录》，也是在大声疾呼，救救它吧！我们祈祷，愿太行菊在受到人们喜爱的同时，更受到人们的悉心保护，使它不断扩大种群，逐渐延续下去，繁衍开来。

四、白菜垴和三道山门

白云山的最高峰白菜垴，海拔 1350 米。站在这里，四面河山，沟沟梁梁，尽收眼底。

白菜垴，从山下仰望，从远处遥望，都酷似四棵生长着的大白菜，故而得名。为求富贵，也按谐音叫作"百财垴"。由于是四棵白菜，也寓意四季发财。四棵，还有暗发的含义，汉字"八"谐音"发"，而汉字"四"，就是家里藏着"八"，即暗发。很巧，现代音乐的"斗、来、米、发、嗖"中，"发"恰是"四"，也是暗发。如此契合，也不全是巧合，因为在传说中，白菜垴来自神灵造化。相传这四棵白菜就是当年玉皇帝种矿，在此歇脚喂白龙马草料时，无意洒落的饲料里含有的菜籽，后来生根发芽生长而成。

白菜垴高耸入云，陡峭险峻。它的东、西、南三面皆为绝崖峭壁，只有北面辟有一条狭道，成为攀登峰巅的唯一蹊径。此路沿山脊蜿蜒上行，两边为万丈悬崖，让人头晕目眩，如此险象，令许多人或不敢涉足，或中途知返。敢于冒险者，始从山麓出发，向上攀登。当到达大约 1000 米高处时，曾经相继横着三道山门。每道山门，都呈一夫当关、万夫莫开之势。

第一道山门，为人工建造，石头拱券，两侧有竖厅，两边还各卧着一只石狮子，向着门外怒目而视。整个石工刻制精美，规整契合，结构严谨。山门安装有两扇厚重木门，门扇有馒头大小的泡钉，坚固沉重，可开启，可关闭。一旦关闭，登山者插翅难飞。

第二道山门，则与第一道、第三道截然不同，命运也完全不同。这道门不是人为的建筑，而是天然的关卡。过了第一道石门，向上攀登几十米，就是这第二道山门。

它是横在山脊上的自然山体，在这里突然裂开了一道缝隙，宽度不足两米。而就这不足两米的夹缝上方，不知何年何月从何处飞来一块半间房子大的巨石，卡在两米高处，不高不低，不大不小，正好形成一道石门，看上去形势险要，大有岌岌坠落之势。但不知多少年来，它就牢牢地支撑在那里，任你地动山摇，"我自岿然不动"。大自然如此神来之笔，叫你不得不为之惊叹！这道天然石门，历经了多少自然沧桑，经受了多少战争烽火，目睹了多少政治风云，但都没有触动到它，它是多么的幸运！是侥幸吗？不是，因为，有神在护佑着它！

再继续往上攀登，最后是第三道山门。也是人工建造，其形制也和第一道山门一样，只是所处海拔高出了约百米。这两座山门最早的建筑时间不可考，能确切有据的是重修时留下的一块石碑残碣，仔细辨认，能清楚地看到它记载的重修年代为明朝万历二十年，即公元1592年，至今整整430年了。

可惜的是这第一道和第三道两座山门，在"文革"浪潮中，被拆除砸毁了。那巨大沉重的石头雕刻，在红卫兵的欢呼声中，轰然滚下万丈深渊，伴随着是大山悲哀的回声，久久回荡。现在我们能够看到的，只是残缺的基础和一些破碎的石块，有一块半拱形的、雕刻有花纹的石块，静静地躺在山路旁的草丛中，似在向你诉说着它们的不幸，它们的沧桑。

过了三道石门后，一股无名的力量在推动着你，你定会不停歇地继续向上攀登，一直到达1350米的峰巅白菜垴。那里至少在明代万历年间就建有两座庙宇，一个是建在最高峰的玉皇庙，一个是略微靠下、规模宏大的碧霞元君庙。玉皇庙耸立峰顶，藐视四周，万千气象，尽收眼底，这时"会当凌绝顶，一览众山小"的诗句定会脱口而出，所以，白云山素有"小泰山"之称。碧霞元君庙位处玉皇庙之下，坐北朝南，胸襟开阔，建筑成群，仙气氤氲。当年，两座庙宇那终日不绝的香火，深情地表达着人们对远古时期玉皇大帝施恩布泽的无尽感恩和庄严的纪念。

令人遗憾的是，这两座庙宇与被破坏的两座山门一样，也在"文革"时毁于一旦，现已荡然无存。但其石头砌筑的墙基还完整存在，在其周围的荒草和碎石中，还可以随时找到庙宇彩色琉璃瓦的残片。山路荒草里还可以看到半截石刻门楣——"碧霞元"，显然，这是"碧霞元君"庙门的石制匾额残存。

此外，这里还有八仙洞、棋盘石、龟石地等奇峰怪石，这些遗迹都在展示着它们的历史存在，回放着曾经的神秘和辉煌。

五、白云山待解的三大谜团

如此风光奇特，仙山道风，自然吸引了历代不少文人雅士，前来膜拜悟道，游赏采风。

就在过了三道石门，继续向前的路上，一道高大的天然石壁横在眼前。红色的沙石绝壁上"白云山"三个隶书摩崖石刻大字赫然在目，落款为"遂臣书"。遂臣是明代武安名士、崇祯年间进士李尔育的号，这是他留下的为数不多的手迹。"白云山"三字，字体浑厚宽博、雍容大气，刻石刀锋挺锐，清丽深齐。虽历经400余年风雨，但字迹清晰，勒石完好。

颇为耐人寻味的是，这三个字中的繁体"云"字，上边的一横画缺失。李尔育是大文人、大书法家，又是写流传百世的摩崖石刻，我想他决然不会出现笔误，一定是其有意为之。联想到他曾经为白云山山门题写的匾额"有天在上"，我们完全可以认为，这就是他对"云"字少一横的暗示。他为眼前白云飘动、云天相接、山云一体的奇特幻境所感悟，一时灵感迸发，笔下创造出意为云顶是天、天下是云、天云相融的神来之字。

但也有很多人不认同我的这种解读。一种看法认为这是古代篆书的一种字形。在早期谬篆里就有这种写法，李尔育是把谬篆糅进了他的隶书字迹中。另一种看法则认为，这就是李尔育的笔误，没有那么多牵强附会的巧解。几种观点，莫衷一是，此乃白云山谜团之一。

在白云山半山腰上，还发现了一通横卧于草莽之中的石碑。它原本是矗立在白菜垴顶峰的玉皇庙里的，"文革"时被推下山涧，恰被半山腰的树木拦阻，使之幸免于粉身碎骨，竟然完好地留存了下来。上刻明朝武安知县李椿茂题写的诗。那是明万历43年，即公元1615年时，他再次来到白云山。面对白云紫雾笼罩着的险峰峻岭，静观苍松疏影投下的清风明月，他不由得诗兴大发，手捻胡髭，随口吟出这首名诗，并书写出来。他在诗中写道：

> 柏台苍翠渺难攀，只有孤云白日闲。
>
> 瞻望疑从天上落，归来一似洞中还。
>
> 夜深明月留疏影，秋老严霜挺素颜。
>
> 知是何年驻骢马，飞鸟常绕夕阳间。

落款为：明万历四十三年二月中旬吉旦。

李椿茂当时有"诗人知县"之誉，从这首诗可以看出他名不虚传。诗中意境不凡，文采飞扬。从远处观望，"柏台苍翠""孤云白日"；在近处细察，"疏影""严霜""挺素颜"。诗人纵横古今，发出"知是何年驻骢马"的遥远提问，又回到眼下，吟出"飞鸟常绕夕阳间"的当下云淡风轻。诗人一会儿瞻望"白日""孤云"，一会又静谧地感受"夜深明月"。

那么，疑问来了。他的这首诗到底写于什么季节？什么时刻？如是秋季，为何落款明确标示为"二月吉旦"；如是早春二月，那文中为何写到"秋老严霜"？他是白天观景所得，还是夜晚也去了现场观察？白日，夕阳，皆是白天，而夜深、月明、疏影，则都是夜晚。所有这些，也是一个待解之谜。此乃白云山谜团之二。

还有一个更大的不解之谜，就是少有人知的"石阶音响"的神奇现象。

就在沿山脊的石阶，向着白菜垴攀援而上，将要到达第一道山门时，有一段看似与其他地段完全一样的石阶，但是你若用脚一跺，不用特别用力，就会发出一阵敲打铁器的金属声。如撞钟，余音袅袅，如磬声，清脆悦耳。又似云霞渡水，轻柔如幻，还似鸟迹寥天，渐远渐隐。

是大山的回音吗？却没有回响，有的只是余音！是脚下石阶空鼓吗，却不是咚咚之响，而是金属之音！令人百思不得其解。目前，知道这一奇闻的人虽不是太多，但不乏有识之士，可是无一人能解释得通。

我想，这是否为当年山门之外的鸣冤大鼓，平民百姓叩响它才可获准进入山门，从而登上殿堂，陈述冤情。虽然，当年山门前的大鼓甚至石鼓都早已无影无踪了，但鼓的余音仍在，鼓的魂魄仍在！

诚然，要真正获得一个令人们都能信服的解释，恐怕还需要各界科学家和学者们的实地考察和研究、论证，相信，不远的将来，白云山"石阶音响"的神奇面纱一定能揭开。

白云山，是神灵对人类的赐予，是大自然演进的造化！

白云山，果真是一脉神秘的山，一脉神奇的山，一脉很有故事的山，一脉具有传奇色彩的山！

（作者：任宝亭，中国冶金作协会员、河北省作协会员）

白 云 生 处

白云大道通着白云川，

白云川里有座白云山，

白云山上住着神仙……

或许正是这民谣的魅惑，应了邀约，我们急不可耐地去拜谒这座"神山"。

山仿佛就在眼前，白云仿佛触手可及。乘着越野车，一路平坦如砥的盘山旅游路，除了气压关系耳朵有点儿堵，没怎么费力，我们就已经在海拔1200米的山顶"平步青云"。

网上搜索"白云山"，有好几处，而我们登临的"这一个"，地处河北武安西部，属太行山脉。山顶环视，只见山山相连，如屏障拱卫处处世外桃源；又似褓褓，呵护着山坳间、沟谷里的红尘烟火。山间原生态的植被蓊蓊葱葱，清冽的泉水淙淙泠泠；而那赫然入目的山崖则突兀、险峻，宛若鬼斧神工。

传说，从前，一个青年上山打柴，遇见两位鹤发童颜的老人在山顶大石上下棋。他背着柴禾，好奇地站一边看。直到天色将晚，青年才下山。他进了村子，却感到非常陌生，村子环境已变，遇见的人也不认识。青年凭着印象找到自己家，妻子已经成了老太婆，儿子长成了壮年！——青年山上看棋一日，红尘变易数十年！

远处看着是百丈危崖，置身其上，却见山坡平缓，生机盎然，另有天地。据说，以前，曾有山民居住耕种，养鸡放羊，看花摘果，恬然其间。至今，山上还有保存较完好的窑洞和颓圮石屋的遗迹。随地势开辟的梯田里，种着庄稼、蔬菜，生机盎然；错落的果园里，苹果、桃、山楂，红彤彤的，呈现丰收气象；养殖区里，野猪、笨鸡、野兔、山羊，憨态可掬。有工人正在其间打理。能生活在这里的，你说，是凡人，还是神仙？！

白云山的清晨，山谷间烟雾升腾，时聚时散，把整座山若隐若现地包裹其间，云蒸霞蔚，气象万千，神秘莫测，山名便由此而来。至今，山顶上明代武安籍书法家李尔育题书的摩崖石刻"白云山"隶书字体，仍清晰可辨。而其中石刻的"雲"字，上面少了一横，什么缘故？李尔育另题白云山匾额"有天在上"，揭开谜底。——细忖，颇富哲理！

明万历三十八年（1610 年）任武安知县、在任六载的"诗人知县"李椿茂，多次登山，并留有诗碑：

> 柏台苍翠渺难攀，只有孤云白日闲。
>
> 瞻望疑从天上落，归来一似洞中还。
>
> 夜深明月留疏影，秋老严霜挺素颜。
>
> 知是何年驻骢马，飞鸟常绕夕阳间。

李椿茂为政清廉，节用爱民，兴桑农活经济，造福一方，深得百姓爱戴。他离任时，百姓纷纷前来送行；见他行李寒酸，有人送些盘缠，也被他谢绝！

山的最高峰，海拔 1350 米，三面峭壁，唯北面东侧稍缓"镶嵌"有石阶可上，途经天然石门；峭壁顶部覆有植被，宛若紧紧依偎在一起的四棵硕大的"白菜"，故此峰名为"白菜垴"（因古时山上长满柏树，又曾名柏台垴）。"白菜"谐音"百财"，四棵"白菜"则是"四季发财"；又因山为"白云山"，登山有"平步青云"寓意，数百年来，远近闻名前来拜山的人，络绎不绝。向往财富，追求功名成就，本无可厚非，只要不是穷尽伎俩的钻营就好。

山上有明代重修碧霞元君庙遗址，还有八仙洞、穆桂英练兵场等遗迹。

早年，每逢大旱，四方百姓派出代表上山祈雨，在山顶上焚烧山里的一种草，烟柱升腾之际，甘霖即如约而来。

抗战期间，一次，日本兵集结上山偷袭八路军。危急时刻，如得神助，山谷里升腾起云雾，借着云雾的掩护，八路军干部战士安全转移。

……

这是一座有故事的山！这是一座神山！

我们停车处，是小块开阔地，植有花木和草坪，在原来遗存的窑洞旁，新建有窑洞式茶室。进入茶室，泡上壶茶，把盏闲谈间，撩眼一望，落地玻璃窗外，对面就是苍翠的植被，蓝天白云间美丽崛起的白菜垴！又窑洞旁有石坪，几株枝叶繁茂的黑檀荫庇下，摆上小桌小凳，露天野餐，山肴野蔌，难得的享受！不要太丰盛，此情此景，哪怕就是一个烩菜、一碗捵面，足矣！朋友介绍，白云山打的就是"原生态"的牌，与那些热热闹闹的寻常景区不同，这里追求的是回归自然、生态康养，这里有自产的高山无公害粮食、蔬菜、水果，高山散养的禽畜肉，名贵中药材，清洌甘甜的山泉水，还有远近闻名的纯粮酒、小米香醋、长寿茶，更不要说这里的空气、风情，这里的这份宁静！——只闻此一说，即让人怦然心动！

世俗纷扰、市井喧嚣，本是人生常态，即便"看破红尘"，又怎么能出离其外？！可是，慢下来，静下来，却也并非难事，譬如说，择三五亲友或知己，到你朝夕"困守"的空间之外走走；譬如说，就来这白云山！反正，我是喜欢上了。下山的时候，我跟朋友说，退休以后要来白云山。

经典诗文里面，关于"白云"的意象有好多，诸如"岭上多白云""白云千载空悠悠""孤云独去闲""我歌白云篇""坐看云起时"……其间皆寄寓着人们特殊的情感和情怀。来白云山，不是"到此一游"徒增几分游历，而是对经典的回味，对人生世态的思索，对我们灵魂和肉身的洗礼。

如此，说"白云山上住着神仙"，诚不谬也！

（作者：王金保，中国作协会员）

白云山传奇（组诗）

晴天养片云，秋色满乾坤。

——作者题记

（一）

脚踏秋风，我们

步入了白云山的仙境

这是一处天然盛景

山势奇峻

鬼斧神工

古迹依稀

沟壑纵横

头顶上缭绕着白云

荒野里长满了花草、树木，也

布满了传奇、故事，和

清脆的鸟鸣

（二）

这近乎是一个传奇

战火弥漫，一队扫荡的日本鬼子

追进山里

寡不敌众的战士

危在旦夕

手无寸铁的当地百姓

心急如焚，只好用

祈祷烧香的方式

御敌

不可思议

顷刻间云雾缭绕

巍峨的白云山

变成了八路军的

天然掩体

让敌人胆颤心寒

逃之夭夭

八路军有如神助

转危为安

（三）

很荣幸，山脚下

我们听到了一位正在耕作的老人

讲述的"一张欠条"的故事

那一年

刘伯承率领着几百名战士

进入白云山

跟敌人周旋

他们开荒种地

伺机出击

由于物资匮乏，只好

向当地那位姓王的财主

借了一大笔钱粮

细心的财主，小心翼翼地

把欠条藏在了房梁之上

扫荡进山的日本鬼子

对资助过八路的财主和长工

严刑拷打

然后，杀害

并放火，烧掉了茅草房

如今，战争远去

国耻难忘，而那张

被烧掉的红色欠条，依然在

历史的深处，醒目

芬芳

（四）

终于，我们鼓足勇气

登上了海拔一千三百五十米的

白云山顶峰

这里布满花香、鸟鸣

奇石、险境

我们用采摘的白云

擦拭着乡愁

用手里的长风

推送着歌声

此时，我仿佛看见

那只健壮的石龟，正在

赶往山下喝水

我仿佛看见

那位平步青云的县令

正在指点江山

临风举杯

其实，我更想知道，不远处

古老的棋盘石上

那两个对弈的仙人，究竟

谁输谁赢

（作者：张恩浩，中国诗歌学会理事）

（四）品牌采风

津西型钢打造国际品牌

连续 19 年跻身中国企业 500 强，2021 年居中国企业 500 强第 176 位、中国上市公司 500 强第 278 位、中国民营企业 500 强第 48 位；

目前已发展成为拥有 3 家上市公司、4 家国家高新技术企业，境内外控股公司近百家，年销售收入超千亿元、钢铁非钢各占 50%的大型综合企业集团；

先后获得"全国五一劳动奖状""全国文明单位"等殊荣；集团董事局主席韩敬远荣获"70 年 70 位经济功勋人物""福布斯 2018 中国上市公司最佳 CEO 榜第 6 位""全国优秀诚信企业家"等称号；

……

津西集团 36 年风雨兼程，砥砺前行，留下一串串闪光足迹。特别是在型钢品牌建设上，集团董事局主席韩敬远带领全体干部员工充分发扬艰苦奋斗的创业精神、拼搏进取的团队精神、自强不息的创新精神，以高端化、专用化、精细化型钢产品为发展方向，以钢板桩及型钢等高端绿色建材为龙头，在型钢领域塑造高端精品品牌，走出了一条产品专业化、差异化道路，打造全球最大型钢生产应用基地，取得令人瞩目的辉煌成就：目前，津西产品已形成 H 型钢、钢板桩、高铁线杆、工槽角钢等 134 个系列、372 种规格，拥有耐低温型钢、耐候型钢、高强度型钢等 30 余种高端产品，高附加值产品占比达到 70%以上，获得中国船级社工厂认证，尤其抗击零下 30℃欧美标准 Z 型钢板桩打破欧美技术垄断，填补了亚洲空白。

津西H型钢推动传统建筑方式变革

热轧H型钢是一种经济型材，具有强度高、自重轻、抗震性能好、施工速度快、工业化程度高、有利于环保等一系列优点，被誉为绿色钢材，推动了传统建筑方式变革。

"振兴民族工业，我们义不容辞。我们一定要打造好产品、优产品、精产品，为国家建设贡献力量。"这是韩敬远矢志不渝的追求。

早在2004年津西在中国香港上市时，韩敬远等领导班子成员审慎研究，决定生产H型钢这一新产品，走产品差异化经营之路。2006年，津西引进世界先进装备技术，建设大中小H型钢生产线，推进产学研一体化，实现H型钢产品规模化、系列化、专业化。2020年，津西自主研发耐低温高强度海洋工程用热轧H型钢，在零下20℃乃至更低温度下兼具良好横向冲击韧性和可焊接性，获颁中国船级社工厂认可证书。

目前，津西H型钢产品已做到品种丰富、规格齐全、质量优良，特别是在超大H型钢生产技术和能力上实现新突破，部分产品填补国内外空白，被广泛应用于各类建筑钢结构及桥梁、海洋采油平台、铁路工程建设、城市综合管廊建设等领域，受到国内外客户好评。

津西钢板桩带来施工方式变革

钢板桩是带有锁扣工艺的高效建筑特殊型钢，被誉为钢铁高端精品"皇冠上的明珠"，强度高，易打入坚硬土层，广泛应用于建筑、水利、建桥围堰、城市综合管廊建设、环境污染综合治理等领域，带来了施工方式变革。

2013 年，津西引进世界一流工艺装备技术，对大型 H 型钢生产线进行升级改造，实施钢板桩技改项目，开始生产钢板桩产品，标志着津西产品结构进一步优化，为提升企业核心竞争力、打造津西国际品牌奠定坚实基础。2017 年，津西实施的钢板桩及超大 H 型钢技改项目，被列为河北省唯一战略性新兴产业钢铁类项目，具备 400~900 毫米 U 型钢板桩、500~850 毫米 Z 型钢板桩和腹板宽度达 1100 毫米超大、超重、超厚规格 H 型钢的全系列大规格产品的生产能力，部分产品填补国内外空白，有效提升了津西品牌在国内外市场的影响力。

目前，津西可生产代表世界先进水平的最大规格达到 900 毫米的 U 型钢板桩和 850 毫米的 Z 型钢板桩。其中，津西自主研发的 U600 系列宽体钢板桩产品，截面模量更大、施工效率更快、综合成本更低、使用寿命更长，未来将逐步替换 U400 系列钢板桩；能够抗击零下 30℃、符合欧美标准的 Z 型钢板桩，打破了欧美技术垄断，填补了亚洲空白。

津西高铁线杆助力国家高铁建设

高铁线杆具有强韧性能、可焊接性、机械加工性能等特点，是津西集团钢铁高端产品之一。

津西生产电气化铁路接触网支柱用热轧 H 型钢（简称高铁线杆）已 13 年，可生产 GH240、GH260、GH280、GH300 四个系列高铁线杆，涵盖所有常用规格，广泛应用于京张线、京雄线、京广线、京沪线、哈大线、沪宁线、沪杭线、沪昆线、京沈线、石济线等国内 90 余项高铁工程。特别是津西为京张高速铁路首创的铌微合金技术，保证了高铁线杆在超级台风的风力下依然稳如泰山。同时，成功走出国门，参与建设印度尼西亚雅万高铁、以色列轻轨等跨国合作铁路项目。

2022 年 4 月 6 日，中国钢铁工业协会发布 2021 年度冶金产品实物质量品牌培育认定产品名单，津西高铁线杆荣获 2021 年度"金杯优质产品"称号。

型钢品牌加快转型升级步伐

在转型升级高质量发展征程中，津西顺时应势，响应国家产业政策，延伸钢铁产业链，依托型钢优势，向特高压电力铁塔产业、新基建装配式钢结构建筑产业延伸。

韩敬远表示，在国家政策引领下，津西实现了由生产低端的"大路货"到高端型钢精品的跨越，赢得了更大的生存空间，加快了转型升级步伐。

打造电力角钢全产业链。2019年，津西收购上市公司、国家高新技术企业青岛汇金通，与电力角钢生产研发形成紧密对接，成功进军下游电力铁塔行业，打造从型钢产品到电力输送设备全流程产业链，并已拥有成为单项冠军的潜质，完成全国布局。青岛汇金通主要业务为1100千伏特高压及以下输电线路角钢铁塔、钢管塔、变电构架和电视通信塔及风力光伏发电等各种镀锌钢结构，拥有国内最高等级特高压输电线铁塔生产供应资质，并通过欧盟CE认证、CWB焊接认证、ASME认证。产品覆盖国家电网、南方电网、内蒙古电网、五大发电公司、风力光伏发电、微波通信等，并远销加拿大、法国、印度等国家。

打造绿色建筑全产业链。津西在收购北京赛博思建筑设计有限公司的基础上，与住建部、科技部、冶金规划院、信息标准院、中冶建研院、钢结构协会、清华大学达成战略合作伙伴关系，成立"国家级装配式标准化钢结构建筑研究院"，研发新型装配式钢结构建筑部品部件，在热轧型钢替代焊接型钢方面引领装配式钢结构建筑产业发展。2019年7月，成立河北津西新材料科技有限公司，拥有了钢结构一级建造资质，是集团延伸产业链的重要组成部分，集固废综合利用、PC板、装配式钢结构制造于一体的能源综合利用现代新型制造示范企业。目前，津西已具备研究院、设计院、工程总包甲级资质、钢构生产、集成供应的全产业链，成为为数不多的装配式钢结构建筑完整产业链的钢铁企业，拥有自主知识产权的核心技术体系，可以实现

80%以上装配化率、部品化率和工厂化率，并先后实施了泰州南韵家园、东台宁熙悦府、迁西东湖湾等一系列装配式钢结构建筑示范项目。

打造国际桩基和绿色基础工程全流程产业链。津西将钢板桩向国际绿色桩基延伸，在德国成立欧洲国际钢板桩和绿色基础工程公司，致力于向国际桩基和绿色基础工程领域发展，形成了研发、生产、设计、施工的全产业链优势，促进传统施工方式的转变。

品牌提升核心竞争力。目前，津西型钢产品广泛应用于粤港澳大湾区三大跨海大桥通道、北京冬奥会场馆、北京大兴国际机场等国家重点工程及雄安新区的建设，并远销33个国家和地区；拥有国家授权专利108项、核心技术20余项，累计参与并部分主导80余项钢标准制定、修订，获得9个国家、11种产品认证；H型钢获得"中国H型钢市场品质信誉第一品牌""中国H型钢市场用户满意首选品牌"等称号，并连续11年被评为"全国用户满意产品"；"热轧钢板桩生产工艺技术联合研发"项目荣获"河北省科学技术成果奖"。津西获得"中国卓越钢铁企业品牌""河北省标准化良好行为4A级企业"等荣誉称号，被列入工信部绿色工厂名单，被河北省生态环境厅批准为环保A级企业，为经济社会发展贡献津西力量。

（作者：白小卉，中国散文学会会员）

情怀演绎品牌之恋

——热轧 H 型钢用于装配式钢结构建筑 瓶颈破解的探讨

摘要：国产热轧 H 型钢年产量虽已突破 3000 万吨，但用于钢结构建设，尤其是装配式钢结构建筑，相对于欧美日发达地区国家占比仍很低（相差 20%~40%）。本文拟从热轧 H 型钢用于建筑的优点特性，简析热轧 H 型钢用于装配式标准化钢结构建筑发展瓶颈问题，实现工厂化制造，以期由型钢钢材向钢结构构件化转型升级的产业延伸。

据不完全统计，截至 2020 年，国产热轧 H 型钢产量已突破 3000 万吨/年，产品标系已全覆盖全球主流产品（津西、马钢所产规格高度均可达 H1109 毫米×461 毫米）。随着国产热轧 H 型钢产量"井喷式"的发展，反而用于钢结构建筑领域，尤其是装配式钢结构建筑占比远远低于欧美日发达地区。在国内钢结构构件中，仍然是焊接 H 型钢和一定量的方矩钢管占有主流主导地位。

一、问题提出

调研走访国内较大的钢结构加工厂，一般都是作为工程项目承接的加工业务，均是根据委托方工程项目施工图纸拆图后再行加工。与钢结构设计部门交流得知，设计院使用的现有软件很大程度上局限了热轧 H 型钢在建筑钢结构中的使用。为了推广热轧 H 型钢设计应用，早在 1998 年 12 月，冶金部建筑研究院（冶建总院）与马鞍山钢铁股份有限公司联合编著《热轧 H 型钢设计应用手册》，经中国计划出版社出版发行。2020 年 8 月对其重新修订，充分吸收了《重型热轧 H 型钢》（YB/T 4832—2020）、《钢结构设计标准》（GB/T 50017—2017）、《钢结构工程施工质量验收标准》（GB/T 50205—2020）

的有关内容，更新了材料、连接、基本构件的设计规定及构造指南，使设计应用更为便捷高效。从设计应用的角度，向前又推进了一步。

近年来，党中央、国务院的重大决策部署，从人类命运共同体的新高度，向世界庄严承诺中国二氧化碳排放力争 2030 年前达到峰值，力争 2060 年前实现碳中和。实践证明发展装配式建筑是新时期践行绿色发展理念和提升城市发展品质的必然要求与手段。在完全能够满足抗震、抗风、消防等要求，基于现行标准规范体系建设而成，适应超高层建筑的"全钢结构"、全装配式，适应高层建筑的"钢筋混凝土核心筒+钢结构"装配式，量大面广的多层、小高层 PC（或轻钢）等各种结构的装配式形式中，热轧 H 型钢如何替代焊接 H 型钢、方矩管束，使碳中和目标举措尽早落地，既是当今建筑行业所面临的挑战，又是热轧 H 型钢进军装配式钢结构建筑的历史新机遇。

二、问题分析

从建筑材料对比的角度分析热轧 H 型钢独特的性能，再从装配式钢结构建筑，尤其是 H 型钢住宅建筑，简单分析当前用热轧 H 型钢替代钢结构建筑中焊接 H 型钢、方矩管构件的可行性。

（一）热轧 H 型钢适用于钢结构建筑的优良特性

热轧 H 型钢截面积分配合理，相比工字型钢拥有更大的优势。

（1）翼缘宽，侧面刚性大。在相同截面积的条件下，其侧向刚度（I_y）要大近一倍。

（2）抗弯能力强。在相同截面积（或重量）条件下，H 型钢截面绕强轴的抗弯能力优于工字钢。

（3）翼缘两表面相互平行，构造方便。螺栓连接时，不需要附加斜垫圈，螺栓排列及直径选用范围较广，还可以在平行的内翼缘面上设置拼材。

（4）属于可加工再生型材。可制成剖分 T 型钢、蜂窝梁、十字柱等再生型材。

（5）节约钢材。承载条件相同的工业厂房，相比采用工字钢，构件可节约总体用钢 10%～15%。

（6）构件寿命长。剖分 T 型钢或 H 型钢弦杆桁架与双角钢弦杆桁架比较，不仅减少了用钢量，而且不存在无法维护的角钢间缝隙，从而减少了涂料与维修工作量，延长使用寿命。

（7）热轧 H 型钢对比焊接 H 型钢，截面尺寸精度高、制造能耗低、成本低（20%左右），内在与外观质量优于焊接，在矫直过程中可很好地削除内应力，从而有效保证构件不变形。但对比焊接 H 型钢而言，不能灵活地生产加工外形或截面有变化的 H 型钢。

（二）装配式建筑中 H 型钢的应用

国产热轧 H 型钢除了常用品种碳素结构钢和低合金高强度结构钢外，还有耐候结构钢、厚度方向性能热轧 H 型钢、改善焊接性能热轧型钢、耐火热轧 H 型钢、抗震热轧 H 型钢和海洋工程结构用热轧 H 型钢。按照钢结构选用钢材，应遵循"技术可靠、经济合理"的原则，综合考虑结构的重要性、荷载特性、结构形式、应力特性、连接方法、工作环境、钢材厚度等诸多因素。目前设计应用中存在的实际问题是，尚未形成钢结构建筑专用热轧 H 型钢产品组矩（截断面）规格。在具体的项目构件中仍大量使用拼焊 H 型钢或方矩管制作钢结构构件。

1. 装配式钢结构建筑特点

装配式钢结构建筑具有设计标准化、生产工厂化、管理信息化、施工装配化、装修一体化、使用智能化 6 大特点。

（1）自重轻、强度高、抗震性能良好。建筑结构重量仅为同等面积传统建筑的 1/3 ~ 1/2，从而大大减轻基础的荷载与地震作用，同时也大幅度降低基础部分的工程造价。

（2）符合工业化要求。标准化钢结构构件采用机械化作业，工厂加工构件批量化、系统化、标准化，安装装配化，将设计、加工、施工安装一体化，实现综合成套应用，提高了建筑产业化水平。

（3）绿色环保。占用施工现场少，施工噪声小，消除了建造过程中产生的建造垃圾。同时，在建筑物使用寿命到期后，废钢可回炉再生，做到资源循环再利用，是当代节能、节地、节水、节材和环保的建筑建造方式，是建筑行业落实碳达峰、碳中和的可靠保证。

2. 装配式钢结构建筑存在的瓶颈问题

亟需从建筑形态、结构体系、维护体系及配套技术等方面入手，解决装配式钢结构建筑中存在的一系列关键问题。

（1）围护墙板：墙板与主体结构的细部处理，长久易开裂、渗漏；墙板与主体连接构造通用性差，未实现标准化；没有统一的权威的标准或规范，工业化程度较低，墙板耐久性与保温节能性能仍需改善。

（2）钢结构的防火、防腐：在房屋建筑全寿命周期过程中，钢结构构件的防腐与防火问题，现实中存在不可回避的挑战性难题。

3. H型钢住宅

住宅建筑占所有建筑的比例在60%以上，推广和应用钢结构住宅市场潜力巨大。H型钢住宅是以H型钢梁、柱为承重骨架，配以新型轻质的保温、隔热、高强的墙体材料作为围护结构体系，并配套有水暖电卫厨设备。其适应范围为多层与中高层（4~12层）。其面临的挑战性难题是：耐腐蚀与耐火性能差，必须要有可靠的防护措施。

4. 行业发展瓶颈的分析

（1）工法瓶颈：综上所述，当前国内钢结构住宅研究和开发，均把大部分精力和资源放在了建筑钢结构本身方面，从而忽视了钢结构住宅体系使用的建筑围护体系上，进而导致当今国内目前开发和实施的钢结构住宅体系，仍主要采用混凝土砌块或混凝土板材作为建筑围护材料（PC），建筑围护作业大多数还需在现场湿作业。因而在一定意义上讲，现行的建造物，还不能真正称之为"预制建筑"。这也是从根本上造成钢结构住宅推广举步维艰的重要原因之一（即行业存在工法发展瓶颈）。

（2）联动瓶颈：纵观国内外，至今尚未有合适的全球认可的高层住宅的预制外墙体系。大家仍然把主要精力都放在研发各种建筑结构体系上。发展装配式钢结构建筑不能只是结构专业单打独奏地唱"独角戏"。如何打破建筑行业自我封闭的现状，怎样才能让建筑学、建筑结构学、材料联动发展，破解行业发展另一瓶颈。

（3）政策瓶颈：探讨钢结构建筑和预制装配化建筑未能从产业政策中获益的政策瓶颈。国内城市建筑现状是，只要能拿到建设许可证，就可以把工地的城市道路封堵上（有时烂尾工程甚至封堵几年），给城市运营以及城市居民带来的不便和额外费用，都是由整个社会来承担。政府尚未因地制宜出台环境破坏惩罚机制，完全没有对工地现场湿作业有什么限制，传统作业人们熟视无睹；与此同时，政府也就没有环境保护奖励机制，所以看上去预制装配式建筑也没什么政策红利优势。在如今如此重视绿色建造，又承诺2060年前实现碳中和，破解装配式标准化钢结构建筑产业政策瓶颈，应是水到渠成、指日可待。

三、问题解决

装配式标准化钢结构建筑作为建筑业转型升级的一个重要途径，如何走出传统制造业的困境，用热轧 H 型钢作为主材来承制钢构件，替代当前 PC 混凝土剪力墙和焊接 H 型钢以及方矩管材梁、柱结构，是摆在装配式钢结构建筑发展面前的一个重要的挑战性课题。当今科技信息时代，将装配式钢结构从材料生产供应、设计、构件加工、成品供给、物流、安装等产业链式管理引入分享经济模式注入新动力，以分享制造在装配式钢结构建筑产业的应用作为切入点，提高各生产要素的配置效率和质量，形成高水平的生产力，从而实现"建筑新形式、生活新方式"。

首先是完善制修订建筑用热轧 H 型钢标准，将其从《热轧 H 型钢和剖分 T 型钢》产品标准中独立出来。

（1）行业标准制定。中国钢结构协会牵头，津西、马钢、日钢、莱钢，以及清华大学、北京工业大学等单位参与制定国家工业行业标准 JG/T《建筑用热轧 H 型钢和剖分 T 型钢》。其中建筑用热轧 H 型钢来源于 GB/T 11263《热轧 H 型钢和剖分 T 型钢》（共 130 类）和 YB/T 4832《重型热轧 H 型钢》（共 208 类），最终选取 GB/T 11263 中 28 类，去掉 HT 系列（仅保留 1 类）和带"☆"系列，合并 I_x 值接近（相差不超过 15%）的类型；YB/T 4832 中最终选取 32 类，最大壁厚不超过 64 毫米。

建筑用剖分 T 型钢规格来源于 GB/T 11263《热轧 H 型钢和剖分 T 型钢》中 80 类和 YB/T 4832 中 60 类热轧 H 型钢，根据建筑结构需要，最终选取 25 类。为确保钢结构构件质量安全性能，针对建筑用热轧 H 型钢尺寸、外形、重量允许值予以适度加严要求（取消了产品负差）。

（2）团体标准的筹划。国家钢结构技术研究中心首席专家，装配式标准化钢结构建筑研究院、北京赛博思工程技术研究院、中国绝热材料应用技术研究院、中国建筑卫生陶瓷行业发泡陶瓷应用研究院院长蔡玉春博士团队，致力于用热轧 H 型钢为主材制作装配式标准化钢结构建筑梁、柱，探讨"型钢构件标准化"课题，取得阶段性成果。目前已完成《次梁 H 型钢标准化构件技术规程》《次梁 H 型钢标准化结构设计手册》《次梁 H 型钢标准图集手册》《次梁 H 型钢标准化构件安装手册》《方矩形钢管次梁标准化结构图集手册》《方矩形钢管次梁标准化构件安装手册》；新增 7 个截面热轧 H 型钢产品规格和《热轧 H 型钢次梁标准化课题研究报告》。完成了专用型钢节点《牛腿组件及用于钢结构的主次梁连接节点》，发明专利已通过国家知识产权局初次审核。《次梁标准构件化》已具备向协会申请，报批团标的条件。整个体系已具备向住建部申报认证和申请推广证书。

其次是建筑学、建筑结构学、材料等建筑业内以及材料生产供应联动，共同破解装配式标准化钢结构建筑，结束只有结构专业的"独角戏"时代，以分享制造理念，拉动各生产要素的合理配置，落地"建筑新形式、生活新方式"。

（1）提出型钢构件标准化概念。采用标准化手段，在符合既定标准、规范的前提下，结合热轧 H 型钢现有规格断面，以梁柱受力与建筑结构之需要为根本出发点，通过精准计算而选定次梁、主梁、次柱、主柱所需热轧 H 型钢断面，从而确定用于装配式钢结构建筑 H 型钢规格与对应材质；依据构件尺寸，在型钢产线上以定（倍）尺大批量生产，再对其抛丸喷漆，配以专用节点，用有限的标准部件，可直接拼装用于无限的装配式钢结构建筑（SBS-PCID/EGA 易构筑工法标准体系）。

（2）从装配式钢结构建筑体系设计切入替代钢筋混凝土核心筒全面突破。针对多高层、超高层装配式钢结构建筑，蔡玉春博士团队研发推出"钢框架+密柱深梁核心筒+片状墙支撑"体系（NGB）。该体系的主要特点是，钢结构构件全部采用热轧 H 型钢，引进了标准化的《型钢构件化》技术体系；全装配式预制空心楼盖体系，实现户内无梁无柱；CUHPC 复合墙板体系，彻底解决了外墙开裂渗水问题。

该体系工程整体造价不高于现浇混凝土结构体系；从根本上解决了钢结构老化与防火防腐长效性问题；实现了 100% 全装配式干作业；采用 DFMA（面向工厂化制造的设计）方法，引入分享制造方式，实现大规模量产。

（3）关于 100% 装配率的全装配式高层模块化钢结构住宅方案的简介。采用热轧 H 型钢为主材加工钢结构件，采用"钢框架+密柱深梁核心筒"结构体系；使用装配式预制空腔楼盖体系；采用装配式发泡陶瓷复合板墙围护体系；安装装配式外墙外保温装饰一体化板系统。

热轧 H 型钢用于钢结构建筑的春天已经来临。在标准拉动、体系研究支撑、围护材料跨界复合技术等综合因素作用下，借力国家绿色建造之东风，在国家政策导向的支持下，发现并创造装配式标准化钢结构建筑巨大市场机遇与空间，引入分享经济原理，引导分享制造成果，打造材料生产、设计、构件制作、安装新型产业链系统思维，着力解决行业内痛点问题（成本高、装配率低、隔热隔音差、防火防腐难），真正让行业投资者（从业者）持续创造全程利润回报。

四、结论

发展装配式标准化钢结构建筑，以系统思维为指导，只有从建筑用材料（热轧 H 型钢、围护材料、楼盖系统、外墙板等）需求着眼，在满足现行行业标准规范的前提下，才能针对性地跨学科设立攻关课题，研发先进的钢结构体系，打破以往以项目为着眼点的设计思路，导入向以工厂化生产的设计理念转化，用设计标准化、工厂加工化、管理信息化、安装装配化、装饰一体化、使用智能化"六化一体"的指导思想来统筹装配式标准化钢结构建筑产业，为国家二氧化碳排放 2030 年前达峰、2060 年前碳中和起好步、带好头。彰显建设资源节约型、环境友好型社会，摆在现代化国家建筑行业发展战略的突出位置，走生态文明建设之路，共创世世代代幸福美好的明天。

参 考 文 献

[1] 中冶建筑研究总院有限公司，马鞍山钢铁股份有限公司．热轧 H 型钢设计应用手册 [M]．北京：中国建筑工业出版社．

[2] 蔡玉春．多高层钢结构住宅深入分析，赛博思在 SBS-PCID 装配式钢结构绿色创新技术 [R]．

（作者：赵一臣、刘英杰、叶长征、赵丹，此文入编《中华人物志》）

"大红袍"花椒香气袭人

中国花椒之乡——河北省涉县产的大红袍花椒颜色鲜红，颗粒大而均匀且皮厚、麻度大、含油多、品种优良，芳香浓郁，素有"十里香"之称，在国内外市场享有良好的信誉。涉县的花椒产量高、品质好，被誉为涉县土特产（花椒、核桃、柿子）"三珍"之一。涉县是全国著名花椒四大产区之一，花椒产量占河北省全省产量的1/6，并以每年15%的增速稳步增长，成为全国县级产椒量第一大户。

9月上旬，记者又一次来崇利钢厂采访，在此之前，曾多次萌生采写花椒的念头，只是每次来钢厂采访来去匆匆，一直没能实现，有幸此次得到崇利钢厂办公室配合。9月3日办公室秘书张晓、工作人员曹永丽做向导，上午10时我们一行4人，乘车从天铁厂区直奔涉县花椒主产区——王金庄。汽车穿过800多米长王金庄隧道，沿着盘山公路行驶，翻过一座座崇山峻岭、一条条纵横沟壑，石厚土薄，不由使我想起在书中看到的涉县，自古就有"山高石头多，出门就爬坡，地在半空中，路无半步平"的情景。谁曾想，展现在我们眼前的却是另一幅景象。9月初，适逢花椒收获季节，山间梯田，漫山遍野的花椒树，从绿油油的枝叶间露出一簇簇硕果累累的红色果实，散发出一股股沁人肺腑的清香，随微风扑鼻而来，顿时满脸、满眼、满脑子，完全置身于花椒飘香四溢之中。在这里我们见到了王金庄花椒专业合作社曹新江、兰保廷主任，听取了有关涉县花椒生产发展方面的介绍，参观了解椒农采摘花椒、加工花椒、购销及育苗等情况，都紧紧地突出了一个"香"字，究竟涉县花椒香在什么地方，采访归来，仔细梳理，从花椒的栽培、生产及广泛用途中，充分体现出涉县花椒独特的"香"，香在花椒的品牌上。

品牌香之绿色调味精品

花椒原产于我国，栽培历史悠久，已有2000多年的栽培历史，涉县花椒据传说已有1500多年的历史，我国花椒重要产区分布在四川、陕西、甘肃、山西、河北、山东、河南等省。花椒是主要的木本香料和油料树种。用途极其广泛，果皮含有大量挥发性的芳香油，是制作香精的原料，麻辣清香，又是很好的调味佳品。种子含有丰富的脂肪和多种维生素，能榨油，出油率25%~30%，椒油色清味浓，可食用也可以做工业用油。花椒是贵重的中药材，有除湿散寒、理气止痛、明目生发、消食暖胃、消毒杀菌等作用。花椒嫩叶可食用，腌制的咸菜别具风味。木材硬、美观，可做手杖，还可以用于储藏和医疗。

涉县花椒素以产量高、品质好而著称，产品中的大红袍、二红袍、黄金椒、白沙椒享有"千里香"的美名。

花椒是人们日常生活中不可缺少的调味品，为十三香之首，在烹、炒、炖、炸菜肴时放入少许花椒，格外提味增香，增加食欲。

涉县花椒香就香在有独特的生态环境。王金庄村公路两侧，山山坡坡，沟沟洼洼，土坡边、沟边、房前屋后都种上花椒树。涉县为花椒之乡，生态环境美，生长的花椒受人青睐。主要得益于四个方面：一是得益于涉县地处太行山东南麓，河北省西南边陲，是个"八山半水分半田"的深山地区，有适宜花椒生长的独有土壤、气候条件，海拔高，温差大，光照强，白天通过光合作用制造的氧分在夜间可以聚积下来，以利于花椒的生长和着色。二是得益于深山栽培的花椒远离城市，无污水、废气、粉尘等工业污染。三是得益于极少有病害虫，无化肥农药、生长素等农业污染。四是得于杂质少，销往国内各种包装的王金庄花椒杂质含量累计不大于3%，出口型不大于2%，少量杂质均为花椒互相摩擦所致。

品牌香之医疗保健价值

在花椒之乡涉县，看花椒、谈花椒、论花椒，增长许多相关花椒的知识，是难得的机遇。花椒是重要的医药原料，其性辛热，有消食解胀、健脾除风、止咳化痰、止痛消肿等功效。日本医学发现，花椒能使血管扩张，从而起到降低血压的作用。花椒具有防病治病的功能。据椒农介绍，小花椒治疗各种疾病显神通，医疗保健作用不可少，妙用花椒祛病效果明显。中医常用花椒治疗各种疾病，如止牙痛，牙痛时，放一粒花椒在病牙外并咬紧能立即止痛；治口腔溃疡，可用香油炸的花椒油涂在患处，不久即愈；治角膜炎，可用花椒 20 粒，加 100 毫升水煮沸，10 分钟后关火，当水温不烫时，用药棉蘸花椒水涂抹患处，一般两三天即可痊愈；治疗荨麻疹，取干花椒皮100 克，置于容器内，加入沸水 50 毫升，浸泡 24 小时，滤去花椒皮，留取花椒水，治疗时，以花椒水药液涂患处，即可止痒消肿；治疗痔疮，煮一大盆花椒水，熏洗患处，熏洗后，把土豆切成薄片，贴在外痔上，早晚各一次，三天后即可见明效，坚持半年可治愈。

花椒的保健作用不容忽视，中医认为花椒味辛性湿，可以加速人体的血液循环，改善手脚冰凉、畏寒怕冷等不适症状。花椒在中药里归入去寒类的药物中，它能祛除里寒，扶助阳气，因而善散阴阳寒之气，助之阳不足，利气行水。

用花椒水煎汤泡脚能起到内病外治的作用。人的足部存在着与体内各脏腑器官相对应的反射区，用药汤浸泡和按摩这些反射区，可使全身神经疏通，血液流畅，能调节人体各部分的机能，取得防病治病自我保健的效果。据北京著名中医施今墨先生介绍的简便易行的泡脚保健方法为：用花椒煎汤泡洗。每晚睡前，先将双脚洗净，再用此汤烫泡，天天坚持下去，长此以往可以起到祛病延年之效果，最明显的是可增强对流感病毒或其他传染病的免疫能力。

　　此外，为改善中老年人睡眠质量差，怕冷的人，用醋、生姜、花椒和水一起煮成酸辣洗脚水，每天晚上睡前泡泡脚，也有很好的保健作用。具体方法是在锅内加入100~150克醋，按照1：50的比例倒入多半锅温热水，最后加入姜和花椒，把锅放在炉灶上煮至沸腾后倒入洗脚盆，先用水的热气熏脚，到水温合适时开始泡脚，泡10~15分钟即可，如果用大一些的盆连同小腿一起浸泡，效果更佳。

品牌香之致富振大业

　　到花椒之乡涉县，不到拐里村等于没来。来到拐里村就能了解涉县花椒香遍全国，香遍世界。拐里村位于太行山深处，地处河北、山西、河南三省交界处的三岔口，因山路曲折而得名，昔日偏僻贫穷的小山村，如今一座漂亮的二层小楼拔地而起，成为全国最大的花椒交易市场，商家云集，生意十分兴隆。我们来时，正逢采摘季节，看见来自山东、山西、河南、陕西、河北等地的车络绎不绝，一袋袋花椒从农家院运往全国各地。2004年，涉县308个行政村全部通上了柏油路或水泥路，成为河北省第一个实现村村通的山区县，并村村通上了客车。拐里村至今是"买全国、卖全国"，拐里村年产花椒10万斤，还连续3年交易花椒突破300多万斤，交易量全国居第一。拐里村590人，全村经销花椒，年销售50万公斤以上的就有好几户。花椒成了拐里人的宝贝、摇钱树、聚宝盆。致富路在这里延伸。

　　涉县花椒原是野生木本植物，当地人民在生产、生活实践中，逐步认识到它的性能和用途，有目的地进行人工栽培，变野生为家生，成为该县的主要经济作物之一。近年来，涉县将花椒产业作为立县、兴县、强县，促进农民增收致富的主导产业来抓。成立了涉县三珍农产品有限公司、涉县女娲农产品公司、王金庄花椒合作社等花椒加工、销售企业。王金庄花椒合作社开发了花椒粉、花椒油等十几种产品，注册"崇香"牌花椒粉、"龙兴"牌花椒油等十多个品牌，加工增值25%以上，产品远销18个省、近百个大中城市，深受欢迎。

涉县成立的这些花椒加工、销售企业，为椒农解决了花椒生产、管理、销售难题，使花椒产业得到迅速发展，目前全县有花椒树 2400 多万株，在全县建成了 3 个万亩方、10 个千亩片、100 个百亩园，培育了 3 个花椒专业乡、60 个花椒专业村，面积 16 万亩，年产花椒 5000 多吨、产值 1.3 亿元。涉县花椒大量销往全国各地，少量出口日本、新加坡、马来西亚、斯里兰卡、法国等国家和中国香港、中国澳门地区。

我们在拐里村堰边看见一家三代老少 5 口正在忙着采摘花椒，一位白发老椒农向我走来，高兴地对我说："是党的扶贫政策使俺家走上了致富路，今年虽遭干旱，减产四成，俺家全年花椒收入仍可超万元。"这位老椒农生活富裕了，不忘党恩。在浓郁芳香的花椒树旁，我用相机拍下了"一家三代喜摘花椒"的生动画面。

品牌香之花椒游农家乐

涉县自然风光秀美怡人，全县 308 个村，一村一景，百里百景，村村有花椒，村村花椒香，全县森林覆盖率达 48%，2003 年被评定为省级森林公园。

此次，来涉县花椒之乡进行一次难得的花椒游，对花椒生长、生产、加工、销售一条龙流程有了深刻的了解，增加不少花椒知识。花椒香，花椒游更香。花椒游使我沉浸在天然大氧吧里，呼吸清香空气，放松身心。在王金庄村、拐里村随处可见石头房、村巷、农民骑毛驴画面，充满乡村气息。崇钢办公室曹永丽家住在拐里村东边的曹家安村，快到中午 12 点，我们从拐里村往东翻了一个山坡，来到曹家安村。走进村，看见家家户户房前屋后、路旁都种了花椒树，院内屋顶晒着花椒，成了花椒的海洋，花椒香气四处飞逸。她家坐落在半山坡，坐北朝南的独门独户农家院，崭新的石房建筑，宽敞明亮，屋内装饰富有农村特点，且与城里相比毫不逊色，屋内收拾得井井有条，各种电器一应俱全。午饭自然是农家饭，这里虽不是高雅的饭店，但走进农家院，感情升华，亲近了一大步。午饭时有小曹嫂子做的涉县手擀面，用自家种的茄子、青椒、豆角、土豆做的大烩菜。面条拌烩菜，味道蛮好，我们端着满满的一大碗面条，吃起来清香可口。小曹及她哥哥嫂子热情地招待我们，我们边吃边聊起花椒来，小曹父亲跟我说，今年花椒出口市场减少，花椒产业发展很快，花椒价格没有多大变化，但农民收入还在增加，这花椒树是致富树，花椒树改变了贫穷。

大家用完餐，小曹从她家摘下顶尖的、晒干了的一袋大红袍花椒，有十来斤重，她又把从王金庄花椒专业合作社带来的印有"崇香"牌花椒商标的塑料袋分给大家，大家把花椒往小袋里装，小曹熟练地操作打包封口机，每装完一袋就打包封口，共装了14袋。接着她把自家从山上采摘下的野韭菜花做成的酱装了满满两瓶，让我们尝尝山货味道。另带一小袋刚摘下来的核桃，留给我们在路上吃。我跟她商量给留下点儿钱，她说什么也不肯，说这是送给我们的，我只能领情了。

这次花椒游，吃农家饭，说农家话，大家都很欢乐。

在离别小曹家前，我们与小曹一家在院内合拍了一张"大家乐"！纯朴的民风给我留下了深深的印象。

回涉县路过拐里村时，我看看车上带的花椒，又想起了花椒树，我与张晓、小曹商议，说什么也要带上几株花椒树苗，准备栽在我家的小院子里。

我们与育花椒苗的主人联系上，挖了5棵10~20厘米高的小花椒苗，如今我已栽在院子里，让涉县的花椒树在我家院子里扎根生长，开花结果，香气迷人。让这花椒苗苗壮成长，将张晓、小曹及家人和崇钢的李宏亮、孔现军、杨有君等朋友，对我们的一片深情厚谊，连同涉县椒农纯朴的民风，天长日久，日久天长，随同小花椒苗天天向上，记忆深刻、深远……

（作者：谢吉恒）

枸杞之乡问"红宝"

"枝繁本是仙人杖，根老能成瑞犬形。上品功能甘露味，还知一勺可延龄。"（唐朝著名诗人刘禹锡）

——作者题记

宁夏枸杞甲天下，宁夏枸杞出中宁。中宁是中国的枸杞之乡，这里的枸杞闻名全国。中宁出产的枸杞质量上乘，独特的药用价值而一枝独秀，位居宁夏五宝之首的"红宝"（五宝是指：红宝——枸杞、黄宝——甘草、蓝宝——贺兰石、白宝——滩羊皮、黑宝——发菜）。

有朋友自宁夏来必带枸杞，平时购买枸杞必选宁夏，枸杞成了生活中的必备品。人们缘何这样青睐中宁枸杞呢？我到宁夏采访找到圆满答案。

体验观光之美

2015 年 9 月中旬，随着"一带一路"开发大西北战略推进，河北钢企、冶建、钢贸等企业投身银川滨河区建设，《中国冶金报》记者完成采访工程报道之余，来到距中宁县城近 8 公里的丹塔乡万亩枸杞观光园采风，零距离感受体验枸杞园风光。这是一处集生产、旅游、观光于一体的综合性无公害枸杞种植示范园。

每年 6 ~ 11 月为枸杞产果期。我走进枸杞园内，被眼前的美景吸引住了，时逢枸杞成熟期，放眼四望，一片片枸杞成行有序整齐排列着，一棵棵枸杞树枝头上缀满一串串像鲜红色玛瑙的枸杞，在绿叶的映衬下，分外耀眼夺目。我随手擎起沉甸甸一枝头，看见摇摇欲滴的鲜艳枸杞玲珑剔透，摘下一粒似纺锤形的枸杞放入口中，顿感甘甜爽口，肉厚籽小，水分充足，口感好极了。我是第一次见到这么大面积枸杞园，惊喜而新奇，连忙拍照留影。

保健养生功效

相传唐朝著名诗人、文学家刘禹锡途经今宁夏一带，看到一年轻人正在追打一年迈的老人，赶忙前去劝阻，斥责那年轻人大逆不道行为。可那年轻人却笑道说："他是我的孙子"，刘禹锡不信，转问那老人。老人答道"千真万确，他是我的爷爷，今年 100 多岁了，我是他的小孙子，今年 60 多岁了，我们一家每年四季都吃枸杞，春吃苗、夏吃花、秋吃果、冬吃根，每人身体都很健壮，你看我爷爷 100 多岁了，看上去像三四十岁，我不吃枸杞，我爷爷才打我。"这个故事虽说是调侃杜撰的，可看出枸杞的养生功效极为突出。

《本草纲目》这样记载："枸杞，补肾生精、养肝、明目、去疲劳、易颜色、变白、明目安神、令人长寿。"听导游介绍，现代药理学家认为，枸杞具有滋补肝肾、益精明目的功效，用于虚劳精亏、腰膝酸痛、眩晕耳鸣、尿频舌红、补血安神、润肺止咳、内热消渴、血虚萎黄、目昏不明等症有显著效果。

枸杞营养丰富，不仅含有铁、磷、钙等物质，还被国际公认为"富集锂"的植物，而且还含有大量的糖、脂肪、蛋白质以及氨基酸、多糖色素、维生素等。

枸杞还能降血糖、软化血管，降低血液中的胆固醇、甘油三酯水平，对脂肪肝和糖尿病患者具有一定疗效。枸杞还能辅助治疗慢性肾衰竭等。

枸杞是一种药食同性的植物，除了可直接食用外，枸杞深加工产业逐渐兴起，把它生产成枸杞糖、枸杞糕、枸杞咖啡、枸杞营养糊、枸杞茶、枸杞酒、枸杞油丸等产品，其目的就是全方位满足人们养生的需求。女同志常食用枸杞，能提高皮肤吸收养分的能力，起到美容作用。

现在随着人们生活水平提高，具有抗癌、益智、养颜、滋补功效的宁夏枸杞，已成为治病强身、保健美容、佐餐品茗、馈赠亲友的佳品。

生长环境独特

枸杞俗称枸杞子，属落叶性灌木，树高 1.5~2 米，生长期 35~50 年。中宁枸杞为什么能名甲天下？据观光园管理人员介绍，中宁县地处于海拔1200~1500 米黄土高原、内蒙古高原过渡带，形成得天独厚特有的不可复制的小气候。其一，当地适宜枸杞生长的土壤和昼夜温差大的气候。其二，利用黄河水和含有各种矿物质的清水河水混灌。特定的生长条件决定了中宁枸杞的与众不同。

中宁枸杞的特点是色艳、粒大、皮薄、肉厚、籽少、甘甜、品质超群。中宁枸杞是唯一载入新中国药典的枸杞品种，已有 500 多年栽培历史。中宁枸杞与全国同类产品相比，使人延年益寿的铁、锌、锂、硒、锗等多种微量元素含量第一，人体必需的 18 种氨基酸含量第一，多种糖物质含量第一。

明代杰出医药学家李时珍所著《本草纲目》中，将宁夏枸杞列为本经上品，称"全国入药杞子，皆宁产也"。

宁夏枸杞种植面积约占全国三分之一，产量占全国二分之一，中宁成为全国枸杞的集散地。人们对枸杞的食用已经渗入到食品、保健、饮料、化工等产业，对枸杞需求量将会越来越大。

中宁枸杞鉴定

中宁枸杞素有"天下黄河富宁夏，中宁枸杞甲天下"之美誉。至今，中宁枸杞已成功荣膺全国驰名商标，产品畅销国内外。在全国40个大中城市建立中宁枸杞专卖店181家。在全国136个大中城市建立枸杞销售渠道和网站，枸杞干果及其加工产品远销30余个国家和地区。

如何鉴定中宁枸杞？我听观光园一位营销人员介绍，鉴定中宁枸杞真伪有四招：一招儿是"四看"外观。一看果形，中宁枸杞呈椭圆扁长而不圆，呈长形而不瘦。二看果脐，中宁枸杞果脐白色明显。三看颜色，呈暗红色或紫红色。四看是否结块，中宁枸杞干果含水量在12%~13%之间，包装不易结块，若是挤压成块，失压后会自动松散。二招儿是清水试沉。中宁枸杞放入清水中上浮率很高。三招儿是品尝味道。中宁枸杞皮薄肉厚，口感纯正，甘甜微苦涩。四招儿是辨气味。中宁枸杞若打开密封的包装有特殊香味。

园区营销部业务员推荐说，中宁干枸杞呈淡紫色，所以买枸杞买紫不买红。高品质的枸杞，粒大肉厚籽少，含糖量高，营养成分多，干果清香扑鼻，手捏自然散开不粘连，这是枸杞中的极品，铁盒包装每斤价300余元。次之为精品，盒装每斤180元上下。正宗大众普通品袋装每斤百元左右。许多游客学到鉴定中宁枸杞的标准，放心地买、各取所需，挑选大包小包各式枸杞产品，带回馈赠亲朋好友，或用以泡茶、泡酒，或煮粥，或炖菜以及嚼食等以祝愿亲友健康长寿。

(作者：谢吉恒)

（五）抗疫采风

逆行的红马甲

　　疫情，已经伴随我们的生活近3个年头，说句玩笑话，我一直在和疫情斗智斗勇。2020年1月，中国疫情刚刚开始的时候，我在中国。庆幸的是，第一次封城的前一天，我及时返回马来西亚上学。可是，马来西亚在3月份疫情突然暴发。中国大使馆为中国所有的在马留学生发放健康包。经过马来西亚政府和全体公民的抗"疫"下，取得了显著的效果。但是，不得不说，外国人和中国人的思想千差万别，在他们眼中，疫情只不过像感冒一样，并无大碍。因此，每天几千例的确诊病例已经成为常态化。在同年12月份，我选择了回国。

　　回到中国先是在入境口岸（厦门高崎机场）附近的酒店集中隔离14天，不停地核酸检测验血清，为了保证及时准确地发现问题和解决问题。在厦门集中隔离结束后，必须立刻马上返回到自己的目的地，不允许到任何地方逗留。酒店派车到机场送机，到了机场有入境人员的专用通道避免交叉感染。我是从厦门飞到天津，县政府派公安局的一辆警车和一辆人民医院的救护车到机场接机，然后把我"护送"到我家小区门口，下了车发现，社区的大姐在门口等待"送"我回家。在我家门口和单元门口贴上"居家隔离户"的标识，为期14天的居家隔离开始了！长达近一个月的隔离生活，让我切身体会到中国共产党的机智与伟大，让我进一步明白为何唯独中国能控制住疫情。与此同时，也让我感到身为一名中国公民而骄傲自豪。

　　再有效的防控措施也避免不了病毒的变异，因此疫情并未彻底结束，而是一直存在于人们的日常生活中。最终，疫情让我们的家乡——唐山按下了暂停键。原本车水马龙，一夜之间一片寂静，为了抗击疫情，封控区一再扩大，直至全域静态管理全员核酸检测。2022年3月19日上午发布公告通知，封闭小区全员核酸检测。看到公告的第一反应，给躺在河北省医科大学第四附属医院的妈妈打电话，请求妈妈帮我问弟弟的班主任学校是否需要志愿者。我愿意辅助老师们为封在校园里的学生们提供帮助，进行心理疏导，讲述一下自己的抗"疫"经历。老师回复"若需要会向学校审批，感谢理解与支持"。随后，我立刻联系街道办事处和社区的工作人员，爸爸也在县直"两新"党员学习群里推荐我做志愿者。街道办事处黄大姐见到信息立刻打电话给我，说我们所在的津西·东湖湾小区急需志愿者辅助进行全员核酸检测。毕竟是第一次全员核酸检测，只有两名志愿者，黄大姐和我们一起商量对策，如何高效率、高质量地进行检测工作。经商议我负责登记业主信息。正在做准备工作的时候我接到组织部的电话，"你好，你是赵丹吗？你是打算做志愿者吗？"我回答道："您好，我刚刚已经在小区上岗，您需要志愿者吗？""我是县委组织部的，我了解下情况，你是党员吗？""抱歉，我还不是党员。"我认为，即使暂时不是一名党员，但身为中国人，这是我应该做的。

核酸检测的第一天，很多业主的信息不够完整准确，所以速度相对较慢。有个二三十岁的男子不排队，黄大姐问他插队的原因，他说："队伍那么长，排那么久，我还不冻死喽？"我说："大家相互理解一下，每个人都冷都着急回家，我们还是中午过后出来的，现在天已经黑了，我们更冷。"结果男子毫不客气地说："你们冷就冷呗，关我什么事。"听了这话我并没有生气，既然选择做志愿者，这些都是难免要遇到的。更重要的是，与其生气不如抓紧时间提高效率，后面还有好几百号人在排队。在当今社会，高素质的人占大多数，有好多叔叔阿姨在登记信息时对我们说："天气这么冷，你们又要工作这么长时间，真是太辛苦了。"听到这样的话，心里很欣慰。随口说："感谢配合工作，只要少些埋怨，多被理解，一切都值得。"

大概两天过后可以和医护人员配合得相对顺畅，原本负责登记3、4、6、7、8、9号楼的信息，居然不需要我了！黄大姐见到我说："小妹，这边信息基本捋顺，接下来你去登记1、2、5号楼吧，那边信息还没统计好，这边可以让其他人接手了。"于是，我被调到旁边的检测点。医院的"大白"姐姐们见我换到旁边，问为什么换了地方，我和姐姐们解释了一番，姐姐们说："我们愿意和你打配合，所以我们也跟了过来。"谢谢姐姐们对我的肯定，心里在窃喜。

每天登记完信息还要带"大白"姐姐为行动不便者上门采核酸。每当到入户采样的时间，"大白"姐姐叫我一起，就算暂时没人接替我的工作，也让黄大姐找个人来，这样我就可以带"大白"姐姐入户采样。几天下来，黄大姐负责那一边的检测点，我负责这一边的检测点，小区的信息基本了如指掌。

毫不惭愧地说，在这次的疫情中，我是个好公民为大家服务，但我不是一个好女儿。妈妈躺在河北省医科大学第四附属医院的病床上，做了甲状腺手术，爸爸一直在石家庄给妈妈陪床，我却没有时间问候他们，每天回家只能匆匆忙忙地通个视频，说不了几句话又要让他们休息。每天忙于相同的志愿工作，不仅不能问候妈妈，而且我又忽略了爸爸的生日，深表惭愧。但我知道，爸爸妈妈并不会怪我，他们非常支持我的选择。在我第一天选择做志愿者的时候，爸爸妈妈对我说："孩子，你有这想法就对了，这是你应该做的。尤其在你回国的时候，你同样为回家添了很多麻烦。"借此机会，诚恳地对爸爸妈妈说声：爸爸妈妈对不起，感谢你们的理解与支持，以后我会更加努力，做一个有价值的人。

其实，家里有两个"大白"在"打怪兽"。一个是我，另一个是嫂子。嫂子本负责医院的医保科，但在这个时候奋不顾身地前往一线为居民采样。4周岁的小侄女由哥哥一个人来带。疫情的袭击，让封在学校的弟弟也回到家，弟弟自己在家上网课，每天中午我们两个吃完饭都是由他收拾碗筷。一向需要督促的弟弟，仿佛一下长大成人，他很清楚我没时间照顾他，也没有时间辅导他。身为津西的子弟，从小爸爸培养我们要有坚韧不拔的意志，遇到困难才不会轻易被打倒。

为期12天的核酸检测取得了阶段性的胜利，终于解封了。接下来是一周两次的全员检测。街道办事处的姐姐们在志愿者的群里说了这样一番话："各位可爱的志愿者：不知用什么样的语言来感谢大家，太多的辛苦，太多的努力，换来了今天的好消息。我只想说，在这次疫情的考验中，最最应该感谢的就是你们。对于我们街区工作人员、医务人员来说，这是我们的工作，而对于你们来说，不是必须的。但你们却一往无前地冲在了疫情一线，特别是在这次 12 轮的核酸检测工作中，没有你们的加入，不会这么顺畅。所以我想说，最该被点赞的是我们的志愿者。"但我看来，身为当代的年轻人，做些力所能及的事情是理所应当的。当我们面对困难的时候，祖国是我们坚强的后盾。同样，当祖国遇到困难的时候，我们应当献上自己一份微薄之力。正所谓，少年强则中国强！

（作者：赵丹，原载于《中国冶金报》《当代作家》）

献给白衣战士

顶着清冷的星光

披着返冻的薄霜

你们——

身着防护服的战士

正精神抖擞地

在小区、街边、广场

组织着全县的核酸检测

你们用南丁格尔的忠诚

护卫着人民的健康

构筑着抗疫的铁壁铜墙

"请戴好口罩，保持距离"

这是你们的温馨提醒

快速登记，精准采检

这是你们的群体形象

一瓶纯水，一碗泡面

这是你们的工作餐饮

热情服务，甘于奉献

这是你们的品质原框

面对行动迟缓的老人

你们不急不躁

搀扶着像亲人一样

面对惊恐的孩子

你们温柔体贴

看起来就像至亲的爹娘

面对卧床的患者

你们不辞劳苦

跑上跑下

满脸都是笑容荡漾

在你们和志愿者的高效组织下

一个个小区，一个个村庄

顺利完成了全员检测

你们以不差一例、不漏一人的骄人战绩

把一份完美的答卷

呈交给人民，呈交给党

向你们学习

为了保卫神州大家的安宁

你们把自我和小家遗忘

向你们致敬

为了彻底消除新冠疫情

你们用踏石有痕的足迹

谱写出荡气回肠的壮丽篇章

（作者：庞文泽，文学爱好者，原《津西人》主编顾问）

易雅娇抗疫钢笔速写选

　　易雅娇，毕业于安徽建筑大学艺术系。现任浭阳书画艺术研究会漫画艺委会主任、河北省青年美术家协会会员、中国散文协会会员、唐山市人大代表。

　　从事美育行业，指导的学生作品多次获奖，被唐山市丰润区文明办、和美中国少儿书画大赛组委会、河北省美术家协会组委会授予优秀指导教师称号。

《必胜！》

《志愿者》

《核酸检测》

《清晨》

第三篇

百年再出发，赏析切磋篇

矢志奋斗 "冀"往开来

——读《砥砺前行的河北钢铁工业》有感

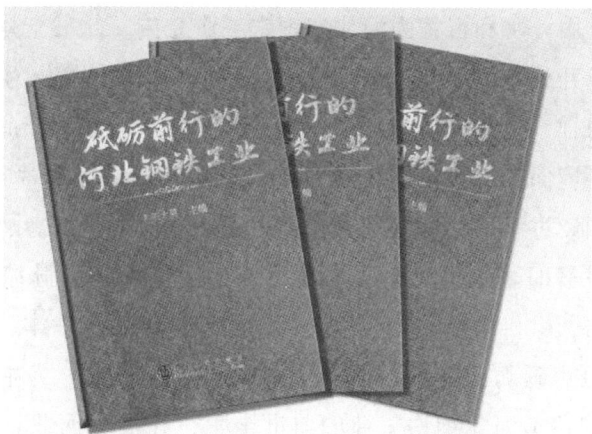

　　有福人家牛报喜，无边春色燕衔来。元旦一大早，文友王大勇从新冠疫情防控前沿河北省石家庄市发来微信祝福新年——"我们都好！用快乐的心情进入 2021"。打开微信留言下方的图片，"《砥砺前行的河北钢铁工业》，王大勇主编"的字样跃出。仔细翻开一瞧，哦！这是全书的电子版。我认为，这部书可以算是一部河北省钢铁工业志。喜讯传来，我立即回复"为之喝彩点赞"。

　　王大勇曾任河北省冶金行业协会副会长兼秘书长。20 世纪 80 年代后期，我到石家庄钢铁厂采访时与他初识。在我的印象中，王大勇人品好，业精于勤，被选拔到河北省冶金行业协会工作，一干就是几十年。我担任中国冶金报社驻河北记者站站长的几十年间，重点工作之一是为《中国冶金报》撰写反映河北省钢铁工业发展情况的报道。我采访、撰写河北省钢铁行业宏观、深度、典型报道以及相关文学作品时，经常得到河北省冶金行业协会和王大勇的指导、支持和帮助。我创作《丝路采风随笔》《新时代风采》等报告文学、散文集时，都得到他的鼓励和支持。他还为我的书题字，称我是"永不倦怠的新闻老冀乘风而歌"。我俩从相闻、相识、相知、相随至今，彼此对河北省钢铁工业的认知感同身受。

1月上旬，我用1周时间读完王大勇这部书的电子版。为加深理解，我又找来纸质书细读重点章节，读后再三回味，写下3点感想，与王大勇共勉。

第一，这是一部难得的历史资料著述。在主编《砥砺前行的河北钢铁工业》过程中，王大勇用时5年多，走访了近百家钢铁企业和有关单位，翻阅、考证大量资料，用汗水和智慧为河北省钢铁工业立传。此书全景式展现了河北省钢铁工业改革开放40年间波澜壮阔的发展历程。全书共分为改革开放前30年回顾、发展历程、企业改革与发展、技术经济效益指标、产品结构、装备与工艺、节能与环境保护、科技进步与创新、进出口贸易等9章40节，总计30余万字。我与阅读过该书的钢铁业专家、企业家、文学爱好者、新闻界朋友交流时都认为，该书编著全面客观、内容丰富、重点突出、脉络清晰、资料翔实，且语言简洁，融科学性、专业性、可读性、知识性于一体。

第二，紧扣"砥砺前行"主题。全书以"砥砺前行"为主线，贯穿九大板块，深层次阐述了河北钢铁工业的前世今生，在揭示河北钢铁工业运行轨迹、呈现出其发展路线图和辉煌业绩的同时，深刻阐明了河北钢铁工业"砥砺前行"的缘由。

钢铁工业是发展国民经济和国防建设的重要物质基础，钢产量和人均钢产量是衡量一个国家或地区经济实力的重要标志之一。改革开放40多年间，我国钢铁工业发展成绩显著，让世界惊叹！人们常说"世界钢铁看中国，中国钢铁看河北"。有关数据显示，2019年，河北省钢铁行业完成营业收入12648亿元，占河北省工业主营业务收入的31.29%；完成利润644亿元，占全省工业利润的32%。钢铁工业对河北省经济社会发展贡献卓著，居功至伟。

党的十八大以来，以习近平同志为核心的党中央开启中国特色社会主义伟大事业新航程，河北省钢铁工业已驶入创新驱动、结构优化、质量引领、绿色发展、智能转型、动能聚焦、运行更加注重质量和效益的发展轨道。河北省钢铁工业不仅为河北，而且为全国乃至世界经济发展和进步做出积极贡献。河北省钢铁工业能在全国乃至世界有今天的地位和影响，是河北几代40

万钢铁人血和汗的结晶，是他们初心不改、矢志奋斗结出的硕果。此书在编撰过程中，得到河北省地方志领导小组给予的指导，导航编著方向。河北省人大常委会原副主任、河北省志总编辑龚焕文和河北省人民政府原副省长郭世昌两位领导为之作序，更是点明了该书"砥砺前行"的精髓。

第三，彰显行业协会的桥梁纽带功能。行业兴则协会兴，行业强则协会强。河北省冶金行业协会作为全省钢铁业最有影响力、最具活力的行业组织，充分发挥自身优势，在钢铁工业高质量发展的新征程中，彰显桥梁纽带作用——与政府同心同德、与企业同甘共苦、与行业同频共振，较好地发挥了行业代表、行业自律、行业协调、行业引领的作用。

河北省冶金行业协会在行业统计调查、预测预警、技术创新、结构调整、品牌建设、绿色发展、转型升级等方面做了大量卓有成效的工作，受到河北省政府有关部门的积极评价和广大企业的普遍拥戴。河北省冶金行业协会先后被民政部授予"全国先进社会组织""全国钢铁工业先进集体"等荣誉称号。河北省冶金行业协会勇于创新，发扬团队特别能战斗的精神，凝心聚力编著出版这部著作也是例证之一。探索该书收获广泛好评的原因，一方面，得益于河北省冶金行业协会团队整体素质高，成员大都有在钢铁企业或涉钢单位工作的经历，对钢铁工业有着浓厚的情结，对钢铁工业发展的现状和存在的问题有深刻的认知，对钢铁工业的发展趋势有着超前的把握，拥有丰厚的驾驭创作实力；另一方面，观其文就知其人，言为心声。有个细节颇耐人寻味。我浏览本书编委会名单多达170人，阵容颇为强大。名单中大都是我耳熟能详的老朋友，有的是我采访的对象，有的是我个人作品中的主人公，也有的是参加会议相识的领导……河北省冶金行业协会周围凝聚着一批钢铁企业、科研院所的专家、学者，用其所长助推钢铁业的健康发展，也让这部书文风严谨，质量高且有权威性。

如今已步入花甲之年的王大勇，仍饱含对钢铁业的情怀。新年伊始，我与大勇在微信中传递信息，为喜迎中国共产党百年华诞，为不忘初心、牢记使命而相互鼓舞，励志前行。我俩相约，用饱蘸时代激情的笔，不断创作出钢铁人喜闻乐见的优秀钢铁文学作品，向党的生日献礼！

（作者：谢吉恒，原载于《中国冶金报》等报网）

老兵新传

午后的阳光，透过玻璃窗，照得身上暖暖的。在这光影里，平平淡淡的日子，一下就有了温度。猫也高兴，淘气地卧在窗台上，扭头看看我，又扭头看看窗外，暧昧地冲我眨眼；见我没有回应，它才又枕着两只前爪，在那里打瞌睡。

先是疫情，把人困在家里，身体也这样那样的不适，居家成了卧床，每天无非吃了睡睡了吃，跟猫不同的是，偶尔也打点精神翻翻书。"警报"终于解除，微信群、微信朋友圈一阵阵欢声，楼下社区的人们也尽展欢颜，街道上也日渐繁忙，生活在努力重启。然而，偏偏不作美的是，寒潮又来搅扰！阴霾冷雨给人们的欢乐打了折，兜头而来的低温让人猝不及防，就是楼下采个核酸，那么一会儿，也把人冻个透！我们冷，大白更冷，开始还在院内，后来受不住，只好挪进大门口的卡点值班室内。天气预报显示，当日最高气温-4℃，最低气温-12℃，堪比数九寒天。冷天气似乎是在提醒人们，"警报"虽除、疫情还在，不要放松对病毒的防范。

当人们渴盼光的时候，就有了光！天空湛蓝，阳光给力，这份温暖，几乎让人忘记了季节。

不能辜负这温暖的午后，翻翻书吧。

站到书橱前，不经意地，就翻见了这本珍藏的小书！这是一本1992年4月编印的，时任《中国冶金报》社长兼总编辑樊源兴题写书名，《中国冶金报》河北记者站站长、尊敬的谢吉恒老师主编的《冀冶矿山杯征文集》。

"冀冶矿山杯"征文活动，是中国冶金报社和河北省冶金矿山公司联合主办的。征文面向全国，共收到300多篇来稿，覆盖了全国绝大部分省市、自治区，作者既有长期在冶金矿山生产建设一线工作的工程技术人员，也有各级冶金矿山管理部门的领导，科研院所的学者专家，更有各地新闻工作者。来稿讴歌改革开放以来矿山生产建设中涌现的先进人物和先进事迹、崭新气象，探讨和分析冶金矿山生产建设和管理中存在的问题，总结既往经验，描画未来前景，收到良好的预期效果。"冀冶矿山杯"征文活动，意义重大而深远，较完满地呈现了全国冶金矿山的总体面貌，有力地促进了当时各项管理和改革措施的落地，推动了冶金矿山工业的健康发展。

而实际上，谢吉恒老师不仅是征文成果作品集的主编，还是这次活动的策划者，是报社领导意图的贯彻实施者，活动的具体组织者。谢老师立足河北，联系全国，组织发动，催稿收稿，配合初选及最终评审表彰，乃至成果作品集的编辑印制，可谓昼夜劬劳、功不可没。

当时，我正在汉儿庄铁矿做着文秘和宣传干事的工作，也正是从那时开始结识的谢吉恒老师。当时的我，不曾受过专业教育，文化基础差，起点低，不管是文秘还是新闻宣传，还都是土打土闹，边干边学。谢老师的出现，无异于我眼前的一束光！首先，是他的名望和精神的引领。那时候我十分崇拜他，他可是冶金矿山领域国家级大报的记者，还是河北记者站站长啊！要知道，那时候，就是县里电台、电视台的记者，都让我"高山仰止"，遑论满身光环的谢老师！其次，谢老师的采写实践和他的新闻作品无形中成为我的导师。那时候，其实，谢老师还没有真正注意到追随在他屁股后边的小毛孩儿。我们年龄差着不是一点半点，我们的身份和地位差着不是一点半点，我们的"成果"差着更不是一点半点，那时候，甚至我给他拎包都还不够格。但是，缘分是不讲这些的，它总是在适当的时候成就你。

其实，谢吉恒老师的"杰作"不仅仅是一个"冀冶矿山杯"征文。记得那几年，先后有冶金产品博览会、全国地方铁矿经验交流会，几乎也都是谢老师鞍前马后在跑，每一个活动都凝结了他的智慧和汗水。

我，和我所在的汉儿庄铁矿，都见证和参与了这一系列活动。当时我们与地方村庄联办矿山、尾矿复垦造地、引进先进工艺设备提升精矿品位等方面的经验，均曾在谢老师等各级新闻媒体记者的笔端、镜前聚焦，在大报大台呈现。

后来，我到县里地矿管理部门、广电新闻部门工作，但还一直关注着冶金矿山领域，尤其每每见到谢吉恒老师的作品，总要认真学习。我与谢吉恒老师见面的机会少了，但我并没有忘了谢老师，我时常通过那些冶金矿山企业和管理部门的好朋友打听谢老师的近况。我们似乎疏远了，但他依然在我的脑海，依然在引领我。

作为一名资深记者，我们就不必列举这些年里谢老师的重要作品和荣获的各类表彰和荣誉了，我们只要记住，矿山采场大型挖掘设备上，冶建工地高高矗立的塔吊前，技改攻坚的车间里，轰鸣的机器马达声中，钢花铁水炙烤和光芒映照下，他一路走来，栉风沐雨，废寝忘食，高擎健笔，引吭高歌，为冶金新闻宣传事业做出了卓越贡献！那些优秀的获奖作品，那些宝贵的领导的褒奖，那些亲密战友和后来者的尊重与信赖，那些尽展风采的高光时刻，就是辛勤耕耘后最丰美的果实！

老骥伏枥，壮心不已。谢吉恒老师退而不休，直至耄耋之年，仍在奉献自己的聪明才智，不管是新闻采写，还是文学创作，都是佳作纷呈，愈发臻于完美。目前，谢老师已有《新时代风采》等多部著作出版。同样难能可贵的是，多年来，他还一直关心帮助着同好，提携勉励着后学，团结大家一起走在采风、创作、健身和社会公益的缤纷多彩的阳光路上。这位党的新闻战线的老兵，正在热心谱写着新的光辉篇章，正在不断地给我们呈现一个个新的传奇！

譬如说，2021年金秋时节，谢吉恒老师策划组织的白云山采风创作活动。

知名国画大师王泉涌创作赏太行菊工笔画

白云山地处太行山东麓，在河北省武安市活水乡陈家坪村北部，民间通常称为白菜垴。古时山上长满柏树，也称柏台垴。白云山一峰独秀，海拔1308.9米，时有白云缭绕，故得名"白云山"。白云山奇花纷呈，最奇特是地标奇花——太行菊。悬崖峭壁上，盛开着一簇簇小白花，随风摇曳，花香扑鼻，当地百姓称作"仙菊"。在年轻人都望而却步的主峰白菜垴，谢吉恒老师如得神助，矢志向前，倔强地率先登上峰顶平台。松涛隐隐，白云悠悠，这位老兵、这位传奇一般的老人，拈起一朵太行菊，微笑着俯瞰百里太行，那一刻，他在想什么?!

采风回来，当众人似乎还没有卸下旅途疲惫之时，谢老师却已经写就美文《白云山太行菊》，并迅速被多家媒体转载，好评不断!从中亦可想见，看似渺小却有着蓬勃生命力、默默妆点太行的野菊花，也是令他深深触动、百转千回的白云山情结之一。

"以清风为友，与日月为伴，无拘无束地生存，沐浴朝露秋霜，绿莹莹，白生生，争相绽放，点缀白云山的挺拔和苍翠"，这平和而又摇曳多姿的描写，笔力尽显，非一般能为。

"只需一粒种子，一条石缝，一滴露水，一缕阳光，一丝微风……就有生存的机缘。太行菊令人敬佩，不怕寒暑，不畏涝旱，适应力极强，生机盎然，铸就白云山的精魂和体魄"，热烈的对绽放的追求，倔强的对艰难险阻的斗争，太行菊其实映射着人生进取和奉献的品格。

"它对人体有诸多益处，其中清肝明目、清热润喉尤为重要"，寻常草花只是以其妖冶乱人眼目而已，太行菊则身处绝壁峰巅，不与俗花争艳，独守寂寞、妆点人间的同时，还有疗救苍生的美好情怀。

"太行菊"其实只是谢吉恒老师多年来采撷的繁花之一朵。在谢老师的"花园"里，更多的芬芳，有待我们去亲近；更多的情味，有待我们去品咂。

……

一个闲居的午后，一本征文作品集，就像那穿透疫情阴霾的阳光，穿越时空，照亮记忆的旷野，也温暖着心灵的田塍。

感谢阳光!

（作者：王金保，中国作协会员）

读《老子的帮助》感悟

《道德经》五千言，道家思想的精华，古人智慧的结晶。给人们构造出一幅自然豁达宇宙观和人生观，为人生带来很多的启示和警醒。

"福兔迎春"元宵节，作品交流意更浓。来自北京、上海、河北、内蒙古、河南等地的文友应约为《作家文化交流散记》一书撰写交流文稿，已交出版社编审。疫情封控三年，宅在家中抗疫，我喜获写作、健身和阅读三皆胜。《作家文化交流散记》新作即将出版发行、坚持日行万步健身运动和坚持阅读《道德经》。我撰写的交流作品"读《老子的帮助》感悟"，中心词：要学《道德经》、我的枕边书和读后之所悟。

（一）要学《道德经》

每个人学习《道德经》总得有个目的。有的人是为了寻求治理天下的智慧，也有的人是为了找到管理的思路，还有的人是为了解脱烦恼，打开心结……凡此种种，不一而足。我认为学习《道德经》在于理解宇宙万物运行的机制和事物发展消亡的根本规律。

学习《道德经》缘由有诸多方面，主要选择列举其三，足以说明学习《道德经》的重要意义。

缘由之一，《道德经》是人类文明的瑰宝。穿越时空 2500 多年，老子在出函谷关前著有《老子》一书，又名《道德经》，全篇只有 5162 字。《道德经》《易经》和《论语》被认为是对中国人影响最深远的三部思想巨著。《道德经》在中国传统文化中有不可替代的历史意义。老子（公元前 571～公元前 471 年），楚国苦县人（今河南省鹿邑县），姓李，名耳，字伯阳，是我国古代伟大的思想家、教育家、哲学家，以博学而闻名。春秋时代曾担任周朝守藏史（藏书室室长）。《道德经》寓意连贯、言辞流畅，自由挥洒、收放自如，堪称哲理诗之绝唱。文字之简约、寓意之锤炼古今中外无出后者。它以思想的高度、视野的宽度、理论的深度、语言的精度、智慧的密度著称于世。

缘由之二，《道德经》是中华文化的原典。《道德经》被称为万经之王，内容涵盖哲学、科学、政治、伦理学、军事学等诸多学科。鲁迅说不读《老子》，就不知中国文化，不知人生真谛。据联合国教科文组织统计，"世界文化名著总销量除了《圣经》以外，，就是《道德经》"。老子的《道德经》在世界范围内最畅销的 20 大书籍排行榜中名列第二，它被翻译成 40 多种语言，仅欧美译本就有 300 多种。读《道德经》有利于了解和理解中国的哲学、政治学和其他方面的重要思想。

缘由之三，《道德经》是人生智慧的结晶。《道德经》是一部智慧全书，也是一门百科全书。《道德经》给读者留下巨大思考空间，从中得到体悟"道"字的真谛，无论是修身养性，还是写诗作文、为人处世，甚至治理国家等都包含在这篇《道德经》中。总体来说，"道"包括天道、地道、人道三个部分。天道谓之宇宙万物的自然规律，或者是宇宙万物生存的法则。地道谓之社会之道、处世之道，人们在社会中应当遵循的规律和法治。人道谓之每一个人自己的为人之道、生存之道、处世之道和成功之道。

学习《道德经》几乎家喻户晓，妇孺皆知，悟透"道"字：天道酬勤、地道酬善、人道酬诚、商道酬信和业道酬精。

（二）我的枕边书

我的床头常放一本书，会被放在床边这本书的装帧所吸引，淡黄色封面中间一个大大的行书"道"字，显得潇洒，灵动！左上角是老子的画像，右上角会看到这本书的名字《老子的帮助》，署名王蒙。

《老子的帮助》一书是我的枕边书。著名作家王蒙，他担任过文化部部长，辞去职务，潜心写作，成就斐然。我为何把《老子的帮助》选为阅读的枕边书、手边书，结为良师益友？

《道德经》是中华古代文化中最深奥学问之一，字字珠玑，句句精辟。阅读经文时有看不太懂，缺少发现"道"的眼睛，颇显经文高深莫测。此书我曾通读过几遍，也是云里雾里，一头雾水弄不明白，随意挑选句段诠释，还是似懂非懂，较不了真儿……

2020年春天文友推荐我试读《老子的帮助》。果然，心头拨亮一盏明灯，豁然开朗。

其一是解读引路。以王蒙老师为楷模，笃研老子的道。从《老子的帮助》中，找到适合自己阅读的最佳路径。《老子的帮助》全书的结构是复述+例子+感想＝解读。分为前言、意译与证词、老子的精彩等三部分，其中意译与证词是该书的重点。全书共八十一章，上编第一～六十二章讲述以"道"为中心的宇宙观。下编第六十三～八十一章讲述以"德"为中心的人生观。全书约36万字。该书鲜明的特点与引人之处是作家王蒙老师以其人生体验对老子其人其书做出个性化的理解。书中译意吸收、综合诸多注家的成果，独辟蹊径，创新写作，深入浅出，写得极为透彻，文笔优美。

其二是重在"悟"道。《老子的帮助》是方法书、智慧书。引导读者阅读时牢记"悟"。我选择默念、抄写、背诵等练"悟"功。三个春秋不间断，持之以恒，坚持通读略读、选读交叉进行练功，从《道德经》中找到适合自己需要的东西。

其三是增强记忆。枕边书，顾名思义，阅读方便，记忆牢固。枕边书任意翻开一页，从这页开始，随时放下，看到是哪儿就是哪儿。反复看，十遍、二十遍，不厌烦，每看一遍都有新意。

阅读是辛苦，阅读是快乐，阅读是希望，常读常新。闻道之要在于"悟"，遍遍有新悟，悟透一句，受益终生。悟一字得一字之功，悟一句得一句之果，有悟则明，有明则能认识自己，开启心智，乐享阅读智慧。

（三）　读后之所悟

　　读史明鉴，读典明智，明智生慧。《道德经》开篇第一章《众妙之门》是道的总论，也是全书的总纲。道是老子提出的重要哲学理念，是贯穿《道德经》的思想纽带。道是天地万物本源，永远存在的。主要要求人们遵循自然规律，探索自然规律。开篇第一句就是"道"字。"道可道，非常道"，"道"是非常奇妙、幽深，蕴含非常宽泛丰富。"名可名，非常名"要求需要不断去探索、认识、理解、感悟。老子的"道"是非常玄妙的，所谓玄之又玄，众妙之门。即使这样，仍然难以达到对自然规律的全面认识和准确表述。

　　老子依据战国时代对自然世界的理解，按照当时的认识条件释"道"，穿越时空到了两千多年以后的我们现代人也不能完全认识，这就是"非常道""非常名"。

　　阅读《老子的帮助》过程，其实也是阅读王蒙老师的过程。我感受"道"的意境最深的是第八章《上善若水》。自然万物之中，最接近"道"的就是水，修道的榜样就是水。"上善若水，水善利万物而不争。"至高无上的善，就如同水一样，默默无闻地滋养天地万物，却从来不争名夺利，还甘于处下，这就接近于"道"。对道的理解，最好的状态是水的状态，最好的品德是水的品德。水滋润万物，晶莹干净，为一切洗涤、清洁之源。水给自己的定位，胸怀广阔，颇具极大的容受性，容纳一切，包容万象，爱憎分明。水的能量极大，但与世无争。水说到做到，声道水就到，踏实做事。水充满生机，动感极足，映射天地，灿烂无比，自己却无色透明。水做事极有规律，最会为"道"的极佳体现。如果我们能领悟到水之道，也就能领悟到天之道、人之道，也就读懂了王蒙老师的《老子的帮助》。

　　《道德经》最后一章，第八十一章《信言不美》，阐释作为全书的总结。《道德经》强调要尊重自然法则，顺势而为，顺势而行。"人法地，地法天，天法道，道法自然。""道"就是规律，规律从自然而来，只有遵循自然法则，才能有所作为，违背自然规律，必然会受到惩罚。

"信言不美，美言不信。善者不辩，辩者不善。知者不博，博者不知。……天之道，利而不害，圣人之道，为而不争。"真实可信的话不华丽，华丽的辞藻不真实，善良的人不巧辩，巧辩的人不一定善良。真有知识的人不卖弄不显摆，认为自己什么都懂的人，其实不一定有知识。你若盛开，清风自来。做好自己就对了，不必争，也无需追问，你只管负责精彩，老天自有合理安排。毁灭一个人的是冷漠和自私，成就一个人的是慈爱和温暖，只要你给予世界爱和温暖，世界也必对你温柔以待。

阅读是生活的习惯，就像吃饭一样，是需要不是爱好。中华文化博大精深，我们一生阅读并交流过儒家、道家、佛家的文化，可以说是丰满的人生、快乐和幸福的人生。年轻时学儒学，从道德规范、礼仪上懂得学如何做人；成年时学道学，从哲理提升，学规律懂得如何做事；老年时学佛学，学佛家懂得放下，如何修心。

（作者：谢吉恒）

赏读谢吉恒作品集随感

作者（右）与谢吉恒攀登白云山

兄长式的文友谢吉恒先生，系中国冶金行业知名作家、《中国冶金报》资深记者，今年已跨入 80 之门，仍然在记者和作家的岗位上，乐呵地履行着自己的职责。

他刚满 60 岁办了退休手续，为《中国冶金报》返聘。这是人生的一个重要节点，可以安享晚年了。他选择了新的人生，退休不是事业的终点，"老兵新传"开启了一个新的工作阶段，这一干就是 20 年。

随感之一：丰厚业绩

这 20 年来，他始终以一个责任在肩的记者和作家来要求自己，从没有停下采访、写作的步履。刚退下来时，河北曹妃甸工业区正在开发建设，被列为国家首批循环经济示范区，他作为《中国冶金报》特派记者，深入工地，跑到码头，轰鸣的车间里、林立的脚手架旁都留下了他的身影。灯下，他竟陆续写出有关曹妃甸的通讯、调查报告、文学作品近百篇，十几万字。

河北省是闻名全国的钢铁工业大省，在节能减排和国际市场的影响下，跌宕起伏，不断变化，揪动着他的心。他把河北省南部的武安市、北部的迁安市两个钢铁工业基地，作为自己关注的焦点，常年南上北下，奔波其间，围着燕山、太行山"两山转"。燕赵大地的钢铁企业都布满了他的足迹，晚上孤灯清影，飞龙走笔，一篇篇文字，及时、准确、深度地反映了钢铁工业的动态、困境和发展的成功经验！

这哪里像个花甲退休老人？就在退休后的时光里，头十年每年在《中国冶金报》等报网发表百余篇稿件，含有数十篇深度报道文章，累计有百余篇征文作品获奖。

二十年间，白发染两鬓，步入古稀之年。他勤奋耕耘，持续撰写出版了文学类作品《难以磨灭的记忆》《走进红松的故乡》《丝路采风随笔》《新时代风采》《永远跟党走》（与他人合作）等 5 部著作，合计 200 余万字。今年，喜迎党的二十大胜利召开，立足钢铁业，讲好钢铁人的故事，体现文化自信、文化自觉的主旋律，为文化交流做出贡献，创作《作家文化交流散记》，这部 30 多万字新作预计年底将呈现在世人面前。

他退休后的丰厚业绩，令人惊讶和感动，赢得冶金行业职工和读者的一致推崇，连续数年被《中国冶金报》评为优秀记者、优秀记者站长。2019

年中国记协授予他"资深记者"，颁发荣誉证书和证章。他创作的文学作品积极参加《中华大地之光》《新时代风采》《中国改革》等征文评选活动，2000 年曾获中国作协、中国报业协会散文作品奖。被《中华大地之光》《新时代风采》征文组委会授予"十佳新闻文化工作者"，散文作品获"鲁迅文学杯""茅盾文学杯"等全国文化精英大赛奖，被中国报告文学学会、中国散文学会、中国报纸副刊研究会授予"中国最具影响力新闻文化工作者"。他又被世界作家协会中外文化交流研究院聘为荣誉院士。2022 年入围"全国最受群众爱戴文学家"榜单。这一切称号，对他真是实至名归，当之无愧矣！

随感之二：深度报道

当一个人一生都在做一件事的时候，他的这件事一定能做出不同凡响的业绩。谢吉恒老兄从事记者、作家几十年。随着年龄的增长，他有了丰富的人生积淀，更加善于敏锐地捕捉信息，及时发现有价值的新闻，深入剖析出新闻背后的实质，揭示出带有普遍意义的规律和见解。

翻看谢先生在《中国冶金报》发表的新闻作品，大多是通讯、调查报告类型的深度报道和在副刊发表的文学作品。深度新闻报道常有占据头版头条位置。2015 年初，由于市场的冲击，不少钢铁企业出现经营困难局面。原因何在及如何应对？带着这个问题，谢老兄调研了多个民营骨干钢铁企业，听取了钢企掌舵者和炉前员工的呼声，掌握了大量来自生产一线的原始资料，在此基础上与中国冶金报社的编辑一起，结合整个钢铁行业的运行情况，写出了《承压开年钢企冷暖几何》的深度报道，文中分为"钢铁企业日子过得怎么样""什么原因导致钢企日子难熬""钢铁企业要如何渡过这一难关"三个部分进行分析和阐述。如此及时雨般的深刻的调查研究，《中国冶金报》第一时间在一版头条醒目推出，在全国钢铁行业引起热烈反响，产生了重大的社会影响。有的单位，还组织领导班子和中层干部集体学习，那是因为他们从中看到了希望，找到了出路，驱散了心头的阴霾。这就是深度新闻的力量！

为了治理大气污染，国家环保部、发改委、工信部等会同北京市、天津市、河北省等共同下发了《京津冀及周边地区秋冬季大气污染综合治理攻坚行动方案》，半年过去了，执行情况如何？2017年底，《中国冶金报》发表了谢老兄采写的《河北钢铁采暖季限产攻坚进行时》，及时回应了社会的关切。这篇报道引起各方面的高度关注，政府、企业、民众和相关市场从中感到了钢铁企业治理污染的力度和效果，也对企业存在问题的严峻性有了警觉，更受到了企业破解难题、积极探索的启迪。

类似这样的有分量、有影响的深度报道，退休后的二十年间，谢老兄写出几十篇，以至于成为《中国冶金报》感知基层的一支敏感触角，也是基层冶金人反映一线实情和深化政策认知的便捷通道。当有的编辑就某个方面苦于找不到选题时，就会想到，"问问老谢吧，答案或许就有了"。当基层钢铁老板们遇到问题，也会想到，"给老谢打个电话，请他过来咱给他叨咕叨咕！"作为一个退休多年的人，这是多大的信任啊！

随感之三：开阔眼界

他所关注的重点在冶金行业，但又不只局限在冶金行业。退休后的他，接触面反而更宽了，瞭望的眼界更广更远了！工业、农业、艺术界、交通行业、烹饪业等都成为他注视的领域。

书法与中国画，是我国传统文化的瑰宝，是中华民族的国粹。但在电脑普及和西方文化的影响下，当前正面临着严峻的挑战，如何传承和弘扬这一优秀的传统文化是时代赋予我们这代人的使命。

谢老兄正是怀着这样一种历史责任感，对他所能接触到的书画艺术家们，作了大量采访，深入到他们的艺术世界里，探寻他们的艺术特点，讴歌他们的艺术贡献。近年来，他先后采写了数十个书画家，写下了数十篇评论和报道，极大鼓舞了这些艺术家，扩大了他们的社会影响，推动了他们对传统文化艺术的继承和发展。

《艺术家周人兴的晚年情怀》写的是江苏省常州市一位兼书法、绘画和培育盆景于一身的老艺术家。谢老兄几次走进周人兴的梦思园，与周先生成了朋友，不仅为他的艺术作品所倾倒，还深深地读懂了他的精神世界。所有这些，都注入了这篇文字里。河北兴隆县的国画家张世才，多年痴情于中国山水画创作，把家乡燕山那磅礴挺拔、浑厚苍茫的气势注入了他的画作。谢老兄看了他的画后，深有所感，连续采写了几篇关于他和他的画作的文章。此外，他在外出采访时，还邀请张世才同行，一起领略各地山水的不同风光，丰富了画家的创作素材。还有书法家陈超、隶书名家李佩强、花鸟画家高金香、工笔画家陈立华、青年工笔画家王静梅、青年卡通画家易雅娇等都进入他的笔下，写就的文章都收入到了他的文集中。

交通运输行业成了谢老兄文学写作重要领域。他结识文友田延通，了解到田延通所在单位河南孟津县交运局民兵运输连，为民兵连生动模范事迹所感动。这个民兵连是全国、河南省民兵建设的先进典型。认为挖掘在改革开放新时代下他们的经验有着普遍而急迫的意义，八九年间坚持连续前往采访，采写出了《奋进新时代　砥砺新征程》《书写人生风采》《用行动诠释忠诚》《高擎党旗唱响民兵连歌》等特写、散文。在迎接建党百年的活动中，他又带领作家采风团实地文化采风，作家又分别创写出《猎猎飘扬的民兵之旗》《向老连长致敬》《夜宿小浪底》《孟津民兵连印象记》等散文、诗歌。

非物质文化遗产也是谢老兄采风的另一个聚焦点。那些世代相传的独特的文化技艺、美术、美食、武术、绝技等都成了他宣传弘扬的对象。他先后组织文友采写了《谷小光——传承棋子烧饼文化人生》《国氏葫芦雕刻》《唐山蓼花特产传承记》《武术传承的魅力》《溯源老字号"江德庆熏鸡"》《葆光斋装裱见闻》《丰润画扇的故事》《苗晨刺绣铺出彩虹路》等数十篇非遗题材的散文，为实现非物质文化遗产在保护中利用、在利用中保护贡献出自己的力量。

旅游长见识，行走即读书。他喜爱旅游，在旅游中，一路游一路写。旅游，对于许多人来说，只是休闲地领略风光美景，他出去旅游总是默默地揣着一份沉甸甸的责任，他不停地记录、不停地询问、不停地观察、不停地思考，回到驻地后，别人都进入了梦乡，而他房间的灯还闪烁着亮光，他在整理一天的收获，梳理一天的思绪。旅行结束，回到家里，他的游记文章接二连三地出笼问世。他退休后出版的五部著作中，游记类题材也占有了一定的比例。那一篇篇美文，那一段段发自内心的感慨，那一个个发人深省的追问，让更多的人分享到大自然的赐予，向更多的人传达着自己的所思所虑所建议，让我们的景区建设得更加完善、更加美好！

随感之四：文化采风

这个耄耋之年的老人，不仅自己在勤奋地写作，很难得的是他还不断地组织专题文化采风活动。开展文化交流，这似乎有点不可思议，但这确是事实！

远的不说了，我们就看看这几年在疫情肆虐的日子里，他接二连三发起并组织的外出文化采风活动吧！

2020年初，突如其来的疫情打断了他原本策划的采风安排，到了夏季，疫情缓解，他组织的采风团如愿到内蒙古包头——这个钢铁之都采风。

2020年10月，为迎接中国共产党诞生100周年，他又组织建党百年冶金作家采风团，带领冶金作家到江苏常州黑山冶金设备制造公司等单位采访。

2021年3月，党的百年诞辰即将到来之际，他组织冶金采风组和二十二冶天柱山项目部党支部一起，走进河北乐亭李大钊纪念馆，学习李大钊同志对我党的贡献和丰功伟绩。

2021年4月，他组织"党建教育故事洛阳行"，到河南洛阳孟津交运公司民兵连、中国牡丹第一村等单位采访。

2021年5月，他又组织采风团，走进唐山非物质文化遗产传承人，采写了大量非遗文化的传人和故事。

2021年6月开始，他与中国冶金作家协会郑洁等人策划编著《永远跟党走》一书，作为向中国共产党百年华诞的献礼。到12月份这本饱含谢老兄心血的32万字的大作，由冶金工业出版社出版，产生了很大的积极的社会效应。

每一次采风活动，从筛选主题，到行程策划、人员组织；从联系接洽单位，到与采访对象沟通，还有一行人的吃喝住行；从每个作家的写作分工，到事后发表、结集出版等，是一项很复杂、很烦琐，也是很艰难的系统工程，一个环节出了问题，就会影响整个采风活动的顺利推进。这对于一个单位来说，都不是一件容易的事情，但他，这个退休多年的八旬老人，竟然凭着一己之力，有条不紊地发起并完成了一个又一个的采风活动。这是何等的能量！这是何等的魅力！这是何等的令人惊讶，又是何等的令人敬佩啊！

这就是谢吉恒先生，一位不退休的记者，永在岗位的作家。他就像一支搭在弦上的剑，随时准备出发；他就像一只陀螺，不停地在转动。"书生报国无长物，唯有手中笔如刀"。谢老兄只是一个退休的老人，但他那钢刀般的如椽健笔，他那独特的人格魅力，他那闪耀着精彩光芒的优秀品质，并不因为退休而暗淡，相反，更加具有极大的感召力，更加具有强烈的凝聚力。

我们不仅要问，他为何能如此？因为他是特殊材料制成的！这个特殊材料里，除了他具备丰富的知识和新闻工作经验外，更重要的还在于他自觉的责任担当，一个共产党员使命感的自我加压。

"位卑未敢忘忧国"，无论退与不退，他总是放不下心中的情怀，始终与冶金行业的兴衰息息相通，与祖国的命运同喜同忧。这是一位老新闻工作者和作家的精神内核，也是一位共产党人的高尚思想境界。在冶金新闻战线，在冶金作家群体，他的名字就像一面旗帜，激励和影响着年轻的一代新闻工作者和作家。

谢吉恒，一名资深记者，永远在岗的作家！

（作者：任宝亭，中国冶金作协会员、河北省作协会员）

贺吉恒先生著述并序

值谢吉恒先生新著《作家文化交流散记》出版之际，集先生系列著作联句成诗，代致祝贺！

黄卷应知青灯寒，

秉烛三更独凭栏。

《汗凝丰碑》传文脉，

《改革大潮》铸勤勉。

《丝路采风》初心笃，

《故乡华章》自清欢。

《燕赵儿女》耕绿梦，

《不灭记忆》夜难眠。

《时代风采》众帜飘，

《文化散记》动人间。

此生《永远跟党走》，

放歌大吕韵蹁跹。

2023 年 1 月 19 日

（作者：甄忠慧）

作者简介：甄忠慧，男，河北省邢台市信都区人，1971 年 11 月出生。笔名，子拙、笔架山人。现任《邢台日报》副总编辑，高级编辑，中国散文学会会员，河北省作家协会会员。发表多篇文学作品和新闻特写，散见于《中国作家》《中国报告文学》《散文百家》《中国新闻广电出版报》《作家报》《诗词月刊》等报刊。文学作品曾获《作家报》全国文学艺术大奖赛金奖、

"青天河杯"全国文学艺术大赛金奖、中华大地之光征文一等奖。多篇新闻特写获河北省新闻一等奖、中国地市报新闻奖一等奖、中国城市党报副刊类一等奖、全国报纸副刊作品年赛银奖等奖项。

杭州灵隐寺赏析名联

　　杭州西湖是国家著名 5A 级风景名胜区，蜚声海内外。有人说，到杭州，一看西湖，二看灵隐。也有人说，到杭州不游灵隐，等于没到达杭州。20 年间，我两次旅游灵隐寺，第一次西湖、灵隐全游遍，留下深刻记忆。灵隐寺缘何有着这么大迷人魅力呢？在我的记忆中，一是优美自然景观。灵隐寺藏于西湖西面深山中，背靠北高峰，面朝飞来峰，秀峰辉映、古木茂盛、云烟飘渺很是迷人。二是著名佛教圣地。灵隐寺是我国最早的佛教寺院，中国十大古刹之一，佛祖定居的地方，活佛"济公"的寓所。灵隐寺拥有悠久的历史文化和优美的自然风光，始建于东晋咸和元年（326 年），至今已有约 1700 年历史。

作者谢吉恒在"灵隐寺"前留影

　　今年 5 月中旬，中国工程院在杭州召开"中国钢结构发展高峰论坛"，我是应邀媒体人之一，全程参会跟踪进行报道。会议期间，忙里偷闲，抓抢半天时间第二次"转悠"灵隐寺，重点观赏"飞来峰"和灵隐寺的一副名联。据说"灵隐"两字来源于当时一位叫慧里的印度高僧从中原来到杭州，看到山峰如此奇秀、风景绝异、蕴藏灵气，认为这是"仙灵所隐"，是天竺国之岭飞来于此，故名曰"飞来峰"，就在此处建下了寺，取名"灵隐寺"。

　　5 月 20 日晨 7 点半，我从开元名都酒店出发坐地铁转公交车，约一小时车程到了灵隐寺景区。相约在杭钢老友柳春的陪同下，步出公交站，同游灵隐寺。老柳年已古稀，身板硬朗，家住西湖旁，退休后每天坚持晨练，散步灵隐寺，对这里一草一木了如指掌。他自然当起导游，边讲解边为我拍照。

飞来峰石窟造像

飞来峰端坐于北高峰东南，与灵隐寺隔着一条冷泉溪，我俩边走边聊。"溪山处处皆可庐，最爱灵隐飞来孤。"我们眼前方出现一座海拔168米的小山峰，这就是苏东坡诗句中提到的"飞来峰"。凡游人到此"不可不去"，为啥呢？

山不在高，有仙则名。杭州是全国历史文化名城，七大古都之一，历史上素有东南佛国之称。这里名山名水、名人轶事、名泉名亭、名寺名佛融为一体，形成了一个优雅、秀丽、文化氛围浓郁的佛山佛国。

有资料介绍，飞来峰形成于地质史上的二叠纪时期，已有2亿年历史，是一座石灰岩的山峰，易受水蚀和分化，长年累月就形成了很多形状迥异的岩洞，大自然造就了"无石不奇、无洞不幽、无树不古"的飞来峰。我顺着老柳手指的方向望去，清晰看到天然岩洞里和山崖上布满了五代、宋、元时期的大批石刻造像。他介绍说，在这长600米、宽200米的区域内共有150龛470余尊造像，保存较为完整的有338尊。这些精湛的雕刻艺术品，不仅给奇峰增添神秘色彩，而且使飞来峰成为我国石窟造像中的艺术宝库。

在参观中最吸引游人眼球、争相拍照留影的是山崖间那尊长9.9米、宽3.6米袒腹露背、笑脸相迎的大肚弥勒佛，它是飞来峰造像中最大一龛。瞧！"他慈眉善目，安然坦坐，一手按布袋，一手捻佛珠，在两旁十八罗汉的拥簇下，他开口便笑世间可笑之人，大肚能容天下难容之事。"

灵隐寺石窟造像

"飞来峰山洞里除有古代石刻外，还有不少济公传说故事的遗迹"，老柳说。他指着前方这块酷似石床的岩石说，这就是"济公床"。传说济公常在洞里喝酒吃狗肉，吃饱喝足就在床上呼呼而睡。看！这块石头有巨大手印，这就是济公为救飞来峰压住的小孩，用力顶开倒塌留下的。

飞来峰是浙江省最大的一座摩崖造像群，被国务院列入重点文物保护单位。

灵隐寺赏析名联

灵隐寺有怡人景色，更有深厚文化底蕴。灵隐寺有一副著名对联"人生哪能多如意，万事只求半称心"，短短 14 个字，语言朴实、富含哲理、写尽人生，其中"半称心"三个字实乃点睛之笔，点醒无数世人。这副名联经历1000 多年的风风雨雨，说尽了千古人生之道，许多游人就是为了看这 14 字真言，专程赴灵隐寺参拜。这副名联，我曾多次在朋友圈交流，期盼亲眼所见。机遇给有准备之人，此次来灵隐寺就是奔名联前来参读、感悟人生、领悟哲理的。在老柳的引领参与下，如愿以偿赏析了这副名联。

这副名联写尽人生，被国学大师林语堂评价点赞为"中国人最健全的生活理想"！

谈起这副名联旳意境，老柳颇有见识。我俩有相似的"三观"，交流情投意合，他侃侃而谈，他说上联我说下联。

老柳诠释上联"人生哪能多如意"。苏轼云"人有悲欢离合，月有阴晴圆缺，此事古难全"，人生短暂几十载，不存在十全十美，有遗憾方显出生活本色，故名"百味人生"。人生有走不完的路，也有过不了的河，坎坎坷坷，不如意的事情充斥在人生各个阶段，当迷茫时看下这副名联，就会幡然醒悟对生活充满信心。不如意在人生路上将成为常态，老柳概括其主要原因有二：一是"人生不如意事十之八九"，那一二就显得弥足珍贵。命运不会把所有的幸福和快乐跻身于一个人身上。得到爱情未必拥有金钱，获得金钱未必能拥有快乐，拥有快乐未必能享受到健康……未必如愿以偿。二是人生在世，不能事事追求完美。如今人们的生活和事业上快节奏、压力陡增，加上浮躁、急功近利心理，对己苛刻要求，警示人们不要过于追逐不现实的事情。

下联"万事只求半称心"。"半称心"之所以成为关键的点睛词，我的理解，其一，古语讲：月盈则亏、水满则溢、人满则骄。"半"字是传统文明的精华。所谓：识破浮生过半，半之受用无边。"半称心"不是无可奈何和消极，而是一种豁达和智慧。自古人生最忌满，半贫半富半自安，半命半天半机遇，半取半舍半行善，半聋半哑半糊涂，半智半愚半圣贤，半人半我半自然，半醒半醉半神仙，半亲半爱半苦乐，半俗半禅半随缘，一生一半在于我，另外一半听自然。半字之道，寓意深刻，细细品琢，句句在理，耐人寻味，半字奉劝世人获得从容、大度、豁达。其二，世事皆有度，过者不迭。

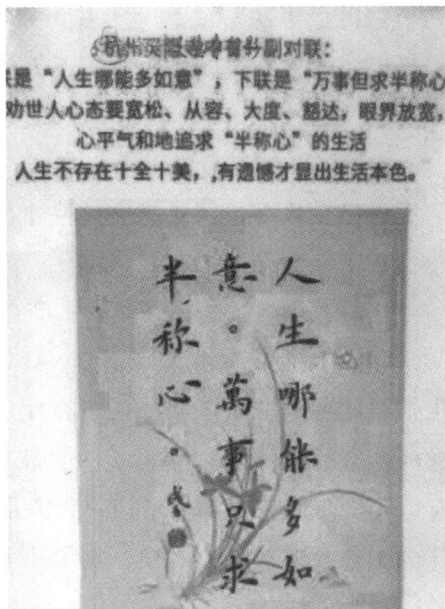

凡事做得"不迭"或是"太甚"都是难成大事的。人生在世，恬淡以明志，安静以致远，不被虚名所愚，不为功利所惑，用"半称心"去做人办事，必可通达圆融。

这副名联挂在灵隐寺千年之久，影响成就无数中国人。据说，灵隐寺是阿里巴巴总裁马云每年必去的一个寺庙。兴许这副名联，"半称心"成就了一代首富马云先生。

这副名联的横批应是什么？应在每个人的心里，或是"知足常乐""随遇而安""且行且乐""笑口常开"……我从灵隐寺归来，请书法名家侯宪台先生书写此名联书法作品，挂在客厅成了我的座右铭，这副名联的"半称心"唤醒我看清一件事时开窍了、看破一件事时理性了、看透一件事时成熟了、看淡一件事时放下了。俗话说，人活着开心是一天，不开心也是一天，那为什么不开心呢？学会惜福，才会更幸福。遇事时若有这种"半称心"，人生必将百事可成！

（作者：谢吉恒，原载于《中华大地》杂志）

实至名归一帜红

——写给《诺贝尔国际文学推介作品选编》入选者谢吉恒

古有三国黄汉升，
手挥宝刀建奇功。
凤凰涅槃新时代，
脱颖而出老黄忠。
瘦笔一支写春秋，
年逾七旬气如虹。
资深记者耕月忙，
冶金文坛一帜红。
谢老挥毫苦中乐，
踔厉奋发忙追梦。
醉爱开心逍遥游，
捕捉灵感风雅颂。
北国咏雪哈尔滨，
江南赏春苏杭城。
平遥古城采风来，
宝岛览胜信步行。
山水放歌阳朔走，
世外桃源觅仙踪。
三更灯火五更鸡，
执着痴迷攀高峰。
游记散文一篇篇，

可圈可点韵味浓。

结集出版十余部，

年年都有好收成。

踊跃参赛国家级，

"鲁、茅"金杯接连捧❶。

走进人民大会堂，

多次领奖把台登。

本本聘书显实力，

顶顶桂冠彰个性。

难忘一九八二年，

初露锋芒才气横。

唐山报社第一聘，

如鱼得水帆顺风。

次聘《中国冶金报》，

平步青云鱼化龙。

三聘创建记者站，

四聘挂帅拓蹊径❷。

荣誉院士聘书靓❸，

洗尽铅华喜圆梦。

"传播大使"聘书美❹，

实至名归堪可敬。

数十岁月如一日，

谢老码字下苦功。

顽强拼搏翘楚时，

---

❶ 谢老师接连荣获"鲁迅文学杯"和"茅盾文学杯"大奖证书。

❷ 20世纪80年代末，中国冶金报社引领培养谢吉恒老师积极参加竞聘，被《中国冶金报》聘任为河北记者站站长。在谢老师带领下，该站多次连续被评为先进记者站。

❸ 2022年，谢吉恒老师喜被世界作家协会中外文化交流研究院聘为"终身荣誉院士"，并颁发了证书。

❹ 谢老师近年来在文化领域的贡献有口皆碑，有目共睹，获得广泛好评，被世界作协等相关单位授予汉文化国际传播大使称号！

执着追求硕果丰。

时光不语沧桑变，

岁月成金自然中。

德高望重传佳话，

吉祥如意贵有恒。

莫道桑榆近黄昏，

夕阳一轮耀眼明！

（作者：沈五群，邢台市作家协会会员、中国散文学会会员）

作者简介：沈五群，河北邢台人，系中国散文学会会员、邢台作协会员。著有《太行追梦》等书籍。

龙行寰球 凤鸣九天

——写在龙凤山建企二十周年之际

春风送暖，风和日丽。3 月 14 日，《中国冶金报》记者结束对常州市烧结点火炉公司董事长孙小平"绿色环保智慧"采访，相随《中国网》《政商参考》《中华大地》等多家媒体参加迎国庆七十华诞"我和我的祖国采风组"来到在上海新国际博览中心举办的第十七届中国国际铸造博览会，专程参观河北龙凤山铸业有限公司（以下简称龙凤山）展厅，迎来 3 月 24 日龙凤山建企二十周年采风活动。

二十载易春秋，砥砺奋进，硕果累累。龙凤山文化先行，以文化为魂、为根、为源。龙凤山已成为国家高新技术企业、中国民营制造业 500 强企业、中国铸造协会生铁分会理事长单位、铸造生铁行业领军企业、全球最大最优高端铸造铁基新材料生产基地。自主创新研制出高端铸造用的"龙凤山"牌超高纯生铁和高纯生铁产品，填补国内空白，结束了依靠进口的历史。

龙行寰球，凤鸣九天。"龙凤山"牌高纯生铁国内市场占有率已达 80%，超高纯生铁、亚共晶生铁独家占有国内外市场，出口日本、德国、法国、美国等亚欧美发达国家。龙凤山二十年来为我国高端铸造行业发展留下一道闪光的轨迹。二十载耕耘，风华正茂，激情满怀。龙凤山人谱写一篇篇文化创业的励志故事。一代人的使命、一代人的担当，诸如"文化窗口""文化铸魂""文化传播"的经典故事，犹如百花园盛开的奇葩，争芳吐艳。文化创业精神之根，深深扎在一代人的记忆里。

文 化 窗 口

新时代新征程，铸造业发展日新月异，我国由铸造大国快步向铸造强国转型。铸造博览会在当今世界享有"全球规模最大、国际一流"的美誉，成为行业发展的风向标、晴雨表。龙凤山凭借每届参展博览会的平台，珍惜文化交流的窗口，将中国文化直接推向世界。

作者与龙凤山工作人员在铸造博览会合影

据了解，中国铸造博览会创始于1987年，经过30多年的积淀和创新，已经是有全球300余家知名行业组织和媒体通力支持的行业盛会，是全球铸造经营企业的大聚会、新产品新技术的发布会、跨域合作的大型实用商贸会。本届展会面积5万平方米，迎来30多个国家和地区1300多家知名展商，以高端品牌、一流服务等优势吸引来自全球80多个国家和地区的10万余人次观众参与。

记者目睹采访龙凤山E8T04号展位留下美好印象：一是别具特色，文化创意美。宽阔的展厅约276平方米，装潢沿用中国传统皇家大院建筑风格，以中国红和金黄色为主基调，展厅庄严大气，中国风十足。二是令人赏心悦目，展位设计美观。陈列展品包括铸造用超高纯生铁和高纯生铁、球墨铸铁用生铁等多个品种实物，并将下游产品实物和模型作为一个重要展览板块。三是文化气息浓郁，弘扬中国文化美。中国文化走向世界、中国文化引领世界，吸引中外客户驻足观看与咨询洽谈。四是参展团队专业素质高，文化形象美。龙凤山参展团队包括销售、技术等人员组成，真诚向客户介绍产品、市场信息，为驻展领导、专家和客商准备了各种精美的点心和饮品，提供满意一流服务。展会期间实施全程拍摄，实时报道，信息传递快速准确，如《龙凤山报》主编、我培养的徒弟《中国冶金报》通讯员魏锐波白天忙于展厅跟踪实时拍摄，心中有爱、有善、有奉献精神，连续三天夜晚熬夜加班工作到凌晨两三点钟，直到赶写完质量较高的系列"龙凤山铸博会展会纪实"稿件，并第一时间用网络报道出时才肯休息，收到极佳效果。我看到他的成长和奉献很欣慰。其实，龙凤山参展团队每一位工作人员都是文化形象大使，有自己独特的故事。龙凤山副董事长刘武成、总经理白佳鑫、副总经理白树良接受采访时表现的潇洒风度、热情面容、巨大的魄力、坚定信心犹在眼前。德高望重的 93 岁铸造行业资深专家、龙凤山顾问李传轼接受记者采访，语重心长地说："激烈市场竞争，机遇挑战并存，不应满足现有的成功，而要以此为起点，积极进取。"彰显龙凤山文化厚重耐力特色。

作者采访 93 岁铸造业资深专家李传轼（右一）与龙凤山副董事长刘武成（右二）、总经理白佳鑫（左二）

展会期间，据统计，龙凤山接待中铸协、中钢协等各级领导 100 余人次，铸造行业专家 200 余人次、国内外用户 6000 余人次莅临龙凤山展位参观，前来咨询的客户络绎不绝。来自英国、韩国、日本、泰国、印度、芬兰等国家客商莅临龙凤山展位，对超高纯生铁及其生产工艺、检测化验手段产生浓厚兴趣，连连点头称赞。龙凤山在本次展会上，斩获超高纯生铁金鼎奖和超高纯生铁"四项技术"奖，向国内外客户秀出了拳头和实力，进一步提升知名度和美誉度。龙凤山凭借展会"文化窗口"，助推开拓国内外市场，为铸造业争光，为中华民族争气！

文 化 铸 魂

　　二十年龙凤山以文化自信，文化铸魂，创新不止。龙凤山始建于 1999 年，曾是一家名不见经传的濒临倒闭民营小铁厂，董事长白居秉接手后，初期生产球墨铸铁件用生铁和灰铸铁产品，市场趋于同质化竞争，众多企业受到重创。2008 年以来，白居秉敏锐意识到，企业做强要靠文化。在创新路上，用文化点燃灵感的火花。他带领科研团队突围，自主创新，独辟蹊径，研究和生产出属于自己的高端铸造材料。2010 年 4 月，终于在全国率先研制生产出了高纯生铁，龙凤山实现第一次腾飞。《新华社》《人民日报》、中央电视台等 20 多家媒体纷纷进行了报道。白居秉应邀参加 2010 年由中宣部批准、全国知名文化品牌的"中华大地之光"的征文评选活动，被评为"十佳新闻人物"，授予"中华优秀企业家"称号，在北京人民大会堂受到

阮观荣（左）到龙凤山进行文化采风，
与董事长白居秉（右）合影

时任全国人大常务委员会副委员长周铁农颁奖和合影。2013 年 12 月中华全

国新闻工作者协会国内部原主任、"中华大地之光"组委会主任阮观荣亲率采风团来龙凤山采风,"谱写大地华章,讴歌时代英才",撰写宣传龙凤山创新、文化铸魂的故事。

创新是龙凤山发展的动力源。我国已有的铸造原材料已满足不了高端铸件的质量要求,龙凤山审时度势,一鼓作气,在原有生产高纯生铁基础上,开启新一轮自主创新,向研发超高纯生铁冲刺。经过两年不间断研发,无数次试验,采用"精炼深度提纯工艺",2017年3月研制出高纯净度、高稳定性、高一致性的超高纯生铁,为我国铸造和装备制造业奠定了坚实的铁基新材料基础。龙凤山实现又一次腾飞!

这一次又一次的腾飞靠什么?靠创新,靠文化。

龙凤山文化铸魂,实现超越自我,敬业创新,依托"五大优势"铸丰碑。其一是原料优势。河北武安铁矿资源丰富,其较高品质在全国乃至世界实属罕见。二是装备优势。拥有国家工信部认定的"专业生产铸造生铁"800立方米高炉2座及配套装备,精良的铁水精炼提纯装备2套。三是人才优势。拥有一批懂技术、善管理、勇于创新的综合型人才。四是工艺技术优势。在原创的"三精法"大高炉冶炼高纯生铁的基础上,进一步自主研创"高炉精炼+深度提纯"技术工艺,生产高质量的铸造用超高纯生铁。五是品种优势。龙凤山至今能生产集铸造用超高纯生铁、高纯生铁、亚共晶生铁、风电用生铁、球墨铸铁用生铁5大系列111个品种,可根据不同用户需求,准确调整精炼提纯工艺,完全实现定制化生产、个性化服务,为核电、高铁、军工、海洋工程、航空航天等大国重器,国防科技工业、国家重大项目建设提供高端铸造铁基新材料。龙凤山所取得的辉煌业绩无不是来自"文化之魂",可点可赞!

文 化 传 播

时光流逝20年,弹指一挥间。我是《中国冶金报》记者,长期重点分担河北省民营钢企的宣传报道，常去燕山、太行山周边钢厂、矿山企业采访。从龙凤山建企那天至今，我见证了龙凤山经历的风风雨雨，在《中国冶金报》不间断、全方位、多角度定格龙凤山发展历程。

这20年龙凤山怀着庄严使命感在行业中树立口碑，积累文化自信；20年凝聚一大批风雨同舟、志同道合的供销朋友、忠实用户，成为不断前进的动力；20年培养和锻炼一批优秀团队，勇于面对困难，向理想进军；这20年，从零开始，不断积累自己，完善自己，壮大自己……从没有放弃过把龙凤山打造成优秀企业的梦想和努力。这些都是文化的精髓，要浓墨重彩传播出去。

用文化铸就儒商风范的龙凤山领军人，颇具思路敏捷、锐意创新、处事果断、诚信经营、登高望远等儒商优秀素质。为传播龙凤山文化，这20年龙凤山与中国冶金报社结下深情厚谊，手拉手，通过在全国冶金行业有唯一绝对权威的《中国冶金报》开辟"协办栏目"。为出色办好这个栏目，一方面约我定期研究报道内容，制定报道计划，让通讯员在火线上练兵，通过记者传帮带，提高采访写作水平。另一方面，龙凤山副董事长刘武成才华横溢，身为中国散文学会会员、中国

作者向龙凤山赠书与董事长白居秉（左）、副董事长刘武成（右）合影

诗歌协会会员，通信、调查报告、散文、诗歌等体裁写作样样精通。他带头并指导通讯员写稿。我俩"三观"颇相近，知己有共同语言，出于学习龙凤山、热爱龙凤山、宣传龙凤山、服务龙凤山的共鸣，能一拍即合。20年间，经各方面通力合作，在《中国冶金报》等多家媒体刊发以龙凤山为主题的报告文学、散文、诗歌、通讯、调查报告、摄影、摄像等系列、深度重头报道稿件约200篇、10余万字。2013年由冶金工业出版社出版全国发行的《燕赵儿女走进人民大会堂》一书刊有长篇报告文学《白居秉和他的高纯生铁》及由白居秉、刘武成撰写的科技论文《铸造"高纯"》等多篇文章，文化铸

魂，创新抢占铸造用高端生铁制高点，为同行业奉献了宝贵的精神财富，在国内外产生深远影响，强有力地传播龙凤山文化。

祝愿龙凤山在下一个 20 年，文化铸魂、创新不止、扬帆起航，继续健康稳步发展！

（作者：谢吉恒）

忆浓浓红薯情

红薯又名白薯、甘薯、地瓜等，起源于美洲，明朝万历二十一年（1593 年）传入我国，并渐渐传播至全国各地。《本草纲目》等古代文献记载，红薯"补虚乏，益气力，健脾胃，强肾明"。它是一种营养价值较高的食品，而且口感极佳，又甜又绵，具有难得的药食兼用价值，很受人们的青睐。

在前，侄儿宏宇从红薯之乡秦皇岛卢龙送来一大捆当地特产红薯粉条。儿子、儿媳从市场精选了一兜沉甸甸的红薯，给我"送年货"来了。这些红薯个个形似纺锤，水灵灵的，像刚从地里挖出来一样。看着它们，我的思绪像雨燕一样穿越岁月的烟云，回到了 20 世纪六七十年代。

难忘的红薯救命粮

年龄但凡在四五十岁以上的人，提起红薯，都会有种独特、难以忘怀的感受。我是吃红薯长大的。记得 20 世纪 60 年代初期，我国遭受严重自然灾害，粮食减产，瓜菜代粮。在我的家乡，红薯成了"救命粮"。老人们常说："红薯当粮又当菜，救苦又救难。"当时，红薯可谓是农民的命根子。

在那个时代，家家一日三餐离不开红薯。记得我的母亲整天围绕红薯不停地调换做法，有时把加工的玉米渣和红薯混在一起，大锅小火熬成粥，味道似糖浆般甜香；有时又用红薯面蒸窝窝头，口感筋道；有时还用红薯面和着野菜烙饼；还可用红薯压制河漏面（北方面食三绝之一，与北京抻面、山西刀削面齐名），河漏面也叫河捞、疙豆、河漏子，是北方古老的大众面食之一，顺溜溜的，等等。

鲜红薯不易存放，母亲就一锅一锅地把红薯煮熟，放在院子里背阴处。冬天冷就变成了冻红薯。我最爱吃的是烤红薯，秋天是红薯收获的季节，母亲做完饭后，灶膛里还有未熄的炭火。我扒开带火星的炉灰，挑选几个块头不大的红薯，埋进火灰里。灶膛高温，不一会儿，烤红薯的香味便阵阵地散发出来。扒开火灰，刨出红薯，只见有的地方破了皮露出焦黄的果实，让人垂涎欲滴。刚扒出的红薯特别烫，我和弟弟不约而同地各自捡一个，左右手不停地倒来倒去，鼓起嘴巴不停地吹。热度稍微退点后，剥开外边一层焦焦的皮，刹那间一股清香扑鼻而来。迫不及待地咬上一口，又软又酥，又甜又润。红薯还是很烫，我和弟弟便一边吹一边吸吸溜溜地吃，不等红薯凉下来，一个红薯吞进肚子里……

快过年的时候，爷爷把挂在屋梁上那几串像鞭炮似的红薯取下来，用来炸丸子、蒸红薯包。"困"了一冬天后，水分都蒸发了的红薯，格外好吃。我和弟弟趁爷爷不注意时，飞快地揪下来几个用手搓，连皮也不削，就往嘴巴里送。咔嚓！咔嚓！甜甜脆脆的。年夜饭最有年味的是炸红薯丸子。母亲把红薯和面粉按照一定比例和好后，奶奶和母亲将面团揉搓成一个个胖乎乎、圆滚滚的像鸡蛋黄大小的丸子，然后放到油锅里炸，不一会儿，一个个便泛起紫金色的光泽。吃在嘴更是香喷喷、甜丝丝的，至今回味无穷。

在那个特殊的年代，红薯伴我走过了物质困乏的少年时光，让我感悟到平淡从容度日的真谛。改革开放后，家乡逐渐摆脱贫困，走向富裕。红薯被称为"救命粮"的时代已经过去，各家各户的餐桌上布满了精米细面和鸡鸭鱼肉，红薯已从当年的餐桌上的主角变成了配菜。现在，人们吃红薯，也早已不是为了果腹，而是为了尝鲜儿，红薯成了人们调换口味的稀罕食品。而且随着科技的发展，红薯的品种也越来越多，甚至培育出了彩色红薯。

回顾过去的艰苦岁月，更加感到今天生活的幸福和甜蜜。我对红薯浓浓的深情如陈酿的老酒，那种香甜将伴我一生。

红薯是最佳食品

人们所熟悉的红薯，在世界卫生组织发布的 2007 年全球食品排行榜中，荣登最佳蔬菜冠军宝座，身价抬高百倍。

红薯何以能成为最佳食品呢？众所周知，红薯营养极为丰富，被营养专家称之为营养最均衡的保健食品。据测定，每千克红薯含糖 290 克、蛋白质23 克、粗纤维素 5 克、脂肪 2 克，还含有多种维生素和矿物质。其中维生素的含量与柑、橘一类水果含量相当。特别是黄心红薯，每百克的胡萝卜素含量达 52 毫克。红薯可以为人体提供大量的热能。更为奇妙的是红薯中所含蛋白质对米面中蛋白质具有补充作用，能明显补充面粉中维生素 C、大米中钙的不足和二者胡萝卜素的缺乏。

红薯具有六大保健功能，则更令人刮目相看：

（1）健身缓老。红薯中含有一种特殊成分——脱氢表雄酮，这种激素可以延缓人的衰老。

（2）助于减肥。红薯中的膳食纤维有助于促进食物中的脂肪、糖的排出，常吃红薯的人不会血脂稠，不会有脂肪肝，内分泌也不会失调。

（3）美容养颜。红薯中含有一种特殊功能的"黏胶性蛋白"能保持血管壁的弹性，阻止动脉粥样硬化的发生；红薯中的绿原酸可抑制黑色素的产生，防止雀斑和老年斑的出现；红薯中的雌性激素能保持人体皮肤的细腻，减少皮下脂肪堆积，有润肤、防皱美颜之功效。

（4）防治便秘。红薯含有大量膳食纤维，在肠道无法被消化吸收能刺激肠道，加强蠕动，通便排毒，尤其是对老年性便秘有较好疗效。鲜为人知的流传——乾隆用烤红薯治愈便秘的故事，更显出小小红薯的神奇威力。清乾隆皇帝寿至 89 岁，是我国历代皇帝寿命最高的。传说他在晚年患老年性便秘，太医们千方百计地为其治疗，疗效欠佳。后来，乾隆天天吃烤红薯，不久使他久病不愈的便秘治好了，他顺口夸赞说"好个红薯，功胜人参"，从此红薯又得了个"土人参"的美称。

（5）防癌抗癌。红薯中不仅含有人体中所必需的赖氨酸，还有丰富的胡萝卜素，可抑制上皮细胞异常分化，增强人体的免疫力，防止致癌物与细胞核中的蛋白质结合。日本科学家发现红薯的抗癌作用在黄绿色植物中超人参，名列榜首。

（6）控制血糖。红薯具有一定的抗糖尿病的作用。

红薯是对健身长寿有益的食品，据有关资料显示，中国和世界几大高寿地区，不少高寿老人都喜欢吃红薯。安徽横峰县上龄长寿村，80岁以上老人家家户户每天保持一顿红薯稀饭。

从我家祖父母、父母亲这两代人来看，都喜欢吃红薯，一年到头坚持，祖父母分别高寿到89岁、83岁，父亲今年93岁，仍养成每日吃红薯的习惯，母亲寿至87岁驾鹤西去。

我们家族喜欢吃红薯的"基因"将会流传下去。

红薯吃法有讲究

红薯是保健食品，对人体健康极有好处，但是吃法也有讲究。根据中国营养学会专家的介绍，健康吃红薯要做到"四不、四要、两忌"。

"四不"：一不生吃。生红薯中的淀粉细胞膜未经高温破坏，人体很难消化。二不连皮吃。红薯皮含有较多的生物碱，食用过多会导致肠胃不适，尤其是有黑色斑点的红薯皮更不能食用，会引起中毒。三不空腹吃。红薯含有较高碳水化合物，空腹吃红薯，会出现反酸、烧心等症状。四不和过甜的东西同吃。红薯本身是甜的，如果和甜食一起食用，反流发生的可能性会增加一倍。

"四要"：一要煮熟蒸透。在煮蒸前，水中放些碱，或放在盐水中浸泡10分钟再煮蒸，适当延长煮蒸时间，一般为30~40分钟，这样可以破坏掉红薯中的"气化酶"，食用时不会出现腹胀、烧心、打嗝等不适。二要搭配吃。红薯缺乏蛋白质与脂质，与米面搭配吃可以起到蛋日质的互补作用。三要选择午餐时间吃。人体需4~5个小时吸收红薯所含的钙质，而午餐食用红薯后，下午的阳光照射可以促进钙的吸收，晚餐前可全部被吸收，不影响晚餐对钙的吸收。四要食量适中。专家建议，每日摄取的红薯一般在150~200克为宜，过量食用会使胃肠出现不适。

"两忌"：一忌短时间内红薯与柿子同时食用。相隔时间最好为5小时，如同时食用，会使胃酸分泌增多，严重时可造成胃出血或胃溃疡。二忌腹泻患者、胃病患者和糖尿病人食红薯。

（作者：谢吉恒，原载于《中国冶金报》）

难以磨灭的记忆

夏日，绿色染包头，鲜花满钢城。7 月 16 日，包头第一师范学 62 届毕业师生聚会在六和顺酒店举行。早晨 9 点多，三五成群年逾古稀的白发长者从四面八方赶来。

50 年前，我们怀揣着一个梦想，齐聚包头第一师范，以此情结同窗；50 年后的今天，我们相聚在六和顺大酒店，又是为了追这个同学情。

三年的同窗生活，让我们度过了人生那段最纯洁、最浪漫的时光。

记得一位作家曾说过：童年是一场梦，少年是一幅画，青年是一首诗，壮年是一部小说，中年是一篇散文，老年是一套哲学。人生各个阶段都有特殊的意境，构成整个人生多彩多姿的心路历程。同学之间的友情犹如陈年的老酒，时间越久远，越是醇香甘甜。

人生最难忘的除了亲情、爱情之外，就是旧时的同窗情了。敬爱的老师、亲爱的同学成为我们最想念的人，50 年的风风雨雨改变了我们的模样和声音，但老师教海之恩、同窗之情让我们留下难以磨灭的记忆。

检测记忆　考验眼力

50 年前的夏天，依依惜别时，同学们的模样记得再清楚不过了。

但无情的岁月始终在我们身上、脸上、服装上刻下了不少痕迹。当年风华正茂的大姑娘、小伙子，一个个变成了头发斑白、皱纹爬满脸庞的老头老太。阔别 50 年的老同学，见面显得特别激动，乍一见面不报姓名，难免有点儿不敢相认，相互打量着对方，认真掂量，见第一句话便是"你不认识我吗？""你不是×××吗？""不好意思，面孔有点熟悉，名字真的想不起来了。""我是理科二班的，张玉亭呀！"然后感叹道："老了，老了！"你拉着我的手，我拥抱着你，紧紧地谁也不愿意松开，拥抱在一起，那种亲切劲儿，有开心的笑容，有感动的泪水。欢聚一起的激动人心的场面，好像又回到了50年前毕业时挥泪告别的情景，这一别就是50年啊！这50年，既漫长，又短暂，50年在历史长河中，仅仅是一瞬。50年对于一个人来说，已是生命的大半。我们这50年，风风雨雨，有苦有甜，有劳有获，我们没有虚度，每个人都将自己的青春、热血、知识、力量奉献给了祖国，无怨无悔。

老同学之间，不管多久不见，彼此都会一见如故，多数同学近50年没有联系，但一见面就有说不完的话，叙不完的旧。大家欢聚一堂，打开话匣子，畅谈往事，叙旧情，谁也无法收尾。谈起同桌的你，同窗的他，同班的我们，座前、桌后的……开始回忆起甜蜜的学生生活，谁最早加入党组织、谁提前毕业参加工作、谁最听老师的话、谁的成绩最好、谁最爱写作、谁最爱好文娱、谁最会玩儿、谁的外号是什么、谁和谁同桌、谁和谁要好，有哪些难忘的故事，这些既那么遥远，又让人记得那么清晰，一幕幕浮现在眼前。提起50年前，点滴往事，历历在目，就像发生在昨天，犹如清风扑面，沁人心脾，回味无穷。

找回记忆　背后用功

人老了就开始怀旧，人一怀旧就是老了。特别是怀念天真烂漫的学生时代，勾起了我们对人生这一最难忘的回忆，也荡起了相聚的涟漪。

据负责组织这次活动的聚会筹备组组长刘国基老同学介绍，为举办师生聚会，于6月中旬自发组成筹备组，推举负责人和工作人员，拟订活动的宗旨、时间、地点、内容和议程，分析和探讨聚会的必要性和可行性，会后按分工分头准备。这些学生虽然毕业 50 年，可小型聚会和个人往来从未间断，但大多数同学没有见过面。

同学聚会也是一种时尚，本次同学聚会是平时聚会的延续，是小聚会的扩大融合。

本次聚会有牢固的思想基础，突出表现概括有三个方面的有力支撑：

其一是怀旧之念。同学们都已进入"古稀之年"爱怀旧，特别是对母校的怀念时时涌上心头，包一师是培养中小学教师的摇篮，母校在 60 年代国家经济困难的大环境中，提供了必要的办学条件，为包头市培养了一批优秀合格的师资，母校功不可没，值得回忆和珍惜。

其二是感恩之心。50 年前，我们的老师以无私奉献的精神，用自己的渊博知识和朴实品格，承担了培养园丁的历史使命，在老师的亲切教诲和辛勤耕耘下，我们懂得了做人的道理，学会了责任和担当，掌握了教书育人的本领，增长了才干，对恩师思念之心根深蒂固念念不忘。

其三是思念之情。同窗 3 年，铸就的手足之情不会因岁月的流逝而消失，也不会因征途漫长而磨灭。同学间那种独特的友谊变成了难以割舍的思念延续至今，不论分别多久，不管境遇如何，老同学见面总是那么亲热和新鲜，对同学的现状总是那么关心，对聚会总是那么亲切和期盼，能在这个平台上老同学欢聚一堂，有一个追忆过去、享受今天、祝福明天的机会，这种思念之情，是促成这种聚会的动力之源。筹备这次同学聚会，背后演绎许多不为人知的故事。一方面聚会筹备组同学为联络到一位多年失去联系的同学，三番五次地打电话、发短信，有时需要通过原单位的领导、同事甚至子女找寻同学的联络方式；有的同学不辞辛苦地过黄河奔达旗，通知那里的几个同学；有的同学担任会务工作，积极联系会场，亲手布置会场，购买活动用品；还有的同学主动承担了照相和录像任务，这次聚会由于筹备工作发挥了群策群力，因而得以有条不紊地进行。另一方面，聚会得到同学们大力支持和响应。居住在上海、北京、东北、呼市等地的外地同学以及包头远郊区旗县的同学，得知聚会的消息高兴万分，想方设法与同学团聚。老师们也不顾年老体弱，都兴高采烈地接受了邀请，愿意和 50 年前的老学生见面。

师生怀揣一个共同心愿聚会，筹备组卓有成效工作，取得圆满结果，拟联系 150 多名同学，实际联系到 122 名同学，约占入学人数的 1/3，占毕业生数的 1/2 强。

精彩记忆　牢记希望

恩师重于山，师恩更难忘，没有老师 50 年前辛勤培育，就没有我们 50 年后的今天。抓住聚会难得良机，我们多想再做一次学生，多想再听老师讲一堂课。有请当年语文老师韩雪屏给大家讲演一堂"人生之课"，题目是"回归心灵，发现自我"。

韩老师说："我代表今天与会全体教师，向本次活动的筹备组和全体同学表示真诚的感谢，由于你们的热心和辛劳，我们才能有今天这个机会和阔别多年的老同事、老朋友见面共话当年；才能和年逾 70 的老同学共同回忆我们在一起度过的难忘的青春岁月和圣洁的师生情谊。"

韩老师想对大家说的话很多，归纳起来，无非是以下三个意思：

（1）注重养生。无情的时光把我们师生都推进了古稀之门，我们都已不再年轻，生理机能已经日渐衰退，疾病已成为我们必须面对的现实。因此，保健养生是我们当下生活的第一要务，除了必需的就医服药之外，我们还要相信人体自有大药，应当积极调动机体的自愈潜能，针对自己的实际状况，注重锻炼和保健。

（2）继续学习。活到老学到老，是一个人生命意义的价值源泉，除了继续关注自己已经为之奉献一生心血和情感的专业之外，还要开始自己的广泛兴趣，使日常生活更加充实，更有乐趣。

（3）学会反思。我们这一生经历了太多的事情，频繁的政治运动、严重的饥荒岁月、史无前例的"文革"动乱，以及我们被扭曲和被压抑的个性，等等。面对当前复杂的现实世界，特别是面对当前教育事业严重异化状态，我们要学会反思，因为反思无非就是有勇气运用自己的理智去明辨是非。

最后，韩老师送给大家一段话"是时候了，在这里停下来，回归心灵，发现自我，淡定闲适，优雅自在"。这是一家出版社刊载的"慢读译丛"的推荐语，它既是我自己当下心灵的写照，也是我对各位高足的希望。

韩老师的精彩演讲，博得一阵阵热烈的掌声。

韩老师的希望，更加坚定了我们的奋斗目标，让我们牢记老师的嘱托，分别50年的我们又开始了人生的第二次握手，有信心攀登另一个高峰——高质量的健康长寿！

定格记忆　自然纯真

上午10时，聚会筹备组秘书长温莹同学宣布大会开始，介绍主席台上就座的老师有韩雪屏、姚贵轩、孙兰芳、田沛旺、张大臣、卢正绪、郗小艾、肖增润、高亮、张一之时，台上台下起立，爆发出一阵热烈掌声。

聚会筹备组组长刘国基同学就本次聚会筹备工作作了汇报，高凌云同学为本次聚会作诗一首，并手书赠予大会，她的诗文是：

三年同窗读书忙，冷床冷饭度饥荒。

半个世纪来聚首，步履蹒跚鬓染霜。

奶姥群里认校花，白发丛中找班长。

从古称稀尊公寿，还有几日话沧桑。

我的同桌老同学叫杨坤士因特殊原因，不能前来参加聚会，为表达思念之情，他从辽宁铁岭发来短信"黄河远上白云间，师生聚会忆当年，同窗嬉戏犹然在，遥祝大家都康健！"祝贺聚会圆满成功。

同学代表第一个登上主席台发言的曾宪东提议谢师恩，深深地向老师鞠躬，说声："老师辛苦了，谢谢您！"点燃全体同学共鸣火花，会场热烈气氛顿时升温。接着一个个同学从不同角度，谈及参加聚会的亲身感受。

我们这一届同学，人才济济，在没退休前有的是政府领导干部、教育专家、教授、知名人士，也有个别的当了老板，大部分是教育界精英。而我呢，也算当了个全国冶金行业最权威的《中国冶金报》的河北记者站站长。

我写过有关同学聚会的报道，搞同学聚会有个特点，大多混得好的人，一般是积极参加。这次同学聚会，从发出参会邀请，除了极特殊原因之外，能来的都来了，这证明大家都混得不错。现在大家都已退休，更没有身份区别，只有朴素的老同学称呼。

我们在这里聚会，只有五六个小时，在短暂时间里，大家坦诚相待，认真面对，退休之后尽享天伦之乐，怀旧思念同窗乃余生夙愿，久别重逢，说说心里话后，在六和顺酒店门前留下珍贵的合影，感慨万千。

感慨之一，同学们聚会是对往日情怀的温习和重现，在有生之年，共同经历一段无法更改也无法忘却的纯真时光，这种同学情是纯正的、天然的，没有掺杂使假，没有污染，是绿色的。

感慨之二，这样大规模聚会对大家来说是具有历史意义的聚会，珍惜这次聚会的难得时机，要将这次聚会铭记在心，留住记忆，珍藏在心底，终身不忘。

中午，在聚会的酒宴上，同学们格外开心，自己掌控酒量，恰到好处，开怀畅饮。在一阵阵欢声笑语的伴奏中，响起一杯又一杯、掀起一波又一波相互敬酒的碰杯声，美好的祝福都融在酒里。

夕阳无限好，还有什么比得上心情愉悦、感觉幸福更为重要的呢？健康、长寿、和谐、幸福是暮年追求的目标。

我们今生是永远的同学，同学是不解的缘，同学是无欲的爱，同学是无私的兄弟姐妹。

下午两点，同学们醉意正浓时，聚会渐渐进入尾声，天下没有不散的筵席，都是聚散两依依，相聚时，情无价。

愿今天的聚会成为搭起传播友谊的桥梁，大家彼此间永远保持联系。

要把这次老同学聚会当作人生的一个心灵驿站，同学虽在我的视野之外，却永远在我们的记忆之中。

同学毕业 50 年聚会在六和顺，60 年、70 年，期许再相聚……

（作者：谢吉恒，原载于《中华大地之星获奖作品选》）

钢铁人传承长征精神

六盘山，举世闻名。随着"京津冀一体化"和"一带一路"倡议的实施，在最近3年间，笔者先后5次与京津冀媒体采风团的成员们一起，前往宁夏回族自治区，采写津冀两地的钢厂、冶建施工企业、勘探设计单位以及钢贸企业等参与宁夏重点工程、民心工程建设的深度报道。同时，笔者忙里偷闲，深入六盘山地区采风，撰写散文、报告文学等文学作品。今年"八一"建军节前夕，为纪念中国人民解放军建军90周年，继承和发扬长征精神，应津冀地区参加银川重点工程建设的钢厂、钢贸企业邀请，笔者又一次前往六盘山走访。

六盘山的魅力

据六盘山所在地区一位负责人介绍，如今，六盘山已成为爱国主义教育示范基地，近几年，来此参观的人数以每年20%的速度增长。笔者询问长期在宁夏工作的来自京津冀等地的钢铁业界人士，六盘山的魅力是什么？他们给予了如下回答。

魅力之一：红旗漫卷西风

六盘山是红军长征中翻越的最后一座大山。当年，毛泽东同志写下《清平乐·六盘山》(即《长征谣》)这首词的时候，也就意味着长征最为艰难的岁月已经过去。今天，人们可以从隧道中轻而易举地翻越六盘山，而在长征中，六盘山则是横亘在陇东高原上的一座大险。

1935年、1936年，红二十五军、中央红军先后翻越六盘山。1935年9月份，毛泽东率领红一方面军中由一、三军团和中央领导机关组成的陕甘支队北上。1935年10月5日，红军进入宁夏西吉县境内。1935年10月7日，毛泽东等同志率领中央红军翻越六盘山。当日下午，毛泽东等中央领导同志率军登临六盘山主峰，时值仲秋，云淡天高。毛泽东目穷千里，心潮激荡，临风寄景，气贯长虹，遥想红军走过的艰难历程，展望革命前途，即兴畅吟这首气吞山河的光辉词章《清平乐·六盘山》："……六盘山上高峰，红旗漫卷西风。今日长缨在手，何时缚住苍龙？"这首词将高山美景、红军英姿、伟人壮志传颂天下，六盘山名扬海内外。六盘山成为长征胜利的曙光之山、幸运之山、红色之山、胜利之山。

魅力之二：文化遗存"古、贵、多"

六盘山，曾因山路险狭，须经六重盘道始达峰顶，故此得名。

六盘山是古丝绸之路东段北道必经之地，也是历代兵家必争的要塞重镇。据史书记载，秦始皇在此建筑行宫，祭拜山岳；汉武帝六临六盘山，在此观览和眺望过苍茫悲壮的固原河山；唐太宗过陇山至甄亭（西吉）观马政……另据记载，隋、唐、元、明、清历代都在六盘山屯垦养马。六盘山还是北方游牧文化与中原文化的接合部，是古代多民族人群聚居地，文化遗存有"古、贵、多"的特点。

魅力之三：自然和人文资源丰富

六盘山自然资源丰富，这里的自然景观既有北国风光之雄，又兼江南水乡之秀，且是一座天然的动植物乐园：六盘山国家级自然保护区是我国西部地区的水源涵养林基地，森林覆盖率达到72%，有高等植物788种、野生动物213种、昆虫905种，年平均降雨量为680毫米，是泾河、清水河、葫芦河的发源地，被誉为黄土高原的"绿岛"和"湿岛"。

同时，六盘山地区具有回乡风情的建筑、音乐、舞蹈、饮食文化和民间工艺，极具特色。

重温红色历史

六盘山是中国革命史上的一座丰碑。为全面贯彻习近平总书记"把红色资源利用好，把红色传统发扬好，把红色基因传承好"的重要指示精神，以"走长征路、读长征史、登胜利山"为主题的六盘山红军长征景区，吸引了一批批参观者来这里探寻革命历史遗迹，接受革命传统教育。今年7月上旬，笔者与采风团一行深入走访了六盘山红军长征景区这一爱国主义教育示范基地。

一是走长征路。在"走长征路"参观区建设有长征重大事件微缩景观参观步道（也称红军小道）。这条小道全长2.5公里，象征红军长征二万五千里。红军小道给大家的印象是：设计独具匠心，再现了长征路上"出发于瑞金""血战湘江""四渡赤水""飞夺泸定桥""奠基大西北"等18个重大事件的历史场景，参观者每走到一处就能看到一组雕塑作品，聆听到一段长征故事。行走在红军小道上，我们观看长征知识展板、听导览录音、唱红色歌曲，追随着当年红军的脚步，用心灵感悟着长征的艰辛与伟大。

二是读长征史。走过红军小道，采风团一行来到建在六盘山主峰上的红军长征纪念馆。纪念馆中展出的红色文物，集中展示了红军在六盘山地区活动的情况。据纪念馆工作人员介绍，六盘山红军长征纪念馆建筑面积为2159平方米，于2005年落成，由序厅、"红军不怕远征难"专题厅、"红旗漫卷西风"专题厅、"三军过后尽开颜"专题厅、"不到长城非好汉"专题厅5个展厅组成，系统展示了中国工农红军长征的历史，再现了六盘山儿女在长征精神鼓舞下，努力建设家园取得的巨大成绩。400余幅珍贵照片、220件文物和丰富多样的现代化电子多媒体展示手段，让采风团的成员们详细地了解了长征历史，受到了深刻的教育。

三是登胜利山。采风团一行走出纪念馆，前去瞻仰红军长征纪念碑。面对纪念碑上"巍巍六盘，浩浩长风，长征精神，永放光芒"的碑文，采风团的成员们肃然起敬。

从山上下来，回望六盘山雄姿，听当地负责人介绍说，现在的六盘山是"春赏醉美花海，夏享爽爽清凉，秋观层林尽染，冬品水墨画卷"。采风团成员们慨叹："当年的红军胜利山，今日是绿色生态区。"

传承长征精神进行时

"长征之路有终点，传承长征精神无终点，永远在路上。"参加六盘山走访活动的几位钢铁企业家在交流时说道。

2013年9月份和10月份，中国国家主席习近平在出访中亚和东南亚国家期间，先后提出共建"丝绸之路经济带"和"21世纪海上丝绸之路"（以下简称"一带一路"）的重大倡议。随后，津冀两地的河钢、津西、敬业、友发等钢铁企业，唐山云峰、天津津港等钢贸企业，以及中冶集团的施工单位踊跃参加宁夏银川滨河新区、"中阿之轴"景观区、三沙源旅游度假区、全球单套规模最大的煤制油工程、中华回乡文化园等20余项重点工程和民心工程的建设，启动了钢铁行业的"新丝路长征"。

4年间，建设者们取得了优异的成绩，获得宁夏回族自治区政府和用户的赞扬。参加走访活动的唐山云峰工贸有限公司副经理张泓介绍说："参加新丝路建设，云峰公司得到宁夏钢铁物资流通协会的大力支持，为云峰公司创造了良好的经营条件，我们销售的'津西'牌优质H型钢成为抢手货。云峰公司也努力为宁夏的发展做出自己的贡献。"

"发扬长征精神为贫困人群献爱心"，这是参加走访活动的津港物资有限公司经理周少邦常说的一句话。他在了解到国家率先在六盘山建立旅游扶贫试验区的情况后，积极响应，并参加了宁夏消防行业服务协会赴宁夏南部山区捐助慰问贫困儿童和孤残老人的活动，积极捐款捐物。这份深情厚谊，受到了宁夏回族自治区政府的表扬。

周少邦表示："服务'一带一路'建设，要实现3个面向，即面向重点工程、面向'由坐商到行商'的转变、面向强强联合打造销售联盟，合作共赢，抱团服务终端优质用户。"今年6月份，津港公司被友发钢管集团评为全国优秀代理商。

在新的征途上，钢铁人发扬长征精神，正在服务"一带一路"建设中努力奋进！

（作者：谢吉恒，原载于《中国冶金报》）

哈尔滨带回的风景

离休干部姑父林久家（右）讲述他抗美援朝的战斗经历

提起哈尔滨，我的脑海里首先浮现的是 20 世纪 80 年代著名歌唱家郑绪岚演唱的《太阳岛上》。人们常说，东北有"三宝"：人参、貂皮、乌拉草；哈尔滨人讲他们有自己的"十宝"：中央大街太阳岛、红肠啤酒大面包、老虎汽车和医药、冰灯雪雕竞妖娆。听哈尔滨人说，正是这首《太阳岛上》把哈尔滨唱红了、唱出了名，慕名的游客伴着歌曲优美的旋律纷至沓来，太阳岛以其最美而独特的自然生态环境，闻名国内外，给哈尔滨带来可观的经济效益，因此哈尔滨人至今念念不忘郑绪岚。

哈尔滨本是一个小渔村，因沙俄修建中东铁路而兴起，逐渐发展成为东北亚的国际化城市。20 世纪 20 年代，已有 16 个国家在哈尔滨建立领事馆，33 个国家 16 万外国人侨居哈尔滨，形成了独特的地方特色文化，无不流露出异国风情。哈尔滨现已成为全国优秀的旅游城市，展现出十分诱人的魅力。

2004 年、2009 年、2011 年我三次去看望家住哈尔滨的姑姑、姑父。姑父林久家是一位参加过抗美援朝的 "老志愿兵"、离休干部，年岁 90 有余。他见多识广，心胸开阔，平易近人，善于语言表达。我每次来哈尔滨，他都给我讲述哈尔滨旅游方面有趣的逸闻故事，每次有一个重点，三次加起来，留下极多深刻印象。

故事一：选好玩地方——到太阳岛

听姑父讲，到了哈尔滨，不到太阳岛等于枉来。哈尔滨太阳岛旅游风景区坐落在哈尔滨市松花江北岸，与繁华的市区隔水相望，是全国著名的旅游避暑胜地型风景名胜区，占地面积 38 平方公里，外围保护地带规划控制面积 88 平方公里，是江漫滩型湿地风景名胜区，国家 5A 级旅游景区。

太阳岛的名声底气为何这么大？据姑父介绍：它是松花江上的一个河岛，当年是外国侨民钓鱼、野餐、狩猎的地方，以质朴、粗犷的自然风光而著称，是哈尔滨的一颗亮丽明珠。关于它的由来，我从资料中查到，民间流传有多种说法：一说这个岛形似太阳故称太阳岛；另一说岛内坡岗上全是洁净的细沙，阳光照射下格外炙热，故称太阳岛；近年来有专家考证，太阳岛的 "太阳" 两字，本是满语蝙花鱼的汉译音，这个称谓充分体现了人们追求美好生活的愿望。

有资料记载，太阳岛历史悠久，在清朝康熙年间就被作为水师营地开发利用。1897 年随着中东铁路的兴建和 1917 年十月革命的成功，大量俄国和欧洲的侨民涌入哈尔滨。他们被太阳岛上的自然美丽风光所吸引，发现岛上地势高低起伏、河道纵横如网，是避暑的好地方，在岛上到处修建度假的别墅、餐厅、游玩娱乐等设施。这些侨民携带家眷在此 "野餐、野游、野浴"。这些充满异国情调的生活习俗，被称为太阳岛早期的 "三野风情"，成为哈尔滨当时文化的一种现象、一种时尚。

太阳岛被松花江水环绕，景色十分秀丽。太阳岛公园是太阳岛上最主要的景区。2004年8月下旬，我第一次来到哈尔滨松花江边，远眺对岸郁郁葱葱掩映的太阳岛，满眼青翠，欣喜不已。

到了景区门口，看见太阳岛景区大门气势恢弘，足以使园内景况大相径庭。听导游介绍，门前矗立一块长7.5米、厚2米、高4.3米、重150吨左右天然奇石。奇石出于松花江支流阿什河边，传为兜率宫太上老君遗落之丹。金王朝的创立者金太祖完颜阿骨打少年时在石上磨刀励志，成年时，与将领在石上刻灰议事，灭辽攻宋；抗联将士在此"火烤胸前暖，风吹背后寒"。一个个传说，无数悠远的往事，都凝结在这一巨灵石上，这块雕刻有著名书法家赵朴初题写的"太阳岛"三个遒劲、灵动大字的太阳石，成为太阳岛大门处的标志性景观。游人相聚在太阳岛，排队驻足留影。

进入太阳岛公园后，为美丽景色所吸引，乘坐电瓶车游览了核心区的水阁云天、太阳瀑布、避雨长廊、松鼠岛、鹿苑、天鹅湖、花卉园、俄罗斯风情小镇等著名景观……

太阳岛是哈尔滨的一大看点，地处冰城之中，每年冬天都有雪雕游园会。冬季的雪雕艺术博览会独具特色，形态万千，饮誉中华。洁白如玉的雪博艺术已成为哈尔滨冰雪节的重要组成部分，深受中外游客的青睐。

太阳岛季季有景，季景各异。"春看花、夏玩水、秋观树、冬赏雪"，站在美丽的松花江边，游人们看到了太阳岛风景区越来越亮丽耀眼。

2004年8月适逢哈尔滨举办主题为"太阳神、黑土魂"的首届沙雕艺术展，我有幸参观游览。此次沙雕艺术展集中展示了中国古代有关太阳的传说、金源文化、黑土风情和哈尔滨风貌。

本次展园面积12000平方米，用沙量3000立方米，展出12组40件作品，使深受群众喜爱的沙雕艺术在哈尔滨又多一族，成为久负盛名的冬季冰雪游又一新的亮点。

说起太阳岛好玩的故事，就像葡萄一嘟噜、一串串，说不尽道不完……

故事二：赏建筑艺术——看中央大街

2009年9月，我第二次来冰城哈尔滨看望姑父。这次重点是走进哈尔滨，零距离接触市区看看众多建筑的风格模式、人文特征、格局与分布、形成城市容貌等方面，深刻感受城市建筑的魅力。

中央大街是去哈尔滨旅游的必到之地。姑父搞过建筑多年，对建筑有话语权。他说："没有到过中央大街就不能算来过哈尔滨的。"他推荐安排，由儿子儿媳全程陪伴我游览。这次我首选第一程是参观中央大街。这条被誉为哈尔滨中央大街全长1450米、宽21.34米，其中人行方石路宽10.8米，是目前亚洲最大最长的步行街。这条大街始建于1898年，初称"中国大街"，1925年改称为沿袭至今的"中央大街"，这条百年老街，已发展成为哈尔滨市最繁华的商业街。走进这条大街，就像参加万国建筑博览会一样，各种建筑神采各异，纷呈亮相。这条大街至今保留很多欧式建筑，全街建有欧式建筑及仿欧式建筑71栋。世界各大建筑流派在这里汇集杰作，有文艺复兴、巴洛克、折中主义及现代多种风格的"顶尖"作品，精美建筑、雅洁明快的建筑色调，或拱龙突起、或高雅古典、或挺拔秀丽，这些建筑体现了西方建筑艺术的精华，这条街是一条建筑艺术的长廊。我开心地观赏，饱餐世界建筑艺术盛宴。哈尔滨素有东方"小巴黎""东方莫斯科"的美誉，名不虚传。就连中央大街的路面铺砖艺术都让我大开眼界，此砖是用方形花岗岩雕铸的（长18厘米、宽10厘米），其形状大小如俄罗斯式小面包，一块一块、密密实实、精精巧巧、光光亮亮，路铺的这样艺术，在中国建筑史上也是罕见的。我踩在路面上，脚底有一种光滑细腻的感觉，令人步履轻快。据说当时一块方石的价格值一个银元，一个银元够穷人吃一个月。整条大街铺有石块87万块，可谓金子铺路。据有关专家测定，中央大街的方石块还能磨上一二百年。

游完中央大街，接着游览参观第二站——索菲亚大教堂。索菲亚大教堂宏伟壮观、古朴典雅、精美绝伦，是观赏建筑艺术最抢眼的精品。它曾是哈尔滨的标志性建筑，坐落在哈尔滨道里区，教堂的墙体全部采用清水红砖，上冠巨大的洋葱头拱顶，通高 53.35 米，统帅着四翼大小不同的帐篷顶，形成主从布局，四个楼层之间有楼梯相连，前后左右有四个门出入。

听讲解员讲解，索菲亚大教堂是远东地区最大的东正教堂，始建于 1907 年 3 月，是沙俄的东西伯利亚第四步兵师的随军教堂，1912 年建成砖木结构教堂。1923 年 9 月教堂易地进行第二次重建，历时 9 年，1932 年落成。1996 年经国务院批准，它被列为第四批全国重点文物保护单位。1997 年整修后的教堂成为哈尔滨建筑艺术馆。巍峨壮美的索菲亚教堂构成了哈尔滨独具异国情调的人文景观城市风情，同时它又是沙俄入侵的历史见证和研究哈尔滨市的重要真迹。

此次我观赏众多欧式风格的景观建筑，倍觉哈尔滨以其优美的景观环境、别致的建筑特色、浓郁的欧陆风情，成为迎接八方游客的"城市会客厅"。建筑是可供欣赏的作品，实现美的追求；建筑是凝固的史书，无时不把自己亲身经历的时代，无言地向后人讲述。哈尔滨建筑艺术馆对外宣传，将弘扬哈尔滨独特的建筑文化。

是建筑给人以美的享受、艺的熏陶、史的追怀、理的感悟。

故事三：用平和心态——面对人生

2011 年 7 月，我第三次去哈尔滨看望了姑父，他身体硬朗，十分健谈。这次见面重点是要了解他健康生活的秘诀。

谈起这个话题，他微笑着说："好心情伴我一生，把苦与乐、生与死都看作是过眼烟云，心态平和，很阳光，这是至关重要的。"

他 1947 年参军，参加过解放锦州、万船齐发渡长江、解放南京、解放海南岛等战役，他所在部队 1950 年 10 月 11 日跨过鸭绿江奔赴抗美援朝前线。他给我讲了亲身经历的一场战斗，那是 1951 年 8 月，他所在部队抵达朝鲜平里参加突击战，他在机枪连任文书，机枪连接到上级命令，迅速抢占了 320 高地；敌人包围了 320 高地，后续部队陷入敌人埋伏圈，没能及时跟进，敌人依仗武器装备先进，向我机枪连发起猛烈进攻，志愿军战士勇猛顽强、奋勇杀敌，连续三次打退敌人反扑，阵地前敌人尸体一片，敌人溃退了。然而，经过一天的战斗，机枪连伤亡惨重，连长、指导员及战士 90 多人牺牲，只剩下 28 人（包括 8 名炊事员），副指导员继续指挥战斗，战士誓言与阵地共存亡，只要有一口气，就要战斗到底。

傍晚，敌人又向机枪连阵地发起进攻，战士机智灵活、巧妙利用地形地物，用七八棵腰围粗大树作掩护，架起机枪向敌人猛烈开火，3 号机枪手负伤倒在血泊中，机枪哑了。在这关键时刻，机枪连个个都是英雄汉，炊事员王健身手不凡前仆后继，端起机枪愤怒地向敌人开火，一阵猛烈射击，打得敌人蒙头转向，敌人又败退了。

夜幕降临了，敌人没胆轻易再发动进攻，双方对峙一天一夜。

第二天一放亮，志愿军增援部队赶来，消灭了敌人。

姑父常说："在战争中我把生死置之度外，这和平时期还有什么过不去的坎。" 1956 年他转业了，来到当时苏联援建的哈尔滨电刷有色车间任党支部书记。天有不测风云。家乡外调发现他在 1947 年参军前，在家乡帮助当时国民党派出所改过户口，警察署给他布做一身警服，这些档案没有交代，属于隐瞒历史，给予其留党察看处分，撤销党支部书记一职。一年后恢复了党组织关系，安排他做食堂管理员，管房子、托儿所，做义务劳工，修江堤坝，任厂部整风办公室主任，直到 1979 年 3 月离休。他有个特点，把事看淡，能上更能下、能官能民，就是心态好，随遇而安。他非常喜爱活动，扫扫地，整理整理屋子，很少待在家里，常到外面散步。饮食上，吃的东西没有什么讲究，只吃七八分饱。对于他来说，没有"想不开"的事，平和处世，精神轻松愉快。面对当今社会，世间百态，价值取向多元化，物欲横流，利欲熏心，但他不为诱惑所动，不为攀比所烦，为适应社会变革，不断完善自己，拥有好心态、好心情，就拥有了健康。他幽默地说："爷爷、爸爸的遗传基因好，爷爷活了 94 岁，爸爸活了 83 岁，我更重要的是创造乐观，心情开朗，面对人生。"

八年间，三次去哈尔滨，有看不够的风景、听不完的故事；也给家人带回了风景和故事，同时，姑父又给带回哈尔滨食俗的"一大怪"面包像锅盖——"大列巴"和哈尔滨饮食名片红肠——"里道斯"。

（作者：谢吉恒，原载于《中华大地之星获奖作品选》）

"海上钢城"行

建在河北唐山曹妃甸港滨海新区的首钢京唐钢铁公司（以下简称新首钢），被有关媒体列为 2008 年中国最美的 10 个旅游目的地之一，成为工业游的"新贵"。从唐山开往曹妃甸的直达豪华大巴从早晨 6 时起，间隔 1 小时一趟，票价 17 元。10 月下旬笔者一行 3 人乘上头班大巴感受了一番这个"海上钢城"的魅力。

观"钻石"海港

我们乘坐的大巴直通曹妃甸岛上。当天观光的游人真不少，有的观赏海滩的自然风光，有的排队登 24 米高灯塔。这灯塔是曹妃甸岛的标志物。上塔远眺，"面向大海有深槽，背靠陆地有沙滩"，显出曹妃甸最明显的地理特征。岛前 500 米水深即达 25 米，深槽达 36 米。由曹妃甸向渤海延伸，有一条 27 米深的天然水道。水道和水槽的天然结合，形成了建设大型深水港口和港池的天然"钻石级"港址，即可建设 30 万吨大型泊位。近看，港口一派繁忙景象。在两座 25 万吨级的矿石码头上，分别有一艘外籍 16 万吨巨轮在卸货。能抓起 6 吨货物的"大爪"，时而伸向船舱，时而高举将矿砂直接卸在传输带上。矿石码头主要接卸进口铁矿石，年接卸能力为 3000 万吨，可满足华北地区钢铁企业对原材料的需求。据介绍，中交一航局在风大浪急的施工条件下，仅用 13 个月就建成了这两座码头。

有几位来自山西、内蒙古的游客听说我是记者，对这里很熟，请我临时给他们当义务导游。我指着矿石码头，说起水运来。水运是世界公认的成本最低廉、最便捷的运输方式，而吨级越大的船单位运输费用越低，如从澳大利亚运铁矿石至曹妃甸港，20万吨级的船比5万吨级的船，每吨运费可节约四五十元运输成本。新首钢距港口很近，可以直接把船上的铁矿石运到生产线上，仅在运输矿石的成本上，新首钢每年可节省好几亿元。据一位唐山市领导透露，巴西正在建造的4艘40万吨级的货轮，预计将在2010年建成投入使用，届时将成为运送巴西矿石到中国的海上"巨无霸"。目前，世界上能停靠这样大货轮的港口只有曹妃甸。到2010年，曹妃甸港区将建成4个25万吨级矿石码头，可形成包括煤、原油等货物吞吐能力1亿吨，到2030年可达5亿吨。

昔日荒凉的小沙岛，蜕变成今日河北经济腾飞的新引擎。

看"吹沙造地"

吹沙造地是曹妃甸又一大奇观。曹妃甸是中国目前大型项目建设集群，到2010年建设投资将超过1000亿元。内行看门道，外行看热闹。2005年，曹妃甸开始吹沙造地是当时国内最大的造地工程之一。现代科技在填海造地中大显神威，不用一锹一镐，完全是机械化作业。所谓"吹沙"，就是在取沙区用绞吸式挖沙船吹绞海底沙子，使沙子飘浮，然后源源不断地把沙子吸引到输沙管。输沙管另一头在输沙区，在输沙管中间位置加几台加压泵，通过加压使沙水快速向填沙区流动。沙水到达喷沙区后从管中喷出，泥沙留下，海水流走，风干后的土地就成为工程用地的基础。有人说，曹妃甸是"吹出来"的，就是指吹沙造地。截至2006年底，5万工人用了1年时间，填平了11.9平方公里的海面，"吹"出了一片新地。

目前，吹沙造地用的沙子可将曹妃甸到北京的双向八车道高速公路往返一个来回从地面垫高5米。吹沙造地使曹妃甸区土地面积扩大了3倍，满足了新首钢建设用地的需要。曹妃甸是目前世界上单体吹填面积最大的围海造地工程。现在，吹沙造地还在进行。根据规划，曹妃甸吹沙造地项目分三期进行，2010年吹填面积达到105平方公里，2020年达到150平方公里，2030年达到310平方公里。不占任何耕地，成为曹妃甸又一个奇特之处。

感受新首钢

日新月异的曹妃甸，以先行者的超前谋划和卓有成效的前期工作，坚定了首钢落户的决心，由此，它与北京的关系更亲近了。北京人举家专程来参观正在热火朝天建设中的新首钢，也有不少人来这里了解生活环境。

曹妃甸作为全国首批循环经济示范区，它的每一个项目从规划、设计到建设都是按循环经济链展开的，其新型的建设、发展模式，也吸引全国各地的企业家们来此感受新首钢。

曹妃甸新首钢从2007年3月12日正式开工，目前项目主体工程建设已基本完成。远远望去，高128米的5500立方米的巨型高炉，成为天海之间最壮观的标志性建筑。游人纷纷与之合影留念。

游客中有不少人问，首钢搬迁到曹妃甸会不会带来污染？首钢的同志介绍说，新首钢采用220项国内外先进技术，新厂充分利用生产过程中的余热、余气、废水、含铁物质和固体废物等，基本实现了废水、固体废物零排放，铁元素资源100%回收利用；能耗、物耗和排放指标将进入世界最先进的行列；吨钢综合能耗669千克标准煤，吨钢耗新水3.84立方米，水循环率达97.5%，吨钢粉尘排放量0.3千克，二氧化硫排放量0.25千克，完全可以实现装备大型化、生产清洁化、经济循环化，不会给当地的环境造成影响。此外，新厂采用海水淡化技术，每年可节约淡水2000万吨，减少了一半工业用水，还可提供1800万吨浓盐水用于制盐，自发电每年可节约社会供电55.1亿千瓦时。每年产生的330万吨高炉渣、转炉钢渣、粉煤灰用于生产水泥及建筑材料，并可消纳大量的社会废钢及废塑料。新首钢将是现代化的绿色海上钢城。前来参观的人们都露出满意的笑容。

赏湿地风光

我们乘车行至离唐海 10 公里处，在向西的岔路口处有一块"曹妃甸湿地公园 4.5 公里"的牌子。顺着标牌指引的方向，车慢慢行驶，我们边走边看，冀东油田一处处油井的"磕头虫"不停地向游人点头欢迎致意。一会儿，车子就到了湿地公园。

曹妃甸湿地公园，东起唐曹高速公路，西至双龙河，南临盐池，北到农场农业用地边缘。去湿地的道路网旁，近处星罗棋布的鱼塘蟹池，远处是一望无际的芦苇荡，蓝天、碧水、游鱼构成一幅恬静的大自然风光。

走进绿色世界，天然大氧吧，呼吸清新空气，远处鸟起鸟落。这里是鸟的乐园，曹妃甸湿地野生植物达 1200 多种，丰富的水生动植物资源为鸟类提供了足够的食物和筑巢、隐藏的场所，使这里成为东北亚和环西太平洋鸟类迁移的重要驿站。据说，秋冬时节，大量的候鸟在此集结，"飞时遮住云和日"的壮观景象时常见到。

据了解，曹妃甸湿地公园目前有鸟类 150 余种。每年 10 月份，成千只东方白鹤在此栖息。据统计，目前世界上东方白鹤仅存 3000 多只，是国家一级保护鸟类。它们每年夏天在我国东北地区繁衍后代，秋天携妻带子返回南方。东方白鹤每年要在曹妃甸湿地停留一个多月，补充营养，然后越过渤海，最终到达鄱阳湖。

独特的湿地风光，被誉为"冀东白洋淀"、北方"小江南"。有关部门表示，用 3~5 年时间，将曹妃甸湿地公园建成曹妃甸的后花园、休闲港，成为服务唐山、辐射京津的休闲旅游胜地。曹妃甸湿地公园让海上钢城的工业旅游资源更丰富。游人可以在了解炼铁、炼钢、轧钢直至成品的钢铁生产全过程，感受中国钢铁工业的高新技术之后，再次真切地体验一下绿色钢城与大自然的和谐共处。

（作者：谢吉恒，原载于《中国冶金报》）

美好记忆夕阳红

——拜读谢吉恒老师《难以磨灭的记忆》有感

收到恩师谢吉恒老师（以下简称谢老师）的游记散文作品集，轻轻打开这本由冶金工业出版社出版的《难以磨灭的记忆》，一缕油墨馨香扑面醉人，心里顿时思潮起伏，久久难以平静。

真的是难以磨灭的记忆。遥在 20 世纪 90 年代初，我在一家县办铁矿从事宣传工作，有幸与《中国冶金报》资深记者、知名作家谢老师相识，共同的爱好，使我俩惺惺相惜喜结忘年交。

数年后，平易近人的谢老师，热情邀我前去《中国冶金报》河北记者站实习，以身示范引导我掌握冶金新闻采写技能，并使我渐渐对业余文学创作产生了浓浓的兴趣。

谢老师生在乡村，从上高小起便迷上了文学写作。有幸穿上橄榄绿，美梦成真当上部队报道员后，如鱼得水的他大显身手，先后在《人民日报》《解放军报》及军区报社发表新闻稿件 200 多篇，受到部队领导的器重和多次奖励，同时也夯实了自己业余创作的基础。

谢老师脱下军装走上冶金新闻战线，独树一帜，连续 40 余年含辛茹苦，分别在各级报刊发表了 500 余万字新闻和文学作品，先后有百余篇作品获奖，曾十余次走进人民大会堂、钓鱼台国宾馆，受到国家领导人接见并出席颁奖仪式。谢老师出版的《难以磨灭的记忆》等 12 部散文作品集，先后荣获了"散文作品集奖""当代作家""鲁迅文学杯"等奖。

退休后，谢老师不忘初心，常以白居易"老自退闲非世弃，贫蒙强健是天怜"的诗句自勉，与时俱进笔耕不辍，在追梦中续写"老兵新传"。

退休19年来，他先后撰写出版了《辉煌二十年》《燕赵儿女走进人民大会堂》等10多部散文、报告文学集。

谢老师这本《难以磨灭的记忆》，就是一部别具匠心的游记专集。该书分"故乡情深""采风选粹""风光览胜""风景拾趣"4个部分，共有42篇各具特色的游记散文，分别以生花妙笔，或工笔写真，或泼墨渲染，或烘云托月虚实疏密，或匠心独运达意入神，驾轻就熟情景交融，探幽烛微地把湖南、江西、山西、河南、河北、贵州、四川、内蒙古、黑龙江等十几个省（区）的风景名胜区的特点特色，跌宕有致地描绘得异彩纷呈栩栩如生。

基于对伟大祖国壮美山河的热爱，基于对中华民族历史文化的钟情，对中国特色社会主义旅游事业健康发展充满憧憬和激情，擅长散文创作的谢老师，由此偏向钟情喜爱旅游，于是便充分发挥自己的优势，力尽洪荒弘扬朝阳产业，尤其是乐此不疲地撰写了好多游记散文，全力以赴讴歌祖国的大好山河，为新时代的朝阳产业喝彩助力！

那一年隆冬，年过古稀的谢老师，脚踏皑皑白雪，冒着零下30摄氏度，走进东北闻名遐迩的清河水库，慕名欣赏雪后林海美景。接着，他又走进辽宁开原小镇，亲自体验特色滑雪游，扎实过了一把瘾。触景生情，谢老师挥毫夜战，很快便创作出题为《小镇雪景》的游记。

那一年盛夏，谈笑风生的谢老师，兴致勃勃走进内蒙古鄂尔多斯大草原，零距离接触牧马人纵情策马狂奔的豪放，零距离体验草原篝火的热烈激情，探秘一代天骄成吉思汗陵，亲耳聆听有关元太祖叱咤风云的神奇传说，连夜写出题为《难忘成吉思汗陵之行》慷慨激昂的美文。

那一年阳春三月，谢老师应《中华大地之光》杂志社邀请，走进湖南素有张家界之魂的天门山，亲身领略和感悟"湘西第一神山"的神奇魅力，触景生情奋笔疾书，很快便写出题为《感悟神奇的天门山》的游记佳作。

那一年金秋十月，谢老师慕名前去四川三大旅游精品之首的九寨沟，大饱眼福游览了集翠海、叠瀑、彩林、雪山和羌、藏民族文化于一体的原始美和天然美，一边自由欣赏大自然的秀美风光，一边开心摁下快门拍照，珍藏起难忘而美丽的瞬间，并一气呵成写出《九寨沟纪行》的美文大作。

退休 19 年来，谢老师宝刀未老，持之以恒，走到哪里，就把闪光的足迹留在哪里。

善于捕捉灵感的他，常把他旅游看到的美好风景，用一支生花妙笔精心雕塑，从不同的侧面、不同的角度，巧把身临其境的感悟和体会撰写成融知识性、趣味性和可读性于一体的游记美文，宛若一串串珍珠玛瑙熠熠生辉，魅力四射，为广大读者留下难以磨灭的记忆！

登山临水不知老，砥砺旅行忙追梦的谢老师，最大最美的心愿，就是把一篇篇游记结集成书，好把赞美祖国壮丽山河的游记弘扬光大，好把记录旅游健身旅游快乐的美文分享给广大读者，以便产生不可估量的连锁效应。

我和谢老师真的是前世有缘，今朝情深。当年他曾从事冶金新闻，我也从事冶金宣传。

后来他痴迷旅游散文创作。我则从冶金宣传跳槽到旅游宣传，而且一干就是 20 年。

退休后，我和老伴应大女儿再三邀请，便去江南闲居安享天伦之乐。偶尔上网，喜与因工作调动而不慎失联多年的谢老师再次邂逅。很快，我便收到谢老师寄来的游记散文《难以磨灭的记忆》这本书。我如获至宝，夜以继日地反复细读，深受启发和影响，可说是受益多多呀！同时，在谢老师微信视频多次热情鼓励下，我终于拾起束之高阁的那支瘦笔，振奋精神效仿恩师，毅然决然投入到业余旅游写作中去，以恩师为榜样刻苦奋力，短时间内便创作出版了《美在太行》《太行追梦》两部游记散文集，仅 2020 年，便在市级以上报刊发表散文 59 篇，被信都区宣传部誉为"牛人"，颁发了奖杯和证书。

铁的事实证明，谢老师的散文《难以磨灭的记忆》，确确实实是值得一看、值得借鉴、值得珍藏的一本游记好书。

（作者：沈五群，邢台市作家协会会员）

浭阳书画艺术研究会传承非遗文化

——举办入选《永远跟党走》作品座谈会

1月28日，由浭阳书画艺术研究会主办，馨海家陶瓷唐山分公司、唐山谷津坊食品有限公司、河北浭泉酒业有限公司、丰润区老左坞酒厂、唐山市香飘浭城餐饮服务有限公司承办的"读《永远跟党走——喜庆建党百年华诞》新书传承非遗文化座谈会"在浭阳书画院隆重举办。政商参考网、《新丰润报》等新闻媒体参与报道。

参加此次座谈会的领导和嘉宾有：唐山市丰润区文卫史料办主任隆顺新；中国冶金作家、《中国冶金报》资深记者、浭阳书画艺术研究会顾问谢吉恒；唐山市丰润区言清门武术研究学会会长、言清门武术非遗传承人贾长存；丰润棋子烧饼非遗传承人、唐山市民间文艺家协会副主席、河北省民间文艺家协会理事、中国民间文艺家协会会员、唐山谷津坊食品有限公司总经理谷小光；浭阳书画艺术研究会副秘书长、唐山市民间文艺家协会副主席、中国民间文艺家协会会员、中国诗歌协会会员、河北省青年美术家协会理事、河北省民间文艺家协会会员、丰润画扇非遗传承人王静梅；非物质文化遗产江德庆熏鸡制作技艺传承人、丰润区政协委员、唐山市香飘滦城餐饮服务有限公司总经理赵会章；河北省民间文艺家协会会员、非物质文化遗产装裱修复技艺传承人、丰润区政协委员、丰润区葆光斋绘画艺术馆馆长章汉龙；河北省青年美术家协会会员、中国散文学会会员、滦阳书画艺术研究会漫画艺委会主任、唐山市人大代表易雅娇；河北省青年美术家协会会员、河北省民间文艺家协会会员、滦阳书画艺术研究会非遗艺委会副主任、葫芦雕刻非遗传承人匡国财；河北省青年美术家协会会员、滦阳书画艺术研究会理事、滦阳刘氏木雕非遗传承人刘会平；河北省青年美术家协会会员、河北省民间文艺家协会会员、滦阳书画艺术研究会理事、唐山民间文艺家协会理事、民间剪纸技艺非遗传承人苗晨。

《永远跟党走——喜庆建党百年华诞》一书由中国冶金知名作家谢吉恒、中国冶金作协副主席兼秘书长郑洁、青年文学爱好者张忠浩最新撰写，于2021年12月由冶金工业出版社出版。

此书收集了谢吉恒等人2018~2021年之间，深入河北、河南、天津、北京、上海、内蒙古等地20余次参加采风活动后，撰写的报告文学、散文等作品近70篇、30余万字。全书以"学党史、悟思想、办实事、开新局"为主轴，讴歌了新时代钢铁工业领域的风采，谱写了祖国大地壮美的篇章。入选作品既彰显了企业管理层带领企业上下，踏着建党百年的光荣之路奋进新时代的坚实步伐；又展现出基层一线员工用行动献礼建党百年的厚重身影，还乐见青年文友追梦的实践……生动呈现出我国钢铁工业在中国共产党的正确领导下，高歌猛进，向钢铁强国跨越、努力实现高质量发展的壮丽图景。书中书写的众多钢企，以文弘业、以文培元、以文立心、以文铸魂，增强文化自觉，坚定文化自信，铸就主人公的闪亮文化品牌。作者将这些所见所闻，通过"钢铁元素+文学元素"的写作笔法，饱蘸激情，使作品更具感染力。

《永远跟党走——喜庆建党百年华诞》一书还收录了丰润区滦阳书画艺

术研究会 9 篇非遗传承故事，分别是：《传承棋子烧饼文化人生——记棋子烧饼传承人谷小光》《浭泉酒业文化采风行》《葫芦雕刻传人——匡国财》《邓瑞友传承"蓼花"》《武术传承有魅力——记言清门武术传承人贾长存》《丰润画扇有故事——访丰润画扇传承人王静梅》《溯源老字号"江德庆熏鸡"手记》《葆光斋装裱见闻》《一针一线绣出彩虹路——记身残志坚的刺绣非遗传承人苗晨》。

这些非遗故事，讲述了数代人传承一门老技艺曲折甚至传奇的历程，饱含着生活的酸甜苦辣，也记录着不同时代的变迁。伴随新时代的到来，这些老技艺以及背后的故事显得更加耀目而珍贵。

座谈会上，各位代表性传承人一起交流了 2021 年度非遗工作和 2022 年非遗保护计划。大家表示，非遗保护工作任务艰巨，今后将在文化和旅游部门领导下，齐心协力推进非遗的保护和传承。

会后，参加本次座谈会的友人们，与谢吉恒老先生进行了面对面交流，深入探讨了民间文化事业，还获得了谢老亲自赠送的书籍并合影留念。

浭阳书画艺术研究会将携手社会各界朋友，齐心协力推进非遗保护和传承等文化事业，为迎接党的二十大胜利召开营造出良好的氛围。

（作者：谢吉恒）

《大梦人生》序

导读：回忆 5 年前，河北作家孔祥峰先生撰写《大梦人生》人物传记由中国文联出版社出版，书稿我认真细读过。此书真实地记录了河北钢铁重镇唐山民营钢企优秀企业家王宝财沐浴改革开放的春风，成为第一批创业者的人生经历。本书带有浓郁时代印记，在王宝财的身上见证了改革开放的伟大成果，凸显他带领乡亲共同致富的历程，闪烁中华民族传统美德和艰苦创业拼搏精神的光环。

回顾《大梦人生》成书过程，历历在目，印象最深的莫过于组成编委会。年过花甲之年的张海山是编委会主要成员之一，功不可没，且有更深厚突出的背景：一是张海山服务唐山冶金行业几十年，扎根钢铁行业，讲钢铁人故事，经验丰富，见多识广。他又是宝泰钢铁公司董事长王宝财的挚友，对于宝泰钢铁公司创业史了如指掌，更便于沟通，穿针引线，提供信息。二是张海山为《中国冶金报》特约通讯员，与我搭档十余载，积极配合记者宣传唐山民营钢企的报道，受到《中国冶金报》和行业报协会的肯定和表扬；积极参与国家级《中华大地之光》等新闻人物的推荐评选工作，引导钢企参与文化交流，成绩突出，做出特有的努力。三是成书过程，为配合作家、记者深入调查研究，方便作家收集素材，主动吃住在宝泰钢铁公司厂区，跑前跑后，带领作家深入车间现场一线采访，受到员工等多方点赞和好评。

《作家文化交流散记》一书即将出版，收录《大梦人生》序入书，今年初冬，惊闻斯人已逝，音容犹在。为深切缅怀好友张海山的爱岗敬业奉献精神，为宣传宝泰钢铁公司的付出，作者写此文字缅怀悼念！

我十分高兴地拜读了河北作家孔祥峰新作《大梦人生》。他是一位高产作家，也是佳作频出的作家。《大梦人生》是一部传记文学，确切地说，是一个经历曲折、创业成功的优秀民营企业家传记。在 30 多个春秋里，王宝

2012 年作者采访主人公时合影

（左起：张海山、谢吉恒、王宝财、孔祥峰、韦剑飞）

财从艰难困苦到艰苦奋斗，经历了大半生的奋力拼搏，终于实现了自己的人生梦想。

作者饱含真情为我们讲述了一个个原生态故事，让我们领略到纯天然的味道。这部作品写得情真意切，朴实无华，感人肺腑；作者借助丰富的想象，运用拟人、比喻等修辞方法加以描绘，使人物栩栩如生，跃然纸上；作品以人物命运为主线，以生活断面为节点，为我们描绘了一幅幅生动活泼的时代画卷，故事完整，娓娓动听，引人入胜。总体感觉该书结构缜密、文笔简洁、风格质朴，是一部较为成功的文学作品。

王宝财是一个地地道道的农民，他由一个家徒四壁的农村青年成长为唐山新宝泰钢铁有限公司董事长，确实不是一件容易的事情，他所经历的磨难是一般人所无法想象的。这就给当代青年提出一个严峻的问题，包括"80后""90后"，你究竟应该怎样规划自己的人生？是坐、等、靠，还是主动寻找创业机会？机会人人有，就看你能否抓得住。

回顾王宝财的人生历程，盘点他为实现"钢铁梦"所经历的酸甜苦辣，更能揭示出他的人生轨迹。他的成就也许只是改革开放浪潮中的一朵浪花，但朵朵浪花便汇就了改革开放的万顷波涛，他们是实现中华民族伟大复兴梦的一个个音符，他们的奋斗足迹是万众创业的生动写照。从某种意义上说，没有他们的奋斗，就没有改革开放的成功。

王宝财是我国改革开放第一批创业者，也是改革开放第一代民营企业家。他所拥有的财富在国内也许还排不到前列，但他尊重劳动、善待员工、以人为本的理念却是值得称道的。

改革开放以来，中国活跃着大量民营经济。虽然有相当一部分企业寿命不长，但是更有部分企业存在并有着良好的发展前景，资产规模迅速扩张，企业管理规范有序，通过兼并重组又为企业增添了活力，并逐步成为国内知名企业集团。形成上述局面的原因很多，但企业"以人为本"的核心理念不能不说是其关键因素之一。

王宝财以道德的力量感染人，以诚实为本取信于民，用企业所得施惠于众。正是由于他的大爱无私，在他身边才聚集了一批又一批精英团队。许多人跟着他都二三十年了，从未打算跳槽，因为，王宝财从不亏待员工，即使2008 年金融危机一天赔一辆奥迪车，他也从未拖欠过工人一分一厘的工资。这样的人品，员工跟着他踏实，干起活来心情舒畅，工作愉快，甚至无往而不胜。试想，如此为人员工能不买他的账吗？能不敬重他吗？能不成就他的一番事业吗？他之所以能获得巨大成功，之所以能得到长足发展，其中的道理不是显而易见吗？

经过 30 多年齐心协力的打拼，王宝财在事业上取得了辉煌成就。1993年他所在的企业人均创利税 8 万元，首登《河北日报》头版头条，2003 年被评为先进私营企业经营者，2004 年被评为捐资助学先进个人，2005 年被评为唐山市劳动模范，2006 年被命名为唐山市优秀民营企业家，2011 年被评为河北省创业功臣，2012 年当选为唐山市第十三届人大代表。他不仅每年向国家缴纳税款几个亿，而且为社会创造了几千个就业岗位，充分体现了他作为一个劳动模范所起的带头作用，也充分体现出他作为一名优秀共产党员所起到的时代先锋作用。

王宝财在为国家做贡献的同时，也没忘记自己的社会责任。他当村支书时，想方设法让群众多分粮食，他创办企业时鼓励全员入股有钱大家赚，他在公司专门设立了"董事长个人基金会"，每年拿出 20 万元资金帮扶困难职工。员工们评价王宝财与众不同，大气、大度、热心，是个干大事的人。

王宝财是一个有远见卓识的人，他从不被眼前的利益所迷惑。当企业日进斗金的时候，他想到的不是发大财、赚大钱，而是积极响应国家号召，投资节能减排设备，减少环境污染。此举又走在了民营企业的前头，被唐山市树为节能减排工作典范，新宝泰也因此荣获"唐山市 2011 年度节能减排先进企业"称号。再看其他企业，有钱的时候舍不得投资除尘设备，一推再推，直至沦为污染企业，被列为裁减对象。

我为时代造就了王宝财这样的杰出人物而倍感骄傲，也为这本传记的顺利出版而兴奋不已。这本书接地气，充满正能量，是励志作品，希望更多的年轻人能够读到它，并且能够借鉴到王宝财创新、创业的经验，共同实现党中央为我们描绘的中国梦。

（作者：谢吉恒，2015 年 2 月 18 日于北京）

《人生"麻辣烫"》举行新书发布会

近日，作家王继祥历时 30 年创作的新书《人生"麻辣烫"》由冶金工业出版社出版。7 月 3 日，王继祥老师在浭阳书画艺术研究会举办新书发布会，并签名赠书。

王继祥现为津西钢铁集团特钢有限公司办公室副主任，1987 年就职于津西钢铁集团至今，在新闻写作、音乐、曲艺和摄影等方面有很深的造诣。王继祥扎根基层，深入生活，接地气，创作了大量文学作品。

《人生"麻辣烫"》是一部通讯、散文、曲艺、歌曲、摄影作品集，甄选了作者 30 余年在各级报刊发表的 200 余篇作品，45 万余字，分为"人生天天好消息""人生处处是课堂""人生思考凝感悟""人生撷取欢乐多""人生无处不美丽"和"人生豪情谱劲歌"6 个板块，生动形象地再现了荣登中国 500 强企业榜单的津西钢铁集团坚持不懈、改革创新，实现跨越发展、由小变大、由大变强，努力打造绿色发展标杆企业的轨迹。津西人创造了辉煌的业绩，令行业内外刮目相看。《人生"麻辣烫"》记录了作者不忘初心，勇于担当，辛勤耕耘，全方位、多角度"谱写大国华章、讴歌时代精英"的心路历程。《人生"麻辣烫"》文笔流畅，主题鲜明，内容丰富，是一部具有实用的，可供新闻、文艺写作爱好者借鉴学习的好书。

出席本次活动的有：中国散文协会会员、迁西文联秘书长、迁西县作家协会主席王金保，中国冶金作家、《中国冶金报》资深记者谢吉恒，中国二十二冶集团书画摄影协会会长张铁男，中国散文协会会员吴杰，唐山市青联常委、唐山市丰润区政协委员、浭阳书画艺术研究会会长王泉涌，浭阳书画艺术研究会文化艺术交流中心主任张帅，诗人刘运起，书法爱好者谷孝俊。

活动中，王继祥和专家学者参观了浭阳书画院，对浭阳书画艺术研究会的书画家创作的作品表示赞赏，并进行了文学、文化和书画创作研讨交流。王继祥畅谈自己创作《人生"麻辣烫"》的心路历程，并签名赠书。

（作者：谢吉恒）

不枉殷墟行

2022 年 10 月 28 日，习近平考察了位于安阳市西北郊洹河南北两岸的殷墟遗址，他指出："殷墟，我向往已久，这次来是想更深入地学习理解中华文明，古为今用，为更好建设中华民族现代文明提供借鉴。"

自殷墟 2006 年入选世界文化遗产名录那日起，我就一直期盼来这里看看。殷墟是商朝后期都城遗址，距今已有 3300 多年的历史，位于河南省安阳市西北郊小屯村一带。

安阳被称为中国八大古都之一（安阳、西安、北京、南京、开封、杭州、郑州、洛阳），这里有易经的发祥地、岳飞故里、中国最早的国家监狱、袁世凯陵园、隋唐瓦岗寨起义之地等景观。殷墟遗址是世界著名的文化遗产，因大量甲骨文的发现，又被冠以汉字之都。

回忆 10 年前元宵佳节这天，我应约参加河北龙凤山铸业有限公司技术中心在武安市召开的首次高纯生铁生产与应用研讨会。会后与参会的来自北京、天津、郑州的专业研究机构和大学教授曾艺成、钱立、马敬仲、张伯明、郭振廷等一行 8 人，在龙凤山铸业有限公司的安排下，来到与武安市相距不到两个小时车程的安阳殷墟博物馆拜访参观。这些专家教授都年逾古稀之门，乐见来这里追寻古老汉字的踪迹，探访那些尘封在历史红尘深处的不朽传奇。

殷墟是由宫殿宗庙、王陵、商城三个遗址组成的，占地面积 24 平方公里，是国家 5A 级景区。没来殷墟前，我脑海里给力地搜索着散落在各种历史书本里的回忆。为保护遗址原貌，将殷墟博物馆建在地下，我们从博物馆入口处盘旋而入地下，时间一起倒转，回到那段 3000 多年前的历史，感受 3000 多年前的文明。我们参观看到了陈列在博物馆内的殷墟文物，有的是华夏之最，有的是世界之冠，蕴藏着殷代先民们的创造智慧和卓越的技能。听听考古专家评价，"殷墟发掘着一个典型的奴隶社会"。著名历史学家郭沫若诗云："洹水安阳名不虚，三千年前是帝都。"这些专家、教授观此景观后，认为胜读古书，大开眼界，大长知识，乐趣甚多。在我的记忆中，观殷墟博物馆有三大看点：

一是司母戊鼎。博物馆青铜厅内展示了很多难得一见的青铜器，是殷墟出土文物中又一绚丽的文化瑰宝。殷代是我国青铜文化的鼎盛时期，殷墟范围内出土大量的青铜器，大件重数百公斤，小件不到一公斤，种类丰富之余，不可胜数。器形厚重、铸造工艺高超，达到前所未有的水平，尤其是被誉为青铜文化之冠的司母戊大方鼎。讲解员介绍此鼎是 1939 年由 4 位农民在王陵区内挖土发现的，它不仅是当今世界最大、最重、最古老的青铜器，代表中国古代青铜文化的最高水平，也是世界的艺术珍品。鼎，祭祀用品，权力的象征；司，纪念之意；母，母亲；戊，母后名。这是殷王安葬母后的陪葬品，墓穴多次被盗，此鼎太重，得以保存。此鼎高 1.33 米、长 1.1 米、宽 0.78 米、重 875 公斤，原件现藏于中国国家博物馆。在此博物馆里的司母戊鼎是复制品，造型庞大雄浑，纹饰精美细腻，给人一种稳重、庄严而神秘之感，令人赞叹它真是古代科技与艺术、雕塑与绘画的完美结合。

二是甲骨文。在文字厅内我们见到了 3000 多年前人们刻在龟腹上的甲骨文。目前殷墟发现有大约 15 万片甲骨、4500 多个单字。从甲骨文已识别到的 1500 多个单字来看，甲骨文已具备了现代汉语结构的基本形式。甲骨文成为世界四大古文体中唯一传承至今的汉字，具备了象形、指事、会意、形象、转注、假借等造字方法，标志着已进入成熟阶段。参观中专家、教授们认真观察思考，不断向讲解员提出问题。

殷墟甲骨文是殷王朝占卜的记录，中国古代甲骨占卜有着悠久的历史，殷墟时期则是占卜甲骨文最盛行时期，占卜成为商代社会生活的重要组成部分，商代以后甲骨占卜逐渐失去了其显赫地位。由甲骨文演变发展而来的汉字，在传播华夏文化、促成中国大一统国家的形成与巩固方面发挥了重要作用。殷墟出土的甲骨文，先后流散到 12 个国家和地区，世界上许多博物馆都以收藏有中国的甲骨文为荣。

三是古代马车。古代马车是殷墟遗址的重要文物，当时的马车已经有了不同的等级，在马路遗址上发现路上有车道、人行道，可见当时殷都的繁荣。讲解员介绍，从殉葬的马车可以看出，当时交通工具很发达，出车的车辙显示，车轴距有2.4米，路面宽8米，双向驾驶。畜力车是古代先民陆上最重要的交通工具，殷墟考古发掘的殷代车马坑发现的实物标本，证明了我国是最早发明和使用车的文明古国之一。殷代车马坑不仅展示了上古畜力车制的文明程度，同时也反映了奴隶社会残酷的杀殉制度，成为国人最形象的历史教科书。

大家在参观中，深刻了解了3000多年前殷商历史文化。作为中国历史上第一个有文献可考证的古代都城遗址，殷墟不愧是中国古代文化艺术保护中的璀璨明珠；殷墟博物馆犹如一座展示华夏历史瑰宝的艺术殿堂，给人以古代文明的陶冶和启迪，使人深深地感受到了历史文化的无限魅力。

专家、教授十分珍惜此次殷墟行，对研究甲骨文产生了兴趣。甲骨文是现代汉字的鼻祖，距今历史遥远，很难识别，更难了解文字的本意。为了更多了解文字的起源和发展，龙凤山铸业有限公司为大家购买并每人赠送一本《甲骨文写意书法集》，本书对甲骨文做了详细介绍，写意生动形象，一眼就能辨认出字来，大家手捧这本书，端详着，认为在茶余饭后认真阅读和仔细地品味这本书也是一种难得的文化艺术享受。

中铸协顾问、中国机械科学研究学院老教授马敬仲即兴吟诗一首《殷墟行》：甲骨文字深，历史乃记存，古稀学甲骨，不枉殷墟行。

（作者：谢吉恒）

深切缅怀于善浦老先生

作者与于善浦老先生（左）在清东陵

　　惊悉，于善浦老先生于 2022 年 12 月 29 日与世长辞。于老先生祖籍山东蓬莱，生于 1932 年 9 月 9 日，享年 90 岁。他是著名清史专家、文博研究员、北京紫禁城学会会员。他对清东陵的研究、清东陵的保护、清东陵的宣传做出了突出的贡献。

　　20 世纪 90 年代，我多次去遵化铁矿、金矿企业采访，久闻清东陵于善浦的口碑，萌生采写的念头。1990 年春天，我首次到清东陵专访过他，给我的印象，不愧为研究清东陵专家"老铁"，接待访者谦虚热情，传播清史不计酬劳。我择题采写人物故事《笃志拓研文物的有心人》刊发在《中国冶金报》副刊，受到他的好评。后来相互交流频繁，成为良师益友，至今记忆犹新。

　　有资料显示，在北京东北方向约 125 公里处的河北省遵化市马兰峪，有一座占地 2500 平方公里的清东陵，它是世界上最大的帝后陵园，更是我国现存规模庞大、体系完整、布局得体的帝后陵墓群。清东陵共有帝后陵寝 14 座，其中包括清朝入关第一帝顺治的孝陵，第二帝康熙的景陵，第四帝乾隆的裕陵，第七帝咸丰的定陵，第八帝同治的惠陵；此外，还有孝庄、孝惠、孝贞（慈安）、孝钦（慈禧）4 座皇后陵，以及妃嫔陵园 5 座，共葬入 157 人。这里，涉及了大半部清宫历史，是研究清史的极好课堂。

记得 3 月初，我作为《中国冶金报》记者专程来到清东陵，采访于善浦老先生。

于善浦已迈入花甲之年，中等个儿，两眼炯炯有神，他是清东陵文物管理处副主任，分管文物陈列、保管等几方面的工作。

于善浦在学生时代就爱好文物研究。1955 年从沈阳"鲁艺"毕业后，曾在故宫博物院当实习研究员，并立志在文物研究上有所成就。谁知，1957 年竟被打成"右派"，"发配"到北大荒劳改。20 个春秋过去了。1978 年，于善浦的右派问题得到了平反。他怀着对事业的执着追求，翌年就毅然率领一家老小，到清东陵安家落了户，开始了对清东陵历史的研究工作。

在清东陵，他向老文物工作者学习，到陵户中采访调查、研究考据，还到北京档案馆翻阅史书古籍，查抄文献档案。他先后搞了清代工艺品展览、清代宫廷生活图片展，1989 年 4 月，他在清东陵首次举办了我国玻璃画唐米元明消帝后像展览，很受游客欢迎。同年 5 月，咸丰帝定陵开放，他又在定陵隆恩殿及东配殿内，举办了陵寝祭祀复原展览，形象地再现了同治十二年（1873 年）清明大祭时，18 岁的同治皇帝亲自到隆恩殿内举行隆重的大飨礼时的情景，吸引了广大游客。

在拓研清东陵历史上，于善浦更是个有心人。

史学界对传说中的香妃有过许多争论，而香妃的墓究竟在哪里，谁也说不清。他经过数年潜心研究，终于在 1985 年提出了香妃就是现今葬在清东陵的容妃，并在《香妃》一书中介绍了香妃的情况。这一论证在国内史学界引起轰动，受到史学界的好评，也轰动了海外，日本《每日新闻》记者光田列特地专程来清东陵采访了于善浦考证香妃的经过。

此后，于善浦继续潜心研究清东陵历史，写出了《清东陵大观》《东陵盗宝记》等 120 余篇学术论文。当时，他的又一部力作《珍妃》一书也即将问世。

于善浦在研究清东陵历史、开发清东陵的旅游业方面作出了突出贡献，党和人民也给了他很多荣誉，他被选为河北省政协委员，获得了唐山市唯一的副文馆员职称。他表示要沿着已开辟的道路继续潜心研究，给后人留下更多的宝贵财富。

春蚕到死丝方尽，蜡炬成灰泪始干。于善浦老先生终其一生激情投身文博事业，全身心投入实地考察研究，还言传身教如何做人、做学问！一位好老师，胜过万卷书，值得我们学习的老先生，风范长存，于老师您一路走好！

（作者：谢吉恒）

丰润非遗文化故事三题

丰润古称土垠、浭阳，因"丰泽润美"而得名，拥有四千年历史，两千年建县史，地理位置优越，交通便利，自古就有"幽燕之门户，辽海之襟喉，神京之肘腋"之称。这里文化昌明、人才辈出，丰润的皮影、评剧在冀东文艺"三枝花"中独树一枝。下面给大家介绍丰润三项非物质文化遗产传承故事。

中国北方年画之乡的演绎故事

丰润年画属于木版印绘制品，是著名的中国民间木版年画之一，与河北武强年画、天津杨柳青年画、陕西凤翔年画及山东潍县、高密年画，既存在竞争关系，又相互影响相互促进。

丰润年画始于明中期，盛于清乾隆至民国初期。据可查资料记载，当时丰润共有大小年画作坊50余家，年产量近千万张。产品销往东北、华北、内蒙古等多个省、市、自治区。丰润也由此形成了北方最大的年画商贸市场。《丰润县志》中曾记有"户户妙手绘丹青"的红火场面。后来，更有一些年画业主将丰润特色的年画经营到天津杨柳青。

清代是丰润年画的极盛时期，遍布丰润各个地区，南关、东丰台（元代至1949年1月隶属丰润县）、老庄子、丰南小集西郑庄（清代隶属丰润县）、左家坞、沙流河等地。那时，镇上集中一大批才艺超绝、擅长刻版与绘制的年画艺人，还有精通营销的精明画商。清代丰润年画走向鼎盛，他们擅长经营，再加上独特的画风与高超的印绘技艺，颇受市场钟爱。

到了清末、民国随着社会的变迁经济的倒退，丰润年画业开始衰退，几近消失。"九一八"事变后，由于与东三省交通受阻、日伪在山海关征收重税，致使丰润年画逐渐衰落。新中国成立前后，由于战火及历次运动等原因，丰润年画一度停产。随着唐山陶瓷工业的发展，大量在丰润从事年画技艺的画师们开始进入瓷厂，在瓷器上作画。改革开放后，随着人们生活水平的提高、文化需求的增加、生活习惯的改变和西方文化思想的影响，很多中国传统文化受到冲击，年画业也不例外。

丰润年画兴盛数百年与丰润书画发达有关。清末丰润县有四大画家，分别是丁荣庆、郑兰溪、叶呈樵，再一个就是誉满浭阳的绘素斋创始人曹铨。

绘素斋画坊打造了丰润县灿烂的文化和历史，让丰润县扬名全国。曹铨后来将此画艺传授给刘开方，刘开方继续经营绘素斋画坊。清末王克忍是绘素斋画坊的一名画师，他擅长绘画、刻版，所绘年画更加精美，色彩鲜艳，喜气吉祥。所用纸张，有油光纸、红纸等。王志贤为王克忍之子，他自小就在年画作坊里帮忙，所画的门神、财神、灶王等神像栩栩如生。王胜昌是王志贤的儿子。自小跟随父亲学习绘版、刻版，每值旧历年时，丰润民间风俗，粘贴年画于门户以避邪，或供奉之以祈福。王跃廷是王胜昌之子，自小就展露了绘画天分，很小的时候跟随父亲王胜昌绘制丰润年画，他更喜欢《状元及第》《掰瓜见子》《抱鱼娃娃》等一些寓意吉祥的年画。

王静梅自小得到父亲王跃廷绘画真传，经常在作业本上涂涂画画，寥寥几笔就栩栩如生，经常受到老师和同学的夸赞。每次班里办板报总也少不了她，还经常参加学校组织的绘画比赛。这个时候，丰润年画已鲜有制作了，到了消亡的边缘。王静梅在学习之余，仍然不忘研习丰润年画绘制方法。她起稿的时候，把画稿挂在墙上，反复观察修改，满意后才勾墨定稿，除了画黑白稿外，还要出6张稿子：5张分色稿，分别填以墨、黄、红、蓝、绿5色，以供刻分色版之用，另外要填出一张色彩效果稿。除了起稿严谨，刻版更是一丝不苟，并将丰润年画文化与时代特色有机结合，在传承的基础上力求革新。

挑动舌尖的"倪发肉饼"

遍布丰润城乡，肉饼店面门口的招牌很多都有一个"倪"字。可能有个

"倪"字，肉饼就会好卖。寻根溯源，都提到一个人——倪发。可见"倪发肉饼"在丰润百姓心目中的地位。

最近倪发的亲孙子倪春生在丰润区人民医院西侧，开了一家"倪发肉饼"店。走进店中，迎面就是"燕赵老字号"的金字招牌，以及倪发在民国和改革开放后卖肉饼的照片。不仅如此，很多人都说这里的肉饼确实好吃，可见其"正宗"。

倪春生拿出来一本河北省政协文史资料委员会编撰的《河北近代经济史料》，介绍说："这本书的作者闻名而来，对我爷爷作了专题采访，里边的内容非常详细。爷爷平时不爱说以前的事情，很多我也是从这本书里了解的。"

据书中记载，"倪发肉饼"的制作人倪发，是丰润县白官屯镇田富庄村人。年轻的倪发经人介绍先后去天津有名的义风局、新大陆、山东馆、德衡局、荣丰居等饭庄学艺。年轻的倪发聪颖好学，心灵手巧，忠厚诚实，深得掌柜和师傅们的喜欢，都愿意教他手艺。功夫不负有心人，经过几年的明学暗"偷"，倪发终于学到了麻酱烧饼、油酥烧饼、鸡丝饼、丝饼、片饼、盘香饼、芙蓉糕、喇嘛糕等许多天津风味食品的制作技术，特别是荣丰居掌柜宋长营和倪发很要好。宋长营是山东律县人，是位老中医，对中医、中药有研究。他一有空就教给倪发中医知识，倪发也经常看宋师傅的《本草纲目》等药书。久而久之，渐渐地掌握了不少中草药知识，这就为后来研究制作"倪发肉饼"打下了难得的基础。

1938年春天，倪发回到了自己的家乡利用学来的手艺赶集出摊卖肉饼。为了把吊炉擦酥肉饼做得味美可口，提高市场上的竞争力，他决定在肉馅作料上下功夫。采用的猪肉都是五花肉和丘根肉，和馅时除加有酱油、香油、葱、姜、花椒、大料外，他还根据苦辣酸甜咸的药性原理，开始加了一些玉果、白芷、山奈、砂仁等草药，果然效果极佳，香味扑鼻。倪发一见此方成功，心中大喜。从这以后，他精心配料，反复试验，味道越发香美了，形成了具有独特风味的"倪发肉饼"，吃起来外酥里嫩，香而不腻。

新中国成立初期，倪发加入了公私合营组织，先后在白官屯供销社饭店、食品站工作，1963年退职回家。1981年1月，倪发看准改革开放的大好机遇，又办起了肉饼铺，由儿子、儿媳、孙女、孙子做帮手，重操旧业，多年不见的倪发吊炉擦酥肉饼又在市场上出现了。

倪发肉饼开业以后，生意十分兴隆，他们5天要赶沙流河、鸦鸿桥、七树庄、白官屯 4 个集，每个集要卖 150 多斤面的肉饼。为了不断提高"倪发肉饼"的信誉，他特别注意肉饼的质量，不论顾客有多少，他都坚持道道工序不走样。他常说："顾客再多，肉饼质量也不能差样，做买卖信誉是大事。"

"我爷爷 1994 年去世，我父亲倪建周，子承父业在田富庄经营肉饼、烧饼生意。"倪春生介绍说。2017 年倪建周去世，倪春生继续经营肉饼生意。

在倪春生和其儿子倪百成的共同努力下，他们在丰润县城开的"倪发肉饼"店，被评上了"燕赵老字号"。倪春生介绍说，"倪家后人不但要继承倪发祖传肉饼制作技艺，而且要秉承倪发忠厚宽和的为人。一定要把祖辈的老味道留下来！"

三代传承皮影世家

张西君，河北省丰润县小张各庄人。他从事皮影雕刻艺术 20 多年，曾有皮影界后起之秀的美誉，是河北省民间文艺家协会会员、浭阳书画艺术研究会理事、张氏皮影雕刻非遗传承人。

在丰润，张家称得上皮影世家。"我从小就坐在爷爷的腿上看爷爷画图纸、刻皮影。"提起幼年时候看爷爷张承志雕刻皮影的场景，张西君的脸上绽出笑容，"那时候爷爷一雕刻皮影就如痴如醉，常常忘记了时间。"

张西君的爷爷张承志是唐山知名皮影艺人，中国文艺家协会、河北省民间文艺家协会、河北省皮影木偶艺术学会会员，丰润县政协第六届、第七届委员，曾任燕山工艺美术厂厂长。20 世纪 80 年代，张承志组织制作的皮影作品曾经参加广交会，备受外商赞誉。

孩童时期的张西君，对皮影雕刻产生了极大的兴趣，他常常在爷爷开办的燕山工艺美术厂里游走在各个工作间，看爷爷张承志构思草图，看父亲张介敏浆皮下料，看姑姑张慧敏雕刻皮影，看母亲梁红英着色装订。看到兴起之时，他也抓起画笔描画图样，一来二去，小小的张西君所画的关公、钟馗像，形象逼真，受到了大人们的赞赏。

2003 年，年轻的张西君奔赴辽宁省鞍山市千山区科技文化馆，拜路家班第六代传人路海为师。刚刚拜师，路老就给张西君出了个"难题"——在没有图纸花样的情况下，创新设计一个作品。几经琢磨，张西君雕刻出了一个"帅身"，"没想到老师看了看，当着我的面就给扯了。"泪水在张西君眼中打转，"像个爷们儿就别掉眼泪，自己再好好琢磨去。"连续三天三夜，张西君吃不下、睡不香，连走路都在想着皮影。终于，路边的野花触发了他的灵感，当他把新作品放在老师面前时，老师终于点了点头。

拜师第一个月，张西君整整瘦了 3 公斤。一起学艺的人纷纷竖起大拇指，"小伙子行，不光用心，还有股子韧劲儿"。正是靠着这股韧劲，张西君的雕刻技艺突飞猛进。2011 年，张西君在"中国皮影艺术研究中心首届皮影艺术雕刻大赛"中，捧回了自己的第一个"金刀奖"。2019 年"张氏皮影雕刻"被中国老字号文化研究中心、河北省文联联合授予"燕赵老字号"。2019 年 12 月，张西君将祖父张承志非遗物品捐赠给唐山市丰润区文化馆进行收藏。

（作者：国海涛、王静梅，原载于《当代作家》）

庭院里的香椿树

导读：在中国古代，"椿"为名木，有长寿吉祥之意，《庄子·逍遥游》中说："上古有椿者，以八千岁为春，八千岁为秋。"常用椿年、椿龄、椿寿等带有"椿"的词语表示高寿。《论语·季氏》中记载了孔鲤接受父训的典故。孔鲤是孔子的儿子，他出于对父亲的敬畏，当经过父亲所在的厅堂时快步而过，受到父亲学诗学礼的教诲，演绎出"过庭之训"的经典传颂。后遂以"停训、鲤对"等指尊长或老师的教诲，多指教；又同椿有寿考之证，所以世称父为"椿庭"。古代人将象征父亲长寿的"椿"和指代父亲教诲的"庭"结合起来，以"椿庭"尊称父亲。此外，古人将"椿""萱"合称代指父母，成语"椿萱并茂"指父母健在，祝愿他们健康长寿。后人觉得大椿这么长寿，祈望父亲也能够如大椿一般高寿，寄托赤诚的孝心。

浓郁的文化底蕴

有回忆才是完美的人生。18年前，乔迁公园河畔绿树丛中的阳光社区，一色6层崭新楼房，我住进一栋一层靠边带有院子产权的新宅楼。院子旁开门，方便又接地气，小院面积约 30 平方米。搬进新居后，将小院地面砌成大小不同 8 个方形花池。我和家人及外孙皓皓挖地 2~3 尺，细筛除掉建筑垃圾，从 1 公里外的苗圃运回黄土，又掺拌黑色花土和牛粪，改良土壤。小院定位养花种菜，凸显诸多优势：远离喧嚣市区，观赏花开花落，享受静谧时光，满足兴趣爱好，充盈幸福人生。

过了三五年，邻居家的小院里，陆续栽培了各色花木。我受其影响心生萌动，被香椿树的魅力深深吸引。

魅力之一，香椿历史文化悠久。香椿树是古老文化树，原产于我国的乡土物种，广泛分布于华北、华东、华中和西南等地，全国多地可栽培。在我国已有 2000 多年栽培史，早在汉代即与荔枝并称南北两大贡品。椿树一直有"树王"之称，寓意吉祥、平安、长寿；有驱邪镇宅、兴家旺业的说法。虽然香椿不是椿，很多时候把香椿比作椿树。香椿经过上千年栽培和繁殖，南北各地"百椿齐放"，种类繁多，品名多冠以地名，其中紫香椿尤以青州等地出名。

魅力之二，香椿风水学有神通。风水学将植物分为吉和凶。吉树是根据植物的特性、寓意和谐音来确定，如风水学中认定棕榈树、橘树、椿树、槐树、桂花等为吉祥植物，有驱邪避灾作用。香椿在古时被喻为灵木，据传它吸收天地的灵气，种植在庭院，还能吉祥安康。

魅力之三，"树上蔬菜"受青睐。香椿的嫩芽与榆钱和槐花都是久负盛名又称"树上野菜"，并称为"暮春三菜"。不同是后两种产量大，常用来蒸蒸菜，可以充当食粮。香椿颇为娇贵，嫩芽产量不大。香椿芽是一种季节性很强的时令食材，供人们品尝的时间十分有限，如民间谚语"雨前椿芽嫩如丝，雨后椿芽如木体"所言，能吃的时间不长，也就是半月二十天。又有"门前一棵椿，青菜不担心"之说。我家有两棵香椿树，春天就不担心没有椿芽可吃，还能把多余的椿芽送给周边钢厂好友品尝。香椿按颜色区分为紫色香椿和绿色香椿。紫香椿初芽呈紫红色，有光泽，香味浓，纤维少，含有丰富的油脂。

春暖花开，菜果飘香。2010 年春天，我带长孙有业参观中国蔬菜之乡寿光举办的"中国寿光国际蔬菜科技博览会"，目睹蔬菜科技风采，带回亲友赠送驰名全国的青州紫香椿幼苗。回到唐山将两株筷子般粗细、半米高香椿幼苗，遵循日后不影响二层邻居家光照、远离窗户的原则，栽培到小院东西两侧靠墙边的花池中。时光转眼流逝13个春秋，在我和家人的同心聚力护理和培育下，香椿树沐浴一年年的和煦春风，饱吸地下水，苗壮成长。小院东墙边那株香椿树已长高2.5米、腰围0.4米，潜心修剪枝丫，控制在一层楼高度空间内，规划枝丫弯曲伸展路径，艺术引领，树冠容酷似个大"菜篮子"。小院西墙边那株香椿沃土哺育自由放开生长，已蹿到四层楼高，腰围1米，强健身躯仿佛是一位英姿勃发执勤的"卫士"，目光环视四方。院内两棵香椿树成为钢厂文友眼中的靓丽景观，赋诗摄影、绘画等都有排场。

舌尖的春天"尝椿"

春意渐浓，每年谷雨时节前几天，小院里的两棵香椿树长势更喜人，呈现最佳状态。簇簇香椿芽红如玛瑙，幽香四溢，鲜嫩光泽……舌尖的春天到来，快来"尝椿"！

唐山流传着一句民谚"雨前椿芽嫩如丝，雨后椿芽如木体"，意思是说，谷雨前的香椿芽嫩如丝，香气浓郁。谷雨后的香椿芽长大了，硬梗变老，入嘴如柴，难以下咽。因香椿芽在树枝头上的嫩顶尖儿，人们就把采香椿芽称作"采春头"，把尝香椿芽称作"尝春尖儿"。

开春后，香椿枝头上开始萌动，鼓起一个个紫色小包，越来越大，长出很小的芽儿，芽上长着比汗毛还细的茸茸短毛，没过几天，香椿芽就长出来了。此时的头茬香椿芽，也是一年三茬采摘中最鲜嫩、最香的一次。采摘的鲜香椿食用前，一定要用热水焯一下，目的就是去掉对人体有害的硝酸盐和亚硝酸盐。常见香椿美味菜肴有香椿炒鸡蛋、香椿拌豆腐、油炸香椿鱼、包饺子等，香椿芽还可腌制成咸菜。速冻保鲜，保鲜方式程序：清洗—烫漂—冷却—装袋—速冻。这样香椿芽可保鲜一年，其味道不减，我家一年四季皆有香椿美味以饱口福。

头茬香椿芽采完了，大约相隔一周，开始采摘第二茬。人们常说："头茬香，二茬绿，三茬四茬不是味。"

"尝椿"是一种很好的养生饮食习俗，"尝椿"有原生态口感，以其鲜、香、脆和嫩而受人们喜爱，这个养生口福很令人向往！"尝椿"吃上一口，口舌生津，齿颊生香，好像把整个春天的滋味吃进肚子里，错过就需再等一年。

香椿不仅是一种营养极为丰富的野菜，还有很高的药用价值，可健脾开胃、增加食欲；具有清热制湿、利尿解毒之功效；辅助治疗肠炎痢疾、泌尿系统感染的良药；它含有维生素 E 和性激素物质，具有抗衰老和补阳作用；丰富的维生素 C、胡萝卜素等有助于增强机体免疫功能，并有润滑肌肤的作用，是保健美容的良好食品。

香椿是重要的木材和绿化树种。香椿木材黄褐色带有红色环带，木质细腻，花纹优美，具有独特香味，不易翘裂，耐水湿，是制作家具、建筑、造船、室内装修的优质木材。

院里的两棵香椿树长势蒸蒸日上，树干通直。院西侧那棵树冠庞大，入夏枝叶茂密，整棵树就像一把撑开的大伞，树荫罩满大半个院子。抗疫三年，夏天我常坐在大树下选读著名作家王蒙的《老子的帮助》片段，品悟"道"的精魂。张嘴呼吸天然氧吧，习习凉风吹来，惬意无比！攀爬在东墙钢筋栅栏盛开的金银花，飘逸幽香沁人心脾。盘绕在西墙钢筋栅栏上的翠绿色枸杞，枝条上缀满琳琅满目的硕果。树上喜鹊登枝喳喳地叫，蝉鸣鸟歌，院里各色玫瑰争芳吐艳，蝶飞蜂舞，尽兴分享其中快乐和充实。

院里的香椿树是蔬菜之树、风水之树、氧吧之树、快乐之树，更是记忆之树，生长在我们的精神家园中。

（作者：谢吉恒）

我喜欢企业志参与文化交流

　　我退休前在中国华冶科工集团有限公司工作，因为我长期从事宣传工作的缘故，2015 年 5 月在我即将退休后的时间里，公司领导让我负责撰写企业志的工作。经过 3 年多的辛勤劳作，《中国华冶志》(1987—2018) 书稿终于完成，为丰富公司资料库，起到了对外文化交流作用。

　　回顾志稿的写作过程，我感到有艰辛、有付出、有苦恼，也有欣慰、有成就感。我做了一件承上启下、服务企业、传播文化的十分有意义的工作。我愿从三个方面与大家进行交流，谈谈写志的酸甜苦辣。

其一、透视企业志作用及意义

　　盛世修志。以企业为记述对象的志书，是新编地方志中大量出现的一个新品种。企业志书是前人做过的工作，前人所栽之"树"就记在志书中，要靠后人不断研究才能发现，才能有"凉"可乘。研究企业志的作用不容小觑。

　　"前事之不忘，后事之师。"企业志记载的就是历史人脉，是"一个企业全史"，是企业的"百科全书"，具有"鉴往知来"的作用。企业志可作为员工继续培训教育的教科书。教育培训，应先学习企业志，因为志书具有存史、资治、教化的功能。企业文化传承在于一代又一代人的言传身教，在于企业文化氛围的"熏陶"，企业文化传承离不开教育感化。所以企业要不断地开展教育培训，除了让员工学习新知识新技术，还要让员工牢记企业历史传统文化。通过学志，可以从中感悟企业发展历程，激发爱企的热情。今天，我们要激发员工的爱企热情，也要始于读志，要认真学习企业志，学志方知企，知企才爱企。通过学习企业志书，可以使员工从心底里焕发出一种热爱企业的激情，从而努力投身于工作中，再创新的业绩。

我所在公司最早隶属于冶金工业部，是部属基建施工企业。后来，经过改制隶属中冶集团。这部志撰写完成，是企业文化建设的一大成果，具有"存史、资治、教化"的重要功能与价值，期望公司广大员工以史为鉴，继续弘扬昔日的中国华冶风采，同铸今后的辉煌。

《中国华冶志》(1987—2018) 志稿 200 多万字，是一部用史料谱写而成的集团发展史，内容全面，材料翔实，体现改革精神，闪烁时代光辉。同时，也是企业发展脉络的总结，是企业文化形成的过程。从历史中汲取营养和智慧，认识和把握今天企业发展的规律，进而创造明天的辉煌事业，都有极大的现实意义。

其二、写志书需同心聚力协作

编史修志是一件大事，写企业志是一项极为繁重且责任心极强的工作，需要多管齐下，密切配合。

2012 年 5 月，公司下发关于编纂《中国华冶志》的通知，成立了《中国华冶志》领导机构和编委会，编委会下设办公室，正式启动华冶志编写工作。公司确定了各单位信息联络员，并进行了明确分工。编委会成员多次酝酿，确立了志书框架结构。公司各单位高度重视，安排专门人员为志书撰稿，提供了翔实的史料。全公司上下按既定时间节点，扎实开展编纂启动、篇目拟定、初稿撰写、总纂合成、初评审核及修改、复审及终审修改等各阶段工作。当时，我在党群部任《中国华冶报》总编，负责公司宣传系统志稿的撰写。

《中国华冶志》采用"新方志的体裁，一般应包含述、记、传、图、表、录等，以志为主体。图表采用现代技术编制"。在志稿形成过程中，公司志办公室通过搜集各单位资料和志书的初稿，再经过多轮筛选、编辑阶段，采取"边修改、边返回、补充完善、再返回、再补充、最后定稿"的原则，并对志书各篇、章、节，广泛征求意见建议，经过公司领导层层审核把关，基层各级领导精雕细琢反复打磨，形成篇目及内容较为科学、完整的志稿。通过强有力的组织保障，凝聚各方合力，使修志这一看似"少数人的事"成为"大家的事"，众手志结硕果。

《中国华冶志》全书分 14 篇 77 章，包括：发展概况、历史沿革、施工生产、企业内控、科技创新、人力资源管理、产业管理、党群工作、企业文化建设、社会责任、重点工程建设、人物（先进人物与先进集体）、大事记等。记录了企业从 20 世纪 80 年代中期到 2018 年艰苦奋斗、砥砺奋进、创造辉煌的足迹，蕴涵着一代代中国华冶人的精神，形成了企业可持续发展可资借鉴的一部经典。志稿图文配置恰当、线索清晰，全面呈现中国华冶从无到有、从弱到强的发展历程；特色鲜明，充分展现改革开放以来，中国华冶人为社会发展所作的应有贡献。志稿体裁丰富、内容全面，全面呈现中国华冶由计划经济到市场经济的嬗变过程，尤其是顺应改革开放时代潮流，履行央企职责，勇挑重担，争做国家队的风采。该志全面体现改革发展历程，具有鲜明的时代特征、行业特点和历史经验。

其三、写志书心怀历史责任感

志书的另一个功能是后人之师，可以起到资政育人的作用。一部志书编辑要有历史责任感，对每一个章节都要精益求精。

我于 2015 年 6 月接手《中国华冶志》总编后，进入志书第二轮修改和补充阶段。我对各单位、各部门二次报来的志稿进行细致审阅，对每篇、每章、每一节的内容进行了细化编排，对不合格的志稿提出要求，返回再次补充完善。2016 年 6 月，我开始对书稿进行统纂工作，并对内容、目录进行了新的调整，于 2016 年底，基本完成志稿编纂工作。2017 年 3 月第二次修改稿交公司领导和有关单位和部门再审阅。

志书编辑，要坚持多学、多问，不断地思考总结、积累处理问题的经验。

2018 年到 2019 年上半年，我一面组织第三次志稿修改，一面进行了大量的资料完善补遗工作，对重大事件的时间、结果进行核验。在编辑"重点工程建设"时，为了记述生动，我翻阅了自己多年写过的通讯报道，尽量选取重要施工技术的难点细节，不清楚的就走访当年负责工程的当事人，仅此一项就走访了 50 多人。

一个志书编辑，要有"舍我其谁"的定力。

当志书编辑，枯燥无味，没有定力是不行的。有时，写一段时间心烦了，就换个环境分散一下注意力，看看其他书籍，恢复好心情再投入工作。比如，志稿对事件记录得不详细，为了做到信息准确无误，我就把自己关在档案室一查就是好几个小时，累得满头大汗，有时都忘记了下班。我把自己的行为比作"一位戴着帽子的老人在海边捡贝壳，汗流浃背也不觉得累"。

一个志书编辑要有紧追不舍的韧劲。在编辑"公司人物"时，我坚持做到"一边写作、一边访问、一边补充"。比如，公司第一任老领导有的去世了，事迹不能编，我就通过访问其亲属进行补充。有的领导随子女在外地居住，我就通过微信争取子女的支持提供情况；对现任领导事迹则是通过平时积累的资料和随时访问完成的。

《中国华冶志》在撰写方法上，充分解读志书内容，选精提要，以叙为主，抛弃虚话套话，力争做到历史和逻辑的统一；力求以全面的视角，使用典型的材料，突出了重点、特点、亮点，确保了史事相符、准确、真实、可靠。

（作者：侯宪台，世界汉语作协会员）

试议散文的 "意境"

意境是散文的灵魂和生命，散文中的意境美能唤起读者的丰富联想，开拓审美视野，更深刻领会蕴含的内容。

——作者题记

提起散文是什么？大家耳熟能详不陌生，散文是指与小说、诗歌、戏剧并列的一种文学体裁，对它有广义和狭义两种理解。

广义的散文是指小说、诗歌、戏剧以外的所有具有文学性的散形文章。除以议论抒情为主的散文外，还包括通讯、报告文学、随笔、杂文、回忆录、传记等文体。随着写作学科的发展，许多文体自立门户，散文的范围日益缩小。

狭义的散文是指文艺性散文。它是一种以记叙或抒情为主，取材广泛，篇幅短小，情文并茂的文学样式。

时代不同，散文定义的界定标准各异。我的文友们能在文学殿堂里对散文情有独钟，读起散文 "大家"、散文 "名家" 的作品，爱不释手，如醉如痴，沐浴散文的滋养，享受散文意境美，多么欢欣；谈起创设散文的唯美意境，眉飞色舞，兴趣十足，格外开心。散文的魅力在哪里？散文之美美在 "意境" 里。意境是散文的灵魂和生命。如何写散文？创设意境是关键。

11月8日中国记者节，正逢周末休息。唐山、石家庄、邯郸和衡水等地的文友、读友送来十余篇散文新作，为节日相聚增添新内容，活跃交流探讨氛围。一方面，大家切磋、沟通，自然是件十分有趣的乐事儿。另一方面，应允大家的意愿，把讨论如何营造散文 "意境" 列为议题，结合自己多年散文写作实践，写一篇体悟文章，收编于我即将付梓出版的《作家文化交流散记》一书。

我从文友送来的作品中选出中国散文学会会员白小卉写的《情醉梨花院》、李春静写的《情迷滦河奇石收藏》、张忠浩写的《造文化墙　筑精品梦》、张继军写的《栗乡垂钓乐》、侯宪台写的《传承 "马万水精神"》等各有特点的散文作品，品味找寻亮点，启迪思路。围绕 "意境" 的营造进行阐述，写成题为《试议散文的 "意境"》一文，从五个方面交流学习，取长补短，共同分享。

其一，"意境"敢于表现自我

何为意境？意，情思也；境，形象也。意境是文学作品中通过形象描写表现出来的境界和情调。古有"诗文一家""文中有画"之说；现代人又有"散文是美文"之说。散文中的"意"是作者在文中流露出来的思想感情，这种感情必须有所寄托，或借景抒情，或托物言志，或因事以明理。这些可寄托的景、物、事就是"境"。意境是作者通过对具体事物的描写，使读者如身临其境，产生与作者相似的感受，引起心灵的共鸣。"意境"必须是情景交融的，单纯的景物描写不是意境。

"意境"应该是外界的景物与作者心中的喜怒哀乐的高度统一，也就是说是外物与内情的自然融合，是饱含作者感情的艺术境界。作者在散文中的形象极为明显，常用第一人称叙述，个性鲜明，正像巴金所说"我的任何散文里都有我自己"，总之就是表现自我。这就需要大胆无忌，敢于表现自我。正如鲁迅所说"任意而谈，无所顾忌"，他还推崇曹操及魏晋散文"力主通脱"。还如一些人所说，"我是怎样一个人，就这样写""心口相应，信口直说""反正我是这样一个我"。写真实的"我"是散文的核心特征和生命所在。散文写作的唯一内容和对象是作者的感情体验、作者的所见所闻所思所感所悟。散文是写感情的，写景状物，栩栩如生，融情于景，托物言志，含蓄隽永，动人心弦。写景是载体，抒情是主旨。意境的形成会因人因事因地因景因情的不同，呈现出缤纷多姿的色相。

其二，"意境"与"文眼"的关系

营造意境，要摆对意境与文眼的关系。散文中的意境与文眼有什么关系？文眼是指一篇文章构思的焦点。围绕这个焦点把零星材料组织起来使文章形成一个有机的整体。文眼在文中的出处常有多种情况，或是一段深含哲理的话，或是饱含激情的言辞，或是表达深刻感受的句子。怎样找准抓住散文的文眼？散文的文眼虽不固定在某段某处，但也有规律可循，常见有以下几种情况：（1）置文眼于文首，总领全文；（2）置文眼于篇末，卒章显志；（3）置文眼于首尾，前呼后应；（4）置文眼于文中，贯穿通篇；（5）置文眼于主题，揭示文章的主题。从位置来看，因文眼常出现在文首、文中、文首尾、篇末、标题的地方，从文眼句的表达方式看因文眼是用以传神达旨的，所以在表达上常常是议论或抒情句，在叙述散文里也可能是叙述句；从全文提纲上看，因文眼是全文的纲，必须贯穿在文章的各部分中，所以通过列出全文提纲也能抓住文眼。散文意境与文眼是什么关系？意境是散文的生命，文眼是生命跳动的脉搏。文眼是意境的焦点，是作者感情的喷发口。文眼是作者特意在文中设计的。一方面，直接揭示文章的旨意；另一方面是全文的扭结，是全文各部分的精神聚合点。有了它，形似散乱的题材就会集中地显示出神来，犹如"画龙点睛"一般。只有点睛，才能体现出整体龙的风韵和神采，真正表现出散文"形散神聚"的特点。如果仅有意境，没有文眼，文章中心就不突出。如果仅有文眼，没有意境，文章就会空洞乏味缺魅力。

由此可见，在散文写作中，抓住文眼，就抓住写作的切入点；抓住意境，就使散文有了灵魂和生命。

其三，意境与细节的关系

营造意境，要明确散文的写作观念，即散文的唯一内容和对象是作者的感情体验。散文的内在结构是感情体验，外在结构的核心是细节。小说和散文一样建立在细节描写和叙述的基础上，但细节的排列和组合方式不同。可以说小说组合排列是"以盘盛珠"，而散文则是"以线穿珠"。小说的盘是一个社会的横切面，具备冲突的各种阶层、力量人物或隐或显，而细节只能在这样的盘中有机地展开。散文的"线"就是感情体验，或多或少随手拈来，任情挥洒，以感情的体现为准。

何谓细节描写？细节描写是文章中对细小环节或情节的描写。它可以是一个动作、一句话语、一种表情、一种心理，也可以是一种景物等，细节描写是作者精心安排和设计的。如张继军写的《栗乡垂钓乐》一文："当看到鱼漂忽上忽下动时，瞅准时机迅速提竿感觉鱼竿的另一头沉甸甸的，说明真的中鱼了，要赶忙绷紧钓线遛鱼。有时候，钓线被鱼抻得啾啾直响。那种感觉真是美极了。"用"忽上忽下""瞅准""沉甸甸""绷紧""啾啾直响"等词语描写钓鱼动作，活灵活现，形象逼真再现钓鱼画面。再如李春静写的《情迷滦河奇石收藏》一文："难以忘记去年夏季的一次觅石之行。那天正午，老张驾车来到青龙县境内滦河流域。周围岸边，陡崖高耸，水流湍急。他头顶烈日，脚踩滚烫石堆，小心翼翼地艰难前行。一次次猫腰，一会会抬头，翻翻这儿，找找那儿……汗珠滴到脚下石上，瞬间蒸发干涸。傍晚，水壶里的水已喝到见底，唇焦口燥，双腿仿佛灌了铅一样沉重，脚底磨出血泡。继续向前还是回去？老张坐在石头上彷徨。冥思之中……"这段对情节、细节的描写将老张寻觅奇石的不怕艰辛、执着追求、坚定信念、仔细观察等细微之处描写得淋漓尽致，令人叹服不已。细节决定成败，细节描写在散文写作中至关重要。在散文中恰到好处地运用细节描写，能出情趣、出形象、出意境、出神韵、出哲理，能起到烘托环境气氛和揭示主题思想的作用。

其四，围绕特点营造意境

营造意境，要紧紧围绕散文的三个主要特点。一是形散而神不散。"形散"是指散文取材十分广泛自由，不受时间空间的限制，表现手法不拘一格，采用多种形式，或叙述事件的发展，或描写人物形象，或托物抒情，或发表议论，作者根据内容需要自由选择和调整，随意变化。"神不散"是相对散文的立意而言的，散文表达的主题必须明确而集中，散文广泛的内容、灵活的表现手法，都是为表达主题服务的。要达到形散神不散的目的，特别要注意在选材上应做到材料与中心思想的内在联系，在结构上借助一定的线索把材料贯穿成一个有机整体。二是意境深邃，注重表现作者的生活感受，抒情性强，情感真挚。作者凭借想象和联想，由此及彼，由浅入深，由实而虚的依次写来，融情于景、寄情于事、托物言志，表达作者的真情实感，展现出更深远的思想，使读者领会更深的道理。三是语言优美凝练，富于文采。语言优美，是指散文的语言清新明丽，生动活泼，富于音乐性。语言凝练，是指散文语言简洁质朴、自然流畅，寥寥数语描绘出生动的形象，勾勒出动人的场面，显示出深远的意境。

其五，构思联想营造意境

　　散文写作最关键的一环是构思。作品的构思是指作者在写作过程中进行的思维活动，包括选材和提炼题材，酝酿和确定主题思想。考虑情节安排和结构处理，选择适当的表现形式等，都应在构思过程中解决。散文不像小说那样，有完整的故事情节，有血肉丰富的人物形象，有高度集中的矛盾冲突，散文不靠这些吸引人。散文是给人一种启示、一种思想、一种意境、一些知识。散文在构思上就要多用些艺术匠心。一篇作品的形成要经过艰难的构思过程，"散文易写难工"，就像围棋"易学难精"一样，把一篇散文写好不易。作者在作品构思中要妥善解决好虚实、立意及运用托物言志、借景抒情等问题，使所托之物、所借之景和所抒之情协调贴切。散文的谋篇构思要因作者而异。

　　散文写作离不开联想，联想是指事物由此及彼、由表及里的想象活动。由一事物过渡到另一事物的心理过程，这种联想活动，使事物的特征和本质更加鲜明和突出，作者的思想认识也不断提高和深化。当人们由当前事物回忆起有关的另一事物，或者想起一件事物又波及另一件事物时，都离不开联想。

　　白小卉在《情醉梨花院》一文中，从梨花的花期、栽培史、习性谈起，联想到红学专家发现梨花院与曹雪芹家族的姻亲关系，老农介绍树龄产量等相关情节。从梨花、梨树联想到梨果，金秋时节"驻足在硕果缀满枝头的梨树林，果香袭人，有雪花梨、红绡梨、京白梨……但唱主角的还是安梨"。在梨树林的梨果中重点介绍安梨是名产、名称的由来、味道、营养价值、药用价值等，联想到用流传的一首歌歌颂人民军队铁的纪律。从如今成为全国最大的安梨生产基地，发展规模及产品深加工，联想到梨花院深处的河北第一所国学文化教育学校，又联想到津西集团编撰中华传统文化启蒙读本《蒙学十三经》，津西集团捐资兴教打造唐山市首个、河北省最大国学教育基地……全篇通过一个接一个内容丰富、空间广阔、环环紧扣、衔接紧密的系列联想，构思布局，突出集中表现主题思想，使文章有血有肉、生动活泼。联想是靠作者丰富的知识积淀和审美思维，储藏越厚实，感受越敏锐，易于触类旁通，浮想联翩，文思泉涌。由此可见，展开联想的翅膀，有助于增强文章的神韵和作品的艺术魅力。

（作者：谢吉恒）

第四篇

豪情酬壮志，续写新章篇

丰润棋子烧饼非遗文化体验馆展风韵

　　风景优美的唐山，令人眷恋神往；丰润棋子烧饼，飘香四溢。品尝时，
馋性千娇，食前观察，吃中思索，品后彰显非遗文化的灵魂和魅力。

——作者题记

谷小光（右一）和作家在体验馆

　　喜迎党的二十大召开在即，接到世界汉语作协相邀，甄选代表作参与
"中华文化遗产研究会"会员风采展。回顾 6 年的宝贵时光，我聚集大量精
力参加非遗文化研究活动，撰写 30 余篇非遗文化题材作品，开展多种形式
文化交流。国庆节假期间，选取采写过此类作品，我最喜欢的当属曾经的
"清代贡品"走进寻常百姓家的"谷小光丰润棋子烧饼"。追寻喜欢的缘由，
丰润棋子烧饼唐山市非遗文化传承人谷小光天道酬勤、地道酬德、人道酬诚
融为一体。"小烧饼，神通大"，钢铁人喜爱棋子烧饼故事情缘恩深，借鉴文

化大数据综合提示，我选择《丰润棋子烧饼非遗文化体验馆展风韵》一文，参加"中华文化遗产研究会"会员风采展。

鸿运当头开馆日

第四代非遗传承人谷小光，传承百年古法制作技艺，生产的唐山特产、商标"祥顺斋"丰润棋子烧饼，因状如小鼓、个似棋子而得名。棋子烧饼薄如蝉翼，一层叠一层，色泽诱人，外酥里嫩，入口酥脆，芳香四溢。谷小光17岁开始学习棋子烧饼制作技艺，匠心聚魂。历经17个春秋，他创办了唐山谷津坊食品有限公司，倾心挖掘丰润棋子烧饼非遗文化精髓，举办丰润传统食品文化研究会……成功将丰润棋子烧饼申请为"唐山非物质文化遗产""清代贡品""燕赵老字号""河北老字号"。

9月13日，秋高气爽，云淡风清。坐落于丰润古城街心公园西侧，一幢清末民国初年复古建筑，青砖黛瓦、飞檐翘角、古香古色、韵味十足，这就是网红打卡地——谷小光筹资建成的全国首家丰润棋子烧饼非遗文化体验馆（以下简称体验馆）。

上午10时紫气东来，重锤擂鼓，鼓声震天，狮舞狂欢，士气如虹。双狮嬉戏抢球，狮身起伏、立卧、滚抖……热闹非凡，弥漫浓厚的文化气息，在观众喝彩鼎沸声中，体验馆举行开馆剪彩仪式！

国家一级作家、著名红学专家、唐山市作家协会主席王家惠；中国作家协会会员、原丰润县政协副主席张金池；中国冶金作家、《中国冶金报》资深记者、中华文化遗产研究会会员谢吉恒；棋子烧饼非遗传承人谷小光及他的师傅：杨国栋、贾长存、王亚洲；中国诗歌学会理事、唐山市文艺志愿者协会理事、丰润区作家协会副主席张恩浩；北京滕南文化传媒有限公司、音乐制作人颜培志；唐山市曲艺家协会副主席、唐山市威毅文化传媒有限公司董事长王孝毅等文化界、企业界人士为体验馆开馆隆重剪彩。

牛气冲天，鸿运当头。王家惠先生致辞，讲述10多年前，发生在他身边耐人寻味的小故事，生动的细节，引起大家心灵共鸣。当时他去看望在北京工作的老领导，带去家乡丰润特产麻糖。老领导问咱家乡的棋子烧饼还有吗？他连连摇头，心神不安低声地解释。因为当时没有正宗的，也就没给领导带。今天体验馆正式开馆，王家惠兴致正浓，挺起胸膛，放开嗓门，自信地大声对着天空，向已经仙逝的老领导说，我们家乡丰润棋子烧饼非遗文化体验馆诞生了！它不仅展示家乡的非遗食品，更是在外地工作的家乡人一种乡愁思念，博得全场观众热烈掌声。

百事顺利，好事多多。诗人张恩浩，灵感顿现，诗兴大发。为体验馆开馆大吉即兴吟诗一首：

题"谷小光"棋子烧饼

楚河汉界

我们演绎战争

五谷丰登

我们享受和平

谷小光烧饼

舌尖上的历史

品味中的感动

诗人张恩浩大作，高才远识，鼓舞人的斗志、提振人的情绪、激发人的潜力。激励谷小光，今天的付出，明天的收获，全力以赴，事业辉煌！

鸿运给有准备的人，雅号"逆生长"摄影大咖聂永利，为参加体验馆开馆喜庆，起早从曹妃甸区出发。他带上先进摄影设备，自驾车一个半小时车程，提前赶到会场，捕捉信息、抓拍镜头、用心剪辑。他与友人高进拍摄近20幅新闻艺术大片，与浭阳书画研究会合作，图文并茂，组稿发往网媒。因作品题材新颖，展示高超摄影才艺，采编题为"丰润棋子烧饼非遗文化体验馆盛大开馆"一稿，开馆第二天，网易新闻第一时间进行发布，他俩乐得合不住嘴，露出开心的笑容。

作者撰写的散文《丰润棋子烧饼非遗文化体验馆展风韵》一文在《健康导报》网、百度 App 等发布。10 月 9 日，在今日头条"唐山热榜"荣誉上榜，获得上榜名次第 5 名。

创新传承显身手

体验馆魅力何在？体验馆文化顾问之一、知名老作家张金池先生对棋子烧饼持有真情实感，道出谷小光棋子烧饼的底色和主调是文化自信、文化自觉，创新中传承、传承中创新，创新不封顶。

清早走进体验馆，秋风拂面，凉爽惬意。刚出炉的棋子烧饼，散发出诱人馋涎欲滴的奇香。服务员端来满盘热乎乎的棋子烧饼，到会嘉宾品尝特色美食，用心倾听解说员介绍棋子烧饼文化。非遗文化与舌尖的碰撞，瞬间挑动味蕾，真是难得的享受。

体验馆使用面积230平方米，曾是"祥顺斋"饭店旧址。它以丰润古街为背景，将京沈大御道、古城墙、魁星楼、长盛号等历史符号，将棋子烧饼产生发展传承中重要节点——裕盛轩、祥顺斋等，用图片+实景+灯光+影视的形式表现出来，沉浸式地体验，把丰润棋子烧饼非遗文化历史、形象、生动地展现在世人面前。

参观体验馆，感悟体验馆，创新传承非遗文化看点多，回味馆中有三个吸睛点必看。

吸睛点之一，文化墙名家考证。

传承百年文化，展示世纪风采。迈入体验馆，首先映入眼帘的就是长3米、高1.5米的文化墙，令人耳目一新。全国著名红学家、唐山市作协主席王家惠先生匠心之作散文《丰润棋子烧饼》1723字，由荣宝斋书画名家刘亚军先生书写。据王家惠先生严格考证，丰润棋子烧饼由明代山东移民传入丰润，至少有500年历史。王家惠先生的这部作品对丰润棋子烧饼的特点、产生、发展进行考证，对棋子烧饼对唐山饮食文化影响进行深入探讨。他对丰润棋子烧饼非遗文化体验馆传承丰润棋子烧饼文化寄予厚望。

吸睛点之二，谱系表前话细节。

高手在民间。文化墙背面列有丰润棋子烧饼传承谱系。裕盛轩饭店主厨牛朝彦是丰润棋子烧饼兴起和传播的关键性人物，为棋子烧饼第一代传承人。牛朝彦因如神厨艺享誉京东，他继承发展并改良盛行于丰润民间的缸炉烧饼传统技艺，创制了棋子烧饼。棋子烧饼名震京东，成为京东名吃。丰润棋子烧饼传到北京，流入皇宫。光绪帝吃到此烧饼，非常喜欢，专门派太监到裕盛轩饭店购买棋子烧饼。后来，牛朝彦被召入宫专门为慈禧太后和光绪帝做丰润棋子烧饼等美食。周恩来总理曾经派人购买棋子烧饼作为国礼送给外宾。

细节决定成败。谷小光每当忆起棋子烧饼第三代传承人，恩师杨国栋、贾长存、王亚洲等往事，拳拳恩师情，溢于言表，授业恩、记心头。今天难得机遇，利用会前间隙，我与谷小光恩师相约齐聚谱系表前，聆听师傅讲述传承给谷小光棋子烧饼的细节小故事。三人讲述各有特色，分别从勤、德、诚三个方面讲述勤奋苦学、知恩感恩、心诚执着等细节，我听后很受启发，珍藏为后续文学创作积蓄素材。

2021年，我与文友国海涛采写谷小光传承棋子烧饼时，挖掘情节、细节描写，从不同角度刻画人物个性，撰写成散文《传承棋子烧饼文化人生》，先后在世界作家协会等多家网站、《中国冶金报》《健康导报》《当代作家》等报刊发布。喜迎建党百年华诞，此作品入编《永远跟党走》一书，全国发行，扩大棋子烧饼影响力。

吸睛点之三，电炉开启新工艺。

体验馆内陈列缸炉实物，引人注目，谓之"镇馆之宝"。棋子烧饼起源于丰润，丰润缸炉生产烧饼史已有500年，见证了丰润棋子烧饼的前世今生。缸炉，顾名思义，就是用缸制成的炉子，缸体横卧，内壁贴饼，外温内烘独特制作方法。第四代丰润棋子烧饼传承人谷小光，承前启后，继往开来，传承创新棋子烧饼工艺风生水起。他综合众家之长，在继承传统的基础上，增加研制力度，根据现今政府对食品安全的要求和当代人不断变化的口味，使用电炉烤制棋子烧饼等新工艺。谷小光创建唐山谷津坊食品有限公司，恢复"祥顺斋"品牌，创立了"谷津坊""谷家小子""谷小光"等棋子烧饼品牌，不断推出棋子烧饼新品种，深受消费者喜爱，让棋子烧饼实现规模化生产，远销全国各地。

谷小光（右一）和师傅在体验馆

文化交流新窗口

一花独放不是春，百花齐放春满园。体验馆开馆，乃是浭阳书画艺术研究会（以下简称书画研究会）传承非遗文化百花园里，盛开争芳吐艳的奇葩。

书画研究会是2016年经丰润区文旅局批复、区民政局登记注册的文化社会团体。今年该会适逢成立6周年，不忘初心，发掘和整理书画艺术遗产，继承和弘扬浭阳书画艺术的优秀传统，给广大书画爱好者搭建相互学习、交流、提升平台，为繁荣全区书画艺术水平、服务文化大发展做出贡献。

书画研究会成为非遗文化交流的重要窗口，我有幸被书画研究会聘为义务顾问，与公益策划人刘国峰相识、相知、相随六载多。刘国峰与我三观颇近，相濡以沫，成了"忘年交"，见证书画研究会发展的方方面面。许多与刘国峰共过事的人，都会点赞他"人品高尚口碑好、策划沟通能力强、低调做人情商高、文化交流平台多、非遗传承常态化……"。我亲切地称呼他为"设计师"。

　　他指导书画研究会运行有方，传承目标落实到位，取得斐然成果。有这样一组数字描绘，仅挖掘非遗文化及老字号企业单项，截至 2020 年向丰润区推荐的 21 家企业被中国老字号文化研究中心、河北省文联认定为"燕赵老字号"，4 家企业认定为"清代贡品"；2020 年推荐的 16 个非遗项目、18 位非遗传承人获得丰润区政府批复；2022 年申报市级项目中，有 11 个项目获批。

　　书画研究会成为全区非遗文化交流的重要窗口，发展会员 300 余人，既有丰润书画界的领军人物、书画研究的专家学者，又有国家级和省级美术家协会会员、书法家协会会员；还聚集中国画、陶瓷绘画、书法、雕刻、刺绣、剪纸、武术、皮影等方面的优秀人才。书画研究会除了对书画艺术的研究，还聚集中国国学、教育等多领域的顶尖人才。

　　书画研究会充分发挥文化交流的窗口功能，每年全方位、多层次开展各种非遗文化研究交流活动。书画研究会 6 年来取得文化交流成果令人羡慕不已。与网媒、纸媒合作，积极开展文化交流。选择《中国冶金报》《健康导报》《中华大地之光》《中国时代风采》《当代作家》等平台，选择冶金工业出版社出版的《丝路采风随笔》《新时代风采》《永远跟党走》及王继祥出版的《人生麻辣烫》和张忠浩出版的《大跨度钢结构张弦梁施工技术》等著作，有选择地刊发书画研究会非遗文化交流文章。

　　6 年来，谷小光和他的企业成为书画研究会非遗文化交流的领头雁。我是冶金行业作家，目睹了他与钢铁业文化交流典型细节故事：走出去——到河北及江苏等省钢企调研联谊，了解钢铁人的需求；请进来——邀请钢铁业全国五一奖章获得者来企业参观。进行文化交流，清明节前夕，与钢铁工人一道瞻仰李大钊纪念馆，感悟信仰的力量；他与钢铁业幼儿园小朋友一起过"六一"儿童节，带来棋子烧饼，让小朋友大饱眼福和口福。"疫情三年人人不易"，他作为"志愿者"在小区疫情静默期间，为钢铁业耄耋老人送温暖，雪中送炭赠棋子烧饼……他成绩显著，被评为"河北好人""丰润区道德模范"，受到社会各界认可和青睐。

　　体验馆开馆后，得知谷小光将认真地传承书画研究会的"组织采风、撰写稿件、选择平台、发布交流"等方面文化交流经验。

　　喜迎二十大，奋战新征程。我的新作品集《作家文化交流散记》即将出版，其中拟定将《丰润棋子烧饼非遗文化体验馆展风韵》入选书中。

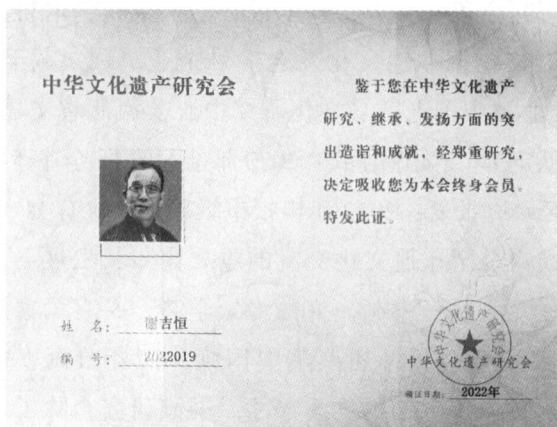

今年 8 月，我首批加入中华文化遗产研究会。该会是由国际综合性文艺机构世界汉语作家协会牵头，于 2022 年夏天在社会各界大力支持下成立的，以研究五千年中华文明，挖掘、抢救、继承中华文化遗产为目的公益性专业文化组织。据悉，该会成立后，在海内外引起强烈反响。至今全球已有 160 多个国家和地区数千个文艺组织与该会联系，洽谈合作和学习事宜。

我成为一名会员，除有自豪和光荣感之余，更重要的是出于责任和担当，多创作反映以书画研究会和非遗文化为题材的文学作品，谱写更多在非遗文化研究、继承、发扬方面的突出造诣和成就的故事。

书画研究会成了促进文化发展的大平台，体验馆成了文化交流的风景和新窗口。丰润区委五届四次全会提出打造"文旅新城"的奋斗目标，唐山谷津坊食品有限公司作为丰润区文化食品企业，积极响应区委、区政府的号召，为丰润文化旅游产业发展贡献出自己一份力量。

谷小光在体验馆开馆剪彩仪式上郑重承诺："我一定用心、用情做好丰润棋子烧饼，倾力传承好丰润棋子烧饼。"以体验馆为基础，建立中国棋子烧饼博物馆，全面打造河北省棋子烧饼文化之乡、全国棋子烧饼文化之乡。他有这能力，也有这条件。他已历练过的 17 年棋子烧饼人生就是证明。我等待，我祝愿。

只有想不到的，没有做不到的。体验馆成为非遗文化展示传承的创新载体，谷小光蓄势待发，正运筹一盘大棋，已经申请成立"唐山市丰润棋子烧饼文化研究会"，将申请丰润棋子烧饼地理性标志，必将为丰润发展文化旅游产业做出更大贡献。

品尝丰润棋子烧饼，品味丰润非遗文化，到"丰润"找"小光"!

谷小光（左一）和文友（自左至右：刘国峰、谢吉恒、国海涛）在体验馆

（作者：谢吉恒，原载于《当代作家》2022年11月、《健康导报》网今日
头条）

做有责任和担当的作家

有了坚持不一定成功；但没有坚持，就注定失败。对于成功坚持必不可缺少。

——作者题记

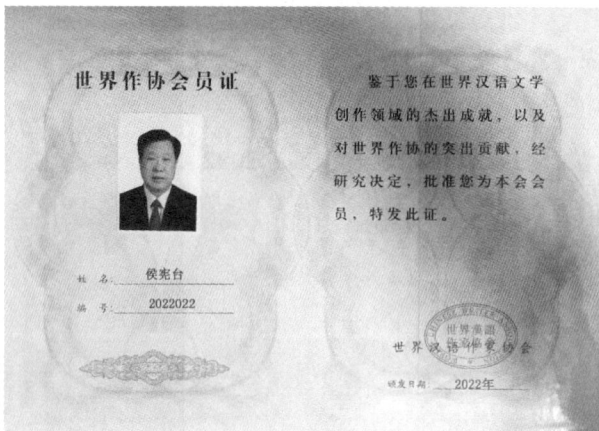

2022 年 5 月，我荣幸地成为世界汉语作家协会会员，我接到入选通知感到喜出望外。在欣喜的同时，我陷入深思，又深感光荣和责任重大。回忆我的作家之路，充满了酸甜苦辣和艰难崎岖……

我是记者型作家

我是新闻记者出身，是个记者型作家。1972 年 10 月，我从农村进入乡镇工作，担任公社广播员。乡里有什么新的消息，写成广播稿送到广播站播出。每当从广播里听到我写的稿件，我就非常激动，好像全县的人民都认识了我一样，当时乡里的书记也不断地表扬我。尽管没有稿费，但心中充满着欢乐。

1975 年 3 月，我到邯邢基地冶金矿山建设指挥部地质队当了工人。因为我的履历中有乡广播员的履历，很快被队里的支部书记发现了，我当上了分队的支部干事，主要负责队里文书、后勤、劳资员等工作。

1980 年 4 月，我所在的单位创刊了《华北矿建报》，我荣幸地成为该报的首批通讯员。自己就像个小学生，白天深入机台采访，晚上就整理素材想题目写稿子，然后用稿纸抄得工工整整的，贴上邮票寄出去，像小孩子盼过年一样盼着稿子早日被采用。有时，我常常为写一篇稿子不知如何下笔而愁肠百转，为一篇稿子的题目苦思冥想。每当稿子见了报，我就拿着报纸和稿子仔细对照、比较，看看编辑是怎么改的，为什么这么改，从中找出自己的差距。

我对《华北矿建报》心存感激，当时报社的宣传部副部长兼《华北矿建报》总编辑是吉林大学新闻系毕业的高才生洪景森先生。他是从《中国冶金报》下放到企业的。我的稿子经过他的编辑总能高人一等，好像我的写稿水平也提高了一个档次。以后，单位有了新鲜事儿，我都与他探讨，这使我进步很快。我从洪景森那里学到了新闻写作的真本事。1984 年 9 月，《人民日报》首次在全国举办通讯员新闻写作培训班，邀请著名的记者、编辑把自己多年的体会写成讲义，让通讯员学习，并且要定期交作业。我有幸被宣传部领导选中，参加了这期培训班。经过认真学习，我学到了新闻基本常识和写作技巧、方法及要领。在《华北矿建报》当记者建立了特殊的感情，这是我的新闻之路迈向新起点的基石。

1985 年 7 月，我参加全国成人高考，被吉林职业师范学院录取。在那里，我广猎中外文学、古今历史、中国文学史、哲学、逻辑学、社会学，在学海中徜徉，在时空中穿越，就像海绵浸在了水中，极大丰富我的阅历，积淀了写作的底蕴。

1987 年 7 月，我从吉林职业师范学院中文系毕业，调入华北矿建宣传部当了《华北矿建报》的记者，并负责公司对外宣传报道。

1987 年 5 月，由于洪景森调回《中国冶金报》工作，单位党委推荐我担任了《中国冶金报》兼职记者。《中国冶金报》是 1956 年创刊，由开国总理周恩来题写报头的一张冶金行业权威大报，《中国冶金报》聚集了一大批有专业知识和采访经验的团队，有幸成为这个团队的一员。这个集体里的记者遍布全国各大钢铁企业，有老的新闻工作者，有经验丰富的编辑记者，大部分都是科班出身的多面手，是捕捉新闻和"活鱼"的快手，是我学习新闻的参照系和榜样。正是这些年龄大小不等的老师们的悉心帮助，使我的新闻道路越走越宽。在这段时间里，在记者和编辑的帮助下，我写的新闻作品先后在地方以及行业媒体上发表，引起了很大反响。

听君一席话，胜读十年书。1990 年 3 月，我参加了邯郸市高级新闻研修班的学习，有幸得到了新闻界名记者戴煌、艾丰、田流等名家记者的面授，收获颇丰，更加增强了新闻写作的信心和勇气。当时，我学着老师们的写作经验，尝试各种新闻体裁，并且渐渐地熟练运用。我加班加点地赶写稿子来宣传企业。每月都有重头稿在报上刊出，每年都有消息、通讯、言论稿件获奖，每年在省市以及地方媒体发表公司稿件百篇以上。由此，我所在企业的知名度和美誉度引起了社会的关注和市场的认可。

在多年时间里，我与各式各样的人——包括政府官员、科学家、企业家、教育工作者、农民、军人、学生、专家、外国人等面对面的采访，超过了几百人，形成了和谐社交朋友圈和广泛的人脉关系。

新闻职业的长期训练与特殊经历，使我历练成为《中国冶金报》能抓题材、作品出手快、不知疲倦的一位记者，每年都超额完成报社下达的指标，多次被评为先进记者。先后被晋升为记者、主任记者职务。我在发表新闻作品的同时，也写作了多篇报告文学作品和散文作品。长期新闻素质的训练和实践，使我具有了对社会的关注度、敏感度，由记者的专业、对题材的敏感、行动迅速的职业习惯等使我逐渐进入文学创作领域，这些独特的经历，为我成为一名作家提供了广阔的人文情怀和丰厚的生活积淀。当记者的独特经历成就了我的作家之路。

1999 年，我与亦师亦友谢吉恒合著报告文学作品集 28 万字的《辉煌二十年》出版发行，引起社会各界的高度关注。多年来，我撰写的报告文学、散文、通讯、调查报告等类文章百余篇，多篇作品获得金奖或一等奖，汇编在《中华大地之光获奖作品选》或《中华大地》期刊发表，全国发行，影响深广。我多次走进人民大会堂、国家会议中心参会，受到国家领导人接见并出席颁奖仪式。

我还荣幸地成为中国散文学会会员、中国冶金作家协会会员。2016年被中国散文学会、中国报告文学学会、中国报纸副刊研究会评为"中国最具影响力新闻文化工作者"。

向作家之路攀登

当我想到我采访过一些企业家以及普普通通的个人时，包括收入书中的马万水及其英雄群体，都充满着激情，可以说每次采访都是百感交集的旅程。我在向作家之路攀登，坚持做到三要：

一要用心写作，先要感动自己。我在1997年采写的长篇报告文学作品《一面永不退色的红旗——马万水精神培育的英雄群体》，作品近3万字，被收录进由冶金工业出版社出版的《永恒的丰碑》一书，书中记述了老英雄孟泰、矿山建设英雄马万水、治渣英雄李双良、焊接专家曾乐以及在60~70年代艰苦岁月里参加攀枝花钢铁基地建设和镜铁山矿山开发的英雄们。透过不同时代的英雄们的英雄业绩，人们看到的是近半个世纪以来，新中国冶金工业的艰苦创业史。这册由中共中央政治局委员、北京市委书记刘淇写序的书，被列为全国冶金行业弘扬6种精神的学习教材，在冶金行业曾产生了深远的影响。

《一面永不退色的红旗——马万水精神培育的英雄群体》以报告文学的手法，横跨时空60多年，从1949年马万水小组成立写到1997年，再现了这个英雄群体继承马万水精神艰苦创业的历程，虽然只有近3万字，我却采访了30多位人物，积累了10万字的采访资料。在创作中，我对于这个英雄群体的事迹精挑细选，将一个个精彩的画面呈现出来。时任该书主编赵国珩说："马万水英雄群体的作品生动感人，催人泪下，较好地体现了艰苦奋斗的精神传承。"

二要与"主人公"进行心灵沟通。文学采访不等同于新闻采访。在这一方面，我深受老文友谢吉恒的影响。我和老谢有缘，我当记者时，第一次合作采访是 1987 年在山西化肥厂水泥部工程，整个采访过程是谢老主导的，从工程总指挥、工程师、项目经理到工人，他侃侃而谈，与对方总有说不完话题，我羡慕极了。采访之后他写成了一篇报道，发表在《中国冶金报》上。这是我当记者后的第一次合作，事后谢老对我说："一个记者要善于走进人的心里，从中捕捉美好的瞬间，才能写出感人的东西。"这番话使我受益匪浅。在采访写作过程中，我成功运用这个采访技巧，采访了多名企业家，成功写出了多篇报告文学作品，把企业家的所思所想写入文章中，增加了人物的心理活动细节描写，立体展现了人物的性格。此后，我和谢老开始了合作，合著了多部著作，受到社会各界的好评。1999 年，我俩首次合著了《辉煌 20 年——改革开放以来企业成就报告》，作品出版后受到企业读者的普遍欢迎。2013～2014 年，我俩再次合作完成了《燕赵儿女走进人民大会堂》（上、下）共计 60 多万字的报告文学集。在这两部作品中，将 40 多位劳动模范、企业家的创业故事和 20 多家企业的典型经验跃然纸上，谱写一篇篇报告文学，讲述一个个动人的故事，生动记载了企业家的奋斗足迹，折射出一个钢铁大省的崛起之路，为钢铁企业和企业家为改革开放做出的历史性贡献写下了浓重的一笔。

三要责任担当，是不竭原动力。2002 年 9 月 26 日，我的家庭遭遇到很大不幸。这天上午 9 点，我正在单位工作，突然接到邻居电话，说我爱人头痛得厉害。我急忙赶过去，见到爱人浑身是汗。连忙把她送到医院，医生说是脑出血，需要马上转到市医院。在送往医院的路上，爱人就昏迷了。经过手术，生命保住了，但是她却成了植物人。当时，如同晴天霹雳。而且，我的两个女儿，一个在廊坊师范学院读书，一个在上高一。经济和精神的巨大压力，使我陷入困境，我几乎绝望了。

就在这时，我向《中国冶金报》河北记者站站长谢吉恒同志汇报了我的情况。老谢马上向中国冶金报社领导进行了汇报。报社为我下发了捐款通知，一周后，老谢带着报社编辑和记者们的关怀，为我带来了 9680 元的捐款。接过捐款我感动得热泪盈眶，我暗暗下定决心，一定要干好工作，报答中国冶金报社同仁的关怀。谁知妻子的植物人生活竟然过了 4 年零 4 个月。在这 1580 多天里，白天我上班工作，晚上为植物人的妻子守夜、鼻饲、吸痰、翻身、搓背、大小便。每隔 1 个小时，就要为妻子抽一次痰，每隔 2 个小时喂一次蜂蜜水。早晨喂完小米汤和米粉后才交给保姆接班。日复一日的重压生活，我从没有想到过放弃写作。这期间，我带着感情写作，仍然年年完成中国冶金报社下达的稿件上报指标和任务，并多次受到报社的通报表扬。有的同事说："你一个人要供2个大学生，还要伺候植物人妻子，太难了。"有的说："像你这样的情况，工作可以少干点。"我说："我一到工作岗位上，家里的事就全忘了。"

我在单位仍然负责对外宣传工作，并负责企业报编辑，有干不完的事，写不完的稿，我一刻也没有停下手中的笔。每当看到人民网、国资委等网站以及国家新闻主流发表了我写的稿子时，就有说不出的自豪和骄傲。

记者的"记录"一旦和"文学"组合，就可能是一名优秀报告文学作家的必备条件。我觉得从新闻出发抵达文学，犹如书法家写楷书转写草书换一种用笔方法而已。有了新闻记者的职业精神，成为一名作家也就水到渠成了。只要遵循写作规律，又肯下苦功，就一定能够成为作家，这些年我的辛勤耕耘就证明了这一点。最近完成的一部《永不退缩——马万水英雄群体》，就是因为我平时积累了大量的采访资料，从酝酿到采访再到动笔，全书40多万字，我仅用了4个月就完成了。

中华文化传播者

习近平总书记在全国文代会上强调，中国人民历来具有深厚的天下情怀，当代中国文艺要把目光投向世界、投向人类。以文化人，更能凝结心灵；以艺通心，更易沟通世界。广大文艺工作者要有信心和抱负，承百代之流，会当今之变，创作更多彰显中国审美旨趣、传播当代中国价值观念、反映全人类共同价值追求的优秀作品。要立足中国大地，讲好中国故事，塑造更多为世界所认知的中华文化形象，努力展示一个生动立体的中国，为推动构建人类命运共同体谱写新篇章。要坚守中华文化立场，重视发展民族化的艺术内容和形式，继承发扬民族民间文学艺术传统，拓展风格流派、形式样式，在世界文学艺术领域鲜明确立中国气派、中国风范。

文运同国运相牵，文脉同国脉相连。建设社会主义现代化强国，文学必须在场，不辱使命，不负担当。当代中国，江山壮丽，人民豪迈，前程远大。世界汉语作家协会承担着同世界各国文学家、艺术家开展交流的重任。新时代为我国文艺繁荣发展提供了前所未有的广阔舞台。

作为一名世界汉语作协的作家，要承担起宣传中国文化的责任。外国很多人了解中国大都是从文化艺术作品中了解的。作家的责任感就是热爱祖国和家乡，真实艺术地再现生活，让更多的人看到中国人在实现中国梦时的精神面貌。

作为一名世界汉语作协的作家，要力争成为中华优秀传统文化的传播者、继承者和创造者，要用勤奋、严谨、精细和高水准的创作态度从事创作，需要作家将自己的作品与传统文化、时代相结合，用经典之笔传承好中华优秀传统文化。在传承中华优秀传统文化的过程中，要坚持以人民为中心的创作导向，汲取传统文化的精髓，勇于创新创造，把创作生产优秀的文学作品作为中心环节，讲好中国故事，弘扬中国精神，努力创造中华优秀传统文化在新时代的新篇章。

当前我们面对一个前所未有的新时代，网络信息化在带来了各种生活便捷的同时，又给我们带来各种思想上的困扰，而写作者如何勇敢地置身于时代的洪流之中，又能葆有长久的热情和激情，具备去伪存真的能力，的确是摆在我们面前的重大命题。我会认真对照自己的写作，一边反省一边突破，守住自己的精气神，写出与个人气质匹配，同时也与时代气质匹配的作品。

作为一名40余年以写作为生的花甲之人，有幸成为世界汉语作协会员，这是我人生之缘之幸，使我倍受激励和鼓舞，让我热血喷涌，激情澎湃，有了无穷的动力，充分感悟到了自己所肩负的文学使命和责任。我想，只有认真学习，深入生活的沃土之中，坚持追逐心中的文学梦想，不断开拓进取，悉心创作，才不负时代赋予我们的神圣使命。

写作是一件极其艰难而寂寞的事业。加入世界作协对于一个用尽深情与理想的写作者，我知道自己的卑微与渺小，也知道自己的差距。但我还是很愿意在世界汉语作协里成为有信仰、有担当、有情怀的作家。

（作者：侯宪台，世界汉语作家协会会员）

新时代的"追光者"

——我对《中国冶金报》资深记者、知名作家谢吉恒的美好印象

秋天的伟大，是它把硕果给了人类；生命的高尚，是用一生的热情追求自己的理想。

——作者题记

2022年7月18日，第三十四届大地之光征文总结大会在北京成功召开。第十二届全国政协副主席马培华出席大会，亲切会见了中华大地之光征文组委会副主任唐小勇和全体代表及获奖作者。以"谱写大地华章，讴歌时代英才"为宗旨的大地之光征文活动，到2022年已成功举办34届，历经28个春秋。我作为这项活动的工作人员，今年也正好是我参与这项活动的第10年。

28年来，大地之光征文活动汇聚了上万名优秀的作者。这些作者来自各行各业。我在这10年里，结识了许多作者，在这些作者当中，给我印象最深的就是谢吉恒、谢老。我曾多次参与谢老组织的作家采风活动。欣闻谢老的新书《作家文化交流散记》即将出版，我受中华大地之光征文组委会的委托，对谢吉恒老师出版新作表示衷心的祝贺！

今天，年近八旬的谢老师，在新闻界可以说是知名人士。我在同谢老师的10年交往中，留下了美好的印象。

其一，他虽然不是科班出身，但谢老师有一股学习和写作的韧劲。20世纪60年代初，他就读于包头师范。因为对文学兴趣浓厚，他积极参加全校征文比赛，名列前茅。在这三年里，他写出了许多精彩作品，奠定了写作的坚实基础。1964年底，谢老师应征当兵入伍，因其擅长写作，入伍后深受领导重视，任部队报道员。在部队服役期间，谢老师和战友采写的作品，被

《人民日报》《内蒙古日报》《解放军报》等刊用 10 多篇，他被《内蒙古日报》吸收为骨干通讯员，评为军区优秀通讯员。退伍后，谢老师在中国冶金战线摸爬滚打。他深入车间、矿山、班组、抗震救灾一线，采写了许多精品力作，取得丰硕成果。其二，谢老师写作勤奋，涉及领域宽泛，有新闻报道，有评论，还有散文等作品。真是"十八班武艺"样样拿得起、放得下，并且发表多、获奖多。其三，作为一个新闻工作者，谢老师最大的特点在于他与社会有着广泛联系。1986 年，谢老师成为《中国冶金报》专职记者。他在工作上，辛勤耕耘，孜孜不倦，为冶金人鼓与呼。谢老师也成为冶金战线上宣传报道的一面旗帜。

谢老长期深入基层采访、写作，他与基层的工人、农民、干部联系密切，他的作品，能以小见大，在平凡中见伟大，达到一叶知秋的目的。他撰写的文章，新鲜、生动，让人可亲、可信，洋溢着浓厚的生活气息。他的作品多次在中华大地之光（星）征文活动中荣获特等奖。他先后在北京人民大会堂、钓鱼台国宾馆、国家会议中心受到国家领导人的亲切会见与合影。

他先后出版《难以磨灭的记忆》《走进红松的故乡》《丝路采风随笔》《新时代风采》等文学作品 13 部 500 余万字。2019 年中国记协授发给他资深记者荣誉证书和证章。中国记协国内部原主任、中华大地之光征文组委会主任、高级记者阮观荣为他题词："为事而著，为时而歌"。

步入古稀之年，谢老依然酷爱文学，追求文化交流的兴趣，在精神上不言老。世界汉语作家协会，高度评价他在世界汉语文学创作方面的杰出成就和贡献。2022 年聘任他为世界汉语作协中外文化交流研究院终身荣誉院士。这是谢老广泛开展文化交流、立足文艺高原、向文艺高峰攀登的有力佐证！

谢老师，从一位青涩少年走到成绩斐然的老年。他身上有一束光，给热爱写作的人以力量。谢老师，他是时代的"追光者"，少年播种的作家梦，他用勤奋耕耘的精神，用一以贯之的奋斗姿态，努力地工作着，勤奋地创作着，追逐光彩的未来。

谢老师的人生自然是了不起，甚至可以称得上卓越。

祝福他，向他致敬！

（作者：唐小勇）

作者简介：唐小勇，男，湖北襄阳人，本科毕业于对外经济贸易大学。现任北京商海法律咨询事务所执行理事，神州大地之光（北京）文化传播有限公司总经理，中华大地之光征文活动［简称"大地之光征评"（国家知识产权号：48440555）］副主任。曾任新华社《瞭望》新闻周刊美术编辑。

唐小勇近年来从事大型文化交流与策划和组织工作。早在学生时期，他的作品就多次获奖。

近年来，他的作品多次被《人民日报》海外网、人民政协网、《企业家日报》《河南科技报》《健康导报》等国家和地方媒体刊发。

圆 梦 作 家

让梦想指明人生的方向，让跳动的旋律吹起扬帆的号角。

——作者题记

2022 年 5 月，我入选世界汉语作家协会。接到成为世界作协会员通知书时，终生难忘，兴奋的心情难以言表。高兴之余，感慨万千。高兴的是年逾五旬，坚持不懈，勤奋努力，三十年磨一剑，圆了作家梦。

回忆前半生酸、甜、苦、辣、咸五味杂陈的生活体验、丰富人生的历练、扎根基层的积淀……是我迈上作家之路必不可逾越的门槛，铭刻在心。

梦想作家　机缘随缘

金色的童年，曾有过很多美好梦想，每当老师问起长大想干什么时，总会歪着脑袋细想，不经意地告诉老师，在歌手、音乐家、作家、画家、商人等选项中挑选，但是这些梦想却都在初中毕业时似肥皂泡般破灭了。

记得那是 1983 年 3 月底的一天上午，最后一节课，班主任老师在下课前与我们说道："今天上午的模拟考试已经结束了，大家想参加中考或准备继续读高中的同学明天照常来上学，如果不想参加中考也不想继续读高中的明天就不用来上课了，上午的考试就算做你们的初中毕业考试，你们就等 9 月份开学时来学校领取初中毕业证书就行了。"说完，老师就走出了教室。

一听老师这话，让我想起了去年 9 月初我二哥高中开学时的一幕：高中开学的第一天，二哥吃完早饭后兴高采烈地背起书包，一脚门里一脚门外刚要走，父亲问道："你去哪？"二哥回答说："今天高中开学，我去上学。"父亲寻思了一下说："家里分了那么多地，你大哥又没时间干活（大哥当时是镇上武装部的枪管员），你就别上学了，在家种地干农活吧，再说即使你将来考上大学，就咱家这经济条件也供不起呀。"二哥一听这话，脸色当时就阴了下来，转念一想，父亲说的也是实话，所以就把脚收了回来，满心不悦地把书包扔到了炕上。这一幕让我看个正着。

现在轮到我初中毕业了，我想，二哥虽然没上高中，可 11 月份入伍当兵走了，我父亲能让我继续上学吗？所以收拾好书包，背起来就走出了教室，后座同学问我："班长，你怎么把书包背走了？"我头也没回。"我毕业了，回家。"等我走到学校门口时，我的语文和数学两位老师追上来对我说："继祥你怎么回事？"我说："我毕业了，不再上了。""为什么呀？""不为什么，就是不想上了。"说完就离开了学校。后来两位老师家访时又到我家里找了我两次，并劝说如果怕考不上大学，可以跟着复习一年，明年直接考中专，父母也一再说让我听老师的话去上学，可我还是那句话"不想上了"。

毕业回家后 4 年间，除农忙以外，卖过冰棍，学过裁剪，在社办站、修路队打过短工。就在毕业的第二年，我有幸考进了镇里新建的副食品加工厂，因为工友中有几个同学都喜欢一起读小说，自己还真的心血来潮想当作家写书，并且还信誓旦旦地伏案几晚上，洋洋洒洒写了十几页"书稿"，后来静下心来从头到尾通读了一遍，这哪像是书稿哇，连流水账都谈不上，几个晚上的"辛苦"也就付之一炬了。在副食品加工厂工作期间，出于个人的爱好和兴趣，先后参加过中央电视台与中央歌舞团联合举办的声乐培训班、南疆诗刊社组织的诗歌培训班、北方音乐文学社组织的歌词创作培训班、电吉他培训班以及天津音乐学院的声乐函授班等多个培训班的业余函授学习。

　　随着时间的推移，1987 年 4 月，机缘来了！自从以"地主"身份（因津西钢厂就建在本村的土地上）进入津西钢厂，由一名地道的农民转身变为工人。从那天起，就脚踏实地从点滴积累做起，抓住机遇，机缘随缘，起步走进新梦园，重拾当作家的梦想！

追梦作家　选对平台

　　我深知，作家需要有渊博的知识，需要上知天文，下知地理，博古通今，博览群书。值得庆幸的是，在津西公司的 30 多年里，我不但收获了在学校可以收获的知识，也收获了在学校享受不到的智慧、快乐和幸福，更是结识了在学校结识不到的同事、朋友和带我走进写作这个文学艺术大门的同学和恩师，同时也让我一步步走近了当作家的梦想。

　　在别人眼里，津西公司可能就是一个钢铁企业，但在我心中，它不仅是一个企业，更是一所大学。我来到津西全面系统进行文化学习充电，先圆了一个个上学的梦。

　　为了不断充实和提高自己的文化水平，更好地做好自己的本职工作，1992~1995 年，在津西公司的帮助和支持下，我在迁西电大深造，读完了文秘中专课程，实现了上中专的梦想，弥补了我被迫初中辍学的遗憾。

　　2001 年我又荣幸地被公司安排参加了中层干部大专学习班，2002 年顺利通过成人高考，2004 年拿到河北理工大学工商管理专业专科毕业证书。2014 年又顺利地拿到了河北联合大学工商管理专业本科毕业证书，圆了我学生时代的大学梦。

　　我深知当一位作家，需要培养多方面的爱好，争做复合型人才，甘当多面手。接着，津西公司又为我提供培养展示个人才华的平台。每年都组织异彩纷呈、丰富多彩的文化娱乐活动，让员工从内心感受到家的温暖。津西公司组织的各项活动，我都是积极的参与者。1989年公司开始每年国庆或元旦组织文艺演出，爱好文艺的我自然成了文艺骨干，并且是当时的业余文宣队队长，调选队员、普及乐理知识、组建乐队，不到半年的时间业余文宣队顺利组建完成，并且承担了公司每年的文艺演出活动。

1994年，在迁西县第一届"卡拉OK青年歌手大奖赛"上，我取得第一名的成绩，在听众如雷的掌声里，第一次过了把"歌星"瘾，为大家送去欢乐。2006年春节，因公司的推荐，我在迁西第一届"津西之春"春节晚会上登台表演，并且在舞台上第一次为大家演唱自己谱写的歌曲《没有安全就没有欢乐幸福的家》，实现了我在春节晚会上把自己谱写的歌曲奉献给千家万户的愿望。后来又陆续谱写了十几首歌曲，其中歌颂迁西的一首《我的心中你最美》在全县创作歌曲比赛中荣获词曲创作三等奖，并且在2022年"百花迎新春"原创歌曲音视频网络大赛上荣获人气奖第九名。

30年多年来，我获过交谊舞、曲艺作品创作、相声表演、剪纸、对联等多个第一，我拟的对联在2006年的津西公司团拜会场高高悬挂，并荣获一等奖。津西几乎每年都组织员工篮球比赛，我喜欢队员们在球场上拼搏夺冠的那种不服输的精神，多年来受单位领导的委托，经我带队参赛的球队曾先后13次荣获冠军，并且创下了炼钢厂篮球六连冠的纪录至今，最好成绩是2021年的全县篮球冠军。

文笔是作家的生命，如何提高自己的文笔？回忆自己在炼钢厂、津西公司办公室和津西特钢工作期间，多渠道提高文笔，为进一步推进企业文化的落地、生根、开花、结果，发挥文化宣传引领作用，在津西公司以及各单位领导的大力支持和工友、同事们的全力帮助下，先后创办并编辑《钢花月报》《快讯》《钢讯》《团讯》《安全月刊》《万通快讯》百余期。2008～2009年在津西公司办公室工作期间分管《津西人》报社，期间有多篇文学作品被收录到津西创业二十周年纪略《腾飞之路》一书中。又在中专的同学、县文联工作的王金保帮助下，先后有多篇文学作品被收录到《在河之洲》《魅力迁西》《迁西真好》《锦绣迁西》等书刊和画册中。

我的文学嗜好兴趣广泛，诗歌、散文、音乐、谱曲、小品、乐器、摄影等五花八门，擅长文化交流，对文化的交流充满自信和自觉。一方水土养一方人，自己在文化交流方面堪称津西公司乃至迁西县颇有小名气，自己追梦作家，归类当属"杂家"更为丰富。

圆梦作家　贵人相助

人们常说："你是谁并不重要，重要的是你跟谁在一起。"世界先有伯乐，后有千里马，你再优秀，也要有人发现你，肯帮助你。我结识了亦师亦友的忘年交——《中国冶金报》河北记者站站长、中国冶金作家谢吉恒老师。正因为结识了谢老，才让我在津西的工作更加丰富多彩，生活更是充满阳光，也正是谢老把我领进了文学艺术的大门，让我在文学的道路上奔跑。

谢老年逾七旬，精神矍铄、文思敏捷、笔耕不辍，被钢铁业誉为"一支笔""常青树"。他把一生献给了他所热爱的新闻与文学创作事业。年轻时在部队就因爱好写作成为通讯员，退伍后又主动放弃条件优越的工作，只身来到二十二冶，在现场与工人一起摸爬滚打，成就新闻、文学写作的佼佼者。他经常在《中国冶金报》发表深度重头文章，常见头版头条。

谢老是中国冶金报社为数不多的退休后仍返聘在岗位上，继续为中国钢铁业摇旗呐喊的资深记者。他身上无论是在新闻和文学写作、交友做人上，都是我们学习的榜样。他带领作家采风，跑遍大江南北、长城内外，将钢铁行业的见闻，经过思与行凝结成文学作品，奉献给广大读者。先后出版《难以磨灭的记忆》《走进红松的故乡》《丝路采风随笔》《新时代风采》《永远跟党走》《作家文化交流散记》等10余部作品。"不忘初心、牢记使命"对他来说是再合适不过了。

正是因为有缘结识了谢老，对文学写作产生浓厚兴趣，高屋建瓴，生活是写作的源泉、想象力是作家的翅膀、文笔是作家的生命。正因为有了谢老的不断启迪鼓励，将"欣赏一个人，始于颜值，敬于才华，合于性格，久于善良，终于人品"为座右铭，萌生了加强文化交流的想法，并且越来越强烈。2019年经谢老推荐加入中国散文学会，催生我的散文写作技艺大幅提高。经谢老推荐，我的两幅《胡杨对比美》摄影作品荣获中国时代风采摄影作品金奖……

　　作品是作家的立身之本，同时作品是作家靓丽名片。在谢老和各界朋友的大力支持和帮助下，将我在津西30年来积累的新闻和文学作品结集成45万字的钢铁业文化践行记，2018年以专著《人生"麻辣烫"》结集在冶金工业出版社出版，归类文化教育，深受广大读者的青睐。同年荣获国家级中国时代风采和中华大地之光征评活动"最佳新闻工作者"殊荣。2021以《津西打造高素质人才队伍之路》一文荣获《当代作家》新闻作品金奖，同时被谢老师收录到喜迎建党百年华诞《永远跟党走》一书中。2022年经谢老推荐，在"全国艺术精英新春贺岁大奖赛"评选活动中，我的作品《喇叭花》荣获大奖赛冠军，并被收录到纪念党的二十大重点图书《共和国杰出文化人才大典》中。今年5月凭实力光荣加入"世界汉语作家协会"。

　　这些荣誉的光环都离不开谢老以及各级领导和家人朋友的支持和帮助。回首自己的麻辣人生，可以说是五味俱全，但这就是实实在在的人生，就是生活的原汁原味。在品味之中永远要记住感恩：感恩父母带我到这个世界上，感恩单位给我搭建的平台，感恩亲人朋友带给我的幸福快乐，更加感恩谢老师给我引上作家之路！

（作者：王继祥，世界作家协会会员）

老骥伏枥　耕耘不辍

——为忘年交、世界汉语作协终身荣誉院士谢吉恒谢老而作

老骥伏枥，志在千里，英雄暮年，壮心不已。用此形容谢吉恒谢老，一点都不为过。

金秋八月，接到谢老盛情，邀我为新作添彩，颇感荣幸和诚惶诚恐，以谢老之文采、以谢老之沉淀、以谢老之睿智、以谢老之桂冠，深思许久，难以下笔。

我与谢老有幸在京相识，迄今已有 10 多年，一次相识，终生朋友和良师益友。在人民大会堂、在全国政协礼堂、在钓鱼台国宾馆、在国家会议中心、在雁栖湖国际会展中心的颁奖台上，都能看到他身披彩带、意气风发接受国家领导人颁奖的身影。10 多个春秋，谢老之人品、谢老之精神、谢老之成就、谢老之智慧，深深感动着身边人，深深感动着我，我与谢老成了忘年交。

金秋时节喜闻谢老再出新作，再次为谢老之辛勤耕耘不止、丰硕成果累累感到自豪、感到骄傲！

谢吉恒谢老是中国冶金战线上的一名老兵，1964 年参军，1970 年就来到了冶金战线，50 余年来，在中国冶金战线摸爬滚打，深入车间、矿山、班组、抗震救灾一线，采写了数以万计的壮丽诗篇，足迹踏遍了祖国大江南北，1986 年成为《中国冶金报》专职记者后，更是辛勤耕耘、孜孜不倦，为钢铁人出书、为钢铁人立传，成为钢铁战线上的一面旗帜，2019 年被中国记协授予资深记者，2022 年被世界汉语作家协会中外文化交流研究院吸收为终身荣誉院士，授予汉语文化国际传播大使，主编提名为大典最佳作者之一殊荣。

谢老获奖作品与荣誉不计其数，佳作《白云山赏太行菊传奇》《来自黑山"诚信铸品牌"报告》先后在鲁迅文学杯大赛获奖、入选《世界文化名人大辞典》、参加茅盾文学杯华语文化大奖赛获奖、入选《汉语诗歌普及读本》，采写的《高擎党旗唱响民兵连歌》入选《纪念辛亥革命胜利110周年：东方文韵·时代新篇》，被我国第一高等学府——北京大学永久收藏。

他撰写散文、报告文学作品近50篇10余万字，成为深耕《中国冶金报》副刊忠诚的园丁之一，先后在《中华大地之光》《中国时代风采》《中国改革》《当代作家》等期刊撰写了大量报告文学作品，采写的报告文学获中国作家协会、中国报业协会奖，历届获奖作品汇编入选《中华大地之光获奖作品选》及《中华大地》期刊。谢老被《中华大地之光》《中国时代风采》等期刊聘为特约编委，10余次走进北京受到国家领导人接见；被中国散文学会、中国报告文学学会、中国报纸副刊研究会评为"中国最具影响力新闻文化工作者"。

谢老身上有无数种精神在激励着我们，激励着大家，激励着更多的人，奋发图强，矢志不渝。

谢老具有锲而不舍、勇往直前的精神。谢老不怕困难，几十年来，克服各种艰难险阻，攻克了一道道难关，不论是采访命题，或是制定策划工作目标，都通过不懈的努力，成功达到了胜利的彼岸，即便是锻炼身体，坚持行走，也是坚持不懈、始终如一，步履矫健，健步如飞，每天行走数万步仍不歇息。目前虽已古稀，仍奋斗不止，砥砺前行。

谢老具有助人为乐、无私奉献的精神。谢老行走文坛，经常无私帮助他人，以自己的知识、自己的积淀、自己的行动、自己的远见，毫不保留地帮助他人、引导他人、教育他人，成人之美，树立典范，传为佳话。

谢老具有鸿鹄之志、放眼全局的精神。谢老50多年如一日，"文章合为时而著，歌诗合为事而作"，在退休后仍一如既往，甚至比退休前担子更重，百年再出发，赏析切磋篇，豪情酬壮志，续写新章篇，再筑中国梦、再绘新蓝图，时刻不停地谋划着更高更远的宏伟目标。

他愿将企业、作协授予他的"荣誉员工""荣誉民兵""义务顾问""荣誉院士"美誉，展现成为文学的力量，以便更好地为祖国赞歌、为人民立言，始终奔波在文化交流路上，更加努力立足文艺高原，勇攀文艺高峰！

祝福谢老！祝贺谢老！为谢老点赞！

（作者：罗红耀，中国《企业家日报》资深记者、社长助理，作家、诗人、摄影家、法治督察，出版有《不懈的追求》《河洛精英》《大地飞歌》等作品集）

文化交流出成果

学问靠点滴积累，聪明靠思考练就，博学靠学习成就，创造靠实践成功。

——作者题记

　　2022 年初，我应邀参加全国文学艺术精英新春贺岁大奖赛，一幅山水画《白云山上太行菊》参展喜获一等奖殊荣，同时入选世界汉语作家协会所辖"中华山水田园诗研究会"终身会员，心情非常激动。顿悟到，文化交流出灵感，践行探索出成果。

勤奋：渐入成功路

　　梦想给我指明了方向，跳动的旋律吹响挺进的号角。回忆 40 年来的丹青之路，可谓是苦辣酸甜。不积跬步无以至千里，不积小流无以成江河。我自幼喜欢绘山水画，但缺有老师指导，靠兴趣涂鸦。苦涩的童年，贫困的生活，给我留下了难以磨灭的印象。故此我也养成孤僻的性格，很少与人交往，情愿和大山共语，与峡谷对话，因为它们能淋漓尽致地表达我的心声，也能道出我心中的感悟，促使我深深地爱上了家乡的每一座山峰、每一棵树、每一条溪，它们都是我的知心朋友，由此，我与山水画结下情缘。

成功源于勤奋和坚持，我从茫茫山水画艺海，找到属于自己的赛道。1984 年初学山水画，我在内蒙古赤峰市和朋友合伙开饭店，晚上在赤峰市群艺馆学画画时才懂得什么叫国画，什么叫山水画，知道一些笔墨关系以及山水画的基本技法，学了几个月后也只是刚刚入门。我真正步入山水画课堂是 1985 年春节刚过，我只身前往河北省石家庄师范大学美术系进修，受教于著名传统山水画家郜雪鸿先生。

习画从传统入手，主要学习清四王的绘画风格，山石结构以披麻皴为主，并参习各朝代山水画大师的技法，一年之后终有小成。后来又加入中国书画函授大学进行深造，系统地学习了绘画理论知识和现代写意山水画的技法，其间得到中央美院教授贾又福先生及白雪石先生和诸多老师的指导，受到已故传统山水画家左月丹先生的言传身教。

我函大毕业后，参加兴隆县文化馆举办首届个人画展，得到县领导的高度赞誉，其作品在《承德群众报》整版刊登，以后又多次在兴隆县文化馆参加各种形式的画展并多次获奖，其中一幅作品《燕北秋魂》在全县农民艺术展览中被评为优秀作品。1990 年 10 月在兴隆风光美术书法作品展中，国画《黄崖晚翠》荣获一等奖，随之加入中国当代农民书画研究会和承德地区美术工作者协会，画艺技巧大有进步。

交流：选择多平台

我多年来痴情于中国山水画的创作，钟情家乡燕山雄伟峻拔，坚持体会自然，感悟自然，以真情实感投入到大自然的怀抱中，汲取创作灵感。以燕山为创作基地，尊传统，师造化，求己意，用笔或重彩或水墨，表现出笔墨随心、刚柔相济、清新秀丽、自然天成的艺术风格。

为了积累素材，我常深入钢铁企业，到基层体验生活。曾到过河北省国内500强企业，如津西钢铁、德龙钢铁、敬业钢铁、新金钢铁等进行文化交流。为了开阔眼界，又到全国名山秀水风景名胜区进行实地写生创作。曾先后到过河北、河南、宁夏、湖南、广西、江苏、浙江等地名山大川写生，积累了丰富的创作素材。创作出自己的代表佳作，如以传承长城文化为主题的"龙盘九州之蓟北雄关"和以桂林山水为实景的"世外桃源"这两幅作品，受到书画界及收藏爱好者的广泛好评。

选择多平台，多次参与跨时空、跨地域的各种画展，进行互动性沟通交流。随着眼界的开阔，画艺水平提高，实现弯道超车。作品也多次在国家级报刊即《中国冶金报》和《中国健康导报》等连续刊发，并入编多种期刊和大型书籍。今年7月，欣喜拳头作品《旭日东升》有幸载入全国三大著名协会（世界汉语作家协会、中国燕京文艺研究院、中华山水田园诗研究会）倾力协办的《共和国杰出文化人才大典》一书中，发行到海内外，传播中华文化，产生深远影响。

我参加过全国性多种书画大奖赛，两次在人民大会堂展示作品。2015年11月在中国时代风采征评活动中，被授予"金奖书画名家"荣誉称号。2016年5月在第二十届中华大地之星征评活动中获得"中华优秀国画家"殊荣。2019年11月一幅"龙盘九州之蓟北雄关"在人民大会堂展出时荣获特等奖。在2022年喜迎冬奥特别推荐《携手冬奥，翰墨相传》活动中获得"艺术名家"荣誉称号。多幅作品均被国家领导人、企业家和友人收藏，并得到著名美术评论家杨涛老师的高度赞誉。

我的山水画作品被名家赞誉为功力深厚。如在山水画的修练过程中，着意于画谱基础功法的修练，并且修练至深。

业界人士评价，张世才老师的山水画属于实力派的代表之一，挂于厅堂可涵养志存高远、开源聚财的环境气氛；挂于雅室则必然有通心扉、养智慧的妙用价值。张老师的水墨山水源于对自然景观的深度刻画，其笔墨的运用已领悟到师法自然的精髓，观其画作让人感到有一种融入自然的和谐之美。

驿站：联谊的窗口

我加入世界作协所辖"中华山水田园诗研究会"，光荣成为终身会员，责任和担当激励我要努力做好中华书画文化交流工作。一方面，中外文化交流工作要做到自信、自觉。去年秋天，自筹资金60万元，利用老家宅基地，建一处建筑面积230余平方米"作家文化交流青松岭驿站"，建有客厅、餐厅、住宿、阅览台等设施，为作家和书画家们等提供一处环境幽美、空气质量极佳、负氧离子很高，非常适用于作家创作、书画家写生及修身养性之地。作家驿站的建立，成为作家、书画家等联谊文化交流的窗口，相互借鉴，促进文化的繁荣和发展。

作家文化交流青松岭驿站坐落于燕山深处，海拔300米处的兴隆县青松岭腹地的半山腰上，这里群山环抱，绿木葱葱，既是清东陵后风水禁地，又是抗战时期被日寇划入的无人区；既有古老的美丽传说，又有抗战时期的悲壮故事。驿站北靠三道龙岭，南卧三道凤坡，西枕龙凤合璧，东目万里烟波，是写生创作和修心养身的最佳场所。

另一方面，我虽在绘画艺术领域辛勤耕耘40个春秋，至今仍对山水画如醉如痴。我常说："我是谁不重要，重要的是看支持我的人是谁。"我的画院在山下独门独户，500余平方米，园内种植蔬菜和猕猴桃，幽静庭院，花香扑鼻；60余平方米宽绰的画室，门脸悬挂步入耄耋之年新闻界老前辈——中华全国新闻工作者协会国内部兼学术部原主任、高级记者、中华大地之光征文组委会主任阮观荣老先生题写的"张世才书画艺术馆"8个大字，苍劲有力。走进画室，墙上井然有序陈列着我30多幅山水画精品杰作。

为增强和扩大文化交流范围，我聘请阮观荣先生、世界汉语作家协会中外文化交流研究院荣誉院士谢吉恒先生为画院终身义务顾问，唐小勇先生为义务经纪人，肩负网络宣传。继续选择《中华大地之光》《中国时代风采》

《当代作家》等相关媒体的平台，快速打造"驿站"知名度，扩大影响力，先人一步，占领宣传制高点，为文化交流贡献力量。

（作者：张世才，世界汉语作家协会所辖中华山水田园诗研究会终身会员）

作者简介：张世才，天津蓟县人，原籍河北兴隆，1986年在河北师范大学美术系进修，受教于著名传统山水画家部雪鸿老先生。1988年毕业于中国书画函授大学，期间得到中央美院教授贾又福先生及白雪石教授等诸多名师的指导。后来又得天津已故著名画家左月丹老先生和李学亮老师的亲身传教。

现为中国国家书画院会员、国家一级美术师，作品多次在国家级刊物上发表，并在各种书画展中多次获奖。山水画作品先后两次在人民大会堂展示，其作品《龙盘九州之蓟北雄关》荣获特等奖，并获得金奖书画名家殊荣，得到全国人大常委会前副委员长周铁农的亲切接见，2016年被评为第二十五届中华大地之星十佳新闻人物，授予"中华优秀国画家"称号。应邀参加2022年全国文学艺术精英贺岁大奖赛，一幅山水画《白云山赏太行菊》参赛喜获一等奖，喜迎冬奥特别推荐《携手冬奥，翰墨相传》活动，获得"艺术名家"的荣誉称号，2022年5月，加盟世界汉语作家协会所辖中华山水田园诗研究会终身会员。

我们一起走过

　　1958 年 9 月 19 日，中共中央、国务院发出《关于教育工作的指示》："为了训练大量称职的师资，县以上各级党委和人民委员会都必须发展师范教育。"

　　根据党中央、国务院指示，包头大兴师范教育，建立包头第一师范（简称包一师）等学校，1959 年我考入包一师。包一师原定培养目标是中学教师，分语文、数学两个专科进行培养，学的都是大学课程。1962 年 7 月毕业，因为贯彻国民经济"调整、巩固、充实、提高"八字方针，改发中师毕业证，改派作小学教师，到乌拉特前旗工作。

初 出 茅 庐

　　8 月 27 日到乌拉特前旗报到，受到隆重的接待。校长们看待我们，就像今天的用人单位看待清华、北大、"985""211"高校毕业生一样，都是稀世珍宝。

二次分派到旗直一完小。一完小是内蒙古重点小学，五年制教改实验班和六年制普通班并存，全校 22 个班、870 多名学生。教师中"稀世珍宝"和经验丰富的老教师很多，还有大专生，校长赵祯是全国青年社会主义建设积极分子代表大会代表。在这个群体里工作是我的荣幸。

赵校长分派我教六年级 2 个班数学兼少先队大队辅导员，从此开始了我的教学生涯。

少先队工作是学校思想政治工作、社会主义核心价值观形成的重要组成部分。在这所师资实力雄厚的学校里，大队辅导员协助校长以德育人，是学校对我的信任，更是党的重托。

我作出了工作计划——"以校园文化为载体，实现以德育人"，赵校长积极支持。

所谓校园文化，"文"是购置广播设备，建红领巾广播站、班级图书角，办黑板报、《数学壁报》《语文壁报》，开展人人讲革命故事、唱革命歌曲等各种有益活动及之后的学雷锋、学习草原英雄小姐妹、小英雄谢荣策、好少年张高谦等活动。"化"就是用社会主义的道德品质规范学生的行为，养成社会主义所需要的品德、行为、习惯和价值观，形成一心为集体、一心为人民做奉献的道德风尚，就是以德育人。

以上活动开展，学校展现了生动活泼、奋发向上、行为规范的崭新校貌，受到了好评，我被评选为包头市第 3 次辅导员代表大会代表。

五 花 八 门

我有许多兼职，工作五花八门。为了提高教师的学历水平，1963 年巴盟师范在一完小设立中师函授点，由我讲数学课；1966 年春成立旗直中小学教师业余学校，我承担数学课教学。为了实现教学现代化，20 世纪 80 年代初到全盟各旗县推广电化教学；携带电影放映机进入电视台，为老师们播放全国优秀教师教学影片；1982 年任巴彦淖尔盟教研室兼职教研员；1986 年被巴盟教研室聘为全盟《现代小学数学》实验指导教师，指导巴盟师范附小、临河一完小、前旗三完小、乌拉山化肥厂小学等校的实验教学。

"乐园"与"四性"

任教以来经常将学校和前期教育的新动态写成稿件或拍摄图片，投送旗广播站和报社。新闻图片《学雷锋，做好事》被《巴彦淖尔报》采用；新闻稿《愉快的返校日》，报道小学寒假活动，被《内蒙古日报》采用，在 1980 年 2 月 21 日第一版刊登。

1984 年任旗第二小学副校长。为指导小学语文教学，写成示范教案《珊瑚》（小语第三册），入选内蒙古教育出版社《小学语文教案选》（上册）；小论文《珊瑚教学浅谈》在《贵州教育》1985 年第 7、8 期合刊发表。

1980 年中共中央、国务院颁布《关于普及小学教育若干问题的决定》（简称《80 年决定》），要求："改革教育思想、改革教学内容、改革教学方法"。1983 年邓小平提出"教育要面向现代化、面向世界、面向未来"。

校长的职责就是贯彻党的方针政策。1984 年总结贯彻落实《80 年决定》、"三个面向"和历年来学校管理等工作，写成《努力把小学校办成儿童生活的乐园》（简称《乐园》），成为全国第一次部分小学校长座谈会经验交流材料，成为人民教育出版社《小学教师培训教材（教育学）》（20 世纪 90 年代版）的一个章节——小学校应当是儿童生活的乐园，《内蒙古教育》1985 年第 3 期全文发表。

《课堂教学管理抓"四性"》在《人民教育》1985 年第 3 期发表，《乌拉特前旗志》予以记载。"四性"："注重教学的直观性，生动有趣的艺术性，改革探索的实践性，领导带头的示范性"经久不衰，37 年过去了仍然发挥着它的社会效益。

师 资 培 训

根据改革开放的要求，1986 年教育局调我到教师进修学校代理教务主任，开展师资培训，承担《算术基础理论》和《小学数学教材教法》的教学工作。

《算术基础理论》是小学数学的灵魂，定理要严格证明，学员有畏难情绪。为改变这种局面，以他们对一些基本概念似是而非的答案为抓手，引导他们准确描述数学概念，进而证明算术定理。《小学数学教材教法》是教学大纲的细化，是教学法，更是认识论。

两门课程，理论、实践互相结合，提高他们理论水平和业务能力，帮助他们实现从必然王国向自由王国飞跃。

从调入教师进修学校，教到退休，所教课程，中师验收考试合格率、会考均分、民办中师转正，都是全盟第一名，每年都获大奖。

在职期间多次参加内蒙古自治区和巴彦淖尔盟中小学数学年会、教研活动、教育厅师范处组织的各种会议，帮助全盟中师函授任课教师分析教材、讲示范课，解决了《算术基础理论》制约全盟师范教育的瓶颈问题，提高了全盟师范教育的合格率。我的教学成为全盟的一道风景、一块招牌，我也成为巴盟先进教育工作者、盟旗两级优秀党务工作者，内蒙古电化教学、自制教具先进工作者。

1987 年评定职称，受聘为讲师。

1994 年写成《卫星电视教育小学教师进修中师教材（算术）教学建议》和《〈小学数学教材教法〉教学建议》，成为自治区教育厅成人师范教学《大纲》。

1996 年所写《算术基础理论教学所得》，被延边大学出版社收录进《优秀教育教学论文集》；《乐园》被收录进顾明远、陶西平主编，警官教育出版社出版的《中国教育精览》(七小学卷)。

教 师 欣 慰

"青，取之于蓝而青于蓝"（荀子《劝学》），"是故弟子不必不如师，师不必贤于弟子"（韩愈《师说》）。从教 37 年，我的学生及少先队大队、中队委员中出类拔萃者颇多，他们走上不同的工作岗位，金融系统有省银行行长、中层干部、驻外办事处主任、盟市保险公司经理等，教育医疗系统有大学教授、三甲医院主任医、中学高级教师，科研系统有中科院和农业部研究员，工程类有造船厂高级工程师，财税系统有税务官，军队系统有国防、边防、战区军官，司法系统有高级警官、高级律师，艺术类有总政歌舞团、南京部队政治部歌舞团歌唱演员，有大学教授、国际交流画家，等等。这些学生功成名就回前旗探亲时或者专门会前来看望我。

大量的是普通劳动者，在一线工作，工、农、医、学、商都有，他们或者任单位领导，或者是普通员工，不再赘述。所有这些，让我欣慰。

镜 像 相 缘

一完小的武长城老师是我的镜子，从他身上能照出我的许多不足甚至错误。无论在小学还是教师进修学校，对我工作帮助最大的是武长城。武老师早我一年参加工作，17 岁开始从教，虽是初中毕业，却是不可多得的优秀人才。他看问题高人一筹，能抓住本质、一语中的、入木三分。有时在他面前我自愧不如。

我们一起研究工作、探讨问题、互相欣赏、互为粉丝，无论是工作上还是生活上总是互相关心、互相帮助，从 1962 年交往至今，形影交织。教育界总把我俩相提并论，就连我们的子女考高中不考技校也要议论："这两个书呆子，只会花自己的钱，不知道花公家的钱。"（技校不收学费，还给生活费，毕业后安排工作）。

武老师1986年参加验收考试合格，拿到了中师毕业证。我到进修学校任职时他是一完小第10任校长，经常被我请来为学员讲学校管理，派优秀班主任来介绍经验，并接纳我校学员在一完小实习。

2020年教师节前夕，我将新作《我家在大河套》发给他请予批评，武老师回小诗一首，叙述我们的友谊，共贺教师节：

> 并肩奉献忆当年，共度佳节喜空前。
>
> 不吝心血容颜改，驻留风采在校园。

我回复：

> 有感老友谱华章，蜡烛共燃度时光。
>
> 半个世纪互学帮，三尺讲台画圆方。

文 史 作 者

1999年教师进修学校并入中共乌拉特前旗旗委党校，我成为旗党校退休教师，之后成为达拉特旗政协文史专员、文史作者。

2018年党校建校60周年，我写成《为乌拉特前旗亮丽与繁荣安身立命、坚守奉献》。

文稿《大树湾乡巨变》在中国政商网和中国散文学会《时代风采》第四期发表，并被著名作家、世界文化名人谢吉恒先生收录在《新时代风采》一书中。

《我是神木人说说神木事》《王敬卿先生传略》在《神木政协》第39期发表；《九一九起义在基层——包头县第四区大树湾起义》在《达拉特文史》第12辑发表。

2021年庆祝中国共产党成立100周年，《青年采矿团的风采》被谢吉恒先生收录进专著《永远跟党走》。

《原来我是一个无症状感染者》在《神木政协》发表,《60 多年前参加义务劳动和勤工俭学的回忆》在《内蒙古文史资料》总第 99 期发表。

2022 年是全民抗战 85 周年,为《神木政协》撰写《历史在诉说》(暂名)。应达旗政协之约为内蒙古自治区政协撰写《乌拉特前旗放垦与大树湾公社成立》,并撰写《食货》。

致 谢 师 友

任德义(1962 年包一师语文班毕业,达旗树林召镇教办主任)、王爱民、张文义,郑守义、李金贵等同学,为我的写作提供了许多史料,他们和武长城老师一样都是我作文的第一读者和批评者,指出初稿中的错误和不足,我的作品中有他们的心血。

为迎接党的二十大胜利召开、为庆贺师范毕业 60 周年,作此文以纪念。感谢包一师对我的培养,感谢韩雪屏、肖增润等老师对我的教育,感谢武长城、任德义等同志 60 年来对我的支持和帮助!

(作者:王家禄)

作者简介:王家禄,陕西神木人,1940 年生,1962 年毕业于包头第一师范学校数学班。在岗时从事小学数学、小学数学教材教法、算术基础理论、初等整数论的教学与研究,以及小学学校管理的研究。讲师职称,承担小学教师学历培训和小学校长培训等课程的教学。中共乌拉特前旗旗委党校退休教师。

文化交流在我心中

"今天接到通知，2022 年中国散文学会公示全国新会员名单，河北省 15 人入围，徐晓慧名列其中。祝你创写更多'钢铁人的故事'，攀登文学写作新高度！"

2022 年 8 月 5 日中午，我接到谢吉恒老师发来的微信贺函，心中顿感欣喜。据悉，中国散文学会会员是由评委会严格审评并在网上公示的，入会门槛极高。我步入不惑之年，能斩获此职业生涯之"奥斯卡"殊荣，激励我参与文化交流之心油然而生。

老师启蒙　文化交流

我不是科班出身，是十足的理科生，有着 15 年的技术工作经验。一个偶然的机会，被公司党群系统"捡拾"过来，从此开启了舞文弄墨的工作之旅。不得不说，对于一个理科生来说，文字的推敲功夫确实有待打磨。幸好，我对文学写作十分挚爱，喜欢用文字诠释自己、表达自己，时刻牢记提高文学写作能力。我在从事文字工作的第二年，有幸结识了谢吉恒老师。他年逾古稀、精神矍铄、思路清晰、新闻敏感度极高，给我留下深刻的印象。谢老师年轻时经历过部队文化沐浴，更经受过部队严苛的训练，所以他一直保持着锻炼身体的好习惯。"身体是革命的本钱"，这是老师始终坚守的第一信条。

好的身体、好的精气神让老师笔耕不辍 40 多个春秋，他用努力和汗水谱写了"梦想、追梦、圆梦"的文学人生三部曲。心怀作家梦想，他不断追梦，入围中国冶金作家、世界汉语作家。他出版 16 部文学作品 500 余万字，被国内多家图书馆收藏。鉴于他多年来在文化领域的突出贡献，2022 年谢老师被世界汉语作家协会、中外文化交流研究院吸收为终身荣誉院士。谢老师是我参与文化交流的启蒙老师，誓愿以师为榜样，踊跃参加文化交流。

党的二十大胜利召开前夕，谢老师著作《作家文化交流散记》一书以表达对党的初心和热爱，正在编辑中。很荣幸，我的作品《文化交流在我心中》应约编撰到他的新书中进行交流，幸福之感不溢于言表。谢老师是行业"记者+作家"的实力派，双重身份的共同点都是讲述钢铁人的故事。机缘巧合，我也是一名新时代的"冶建人"，立志在老师的熏陶下，学着老师的样子，用我的文笔讲述中国二十二冶集团金结公司"雕钢琢铁　创优育人"的故事。

深情满怀　谱写故事

2021 年迎来伟大的中国共产党建党百年华诞，这是全国人民为之振奋的重要时刻。受到谢老师的启迪，在公司领导的关心安排下，采写《童心向党》《学党史颂党恩缅怀先烈》《党员母亲讲党史》《弘扬劳模精神》等系列故事。归纳有以下几个方面：

一是清明节前夕，我组织公司项目党员共同前往李大钊纪念馆，缅怀革命先烈，沉浸式追寻红色薪火，写下3000余字长篇散文《信仰的力量》，该文章图文并茂分别刊发在《中国冶金报》《当代作家》等报刊，并获《当代作家》文学作品奖，选编到谢老师的新著《永远跟党走》一书中。

二是党员母亲讲党史，红色基因代代传。母亲节期间，我组织公司党员走进党员母亲的家中，聆听党员妈妈讲述自己与新中国一起成长的故事。

三是"六一"儿童节前夕，我策划了"根植红色基因从娃娃抓起"为主题的幼儿园小朋友进企业，感受大国钢铁"根与魂"的活动，受到了幼儿园家长和社会的广泛好评。同时讲述"童心向党"的美好故事，教育孩子们懂得红色江山的来之不易，让孩子们珍惜当下，好好学习，为祖国的明天做出一份贡献。

四是"十一"国庆节来临之际，我用笔墨描绘了金结公司全国劳模富君的样子，讲述了他劳模引领、工匠传承、收获六项鲁班奖的全部过程，他的故事激励了公司全体员工用实干奋进新时代，砥砺开拓未来，进一步助推公司高质量高技术大跨步向前发展。

五是我与文友合作，共同参与撰写《胸佩"光荣在党五十年"纪念章》一文，被世界汉语作家协会编入纪念党的二十大重点图书——《共和国杰出文化人才大典》，发行国内外。

我用真情谱写每一个钢铁人的故事，期待用文字奏响新时代的最强音。更期待能够通过这小小的方块字展现出我们的文化自信和文化传承。让文化跃然纸上，让文化交流的力量脉脉传承。

迎二十大　奏响新曲

走过红色传承的2021年，迎来满怀期待的2022年。文化交流在我心中，生根苗壮成长，满园春色。

这一年，凭作品实力，我荣幸入围"中国散文学会会员"。以此为契机，深知文化交流任重道远，遵循"天道酬勤、地道酬德、人道酬诚"，聚焦"勤、德、诚"的三字精髓，努力践行将人品、文品、作品三者一一匹配。向优秀的文化交流老前辈学习请教"只有优秀的人品才能铸就不凡的文品和出类拔萃的作品。守住正能量的内心，就是守住了你热爱文学的初心，就会让文化的种子在你的心底接收到无限的阳光雨露"的真谛。

为喜迎党的二十大胜利召开，心中孕育文化交流之花竞放。我结合冶建企业特点，多措并举运用文化交流形式，通过《中国冶金报》《当代作家》《中国教育科学论坛》等多种平台撰写文学作品，踊跃参加喜迎二十大的征文活动。2022年8月，由我采写的作品《浅析工匠精神的传承对于企业的重要性》经评委严格评选，荣获2022"中国教育科学论坛"优秀论文一等奖。我努力加强与冶金工业出版社等单位的合作，发挥我的"设计"专长，积极参与图书封面、彩页的设计，进行文化交流。2021年以来共参与图书《永远跟党走》和《作家文化交流散记》的封面封底设计，受到出版社的一致好评。期待有机会能够邀请相关作家前来我们企业进行文化采风和文化交流，以创作更多文学作品，为提升企业知名度做好铺垫。

"求木之长者，必固其根本；欲流之远者，必浚其泉源"，这是习近平总书记在谈到文化传承时引用的古语。习近平总书记引用此语意在强调传承好优秀传统文化的重大意义。中国优秀传统文化是中华民族的精神血脉。

饮其流者怀其源，学其成者念吾师。感恩与谢老师的遇见，愿文化交流的平台能让更多文友相遇相知互欣赏，共进共勉共成长，让百花齐放的文学世界更加夺目绚烂，让百舸争流的文学疆界更加辽阔高远，让百家争鸣的文学境界更加通达明澈。

（作者：徐晓慧，中国散文学会会员）

相闻、相识、相知、相随的四部曲

人生，不能缺少机遇；奋斗，不可缺少伯乐；事业，不容缺少平台。

就我而言，与《中国冶金报》结缘 12 年的相闻、相识、相知、相随"四部曲"就再次印证了这一定理。

相　　闻

1998 年，我怀着激情与梦想，进入津西工作。当时，只知道津西在河北省是一家效益非常好的钢铁企业，颇具名气。后来，在一次偶然的机会，听到厂部的领导跟我讲："董事长韩敬远带领津西实现跨越式发展的事迹，经过各大媒体宣传，特别是在 2003 年 2 月，《中国冶金报》等刊载《与时俱进开拓创新——记津西董事长韩敬远》在全国引起很大的轰动和反响之后，在河北省钢铁行业间有了'南学邯钢、北学津西'的说法"。听领导介绍，当时有一名《中国冶金报》的记者叫谢吉恒，负责河北省冶金企业的新闻报道。从那时起，《中国冶金报》和谢吉恒的名字便深深地印在了我脑海中，也让我有了急切想见谢老师的冲动。我在厂部兼职编辑《青工报》时，特别渴望能结识《中国冶金报》的老师，甚至奢求得到老师们的指点与垂青。

相　　识

没想到，就在我认为这种机会很渺茫的时候，2005 年，我调入津西公司办公室工作。上班后的第二天，我便有幸见到了《中国冶金报》的"真容"。那时，让我激动不已，爱不释手地捧着一叠《中国冶金报》细细翻阅，就像捡到了宝贝一样。在《中国冶金报》上，我认真观察着国家钢铁行业的市场形势变化，细细品读着行业政策法规和先进钢企经营管理的典型经验，学习借鉴着众多文章的结构布局与写作技巧，自此期期让我受益匪浅。然而，在品读别人文章的同时，我更渴望在《中国冶金报》上看到津西的稿件。不久后，我如愿结识了谢吉恒老师，他是一位敬业、健谈、热情、机敏又执着的长者。他嘱咐我要以"书山有路勤为径，学海无涯苦作舟"为座右铭，勤奋和刻苦是学写通讯报道必不可少的最基本条件，要多听、多看、多想，勤动笔练写基本功，鼓励我要从"零"开始。就这样，为自己采写的稿件能在《中国冶金报》上实现"零"的突破，我扬起了奋斗的风帆。

相　　知

从那以后，我开始尝试着为《中国冶金报》写稿。开始时，总觉得自己文笔不够，底气不足，写得不好，但我还是按照谢老师的指点，鼓起勇气采写了开启与《中国冶金报》不解之缘的第一篇稿件。记得那是一篇小"豆腐块"文章，当我在报纸上见到"她"时，已是欢欣若狂，长出了口气，终于在《中国冶金报》上有了自己的文章。随后，接到了谢老师的电话，鼓励我以后多写多赐稿。谢老师每季（月）帮助我制定报道计划，定题目，言传身教，修改采访稿件。从那时起，一篇篇津西的稿件不断变成铅字：《津西大H型钢投产》《津西位居中国企业500强第195位》《公司特病大病救助基金暖人心》。最让我开心的是，不光有我的文章发表，我的摄影作品也陆续在《中国冶金报》上刊登，如《津西污水处理厂投入运行》《河北省静远教育基金重奖一中优秀师生》《津西H型钢首次出口》《津西进口矿在曹妃甸码头卸货》《津西H型钢物理性能实验室检测水平国内领先》及《津西为四川灾区捐献1000吨优质H型钢》等作品。特别是在2009年，由全国新闻摄影学会、全国专业报新闻摄影学会主办的第十九届中国新闻奖新闻摄影作品初评暨第二十二届全国专业报新闻摄影作品年赛，《中国冶金报》精选了我刊发的作品《燕山飞出了H型钢》，推荐参赛。在众多高手如林的比赛中，我的作品一举获得经济类银奖，极大地提升了津西H型钢的影响力，我也在全国新闻摄影界里有了小小的名气。获奖回来后，公司又对我进行了奖励。在这里，我非常感谢《中国冶金报》给了我这样的机会和平台。

相　　随

如今，《中国冶金报》越办越好，版面内容丰富，每周发行4期，从国家产业政策、行业技术、业内消息、基层人文、艺术鉴赏和时代风貌等方面进行了创新。我与同事们的稿件也不断见诸报端，如《津西召开首届科技大会重奖科技成果》《韩敬远捐资1000万元设立敬远教育基金》《津西被评为最具生命力企业》《"津西"牌H型钢挺进国内外重点工程》《津西两选手成全国行业技术能手》《讲讲津西的奋斗故事》《中国驰名商标是如何炼成的》《韩敬远脚下的津西之路》等。

　　12 年来，我在谢吉恒等老师的指点下，逐步学会了如何提出、分析、解决问题，增强思考分析问题能力；学会寻找新闻写作的"由头"，提高自己的写作技巧和文字表达能力；学习围绕行业的亮点、难点及卖点等问题进行深度报道；特别注重见报稿和自己写的原稿进行对照，从标题的提炼，到观点与材料的统一，多问几个为什么，探寻其中的秘籍，提高综合写作能力，使自己受益匪浅。经过 12 年的勤学苦练，我基本能驾驭通讯报道主要体裁的写作了。

　　如今，我有幸被《中国冶金报》聘为特约通讯员，看着一篇篇见报文章，深感功夫不负有心人的喜悦，苦中有乐。我与《中国冶金报》的不解之缘愈来愈亲、愈来愈甘。

　　（作者：张继军，中国散文学会会员，原载于《2016 年〈筑梦〉——纪念〈中国冶金报〉创刊 60 周年》）

推介新闻人物感言

谱写大地华章，讴歌时代英才。

——作者题记

时光荏苒。北京中华大地之光征文评选活动一晃 28 个春秋。"中华大地之光征文"评选活动，每一年都有来自全国各行各业各条战线上的新闻人物。回首饱蘸激情岁月，我和谢吉恒老兄都是中华大地之光征文活动的忠诚践行者，辛勤笔耕"讴歌时代英才，谱写大地华章"留下刻骨铭心的记忆。

8 月中旬，挚友中国冶金知名作家、《中国冶金报》资深记者谢吉恒老兄新著《作家文化交流散记》即将出版，特约我写篇相关文化交流文章。我 20 余载选择中华大地之光平台，推介新闻人物参与文化交流，留下一幕幕、一个个感动人心的故事。

感言一，征文评选

那是 20 世纪初的第一个年头。当我接到了组委会转发给我的第六届中华大地之光征文评选征文通知时，心情非常的激动，因为，那时我是刚从事新闻工作的第二个年头，在国家级的平台上参加征文颁奖活动还是第一次，对我自己来说是一次挑战。因此，我就下定决心，无论如何要组织好文章，选好参会的主人公，争取最大的努力，如期参加第六届中华大地之光征文评选颁奖大会。

接到组委会的征文通知，已经是 4 月份了。我详细地看了征文通知的内容后，急忙寻找合适的人选。后经过多方朋友们的推荐和筛选，选定了一个在公安战线上工作的女民警。她多年来在本职工作中任劳任怨，诚实苦干，不折不扣地完成自己的本职工作。在社会上，她还拿出自己微薄的工资为贫困山区的孩子们捐款捐物，且长年资助那些家庭条件十分贫困的学生，直至他们学业完成。根据她的事迹，我组织编写了人物通讯，投给组委会，确定为第六届中华大地之光征文评选活动的"新闻人物"候选人之一。可等到当年的 10 月份，组委会要派人来河南南阳考察我上报的"新闻人物"的时候，这位候选人突然提出不能按时参加颁奖会。眼看着距北京颁奖会的日子一天接近一天，我心里焦急万分。

就在这一筹莫展的时候，一个建筑工程施工队队长突然出现在我的脑海里。我找到这个施工队队长，一见面我就直奔主题。施工队队长非常爽快地答应了我所需要采访的主要内容，又给我提供了多年来当地市级多家媒体上报道他所做的光荣事迹。然后，我就根据这个施工队队长的口述采访和地市级多家媒体对他的报道材料，在很短的时间内编写了这个施工队队长的一篇通讯报道的文章，用特快专递的形式传递给第六届中华大地之光征文评选活动组委会。

在距离北京颁奖会不到 20 天的时候，组委会电话告诉我，我递交给组委会的作品获得了通讯二等奖，作品的主人公也获得了"优秀主人公奖"。我和作品的主人公如期参加了北京第六届中华大地之光征文评选活动的现场颁奖大会。通过 2000 年第六届中华大地之光征文评选活动的积极参与，我从思想和精神层面上得到了巨大的认识和提高，更加进一步开阔了视野，对自己的新闻工作有了新的和更高的认识。在以后的历届中华大地之光征文评选活动中，我都是以积极的行动，推荐那些符合条件的各行各业为社会做出突出贡献的优秀企业家或个人，广交了五湖四海和四面八方的朋友，为社会的文化交流和文明建设增添了一份光彩。

感言二，建通联站

爱好和兴趣结合，就会产生不竭的动力。2004 年，北京中华大地之光征文评选活动已经是走过了第十个春秋，就在这年的上半年，组委会领导远从北京来到我们河南省的省会郑州，亲自给我颁发了"中华大地之光征文评选活动组委会河南通联站站长的聘书"，极大地鼓励了我继续努力为组委会在河南全省做好推荐优秀作品和为社会做出突出贡献的改革者和优秀代表人物。

自从我担任了中华大地之光征文评选活动组委会、河南省工作站站长的重担，为我注入了不竭的动力，我更加增强了为组委会的征文评选活动工作的主动性，增加了为组委会的征文评选活动工作尽职尽责的自觉性。在十几年的工作中，当每届中华大地之光征文评选活动的通知下发以后，我就立即组织和发动身边的作者们，认真学习征文活动通知的内容要求，紧跟着时代发展潮流，选择身边的新闻人物。并且要求大家发扬团队合作的精神，相互学习，配合工作。

在实地工作中，也难免遇到这样和那样的现实困难。一次，洛阳的一个作者，遇到了一位企业家，他去做了几次采访，这个企业家始终不同意宣传自己。这位洛阳的作者同仁就给我打电话汇报了此事，他要求我在第二天的早晨八点之前乘高铁赶到洛阳。我就丢下手头的工作，第二天八点之前准时到达高铁洛阳龙门站下车，八点上班与洛阳这位作者准时赶到这位企业家的办公室里。与这位企业家一起沟通了有一个多小时，根据这位企业家所提供的事迹材料，后又跟随着这位企业家参观了他的企业及所属的养老院。这时候已经快近中午了，为了中午不打扰这位企业家，我就对这位企业家做了重点的沟通，公开阐明，根据我短暂的实地考察与他提供的相关资料，最后终于使这个企业家成为本年度"中华大地之光征文评选活动的十佳新闻人物"候选人之一，推荐给组委会。

事后，洛阳的这位作者朋友担心这位企业家不能参会，我非常自信地给洛阳的这位作者朋友回答，你放心吧，只要组委会能给评选得上，这位企业家百分之百的积极参加。

果不其然，这位企业家被组委会评选为年度新闻人物，他也就如期参加了当年的颁奖大会，并感到无上荣光。

在多年推荐新闻人物和写作中，成功与失败都是存在的。关键要做到在成功面前不骄傲，在失败面前不气馁。

从第六届中华大地之光征文评选活动开始，到第三十四届至今，我有机会为组委会做了大量工作。但写好了人物通讯而没有参加颁奖活动的，其中的原因也是多种多样的。可我始终没有放弃过，自信使我能够战胜一切困难，排除一切不利因素。

每当到北京参加中华大地之光征文评选活动去开会的时候，我都会兴高采烈地与参加会议的代表朋友们在一起畅所欲言，相互学习，相互交流，共同提高，共同发展，共同享受中华大地之光征文评选活动给大家带来的文化大餐。

感言三，以文交友

自 2000 年第六届中华大地之光征文评选活动开始到今年的第三十四届

为止，我连续参加了 29 届，中间没有一届间断过，组织和推荐了许许多多的爱好文学写作的作者和各行各业为社会做出突出贡献的改革者和新闻人物。在推荐的优秀新闻人物中，他们当中有国家干部，有乡村振兴建设的带头人、民营企业家、教师、医生，有身残志坚的残疾人等。特别是在 21 世纪初推荐的乡村振兴的带头人——河南省邓州市的一位村支部书记，通过到北京参加了中华大地之光征文评选颁奖活动，深受鼓舞，回村后积极带领乡村发家致富，在领导村级干部带领大家发展经济的同时，总结建立的"4+2"村级党组织建设的先进村支委和村支部，受到了党中央和习近平总书记的表扬，并且让中组部号召全国的村级党组织学习。

在第六届中华大地之光征文评选活动中，参加的那个施工队队长，自从在北京人民大会堂参加了中华大地之光征文评选的颁奖活动回到社会上以后，就在当地成立了"社会志愿者协会会长"，为社会上带头大做好事，为贫困家庭捐款捐物，资助贫困山区的家庭和孩子们吃饭穿衣，不让贫困山区的家庭孩子辍学，因此，这个施工队队长获得了省、地市等各家媒体的报道宣传，受到河南省书记、省长、宣传部部长的接见和鼓励，并获得了全国"五一劳动奖章""五一劳动模范"的光荣称号。同时，在北京由习近平总书记亲自给他颁奖并合影留念。

多年来，通过中华大地之光征文评选活动这个文化平台，使广大爱好文学写作的作者们推荐了许许多多各行各业为社会做出了突出贡献的优秀人物，弘扬了社会正气，为全面建设小康社会和新时代的社会发展增添了内在动力。

一分耕耘一分收获。由于我在中华大地之光征文评选活动的历届工作中竭尽所能，最终多次获得了中华大地之光征文评选组委会颁发的"中华大地之光优秀文化工作者"，并获得了多位国家领导人亲自颁发的荣誉证书和合影留念。中华大地之光征文评选活动，也为我锻炼写作和与人交流学习提供了大好机会，使我在人生的道路上也更加丰富多彩。我在中华大地之光征文评选活动中获得的一切荣誉（证书、奖杯、奖牌），将激励着我在人生的征程上永葆青春。

（作者：王守明，世界汉语作协会员）

作者简介：王守明，男，汉族，生于1955年12月，祖籍河南省邓州市，高中毕业。现任（北京）中华大地之光征文评选活动组委会河南省采编工作站站长、河南省郑州市作家协会会员、世界汉语作家协会会员。

20世纪70年代高中毕业回乡，先后任生产队棉花技术专干、大队卫生所卫生员、村级医生，负责全村的医疗卫生工作。1990年，辞去村级的卫生工作，远离家乡，只身奔赴河南省郑州市，先后任郑州市黄河防锈材料厂业务员、供销科科长、经营副厂长、厂长。1998年秋任河南省政府发展研究中心《决策探索》杂志社记者，1999年5月任《决策探索》杂志社驻河南省南阳市记者站站长。2003年任《决策探索》杂志社新闻部主任，2004年任《决策探索》杂志社总编助理，2005年任河南省政府发展研究中心刊物《中原崛起》编辑部主编。2004年至今兼任（北京）中华大地之光征文评选活动组委会河南省采编工作站站长。自2000年起，分别在北京多家文化传播组织活动的参评中获得报告文学、通讯作者特等奖、一等奖，并在中华大地之光征文评选活动中多次获得优秀文化工作者大奖，也多次得到国家领导人的接见、授奖并合影留念。

伏下身子　倾情服务

——写在《中国冶金报》创刊 66 周年之际

斗转星移，时光荏苒。津西由一个名不见经传的小企业嬗变成集钢铁、非钢、金融三大板块为一体的大型企业集团，实现了从钢铁一元到多元、从低端产品到高端品牌、从传统产业到新兴产业的蝶变升级，走出了一条具有津西特色的转型升级、高品质发展之路。连续 20 年跻身"中国企业 500 强"，成为河北省民营钢铁企业的领军旗舰。

是谁在津西发展中鼓劲加油？是谁为津西的辉煌成绩呐喊助威？是谁把津西的靓丽毫无保留地全景展现？我曾作为津西品牌营销经理人深有体会：津西沧桑巨变、凤凰涅槃的背后，离不开中国冶金报社的鼎力支持！他们伏下身子，倾情服务，使《中国冶金报》成为津西对标学习的平台，成为外界了解津西的窗口，成为联结津西与上下游客户的桥梁。

恩师指点，受益匪浅

1999 年，我调入津西给董事长当秘书。由于原来一直从事林果技术推广工作，"钢铁"二字对于我来说极其陌生，对冶金市场、信息采编更是个"门外汉"。恰逢此时，我有幸结识了《中国冶金报》河北记者站站长谢吉恒老师，他面对面地对我进行指导，传授我新闻采写、报道策划等相关知识，并赠予我《改革大潮竞风流》一书。这本书，是谢老师自己出的文集，充分展示了河北省多家钢铁企业科学管理、创新发展的经验和做法，让我对钢铁企业有了更深一步的了解。可以说，这本书，对我而言，是一本启蒙读物，对我在津西的文秘工作起到了重要的作用。在谢老师的引领下，我的文章也逐见报端，并多次在《中国冶金报》河北记者站组织的评比活动中获得"优秀通讯员"称号。

2001 年，我被分配到销售公司分管市场信息工作。那时，我要搞市场调研，及时搜集信息，再进行汇总整理，给公司产品营销决策提供有效数据。因此，每逢遇到难题，我就会拨通谢老师的电话求教。因为，谢老师笔耕不辍、勤奋敬业，连续多年被评为中国冶金报社优秀记者和优秀记者站站长，并被授予"中国最具影响力新闻文化工作者"称号，是我学习的楷模，也是我的恩师，让我受益匪浅。后来，经谢老师引荐，我与《国丰在前进》《建龙人》等报社原总编成为无话不谈的好朋友，分享经验，交流信息，有力推动了我的市场信息工作。

由于工作需要，2006 年 2 月 1 日，公司提拔我为销售公司副经理，主管型钢新产品销售、品牌营销、企业标准化等工作。为了不辱使命，为了把品牌营销工作确确实实抓上去，我进行市场调研，制定营销方案，后被收录于公司档案室存储，主因是公司首次提出品牌营销理念，要强化津西品牌建设。与此同时，津西与《中国冶金报》报企合作拉开了大幕。

合作栏目，助企提升

与中国冶金报社合作，是为了贯彻董事长韩敬远提出的"打造全国最大型钢生产应用基地，实现百年津西"指示精神，更好地发挥销售在企业生产经营中的龙头作用，最终形成具有津西特色的品牌营销战略，在积极参与全球竞争中立于不败之地。

《中国冶金报》，自 1956 年 7 月创刊至今已 67 年了，是我国钢铁行业唯一权威性纸媒。自 2008 年起，津西充分借助这个平台，加强合作，成功地推出了《服务用户看钢企》《标准化之窗》《名品看台》《企业关注》《品牌之路》《行业关注》《市场角逐》《营销之星》等知名栏目，并将《品牌制胜》《赢在品牌营销差异化》《对品牌质量创新服务不懈追求》《抢占市场营销制高点》《"津西"牌美标H型钢打入美国市场》《看津西如何向多元化转型?》《奏响质量强企之歌》《真情撑起一片绿荫》《义不容辞的社会责任》《从特色产品到绿色用钢》《韩敬远脚下的津西之路》《创新与梦想齐飞》《津西钢铁"三个融合"助党建》《国家钢结构工程技术研究中心装配式钢结构建筑研究院落户津西》《共战疫情！钢铁人继续驰援武汉！》等120余篇重头文章囊括其中，充分展示了津西强化品牌建设的成果和经验，还及时传递了津西科学运营管理，实现持续健康发展和转型升级的做法，真正成为扩大津西行业影响力、提升企业美誉度和知名度的助推器。

伏下身子，甘当人梯

2014年的一天，我到北京出差时，谢老师给我介绍了两位朋友，分别是中国冶金报社原总编辑、现任冶金工业出版社总编辑任静波，现任中国冶金报社总编辑陈琢。其实，关于这两位朋友，我早有耳闻，只是从未谋面。

原来，在加强报企合作过程中，任静波老师、陈琢老师对津西发展都给予格外关注，并不定期专题约稿，而且每次在发稿前，都会与谢老师共同策划报道角度、报道体裁等，为津西品牌宣传做出了突出贡献。

这次，能够与任静波老师、陈琢老师会面，我深感荣幸。特别是两位老师谦恭的态度、儒雅的气质深深吸引了我。通过交谈，让我了解了更多的冶金市场信息、先进的品牌营销理念、钢企文化融合等知识，开阔了视野，增长了见识。

俗话说，朋友多了路好走。在推进标准化管理中，因文本报送失误，导致《锚杆用热轧带肋钢筋》《超高强度热处理锚杆钢筋》两项行业标准没有津西起草单位和起草人。正当我万分焦急时刻，得知此消息的任静波老师，立即出面协调，通过二次印刷有效解决了这项难题，为津西在建材行业的影响力和话语权进一步提升奠定了坚实基础。

在"津西"文字商标被认定为"中国驰名商标"后，中国冶金报社立即将其作为河北省钢铁企业典型进行推广。当时，谢老师亲自拟定一份"津西"品牌系列报道策划方案，陈琢老师积极给予指导性意见，并每次编稿前都会与我沟通报道方向和内容。可以说，每篇报道的成功刊发，都要有多个电话沟通的痕迹。从《"中国驰名商标"津西诞生记》《"中国驰名商标"津西是如何炼成的?》《听听驰名品牌津西的故事》到《津西打造驰名品牌文化先行》《打品牌竞争"持久战"》《当标准成为核心竞争力》均为通讯体裁，累计字数高达近2万字，可见中国冶金报社对津西的关注程度和支持力度。自此连续报道刊发后，在河北省钢铁行业引起强烈反响，多家企业来津西"取经"，对标交流品牌建设的经验和做法，不仅标志着津西品牌营销取得重大进展，还进一步彰显了津西品牌的含金量，增强了企业市场竞争力。

报企携手，效应凸显

津西与中国冶金报社合作近15年来，在双方的共同努力下，津西品牌从国内走向国际，《中国冶金报》在津西做大做强、又好又快发展中充分发挥了传递信息、树立形象、凝聚士气的作用，产生了巨大效应。

（1）行业影响力大幅提高。津西充分发挥全国钢标准化技术委员会单位的作用，参与并部分主导国家（行业）、省地方标准和团体标准制修订85项。其中，作为第一起草单位，制订GB/T《热轧H型钢桩》、YB/T《耐候热轧H型钢》、DB13/T 2083—2014《热轧轻型薄壁工字钢》等国家（行业）、省地方标准；为打造集团从研发设计、钢结构制造加工、物流安装全产业链装配式钢结构建筑EPC产业模式，参与制订了归口住建部JG/T《建筑用热轧H型钢和剖分T型钢》《钢结构住宅主要构件尺寸指南》《装配式钢结构模块化建筑技术指南》。有效提升型钢领域话语权，极好树立了津西品牌形象，被授予"型钢标准研发基地"。2020年被评为河北省标准化良好行为示范企业。津西参与制定的 GB/T 20933—2017《热轧钢板桩》荣获钢标委三等奖，GB/T 34199—2017《电气化铁路接触网支柱用热轧 H 型钢》参编人赵一臣获钢标委优秀奖。津西企标 Q/HBLX 04—2020《热轧钢板桩》荣获 2021~2022 年企业标准"领跑者"。

（2）市场占有率不断攀升。津西优化产品结构，着力开发美标、英标、铁路线杆等高附加值产品，全力提高市场占有率。目前，公司主导型钢产品不仅成功应用于哈齐客专铁路、河北省南水北调等国内多项重点工程，高铁线杆、热轧钢板桩两个拳头产品，市场占有率在国内高达 90% 和 45%；还积极参与国际竞争，成功进入美国、韩国、泰国等 35 个海外市场，型钢出口量连续 6 年全国第一。

（3）品牌美誉度有效提升。津西产品深受国内外客户青睐，津西品牌的美誉度得以有效提升。其中，2015 年 3 月、10 月和 11 月，印度 Kuber Steel 采购经理 S. A. HAUG、秘鲁钢构加工公司采购主管及业务经理和美国一客商，均慕名到津西实地考察，并就津西拉森钢板桩、美标 H 型钢出口事宜达成战略合作意向。同时，受到各方面的高度评价：在中东欧第 57 届捷克国际冶金机械展会上，捷克工贸部部长认为"津西"牌型钢产品在欧洲市场前景广阔；在津西承办的中国钢板桩高峰论坛暨钢板桩国标宣贯会期间，全国钢标准化技术委员会型钢分技术委员会主任委员奚铁表示，津西拉森钢板桩产品锁口工艺令人叹服，完全可以替代同类进口产品。

（4）企业知名度明显增强。多年来，津西先后荣获"中国最具成长性企业""中国最具生命力企业""全国钢铁工业先进集体""全国企业文化建设优秀单位""全国五一劳动奖状""全国文明单位"等一系列殊荣，被国家工商总局评为"重合同 守信用"企业。同时，"津西"牌 H 型钢先后荣获"中国 H 型钢市场品牌信誉第一品牌""中国建材最具科技创新力企业""中国建筑材料 5A 产品""中国优秀绿色环保产品""全国用户满意产品"等称号。

（作者：赵一臣）

全心做好文化交流

文化交流助我不断成长进步，这是 50 年来我的深切感悟。

——作者题记

2014 年我与文友中国冶金作家、《中国冶金报》资深记者谢吉恒老师相识，一晃八九个春秋过去了，期间我俩多次参加"中华大地之光征文表彰会"，他听过我介绍文化交流的经验，赞不绝口，点赞有使人耳目一新之感，接地气正能量，催人奋进，受益颇深。

奋进新时代，不忘初心续芳华。近几年他老骥伏枥，勤奋耕耘，谱写钢铁人的故事，出版多部散文作品。8 月下旬，喜闻他的新作《作家文化交流散记》一书正在编辑中，特意邀请我以文化交流为主题，谈谈自己"如何坚守心中那份执着和梦想，全心做好文化交流"，我愉快地接受邀请，择题撰写《全心做好文化交流》一文，从三方面阐述谱写文化交流新篇章。

其一，学习文化交流

我的家乡位于全国深翻改土发源地——长葛市孟排村。1954 年，当时的孟排村胜利一社社长马同义研究出了深翻改土增产方法，后逐步向全国推广。1958 年 5 月 17 日在党的八大二次会议上，毛泽东主席赞扬其为"这是一大发明"。

1972 年，我在长葛市坡胡高中毕业后，由于"文革"的原因，全国各大专院校停止招生。我便回到家乡孟排大队（村），当上了生产队会计。当时，长葛县（市）委常委、宣传部部长王家瑞率宣传口干部在孟排住队。长葛广播站（后改为广电局）副站长、总编刘兆林就住我们队，并在我大伯家吃住。在刘站长的鼓励下，我开始往广播站、报社、电台投稿。1974年，大队（村）任命我为理论总辅导员、团总支副书记。这年9月，我作为农村理论辅导员代表，随长葛县委书记李皓、宣传部副部长时书臣、党校副校长王基根一同到漯河市参加了许昌地区宣传工作会议。这次会议，使我扩大了眼界，拓展了思路，写稿的决心更大了。1975年7月，我被任命为孟排村会计主任。在做好本职工作的同时，我持之以恒地坚持写稿，把孟排村的深翻改土、科学种田、党团活动、优秀人物事迹等宣传出去。1978年，孟排村不断完善创新深翻改土方法，在科学种田方面取得优异成绩，荣获"河南省重大科技成果奖"；1979年12月，又获华国锋总理亲笔签名的"国务院嘉奖令"。孟排村这些殊荣，为我写作增添了题材，添加了动力。1978年、1979年，我连年获长葛县新闻报道发稿第一名。1980年5月，《河南农民报》（后改为《河南日报》农村版）复刊，报社从全省优秀通讯员中选拔4人充实编辑力量。在许昌地区和长葛县宣传部门的推荐下，我有幸到河南农民报社从事编辑工作。近距离接触到了新闻界的领导、资深新闻编辑、专家，我抓住一切机会，向老师们学习，写作水平得到了很大提高。

其二，常态文化交流

1981年元月，我报名参加了国家招收农经干部考试。被录取后，先和许昌行署领导到襄城县双庙公社郝庄大队（1958年8月7日毛主席曾到该村视察）开展财务改革试点，半年后，到长葛县政府农委工作；1983年10月被长葛县委任命为石固人民公社管委会副主任；1985年元月任县委政策研究室秘书；1986年4月调任县政协办公室任副主任；1988年7月任县政协党组成员、办公室主任；1989年7月，被选送参加中共中央党校"全国县、市级办公室主任培训班"学习；2006 年 6 月，参加了全国政协在北戴河举办的第 50 期干部培训班学习。不管在什么岗位，职务如何变换，我始终不忘文化交流，坚持新闻采写，被长葛市广播局、省政协《协商论坛》杂志社、《许昌日报》《中国企业报》《中国经济导报》《中国司法》杂志社等新闻单位聘为特约记者，先后撰写调研文章 680 多篇。撰写的"如何发挥政治协商、民主监督作用"一文，1987 年 12 月在全国政协工作座谈会上发言，被收编进《全国地方政协工作座谈会材料汇编》一书；"大力加强宣传工作是开创政协工作新局面的保证"，在全省政协宣传工作会议上发言，收编进《河南省市（县）政协经验选编》一书；采写的襄城县郝庄大队推行会计考核晋级制度稿子，《河南日报》、河南广播电台均作了报道，河南农业厅也在《农村财务管理经验汇编》第二集刊登，向全省推广了郝庄村的经验。并先后荣获许昌市政协 1990 年好新闻一等奖，获 1989 年省政协优秀通讯员奖，1990 年省政协宣传报道先进个人奖，1991 年、1992 年省政协优秀通讯员奖，1993 年省政协好新闻三等奖；连年荣获许昌市政协信息工作先进个人，河南省政协《协商论坛》宣传工作先进个人。还荣获许昌地区广播工作先进工作者，许昌地区广播电视先进工作者，许昌市优秀节目一等奖，河南省好新闻一等奖，长葛市政府科技成果一等奖，许昌市农业科技成果一等奖，河南省农牧厅二等奖，河南省农村发展科学成果奖，河南省科技进步三等奖。

其三，做实文化交流

2007 年 3 月，我从政协办公室主任岗位上退居二线，2015 年退休。不管一线、二线还是退休，我始终将文化交流工作放在重要位置，努力做实做好。

第一，深入基层一线，开展文化交流。承担了该市华健医院院报的组稿、编辑和出版发行工作，先后编发出版《华健医讯》53 期。同时，承担许昌金润房地产开发公司和长葛市丰顺金属有限公司有关文件、材料的起草、上报工作，一干 10 年。工作中，我锐意进取，务实敬业，在圆满完成所承担任务的同时，积极为公司领导出谋献策，有力推动了工作进展。丰顺金属有限公司董事长，接受我"强化产品质量管理，走创新发展之路"的建议后，公司实现了跳跃式发展，三年向国家纳税 5300 万元。公司董事长董晓顺先后荣获长葛市功勋企业家、许昌市劳动模范、河南省五一劳动奖章等荣誉称号。

第二，宣传先进典型，传播正能量。退居二线和退休后，我集中时间，集中精力，深入基层，认真总结经济建设涌现出来的先进典型，弘扬主旋律，传播正能量。先后在《人民政协报》《中国企业报》《中国经济导报》、人民政协网、政商参考网、大地之歌网、中原科技网、《河南日报》《河南科技报》、河南政协《协商论坛》杂志、《中州统战》杂志、《许昌日报》等 20多个新闻媒体发表稿件 600 多篇。

第三，参与征评活动，开展文化交流。从 1995 年开始的中华大地之光征文评选活动，已走过 27 年历程。1995 年，我和广播局闫松福总编就参加了该活动，并获征文一等奖。2013 年 7 月，我到北京人民大会堂参加了中华大地之光第 19 届征文评选表彰大会。这次会议，使我认识了中华全国新闻工作者协会国内部原主任、中华大地之光征文组委会主任、高级记者阮观荣，结识了来自全国各地的新闻界朋友和各界精英人物。2014 年 7 月 19 日，应邀参加了中华大地之光组委会组织的"茅台镇三渡酒品酒会"。会上，与中国冶金作家、《中国冶金报》记者谢吉恒老师相识。从谢老师身上，我看到了许多闪光点。谢老师不但讲写作理论，还讲如何做人道理，使我受益匪浅。2018 年 8 月，应邀参加了中华大地之光采访团赴洛阳市孟津县采访。通过这次采访活动，使我开阔了视野，拓宽了思路，做好中华大地之光征文评选活动的劲头更大了。2013 年以来，我坚持每年都为中华大地之光征文评选活动组委会供稿，并 13 次赴京参加征评表彰大会。报送的稿件有 12 篇被评为特等奖，有 15 篇获一等奖，有 27 篇被中华大地之光杂志刊登。报送的先进人物中有 13 人获中华大地之光十佳新闻人物，有 6 人获中华大地之光百佳新闻人物。我也先后荣获中华大地之光第 21 届、22 届、23 届、25 届、28 届、30届、32 届"中华优秀新闻文化工作者"称号，在北京人民大会堂、钓鱼台国宾馆、国家会议中心先后受到第十届全国人大常委会副委员长顾秀莲、第十一届全国人大常委会副委员长周铁农、国务院稽查特派员刘吉的亲切接见和颁奖。

　　10年来参加中华大地之光征评活动，使我深深体会到，做好这项工作，搞好文化交流，沉到基层调研掌握一手材料，是做好文化交流的基础；把中华大地之光征评活动的重要意义宣传到位，是搞好文化交流的保证；诚实守信交友，是做好文化交流的关键。

（作者：赵铁丹）

　　作者简介：赵铁丹同志锐意进取，开拓创新，积极开展文化交流。先后撰写调研文章、新闻稿件1200多篇，荣获许昌市优秀节目一等奖，河南省好新闻一等奖，河南省科技进步三等奖，多次获中华大地之光一等奖、特等奖。7次荣获中华优秀新闻文化工作者。

寻根问祖续家谱

中国人重视饮水思源，不忘祖宗先人。人们把祖宗的世系和事迹记录下来传给子孙，以此证明家族的存在，延续家族的血脉，其实这就是家谱。

——作者题记

参天之木，必有其根；环山之水必有其源。我国是世界最传统的国家之一，也是文明礼仪之邦，每逢新春佳节当晚一定要供家谱。我们家的家谱是一代代传下来的，传到父亲这辈传了多少年我也不知道，听爷爷讲，每年如果有新增的人去世，就把他的名字写在家谱上。为什么要写在家谱上呢？

作者看望精神矍铄年逾鲐背的姑奶谢淑兰（右）并合影

续家谱的意义

家谱是一个家族的命根子，续家谱是一种文化传承。每一个人在人生过程中都要遇到这样的问题。孩童时代，疑问我是从哪里生出来的。而成人懂事之后，关心的是我的祖先是谁，为何生活在这里？经常有人会说："根从何起？苗从何来？我从哪里来？我为啥是这个姓？我家怎么住到这里来了的？自己的人事档案为什么要填写祖籍是哪儿的？历代先人的大号叫啥名字？"，等等。简短的话语，道出了不管是参天大树，还是绿叶小草，都有个根源。要想准确、清楚地回答这些问题就必须探寻历史，这个历史就是家谱文化。

家谱是记载同宗共祖的血缘世系人物和事迹等方面情况的历史图籍，通过家谱，可以查证自己的血统，知道同一家族中家庭之间血缘辈分关系的亲疏远近。知道祖宗，才能尊敬祖宗，心系血缘，才能孝敬父母、尊敬长辈。通过了解宗族历史，才能理解：上知祖先，下传儿孙，凝聚家族向心力，代代相传。家谱的作用就是记录叙述宗族姓氏起源及历代人文事迹的一部壮阔历史。

家谱与地方志、正史，构成了中华民族大厦的三大支柱，是我国珍贵文化遗产的一部分。"凡国必有史，有家必有谱。"家谱就是一个家族的生命史，一个家族的百科全书，一个家族的历史文化汇总和历史档案，一个家族得以延续的唯一存在证明。后人可由此了解家族的历史沿革、世系繁衍、人口变迁、居地变迁、每个人的生卒年月与婚姻状况，以及本家族成员在社会生活中的地位、作用和事迹。同时家谱也为地方志和正史的可信度提供了有力支撑佐证，对历史学、人口学、民俗学、社会学和经济学等方面的研究有着不可替代的独特作用。因此自唐代以来，历代都对撰修、研究家谱大力提倡、支持。续修、新修家谱既是一个家族的头等大事，也关系到中华民族优秀文化传统的继承和发扬。

家谱功能延伸

　　一家必有谱，无谱则无根。从家谱的历史渊源可以看出其最原始的功能就是明辨祖宗世系传承。中华民族五千年来，人们有着把自己祖宗的事迹记录下来传给后人的习惯，只要有了谱书，凡与族人有关的人和事，谱上都有记载。一部完整的家谱，都记载着姓氏渊源、始祖源流、支派迁徙、世系繁衍、人口变迁等最基本的内容。通过修谱、建谱来追根溯源，寻祖问宗，也使自己和家人受到一次很好的祖系传承的亲情教育。如果没有家谱，别说后辈不明祖宗，可以说三代之后便无人知晓我辈。

　　现在很多人对续家谱不以为然，有人认为续谱不重要，认识不到位，抱着无所谓的态度，甚至认为续家谱根本就是在浪费时间。认为续家谱不重要，一个主要原因，就是因为续家谱不能带来物质方面的需求，如果说一个人只去追求物质利益，而忽视了家族精神文化的重要性，那就只能说明价值观不健全。

　　家谱是记载家族长期发展变化史实的原始记录。家谱也是记录家族的正面历史、经验、技术和文化的史实资料，是给后人留下的一部优秀教科书，后人可从中得到经验借鉴、文化传承和思想启迪。一个家族缺了家谱，就不完整。通过续家谱，其功能得到延伸：有助于提升家族明辨世系，尊祖敬宗；教化子孙，传承文明；凝聚族人，和谐社会；寻根问祖之凭证。一个国家如果没有了史籍和文化典籍，那么国家的发展进程肯定不会有强大动能。国家尚且需要有传承载体，家族同样需要。

乐奉献续家谱

　　人们常说：国有史，方有志，家有谱。作为谢氏的后人，我深有体会能为前人继家史续家谱感到自豪。在我的记忆中，在"破四旧""文革"时期，许多家庭销毁家谱。现如今，随着物质生活的满足，越来越多的人，开始续家谱。

两年前我欲为我的爷爷立一块石碑以表敬拜，在向同族人考证爷爷的名字"谢俊卿"之时，有人提出异议，称最后一字并非"卿"而是"清"。在讨论中，又有人称是哪一个字已不重要。听到这番言论，我在未敢苟同之余强烈意识到编修家谱至关重要。带着对祖先的敬重之情，我就此踏上了一段寻根之旅。

我开始努力从遥远的回忆里搜寻线索，冥思苦想中被奇妙的力量引领回40多年前。那天，我的父亲谢吉良跟我谈起老家的往事。虽然父亲已不在世，但聊天的场景却历历在目。他亲口告诉我：好多年前，祖辈从山东省一路逃荒北上进入关内，在大连庄河栗子房镇冬瓜林村（曾经他也去过那里）落脚。另外，谢氏家族还有一个分支生活在凤城市，他们虽没有见过面，但属同宗。同时父亲还把过世的几代先辈的名字一并告诉了我。

通过回忆里的这条线索，我先后三次驱车100多公里赶到冬瓜林村走访查询。其中一次突降暴雨，土路被冲刷得千沟万壑，行驶受阻。我踏着泥泞小路，跋涉了10余公里，一波三折，最终在翻过了一座山之后，找到了父亲口中提到的谢家老宅。遗憾的是，老宅已人去宅空，只见院落杂草丛生。听村里年长的老人叙述，以前的老宅经过了100多年的岁月侵蚀早已残破不堪，如今所见的老宅是村里出资修葺的，已使用数年。族人已于几年前搬走，村民把他们的新住址提供给了我。

尽管没能如愿见到谢氏族人我略感失意，但知情村民的一条新线索又让我喜出望外。知情人称，在谢家分支后人中有一位全国冶金行业知名作家，名为谢吉恒，现居唐山。他是从这里走出去的，并将其联系方式交与我。意想不到的是我通过这个号码竟然真的与对方取得了联系。

论资排辈，我应称谢吉恒先生为叔叔，我与他同祖同宗。经问询得知，叔叔已是耄耋之年，可敬的是他在繁忙的写作之余仍然情系族人，不忘祖上。他将许多关于本族各个分支有价值的信息告知于我，也最终证实了我爷爷的名字确为谢俊卿。

在这次寻根问祖的历程中，我还先后前去拜见了由冬瓜林村迁入东港市大孤山的这支谢家族人，以及居住于凤城市的那支谢氏宗亲。凤城市的谢淑英（女，俊字辈）现已 92 岁高龄，依然精神矍铄，是谢氏家族最年长、辈分最高的人。她与唯一的侄儿在 10 多年前失去联络，在我的不懈努力下也帮她在丹东市寻到并促成其姑侄相见。

两年多的奔波，驱车 1000 多公里，原本只想确定爷爷的名字，却不知不觉走上了寻亲的长路。虽然有时候感到疲惫辛苦，但每想到寻得了这么多的同宗族人，就倍感欣慰。与此同时，我还了解汇集了很多谢氏家族的发展历史和先辈们的人文轶事，这些都是谢氏后人不该遗忘的重要历史信息。

这两年来，谢吉恒叔叔给予了我莫大的关怀和鼓励，多次在沟通中为我提供思路，让我少走弯路。在续写家谱一事上，我们叔侄一拍即合，决心把这件功德无量的事做好。好像时空故意把这个重担交给了我们爷俩，我也认识到，这是不可推卸的责任：查询、收集整理包括姓氏源流、世系表、家训、家传、艺文著述、家谱图像等内容，凝心聚力策划续家谱事宜，让谢氏族人不忘先祖、了解族史、警示后人。朱之道："祖宗虽远，祭祀不可不诚；子孙虽愚，经书不可不读。"可见对祖先历史的研究是很有必要的。

谢军、宋晓丽夫妻俩喜看《作家文化交流散记》校样稿

（作者：谢军）

感悟 "前言"

莫道桑榆晚，为霞尚满天。

——作者题记

泰山不让土壤，故能成其大；江海不择细流，故能成其深。《老子》里说，"上善若水，水善利万物而不争"。文化"看似柔弱"，但文化交流互鉴的趋势不可阻挡，"润物无声"的力量厚积薄发。以开放包容和平等交流推动文明交流互鉴，让多元文化共生并进，就一定能书写出更加激荡人心的文明华章。

今年的高考年，我作为一名唐山市丰润区考生，十年寒窗磨一剑，成功考入了衡水学院。喜逢爷爷谢吉恒新著《作家文化交流散记》即将出版，可谓好事成双。一家人为我准备了升学宴，庆贺我顺利通过高考大关，如愿地考上大学。此时除了准备开学就是感恩。欣喜心情，振奋我决心，学会像爷爷一样文化交流。

敞开心灵的窗子，在我脑海中出现的无数风景中，最多的是我的爷爷。在我印象中，爷爷是一个略显瘦秀的人，在他身上弥漫着拔俗的文人气质和军人的精神。爷爷勤奋敬业，我小时候，常见到爷爷伏案疾书、在自家后院小花园修葺花木的身影。爷爷曾教导我，天上有日月星辰，地上有河岳山川，而人有精气神。我的爷爷将精气神三个字践行得淋漓尽致，当我每天早上从睡梦中醒来，看见高升的太阳，拿起手机，看到微信运动中爷爷超过一万的步数，我总是惭愧得无地自容，年逾古稀的爷爷尚能如此，为何我却一再的"摆烂"呢？忧劳可以兴国，逸豫可以亡身，我一定向爷爷学习，深深贯彻精气神的理念。

爷爷笔名川石，身为中国冶金行业实力作家、《中国冶金报》资深记者、世界汉语作家协会会员等。青年时参军，沐浴部队的培养和锻炼，有着50多年党龄的中国共产党党员。走进爷爷家中，书香气十分浓郁，书房井然有序摆满了书报，专橱中陈列着爷爷撰写的报告文学、散文《难以磨灭的记忆》《燕赵儿女走进人民大会堂》《走进红松的故乡》《丝路采风随笔》《新时代风采》等16部500余万字专著。书橱中还摆放着爷爷作品的获奖证书、奖杯、奖章等，尽显一世风华。爷爷在近几年参加全国性文学征文大赛，又斩获鲁迅文学杯、茅盾文学杯等奖项，但爷爷对此十分淡然，因为他深明"谦谦君子，温润如玉"是也。在《易经》六十四卦里，唯有"谦"卦六爻皆吉，何也？"谦，尊而光，卑而不可逾"。即：谦虚是不可战胜的。

《庄子》有言"吾生也有涯，而知也无涯"。国际21世纪教育委员会在向联合国教科文组织提交的报告中指出："终身学习是21世纪人的通行证。"终身学习又特指"学会求知，学会做事，学会共处，学会做人"。这是21世纪教育的四大支柱，也是每个人一生成长的支柱。进入大学，我的专业虽是理科，同样要努力学习功课，向爷爷学习，为将来走向社会、进行文化交流积蓄力量。

壬寅之夏，我欣闻爷爷将出版《作家文化交流散记》，高兴之情油然而生。我迫不及待地拜读此书前言。读后晓知，今年5月，鉴于爷爷近年来在文化领域的突出贡献，被世界汉语作家协会中外文化交流研究院吸收为荣誉院士，期待爷爷对文化的传播与发展做出更大的贡献！读罢"前言"只觉璧坐玑驰，也让我感悟到文化交流力量大。

（作者：谢有业，衡水学院学生）

李红建的矿山摄影追求

　　对于摄影，故事活在摄影中，好照片是技术和艺术的成功合成，摄影展示美好，摄影带来快乐。

——作者题记

中国华冶科工集团有限公司副总经理、中国华冶杜达矿业公司党委书记、董事长、安徽杜达分公司总经理马维清（前排左三）陪同中冶集团领导在草楼铁矿井下考察

　　奋进新时代，欢庆二十大。10月中旬，李红建应约参加世界作协的征文大赛，讲述自己的摄影故事人生，进行文化交流。李红建摄影生涯屈指已有27个春秋，他从1995年开始触摸摄影工作，刚调入中国华冶第二井巷工程公司工会，被工会主席相中安排到影像工作岗位。他的职责就是拍摄公司重要节日活动、会议等内容，定期在办公楼更新会议、活动等内容的展板。

　　他起始对摄影只是一知半解，摸不着头脑。经过影像老师的一番培训，开始入门，逐步对摄影工作产生兴趣，与相机深情结缘。

那时候相机拍片还是使用胶卷，主要使用三种胶卷，分别为国产乐凯和进口的柯达、富士。为了节约费用，他选择价格低廉的乐凯胶卷拍摄。初学摄影，缺失必要的拍照知识和技巧，只能靠实践留心摸索。因缺少构图、用光等意识，拍照出图片标准自然不会高，只要影像不虚，凑合能用就算成功了。

1997年5月，他与冲印店老板密切合作，学到不少拍片摄影知识。冲印店老板对他说："今年为迎接香港回归祖国，河北省沙河市摄影协会准备举办一期摄影展，优秀作品可以参展。"听者有心，恳请冲印店老板鼎力推荐。沙河市摄影协会6月份做出安排，邀请部分摄影会员进太行山区采风。邀请对象都是摄影爱好者和资深摄影界高手，经友人荐助，他高兴得知摄影协会将自己列入邀请采风名单中。

机会总是给有准备的人，他经过这几年的勤学苦练，逐渐入门并掌握到摄影技艺。他接到摄影参赛通知，心情异常兴奋激动，仿佛久旱遇喜雨，终于盼到提高摄影水平、难得学习提高的机遇。

他在采风中，目睹那些摄影高手持"长枪短炮"装备精良，非常羡慕。采风时认真观看老师为拍摄每个主题，反复酝酿构图，然后再进行拍摄的细节动作，专心致志地听取拍摄技巧介绍，留下深刻的印象。采风休息间隙，主动凑近老师，虚心请教，学习拍摄要点、构图、光圈使用、曝光时间掌握等技巧。老师看他年轻、谦虚，学习劲头很足，均不吝赐教，不厌其烦地一一给予指点。那次采风归来后，他的摄影水平有了一个新突破，拍摄的一幅作品也在沙河市电影院广场进行了展示，提高了自信，从此他对摄影更加热爱了，真正走上了摄影之路。

为了不断提高摄影水平，他一方面购买一些摄影书籍自学，另一方面收看当时中央一台晚间播放的摄影技巧专题课，并在日常拍摄中实践，他的摄影水平也在日渐提高，在单位也小有名气。每逢单位职工结婚，几乎都请他前去摄影，看到职工拿到满意的婚庆照片，露出会心的微笑，心里甜滋滋的，觉得很有成就感。

2002年，因工作需要，调他到矿山基层一线工作，20多年来，相机也不断更新，胶卷相机也退出了历史舞台，被数码相机所取代。为了记录时代变迁和工程项目变化，他出于职业习惯，相机都是随身携带，记录着项目工程的进度和精彩瞬间。

功夫不负有心人，2014 年由中国华冶安徽杜达分公司承建的草楼铁矿300 万吨扩建工程申报鲁班奖，需要大量的施工图片来展示承建的工程成果，终于盼来崭露头角之机。"鲁班奖"是国家级工程奖。申报鲁班奖，工作量大，他迎难而上，积极进取，创作拍摄了许多精品图片，为"鲁班奖"评选专家呈上了精美画册，展示了企业施工实力和管理水平。2015 年，草楼铁矿300 万吨扩建工程被顺利评为全国冶金矿山首枚"鲁班奖"工程。由华冶承包管理的巴基斯坦杜达铅锌矿项目，2019 年实现达产，2020 年摘取全国境外工程建设"鲁班奖"，至此中国华冶安徽分公司获得中外矿山"鲁班奖"，双喜临门。

他扎根矿山，远离亲人，条件艰苦，以苦为乐，以矿山为家。每当他拿起相机，记录矿山生活的点点滴滴，封存瞬间的永恒，传播企业的亮点和正能量，为企业的发展奉献出自己的人生价值时，就感到非常快乐和无比自豪。

（作者：李红建、川石）

作者简介：李红建，1972 年生，中国华冶摄影协会会员，长期扎根矿山建设一线，热衷于矿山生产题材摄影创作，作品多次入选行业及国家级各类展览并获奖。

红星照耀中国

喜庆党的二十大胜利召开（外一首）

欢庆二十大

盛会欣逢菊逸香，

葵花遍地向太阳。

神州欢庆二十大，

博得全世界目光！

使命在肩党旗扬，

斩棘披荆壮志昂。

踔厉奋发新时代，

再启征程续锦章。

冶金作家学报告

战鼓催征号角响，

红船再驶启新航。

初心不忘为人民，

鹏程万里展翅翔。

聆听报告明方向，

冶金作家勇担当。

文化自信铸钢魂，

传播钢铁力量强。

（作者：谢吉恒，原载于世界作协编著的《中国梦的实现：大国诗文选
粹》一书）

迎二十大抒怀

金秋十月荡欢声，

花团锦簇盛会迎。

荟萃群英齐相聚，

蓝图描绘展雄风。

反腐倡廉志不移，

光照神州紫气腾。

民心所向谱新章，

普天同庆党英明。

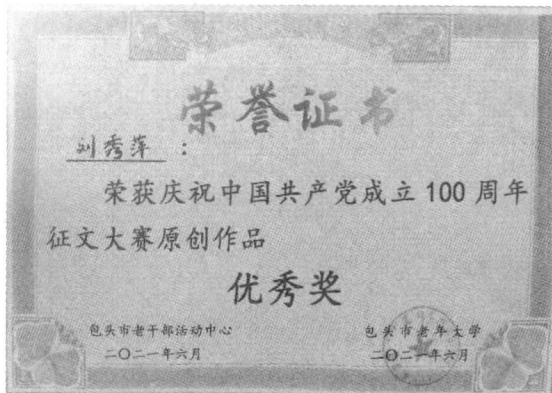

（作者：刘秀萍，文学爱好者）

欢庆党的二十大召开

十月金秋好风光，

百年大党著辉煌。

万众一心庆盛会，

烈风阵阵党旗扬。

勠力同心凝众智，

继往开来启新航。

举国上下心向党，

鸿猷大展谱华章。

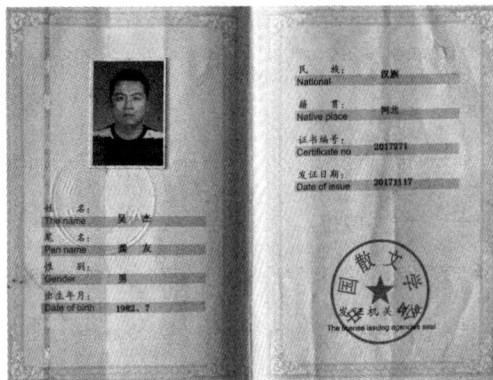

（作者：吴杰，中国散文学会会员）

民 为 邦 本

国是树木民系根，
固本兴邦哲理深。
造福百姓传承美，
振兴中华傲乾坤。

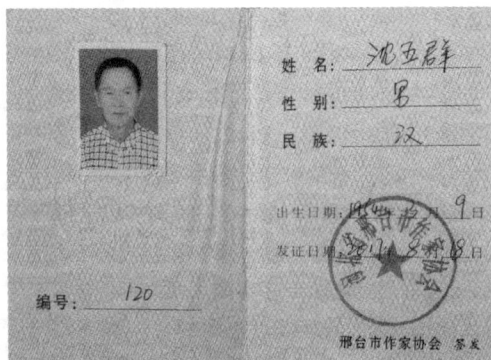

（作者：沈五群，中国散文学会会员、邢台作协会员）

十 六 字 令

贺，

喜迎二十大盛世，

蓝图展，

人民信心添。

贺，

非凡十年现史册，

绘华篇，

世界为之赞。

贺，

中国踏上新征程，

齐心干，

复兴再扬帆。

（作者：侯宪台，世界作协会员、中国冶金作协会员）

举国喜庆二十大

南湖红船引路先，

锤镰旗耀傲宇寰。

百年砥砺多佳绩，

国强民富人民赞。

华夏盛会聚英贤，
缤纷喜讯捷报传。
接力新程重擘画，
神州崛起再扬帆。

（作者：王继祥，世界作协会员、中国散文学会会员）

喜贺二十大

党旗光辉耀北京，
神州大地齐欢庆。
思新战略展宏图，
明天中国更强盛。
接力绘就腾飞梦，
续航谱写锦绣章。
团结奋斗跟党走，
复兴中华再长征！

（作者：谢军，文学爱好者）

迎接党的二十大感怀

今逢二十大，

我辈莫等闲。

自信有定力，

胄正复祀绵。

奋进新时代，

踔厉新发展。

着眼全人类，

命运共同体。

沧海自横流，

旭日妆关山。

铁血照汗青，

大道原弥坚。

势日浩荡起，

履而其后宽。

五星利中国，

剑屦俱奋然。

泱泱大国志，

重回世界巅。

（作者：王晓勇，中国散文学会会员）

七律·兔年悟

金虎归山玉兔来，
刚柔相济智门开。
监风测雨应天地，
祛晦收福结庶怀。
项靓团圆品美味，
衣花喜笑赏杯牌。
爬山艰苦宜登顶，
不可学鼯技艺栽。

（作者：夏雨，文学爱好者）

致　谢　老

（一）

投趣笔耕七十年，
不求收获只耘田。
遍是天下拇哥指，
却道恒持尽喜欢。

（二）

平生最敬谢儒翁，
人生八十有新成。
勤奋敬业无怠倦，
走向国际遍贺声。

（作者：刘运起）

文苑浪花拾趣

赵一臣的钢铁阅读情怀

以书会友，共沐书香。文友津西钢铁赵一臣，现任北京津西绿建科技产业集团有限公司标准总监。4 月下旬，我应世界汉语作协之约，采写"赵一臣的钢铁阅读情怀"故事。

每年 4 月 23 日在庆祝"世界读书日"这一严肃而神圣的时刻，一直坚持做到以书会友，以笔写心。赵一臣爱读书，会读书，每年逢世界读书日到来之时，他总是要到书店选购 1~2 本贴近钢铁业的图书作为年度"桌边书"，通读、细读、赏读、反复读。

2017 年迎来世界第 22 个读书日，北京王府井新华书店文学专柜前，赵一臣心神专注盯着书橱，用双手轻取《丝路采风随笔》散文报告文学集。赵一臣阅读图书有着什么样的故事呢？我来揭开这背后的细节故事。

细节之一，推荐赠送图书。2017 年 4 月 23 日迎来第 22 个世界读书日，冶金工业出版社刚出版的赞颂钢铁人故事的《丝路采风随笔》一书中有反映津西钢铁企业近 10 篇励志作品，其中有他采写的两篇作品。从那时起，他信心满满，每年的世界读书日都要选购 1~2 本图书，赋予阅读新的内容。至今他选购了以钢铁为题材的《燕赵儿女走进人民大会堂》《改革大潮赛风流》《辉煌二十年》《新时代风采》《永远跟党走》及期刊等 20 余种书刊，向用户推荐赠送 200 余本图书。

细节之二，以书换书交流。赵一臣养成静心阅读，感受文字之美，体验意境，尽享读书之乐。外出走访用户，身带"图书、相机、感悟"三件宝为伴，开展文化交流，以书会友启心智。他走遍大江南北、长城内外，讲津西人创业创新的故事，努力提高用户的满意度，巩固老用户，发展新用户，为津西钢铁大展宏图，为企业生产热轧 H 型钢，打造国内最大、世界一流的型钢研发、生产、应用基地，充分发挥型钢资源优势，被全国钢标准化技术委员会确定为"型钢标准研发基地"凝心聚力、贡献力量。

细节之三，从阅读迈向写作。知识给人以力量、给人以幸福，带来美好生活。赵一臣用不同的方式、不同的角度，开启阅读之旅。2022 年第 27 个世界读书日，他用文学的力量传播"钢铁人"的故事，撰写《情怀演绎品牌之恋》文学作品入选世界作家协会等编著的《中华人物志》，发行海内外。2023 年又迎来了第 28 个世界读书日，3 月中旬，赵一臣左脚踝骨轻微骨折，疗养期间，以书为友勤为伴，以学为思悟为本，认定世间唯有读书好励志。利用 10 天时间，梳理自己 56 个春秋的人生轨迹，总结出"情结绿色""品牌恋歌""标准之旅"三部曲，撰写成 1.2 万字的回忆录《人生之缘》，被《当代作家》全文刊发，荣获"当代作家杯文学艺术大赛"一等奖。赵一臣不仅自己养成阅读写作的习惯，还指导儿女写作，为报刊网媒写稿。有数据显示，遵循"讲钢铁人故事，为钢铁人服务"的宗旨，他已在各类期刊杂志刊发文章 30 余万字。

春风拂面书香来，桃李润雨花自开。赵一臣视阅读滋养"底气"，思考带来"灵气"，写作造就"名气"，受到文友们的点赞喝彩。

（作者：谢吉恒，中国冶金知名作家、世界汉语作协会员，原载于《当代作家》《中国冶金报》及多家网媒，并入选《诗书画名作鉴赏》一书）

作家谢吉恒亲临庄河开展文化交流活动

　　2023 年 5 月 31 日，在庄河市公共文化服务中心主任王崇的邀请下，世界汉语作协中外文化交流研究院荣誉院士、中国冶金行业知名作家、《中国冶金报》资深记者、庄河籍资深作家谢吉恒来到庄河市文化馆、博物馆和图书馆开展文化交流活动。当日上午，在庄河市图书馆，谢老捐赠了自己编著的图书《新时代风采》和《永远跟党走》，并结合自身 40 余年写作生涯宝贵经验，向图书馆提出了很多好的意见和建议。捐赠图书将被收藏于图书馆地方文献室予以展示。随后，在王崇主任的陪同下，谢老来到庄河市文化馆和庄河市博物馆，参观了相关展厅的陈列布展。特别是在非遗展厅，谢老驻足观看了许久，认真听取了赵振风同志关于庄河非遗项目保护传承相关工作情况。王崇主任代表中心向谢老赠送了中心编著出版的图书《庄河剪纸》。

最后，谢老围绕地方非遗文化挖掘、利用及开发，提出了一些非常中肯的意见和建议，并语重心长地代表在外地工作的庄河人表达了对家乡文化事业的关心关注和对未来建设发展的殷切期望。作家谢吉恒表示，近期将会有新著出版，也愿意再次携新作品返回家乡深入文化交流。

（此文入选《中央电视台新闻人物代表作汇编》）

走进孟津民兵运输连开展
文化交流采风

2023 年 6 月 12 日，由世界汉语作协中外文化交流研究院荣誉院士谢吉恒带队，作家文化交流采风组一行，来到河南省洛阳市坐落于黄河岸畔的孟津民兵运输连进行文化交流采风。

民兵连 2022 年 11 月被中共洛阳市委直属机关委员会命名为"洛阳市机关主题党日活动基地"，从揭牌后先后有焦作军分区博爱武装部、洛阳市应急管理局、河南省交通运输厅、洛阳交运集团、河南省军区及孟津教育系统等单位师生 2000 多人到"党日活动基地"参观考察和指导。

孟津民兵运输连获"全国国防动员工作先进单位""河南省先进基层党组织"等殊荣。作家聆听民兵运输连连长田延通带领民兵践行文化交流，紧握文化是根、文化是魂、文化要自信和自觉的理念，谈感受悟体会。

作家谢吉恒10多年来，扎根民兵连，悉心耕耘，宣传服务民兵连。以孟津民兵运输连为题材创作的多篇文学作品入选《永远跟党走》一书，捐赠给国家一级图书馆洛阳市图书馆收藏。预约即将出版的新作《作家文化交流散记》一书入驻事宜。

（作者：川石）

作家谢吉恒一行亲临迁西举行
文化交流采风

    6月13日，中国知名冶金作家谢吉恒带领作家一行在我县作家王继祥陪同下来到迁西，参观了迁西独一无二的水下长城等知名景点，并到县文化馆、图书馆进行文化交流。谢老师对迁西的秀丽风景和文化氛围提出了高度赞扬，表达了对迁西人文环境的喜爱，描绘了与迁西文化工作者共同举办文化交流沙龙的愿景。在与迁西县文化馆馆长和图书馆工作人员亲切交流后，谢老师将其参与出版、编著的《永远跟党走》赠予了文图两馆。谢老师作家一行的到来给迁西文化行业的发展注入了一针强心剂，他爱党爱国的精神、深厚的文化底蕴、独特的人格魅力，势必能帮助迁西文化行业的发展更上一层楼。

    作家简介：谢吉恒，笔名川石，中国冶金作家、《中国冶金报》资深记者，系世界汉语作家协会会员、中国艺术家协会会员、中国报告文学学会会

员、中国散文学会会员。从事文学创作 40 余年，出版散文集《汗水智慧铸丰碑》《难以磨灭的记忆》《走进红松的故乡》《丝路采风随笔》《新时代风采》《燕赵儿女走进人民大会堂》《永远跟党走》等 15 部专著共 530 余万字，散文作品曾获"当代作家""鲁迅文学杯""茅盾文学杯"奖，部分作品集被国内多家图书馆收藏。被中国散文学会、中国报告文学学会、中国报纸副刊研究会评为中国具影响力新闻文化工作者，2019 年中国记协授发资深记者荣誉证书和证章。曾 10 余次走进人民大会堂、钓鱼台国宾馆获散文等类奖项，受到国家领导人接见并出席颁奖仪式及合影留念。

汴绣艺术再现"空中救人"的奇迹

今年"7.28"迎来唐山大地震47周年前夕，曾为胡锦涛总书记接见的88岁唐山抗震英雄李升堂，应约向中国冶金知名作家谢吉恒讲述他"空中救人"的奇迹。

6月中旬的一天下午，文友带领我们一行，来到唐山李升堂老人居住的小区，属于老旧小区，住四层两居室，没有电梯。上下楼不便。李老耄耋之年，精神矍铄，腿脚利落，走进屋内，干净整洁，物品摆放井然有序，文友引荐，阐明文化交流主题，李老和蔼可亲，十分健谈，打开了话匣子，讲述他和战友"空中救人"的奇迹……

1976年"7.28"震惊中外的唐山大地震，当时李升堂担任唐山飞机场航空调度室主任。追忆1976年惊心动魄的空运情景：唐山地震灾情发生后，李升堂指挥开通了唐山通往外界的唯一的生命通道，是他第一时间安排飞行员驾驶"里-2"飞机进京，第一个向党中央报信。

一架架满载伤员的飞机从这里起飞，一架架满载救灾物资的飞机在这里降落。唐山大地震发生后，15天内指挥3000多架次救灾飞机安全起降，最多一天指挥300架次飞机起降，每架飞机最短起飞间隔仅为26秒。当时在通信、雷达、气象、导航设施均遭到严重破坏的情况下，在机场起飞线上的简易篷中，就用耳听、用眼看、靠经验指挥飞机起降，创造了世界航空史的经典指挥范例，因在1976年唐山大地震救灾中做出突出贡献，李升堂所在航空调度室被中央军委授予"集体一等功"。

学英雄颂英雄，青年女画家易雅娇与汴绣非遗传承人苗晨精心策划，深入生活，并与李老结为创作伙伴，形成共识，以李老和他的战友们在唐山大地震创造的"空中救人"奇迹为剧本，用绘画+汴绣的艺术形式再现"空中救人"的奇迹，励志前行，为2026年纪念唐山地震50周年创作出一幅"绣艺拾贝"!

　　我响应到唐山抗震救灾号召，从草原钢城包头，奔赴扎根唐山。四十多年挚爱我的写作人生，从《唐山劳动日报》特约记者至《中国冶金报》资深记者、从中国冶金作家至世界汉语作协……使我的写作人生新闻性+文学性颇具特色。有缘与李老同框进行文化交流很荣幸，"空中救人"的奇迹动人心扉，易雅娇和苗晨聚心汇力共创汴绣作品，我助力并期待！时值世界汉语作协推出《2023诺贝尔国际文学·中国档案》征稿，特写此文参加。

　　（作者：谢吉恒，知名中国冶金作家、世界汉语作家协会会员、世界汉语作协中外文化交流研究院荣誉院士，原载于《2023诺贝尔国际文学·中国档案》）

纪念 "7.28" 唐山大地震 47 周年

——作家弘扬抗震救灾精神采风

弹指一挥间，今年 "7.28" 迎来唐山大地震 47 周年纪念日。1976 年 7 月 28 日，唐山短短 23 秒大地震，夺去 24 万多人的生命，16 万多人受伤，唐山大地震是新中国成立以来最严重的一次自然灾害，也是 20 世纪最严重的全球性地震之一。

回忆唐山大地震，记忆犹新。"公而忘私，患难与共，百折不挠，勇往直前" 的抗震救灾精神，指引唐山人民 "地震震不倒英雄汉，一个人要顶两个人干" 的豪迈气概。

47 年前，我响应党和国家的征召，奔赴唐山投身抗震救灾一线，目睹英雄的唐山人民的伟大创举：震后 7 天，第一批自行车组装完成、震后 10 天第一车煤产出、震后 14 天发电厂并网发电、震后 28 天炼出第一炉钢……

47 年后的 "7.28"，唐山大地震纪念日这天下午，由中国冶金作家、世界汉语作家组成的 "作家弘扬抗震救灾精神采风组" 来到唐山地震纪念广场，参加一次特别的采风活动。

为让义工大家庭的孩子们过一个有意义的暑假，与唐山义工志愿者之家相约，70名志愿者齐聚唐山抗震纪念碑广场，开展了"畅游唐山共享家乡文化"——感恩、红色教育主题活动，旨在铭记家乡历史，感恩全国人民震后支援重建，激发孩子们踔厉奋发，建设更美新唐山的志气豪情！本次活动特邀请那段历史的见证者——时任唐山飞机场航行调度室主任的李升堂，讲述他亲身经历的那些事儿。六月中旬，我登门专访采写李升堂"汴绣艺术再现'空中救人'的奇迹"，现已入选《作家文化交流散记》，8月上旬即将出版，我带上样书请李老过目，他喜出望外，与作家亲切交谈合影。

我们一行陪同李老，从唐山抗震纪念碑一路步行至唐山抗震纪念馆，一同进馆参观。

（作者：谢吉恒）

助力非遗传播　焕发非遗活力

——丰润举办非遗文化作品入选《作家文化交流散记》座谈会

7月29日，由唐山市丰润区民间文艺家协会、浭阳书画艺术研究会、唐山市丰润棋子烧饼文化研究会主办，海家整装（唐山）建材集团有限公司、馨海家陶瓷有限公司、唐山谷津坊食品有限公司、河北浭泉酒业有限公司、唐山市丰润区老左坞酿酒厂、唐山香飘浭城餐饮服务有限公司、丰润祥顺斋棋子烧饼旗舰店承办的"丰润非遗文化系列作品入选《作家文化交流散记》座谈会"在馨海家陶瓷有限公司隆重举行。

参加丰润非遗文化系列作品入选《作家文化交流散记》座谈会嘉宾合影

参加座谈会的领导及嘉宾有：中国冶金行业知名作家、《中国冶金报》资深记者、世界汉语作协中外文化交流研究院荣誉院士谢吉恒；冶金工业出版社主任李培禄；河南省《中原崛起》主编、世界汉语作协会员王守明；《中国华冶报》主编、世界汉语作协会员侯宪台；中国二十二冶集团金结公司书记助理、纪委副书记王晓勇；丰润图书馆馆长王艳军；中国二十二冶集团金结公司党群工作部部长徐晓慧；中国诗歌学会理事、唐山市文艺志愿者协会理事、丰润区作家协会副主席张恩浩；丰润区民间文艺家协会主席、河北省民间工艺美术大师、唐山市非物质文化遗产传承人周学军；河北津西钢铁集团股份有限公司型钢厂企管科科长、中国散文学会会员、世界汉语作协会员王继祥；丰润棋子烧饼非遗传承人、唐山市民间文艺家协会副主席、唐山谷津坊食品有限公司总经理谷小光；浭阳书画艺术研究会副秘书长、唐山市民间文艺家协会副主席、中国民间文艺家协会会员、中国诗歌协会会员、河北省青年美术家协会理事、河北省民间文艺家协会会员、唐山市工艺美术大师、"丰润画扇"非遗传承人王静梅；非物质文化遗产"江德庆熏鸡制作技艺"传承人、丰润区政协委员、唐山香飘浭城餐饮服务有限公司总经理赵会章；河北省青年美术家协会会员、中国散文学会会员、浭阳书画艺术研究会漫画艺委会主任、唐山市人大代表易雅娇；河北省民间文艺家协会会员、浭阳书画艺术研究会理事、皮影雕刻技艺非遗传承人张西君；榫卯制作技艺非遗传承人刘会平等。

丰润非遗文化系列作品入选《作家文化交流散记》座谈会现场

《作家文化交流散记》一书，是谢吉恒先生创作的一部文化交流作品集，围绕文化是"根"和"魂"、坚定文化自信、增强文化自觉的主轴，立足钢铁业辐射多领域，讲好钢铁人的故事，多渠道开展文化交流。谢吉恒先生近十年来踊跃参加"改革开放四十周年""中华人民共和国成立七十周年"

"中国共产党成立一百周年""党的二十大胜利召开"等全国性征文活动，甄选出散文、报告文学、诗歌等获奖作品，参与文化交流，集纳成书。全书分为四篇，包括："奋进新征程，赏读风光篇""讴歌新时代，抒写故事篇""百年再出发，赏析切磋篇""豪情酬壮志，续写新章篇"。

　　本书内容丰富，笔触细腻，文字优美，从不同角度和侧面拓展文化交流内涵，书写新时代的绚丽画卷，集思想性、文学性、故事性、知识性、可读性于一体，可供冶金行业宣传部门工作人员和文学爱好者阅读。全书收集了120余篇文章，53.6万字，将于2023年8月出版，全国发行。刘国峰常年倾力精心策划，丰润传承非遗文化走出点面结合，"龙头示范"的成功之路。

和世界汉语作协文友在一起

　　非遗进图书馆，喜见文化传承。谢老与文友国海涛、王静梅等人鼎力合作，助力非遗传播，焕发非遗活力。据了解，撰写10多篇传承丰润非遗文化的系列作品入选《作家文化交流散记》一书，此书出版后，争取入驻国内20余家图书馆。

　　座谈会上，各位传承人围绕非遗技艺传承和产业发展畅所欲言，从非遗代表性项目的保护传承、带徒授艺、培训发展以及对外交流等多个方面进行了交流，同时讲述了本年度的传承计划。

　　非遗是文化强国的抓手，是一项民族复兴的伟大事业。丰润非遗的传承保护工作取得突破性进展，全面落实申报各级非遗文化项目，重点围绕民间文学、传统武术、美术、美酒、美食、手工技艺等，如丰润评剧、蜂蜜麻糖、棋子烧饼、浭泉酒业、江德庆熏鸡、皮影雕刻、丰润画扇、剪纸、刺绣、木雕、陶瓷、装裱修复等。丰润彰显非遗魅力，成为一道靓丽风景线，令人赏心悦目。

（作者：王静梅、川石）

谷小光印象

——参观丰润棋子烧饼非遗文化体验馆点滴感受

7月28日,我应邀参加了丰润非遗文化系列作品入选《作家文化交流散记》座谈会,有幸结识了这次座谈会主办单位之一的唐山市丰润棋子烧饼非遗传承人、唐山谷津坊食品有限公司经理谷小光。

参会期间,谷小光经理带领我们品尝丰润非遗美食,品江德庆熏鸡、吃倪发牛肉饼、饮浭泉美酒。我们体验了江德庆熏鸡肉嫩不柴、鸡皮透亮、软烂脱骨、香味浓郁、肉质鲜美、拉丝连肉、口口回香的独特工艺;体验了倪发牛肉饼用料考究、中药入味、松软可口的美味;体验了浭泉美酒的香气浓郁、口感柔和、余味绵长。在唐山会议期间,能够品尝丰润非遗美食,体验非遗文化与舌尖的碰撞,的确是一种难得的享受。

座谈会结束后,我们有幸来到丰润棋子烧饼非遗文化体验馆。这里曾是"祥顺斋"饭店旧址,它以丰润古街为背景,将京沈大御道、古城墙、魁星楼、长盛号等历史符号,将棋子烧饼产生发展传承中重要节点——裕盛轩、祥顺斋等,用图片+实景+灯光+影视的形式表现出来,把丰润棋子烧饼的前世今生形象地展现在世人面前。

走进体验馆,横额展现1883-1956-1986-2022几行数字格外醒目,记录棋子烧饼的历史变迁。尤其是第四代传承人谷小光在继承传统的基础上,恢复"祥顺斋"品牌,创立了"谷津坊""谷家小子""谷小光"等棋子烧饼品牌,创建了唐山谷津坊食品有限公司,成为"燕赵老字号、地道唐山味"的非遗项目,实现了棋子烧饼规模化生产,远销全国各地。

在体验馆内,我们见证了棋子烧饼的用料以及工作人员的现场制作过程。坐在体验馆大厅,品着清香四溢的大碗茶,别有一番情趣在心头。这时,服务员迈着轻盈的步伐,端来满盘热乎乎的棋子烧饼,只见它状如小鼓、个似棋子、色泽金黄、层如蝉翼，散发出诱人馋涎欲滴的奇香，它酥脆适口，好吃不腻。我们现场体验了非遗文化与舌尖的碰撞，真是难得的人生享受。

在丰润棋子烧饼非遗文化体验馆，我们还看到了谷小光开发的以棋子烧饼为代表的祥顺斋等多个品种系列产品，慕名前来购买棋子烧饼和糕点的人们络绎不绝。

棋子烧饼体验馆内"美食跳动舌尖"的热烈气氛

（作者：侯宪台，世界汉语作协会员）

跋

　　读书是一种享受、体会和乐趣。读书，读的是另一个人生，多读一本书，无异多活一个人生。谢吉恒先生的《作家文化交流散记》一书的出版发行，是文化界的盛事。作为一个同乡晚辈，同时又是一个文化传播交流方面的责任人，我对谢老的作家人生早有耳闻。其为人值得敬重，其造诣和成就更是令人景仰。我想，对于谢老和他的著作，所有的家乡人应该和我一样，都会为自己的土地上产生的杰出人物感到无比的自豪。

　　今年5月下旬，谢老回到家乡，向庄河图书馆捐赠他的部分作品，我因而有幸见到了谢老。谢老和蔼可亲，沉稳健谈，略见瘦削的脸上洋溢着乐观和自信，虽然年届八旬，但不见丝毫老态龙钟，言行举止间尽显长者风度。出于故土情怀，谢老对庄河的文化事业表现出深切的关注，提出了一些中肯的极具建设性的意见。其拳拳之心，殷殷之情，使我深受感染。

　　谢老在事业上的成功，带给我们许多有益的启示。首先是文化人要有强烈的使命感和饱满的激情。自北宋张载提出了读书人的"四为"原则以来，有良知的知识分子明确了自己的责任担当。谢老年轻时选择了他珍爱的新闻职业，是这个职业赋予了他高尚严肃的使命感，为祖国、为人民立德立言。这种使命感较之古人的"四为"，具有更加清晰的思想内容及时代特征。尽管50年来风风雨雨、道路坎坷，但是做到了初心不改、持之以恒，始终坚持用饱含激情的双眼去看世界，用饱蘸激情的笔墨去写文章。"登山则情满于山，观海则意溢于海"，所见无非文化、哲理，然后在沉思中完成了情和物的融合，用精妙的文字呈现了自己的观照。即使是面对着在多数人看来是寻常的事物，谢老也能以穿透历史的眼光，挖掘并提炼出让人耳目一新的内涵。因而谢老的一些看似平常的文章其实具有非同一般的可读性。

其次，谢老的诸多优秀篇章得益于他深厚的职业素养。记者+作家的身份，让他的文章新闻性和文学性兼备，而且做到了自然贴切，毫无违和。如名篇《博鳌美景花絮》中，前文的变幻无穷的白云及融合无痕的水流描写与后面的会议内容陈述，初看似乎风马牛不相及，但仔细品味又觉得别有深意，相得益彰。加拿大记者罗森塔尔在他的名篇《奥斯维辛没什么新闻》中写完了令人毛骨悚然的焚尸炉废墟后，忽然描写了废墟上的一朵开放雏菊，令人过目难忘。其实这朵小花未必就在废墟上，而极有可能是在作者心中。高明的作者善于将写实性和文学性巧妙融合。类似的例子在谢老的文章中常常见到，而且达到了炉火纯青的境界，足见高深的修养对于文章感染力及风格的重要。

李白有一句诗"屈平辞赋悬日月，楚王台榭空山丘"，我们可以解读为：权利财富终究是浮云，经久流传的优秀文化，才有无穷的生命力。许多文化人以此为信条，终身践行在文化的创造、交流、传播的道路上。为国家为人民乃至为世界做出了不可磨灭的贡献。愿谢老著作的出版发行，让优秀的正能量的文化永远占领文化传播交流的阵地。

不揣浅陋，一抒己见。如有不当之处，还望大家海涵体谅。

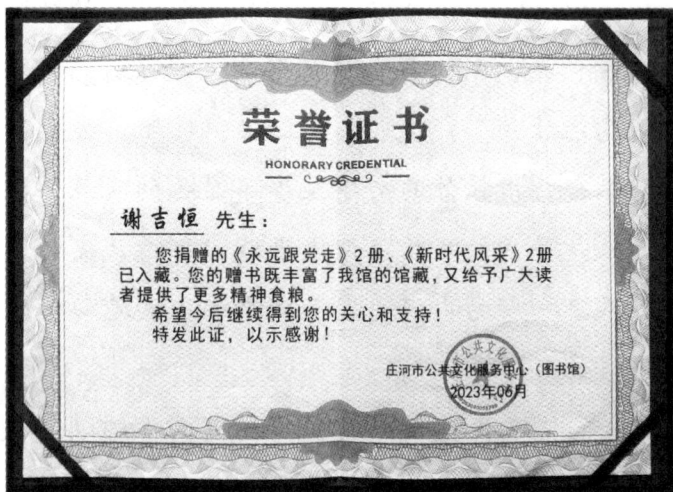

王　崇

2023 年 6 月于庄河

（现任庄河市公共文化服务中心主任，努力探索推广文化馆、图书馆和博物馆阵地的连锁作用，鼎力为丰富人民群众精神文化生活创新提高公共文化服务效能）

后　记

　　新著《作家文化交流散记》是一部文化交流作品集，分为"奋战新征程，赏读风光篇""讴歌新时代，抒写故事篇""百年再出发，赏析切磋篇""豪情酬壮志，续写新章篇"四篇，全书53.6万字，由冶金工业出版社正式出版发行。付梓问世之际，如释重负。此时我平静的心灵，增添了对文化交流的挚爱，带来无尽的欢悦。本书内容丰富，笔触细腻，文字优美，集思想性、文学性、知识性和可读性于一体。书中十余篇作品参加世界汉语作协中外文化交流研究院、诺贝尔文学研究院的文化交流并获奖，受到专家学者的好评和认可。

　　世界汉语作协主席尹长磊先生说："人类社会，能够千古流传的，唯有文化，而权力财富，终如浮云。"这一席话真可谓如雷贯耳，激荡人心，道出文化交流传承价值的真谛，作为座右铭终身受益。

　　文化交流暖人心，让好书养心灵。《作家文化交流散记》采编过程，适逢全民抗疫三年。穿越时空，重温钢铁人十年间激情燃烧的流金岁月，述说文化交流的故事，文化固根铸魂，倍感文化的巨大魅力。

　　历时三年艰辛付出，新书将与读者见面。回顾分析，成功出版，感触颇深，主要得益两个方面：

　　一方面，得益于多种文化采风。与中作协、河北作协、中国冶金作协及书画家、摄影家等和文友参加传媒策划征文的多种采风活动，如"改革开放四十周年""庆祝新中国成立七十周年""喜迎建党一百周年""喜庆党的二十大胜利召开"及"诚信品牌""全民抗疫""模范民兵连""非遗文化"等。丰富多彩的采风活动看点多：一是积累生活。通过采风活动，感受到生活是创作的源泉，采风是积累写作素材、积累生活的一种手段。二是写作灵感。通过采风，寻求创作坐标，坚定写作方向，获得写作灵感，找到切入点。三是立体效应。作品既展现作者个性，又聚焦采风团组合拳特色，凸显立体文化交流效应，催生钢铁人向心力、凝聚力、荣誉感、使命感和责任感。切实做足做深文化交流的内涵，高质量完成采风撰稿。

另一方面，得益于宅在家中抗疫。为早日打赢疫情防控战，三年抗疫，足不出户是一种责任、宅在家中是一种大局、各自安好是一种亲情、众志成城是一种力量。自己制定"阅读+运动+写作"三项抗疫运行规则。其一，选择著名作家王蒙的《老子的帮助》为床头书，每日选读一个片段，重在悟"道"下功夫，开启阅读智慧，天道酬勤、地道酬善、人道酬诚等，提升精气神。其二，每日坚持运动散步，适合自己坚持万步走。我与年逾八旬王宁怀老师和已退休的河北冶金行业协会王大勇等结伴为微信运动挚友，锻炼身体，增强免疫力。其三，坚持每日有计划梳理或撰写稿件，持之以恒。抗"疫"三年，夺得阅读、运动、写作三皆胜，为完成书稿交付铺路。

春光明媚艳阳天，燕语莺歌花满园。衷心祝愿《作家文化交流散记》出版，寄望此书成为文学爱好者和钢铁业朋友们及广大读者享受高质量人生的挚友。

《作家文化交流散记》面世之时，衷心感谢在采风写作过程中，给予指导、关心和提供帮助的领导和专家；感谢世界汉语作协、《中国冶金报》、中国冶金作协的关心和指导；感谢年逾耄耋之年的中华全国新闻工作者协会国内部兼学术部原主任阮观荣先生、河北省冶金行业协会原副会长兼秘书长王大勇先生为本书题词；感谢庄河市公共文化服务中心主任王崇笔翰如流、力透纸背翩翩做跋；感谢作家王金保、任宝亭、甄忠慧、张恩浩、王守明、于飞、王继祥、沈五群、唐小勇、罗红耀等和文友刘国峰、张世才、赵一臣、赵庆文、李红建、李凤荣、赵铁丹、夏凤英、王家禄、刘秀萍、吴杰等的参与和合作；感谢书法家侯宪台为本书封面题写书名，感谢文友设计师徐晓慧为本书设计封面；感谢所有为本书采风、撰稿和出版真诚合作的友人。深情感谢在本书采编过程中给予大力关心和帮助的韩力、高扬、田延通、孙小平、马维清、张立刚等企业领导，感谢所有给予支持与关心此书出版的各界人士。此书因成书时间和本人能力所限，书稿中可能会存在这样或那样的瑕疵和疏漏，敬请广大读者批评指正。

谢吉恒

2023 年 6 月 23 日